뒤마 피스(1824~1895) 같은 이름을 가진 《몬테크리스트 백작》 작가 뒤마 페르는 그의 아버지

▲마리 뒤플레시스(1824~1847) 에두아르 비에노가 그린 초상화. 뒤마 피스의 원작 소설 《춘희》와 연극에서 '마르그리트 고티에'라는 이름으로, 베르디 오페라 〈라 트라비아타〉에서는 '비올레타 발레리'라는 이름으로 부활하여 불멸의 존재가 된다.

◀〈라 트라비아타〉여주인공의 모티프가 된 마리 뒤플레시스가 극장 전용 좌석에 앉아 있는 아름다운 모습 관중석 귀족들의 시선을 끌고 있다.

1882년 연극 〈춘희〉에 마르그리트 고티에 역으로 출연한 사라 베르나르

1874년 연극 〈춘희〉에 마르그리트 고티에 역으로 출연한 미국에서 가장 유명한 연기자 클라라 모리스

앙투안 프랑수아 프레보(1697~1763) 프랑스 소설가·역사학자·성직자

▲ 푸치니 작곡 오페라 〈마농 레스코〉 포스터
1893년 2월 1일 토리노 첫 공연

◀《슈발리에 데 그리외와 마농 레스코 이야기》(1898년판) 삽화
'그리외와 마농의 첫 만남' 장면

세계문학전집103
Alexandre Dumas fils/Antoine-François Prévost
LA DAME AUX CAMÉLIAS
HISTOIRE DU CHEVALIER DES GRIEUX ET DE MANON LESCAUT
춘희/마농 레스코
알렉상드르 뒤마 피스/아베 프레보/민희식 옮김

뒤마 피스

아베 프레보

동서문화사

춘희/마농 레스코
차례

춘희—알렉상드르 뒤마 피스
  춘희…11

마농 레스코—아베 프레보
  머리글…245
  제1부…248
  제2부…334

해설
  알렉상드르 뒤마 피스 생애와 춘희…411
  아베 프레보 생애와 마농 레스코…444
  알렉상드르 뒤마 피스 연보…459
  아베 프레보 연보…465

La Dame Aux Camélias
춘희
알렉상드르 뒤마 피스

1

 소설 속 등장인물을 만들어낼 때에는 인간이란 존재를 충분히 연구하고 난 뒤가 아니면 안 된다고 생각한다. 마치 어떤 외국어라도 제대로 배우지 않으면 올바로 말할 수 없는 이치와도 같다.
 나는 아직 무언가를 창조해 낼 만큼 나이가 들지 않았기 때문에 그저 사실을 이야기하는 데서 만족하려 한다.
 그렇기에 이 이야기는 실제로 있었던 일이며, 여주인공을 뺀 등장인물은 모두 살아 있다는 점을 독자들이 믿어주었으면 한다.
 파리에는 내가 기록할 거의 모든 사건을 목격한 사람들이 많이 있다. 그러니까 만약 이 이야기가 실제로 있었던 일이라는 내 말로 부족하다면 그들이 증인이 되어줄 수도 있다. 그저 특별한 사정이 있어 오직 나만이 이 사건에 대해 기록할 수 있었으며, 또한 사람들은 오직 나에게만 이 이야기가 어떻게 시작해서 어떻게 끝났는지에 대해 자세하게 털어놓았다. 이 일의 내막을 올바로 알지 못하면 흥미롭고도 완벽한 이야기 한 편을 만들 수가 없기 때문이다.
 자, 이 이야기의 내막을 내가 어떻게 알게 되었는지 그 경위부터 말해보겠다.
 1847년 3월 12일에 나는 라피트 거리에서 가구와 훌륭한 골동품 경매를 알리는 크고 노란 벽보를 발견했다. 소유자가 죽은 뒤 열린 경매였으나 누가 죽었는지는 쓰여 있지 않았다. 그저 16일 낮 12시에서 5시까지 앙탱 거리 9번지[1]에서 경매가 열린다는 것이었다.
 또한 13일과 14일에는 집에서 가구를 미리 살펴볼 수 있다고도 쓰여 있었다.

---

1) Rue d'Antin. 파리 2구에 위치한 거리. 또한 이 소설은 그때 유복한 부르주아들이 살고 있던 이 거리를 중심으로 이야기가 전개된다.

나는 예전부터 희귀한 골동품을 좋아했기 때문에 꼭 한번 들러 보기로 마음먹었다. 굳이 사지는 않더라도 빠짐없이 둘러볼 생각이었다.

다음 날 나는 앙탱 거리 9번지로 갔다.

아직 이른 시간이었지만 그 집에는 남자 손님은 물론 여자 손님까지 잔뜩 와 있었다. 그녀들 또한 벨벳 드레스를 입거나 캐시미어 숄을 몸에 두르고 문 앞에는 우아한 쿠페[2]를 대기시켜 놓은 귀부인이면서도 놀람과 감탄마저 섞인 눈빛으로 호화로운 실내를 둘러보고 있었다.

이윽고 나는 그들이 왜 그리 놀라고 감탄하는지를 알게 되었다. 자세히 둘러보니 지금 내가 있는 이곳은 남자들이 차려준 살림으로 무엇 하나 부족함 없이 살던 여자의 집이었기 때문이다. 이 집을 구경하러 온 사교계 귀부인들이 가장 보고 싶어 하는 것이 하나 있다면 바로 이런 여자의 속사정일 것이다. 이런 여자들은 매일같이 마차를 타고 다니며 그들의 마차에 흙탕물을 튀기고, 오페라 극장[3]이나 이탈리아 극장[4]에서 그들과 나란히 특별석을 차지하고는 온 파리에 자신의 아름다움과 장신구 그리고 추문들을 여봐란듯이 자랑하기 때문이다.

내가 방문한 이 집의 여주인은 이미 세상을 떠났다. 그렇기 때문에 아무리 정숙한 부인이라도 이 여자의 방에 발을 들여놓을 때 사양할 필요는 없었다. 죽음이 이 화려하고도 추잡한 곳의 공기를 정화한 데다가 여차하면 그저 경매가 있어서 왔을 뿐 누구의 집인지 몰랐다는 변명을 할 수도 있었다. 벽보를 보고 목록에 있는 물건들을 미리 살펴보러 왔다고 하면 그만이다. 그들은 그런 변명을 하면서까지 옛날부터 이상한 소문이 들려왔던 고급 창녀가 살면서 남긴 것들을 이 호화스러운 물품들 사이에서 끊임없이 찾아 헤맸다.

그러나 유감스럽게도 이 집의 신비는 여신과 함께 죽고야 말았다. 귀부인들

---

[2] Coupé. 마부석(馬夫席)이 외부에 있으며 두 사람이 탈 수 있는 4륜 상자형 마차. 현대에서는 2인승 세단형 승용차를 말한다.
[3] Paris Opera. 프랑스 파리 9구에 있는 오페라 극장 건물. 프랑스 유명 건축가 샤를 가르니에가 설계한 건물로 신바로크 양식으로 화려하게 지어졌다. 1875년 개장한 이래 수많은 오페라, 발레 공연이 열렸다. 현재 극장 일부는 오페라 도서 박물관의 전시 공간으로도 쓰이고 있다.
[4] Italiens. 현재 오페라 코미크 극장의 전신이며, 주로 이탈리아 배우들이 공연했다는 이유로 이 이름이 붙었다.

이 아무리 눈에 쌍심지를 켰어도 보이는 것은 이 집의 여주인이 죽고 나서 팔기로 한 물품뿐, 여주인이 살아 있을 때 팔았던 것은 찾을 수 없었다.

그렇다고는 해도 사고 싶은 것은 얼마든지 있었다. 이 집에 있는 가구나 가재들은 모두 훌륭하기 그지없었으니 말이다. 자단나무로 만들어진 가구나 불[5]식 상감 가구, 세브르[6] 자기나 중국에서 건너온 도자기 꽃병, 마이센[7] 자기 인형, 새틴, 벨벳, 레이스 등 하나부터 열까지 모두 갖춰져 있었다.

나는 집 안 구석구석을 돌아다니며 나보다 먼저 온 호기심 많은 귀부인들의 뒤를 따라갔다. 그들이 페르시아 직물 벽걸이가 걸린 방으로 들어가기에 나도 따라 들어가려고 했다. 그런데 그들은 이 새로운 방에서 뭔가 부끄러운 것이라도 봤는지 마냥 소리 죽여 웃으면서 바로 나가버렸다. 나는 더더욱 이 방에 들어가고 싶어졌다. 그곳은 자잘한 장신구까지 방 한쪽에 늘어서 있는 화장실로, 죽은 여자의 사치스러운 생활이 가장 잘 드러난 방이라는 생각이 들었다.

벽 옆에 놓인 폭 1미터, 길이 2미터 정도 되는 커다란 테이블 위에는 오코크[8]나 오디오[9]의 손으로 만들어진 여러 금은 세공품이 찬란한 빛을 뿜고 있었다. 실로 훌륭한 수집품들이었다. 이러한 장신구들은 이 집의 여주인에게 반드시 필요한 것이라 수없이 많이 있었지만 이 가운데 어느 하나라도 금이나 은으로 만들어지지 않은 것은 없었다. 그러나 이 물품들은 하나씩 하나씩 모인 것으로,

---

[5] André-Charles Boulle. 1642~1732. 17세기에서 18세기에 걸쳐 파리에 살면서 루이 14세 궁정에서 활약한 유명한 목공.
[6] Sèvres. 일 드 프랑스 주(州)의 주요 도시로 센강에 접한다. 1756년 국립 도기공장이 세워졌으며 흔히 세브르 도자기라고 하는 자기의 명산지로 알려져 있다.
[7] 원문에서는 작센(Saxe. 독일어로는 Saxony). 우리나라에서는 작센 자기를 마이센 자기라고 하는데 마이센(Meißen)은 독일 작센주(州)에 있는 도시로 주도(州都) 드레스덴의 북서쪽에 있는 엘메깅 언변에 위치한다. 1710년 국립 도기공장이 건설되어 유럽의 도업(陶業) 발상지로서 발달했다.
[8] Louis Aucoc. 1850~1932. 귀금속 세공사이며 르네 랄리크의 스승으로서 아르 누보 양식으로 디자인한 보석의 기초를 만들었던 사람 가운데 하나. 다양한 꽃이나 새, 특히 닭을 모티브로 삼아 조금(彫金)하거나 에나멜을 사용했으며 심플한 선 구성과 양식의 명확함, 대칭적인 디자인이 특징이다.
[9] Charles-Nicolas Odiot. ?~1869. 파리의 유명한 은 세공인. 나폴레옹 1세의 황후 마리 루이즈의 가구 등도 만들었다.

한 남자의 사랑만으로는 이렇게까지 갖출 수 없었다.

남자들의 원조를 받던 여자의 화장실을 보고 놀라지는 않았다. 그 방에 있는 물품들을 자잘한 것까지 빠트리지 않고 유심히 보는 것은 매우 즐거운 일이었다. 그러나 훌륭하게 다듬어진 수많은 살림살이에는 모두 다른 이니셜이나 다른 문장이 그려져 있다는 사실을 깨달았다.

나는 이 물품들을 되는대로 둘러보았다. 어느 물품에도 마치 사건의 실마리처럼 가여운 여자의 매춘 행위가 숨겨져 있었다. 그래서 나도 모르게 하느님의 자비에 대해서 생각했다. 왜냐하면 하느님께서는 다른 사람들처럼 평범한 벌을 받을 때까지 그 여자를 살려두지 않으시고 그녀에게는 최초의 죽음이라고 할 수 있는 늙음이 찾아오기 전에, 한창 아름다움과 호화로움 속에서 살고 있을 때 죽을 수 있도록 해주셨기 때문이다.

사실 악덕에 물들었던 자의 노쇠한 모습을 보는 것만큼 슬픈 일이 있을까. 그것이 여성이라면 더욱 그러하다. 기품은 사라지고 이제는 어느 누구의 눈길도 끌 수 없게 된다. 이들이 끊임없이 입에 담는 회한은 바르지 못한 길을 걸어왔다는 것에 대한 후회가 아니라 처세를 잘못해서 돈을 헛되이 썼다는 것에 대한 뉘우침이지만, 그런 회한 섞인 이야기를 듣는 것은 세상에서 가장 슬픈 일 가운데 하나이다. 나는 옛날에 화류계 생활을 하던 여자를 알고 있다. 그녀의 과거가 남긴 것이라고는 딸 하나뿐이었던 그런 여자. 그 여자와 같은 시대를 살았던 사람들의 평판으로는 젊었던 시절의 어머니보다 나았으면 나았지 뒤처지지는 않을 만큼 아름다운 딸이라 했다. 그 가여운 딸의 이름은 루이즈. 그녀의 어머니는 자신이 딸을 보살펴왔던 것처럼 딸에게 자신의 노후를 돌봐달라고 요구하기 전까지 단 한 번도 "너는 내 딸이란다" 이렇게 말해주지 않았다. 그렇게 딸은 어머니의 뜻대로 자기 의사도, 정열도, 기쁨도 없이 남자들에게 몸을 맡기고 있었다. 만약 누군가가 그녀에게 친절을 베풀어 기술 하나라도 익히게 해주었다면 그 일을 했을 텐데 말이다.

날이면 날마다 눈에 보이는 것은 난잡한 생활뿐이라 나이도 다 차기 전부터 난잡하게 살아온 데다 몸 어딘가에 자주 탈이 나는 바람에 하느님께서 내려주신 선악을 구분하는 법도 잊어버리고 말았지만 아무도 그녀를 이끌어주려고 하지 않았다.

　나는 거의 매일같이 같은 시간에 큰길을 지나고 있던 그녀를 죽을 때까지 기억할 것이다. 그녀의 어머니는 언제나 그녀 곁을 따라다녔는데, 그때 보이는 열성만큼은 정말이지 친어머니가 자신의 딸에게 보일 법한 것이었다. 그때 나는 아직 젊었고 그 시대의 안이한 도덕관념을 받아들이려 하고 있었기 때문에 그녀가 신경 쓰이면서도 그녀의 어머니가 해대는 파렴치한 감시에 경멸과 혐오를 느꼈던 것을 기억한다.

　게다가 그녀의 얼굴에는 어떠한 처녀에게서도 볼 수 없는 천진난만함과 우수로 가득 찬 표정이 나타나 있었다.

　말하자면 '포기'를 한 모습이었다.

　어느 날, 그녀의 얼굴이 밝게 빛났다. 어머니의 지시대로 계속해서 방탕하게 벌어먹고 있는 사이에 하느님께서는 이 죄 많은 아가씨에게도 하나의 행복을 허락해 주신 것 같았다. 아무리 그녀를 연약한 여자로 만드신 하느님이라 해도 마음 둘 곳 하나 주시지 않은 채 언제까지나 괴로움으로 가득 찬 삶의 무게 밑에 내버려두실 리는 없었던 것이다. 어느 날 그녀는 자신이 임신했다는 것을 깨달았다. 그녀에게는 아직 기쁜 일에 설렐 만한 순수함이 남아 있었다. 인간의 혼에는 기묘한 도피처가 있다. 루이즈는 너무나도 기쁜 나머지 이 일을 얼른 어머니에게 알렸다. 그다음 이야기는 차마 입에 담기조차 부끄럽지만 나는 반쯤 재미 삼아 부도덕한 이야기를 하고 싶은 것이 아니라 하나의 사실을 이야기하는 데에 지나지 않는다. 세간에서는 이러한 부류의 여자를 전혀 동정하지 않았으며 처음부터 나쁘게 말하거나 제대로 판단해보지도 않고 경멸부터 했다. 만약 나에게 이러한 여자들의 힘겨운 삶을 때때로 공개할 필요가 있다는 믿음이 없었다면 오히려 아무 말도 하지 않는 편이 나았을 것이다. 어찌 되었든 말하기에는 부끄러운 이야기이나 그녀의 어머니는 딸에게 이렇게 말했다고 한다. 둘이서 살아도 넉넉하지 않은데 네 벌이로는 셋이서 살 수 없다, 그런 아이를 어디다 써먹을 수 있겠으며 배가 불러서 어디 장사나 할 수 있겠냐고 말이다.

　다음 날, 어머니의 친구라고 하는 어떤 산파가 루이즈를 찾아왔다. 그리고 루이즈는 2, 3일 정도 몸져누워 있었다. 그리고 일어났을 때에는 전보다도 훨씬 파리해지고 허약해졌다.

그 뒤로 3개월이 지나 그녀를 측은하게 여긴 어떤 남자가 정신적으로도 육체적으로도 치유해주려고 해봤지만 그때 받은 충격이 꽤나 가슴에 사무쳤는지 루이즈는 자신이 받은 낙태 수술 끝에 죽고 말았다.

그녀의 어미는 지금도 여전히 살아 있다. 어째서일까. 하느님만이 아실 것이다.

은으로 만들어진 도구를 바라보면서 나는 그 이야기를 마음속으로 떠올리고 있었다. 생각에 잠겨 있는 사이에 아무래도 꽤 시간이 지나버린 모양이다. 정신을 차려보니 집 안에는 나와 파수꾼 말고는 아무도 없었다. 파수꾼은 내가 뭘 훔치려고 하는 건 아닌지 문 쪽에서 지그시 눈길을 주고 있었다.

나는 내가 걱정을 끼쳐버린 성실한 남자에게 다가갔다.

"뭐 좀 여쭤보고 싶은데요." 나는 말했다. "여기에 살고 계셨던 분은 누구인가요?"

"마르그리트 고티에 양입니다."

그 여자의 이름은 알고 있었으며 모습을 본 적도 있었다.

"뭐라고요! 돌아가셨다는 분이 마르그리트 고티에 양이라고요?"

"그렇습니다."

"언제 돌아가셨나요?"

"아마 3주 전쯤일 겁니다."

"어째서 집 안을 공개하는 건가요?"

"채권자 분들은 이렇게 하면 경매 때 붙는 가격도 높아질 거라 생각하시나 봐요. 직물이나 가구 가치를 미리 살펴두면 손님들 쪽에서도 당연히 하나 사볼까 하는 마음이 들 거 아닙니까."

"빚이 있었군요."

"그거야 산처럼 쌓여 있었죠."

"경매가 끝나면 다 갚을 수 있겠네요."

"다 갚고도 남죠."

"그럼 그 남은 것은 누구에게 돌아가나요?"

"유족들이요."

"유족이 있나보네요."

"그런가 봐요."

"이래저래 감사합니다."

파수꾼은 나에게 나쁜 의도가 없다는 것을 알아채고는 안심한 듯 인사했다. 나는 밖으로 나왔다.

불쌍한 여자군! 집으로 돌아오는 길에 나는 그렇게 생각했다. 그 여자는 분명 처량하게 죽었을 것이다. 그 세계에서는 건강하지 않으면 친구도 다가오지 않으니 말이다. 그리고 나는 마르그리트 고티에의 운명에 대해 나도 모르게 연민을 느꼈다.

이런 말을 하면 무슨 바보 같은 소리를 하냐고 비웃는 사람들도 많겠지만 나는 그러한 세계의 여자에 대해 한없이 관대한 마음을 갖고 있으며, 이 점에 대해서는 논의할 필요도 없다고 생각한다.

어느 날 관공서에 여권을 받으러 가는 길에 나는 가까운 거리에서 한 창녀가 순사 둘에게 끌려가는 것을 보았다. 그 여자가 무슨 짓을 했는지는 모르지만 그녀는 순사에게 잡혀버리는 바람에 태어난 지 몇 달밖에 안 되는 갓난아이와 어쩔 수 없이 헤어져야만 하고, 갓난아이에게 입을 맞추며 뜨거운 눈물을 흘리고 있었다는 것만은 확실하다. 그 뒤로 나는 지금까지 그래왔던 것처럼 언뜻 보기만 해서는 여자를 경멸할 수 없게 되었다.

2

경매는 16일에 시작되었다.

예비 조사와 경매 사이에 하루 여유를 둔 것은 실내장식업자들이 벽걸이나 커튼, 그 말고도 여러 가지를 들어내기 위해서였다.

그때 마침 나는 여행을 마치고 소문의 도시라고도 할 수 있는 파리로 돌아왔다. 돌아오기만 하면 내가 자리를 비운 동안 일어났던 여러 사건에 대해서 친구들이 늘 알려주었지만 마르그리트의 죽음에 관한 소식은 듣지 못했다. 마르그리트는 아름다웠다. 그러나 이러한 여자는 살아 있는 동안 세간의 입방아에 오르내리면 오르내릴수록 죽어버린 뒤에는 사그라진 불꽃이나 다름없게 된다. 마치 뜰 때와 마찬가지로 빛을 발하는 일 없이 저물어가는 태양과도 같았다. 이러한 여자들이 젊은 나이에 죽으면 그 사실은 애인이었던 남자들 모두에게 동시에 전해진다. 파리에서는 이름이 알려진 여자와 관계를 맺은 남자들 거의 모두가 서로 아는 사이이기 때문이다. 그들은 죽은 여자에 대한 추억 이야기를 하나둘쯤 나누기는 하지만, 그 일로 눈물 한 방울 흘리지 않고 여전히 제 나름대로의 생활을 계속해나간다.

요즘에는 25살쯤 되면 눈물을 흘릴 일이 좀처럼 없거니와 아무나 가리지 않고 눈물이 흘러나오지도 않는다. 기껏해야 친족들이 돈을 좀 쥐어주면 금액에 맞춰 울어주는 정도이다.

마르그리트가 쓰던 물건에 내 이니셜이 새겨져 있었던 것은 아니지만 본능적인 관대함과 연민 때문에 나는 필요 이상으로 오랫동안 그녀의 죽음에 대해서 곰곰이 생각하고 있었다.

나는 샹젤리제에서 자주 보았던 마르그리트의 모습을 떠올렸다. 그녀는 매일같이 멋진 다갈색 말 두 마리가 끄는 작고 푸른 쿠페를 타고 왔다. 그리고 나는 그녀에게 그녀와 같은 부류의 여자에게서는 볼 수 없는 어떤 기품, 그야말로 비교할 수도 없는 아름다움이 끌어내는 기품이 있다는 것을 깨달았다.

이러한 부류의 불행한 여자들은 평소에 외출할 때면 언제나 누군가가 옆에 붙어 있었다.

밤에 벌이는 애정 행각을 사람들 앞에 드러내도 상관없다고 하는 남자는 아무도 없는 데다 그렇다고 해서 혼자서 외출하기에는 쓸쓸했기 때문에 자신들보다 사는 데에 행복도 없고 마차도 없는 여자라던가 옛날에는 화류계에서 이름을 떨쳤지만 늙어서 초라해진 여자들을 같이 데리고 다니는 것이다. 이런 여자들이 있기 때문에 마차의 여주인에 대해 무언가 알고 싶을 때는 누구든 사양 않고 물어볼 수 있었다.

그러나 마르그리트는 그렇지 않았다. 샹젤리제 거리[10]에 올 때는 언제나 혼

---

10) Champs-Elysées. 프랑스 파리의 중심가. 개선문으로 유명한 드골 광장에 이르는 1,880m의 직선 도로가 있다. 동쪽에는 산책용 공원이 있으며, 서쪽에는 귀족 저택이 많았으나 현재 파리풍

자였다. 겨울에는 캐시미어로 만든 커다란 숄로 몸을 감싸고, 여름에는 매우 소박한 드레스를 입었으며, 되도록 눈에 띄지 않도록 마차에 타고 있었다. 그녀가 매우 마음에 들어 하는 이 산책길에는 그녀와 안면이 있는 수많은 사람들이 있었지만 그들에게 미소를 보내며 인사하는 것 자체가 굉장히 드문 일이었으며 그렇게 할 때조차 마치 공작부인이 그러듯 당사자밖에 알아볼 수 없는 그런 미소를 짓고는 했다.

마르그리트는 그녀와 같은 부류의 여자들이 예나 지금이나 모두 그리했던 것처럼 원형 교차로[11]에서 샹젤리제 거리 어귀 사이를 거닐고 다니지 않았다. 말 두 마리는 쏜살같이 숲[12]으로 그녀를 싣고 갔다. 마차에서 내려 1시간쯤 숲 속에서 산책을 하고 나면 다시 마차에 올라타서 자신의 집으로 급히 돌아가는 것이다.

때때로 눈에 비쳤던 이러한 정경이 하나도 남김없이 눈앞을 스쳐갔다. 나는 조각조각으로 부서진 훌륭한 미술품을 아까워하는 마음으로 이 여자의 죽음을 추모했다.

사실 마르그리트 이상으로 매혹적인 아름다움을 지닌 여자는 어디에도 없었다.

여자치고는 상당히 큰 키에 호리호리한 몸매를 지녔지만 살짝 옷에 멋을 주어 타고난 결점이라도 교묘하게 감춰버리는 법을 잘 알고 있었다. 끄트머리가 땅바닥에 닿을 만큼 늘어진 캐시미어 숄 양쪽에서 비단 드레스의 풍성한 옷자락 장식을 엿볼 수 있었다. 가슴 쪽에는 언제나 두터운 머프에 감춰진 두 손을 올려놓고, 그 주위에 실로 교묘하게 주름을 잡아놓았다. 아무리 까다롭게 따져

(風)의 호텔·레스토랑·카페·극장·영화관·상점들이 늘어서 있고, 대통령 관저로 사용되는 엘리세궁(宮)을 비롯한 힝공·헤오회사·가둥가 전시장·고급 의상실 등의 건물이 많다.

11) Rond-point. 세상에서 가장 큰 회전식 원형 교차로. 샹젤리제 거리에 있다. 프랑스의 수상을 지냈던 조르주 클레망소가 죽은 뒤 그의 기념상이 세워져 있는 곳이며 지금은 조르주 클레망소 광장이라고도 불린다.

12) Bois. 불로뉴의 숲(Bois de Boulogne)을 말한다. 파리 서쪽으로 2km, 남북쪽으로 3km에 걸쳐 펼쳐져 있는 거대한 숲으로 예전에는 노상강도가 출몰하거나 결투가 벌어지기도 하는 황량한 곳이었으나, 지금은 파리 사람들이 가장 선호하는 산책 코스이다. 화려한 레스토랑이나 롱샹이나 오퇴유 같은 대형 경마장도 그 안에 있다.

본다고 해도 그 아름다운 라인에 트집을 잡을 수는 없었다.

얼굴에는 그야말로 경탄마저 불러일으킬 만큼 그녀만의 독특한 매력이 어려 있었다. 너무나도 조그마한 그 얼굴은 뮈세[13]식으로 말해본다면 그녀의 어머니가 각별히 공을 들여 그렇게 만들었다고 할 것이다.

말로는 다 표현할 수 없는 우아함을 갖춘 달걀형 윤곽 속에 까만 눈동자와 마치 그린 듯이 단정한 활 모양의 눈썹을 놓아보셨으면 한다. 눈을 가리는 긴 속눈썹은 눈꺼풀을 슬며시 내리면 장밋빛 뺨 위에 그림자를 드리운다. 그녀의 재기를 나타내듯 올곧고 쭉 뻗은 코에, 관능 넘치는 생활에 대한 격렬한 열망을 나타내는 듯한 콧구멍이 살며시 벌어져 있었다. 입가는 반듯하고 입술이 우아하게 벌어지면 우유처럼 새하얀 이가 보인다. 그리고 누구도 건드린 적이 없는 복숭아처럼, 벨벳 같은 솜털로 덮인 매끈한 피부. 그녀의 얼굴은 매혹으로 가득 차 있었다.

흑진주처럼 새카만 머리카락은 자연스럽게 내버려둔 것인지 일부러 그렇게 한 것인지는 모르지만 이마 위 한가운데에서 갈라져 머리 뒤로 늘어져서는 풍성하게 물결치고 있었다. 그 사이로 슬쩍 보이는 귓불에는 한 알에 4, 5천 프랑[14]은 되어 보이는 다이아몬드 두 개가 빛나고 있었다.

이렇게나 정열적인 삶을 살고 있는데도 어째서 마르그리트의 얼굴에는 처녀 같기도 하고 아이 같기도 한 표정이 남아 있는 걸까? 이유는 알 수 없었지만 그렇다는 사실만큼은 인정해야 할 것이다.

마르그리트는 비달[15]이 그린 훌륭한 초상화를 가지고 있었다. 비달은 그야말로 그녀의 모습을 그대로 그려낼 수 있는 유일한 화가일 것이다. 나는 그녀가

---

13) Louis-Charles-Alfred de Musset. 1810~1857. 19세기 전반 프랑스 낭만파 시인·극작가·소설가. '프랑스의 바이런'이라고도 한다. 작품은 《세기아의 고백》, 《비애》, 《추억》 등이다. 4편으로 된 일련의 《밤》의 시는 프랑스 낭만파 시의 걸작으로 인정된다.

14) Franc. 프랑스 통화의 기준 단위. 통화기호는 F 또는 FF. 명칭은 1350년의 금화에 각인된 라틴어에서 유래하며, 프랑화가 처음 발행된 것은 1800년 나폴레옹이 창설한 프랑스은행이 1803년 은행권 발행의 특권을 인정받은 때부터이고 이것이 전국적으로 법정 통용력(通用力)을 가지는 법정화폐가 된 것은 1848년의 2월 혁명 뒤의 일이다.

15) Vincent Vidal. 1811~1887. 1843년 살롱에 입선한 뒤 유명해진 프랑스의 파스텔 화가. 초상화, 풍경화, 풍속화를 그렸다. 파리 상류사회의 초상화가로서도 유명하다.

죽고 나서 며칠 동안 그 초상화를 마음대로 볼 수 있었다. 놀랄 만큼 본인을 쏙 빼닮은 이 초상화 덕분에 나의 기억만으로는 충분하지 않았던 부분까지 그려 볼 수가 있었다.

여기에서 말하게 될 사건 속에는 먼 훗날 알게 되는 사실도 포함되어 있다. 그렇지만 이 여자 이야기를 시작할 때 더 이상 언급하지 않아도 되도록 여기에 써놓아 두겠다.

마르그리트는 첫 공연 때면 언제나 참석했고 극장이나 무도회장에서 밤을 지새웠다. 새로운 연극이 상연될 때는 반드시 모습을 드러냈으며 그때마다 물건 세 가지를 1층 특별석에 있는 자신 앞에 놓아두었다. 오페라글라스와 봉봉 주머니 그리고 동백 꽃다발이다.

한 달 가운데 25일은 하얀 동백, 남은 5일은 붉은 동백이었다. 어째서 꽃 색깔을 바꾸는지는 아무도 몰랐으며 실은 나조차도 그 이유를 설명할 수가 없다. 그러나 그에 대해서는 나뿐만이 아니라 그녀가 자주 가는 극장의 단골손님이나 그녀의 애인들도 모두 눈치채고 있었다.

마르그리트가 동백 말고 다른 꽃을 들고 다니는 것을 본 적은 단 한 번도 없다. 그런 이유로 그녀가 자주 가는 꽃집인 바르종 부인의 가게에서는 급기야 '동백 아가씨'라 불리게 되었고 그것은 그대로 그녀의 별명이 되었다.

나는 파리의 어느 특정한 세계에서 살아가는 모든 사람들과 마찬가지로 마르그리트가 가장 젊고 세련된 남자들의 정부(情婦)였다는 사실을 알고 있었다. 이에 대해서는 그녀 자신도 공공연히 말하고 다녔으며, 남자들도 자랑스러워하는 걸 보아하니 서로 상대에게 만족하고 있었음이 틀림없다.

그러나 3년 전쯤에 바네르[16]로 여행을 갔다 돌아온 그녀가 백만장자인 외국의 늙은 공작 말고는 누구와도 사귀지 않는다는 소문이 나돌았다. 그 늙은 공작은 그녀를 과거의 생활에서 되도록 떨어뜨려 놓으려 애를 썼으며, 그녀도 매

---

16) 이러한 이름의 온천 지역이 프랑스에는 두 곳이 있다. 하나는 스페인과의 국경에 접한 오트피레네주의 바네르 드 비고르(Bagnères de Bigorre)로 철, 유황, 석탄 등을 포함한 온천. 또 하나는 오트피레네주 북쪽에 있는 오트가론주의 바네르 드 뤼숑(Bagnères de Luchon)으로 유황 온천이다. 특히 뤼숑은 호흡기 질환의 요양지로서 알려져 있기 때문에, 이 소설에서 나오는 것은 아마 이쪽인 듯하다.

우 흔쾌히 하라는 대로 하고 있더라는 소문이었다.
 이 일에 대해서 사람들은 나에게 다음과 같이 이야기했다.
 1842년 봄에 마르그리트는 몸이 안 좋아 몰라볼 만큼 수척해져 버리는 바람에 의사에게 온천 치료를 권유받고 바네르로 떠났다.
 병자들 가운데에는 그 공작의 딸도 있었는데 그녀는 마르그리트와 마찬가지로 병을 앓고 있었을 뿐만이 아니라 마치 자매라고 착각할 만큼 쏙 빼닮아 있었다. 그러나 공작의 딸은 이미 폐결핵 3기에 달해 있었으며 마르그리트가 도착한 지 얼마 안 돼서 죽어버리고 말았다.
 누구나 자신의 마음을 한 조각 묻은 땅에서 쉽게 떠나지 못하기 마련이라 아직 바네르에 머무르고 있었던 늙은 공작은 어느 날 아침에 길모퉁이에서 마르그리트의 모습을 보게 되었다.
 그에게는 마치 딸의 망령이 스쳐 지나가는 것 같은 느낌이었다. 그래서 그녀에게 다가가 그녀의 두 손을 잡고 눈물을 흘리며 키스를 하고 나서는 그녀의 신원도 묻지 않고 앞으로도 가끔씩 만나주었으면 하며, 당신 안에 살아 숨 쉬는 죽은 딸의 모습을 사랑하게 해달라고 애원했던 것이다.
 마르그리트는 시녀 하나만을 데리고 바네르에 혼자 와 있었을 뿐인 데다가, 평판이 나빠질 위험도 전혀 없었기 때문에 그 청을 받아들였다.
 그러나 바네르에도 그녀를 알고 있는 사람은 있었다. 그들은 정식으로 공작을 찾아와서는 고티에 양이 실제로 어떤 여자인지를 밝혔다. 이 노인에게는 커다란 충격이었다. 자신의 딸과 너무나도 닮았다는 생각이 더 이상 들지 않았기 때문이다. 그러나 때는 이미 늦어 이 젊은 여자는 그의 마음에 없어서는 안 될 사람이 되었으며, 그의 삶을 이어 나가게 해주는 유일한 핑계이자 이유가 되어버리고 말았다.
 공작은 딱히 마르그리트를 비난하지 않았으며, 처음부터 그럴 권리도 없었다. 그러나 그녀에게 지금까지의 생활을 바꿀 생각이 있는지를 묻더니 만약 그렇게만 해준다면 그 희생과 맞바꿔 그녀가 바라는 대로 무엇이든 해주겠다는 제안을 했다. 그녀는 그러겠다고 약속했다.
 본디 정열적인 마르그리트지만 이때에는 병에 걸렸었다는 것을 빼놓고 이야기하면 안 된다. 그녀는 과거의 생활이 병의 주된 원인이라 생각했다. 그래서 만약 회개하고 마음을 바꾸면 신께서 아름다움과 건강을 지켜주시리라는 미신 같은 희망을 품었던 것이다.

사실 온천에 몸을 담그고, 산책을 하고, 자연스럽게 찾아오는 피로에 잠들었던 덕분에 여름이 거의 끝나갈 무렵에는 건강을 거의 되찾고 있었다.

공작은 마르그리트를 파리로 데리고 돌아간 뒤에도 바네르에서 그랬던 것처럼 계속해서 그녀를 찾아왔다.

둘이 관계를 맺게 된 진정한 원인이나 동기에 대해 아는 사람은 아무도 없었지만 파리에서는 대단한 화제였다. 막대한 재산으로 유명했던 공작이 이번에는 펑펑 돈을 쓰는 모습으로 유명해지게 되었던 것이다.

세간에서는 늙은 공작과 젊은 여자와의 결합을 돈 많은 노인에게 흔히 있을 법한 방탕한 습관 탓으로 돌렸다. 이에 대해서 수많은 추측이 나돌았지만 진실을 알아맞힌 것은 하나도 없었다.

그러나 마르그리트에 대한 늙은 공작의 아버지와도 같은 감정은 지극히 순수한 이유에서 태어났기 때문에 그는 정신적 교감을 나누는 것이 아닌 다른 형태의 관계는 모두 근친상간과 같다는 생각을 했다. 그래서 자신의 딸에게 들려주지 못할 만한 이야기는 그녀에게도 무엇 하나 말하지 않았다.

이 이야기의 여주인공을 다른 모습으로 만들어내는 것은 내 진심과 거리가 멀다. 따라서 꼭 해둘 말이 있다. 마르그리트가 바네르에 있었을 때에는 공작과의 약속을 지키기 어렵지 않았으며 실제로 지키기도 했지만, 정작 파리로 돌아오자 무도회나 치정 싸움과 같은 방탕한 삶에 익숙해져 버린 이 여자에게 정기적으로 공작이 방문할 뿐인 고독한 생활은 죽을 만큼 지루하다고 느꼈다는 점이다. 그리고 과거 생활의 타오르는 듯한 숨결이 머릿속과 가슴속을 스쳐지나갔다.

게다가 여행에서 돌아온 마르그리트는 전보다도 한층 더 아름다워졌다. 나이는 이제 막 스무 살이 되었다. 또한 병은 완치되지도 않았고 단순히 잠복해 있을 뿐이었기 때문에 가슴의 병에 으레 따르기 마련인 열띤 욕망을 그녀에게 계속 불어넣었다.

어느 날 공작의 평판을 떨어트리는 그 젊은 여자의 추문을 들추어내려고 호시탐탐 노리는 친구들이 공작을 찾아왔다. 그들은 그녀가 절대 공작이 오지 않을 시간에 다른 남자들을 자신의 집에 끌어들였고, 그 남자들은 이따금 다음 날 아침까지 있기도 한다고 말하며 그 증거까지 내보였다. 그러자 공작은 극심한 고통을 느꼈다.

마르그리트는 공작의 추궁에 모든 것을 고백하고 자신에게는 약속을 지킬 힘이 없으며 자신이 속인 사람에게 이 이상 보살핌을 받는 것도 마음 아프니 이제 자신을 잊어달라고 솔직하게 대답했다.

공작은 1주일 동안 모습을 보이지 않았지만 그뿐이었다. 8일째에 나타나서는 다시 한 번 만나달라고 그녀에게 애원했던 것이다. 공작은 그녀가 자신을 만나주기만 한다면 하고 싶은 대로 해도 상관하지 않겠다고 약속했으며 이 때문에 죽는다 해도 결코 비난 따위는 하지 않겠다고 맹세했다.

이 이야기는 마르그리트가 파리에 돌아온 지 3개월째 되는 1842년 11월인가 12월까지 일어난 일이다.

3

16일 1시에 나는 앙탱 거리로 갔다.

정문 쪽으로 오자 경매인이 외치는 소리가 들렸다.

집 안은 구경거리를 좋아하는 사람들로 가득 차 있었다.

우아한 악덕의 세계에서 이름을 날린 여자들은 모두 와 있었다. 귀부인 몇 명인가가 그런 여자들을 곁눈질로 흘끔흘끔 바라보고 있었다. 이 귀부인들은 경매를 핑계로 다시 한 번 그녀들을 가까이에서 봐야겠다는 생각으로 찾아온 것이다. 이 기회를 놓치면 이제 만날 기회도 없을 테고, 게다가 속으로는 자유롭게 쾌락을 만끽하는 이러한 여자들을 부러워했을 것이다.

F 공작부인은 요새 창녀들 가운데 가장 한탄스럽기 짝이 없는 창녀의 본보기라고도 할 수 있는 A 양을 팔꿈치로 괜히 건드리고 있었다. T 후작부인은 어떤 가구를 손에 넣으려다, 이 시대의 화류계에서 가장 유명한 바람둥이 D 부인이 값을 올려 부르는 바람에 살까 말까 망설이고 있었다. 또한 마드리드에서는

파리에서 파산했다고 하고, 파리에서는 마드리드에서 파산했다고 하면서도 실은 자신의 수입조차도 쓰지 않았다는 Y 공작이 있었다. 그는 M 부인이라는 재기 넘치는 이야기꾼으로서 때때로 이야기를 글로 남기거나 그 글에 이름을 밝힌다는 여자와 이야기를 나누는 데 열중하면서도, 한편으로는 N 부인과 의미심장한 눈길을 나누고 있었다. N 부인은 샹젤리제에서 산책할 때면 언제나 장미색이나 하늘색 드레스를 입었으며 토니[17]에게서 만 프랑에 사들인 커다랗고 검은 말 두 마리가 끄는 마차를 타고 온다는 미인이다. 게다가 R 양은 자신의 재능 하나로 사교계 여인이 자신의 지참금을 바탕으로 만들어내는 금액의 2배, 다른 여자가 관계의 관계를 거듭해 만들어내는 금액의 3배는 벌어들인다는 수완가로, 이 추운 날씨에 일부러 물건을 사러 온 이 여자도 앞서 말한 여자들에게 뒤지지 않을 만큼 모두의 눈길을 모으고 있었다.

이 살롱에 같이 모여 있다는 것만으로도 놀라움을 불러일으키는 사람들은 이 말고도 잔뜩 있으며 그 이니셜을 좀 더 언급할 수도 있기는 하지만 독자들이 지루하지는 않을까 염려되니 이쯤에서 그만하겠다.

다만 이 사람이나 저 사람이나 신나게 떠들고 있었으며, 죽은 여자를 잘 아는 사람들도 이곳에 잔뜩 있지만 죽은 여자에 대해 생각하는 사람은 누구 하나 없었다고만 말해두겠다.

사람들은 떠들썩하게 웃고 있었다. 경매인은 있는 대로 소리 지르고 있었다. 경매 테이블 앞의 의자에 끼어들어 온 상인들은 차분하게 거래하기 위해 사람들의 소란을 가라앉히려고도 해봤지만 소용없었다. 이만큼 다채롭고 시끄러운 모임도 없을 정도였다.

가엾게도 그 여자가 숨을 거둔 침실 바로 옆에서 빚을 치르기 위한 가재도구 경매가 진행되고 있는 것이다. 그런 생각을 하면서 나를 슬프게 만드는 이 소란 속으로 조심스럽게 들어갔다. 사기 위해서라기보다는 구경하러 왔기에 이 물품들을 경매에 걸고 있는 채권자들의 얼굴을 바라보고 있었는데, 그들의 얼굴은 물건이 예상치 못했던 높은 가격으로 낙찰될 때마다 활짝 피었다.

---

17) Tony. 그때 샹젤리제에 있었던 말 상인.

이 대단한 양반들은 죽은 여자의 매춘에 편승해 100퍼센트의 이익을 올리고도 삶의 마지막 순간까지 차용증으로 그녀를 혹사시켰으며 죽고 나서는 부끄러워해야 할 대금 이자도 모자라 정당한 이해타산의 성과마저 거두려고 하는 것이다.

상인과 도둑의 수호신이 같다는 고대인들의 생각은 어찌나 옳은지!

드레스, 캐시미어, 보석 등이 눈 깜짝하는 사이에 팔려나갔다. 나는 이러한 물건들에는 관심이 없었기 때문에 여전히 기다렸다.

갑자기 고함 소리가 귀청을 때렸다.

"훌륭한 제본 서적 한 권. 길트톱[18] 제목은《마농 레스코》.[19] 속표지에 메모가 있습니다. 10프랑."

"12." 꽤나 길었던 침묵 끝에 누군가가 말했다.

"15." 나도 말했다.

내가 왜 그랬을까? 나도 잘 모르겠다. 아마 메모가 있다는 말에 끌렸을 것이다.

"15." 경매인이 반복했다.

"30."

첫 입찰자가 가격을 올릴 수 있으면 어디 한번 올려보라는 듯한 투로 말했다. 그리고 입찰 경쟁이 벌어졌다.

"35!" 나도 같은 말투로 소리쳤다.

"40."

"50."

"60."

"100."

만약 내가 사람들을 깜짝 놀라게 할 생각이었다면 완벽하게 성공한 셈이다.

---

18) 천금(天金). 양장책에서 도련을 친 윗부분에만 칠한 금박.
19) Manon Lescaut, 1791년 간행. 보통 아베 프레보라 불리는 18세기 작가 앙투안 프랑수아 프레보(Antoine François Prévost, 1697~1763)의 대표적인 연애소설. 이 소설은 철저한 연애지상주의이며, 후일의 낭만주의 문학을 예고하는 동시에 연애심리를 훌륭히 묘사한 작품으로 평가된다.

이 입찰가 때문에 잠잠해진 장내에 있던 사람들이 이 책을 손에 넣고자 의지를 굳게 다지는 이 남자가 도대체 누구일까 궁금한지 모조리 나를 쳐다보았으니 말이다.

마지막 숫자를 입에 담은 내 말투가 경쟁 상대를 이해시킨 듯했다. 그는 원래 가치의 10배나 되는 값을 지불하는 데 보탬이 될 뿐인 이 싸움을 단념하고 인사를 하면서 조금 늦었다고는 하지만 매우 정중한 태도로 이렇게 말했다.

"양보하도록 하죠."

달리 참견하는 사람도 없었기에 책은 내가 차지했다.

또다시 오기를 부리면 자존심은 세우겠지만 지갑 사정이 안 좋아질 것이 틀림없기 때문에, 내 이름을 대고 그 책을 맡아달라 부탁하고는 밖으로 나왔다. 그 자리에 있었던 사람들은 10프랑 기껏해야 15프랑으로 어디서든 살 수 있을 것 같은 책에 내가 무슨 생각으로 100프랑이나 지불했는지 수상쩍게 여기며 이래저래 생각했을 것이다.

1시간쯤 뒤에 낙찰 받은 책을 인수하기 위해 사람을 보냈다.

첫 페이지에는 펜으로 쓰인 우아한 필적으로 이 책을 보낸 사람의 헌사가 적혀 있었다. 그저 다음과 같은 말뿐이었다.

마농[20]이 마르그리트에게
머리를 숙이며

그 뒤에는 아르망 뒤발이라는 서명이 있었다.

'머리를 숙이다'니 무슨 뜻일까?

이 아르망 뒤발이라는 남자가 생각하기에 마농이 그녀 자신보다 마르그리트가 한 수 위라 인정하는 것은 방탕한 면에서일까, 애정 면에서일까?

---

20) Manon. 마농 레스코의 여주인공. 명문가의 차남 데 그리외는 마농 레스코를 보고 그 미모에 사로잡혀 함께 파리로 달아난다. 그러나 마농은 음탕한 데다 허영심이 강하고 사치스러운 여자였으므로 몰래 부자 노인과 정을 통하거나 해서 두 사람 사이는 늘 파란이 끊이지 않았다. 결국 마농과 데 그리외는 사막으로 도망쳤으나 마농은 지쳐 사막에서 죽고 데 그리외는 그 시체를 모래 속에 묻은 뒤 프랑스로 돌아온다.

뒤의 해석이 맞는 듯하다. 앞의 해석이 맞다면 무례함이 노골적으로 드러나는 말이니, 마르그리트가 자신에 대해서 어떻게 생각하고 있든지 간에 분명 그러한 헌사를 받아들이지 않았을 것이다.

그 뒤 나는 또다시 외출했기 때문에 밤이 되어 잠이 들 때까지 이 책에 대해서는 완전히 잊어버리고 있었다.

정말이지 《마농 레스코》는 가슴이 뭉클해지는 이야기이다. 나는 이 이야기의 세세한 부분까지도 모두 기억한다. 그런데도 이 책을 손에 쥘 때마다 마음이 끌려 책을 펼치고, 백 번이나 작가 아베 프레보의 여주인공과 똑같은 삶을 보내게 된다. 이 여주인공이 너무나도 진실 되게 그려져 있어서 그런지 내가 잘 아는 사람이라는 느낌마저 든다. 그러나 새로운 상황 때문에 그녀와 마르그리트 사이에 비교할 점이 생기자, 독서에 지금까지 없었던 매력이 더해졌고, 관대한 마음에는 연민이 더해져 내가 낙찰받은 이 책을 남기고 간 그 가여운 여인에 대한 사랑과도 닮은 느낌마저 받게 되었다. 마농은 사막에서 죽었지만 영혼의 모든 에너지를 짜내어 자신을 사랑하던 남자의 품에 안겨 죽었다. 남자는 마농을 위해 무덤을 파고 눈물을 쏟으며 자신의 마음도 함께 그 무덤에 묻었다. 그러나 마농과 마찬가지로 죄가 깊은 여인이며, 마농과 마찬가지로 아마도 회개했을 마르그리트는 내가 보았던 것을 믿는다고 하면 호화와 사치의 품에 안겨 죽었다. 그러나 그곳은 마농이 묻힌 사막보다도 훨씬 더 황량했으며 광대하고 무정한 마음의 사막 한가운데이기도 했다.

사실 마르그리트가 죽기 직전의 사정을 아는 몇몇 친구들로부터 듣기로는 조금씩 조금씩 임종의 고통이 계속되었던 2개월 동안, 그녀의 병상으로 다가와 진심으로 위로해 준 사람은 아무도 없었다고 한다.

내 생각은 이윽고 마농이나 마르그리트에서 내가 알고 있는 여자들 쪽으로 옮겨갔다. 노래를 흥얼거리며 언제나 변함없이 죽음을 향해가는 그런 여자들 말이다.

가여운 여인들! 만약 그녀들에게 호의를 베푸는 것이 잘못이라면 적어도 동정만은 베풀어야 한다. 사람들은 햇빛을 본 적이 없는 장님, 자연의 화음을 들은 적이 없는 귀머거리, 마음의 생각을 소리 높여 말할 수 없는 벙어리는 동정하면서도 수치라는 잘못된 핑계로 마음의 장님, 혼의 귀머거리, 양심의 벙어리를 동정하지는 않는다. 그녀들은 불행에 괴로워하다 어딘가가 망가지는 바람에 자신의 뜻에 반하여 선한 것을 보거나, 신의 소리를 듣거나, 사랑과 신앙이 담긴 순수한 말을 할 수 없게 되었을 뿐이다.

위고는 《마리옹 들로름》[21]을 쓰고, 뮈세는 《베르네르트》[22]를 썼으며, 알렉상드르 뒤마는 《페르낭드》[23]를 썼다. 어떠한 시대에서건 사상가나 시인들은 고급 창녀들에게 저마다 자비에 찬 선물을 바쳐왔고, 때로는 위인들마저도 자신의 애정과 명성으로 그녀들의 명예를 회복시켜주었다. 내가 이만큼 이 점을 강조하는 것은 이 책을 읽으려고 하는 분들 속에는 아무래도 악덕과 매춘에 대한 변명만 하는 것은 아닌지 염려되어 이쯤에서 덮어버리려는 사람들이 많지 않을까 해서이다. 필자인 나의 나이[24] 또한 그러한 걱정을 강하게 만드는 이유가 될 것이다. 그러나 그렇지만은 않다는 것을 알아주었으면 한다. 그리고 단지 그런 이유로 책을 덮으려는 분은 부디 염려 마시고 이대로 계속해서 읽어주셨으면 한다.

나는 그저 단 하나의 원리를 믿을 뿐이다. 교육으로 선이 무엇인지 배울 수 없었던 여자에게도 신은 선에 이를 수 있는 두 가지 길을 언제나 열어두고 계시다. 바로 고통의 길과 사랑의 길이다. 두 길 모두 험하기 그지없어 그곳에 발을 디딘 여자들은 발에서 피를 흘리며 손에는 상처를 입을 것이다. 그러나 이와 더불어 악덕의 껍질은 길에 있는 가시나무 속에 버려두고 한 점 부끄러움

---

21) Marion Delorme. 1831년에 초연. 빅토르 위고(Victor Hugo, 1802~1885)가 쓴 5막 운문 희곡이며 17세기 유명한 창녀였다는 여주인공의 이름. 디디에(Didier)라는 남자가 마리옹 들로름이라는 창녀를 사랑하게 되고 그 여자를 위해 결투하다 끝내 사형에 처해진다는 이야기로, 작가는 이 이야기를 통해 창녀라도 상대의 순정으로 영혼의 순결함에 눈뜰 수 있다고 말한다.
22) 뮈세이 중편 소설 《프레데릭과 베르네르트(Frédéric et Bernerette. 1838)》의 여주인공. 침모인 베르네르트는 이제 막 변호사가 된 청년 프레데릭과 사랑에 빠졌다가 프레데릭의 아버지에게 프레데릭과 헤어져달라는 부탁을 받게 된다. 결국 프레데릭과 헤어진 베르네르트가 다른 남자에게 몸을 맡긴 뒤 자살한다는 슬픈 결말로 끝난다. 조금 《춘희》와 닮은 이야기.
23) Fernande. 1844. 귀족 출신의 고아지만 파리에서 고급 창녀가 된 페르낭드가 몸까지 바쳐가며 연인 모리스에 대한 순애를 끝까지 지켜나간다는 이야기. 작가인 알렉상드르 뒤마는 뒤마 피스의 아버지이다.
24) 이 작품을 발표했을 때의 뒤마 피스는 23살이었다.

없는 알몸으로 하느님 앞에 도착할 것이다.

용감하게도 여행을 계속하려고 한 여자들과 만났던 사람은 그녀들을 지지하고, 그녀들과 만났던 것을 세상 사람들에게 말해야 한다. 이야기함으로써 길을 가리키게 되기 때문이다.

삶의 입구에는 '선의 길'과 '악의 길'이라고 쓰인 두 기둥이 서 있는데 그곳에 나타난 사람에게 그저 "고르라"고만 해서는 안 된다. 그리스도께서 행하셨던 것처럼 가까이까지 와서 헤매고 있는 사람에게 '악의 길'에서 '선의 길'로 돌아오는 길을 가르쳐주어야만 한다. 그러나 무엇보다도 그 길의 시작이 너무나도 괴롭지 않아야 하며 발을 내딛기가 어려워 보이지 않아야 한다.

그리스도는 우리에게 관용과 용서를 권하기 위해 훌륭하게도 탕자의 비유[25]를 드셨다. 예수께서는 인간의 정욕 때문에 상처 입은 혼에게 아낌없는 사랑을 나누어주셨으며 상처를 치료할 수 있는 향유를 부어 그녀의 상처를 치유해 주셨다. 그는 막달라 마리아에게 "그의 많은 죄가 사하여졌도다. 이는 그의 사랑함이 많음이라"[26] 말씀하셨다. 이러한 숭고한 용서가 숭고한 신앙을 눈뜨게 하는 것이다.

어째서 우리는 그리스도보다도 엄격해야만 하는 것인가? 어째서 우리는 굳건한 믿음으로 냉혹한 여론을 그리도 완고하게 따라, 몸에 입은 상처에서 병자의 더러운 피가 흘러나오듯 마음에 입은 상처에서 과거에 행했던 악이 흘러나와도 마음의 상처를 치유해 줄 친절한 손만을 애타게 기다리는 피투성이 영혼을 버리는 것인가?

나와 같은 세대 사람들에게 호소한다. 이제는 다행히도 볼테르[27] 씨의 이론에 얽매이지 않게 되었으며, 나처럼 인류가 최근 15년 사이에 비약적인 발전을

---

25) 신약 성경 누가 복음 15장 11절~32절.
26) 신약 성경 누가 복음 7장 47절.
27) Voltaire. 1694~1778. 본명 François-Marie Arouet. 볼테르는 필명이다. 18세기 프랑스 작가, 대표적 계몽사상가. 비극 작품으로 17세기 고전주의의 계승자로 인정되고, 오늘날 《자디그》, 《캉디드》 등의 철학 소설, 역사 작품이 높이 평가된다. 그 무렵 프랑스의 정치, 재판, 종교에 대해 신랄한 풍자로 폭로하여, 타락한 종교인, 귀족, 특권 계급에게서 기탄을 받았다. 《춘희》에서는 전형적인 '무신앙자'라 여겨지는 듯하다.

이루었다고 생각하는 사람들에게 말이다. 선악에 대한 학문은 영원히 확립되었고, 신앙은 재건되었으며, 신성한 것에 경의를 표하는 마음은 부활했다. 완벽하게 좋은 세상이 되었다고까지는 말할 수 없지만 적어도 전보다는 좋아졌다. 모든 지식인들의 노력은 동일한 목적을 향해 나아가며, 모든 위대한 의지는 동일한 원칙에 전념하고 있다. 바로 선량하게 살자, 원기 왕성하게 살자, 진실 되게 살자는 것이다! 악은 허무하기 그지없는 것이니 선에 대한 자부심을 가지고 무엇보다도 절망하지 않도록 하자. 어머니가 아니며, 여동생도 아니고, 딸도 아니며, 아내도 아닌 여자라고 해서 경멸해서는 안 된다. 가족에게만 존경의 뜻을 표하거나 오로지 자기 자신에게만 관대해서도 안 된다. 죄인 한 사람이 회개하면 하늘에서는 회개할 것 없는 의인 아흔아홉으로 말미암아 기뻐하는 것보다 더 하리니[28] 신께 기쁨을 돌리려 노력하자. 그리 하면 신께서도 분명 기쁨에 이자를 붙여 돌려주실 테니까. 세속적 욕망에 몸을 버렸지만 분명 신성한 소망에 구원받을 사람들을 용서함으로써 그들에게 베푼 온정을 우리 삶의 여정에 남겨두고 가자. 선량한 늙은 여인이 민간요법을 권할 때 하는 말처럼 만약 효과가 없다고 해도 해가 되는 일만은 결코 없을 테니까.

물론 내가 다루는 사소한 주제에서 이런 거창한 결론을 이끌어내는 것은 아무리 생각해도 매우 대담한 행동이라 생각한다. 그러나 나는 모든 것이 극히 작은 일 안에 있다고 믿는 사람이다. 아이들은 작지만 그 안에는 어른을 감추고 있다. 두뇌는 아직 작지만 그 안에는 사상이 있다. 눈은 점 하나에 지나지 않으나 몇 리 밖까지 한눈에 내다볼 수 있다.

4

이틀 뒤, 경매는 완전히 끝났다. 매상은 15만 프랑에 이르렀다.
채권자들이 3분의 2를 나누어 가지고 남은 돈은 유속인 여동생과 조카에게 상속되었다.
이 여동생은 5만 프랑을 상속하게 되었다는 통지를 받자 놀라서 눈이 휘둥그

---

28) 신약 성경 누가복음 15장 7절.

레졌다.

그녀는 언니와 6, 7년은 만나지 않았다. 그녀의 언니는 어느 날 아무도 모르게 집을 나가버렸고, 그 뒤로는 그녀의 언니가 어떻게 사는지에 대해서 본인은 물론 다른 누군가에게서조차 아무런 소식도 없었던 것이다.

여동생은 부랴부랴 파리로 찾아왔다. 난생처음 고향 마을에서 나왔다는 이 통통하고 귀여운 시골 아가씨가 마르그리트의 단 하나뿐인 유산상속인이라는 사실을 듣자 마르그리트를 아는 사람은 매우 놀랐다.

여동생은 하룻밤 만에 부자가 되었다. 생각지도 못했던 이 재산이 어떻게 만들어진 것인지는 몰랐지만 말이다.

나중에 이야기를 듣자 하니 그녀는 언니의 죽음에 크나큰 비탄에 빠졌지만, 상속받은 유산을 4.5퍼센트 이자가 붙는 투자로 돌려 그 슬픔을 보상받고는 시골로 돌아갔다고 한다.

추문을 낳는 어머니라고도 할 수 있는 파리에서는 이러한 사태도 몇 번이나 사람들 입방아에 오르내렸지만 그것도 어느새인가 잊혔으며 이 사건과 조금이나마 관계가 있었던 나 자신도 새로운 사건이 벌어질 때까지는 반쯤 잊고 있었다. 이 사건으로 나는 마르그리트의 눈물겨웠던 삶에 대해서 세세한 부분까지 알게 되었고, 그 이야기를 써보고 싶어져서 지금 이렇게 글을 쓰는 것이다.

가구들이 모두 팔려나가 텅 빈 마르그리트의 집은 3, 4일 전부터 임대물이 되었다. 그러던 어느 날 아침, 내 집 초인종을 누르는 사람이 있었다.

관리인이라기보다는 관리인 역할도 하고 있는 문지기가 문을 열어 나가더니, 이분께서 드릴 말씀이 있다고 한다며 명함 한 장을 가져왔다.

명함을 보니 다음과 같이 쓰여 있었다.

'아르망 뒤발'

어디선가 본 적이 있는 이름이라 생각하다가 문득 《마농 레스코》 첫 페이지를 떠올렸다.

그 책을 마르그리트에게 선물한 사람이 내게 무슨 볼일이지? 나는 바로 안내해 달라고 말했다.

금발에 키가 크고 낯빛이 창백한 청년이 들어왔다. 여행용 옷을 입고 있었는데 그 옷은 며칠 전부터 계속해서 입었는지 먼지투성이가 되어 있었다. 그것을 보아하니 파리에 도착하고 나서 솔질 한 번 하지 않은 듯했다.

뒤발 씨는 심하게 흥분하고 있었다. 마음의 동요를 감추려 하지도 않고 눈물을 글썽이며 떨리는 목소리로 내게 말했다.

"갑자기 이런 차림새로 찾아뵙게 되어 정말 죄송합니다. 사실 같은 젊은이들 사이니 그리 신경 쓰지 않아도 될 것 같기도 했고, 게다가 무슨 일이 있어도 오늘 중에는 뵙고 싶었기 때문에 호텔에 들를 시간도 아까워 짐만 먼저 보낸 다음에 급히 찾아뵙게 된 것입니다. 이른 시간이긴 합니다만 혹시 만나 뵙지 못할까 걱정이 되어서요."

나는 뒤발 씨에게 난로 근처 자리를 권했다. 그는 권하는 대로 털썩 앉더니 주머니에서 손수건을 꺼내 잠시 얼굴을 묻었다.

"사정을 모르실 테니 이해합니다." 그는 슬픈 듯 한숨을 쉬며 다시 말을 꺼냈다. "한 번도 본 적이 없는 남자가 이런 시간에 이런 옷차림으로 쳐들어와서는 훌쩍훌쩍 울고 있으니까요. 사실은 그저 부탁드리고 싶은 것이 있어서 찾아온 겁니다."

"어서 말씀해 보세요. 내가 할 수 있는 것이라면 무엇이든지 하겠습니다."

"마르그리트 고티에의 경매에 참석하셨죠?"

그 이름을 입에 담은 순간, 어떻게든 억눌렀던 격렬한 감정이 또다시 울컥 솟아난 모양인지 청년은 부득이하게 두 손으로 눈을 가렸다.

"정말이지 내 모습이 우스꽝스럽게 보이시겠죠." 그는 말을 이었다. "아무쪼록 용서해 주십시오. 하지만 내가 드리는 말씀을 참고 들어주신다면 그 친절은 평생 잊지 않겠습니다."

"말씀하시죠," 나는 말했다. "내가 어떻게 해야 당신의 슬픔을 조금이라도 누그러트릴 수 있을지 사양 말고 말씀해 주십시오. 무엇이든 기꺼이 하겠습니다."

뒤발 씨의 비통함에는 동정심을 이끌어내는 무언가가 있는지 나는 자연스럽게 이 사람을 기쁘게 해주고 싶다고 생각하게 되었다.

그러자 그가 말했다.

"마르그리트의 경매에서 뭔가 사셨죠?"

"네, 책을 한 권 샀습니다."

"《마농 레스코》죠?"

"그렇습니다."

"그 책은 아직도 가지고 계신가요?"

"침실에 놓아두었습니다."

이 말을 듣자 아르망 뒤발은 마음의 짐을 덜은 듯 안심하더니 책을 버리지 않은 것만으로도 그를 위해 수고라도 한 양 내게 고마워했다.

그래서 나는 자리에서 일어나 침실에 있는 책을 가지고 와서 그에게 건네주었다.

"아아. 이겁니다." 그는 그렇게 말하고는 첫 페이지의 헌사를 바라보더니 페이지를 사락사락 넘겼다. "이 책이에요."

커다란 눈물이 두 방울, 펴진 책 페이지 위로 떨어졌다.

"그런데 말입니다." 그가 고개를 들고 나를 바라보면서 말했다. 지금까지 울었던 것도, 지금도 울음이 터질 듯한 것도 더 이상 숨기려 하지 않았다.

"이 책을 계속 가지고 계실 건가요?"

"왜 그러시죠?"

"사실은 이걸 양보해 주셨으면 해서 찾아뵌 겁니다."

"너무 노골적으로 여쭤보는 것 같아 죄송합니다만." 나는 말했다. "이 책을 마르그리트 고티에에게 선물한 사람이 당신이죠?"

"그렇습니다."

"이 책은 당신 책입니다. 어서 가져가세요. 돌려드릴 수 있게 되어 나도 기쁘네요."

"하지만." 뒤발 씨는 곤란하다는 태도로 말했다. "경매에서 지불한 금액만이라도 건네겠습니다."

"어서 받으십시오. 그런 경매에서 고작 책 한 권 값 따위야 그리 대단하지도 않으니까요. 얼마를 지불했는지 나도 기억이 안 나는걸요."

"100프랑이었을 텐데요."

"그건 그렇습니다만." 이번에는 내가 곤혹스러워하며 말했다. "어떻게 그 사실을 알고 계신 거죠?"

"간단합니다. 나는 마르그리트의 경매에 늦지 않도록 파리에 도착하려 했습니다만 오늘 아침에서야 겨우 도착했거든요. 하지만 그녀의 유품을 하나라도 좋으니 손에 넣고 싶어서 경매인에게 달려가 팔린 물품과 그걸 산 사람들의 목록을 보여달라고 했습니다. 그래서 당신이 이 책을 사셨다는 것을 알고 양보해 주십사 부탁드리려 결심했습니다. 가격을 보아하니 당신도 무언가 추억이 있으셔서 이 책을 원하는 것은 아닌지 불안했습니다만."

이렇게 말하는 아르망의 얼굴에는 나 또한 그와 같은 식으로 마르그리트를 알게 되었을까 두려워하는 마음이 어른어른 나타나 있었다.

나는 서둘러 그를 안심시키려 했다.

"나는 고티에 양을 본 적이 있어서 알고 있었을 뿐입니다. 돌아가셨다고 들었을 때의 내 기분은, 평범한 젊은이가 길에서 우연히 만날 때마다 기쁨을 느꼈던 아름다운 여성이 죽었다고 들었을 때 느끼는 그 기분이었습니다. 나도 경매에서 무언가 하나 사고 싶다고 생각하다가 우연히 이 책의 가격을 올리는 데 열중하다 보니 이렇게 낙찰을 받게 되었습니다. 내가 왜 그랬는지는 모르겠습니다만, 값을 올려볼 테면 올려보라는 듯한 경쟁자의 화를 돋우는 것이 못내 즐거웠던 모양입니다. 그러니 다시 한 번 말씀드리지만 이 책은 당신 것입니다. 그러니 부디 받아주십시오. 내가 경매인으로부터 이 책을 사들였던 것처럼 사지 않으셨으면 합니다. 이것도 인연인데 오래도록 알고 지내면서 친밀한 관계가 되었으면 좋겠다고 생각해서 말이죠."

"알겠습니다." 아르망은 손을 내밀어 내 손을 쥐면서 말했다. "감사히 받겠습니다. 그리고 이 은혜는 평생 잊지 않겠습니다."

나는 아르망에게 마르그리트에 관한 것을 물어보고 싶어서 어쩔 줄을 몰랐다. 책에 쓰인 헌사나 이 젊은이의 여행, 이 책을 원하는 이유 등 모든 것이 내 호기심을 자극했기 때문이다. 그러나 이에 대해 질문을 하면 탐색할 권리를 얻기 위해 돈을 거절했다고 생각하지는 않을까 염려되었다.

아르망은 내 마음을 알아챘는지 이렇게 말했다.

"이 책을 좀 훑어보셨나요?"

"처음부터 끝까지 읽었습니다."

"내가 쓴 말을 어떻게 생각하셨나요?"

"당신에게 이 책을 선물 받은 그 가여운 사람이 당신의 눈에는 평범한 여자와 전혀 다른 모습으로 보였다는 것을 바로 알 수 있었습니다. 그 말이 흔히 볼 수 있는 헌사라고는 생각되지 않으니 말이에요."

"당신 말이 맞습니다. 그 사람은 천사였습니다. 이 편지를 읽어주세요."

그는 그렇게 말하더니 내 앞으로 종이 한 장을 내밀었다. 그 편지에는 몇 번이고 반복해서 읽힌 흔적이 있었다.

나는 그것을 펼쳤다. 편지의 내용은 다음과 같았다.

사랑하는 아르망. 편지는 잘 받았습니다. 당신은 지금도 여전히 상냥하네요. 그에 대해 신께 감사를 드립니다. 그래요, 내 사랑, 나는 병에 걸렸어요. 아주 치명적인 병이요. 하지만 당신이 여전히 나를 생각해 주신다는 것을 알고 나니 괴로움도 한결 가벼워지네요. 나를 치유해 줄 수 있는 것이 있다면 내가 지금 막 받은 이 편지에 쓰인 당신의 말일 거예요. 하지만 이 편지를 써주신 그 손을 쥘 수 있는 행복한 날이 올 때까지 오래 살지는 못할 테지요. 이제는 당신과 만날 수 없을 거예요. 죽을 날은 가까이 다가오고 있는데 당신은 몇백 리나 떨어진 먼 곳에 있으니까요. 아아, 내 사랑! 당신의 마르그리트는 옛날과는 완전히 달라져 버리고 말았어요. 이런 모습을 보실 바에야 이제 만나지 않는 편이 좋을지도 몰라요. 당신은 내가 당신을 용서할지 어쩔지 물어보셨죠? 아아! 물론 용서하고 말고요. 당신이 날 야속하게 만들기는 하셨어도 그것은 모두 나에 대한 사랑의 증거잖아요. 요 한 달 동안 나는 계속 침대에 누워 있기만 했어요. 하지만 당신에게만은 인정받고 싶다는 마음 하나로 우리가 헤어진 그날부터 빼놓지 않고 날마다 일기를 쓰고 있답니다. 펜을 쥘 힘이 없어져 버릴 때까지 계속해서 써갈 생각이에요.

아르망, 만약 진심으로 나를 생각해 주신다면 파리로 돌아왔을 때 쥘리 뒤프라를 찾으세요. 그 사람이 이 일기를 당신에게 건네줄 테니까요. 그러면 당신과 나 사이에서 벌어졌던 일의 원인도, 나의 변명에 대해서도 알 수 있을 거예요. 쥘리는 정말 나에게 잘해줘요. 우리는 가끔 당신에 대해서 이야기하고는 해요. 당신의 편지가 왔을 때도 쥘리는 이곳에 있었어요. 그리고 둘이서 편지를 읽으면서 울었답니다.

당신에게서 더 이상 편지가 오지 않더라도 당신이 프랑스로 돌아오시면 편지를 건네달라고 쥘리에게 부탁해 놓았어요. 그것을 읽어도 나에게 감사 따위는 하지 마세요. 내 생애 단 한 번 행복했던 그때를 매일 돌아보는 것이 나에게는 커다란 기쁨이에요. 당신이 일기 속에서 옛날에 있었던 일에 대한 변명을 찾아내실 거라고 생각하면, 그것만으로도 나는 언제나 위안을 얻게 된답니다.

당신이 언제나 나를 떠올릴 수 있도록 무언가 유품을 남겨두고 싶지만, 집안에 있는 것들은 모두 압류돼서 내 것이라고 할 수 있는 물품은 하나도 없어요.

아시겠나요? 나는 죽어가고 있는데 거실에서 걸어 다니는 감시인들의 발소리가 침실까지 들려와요. 채권자들은 내가 아무것도 가지고 나갈 수 없도록, 또 만약 내가 죽지 않았을 때에는 아무것도 나에게 남아 있지 않도록 감시인을 붙인 거예요. 적어도 죽을 때까지는 경매를 시작하지 말아줬으면 좋겠는데 말이에요.

아아! 인간은 왜 이리도 무정한 걸까요! 아니요, 내가 잘못된 것이겠죠. 하느님께서 옳고 냉엄한 판결을 내려주실 거예요.

사랑하는 아르망, 경매 날에는 꼭 와주세요. 그리고 무언가 사주세요. 당신을 위해 조그마한 것이라도 하나 따로 떼놓고 싶지만, 그러다 들키면 압류 당한 물품을 횡령했다는 이유로 당신에게 폐를 끼칠지도 모르는걸요.

이 얼마나 슬픈 인생인가요! 하지만 이제 헤어져야만 하는군요.

아아, 하느님! 허락만 해주신다면 딱 한 번이라도 좋으니 당신과 만나고 싶어요! 하지만 이것으로 마지막 작별 인사를 나누어야겠군요. 안녕, 내 사랑. 이 이상 쓸 수 없는 것을 용서해 주세요. 의사 선생님들이 나를 낫게 해주시겠다고 하시면서 피를 너무 뽑아 가시니 이제 손에 편지를 쓸 힘도 없네요.

마르그리트 고티에

사실 마지막 부분의 글씨는 거의 알아볼 수가 없을 정도였다.

나는 그 편지를 아르망에게 돌려줬다. 내가 편지를 읽는 동안, 그도 마음속으로 편지 내용을 반복해서 떠올리고 있던 것 같다. 그는 편지를 받으며 이렇게 말했다.

"수많은 남자들이 차려준 살림으로 살았던 여자가 이런 편지를 썼다고 도대체 누가 믿을 수 있겠습니까!" 그리고 추억에 마음이 흔들리는 모양인지 잠시 편지의 글씨를 바라보고 있다가 이내 그것에 입을 맞추었다.

그러고는 말했다. "생각해 보면 다시 만나지도 못한 채 그 사람은 죽고 말았네요. 이제 두 번 다시 만날 수 없게 되었어요. 게다가 친동생에게도 해주지 못할 일을 내게 해주었다고 생각하니, 그 사람을 이런 식으로 죽게 만들어버린 나 자신을 용서할 수가 없습니다.

죽어버렸습니다! 죽어버렸다고요! 나를 생각하며 내 이름을 쓰고 내 이름을 입에 담으면서요! 가엾고 사랑스러운 마르그리트!"

그리고 아르망은 마음속에 떠오르는 감정 그대로 넘쳐흐르는 눈물을 닦으려고도 하지 않고 내게 손을 뻗으며 말을 이었다.

"세상 사람들은 그런 여자가 죽었다고 해서 내가 이렇게까지 비탄에 잠겨 있는 것을 본다면 마치 어린아이 같은 녀석이라고 생각할지도 모릅니다. 하지만 그것은 내가 얼마나 이 여자를 괴롭혔는지 모르기 때문입니다. 내가 얼마나 잔혹했는지, 그런데도 그녀가 얼마나 상냥하게 모든 것을 참고 견디어주었는지 모르기 때문입니다. 나는 내가 그녀를 용서해 줘야 하는 줄 알았는데, 이제 와서 보니 아무리 그녀가 나를 용서해 주어도 나에게는 그럴 자격이 없다는 사실을 잘 알았습니다. 아아! 1시간이라도 좋으니 그녀의 발치에서 울 수만 있다면 수명이 10년 줄어도 좋을 텐데 말이에요."

이유 모를 괴로움을 위로하기란 언제나 어려운 일이지만 나는 이 청년을 마음속으로부터 동정하게 되었고, 그도 또한 매우 솔직하게 자신의 슬픔을 털어놓아주었기 때문에 내 말이 조금은 도움이 될지도 모른다고 생각해 다음과 같이 말해보았다.

"가족분들이나 친구분들이 계시죠? 희망을 가지세요. 그리고 그분들과 만나세요. 그러면 분명 마음을 달랠 수 있으니까요. 나는 그저 유감이라고 생각하는 것 말고는 할 수 없군요."

"당신 말이 맞습니다." 그는 일어서서 방 안을 성큼성큼 걸어 다니면서 말했다. "곤란하게 해드렸군요. 죄송합니다. 내 괴로움 따위야 당신과 아무런 관계도 없다는 사실을 잊어버렸습니다. 아무런 흥미도 없고, 있을 리도 없는 이야기로 소란을 떨어 죄송합니다."

"내가 드린 말씀의 의미를 오해하셨군요. 나는 어떻게든 당신을 돕고 싶습니다. 하지만 내 힘으로는 당신의 슬픔을 누그러트릴 수가 없어서 안타까울 따름입니다. 만약 나나 내 친구가 곁에 있는 것으로 기분이 풀리신다면, 아니, 또 그것 말고도 무엇이든 좋으니 내가 도와드릴 일이 있다면 부디 말씀해 주십시오. 원하시는 대로 기꺼이 할 테니까요."

"정말 죄송합니다, 죄송합니다." 그는 말했다. "너무나 괴로워서 내 마음을 억누를 수가 없네요. 눈물을 닦을 동안만이라도 좋으니 조금만 더 여기에 있게 해주십시오. 마을에 있는 구경꾼들이 호기심에 가득 찬 눈길로 마치 커다란 어린아이가 울고 있는 것 같은 이 모습을 볼 테니까요. 당신한테는 그저 고마울 뿐입니다. 이 책을 나에게 양보해 주셔서 얼마나 기쁜지 모릅니다. 어떻게 감사를 드려야 될까요."

나는 아르망에게 말했다. "그렇다면 조금이라도 당신과 가까운 관계가 되었으면 합니다. 그리고 당신이 어째서 그리도 슬퍼하시는지 그 원인을 말씀해 주시는 것은 어떨까요. 괴로워하고 있을 때 다른 사람에게 털어놓으면 누구나 마음이 편해지는 법이니까요."

"당신 말이 맞습니다. 하지만 오늘은 너무나 울고만 싶군요. 종잡을 수 없는 이야기밖에 할 수가 없을 것 같습니다. 하지만 언젠가는 반드시 이야기 해드리죠. 그렇게 하면 그 가여운 여자를 이렇게나 추모하는 내 마음을 아실 수 있을 겁니다. 오늘은 이만." 그는 다시 한 번 눈물을 닦고 거울에 비친 자신의 얼굴을 바라보면서 덧붙였다. "나를 어리석은 녀석이라고 생각하지만 말아주십시오. 그리고 또다시 찾아뵙는 것을 허락해 주십시오."

그의 눈길은 매우 선량하고 상냥해서 나는 까딱하면 그에게 입을 맞출 뻔했다.

그 눈은 또다시 눈물로 흐려지기 시작했다. 내가 눈치챘다는 것을 알자 그는 눈길을 돌렸다.

"자, 기운을 내세요." 나는 말했다.

"안녕히 계십시오." 그가 말했다.

그리고 울지 않으려고 무척이나 애를 쓰면서 나간다기보다는 거의 도망가듯 내 집에서 물러났다.

창문 커튼을 치자 문 앞에 대기시켜 놓았던 카브리올레[29]에 올라타는 그가 보였다. 그러나 그는 마차 안에 들어갔는가 싶더니 와락 눈물을 흘리며 손수건에 얼굴을 묻었다.

5

그 뒤로 나는 얼마 동안 아르망에 대한 소문은 듣지 못했지만, 그 대신 마르그리트에 관한 소문만은 자주 귀담아듣게 되었다.

독자 여러분도 알고 계실지 모르지만, 지금까지 전혀 모르고 지냈다거나 적어도 관계가 없었던 사람의 이름을 한 번 귀담아듣게 되면서 그 이름을 중심으로 사소한 소문까지 모이기 시작해, 마침내 모든 친구들에게서 그때까진 화제로 삼지도 않았던 이야기들까지 듣게 되는 법이다. 그때가 돼서야 우리는 그 사람이 자신과 아주 가까이 있었다는 것과 나도 모르는 사이에 그 사람이 몇 번이나 자신의 삶을 거쳐갔다는 사실을 알게 된다. 또한 세상 사람들이 말하는 여러 사건들 속에서 자신의 삶과 우연히 일치하는 부분이나, 실제로 관계가 있는 부분을 발견하기도 한다. 나는 마르그리트를 본 적이 있으며 얼굴이나 습관 같은 것도 알고 있었으므로 이와 같은 경우에 딱 들어맞지는 않는다. 그러나 경매가 끝나고 나서도 그녀의 이름을 몇 번이나 듣게 되었다. 그리고 앞 장에서 기술했던 것과 같은 경위로 그 이름이 너무나도 깊은 슬픔과 연관되어 있다는

---

29) Cabriolet. 접어 젖히는 식의 포장이 달린 2륜, 2인승 마차. 루이 16세(재위 1774~1792) 시대에 유행한 여자용 모자도 이 마차의 포장을 연상케 하는 데서 이런 이름이 생겨났다. 현재는 지붕을 접거나 펼 수 있는 4인승 자동차를 뜻하며 미국에서는 컨버터블(convertible)이라고도 한다.

사실에 놀라움은 더더욱 커졌으며 호기심도 더더욱 강해졌다.

결국 여태까지 마르그리트에 관한 이야기를 한 적이 없었던 친구에게도 만나기만 하면 다음과 같이 물어보았다.

"마르그리트 고티에라는 여자를 알고 있었나?"

"동백 아가씨 말이지?"

"맞아."

"알고 있었고말고!"

'알고 있었고말고.' 이 말에는 미소가 함께하고는 했다. 이 미소의 의미에 의심할 여지란 없었다.

"그래, 어떤 여자였나?" 나는 계속해서 물었다.

"좋은 여자였어."

"그걸로 끝인가?"

"그럼! 아, 다른 여자보다도 재기 넘쳤고 인정도 많았지."

"마르그리트에 대해서 특별히 알고 있는 것은 없고?"

"G 남작을 파산시켰다고 하는군."

"그게 다인가?"

"늙은 공작의 애인이었다는 말도 있어."

"정말인가?"

"소문에 따르면 그래. 어찌 되었든 엄청난 돈을 쓰게 했다는 것만은 확실해."

언제나 거의 비슷비슷한 이야기였다.

그러나 내가 알고 싶었던 것은 마르그리트와 아르망과의 관계였다.

어느 날, 그 이름을 날리던 여자들과 친하게 지내는 친구 하나와 만났을 때 물어보았다.

"마르그리트 고티에를 알고 있나?"

그도 다른 사람들과 다를 것 없이 "알고 있었고말고!" 이렇게 답했다.

"어떤 여자였나?"

"아름다운 데다가 기품 있는 여자였지. 죽어버려서 정말 슬펐어."

"아르망 뒤발이라는 애인이 있지 않았나?"

"키 크고 금발인 남자 말이야?"

"그래."

"그럼 맞네."

"그 아르망이라는 사람은 도대체 누군가?"

"재산도 변변치 못한 데다가 그마나도 여자와 함께 탕진해서 결국 헤어질 수밖에 없었다고 하더군. 소문을 듣자 하니 마르그리트에게 목을 매고 있었다는데."

"그럼 그녀는?"

"이것도 소문이긴 하지만 그녀도 역시나 반했었다고 하더군. 하기야 그런 부류의 여자들이 반하는 것과 같은 식이었다고는 하지만 말이야. 그런 여자들에게 그 이상을 바랄 수는 없지."

"아르망은 어떻게 됐나?"

"몰라. 그 남자에 대해서는 거의 알려진 게 없으니까. 5, 6개월 정도 마르그리트와 함께 살았다고는 하더군. 그것도 시골에서 말이야. 하지만 마르그리트가 파리로 돌아오자 남자도 어딘가로 가버렸어."

"그 뒤로 본 적은 없고?"

"한 번도 없네."

나도 그날 이후로 아르망을 본 적이 한 번도 없었다. 그래서 그가 내 집에 찾아왔을 때는 마르그리트가 죽었다는 사실을 안 지 얼마 되지 않았기 때문에, 옛사랑을 부풀려서 생각한 나머지 호들갑스럽게 괴로워했던 것은 아닐까 하는 생각마저 들었다. 그렇다면 다시 한 번 만나러 오겠다던 약속도 죽은 여자와 함께 벌써 잊어버렸을지도 모른다.

그러나 이러한 추측도 다른 사람에게는 들어맞았겠지만 아르망의 절망에는 분명 진지한 마음이 담겨 있었다. 그래서 이번에는 정반대로 그가 너무나도 크나큰 비탄에 잠긴 나머지 병에 걸린 것은 아닐까, 소식이 없었던 것은 병세가 심각해져 죽어버렸기 때문은 아닐까 하는 생각마저 들었다.

나는 왠지 모르게 그 청년이 신경 쓰여서 어쩔 줄을 몰랐다. 그러나 이러한 걱정 속에는 자기중심적인 생각도 섞여 있었을 것이다. 나는 그 젊은이의 비탄

속에 감동적인 이야기가 숨겨져 있다는 것을 느꼈으며, 그 이야기를 알고 싶다는 욕망 때문에 아르망의 소식을 알 수 없게 되자 불안해졌다.

나는 뒤발 씨가 찾아오지 않으니 내가 직접 그의 집으로 가보자고 결심했다. 핑계를 만들어내는 것쯤이야 그리 어려운 일이 아니었다. 그러나 유감스럽게도 그의 주소를 몰라 닥치는 대로 물어보고 다녔지만 아는 사람은 아무도 없었다.

나는 앙탱 거리로 가보았다. 마르그리트의 집에 있는 문지기라면 아르망이 어디에 살고 있는지 아마 알 것이다. 그러나 새로운 문지기가 와 있었다. 그도 잘 모른다고 했다. 그래서 고티에 양이 어느 묘지에 묻혔는지를 물어보았다. 문지기는 몽마르트르 묘지라고 말했다.

4월이 다시 돌아와 날씨도 화창하니 묘비도 이제는 겨울처럼 그렇게 슬프고 쓸쓸하게 보이지는 않을 것이다. 사람들이 죽은 사람들을 떠올리며 성묘라도 한 번 가자고 생각할 만큼 따뜻한 날씨였다. 그래서 나는 속으로 다음과 같이 중얼거리며 성묘를 하러 갔다. 마르그리트의 무덤에 가보면 아르망이 지금도 슬퍼하고 있을지, 그가 어떻게 되었는지도 알 수 있을 것이라고 말이다.

나는 먼저 관리인실로 들어가 혹시 2월 22일에 마르그리트 고티에라는 여성이 이 몽마르트르 묘지[30]에 묻히지 않았냐고 물어보았다.

관리인은 이 마지막 안식처로 들어온 모든 사람들의 이름을 기록해 번호를 붙인 커다란 노트의 페이지를 넘겨보더니 확실히 2월 22일 정오에 그런 여성이 묻혔다고 말했다.

나는 누군가가 그 무덤으로 나를 안내해 줄 수는 없는지 물어봤다. 살아 있는 사람들의 마을처럼 죽은 사람들의 마을에도 워낙 길이 많아서 안내인 없이는 헤맬 수밖에 없기 때문이다. 관리인이 정원사 한 사람을 불러 필요한 지시를 내려주었지만, 정원사는 관리인의 말을 끊더니 "알고 있어요. 알고 있다고요" 말하고는 나를 돌아보면서 말을 이었다. "그 무덤이라면 쉽게 알아볼 수 있습니

---

30) Cimetière Montmartre. 1783년에 만들어졌으며 프랑스 파리 18구에 자리하고 있는 묘지로 파리의 3대 공동묘지 중 하나이다. 무덤들은 독특한 조각과 동상으로 개성 있게 꾸며져 있으며 에밀 졸라, 에드가 드가, 스탕달과 같은 유명 인사들의 무덤이 있는 곳으로 널리 알려졌다. 또한 마르그리트의 모델이 된 여성 마리 뒤플레시스, 작자인 알렉상드르 뒤마 피스 자신의 무덤 또한 이곳에 있다.

다."

"어째서인가요?" 나는 물었다.

"주변에 있는 무덤과는 꽃이 전혀 다르니까요."

"당신이 그 무덤을 보살피고 있는 건가요?"

"네, 그렇습니다. 내게 그 무덤을 돌봐달라고 부탁하신 젊은 분처럼 다른 사람들도 돌아가신 분을 돌봐주시면 좋을 텐데 말이죠."

길을 몇 번 꺾어 들어가더니 정원사가 멈춰 서며 나에게 말했다.

"여깁니다."

눈앞에는 네모난 화단이 있었다. 이름을 새긴 하얀 대리석 묘비가 없었다면 도저히 무덤이라고 생각할 수 없었을 것이다.

대리석은 반듯하게 서 있었다. 사들인 묘지는 철제 울타리로 구분되어 있었으며 그 부분만이 하얀 동백꽃으로 뒤덮여 있었다.

"어떠세요?" 정원사가 내게 말했다.

"정말 아름다운데요."

"동백꽃이 시들면 새로운 꽃으로 바꿔 달라는 부탁을 받았거든요."

"누가 그런 부탁을 한 겁니까?"

"젊은 남자분인데 처음 오셨을 때는 많이 우시더군요. 아마 돌아가신 분의 옛 친구겠죠. 그런데 돌아가신 분이 화류계 쪽 부인이었다지 뭡니까. 엄청난 미인이라고 하던데 나리께서도 알고 계십니까?"

"네."

"그분처럼 말이죠." 정원사가 장난스러운 미소를 지으며 말했다.

"아니요. 나는 말도 나누어본 적 없어요."

"그런데도 성묘를 하러 오셨군요. 친절하기도 하시지. 어찌 되었든 이 가여운 아가씨에게 성묘하러 오는 사람은 그리 많지 않으니까요."

"아무도 오지 않나요?"

"네, 그 젊은 분이 한 번 찾아오셨을 뿐입니다."

"한 번뿐이요?"

"네, 그렇답니다."

"그 뒤로는 오지 않았나요?"

"네, 하지만 돌아오셨다면 또 오시겠죠."

"여행이라도 떠난 겁니까?"

"네."

"어디로 갔는지 아세요?"

"고티에 씨의 여동생이 있는 곳이라 들었어요."

"무얼 하러 간 거죠?"

"시신을 다시 파내서 다른 곳에 묻기 위해 허락을 받으러 갔답니다."

"어째서 이곳에 가만히 두지 않는 건가요?"

"나리께서도 아시겠지만 돌아가신 분을 어떻게 할지에 대해서는 모두 나름대로의 생각이 있으니까요. 우리는 날마다 그런 걸 보고요. 이 묘지는 5년 계약으로 사들였을 뿐이라, 그 젊은 분은 영구 임대가 가능한 좀 더 넓은 토지를 원하신답니다. 되도록 새로운 묘지로 말이죠."

"새로운 묘지요?"

"이제 막 매물로 나온 왼쪽 묘지를 말입니다. 이 묘지도 옛날부터 지금처럼만 제대로 손질했었더라면 세상에서 가장 멋진 묘지가 되었을 텐데 말이죠. 그래도 그만큼 훌륭하게 만들려면 해야 할 일이 많은 데다 이상한 사람도 있으니까요."

"무슨 뜻이죠?"

"이런 곳까지 와서 위세를 떨고 싶어 하는 놈들이 있다는 말이에요. 이런 식으로 말하는 건 좀 그렇지만 고티에 씨의 삶은 꽤 난잡했던 모양이더군요. 하지만 이제는 딱하게도 죽어버려서, 내가 날마다 물을 주는 다른 참한 아가씨들과 다를 게 없어졌습니다. 그런데도 이 주변에 있는 묘에 묻힌 어떤 분의 친척께서 이 아가씨가 어떤 사람이었는지 알자마자 이곳에 묻혀 있는 것만으로도 거부감이 든다고 하지를 않나, 이런 여자들의 무덤은 가난한 사람들처럼 저 멀리 떨어진 곳에 따로 만들어야 된다고 하지 뭡니까. 그런 법이 어디 있습니까? 나는 그런 놈들을 자주 봤습니다. 돈만 잔뜩 있는 주제에 성묘하러 1년에 네 번도 안 오더군요. 올 때 직접 꽃을 가지고 오기는 하는데 어쩌면 그리도 초라한 꽃이

던지! 입으로는 슬프다고 하면서 속으로는 무덤 유지비에 대해서만 신경 쓰고, 묘비에는 눈물 나는 말을 새겼으면서 정작 자신은 눈물 한 방울 흘리지 않는 데다가 옆 무덤에는 괜히 트집을 잡는 그런 놈들이 있다고요. 내 말을 믿어주셨으면 좋겠군요. 나는 이 아가씨를 알지도 못하고, 무얼 하고 다녔는지도 모릅니다. 그래도 나는 이 가여운 아가씨를 좋아합니다. 그렇기 때문에 이래저래 돌보기도 하고 동백꽃을 되도록이면 싼값에 주기도 하면서 가장 아끼고 있죠. 우리는 죽은 사람을 좋아할 수밖에 없어요. 워낙 바빠서 다른 것을 좋아하게 될 틈이 없으니까요."

나는 이 남자를 지그시 바라보았다. 그 말을 들으면서 내가 얼마나 감동을 느꼈는지를 설명하지 않아도 알 만한 분들은 알아주시리라고 생각한다.

그도 내 기분을 알아챈 듯 말을 계속했다.

"소문을 듣자 하니 이 아가씨 때문에 파산한 사람과 이 아가씨에게 목매달았던 남자가 잔뜩 있었다더군요. 그런데 지금 와선 누구 하나 꽃 한 송이 사다 바치려고 하지도 않네요. 이상하기도 하고 안쓰럽기도 합니다. 그래도 이 아가씨는 불만이 있다고 할 수 없을 겁니다. 어찌 되었든 자신만의 무덤도 있고 한 사람이라도 생각해 주는 분이 있어서 그 사람이 다른 사람들 몫까지 대신해 주니까요. 여기에선 같은 처지에 같은 나이대의 가여운 아가씨라도 그냥 공동묘지에 던져넣는 경우가 많아서요. 그 불쌍한 시신이 구멍 속으로 떨어지는 소리를 들으면 가슴이 찢어지는 것만 같은 느낌이 듭니다. 죽기만 하면 신경 써주는 사람 하나 없으니 말이에요! 우리가 하는 일은 그리 유쾌하지는 않아요. 조금이라도 마음이란 것이 남아 있다면요. 그렇다고 내가 무얼 할 수 있겠습니까? 내 힘으로는 어찌할 도리가 없어요. 나에게도 20살 먹은 소중한 딸 하나가 있어서 그런지 양갓집 규수건 떠돌이의 딸이건 그 아이와 같은 나이대의 죽은 사람이 실려 오면 딸이 생각나서 참을 수 없을 만큼 울컥하게 된답니다. 아, 이런 이야기를 들으러 이곳에 오신 것이 아닐 텐데 많이 지루하셨겠군요. 나도 고티에 씨의 무덤으로 안내하라는 지시를 받고 왔는데 말이죠. 이곳입니다. 다른 용건은 없으십니까?"

"아르망 뒤발 씨의 주소를 아시나요?" 내가 그에게 물었다.

"으음, ○○ 거리에 사십니다. 나리께서 보고 계시는 이 꽃값을 받으러 그곳으로 가는지라."

"감사합니다."

나는 꽃으로 장식된 이 무덤에 마지막으로 한 번 눈길을 던졌다. 그러자 나도 모르게 지금 여기에 묻혀 있는 아름다운 여인이 어떤 모습으로 변해버렸는지 땅을 파내 알아보고 싶어졌다. 그다음 순간 나는 우울해져서 무덤을 떠났다.

"나리께서는 뒤발 씨와 만나고 싶으신가요?" 정원사가 나와 나란히 걸으면서 물었다.

"네."

"분명 아직 돌아오지 않으셨을 겁니다. 그렇지 않으면 벌써 이곳에 오셨을 테니까요."

"뒤발 씨가 아직 마르그리트를 잊지 않았다고 믿으시는군요."

"물론이죠. 게다가 그분이 이장을 원하시는 이유도 사실은 그 아가씨를 다시 한 번 보고 싶어서 그런 거예요."

"그건 또 무슨 의미죠?"

"그분이 묘지에 오셔서 내게 처음으로 하신 말씀이 '어떻게 해야 그 사람의 얼굴을 다시 한 번 볼 수 있을까?'였어요. 그러려면 이장 말고는 방법이 없거든요. 그래서 이장 허가를 받기 위한 절차를 모두 알려드렸습니다. 아시겠지만 본디 묻혔던 무덤에서 다른 무덤으로 옮기려면 경찰이 지켜보는 가운데 유체를 확인해야 하는데 이를 허락할 수 있는 것은 유족분들뿐이거든요. 뒤발 씨가 고티에 씨의 여동생을 찾아가신 것은 그 허가를 받기 위해서니까 돌아오시면 가장 먼저 이곳에 오실 거예요."

우리는 묘지 입구까지 왔다. 나는 다시금 정원사에게 고맙다고 말하며 그 손에 봉사료를 조금 쥐여준 뒤 그가 알려준 주소로 갔다.

아르망은 아직 돌아오지 않았다.

나는 돌아오는 대로 집에 와주시거나 어디서 만날지 정해주셨으면 한다는 쪽지를 남겨놓았다.

다음 날 아침에 뒤발 씨로부터 편지가 왔다. 돌아왔음을 알림과 함께 너무나

지쳐 외출할 힘도 없으니 부디 와주었으면 한다고 쓰여 있었다.

6

아르망은 몸져누워 있었다.

나를 보자 손을 내밀었는데 그 손은 타오르는 듯 뜨거웠다.

"열이 있네요." 내가 말했다.

"별거 아닙니다. 급히 여행을 다녀와서 피곤해졌을 뿐이에요."

"마르그리트의 여동생이 있는 곳으로 가셨다면서요."

"네. 그런데 누가 그런 말을 했죠?"

"다 알고 있습니다. 그래서 원하시는 것은 손에 넣으셨나요?"

"네. 하지만 내 여행이나 그 목적에 대해서까지 도대체 누구한테 들으셨습니까?"

"묘지 정원사입니다."

"그 무덤을 보셨군요?"

나는 대답을 망설였다. 묻는 말투로 보아 그는 지금도 여전히 전에 보았을 때와 마찬가지로 흥분하기 쉬운 상태이며, 그 괴로운 추억을 생각하거나 다른 사람의 말로 떠올리게 될 때마다 그의 감정이 본인의 의지를 배반하리라는 것은 불 보듯 뻔했기 때문이다.

그래서 나는 고개만 끄덕이는 것으로 대답을 끝냈다.

"제대로 손질을 해주고 있었나요?" 아르망이 말을 이었다.

굵은 눈물이 두 방울 환자의 뺨을 타고 흐르자 그는 그것을 감추고자 고개를 돌렸다. 나도 보지 못한 척 화제를 바꾸었다.

"3주 전에 여행을 떠나셨죠." 나는 말했다.

아르망은 손으로 눈을 비비고 나서 대답했다.

"정확히 3주 전이었죠."

"긴 여행이었네요."

"아아! 계속해서 여행만 하고 있지는 않았습니다. 그 가운데 15일은 병에 걸려 있었어요. 그렇지 않았다면 벌써 오래전에 돌아왔을 텐데 말이죠. 저쪽에 도착하자마자 열이 나는 바람에 꼼짝도 못 하고 누워 있었거든요."

"그럼 다 낫지도 않았는데 돌아오셨다는 거군요."

"그런 시골에 1주일이나 더 있었다가는 죽어버렸을 겁니다."

"그렇지만 이렇게 돌아오셨으니 이제는 몸조리를 하셔야죠. 친구분도 병문안 하러 오겠네요. 만약 괜찮으시다면 앞으로도 내가 한달음에 오겠습니다."

"아뇨, 2시간만 지나면 일어날 수 있어요."

"그건 무모하네요!"

"하지만 일어나야만 합니다."

"그렇게 서두르면서까지 무얼 하고 싶으신 겁니까?"

"경찰서에 가보아야 해요."

"그랬다간 병이 더 악화될 겁니다. 그 일은 누군가에게 맡기세요."

"그것만이 내 병을 낫게 하는 유일한 방법입니다. 그 사람의 모습을 꼭 봐야만 해요. 그 사람이 죽었다는 것을 알고 그녀의 무덤을 본 다음부터는 잠을 못 이루고 있습니다. 헤어질 때에는 그리도 젊고 아름다웠던 그 사람이 이제는 이 세상에 없다니 도무지 상상이 가지 않네요. 내 눈으로 확인할 필요가 있어요. 내가 그렇게나 사랑했던 그 사람을 하느님께서 어떤 모습으로 바꾸어버리셨는지 내 눈으로 확인할 필요가 있다고요. 변해버린 그녀 모습을 보면 그 무시무시한 광경이 생각나 절망적일 만큼 슬픈 이 추억도 사라질지 모릅니다. 당신도 함께 와주시겠습니까? ……혹시 내가 너무 폐를 끼치는 게 아니라면요."

"여동생은 뭐라고 했나요?"

"아무 말도 하지 않았습니다. 본 적도 없는 낯선 남자가 찾아와서는 마르그리트를 위해 묘지를 사서 무덤을 만들고 싶다고 하니 매우 놀라기는 했던 모양이지만 말이에요. 부탁드렸더니 바로 허가증에 사인을 해줬어요."

"그렇군요. 하지만 무덤을 옮기는 일은 병이 다 나은 다음에 하시는 것이 어떻습니까."

"아아! 나는 괜찮습니다. 걱정하지 마세요. 하겠다고 결심한 일을 되도록 빨리 해내지 않으면 머리가 이상해질 것 같습니다. 이렇게라도 하지 않으면 이 괴로움이 가라앉을 것 같지 않네요. 장담하건대 마르그리트의 모습을 볼 때까지는 한시도 편해질 수 없을 겁니다. 이렇게나 나를 애태우는 것은 아마 열병에서 온 갈증일 수도 있고, 잠들 수 없는 밤에 본 꿈 하나일 수도 있으며, 착란 끝에 이렇게 된 것일 수도 있습니다. 그러나 만약 그 사람을 본 뒤에 랑세[31] 씨처럼 수도사가 되어야만 한다고 해도 나는 봐야만 합니다."

"알겠습니다." 나는 아르망에게 말했다. "말씀하시는 대로 하죠. 그런데 쥘리 뒤프라와는 만나셨나요?"

"네! 여행에서 돌아온 바로 그날 만났어요."

"마르그리트가 당신에게 남겨두었다던 일기는 받으셨나요?"

"그게 이겁니다."

아르망은 베개 밑에서 두루마리를 꺼냈지만 곧바로 본디 있던 곳으로 되돌려놓았다.

그가 말했다. "여기에 쓰여 있는 내용은 모두 외우고 있습니다. 요 3주 동안 날마다 열 번은 더 반복해서 읽고 있거든요. 언젠가 당신도 읽어주셨으면 합니다만, 나중에 부탁드리도록 하죠. 그러는 편이 나도 좀 더 차분해져 있을 테고, 이 고백에서 드러나는 진심과 애정을 당신도 더 잘 이해할 수 있을 테니까요. 그런데 부탁이 한 가지 있습니다."

"뭐죠?"

"밑에 마차를 대기시켜 놓으셨나요?"

"네."

"그렇다면 내 여권을 가지고 우체국으로 가서 내 앞으로 온 편지가 있는지 물어봐 주시겠습니까? 아버지와 여동생이 파리로 편지를 부쳤을 겁니다. 워낙 급하게 출발해 버려서 확인하러 갈 틈이 없었거든요. 돌아오시면 내일 있을 개장 신고서를 제출하러 경찰서로 함께 가시죠."

나는 아르망으로부터 여권을 받아 들고 장 자크 루소 거리로 갔다.

그리고 뒤발 씨 앞으로 온 편지 두 통을 받아 가지고 돌아왔다.

---

31) Armand-Jean le Bouthillier de Rancé, 1626~1700. 엄격하기로 유명한 트라피스트 수도회 창시자. 젊었을 때는 아름다운 외모에 많은 재산이 있었기 때문에 쾌락에 빠져 지내다가 애인의 유해를 본 것을 계기로 속세를 버리고 엄격한 종교 생활을 했다고 한다.

돌아와 보니 아르망은 언제라도 나갈 수 있도록 완벽히 채비를 하고 있었다.
"감사합니다." 그가 편지를 받아 들며 말했다. 그리고 겉봉에 쓰인 글을 보며 말을 이었다. "역시 아버지와 여동생이 보냈네요. 답장이 없어서 내가 어떻게 됐는지 모르고 있겠죠."
　그는 편지봉투를 뜯었지만 읽지 않아도 내용을 짐작한 모양인지, 저마다 4, 5쪽 정도 되는 편지를 곧바로 다시 접어버리고 말았다.
"가시죠." 그가 말했다. "답장은 내일 쓸 겁니다."
　우리는 경찰서로 갔다. 아르망은 마르그리트의 여동생이 쓴 위임장을 내밀었다.
　경찰은 위임장과 맞바꿔 묘지 관리인에게 보내는 통지서를 주었다. 개장은 내일 아침 10시로 정해졌다. 나는 그보다 1시간 전에 그를 데리러 가서 묘지로 같이 가게 되었다.
　나 또한 호기심을 돋우는 이러한 장면에 꼭 참관하고 싶었다. 솔직히 말하면 그날 밤은 잠들 수가 없었다.
　나조차도 이런저런 상념에 사로잡혀 있었으니, 아르망에게는 그야말로 기나긴 하룻밤이었음이 틀림없다.
　다음 날 9시에 나는 그의 집으로 갔다. 아르망의 얼굴은 무서우리만치 창백했지만 언뜻 보기에는 차분했다.
　그는 나를 보며 미소를 짓더니 손을 내밀었다.
　촛불은 다 타서 꺼져 있었다. 아르망은 아버지에게 보낼 두꺼운 편지를 집어 들었다. 그 편지에는 분명 어젯밤의 감개가 담겨 있으리라.
　30분이 지나 우리는 몽마르트르 묘지에 도착했다.
　경찰은 이미 우리를 기다리고 있었다.
　우리는 마르그리트의 무덤 쪽으로 천천히 걸어갔다. 경찰이 맨 앞에서 걷고, 아르망과 내가 몇 걸음 뒤처져 따라갔다.
　때때로 경련이라도 일으킨 듯 떨리는 아르망의 팔을 느꼈다. 마치 갑작스러운 오한이 온몸을 내달리는 것 같았다. 나는 아르망을 바라보았다. 그는 내 눈빛의 의미를 이해한 듯 내게 미소 지어 보였다. 그러나 집에서 나온 순간부터 우리는 한마디도 나누지 않았다.

무덤 바로 앞에서 아르망은 얼굴에서 뿜어져 나오는 큼직한 땀방울을 닦았다.

이 틈을 이용해 나도 크게 숨을 내쉬었다. 엄청난 힘으로 심장을 조이는 듯한 느낌이 들었다.

이러한 무시무시한 광경을 눈앞에 둔 사람이 느끼는 고통에 가득 찬 쾌락이란 도대체 어디에서 오는 것일까! 우리가 무덤에 도착했을 때에는 심어져 있던 나무들도 모두 정원사가 이미 치워두었고, 철제 울타리도 철거되었으며, 두 남자가 곡괭이로 땅을 파고 있었다.

아르망은 나무에 기대어 그 광경을 지그시 바라보고 있었다.

그의 모든 생명이 두 눈에 집결된 것처럼 보였다.

갑자기 곡괭이 하나가 돌에 부딪치면서 귀에 거슬리는 소리를 냈다.

이 소리를 들은 아르망은 전기에 감전된 것처럼 뒤로 물러나 내 손을 아플 만큼 세게 쥐었다.

무덤을 파던 인부가 커다란 삽을 쥐고 무덤의 흙을 조금씩 파냈다. 마침내 관 위에 자갈만이 남자 그것도 하나씩 밖으로 내던졌다.

아르망이 모든 주의를 기울여 지켜보고 있다는 것은 누가 봐도 뚜렷했으며 나는 지금이라도 그가 쓰러지지는 않을까 매 순간 조마조마해하며 지켜보고 있었다. 그러나 그는 여전히 뚫어져라 쳐다보고 있었다. 그의 눈은 광기에 빠져든 것처럼 크게 뜨인 채 움직이지 않았다. 그저 뺨이나 입술의 희미한 떨림만이 지금 그가 격렬한 신경 발작에 시달리고 있음을 가르쳐주었다.

한편 나는 이러한 곳에 와버린 것을 그저 후회한다는 말밖에 할 수 없었다.

관을 완전히 파내자 경찰이 무덤 파는 인부에게 말했다.

"열어주게."

그들은 마치 세상에서 가장 쉬운 일이라는 듯 지시에 따랐다.

관은 떡갈나무로 만들어져 있었다. 인부들은 덮개라 할 수 있는 위 판자의 나사못을 떼어내기 시작했다. 흙의 습기로 나사못에 녹이 슬어 있었기 때문에 뚜껑을 여는 데에는 상당한 힘이 필요했다. 관 속에 향기 나는 식물을 깔아놓았는데도 부패물의 악취가 피어올랐다.

"아아, 하느님! 하느님!" 아르망이 중얼거렸다. 그의 얼굴색은 훨씬 더 창백해졌다.

무덤 파는 인부들마저 비틀비틀 뒤로 물러났다.

시신을 덮은 커다랗고 하얀 염포에 신체 곡선이 도드라져 보였다. 거의 완전히 좀먹힌 천의 끄트머리에서 죽은 여자의 발끝을 슬쩍 엿볼 수 있었다.

나는 기분이 나빠서 쓰러질 지경이었다. 지금 이렇게 글을 쓰고 있는 사이에도 그때의 정경이 압도적인 현실감과 더불어 눈앞에 떠오르고 있다.

"서두르게나." 경찰이 말했다.

한 인부가 손을 뻗어 염포를 풀기 시작했다. 그리고 염포를 들어 올리자 갑자기 마르그리트의 얼굴이 드러났다.

보기만 해도 무서운 광경이었다. 이렇게 말하는 것조차 소름 끼칠 정도다.

두 눈은 이제 구멍에 지나지 않았다. 흔적도 없이 사라진 입에서 굳게 악물은 하얀 이가 훤히 드러나 보였다. 푸석푸석하게 마른 기나긴 흑발은 관자놀이 위에 달라붙어, 녹색을 띤 움푹 팬 광대뼈를 덮고 있었다. 그러나 나는 이 얼굴 속에서 몇 번이고 본 적이 있었던 하얗고 장밋빛을 띤 쾌활한 얼굴을 알아볼 수 있었다.

아르망은 이 얼굴에서 눈을 돌리지도 못하고 손수건을 입에 댄 채 악물고 있었다.

한편 나도 머리는 쇠고리로 조이는 듯했고, 눈앞에 베일이 덮인 듯했으며, 귓속은 쿵쿵 울리는 듯한 느낌이 들었다. 만일을 위해 갖고 온 작은 병의 뚜껑을 겨우 열고 안에 들어 있던 각성제의 냄새를 깊이 들이마시는 것이 고작이었다.

현기증이 날 것만 같은 상황에서 경찰이 아르망에게 말하는 소리가 들렸다.

"틀림없죠?"

"네." 그는 희미한 목소리로 대답했다.

"그럼 덮개를 닫고 운반해 주게." 경찰이 말했다.

무덤을 파는 인부들은 염포를 내던지듯 다시 덮고, 관 덮개를 닫은 뒤에 양쪽에서 지고 일어나 지정된 장소로 운반해갔다.

아르망은 꿈쩍도 하지 않았다. 그의 시선은 텅 빈 무덤에 못 박혀 있었다. 그의 얼굴빛은 지금 막 눈에 들어온 시신처럼 창백했다. ……마치 돌이 되어 굳어 버린 것 같아 보였다.

처참한 광경이 눈앞에서 멀어지고 고통이 누그러져 그를 떠받치는 것이 없어진다면 아르망이 어떻게 될지 나는 알 수 있었다.

나는 경찰에게 가까이 갔다.

"이 사람이 계속 참관해야 합니까?" 나는 아르망을 가리키며 말했다.

"아니요." 그가 말했다. "그보다도 얼른 데리고 돌아가시는 편이 낫겠네요. 기분이 안 좋아 보이는군요."

"자, 돌아가죠." 나는 아르망의 팔을 잡으며 말했다.

"네?" 그렇게 말하며 나를 바라보는 아르망은 내가 누군지도 인식하지 못하는 듯했다.

"이제 다 끝났어요." 내가 말을 이었다. "자, 돌아갑시다. 얼굴은 창백하고 오한도 드나 보네요. 너무 흥분하면 목숨이 위험할 수도 있어요."

"그래요. 갑시다." 그는 기계적으로 말했지만, 한 발짝도 움직이려 하지 않았다.

그래서 나는 그의 팔을 잡고 끌고 갔다.

그는 어린아이처럼 내가 이끄는 대로 끌려가면서도 때때로 중얼거렸다.

"그 눈을 보셨나요?"

그리고 그 환영이 자신을 불러들이기라도 하는 듯 뒤를 돌아보았다.

그러는 사이에 그의 발걸음이 꼬이기 시작했다. 그는 경련하다시피 하면서 간신히 걸음을 옮겼다. 이가 딱딱 부딪치고, 손은 차가웠으며, 격렬한 신경 발작이 온몸을 덮치고 있었다.

아무리 말을 걸어도 대답은 돌아오지 않았다.

내가 이끄는 대로 걷는 것이 고작이었기 때문이다.

문 쪽에 도착하자 마차 한 대를 발견했다. 위험할 뻔했다.

걸터앉자마자 경련이 격렬해지는 것을 보니 그야말로 완벽한 신경 발작 증세였다. 그러나 한참 발작을 일으키는 와중에도 그는 나에게 걱정 끼치지 않으려고 내 손을 쥐면서 중얼거렸다.

"아무것도 아니에요. 아무것도 아니랍니다. 울고 싶을 뿐이에요."

나는 그가 가슴을 들썩이며 흐느끼는 것을 들었다. 그러나 눈에 핏발이 서 있을 뿐, 눈물은 흘리지 않았다.

나는 아까 내가 썼던 각성제의 냄새를 맡게 했다. 그러나 그의 집에 도착했을 때에도 오한만큼은 사라지지 않았다.

심부름꾼의 손을 빌려 그를 눕히고 난로에 불을 지폈다. 그리고 급하게 주치의에게 가서 지금까지 무슨 일이 있었는지 설명했다.

의사는 바로 왕진을 와주었다.

아르망은 얼굴이 새빨개진 채 열에 들떠 정신을 차리지 못하고 있었다. 무슨 소리인지 알아들을 수도 없는 말을 계속해서 더듬거렸지만 그 속에서도 마르그리트라는 이름만은 똑똑하게 알아들을 수 있었다.

"어떤가요?" 진찰을 마친 의사에게 물었다.

"뇌막염입니다. 하지만 오히려 다행이네요. 이렇게 말하는 것은 좀 그렇지만 내가 장담하건대 만약 병에 걸리지 않았더라면 정신이 온전치 못했을 겁니다. 적절한 때에 몸의 병이 마음의 병을 진정시킬 테죠. 한 달쯤 지나면 아마 몸도 마음도 다 나을 겁니다."

7

아르망이 앓고 있는 병은 곧바로 죽거나 아니면 낫는다는 점에서 매우 명쾌하다고 할 수 있었다.

앞서 말했던 사건에서 15일쯤 지나자 아르망은 회복기에 들어섰으며, 우리 사이 또한 깊은 우정으로 맺어졌다. 그가 병에 걸려 있는 동안 나는 거의 병실을 떠나지 않았기 때문이다.

봄은 꽃이나 푸른 잎, 새, 노랫소리를 아낌없이 퍼트리고 있었다. 아르망이 있는 방 창문은 정원 쪽으로 활짝 열려 있어 싱그러운 향이 피어올랐다.

의사에게서 일어나 있어도 괜찮다는 허락을 받자 우리는 햇볕이 가장 따뜻한 12시에서 2시까지 활짝 열린 창가에 앉아 이야기를 나누고는 했다.

나는 마르그리트가 화제에 오르지 않도록 주의를 기울였다. 그 이름이 겉으로는 평온해 보이는 환자의 마음속 깊은 곳에 잠들어 있던 슬픈 기억을 불러일으키지는 않을까 여전히 걱정되었기 때문이다. 그러나 이런 나와는 달리 아르망은 그녀에 대해서 말할 때마다 매우 즐거워 보였다. 전처럼 눈물을 글썽이는 것이 아닌, 온화한 미소를 띠면서 이야기하는 모습을 보자 나도 그의 정신 상태에 대한 걱정을 덜 수 있었다.

마지막으로 무덤을 찾아갔던 때, 말하자면 그를 위독하게 만든 그 광경을 보았던 때부터 그의 정신적 고통은 병으로 한계에 달했는지 마르그리트의 죽음도 이제는 전처럼 눈앞에서 떠오르지 않는 듯했다. 그녀의 죽음을 똑똑히 확인하면서 오히려 위안을 얻었던 것이다. 어쩌면 눈앞에서 어른거리는 음산한 영상을 몰아내기 위해 마르그리트와 함께했던 즐거운 추억에만 잠겨, 그것 말고는 더 이상 받아들이려 하지 않는 것처럼 보이기도 했다.

그의 육체에는 이제까지 받은 충격에다 열병을 낫게 하려고 있는 힘을 다 써버린 나머지, 마음에 격렬한 감정을 받아들일 기운이 남아 있지 않았다. 또한 온 세상에 넘치는 봄의 기쁨이 아르망을 둘러싸고 그의 생각을 어느새 화사하게 바꿔놓았다.

그는 자신이 중태에 빠졌었다는 사실을 가족에게 알리라고 해도 계속해서 완고하게 거부했다. 목숨을 건진 지금조차 그의 아버지는 그가 병에 걸렸었다는 사실을 모른다.

어느 날 저녁 우리는 여느 때보다도 늦게까지 창가에 머물러 있었다. 태양이 남색과 황금색으로 빛나는 노을 속으로 가라앉고 있는 매우 아름다운 날이었다. 파리에 있는데도 신록이 우리를 감싸 세상으로부터 떨어뜨려놓은 것처럼 가끔씩 들려오는 마차 바퀴 소리만이 둘의 대화를 방해할 뿐이었다.

"마르그리트를 만난 것은 오늘 같은 계절에 오늘 같은 노을이 질 때였어요."
아르망은 나의 말보다도 자신의 추억에 귀를 기울이며 말했다.

나는 잠자코 있었다.

그러자 그는 나를 보며 말을 이어갔다.

"나는 당신에게 이 이야기를 해야만 합니다. 그리고 이 이야기를 책으로 내주셨으면 좋겠습니다. 사람들은 믿어주지 않을지도 모릅니다만 글로 쓸 때는 재밌으리라 생각해요."

그래서 나는 이렇게 말했다. "그 이야기라면 나중에 하시죠. 아직 다 나은 것도 아니니까요."

그는 미소를 지으면서 말했다. "오늘 밤은 따뜻한 데다 닭가슴살도 먹었습니다. 열도 내렸고요. 둘이서 달리 할 것도 없으니 무슨 이야기든 하고 싶네요."

"정 그러시다면 듣도록 하죠."

그는 말을 덧붙였다. "단순한 이야기예요. 사건 순서대로 이야기하도록 하죠. 나중에 책으로 낼 때 문제가 있다면 다른 방식으로 쓰셔도 돼요."

그러고는 다음과 같이 이야기했다. 나는 이 감동적인 이야기에 다른 이야기를 더하는 일만은 하지 않았다.

"그래요." 아르망은 팔걸이의자 등받이에 머리를 기대면서 말하기 시작했다.

그래요, 마침 오늘 같은 밤이었어요! 나는 친구인 가스통 R과 함께 교외에서 한나절을 지내고 저녁에 파리로 돌아왔지만 할 일도 없었기에 둘이서 바리에테 극장[32]에 갔습니다.

막간을 이용해 복도로 나오니 키가 큰 여자가 우리를 스쳐 지나가더군요. 가스통은 그녀에게 인사를 했습니다.

"지금 인사한 여자는 누구야?" 내가 물었습니다.

"마르그리트 고티에야."

"많이 변한 것 같은데. 몰라봤어." 나는 마음의 동요를 느끼면서 말했습니다. 이때 내 감정에 대해서는 다음에 알 수 있을 겁니다.

"병에 걸렸었거든. 불쌍하게도. 이제 살날이 얼마 남지 않았을 거야."

나는 그 말을 마치 어제 들었던 것처럼 똑똑히 기억하고 있습니다.

그런데 여기서 알아주셨으면 하는 게 있습니다. 2년 전부터 그녀를 만나고 그 모습을 볼 때마다 이상한 느낌이 들었다는 점입니다.

---

32) Théâtre des Variétés. 1807년 몽마르트르 대로 7번지에 만들어진 극장.

어째서인지는 몰랐지만 낯빛이 안 좋아지고 심장은 쿵쾅거린 거죠. 신비학에 빠져 있는 한 친구라면 이런 느낌을 영적으로 파장이 잘 맞는 것이라고 말했겠지만 나는 그저 내가 마르그리트와 사랑에 빠지게 될 운명이며, 그런 예감이 들었던 것이라 생각하고 있었습니다.

나는 그녀를 볼 때마다 노골적으로 반응했습니다. 그 바람에 몇 친구들에게는 들켜버렸습니다만 내가 누굴 보고 그런 반응을 보이는지 알아채자 그들은 비웃었죠.

나는 부르스 광장[33]의 쉬스[34]라는 가게에서 그녀를 처음 보았습니다. 포장을 개킨 칼레슈[35] 한 대가 멈춰 서자 하얀 옷을 입은 여자가 내리더군요. 그 여자가 가게로 들어서자 사람들이 감탄하며 속삭이는 소리가 그녀를 맞이했습니다. 나는 그녀가 가게로 들어가서 나오는 순간까지 못 박힌 듯 그 자리에 우뚝 서 있었어요. 가게 안에서 무엇을 살지 고르고 있던 그녀를 창문 너머로 계속 바라보고 있었죠. 안으로 들어갈 수도 있었습니다만 그럴 용기가 없었습니다. 그 여인이 무얼 하는 사람인지도 몰랐던 데다 내가 가게 안으로 들어온 이유를 짐작하고는 기분이 상하지는 않을까 걱정스러웠던 것입니다. 그렇지만 그때는 이 여인을 다시 보게 될 줄은 꿈에도 생각 못 했습니다.

그녀의 옷차림은 매우 세련되어 보였습니다. 옷자락 장식이 잔뜩 달린 모슬린 드레스를 입고, 인도에서 수입한 천 끄트머리에 금실로 꽃 모양을 수놓아 만든 네모난 숄을 어깨에 걸치고 있었죠. 게다가 이탈리아에서 만든 밀짚모자를 쓰고, 그즈음 유행하기 시작한 두꺼운 금 사슬 팔찌를 하나만 차고 있었습니다.

그녀는 다시 마차에 올라타더니 그냥 가버렸습니다.

한 점원이 문 앞에 남아 이 우아한 손님의 마차를 배웅하고 있기에 나는 점

---

33) Place de la Bourse. 프랑스 남서부, 가론강과 접한 광장. 18세기 루이 15세의 왕실 건축가 앙주자크 가브리엘(Ange-Jacques Gabriel)이 건축. 2007년 이 광장이나 켄콩스 광장을 포함, 계몽주의 시대의 도시계획이 잘 보존된 역사 지구가 '달의 항구 보르도'라는 명칭으로 세계문화유산에 등록되었다.
34) Porte de Susse. 본디 미술품이나 그림을 팔았던 고급 가게이며, 그 무렵 유명 상표 옷들도 판매하고 있었다.
35) Calèche. 접는 포장이 달린 4륜, 4인승 마차.

원에게 다가가 아까 그 여인의 이름을 알려달라고 부탁했습니다.

"마르그리트 고티에 양입니다."

차마 주소까지 물어볼 수 없었던 나는 그 자리를 떠났습니다.

여태까지 수많은 환상을 보아왔지만 이 환상만이 내 마음속에서 떠나지를 않았습니다. 이 기억이야말로 진정한 환상인 겁니다. 나는 어디를 가나 우아하고 아름다운 하얀 여인을 찾아 헤매게 되었습니다.

그 뒤로 며칠이 지나 오페라 코미크 극장[36]에서 대규모 극작품을 상연한다기에 나도 가보았습니다. 그때 무대 앞 특별석에 있는 마르그리트 고티에의 모습이 맨 처음 내 눈에 띄었습니다.

나와 같이 있던 젊은 친구도 그녀의 모습을 발견하고는 그 이름을 입에 담으면서 내게 말했습니다.

"이봐, 저 미인 좀 봐."

마침 마르그리트는 오페라글라스로 이쪽을 보다가 내 친구를 알아보고 미소를 지으면서 자신이 있는 곳으로 오라는 신호를 보냈습니다.

"잠깐 인사 좀 하고 올게. 바로 돌아올 테니까." 그는 내게 말했습니다.

"자넨 참 행복하겠군!" 나는 나도 모르게 그렇게 말하지 않고는 견딜 수가 없었습니다.

"왜?"

"저 여인을 만나러 갈 수 있으니 말이야."

"이런, 저 여자에게 마음이 있는 거야?"

"아니. 그래도 아는 사이가 되면 좋을 텐데." 나는 얼굴을 붉히며 말했습니다. 사실 그녀의 어떤 점에 반했는지 나 자신도 잘 몰라서 말이죠.

"그럼 같이 가자고. 소개해 줄 테니까."

"하지만 먼저 나를 만나줄지를 물어봐야지."

---

[36] Paris l'Opéra Comique. 처음에는 몰리에르가 창단한 극단의 이름이었으나, 지금은 극장의 이름으로 통용된다. 1783년 파바르 거리에 건립되었으나 그 뒤 화재로 소실되었고, 1898년에 현재의 극장이 개장되었다. 프랑스 고전극 중심의 공연으로 유명하며, 《라크메》《미뇽》《카르멘》《마농》《루이즈》 등 프랑스 오페라의 명작을 많이 초연했다.

"아아! 괜찮아. 저런 여자들에게 그렇게까지 예의 차릴 필요는 없어. 오라고."

그 말은 내게 아픔을 남겼습니다. 마르그리트라는 여인에게 내 마음을 바칠 가치가 없다는 사실을 똑똑히 알게 되어버릴 것만 같아 불안했기 때문입니다.

알퐁스 카[37]의《담배를 피우면서》라는 책에는 노을이 질 무렵 어느 우아한 여인의 뒤를 쫓아가는 남자가 나옵니다. 그 남자는 그녀의 뛰어난 아름다움에 한눈에 반해버렸습니다. 그는 그 여인의 손에 입 맞추기 위해서라면 무엇이든 해보이겠다는 기력과 무엇이든 쟁취하겠다는 의지 그리고 무엇이든 해내고야 말겠다는 용기를 느꼈습니다. 드레스가 땅바닥에 닿아 더러워지지 않도록 옷자락을 살짝 들어 올릴 때 그 밑으로 보이는 매력적인 발조차 제대로 쳐다볼 수 없었는데 말이죠. 이 여인을 손에 넣으려면 어떻게 해야 할지 이런저런 궁리를 하던 그에게 어느 길모퉁이에서 자신의 집에 들르라고 그녀가 말을 걸었습니다. 그는 고개를 돌리면서 곧장 거리를 가로지르더니 슬퍼하며 자신의 집으로 돌아갑니다.

나는 이 이야기를 떠올리고 있었습니다. 마르그리트를 위해서라면 어떠한 괴로움도 기꺼이 받아들이겠다는 생각까지 하고 있던 나는 그녀가 아무렇지 않게 나를 받아들여, 기나긴 시간을 인내하거나 커다란 희생을 치러야만 손에 넣으리라 생각했던 사랑을 쉽게 주어버리지는 않을까 두려워졌습니다. 우리 남자란 그런 존재죠. 상상력이 우리의 관능에 시적 정취를 남기고, 육체의 욕망이 영혼의 몽상에 자리를 내준다니, 정말이지 행복하기 그지없다는 말밖에 할 수 없군요.

바꿔 말해 "너는 오늘 밤 저 여자를 네 것으로 할 수 있어. 대신에 내일이 오면 넌 죽을 거야." 이런 말을 들었다면 나는 그래도 상관없다고 했겠죠. 하지만 "10루이[38]만 줘봐. 그러면 저 여자는 네 것이 될 거야." 이런 말을 들었다면 나는 그 제안을 물리치고, 꿈속에서 본 성이 눈을 뜸과 함께 무너져 내리고 마는 걸 보는 어린아이처럼 눈물이 앞을 가리게 될 겁니다.

---

37) Alphonse Karr. 1808~1890. 프랑스의 소설가 겸 언론인. 풍자적인 작품이 많다. 특히《보리수 아래에서》는 19세기에 베스트셀러가 되었다.

38) Louis. 프랑스 국왕의 초상이 새겨진 옛 금화. 20프랑.

그렇다고는 해도 나는 그녀와 가깝게 지냈으면 좋겠다는 생각을 했습니다. 그것만이 그녀의 어떤 점에 끌렸는지 알 수 있는 방법이었으니까요.

그래서 나는 나를 소개해도 괜찮은지 허락을 받아와달라고 친구에게 부탁했습니다. 그러고는 복도에서 어슬렁거리며 곧 만나게 될 그녀가 내게 눈길을 주면 어떤 표정을 지어야 할지 생각했습니다.

무슨 말을 해야 할지도 미리 정리해 놓으려 했고요.

사랑이란 어쩌면 이리도 숭고하고도 어린아이 같을까요!

얼마 지나지 않아 친구가 돌아왔습니다.

"그 사람이 기다리고 있어." 그가 말했습니다.

"혼자서?"

"다른 여자가 하나 더 있어."

"남자는 없는 거지?"

"없어."

"좋아, 가자고."

친구는 극장 문 쪽으로 갔습니다.

"이봐, 그쪽이 아니잖아."

"봉봉을 사러 가는 거야. 그녀에게 부탁받았거든."

우리는 오페라 극장 앞 상점가에 있는 과자 가게에 들어갔습니다.

나는 가게를 통째로 사버리고 싶다는 생각을 하면서도 주머니에 무슨 과자를 넣을지 고민하고 있었습니다만 친구는 순식간에 주문을 끝내버리더군요.

"건포도 설탕 절임 500그램 주세요."

"그녀가 그걸 좋아할지 어떻게 아나?"

"이 과자 말고 다른 것은 먹지 않기로 유명하다고."

그는 가게 밖으로 나가자 이렇게 말했다. "아! 내가 지금부터 소개해 줄 사람이 뭐 하는 여자인지는 알고 있지? 무슨 공작부인이라도 된다는 생각은 버려. 기껏해야 남자들이 차려준 살림으로 살아가는 여자란 말이야. 말 그대로 첩이라고. 그러니까 어려워할 필요는 없어. 무슨 생각을 하건 그대로 말하면 돼."

"알았네, 알았어." 나는 머뭇거리며 말했습니다. 그러면서 이제 내 열정도 식으리라 생각하며 그 뒤를 따라갔습니다.

특별석에 들어가 보니 마르그리트는 떠들썩하게 웃으며 즐거워하고 있었습니다.

나는 그녀가 서글퍼하고 있기를 바랐지만요.

친구는 마르그리트에게 나를 소개했습니다. 그녀는 내게 살짝 고개를 숙이더니 바로 이렇게 말했습니다.

"봉봉은 어디 있죠?"

"자, 여기 있어."

그녀는 봉봉을 받으면서 나를 쳐다보았습니다. 얼굴이 달아올라 나는 눈을 내리떴습니다.

그녀는 몸을 굽히더니 옆에 있는 여자 귓가에 낮은 목소리로 무어라 속삭였습니다. 그리고 둘이서 까르르 웃음을 터뜨렸습니다.

그녀들이 나 때문에 웃는다는 것은 누가 봐도 뻔했기에 나는 점점 더 당혹스러워졌습니다. 그때 나는 다정하면서도 감상적인 면이 있던 중산층 아가씨와 사귀고 있었습니다. 실은 그 아가씨가 쓴 감상적이고 우수 어린 편지를 읽으면서 가끔 웃음을 터트리기도 했죠. 그러나 내가 이렇게 쓴맛을 보고 나니 그 아가씨도 아마 많이 괴로웠으리라는 짐작을 할 수 있었습니다. 그래서 한 번도 여성을 사랑해 본 적이 없었던 것처럼 그 아가씨를 5분쯤은 사랑스럽다고 느꼈습니다.

그때 마르그리트는 나 따위는 아랑곳하지 않고 건포도를 먹고 있었습니다.

마르그리트를 소개해 준 내 친구는 우스꽝스러운 꼴이 된 나를 그냥 내버려 두지는 않았습니다.

"마르그리트. 뒤발 씨가 잠자코 있다 해서 어이없다는 생각은 하지 말아줘. 당신이 너무 당황스럽게 만드니까 아무 말도 못 하게 되지 않았나."

"어머, 그거야 당신이 혼자 오기 난처하다고 이분을 억지로 데리고 오니까 그런 거잖아요."

이번에는 내가 말했다. "만약 그랬다면 나는 에르네스트 군에게 당신을 만나도 좋을지 물어봐달라고 부탁도 하지 않았을 겁니다."

"그건 당신이 위기의 순간을 되도록이면 늦춰보려는 수작을 부린 거겠죠."

마르그리트와 같은 부류의 여자들을 조금이라도 겪어본 적이 있다면 그녀들에게 처음 보는 남자들을 살살 약 올리면서 즐거워하는 성향이 있다는 것을 알 겁니다. 아마 날마다 만나는 남자들에게서 가끔씩 받아야만 하는 굴욕에 대한 복수일 테지요.

이에 잘 대응하려면 그녀들만의 특별한 세계에 익숙해질 필요가 있습니다만 나는 그렇지 않았습니다. 게다가 마르그리트에게 환상을 품고 있던 나에게 그 농담은 크게 와 닿았습니다. 그녀가 하는 일이라면 무엇이든 관심을 보이지 않을 수 없었습니다. 그래서 나는 벌떡 일어나 다음과 같이 말했습니다만 들떠버린 목소리를 완벽하게 감추지는 못했습니다.

"부인, 나를 그런 식으로 생각하셨다면 다시는 이러한 모습을 보이지 않겠다고 약속드리겠습니다. 그리고 나의 무례를 용서해 주시길 바라며 이만 실례하겠습니다."

나는 인사를 마치고 나와버렸습니다.

문이 닫힐락 말락 할 즈음 세 번째로 크게 웃어대는 소리가 들려왔습니다. 정말이지 누군가 나를 팔꿈치로 찍어주었으면 좋겠다는 생각까지 들더군요.

우리 자리로 돌아오니 막이 오른다는 신호가 들렸습니다.

에르네스트도 내 옆으로 돌아왔고요.

그리고 자리에 걸터앉으며 말했습니다. "도대체 무슨 짓을 한 거야! 다들 네 머리가 어떻게 된 거 아니냐고 말하더라니까."

"내가 나가니까 마르그리트는 뭐라고 말했어?"

"웃으면서 너같이 희한한 남자는 본 적이 없다고 말했어. 하지만 실수했다고 자책할 필요는 없어. 다만 그런 여자들이 하는 말을 예의 차리면서 진지하게 받아들이지 말라고. 품위라든가 예절이라는 걸 모르니까 말이야. 아무리 향수를 뿌려줘도 그 향이 싫어서 일부러 진흙탕에 뒹굴러 가는 개와 똑같다니까."

"이제 나와는 상관없어." 나는 아무렇지 않은 듯이 말하려 애썼습니다.

"두 번 다시 그 여자와 만나지 않겠어. 예전에는 분명 호감이 있었지만, 소개받고 나니 마음이 달라졌어."

"말도 안 돼! 언젠가 그녀의 특별석에서 널 보게 되거나, 그녀 때문에 빈털터리가 되었다는 소식을 들어도 난 놀라지 않을 거야. 물론 네 말이 맞기는 맞아. 막돼먹은 여자거든. 하지만 애인 삼기에는 딱 좋아."

다행히 막이 올라 그도 입을 다물었습니다. 그날 극장에서 무슨 연극을 했는지에 대해서는 말씀드리려야 드릴 수가 없네요. 내게 남아 있는 기억이라고는 그렇게 박차고 나와버린 특별석을 흘끔흘끔 보니 그때마다 다른 남자들이 연신 드나들고 있었다는 것뿐이니까요.

그렇다고는 해도 마르그리트에 대한 생각을 멈출 수는 없었습니다. 오히려 또 다른 감정에 사로잡히게 되었죠. 그런 모욕을 받고 비웃음거리로 전락한 내 모습을 그녀의 머릿속에서 지워버리고 말겠다는 생각을 했습니다. 그래서 나는 마음속으로 다짐했습니다. 모든 재산을 들이붓는 한이 있어도 그 여자를 내 것으로 만들어, 도망치듯 뛰쳐나왔던 그곳에 대한 정당한 권리를 손에 넣겠다고요.

연극이 끝나기도 전에 마르그리트는 함께 있던 여자와 특별석을 떠났습니다. 나도 무심코 자리에서 일어났습니다.

"벌써 가는 거야?" 에르네스트가 물었습니다.

"응."

"왜?"

그는 나에게 말하면서 특별석이 텅 비어 있다는 것을 알아챘던 것 같습니다.

"가봐, 가봐. 그리고 행운을 빌게. 적어도 아까보다는 잘하도록 말이야."

나는 밖으로 나왔습니다.

계단 쪽에서 옷이 스치는 소리와 말소리가 들려왔습니다. 나는 그쪽에서 이쪽을 볼 수 없도록 그 자리를 벗어나 그녀들과 함께 두 청년이 지나가는 것을 가만히 보고만 있었습니다.

극장 회랑 밑에 있던 이들 앞에 심부름꾼 소년이 나타났습니다.

그러자 마르그리트가 말했습니다. "카페 앙글레[39] 앞에서 기다리라고 마부

---

[39] Café Anglais. 이탈리아인 거리 13번지에 위치했으며 파리 유행을 선도했던 레스토랑.

에게 전해줘. 우리는 그곳까지 걸어갈 테니까."

 몇 분 뒤 나는 큰길에서 어슬렁거리다가 어느 레스토랑의 커다란 별실 창가에서 발코니에 기대 동백꽃다발 꽃잎들을 한 장 한 장 뜯고 있는 마르그리트를 보았습니다.

 한 남자가 그녀의 어깨 위로 몸을 굽히고 무언가 소곤소곤 말하고 있었습니다.

 나는 메종 도르[40]로 들어가 2층 홀에 자리를 잡고 방금 전 그 창가에서 눈을 떼지 않았습니다.

 밤 1시가 되자 마르그리트는 다른 세 사람과 함께 마차에 올라탔습니다.

 나도 카브리올레에 타서 뒤를 쫓았습니다.

 그녀가 탄 마차는 앙탱 거리 9번지에서 멈췄습니다.

 마르그리트는 마차에서 혼자 내리더니 그녀의 집으로 들어가더군요.

 아마 우연이었겠지요. 하지만 그 우연은 나를 매우 행복하게 만들었습니다.

 그날부터 극장이나 샹젤리제에서 마르그리트를 자주 보게 되었습니다. 언제나 활기찬 그녀를 볼 때마다 내 가슴은 무너져 내렸고요.

 그런데 어디를 가도 그녀와 만날 수 없는 날이 15일쯤 이어졌습니다. 나는 가스통과 만났을 때 그녀의 소식을 물어보았습니다. 그러자 그가 말해줬죠.

 "가엽게도 병에 걸렸다는데."

 "도대체 무슨 병인가?"

 "폐병이래. 그런 식으로 생활해서야 나을 병도 안 낫지. 몸져누워서 이젠 죽을 지경이라는군."

 사람의 마음이란 기묘하기 짝이 없더군요. 나는 그녀가 병에 걸렸다는 사실에 반쯤 만족스러움을 느꼈습니다.

 그리고 그녀의 몸 상태가 어떤지 날마다 물으러 갔지만 이름을 쓰지도 명함을 남기지도 않았습니다. 그러다가 나는 그녀가 회복을 위해 바녜르로 떠났다는 사실을 알게 되었습니다.

---

40) Maison d'Or. 그 무렵 유행의 최첨단을 걷던 카페 레스토랑으로 이탈리안 거리와 라피트 거리 모퉁이에 위치했으며 애인에게 사랑을 속삭이기 위한 특별실도 있었다.

그 뒤로 시간이 흘러 기억은 그렇지 않다 해도 인상은 조금씩 희미해져 가는 듯했습니다. 그리고 나는 여행을 떠났습니다. 인간관계나 일상적인 습관 그리고 일이 그녀를 향한 마음을 대신하게 되었고, 처음 만났던 날을 떠올려도 아주 어렸을 적에 흔히 있는 일이지만 시간이 지나면 웃어넘길 법한 열정 정도로 밖에 생각지 않게 되어갔습니다.

물론 추억을 이겨냈다고 해서 공적이 되지는 않겠지만요. 그래도 마르그리트가 떠난 뒤로는 그녀를 전혀 보지 못했고, 앞서 말씀드렸다시피 바리에테 극장 복도에서 그녀가 내 옆을 스쳐 지나갔어도 나는 알아보지 못했습니다.

그때 그녀는 베일을 쓰고 있었습니다만 아무리 그랬다고는 하나 2년 전이었다면 굳이 살펴보지 않아도 그녀가 누군지 알아보았을 겁니다.

어찌 되었든 그녀임을 알아차린 바로 그 순간, 내 심장은 두근거리기 시작했습니다. 그녀를 보지 않고 지냈던 2년이라는 세월과 그 세월이 가져다준 듯했던 결과는 그녀의 드레스에 닿은 것만으로도 연기처럼 사라져 버리고 말았습니다.

8

"하지만." 아르망은 잠시 뜸을 들이다가 말을 이어갔다.

여전히 마르그리트를 사랑하고 있다는 것을 깨달았으면서도 내가 예전보다 더 굳세졌다는 느낌도 들었습니다. 그리고 마르그리트와 다시 한 번 만나보고 싶다는 욕망 속에는 내가 그녀보다 한 수 위임을 보이고 싶다는 뜻도 있었습니다.

사람의 마음이란 원하는 것을 이루기 위해서라면 어떠한 방법이든 마다하지 않고 어떠한 이유든 갖다 붙이더군요!

계속 복도에만 머물러 있을 수는 없었기에 나는 그녀가 어느 특별석에 있는지 찾고자 서둘러 극장 안을 둘러보면서 일반석 내 자리로 돌아왔습니다.

그녀는 1층 특별석에 있었습니다. 그것도 혼자서요. 전에도 말씀드렸다시피 그녀의 모습은 몰라볼 만큼 변해 있었고, 입가에 머금었던 냉랭한 미소도 이제는 보이지 않았습니다. 그만큼 병으로 괴로워했던 걸 테고, 그때도 계속해서 괴로워하고 있었던 거죠.

4월이 다 되었는데도 그녀는 아직도 겨울처럼 벨벳 드레스를 입고 있었으니까요.

그 모습을 너무나 집요하게 쳐다보는 바람에 나는 그녀의 눈길을 끌게 되었습니다.

그녀는 잠시 나를 바라보더니 조금 더 자세히 들여다보기 위해 오페라글라스를 들었습니다. 내가 누군지는 잘 모르지만 어디선가 본 적이 있다는 느낌은 들었겠죠. 그리고 내가 인사라도 할 줄 알았는지 그에 답하기 위해 오페라글라스를 내려놓은 그녀의 입술에 여성 특유의 매력적인 인사라 할 수 있는 미소가 살짝 감돌았습니다. 그러나 나는 주도권을 잡기 위해 그녀가 아무리 나를 기억하고 있어도 나는 그녀를 잊어버리기라도 했다는 듯 그 미소에 답하지 않았습니다.

그녀는 사람을 잘못 보았다고 생각했는지 그대로 고개를 돌려버리고 말았습니다.

이어서 막이 올랐습니다.

극장에서 마르그리트를 본 적은 많았지만 정작 연극에 집중하는 모습을 본 적은 단 한 번도 없었습니다.

물론 나도 연극에는 거의 흥미를 느끼지 못했고 그녀에게만 정신이 팔려 있었지만 그 사실을 그녀가 알아차리지 못하도록 세심한 주의를 기울였습니다.

그러다가 그녀가 맞은편 특별석에 있는 누군가와 눈짓을 주고받고 있다는 것을 알아챘습니다. 그쪽으로 눈길을 주니 나와 허물없이 지내는 여자가 보였습니다.

예전에는 남자들이 차려준 살림으로 생활하다가 여배우가 되려 했지만 실패하고, 파리 화류계에서 사귀었던 수많은 사람들의 도움을 받아 장삿길로 들어서 지금은 부인용 모자 가게를 하고 있는 여자였습니다.

나는 이 여자를 마르그리트와 만날 수단으로 삼기로 하고 그녀가 이쪽으로 눈길을 돌린 순간을 이용해 손짓과 눈짓으로 인사를 보냈습니다.

예상대로 그녀는 나를 특별석으로 불러들였습니다.

프뤼당스[41] 뒤베르누아, 모자 가게 여주인에게는 딱 맞는 이름이겠죠. 그녀는 어디서나 볼 수 있는 뚱뚱한 40대 여자로 그다지 엄청난 계책을 쓰지 않아도 내가 원하는 정보를 몽땅 털어놓을 게 뻔했습니다. 내 질문이야 매우 단순하니 말할 것도 없었죠.

나는 그녀가 또다시 마르그리트에게 신호를 보내기 시작한 바로 그 순간을 이용해 말을 걸었습니다.

"누굴 그렇게 보고 있는 겁니까?"

"마르그리트 고티에야."

"저 사람을 아세요?"

"그럼. 단골손님인 데다가 집도 바로 옆이거든."

"부인도 앙탱 거리에 사시나요?"

"7번지야. 마르그리트네 화장실 창문과 우리 집 창문이 마주 보고 있지."

"다른 사람들 말로는 저 사람이 그렇게 매력적이라던데요."

"마르그리트를 몰라?"

"몰라요. 하지만 알고 싶기는 해요."

"이쪽으로 오라고 할까?"

"아뇨. 그보다는 부인이 저분께 나를 좀 소개해 주셨으면 합니다만."

"마르그리트 집에서?"

"네."

"그건 좀 어렵겠는데."

"왜요?"

"왜냐하면 마르그리트는 질투가 심한 데다 나이까지 많은 공작에게 보호 받으면서 살고 있거든."

"'보호'라니 참 멋진 말인데요."

"보호는 보호야. 하지만 참 안됐어. 애인으로 삼기엔 그 할아버지 몸 상태가

---

41) Prudence. 진중, 현명이라는 뜻의 보통 명사지만, 이 소설에서는 그녀의 이름이 아슬아슬하게 이야기를 끌어나가는 그 성격, 행동과 두드러지게 대조를 이루기 때문에 이렇게 쓰였다.

안 좋다지 뭐니."

프뤼당스는 바네르에서 마르그리트가 공작과 만나게 된 경위를 말해주었습니다.

그 이야기에 이어 내가 말했습니다. "그래서 저 여성은 이곳에 혼자 와 있는 거군요."

"맞아."

"돌아갈 때는 누가 바래다주나요?"

"공작이지."

"그럼 데리러 오겠네요?"

"조금 있으면 올 거야."

"그럼 부인을 바래다줄 사람은 있나요?"

"없는데."

"그럼 내가 바래다 드릴게요."

"하지만 당신은 친구와 같이 왔잖아."

"둘이서 바래다 드리죠, 뭐."

"당신 친구는 어떤 사람이야?"

"재치도 넘치고 매력적인 남자죠. 부인과 친해지게 되면 아마 그 친구도 기뻐할 겁니다."

"그럼 그렇게 해. 이 막이 끝나면 넷이서 함께 나가자고. 어떻게 끝나는지는 다 알고 있으니까."

"알았어요. 그럼 친구에게도 그렇게 말하고 오죠."

"잘 다녀와."

내가 나가려고 하자 프뤼당스가 목소리를 높였습니다. "어머! 봐봐, 공작이 마르그리트의 특별석으로 들어갔어."

나는 그쪽을 보았습니다.

70살쯤 돼 보이는 노인이 젊은 여자 뒤에 앉더니 봉봉 주머니를 건네고 있었습니다. 그녀는 방긋 웃으면서 봉봉을 집어 먹다가 봉봉 주머니를 특별석 난간 앞으로 쑥 내밀면서 프뤼당스에게 이런 의미의 신호를 보냈습니다.

'한입 어때?'

"괜찮아." 프뤼당스가 말했습니다.

마르그리트는 봉봉 주머니를 오므리고는 뒤로 돌아 공작과 이야기를 나누기 시작했습니다.

이런 사소한 일까지 늘어놓다니 나 자신이 마치 어린아이처럼 보이네요. 하지만 마르그리트의 모든 것들이 내 기억 속에 살아 숨 쉬고 있기에 지금도 그 추억을 떠올리지 않을 수가 없습니다.

나는 밑으로 내려가서 뒤베르누아 부인과 방금 나눈 약속을 가스통에게 전했습니다.

그도 받아들였고요.

우리는 뒤베르누아 부인이 있는 특별석으로 가려고 자리를 떠났습니다.

일반석에서 복도로 나가는 문을 연 순간 밖으로 나가려던 마르그리트와 공작과 마주치는 바람에 길을 내주기 위해 그 자리에 잠시 멈춰 서 있어야만 했습니다.

만약 그 노인을 대신할 수만 있다면, 나는 10년 치 목숨이라도 기꺼이 바쳤을 겁니다.

그는 큰길로 나가더니 자신이 직접 몰고 온 우아한 파에톤[42]에 마르그리트를 태웠습니다. 그들은 준마 두 마리가 이끄는 대로 어디론가 모습을 감추고 말았습니다.

우리는 프뤼당스가 있는 특별석으로 들어갔습니다.

그리고 막이 내린 뒤 평범한 삯마차를 타고 앙탱 거리 7번지로 갔습니다. 우리는 그녀의 가게를 본 적이 없었습니다만 프뤼당스는 집 앞에 도착하자 자랑스러운 말투로 가게를 보여줄 테니 들어오라 하더군요. 그 제안을 우리가 얼마나 기꺼이 받아들였는지는 상상에 맡기겠습니다.

나는 마르그리트와 조금씩 가까워지고 있는 듯한 느낌이 들었습니다. 화제도 이윽고 그녀에 관한 이야기로 옮겨갔습니다.

---

42) Phaéton. 접는 포장이 달린 4륜 마차. 2인승 혹은 4인승으로 마부석은 없다.

"아까 그 나이 든 공작은 부인 옆집에 와 있나요?" 나는 프뤼당스에게 물었습니다.

"아니. 아마 마르그리트 혼자일 거야."

"정말 지루하겠군요."

"그래서 밤이면 밤마다 거의 나와 같이 지내고 있어. 아니면 외출했다가 돌아와서 날 부르기도 하고. 마르그리트는 새벽 2시 전에는 절대 자지 않아. 그보다 일찍 잘 수는 없다지 뭐야."

"왜요?"

"가슴에 병이 있어서 그런지 날마다 열에 시달리거든."

"애인은 없고요?" 내가 물어봤습니다.

"마르그리트 집에서 나올 때 남아 있는 사람을 본 적은 없어. 하지만 내가 돌아가고 난 뒤에 누가 왔다 갔는지에 대해서는 장담할 수 없어. 밤이 되면 때때로 N 백작이라는 사람과 마주치기는 하는데…… 11시쯤 찾아와서는 마르그리트가 원하는 만큼 보석을 갖다 바치면서 열심히 구슬리고 있나 봐. 하지만 마르그리트는 백작 얼굴조차 보기 싫다고 하는 거야. 나 참, 머리가 어떻게 됐나 봐. 백작은 엄청난 부잣집 도련님이란 말이야. 그래서 나도 가끔 그녀에게 조언해주고는 하지. '있잖아, 그 사람이야말로 당신과 어울리는 남자야' 이렇게 말이야. 하지만 다 소용없더라니까! 여느 때라면 웬만큼 내 말을 들어주는데 그 이야기만 나오면 딴청을 부리면서 그 남자는 너무 바보 같아서 싫다는 거야. 뭐, 백작이 좀 바보 같기는 하지. 그래도 나는 그 백작이 마르그리트에게 딱 맞는 사람이라고 생각해. 왜냐하면 공작은 너무 늙어서 언제 죽을지 모르거든. 나이든 사람은 늘 제멋대로인 데다 그 가족들은 공작이 마르그리트에게 애정을 쏟을 때마다 끊임없이 비난만 늘어놓는다고 하니까 그녀에게 무엇 하나 남겨줄 것 같지는 않거든. 그래서 당신한테는 좋은 이야기라고 했더니 공작이 죽고 나서 백작으로 갈아타도 늦지는 않다고 말하지 뭐야."

프뤼당스는 말을 이어 나갔다. "그런 식으로 사는 게 즐거울 리 없어. 나라면 견디지 못하고 다 때려치웠을 거야. 지루하기 짝이 없는 할아버지거든. 마르그리트를 자신의 딸이니 뭐니 하면서 어린아이처럼 돌봐주는 것도 모자라 날마다 감시하고 있다니까. 아마 지금도 심부름꾼 하나가 길거리를 어슬렁어슬렁 돌아다니면서 누가 마르그리트 집에 드나드는지 감시하고 있을 거야"

"아아! 가여운 마르그리트. 요새 들어 예전만큼 기운이 없다는 것은 알았지만 그런 줄은 몰랐어." 가스통이 피아노 앞에 앉아 왈츠를 치면서 말했습니다.

"쉿!" 그때 프뤼당스가 귀를 세우면서 목소리를 높였습니다.

가스통은 피아노를 치던 손을 멈췄습니다.

"마르그리트가 부르는 것 같아."

우리도 귀를 기울였습니다.

분명히 그 목소리는 프뤼당스를 부르고 있었습니다.

"자, 여러분은 돌아가세요." 뒤베르누아 부인이 우리에게 말했습니다.

"이것 참! 부인께서는 손님 대접을 이런 식으로 하시는군요. 우리는 돌아갈 시간이 됐다 싶으면 가지 말래도 갈 거예요." 가스통이 웃으면서 말했습니다.

"어째서 돌아가야 하는 거죠?"

"내가 마르그리트에게 가야 되니까 그렇지."

"우리는 여기서 기다릴게요."

"안 돼."

"그럼 부인과 함께 갈게요."

"더더욱 안 돼."

그러자 가스통이 말했습니다. "나는 마르그리트를 알아요. 나라면 그녀 집에 가도 될 텐데요."

"그래도 아르망은 모르잖아."

"내가 소개하죠."

"그건 안 돼."

프뤼당스를 부르는 마르그리트의 목소리가 또다시 들려왔습니다.

그러자 프뤼당스는 화장실로 뛰어 들어갔습니다. 나와 가스통이 그 뒤를 쫓아가 보니 프뤼당스가 창문을 열고 있었습니다.

그래서 우리는 건너편에서 보이지 않도록 몸을 숨겼죠.

"10분 전부터 불렀어." 마르그리트가 창문 너머에서 퉁명스럽게 말했습니다.

"무슨 일이야?"

"얼른 우리 집에 와줬으면 좋겠어."

"왜?"

"N 백작이 아직도 버티고 있는데…… 지겨워서 죽을 것만 같아."

"미안, 지금은 갈 수 없어."

"무슨 문제라도 있어?"

"젊은 친구 둘이 우리 집에 와 있는데 돌아가주지를 않거든."

"나가야 된다고 하면 되잖아."

"그렇게 말했어."

"그럼 내버려둬. 당신이 나가면 분명 돌아갈 거야."

"집 안을 엉망진창으로 만들고 나서 말이지!"

"그 사람들은 도대체 무얼 하고 싶은 거야?"

"당신과 만나고 싶대."

"누군데?"

"한 사람은 알 거야. 가스통 R 씨."

"아아! 그래. 알아. 다른 사람은?"

"아르망 뒤발 씨. 모르지?"

"몰라. 하지만 그 사람들을 데리고 와도 돼. 누구든 백작보다는 나을 테니까. 그럼 기다릴게. 빨리 와."

마르그리트가 창문을 닫자, 프뤼당스도 닫았습니다.

마르그리트는 한순간 내 얼굴을 생각해 냈지만 이름까지는 떠올리지 못했던 것 같았습니다. 나는 이런 식으로 잊힐 바에야 꼴사나운 모습이라도 좋으니 기억해주었으면 했지만요.

가스통이 말했습니다. "그럴 줄 알았어. 우리가 가면 좋아할걸."

그러자 프뤼당스가 숄과 모자를 걸치면서 말했습니다. "좋아하는 건 아니야. 그저 당신들이 오면 백작을 내쫓을 수 있으니까 그런 거지. 부탁하는데 백작보다는 유쾌하게 행동하라고. 안 그랬다간 마르그리트 성격에 날 가만 내버려두지 않을 테니까."

우리는 프뤼당스를 따라 계단을 내려갔습니다.

나는 떨고 있었습니다. 이 방문이 내 인생에 커다란 영향을 줄 것만 같은 느낌이 들었기 때문입니다.

오페라 코미크 극장 특별석에서 처음으로 소개받은 그날 밤보다도 더 흥분했습니다.

당신도 잘 아시는 그 집 문까지 오니, 심장이 너무나도 두근거려 모든 생각이 머릿속에서 빠져나가는 것만 같았습니다.

피아노 소리가 우리가 있는 곳까지 들려왔습니다.

프뤼당스가 초인종을 누르자 피아노 소리가 멈췄습니다.

그러자 잔심부름꾼이라기보다는 시녀 같아 보이는 여자가 문을 열어 나왔습니다.

그 여자는 우리를 응접실로 안내하더니 그곳에서 다시 내실로 안내했습니다. 그때도 내실은 예전에 당신이 보셨던 그 모습과 조금도 다르지 않았습니다.

한 젊은이가 난로에 기대어 있었습니다.

마르그리트는 피아노 앞에 앉아 손가락으로 건반 위를 쓸어내리듯 움직이며 곡을 치기 시작하더니 중간에 멈춰버렸습니다.

내실에는 흥이 깨져 어색한 분위기만이 감돌았습니다. 남자는 자신의 무능함을 주체 못 하고 있었고, 여자는 그런 남자가 쳐들어온 바람에 답답해하고 있던 참이었습니다.

프뤼당스의 목소리에 마르그리트는 일어나 그녀에게 고맙다는 눈짓을 보내고는 우리에게 다가오더니 말을 걸었습니다.

"어서 오세요, 여러분. 환영해요."

9

마르그리트가 내 친구에게 말을 걸었습니다. "안녕하세요, 가스통. 만나게 돼서 기쁘네요. 바리에테 극장에 계실 때는 어째서 내 특별석에 와주시지 않으셨나요?"

"실례가 되지는 않을까 해서 말이야."

"친구 사이에." 마르그리트는 가스통을 친근하게 맞이하기는 하지만 옛날이나 지금이나 그는 친구에 지나지 않는다는 것을 그 자리에 모인 사람들에게 알리기라도 하듯이 특히 '친구'에 힘을 주어 말했어요. "친구 사이에 실례가 될 만한 일은 절대 없어요."

"그렇다면 아르망 뒤발 군을 소개해도 될까?"

"그 이야기라면 벌써 프뤼당스에게 좋다고 말했어요."

나는 인사를 하면서 어떻게든 알아들을 수 있도록 목소리를 짜내어 말했습니다. "마르그리트, 사실 나는 이미 소개를 받은 적이 있습니다."

마르그리트의 아름다운 눈이 기억 속을 뒤졌지만 결국 떠올리지는 못한 듯했습니다. 어쩌면 생각해 내지 못한 척을 했는지도 모릅니다.

나는 말을 이어갔습니다. "부인, 처음으로 소개 드렸던 때의 일을 잊어주셔서 감사드립니다. 내가 아주 우스꽝스러운 태도를 보이는 바람에 아마 기분이 상하셨을 겁니다. 그러니까 2년 전 오페라 코미크 극장에서 에르네스트 드 ○○와 함께 인사를 드렸습니다만."

그러자 마르그리트가 미소를 지으며 말했다. "아아! 생각났어요! 그때는 당신이 우스웠던 게 아니라 내가 짓궂었어요. 여전히 조금 짓궂은 편이긴 하지만 예전만큼은 아니에요. 그러니 날 용서해 주시겠어요?"

그녀는 말하며 손을 내밀었고, 나는 그 손에 입을 맞추었습니다.

그녀는 말을 이어갔습니다. "아무튼 내가 이래요. 나도 모르게 처음 뵌 분을 곤란하게 만들고 싶어 하는 나쁜 버릇이 있답니다. 정말 바보 같지요. 의사 선생님께서는 내가 신경질적인 데다가 늘 몸이 편치 않아서 그런다고 하세요. 의사 선생님 말씀을 믿어주세요."

"그래도 아주 건강하게 보이는데요."

"아아! 하지만 정말 지독한 병이었답니다."

"알고 있습니다."

"누가 그랬나요?"

"누구든 다 알고 있었습니다. 게다가 나도 부인의 몸 상태가 어떤가 싶어 가끔 찾아뵈었으니까요. 다 나으셨다는 소식을 들었을 때는 매우 기뻤답니다."

"하지만 난 뒤발 씨의 명함을 한 번도 받은 적이 없어요."

"한 번도 두고 간 적이 없었거든요."

"그럼 내가 앓아누운 동안 날마다 병문안을 와주셨으면서도 결코 이름은 밝히지 않으셨다던 젊은 분이 바로 당신이었나요?"

"그렇습니다."

"뒤발 씨는 너그러우실 뿐만 아니라 마음까지 따스한 분이군요. 그렇지 않나요, 백작님? 백작님이셨다면 그렇게까지 해주시지는 않으셨을 텐데 말이죠." 그녀는 여자들이 자주 보이는 눈길을 내게 던지면서 N 백작을 돌아보고는 그렇게 말했습니다. 여자들은 어떤 남자에 대해 자신의 의견을 말하려고 할 때 그런 눈길을 던지면서 자신의 의견을 보완하려 하더군요.

"나는 당신과 알게 된 지 아직 2개월밖에 안 돼서 그래." 백작은 마르그리트의 말에 반박했습니다.

"이분은 나와 알게 된 지 아직 5분밖에 안 되었어요. 백작님은 언제나 바보 같은 말만 골라서 하시는군요."

여자란 좋아하지 않는 남자에게는 냉혹한 법이죠.

얼굴이 달아오른 백작은 입술을 깨물었습니다.

나는 백작을 동정했습니다. 그 또한 나와 마찬가지로 그녀를 사랑하고 있었기에 마르그리트가 보이는 잔혹한 솔직함은 그를 가슴 아프게 만들었을 겁니다. 그것도 모자라 눈앞에 낯모르는 남자가 둘이나 있었으니까요.

그래서 나는 화제를 바꾸었습니다. "우리가 들어왔을 때, 무언가 연주하고 계시더군요. 나도 옛날부터 알고 지내던 친구라 생각하시고 계속해서 피아노를 쳐주시겠습니까?"

그러나 마르그리트는 소파에 몸을 던지면서 우리에게도 소파에 앉으라는 몸짓을 보였습니다. "아아! 가스통은 내가 연주하는 음악이 어떤지 잘 알고 있을 텐데요. 백작님과 단둘이 있다면 상관없지만, 여러분에게까지 그런 고통을 견디게 하고 싶지는 않네요."

"당신은 이런 식으로 나를 편애하는군." N 백작이 그렇게 말하고 미소를 지으며 냉랭하면서도 빈틈없는 모습을 보이려 했습니다.

"그렇다고 내 탓은 하지 마세요. 백작님께 드리는 사랑은 그게 다니까요."

이 가여운 젊은이는 이제 한마디도 할 수 없게 되어버렸습니다. 그는 젊은 여인에게 애원이라도 하는 듯한 눈길을 던졌습니다.

그녀가 이어서 말했습니다. "프뤼당스, 내가 부탁해 놓았던 일 잘됐어?"

"그럼."

"다행이다. 나중에 이야기하자. 할 말이 있으니까 먼저 돌아가면 안 돼."

그래서 내가 말했습니다. "아무래도 실례가 되었나 보군요. 우리…… 아니, 정확히는 나뿐이지만 처음 뵈었을 때의 일을 잊어주셨으면 해서 오늘 두 번째로 소개를 드리러 왔습니다만 그것도 끝났으니 이쯤에서 가스통과 함께 물러나도록 하죠."

"전혀 그렇지 않아요. 지금 그 말은 당신들에게 한 것이 아니랍니다. 오히려 당신들은 좀 더 있어 주셨으면 해요."

백작은 멋진 회중시계를 꺼내더니 몇 시인지 보았습니다.

"슬슬 클럽에 갈 시간이군."

백작이 말했지만 마르그리트는 대답도 하지 않았습니다.

그는 난로 근처를 떠나 그녀에게 다가와 말했습니다.

"잘 있어."

마르그리트가 일어났습니다.

"잘 가세요, 백작님. 이제 돌아가시는 건가요?"

"그래, 당신을 지루하게 만들 수 없으니 말이야."

"오늘은 평소보다 지루하지는 않았네요. 이번에는 언제 오시죠?"

"당신이 괜찮다고 말하는 때라면 언제든지."

"그럼 안녕히 가세요!"

잔혹하기 그지없더군요. 당신도 그렇게 생각하시겠죠.

다행히 백작은 가정교육도 잘 받은 데다 선량한 사람이었습니다. 그는 마르그리트가 아무렇게나 내민 손에 입을 맞추는 것으로 그치고, 우리에게 인사를 하더니 나갔습니다.

그는 문턱을 넘으며 프뤼당스를 지그시 보았습니다.

프뤼당스는 이렇게 말하기라도 하듯 어깨를 으쓱해 보였습니다.

'뭘 더 바라세요. 나는 할 만큼 했다고요.'

마르그리트는 시녀를 불렀습니다. "나닌! 백작님 가시는 길에 불 좀 밝혀줘."

문이 열리고 다시 닫히는 소리가 들렸습니다.

다시 모습을 드러낸 마르그리트는 큰 소리로 말했습니다. "드디어! 드디어 갔어. 저 사람이 있으면 지긋지긋해진단 말이야."

그러자 프뤼당스가 말했습니다. "있잖아, 마르그리트. 저 사람에게 너무 심술궂은 거 아니야? 당신에게는 좋은 사람이고 친절한데 말이야. 난로 위에 있는 시계도 그 사람이 준 거잖아. 적어도 천 에퀴[43]는 나가겠는데."

뒤베르누아 부인은 그렇게 말하고 나서 난로로 다가가 비싸 보이는 시계를 만지작거리면서 탐난다는 눈길을 보냈습니다.

마르그리트는 피아노 앞에 앉으면서 말했다. "저 사람이 주는 물건과 저 사람의 말을 저울질해 보면, 그거 가지고 우리 집에 드나든다는 건 아주 싼 편이라고 생각해. 알겠어?"

"하지만 저 사람, 가엾게도 당신한테 반했잖아."

"나를 좋아한다는 사람들의 말을 모두 들어주다간 밥 먹을 시간도 없어질 거야."

마르그리트는 피아노를 손가락으로 쓸어내리고는 우리를 돌아보면서 말했습니다.

"무언가 드시지 않을래요? 난 펀치를 조금 마시고 싶네요."

그러자 프뤼당스가 말했습니다. "나는 닭고기가 먹고 싶네. 우리 다 함께 밤참이라도 먹는 건 어때?"

"그래요, 그래요. 어딘가로 먹으러 가죠." 가스통이 말했습니다.

"아뇨, 여기서 밤참을 먹도록 해요."

마르그리트가 종을 울리자 나닌이 나타났습니다.

"뭐 먹을 만한 것 좀 준비해 줘."

---

43) Écu. 3리브르에 해당하는 프랑스의 옛 은화. 3천 프랑

"무엇으로 할까요?"

"알아서 해. 그 대신 빨리 좀 갖다줘, 빨리."

나닌은 나갔습니다.

그리고 마르그리트는 어린아이처럼 뛰어다니며 말했습니다. "이제 됐어요. 자, 밤참이라도 먹죠. 그 바보 같은 백작 때문에 지겨워 죽을 뻔했거든요!"

나는 보면 볼수록 이 여자에게 끌리고 있었습니다. 그녀의 아름다움은 나를 정신 못 차리게 만들었고, 야윈 몸마저 내 눈에는 우아하게 보이더군요.

나는 그녀를 지그시 바라보았습니다.

그때 내 마음을 설명하기란 쉬운 일은 아니군요. 내 가슴속은 그녀의 삶을 너그럽게 지켜보고자 하는 마음과, 그녀의 아름다움을 찬미하고자 하는 마음으로 가득 차 있었습니다. 기품 있는 부잣집 도련님인 데다가 그녀를 위해서라면 빈털터리가 돼도 상관없다고까지 하는 고상한 부잣집 도련님을 외면해버리는 욕심 없는 그 모습을 보고 나니, 그녀가 과거에 저질렀던 모든 죄는 용서받을 수 있겠다는 느낌마저 들었습니다.

이 여자에게는 어딘가 천진난만한 구석도 있었습니다.

그녀가 완전히 악덕에 물들지 않았다는 것은 한눈에 알 수 있었습니다. 착실한 걸음걸이, 나긋나긋한 몸매, 살짝 벌어진 장밋빛 콧구멍, 가장자리에 희미한 푸른색이 감도는 커다란 눈동자에서 그녀의 열정적인 천성이 살짝 드러나 있는 것만 같았습니다. 그 천성은 아무리 마개를 단단히 닫아도 안에 들어 있는 액체의 향이 새어 나오는 동방의 향수병처럼 그녀의 몸을 둘러싼 관능의 향을 퍼뜨리고 있었습니다.

게다가 타고난 것인지 병 탓인지는 모르지만 그 여자의 눈 속에서는 때때로 욕정의 번개가 치고 있었습니다. 만약 그녀의 사랑을 원하는 남자가 보았다면 하늘의 계시라고도 생각했겠죠. 하지만 그녀를 사랑하는 남자는 셀 수 없을 만큼 많이 있지만 그녀가 사랑하는 남자는 아직 한 사람도 없습니다.

말하자면 이 여자는 순수한 아가씨였다가 아주 사소한 잘못으로 창녀가 되어버렸기에, 아주 사소한 계기로 창녀에서 다정다감하고 순수한 아가씨가 될 수 있다는 것을 알아차렸습니다. 게다가 마르그리트에게는 자존심과 독립심도 있었습니다. 이 두 감정은 상처를 입으면 수치심을 불러일으킬 수도 있습니다. 나는 아무 말도 할 수 없었습니다. 내 영혼은 마음속으로, 그 마음속에 있던 모든 감정은 눈으로 옮겨간 듯한 느낌이 들었습니다.

그런데 갑자기 그녀가 말을 꺼냈습니다. "그랬군요. 내가 병으로 앓아누워 있는 동안 언제나 내 몸 상태가 어떤지 물으러 오셨던 분이 당신이었군요?"

"그렇습니다."

"정말 멋져요! 내가 어떻게 해야 보답을 할 수 있을까요?"

"가끔씩 당신을 만나러 오는 것을 허락해 주십시오."

"물론이죠. 5시에서 6시 사이나, 밤 11시에서 12시 사이라면 언제든지 와주세요. 저기, 가스통, 〈무도에의 권유〉[44]를 쳐주세요."

"어째서요?"

"첫째는 그 음악을 들으면 즐거워지니까요. 그리고 둘째는 나 혼자선 잘 칠 수가 없거든요."

"어느 부분이 어려운데?"

"제3부의 샵 부분이요."

가스통은 피아노 앞에 앉더니 보면대에 펼쳐진 악보를 보면서 베버의 멋진 선율을 연주하기 시작했습니다.

마르그리트는 한 손을 피아노에 대고 악보를 보면서 음표를 하나하나 눈으로 좇아 아주 낮은 소리로 노래를 불렀습니다. 그리고 가스통은 그녀가 가리킨 부분에 이르자 피아노 위를 손가락으로 쓸어내리며 가락을 흥얼거렸습니다.

"레, 미, 레, 도, 레, 파, 미, 레. 봐요, 여기를 못 치겠어요. 다시 한번 쳐주세요."

가스통이 그 부분을 다시 한 번 치자 마르그리트가 말했습니다.

"이번엔 내가 쳐볼게요."

그녀는 가스통 다음으로 연주하기 시작했습니다. 그러나 손가락이 그녀의

---

44) Aufforderung zum Tanz. 원문에서는 Invitation à la valse. 독일의 작곡가 베버의 피아노 독주곡. Db장조. 작품번호 65. 작곡가 자신은 《화려한 론도》라는 이름을 붙인 왈츠곡으로 1819년에 작곡했으며, 아내 칼로리네에게 바친 곡이다. 무도회의 화려한 정경을 잘 묘사한 작품이다. 1841년 베를리오즈가 관현악곡으로 편곡한 후에 더욱 유명해졌다.

말을 듣지 않아 그 부분에서 계속 실패하고야 말았습니다.

"믿을 수가 없어요. 아무리 해봐도 이 부분을 칠 수가 없다는 게 말이에요! 새벽 2시까지 연습한 적도 있거든요! 그런데도 그 바보 백작은 악보에 눈길도 주지 않고 멋지게 연주해 버리더군요. 그 사람에게 화가 치밀어 어쩔 수 없는 건 아마 그 때문일지도 몰라요." 마르그리트의 말투는 마치 어린아이 같았습니다.

그리고 그녀는 다시 연주를 시작했습니다만 몇 번을 쳐봐도 결과는 같았습니다.

마르그리트는 악보를 방구석으로 내던지면서 말했습니다. "베버 따윈 악마에게 잡혀가야 돼요! 음악도, 피아노도! 어째서 난 샵이 연속으로 여덟 개가 있으면 연주하지를 못하는 걸까요?"

그녀는 팔짱을 끼고 우리를 보면서 발을 굴렀습니다.

그러자 뺨이 달아오르고 살짝 벌어진 입에서는 가벼운 기침이 나왔습니다.

그때 아까부터 모자를 벗고 거울 앞에서 앞가르마를 가다듬고 있던 프뤼당스가 말했습니다. "그렇게 화내면 몸이 또 안 좋아진다니까. 그러니까 얼른 밤참이나 먹자고. 그러는 게 좋을 거야. 나도 이제 배고파서 죽을 것 같아."

마르그리트가 다시 종을 울리고 피아노 쪽으로 가면서 이번에는 작은 목소리로 음란한 노래를 부르기 시작했는데 그 반주만큼은 실패하지 않았습니다.

가스통도 그 노래를 알고 있었는지 듀엣이 시작되었습니다.

"그런 천박한 노래는 하지 않았으면 좋겠는데요." 나는 마르그리트에게 친근한 말투로 애원하듯이 말했습니다.

그러자 마르그리트는 미소를 지으면서 나에게 손을 뻗으며 말했습니다. "어머나! 어쩌면 이렇게 순수하신가요!"

"나를 위해서가 아니라 당신을 위해서 말씀드리는 겁니다."

그러나 마르그리트는 이렇게 말하고 싶다는 듯한 몸짓을 보였습니다. '아아! 나는 순수함과는 옛날에 인연을 끊었답니다.'

그때 나닌이 들어왔습니다.

"밤참은 다 되었어?" 마르그리트가 물어봤습니다.

"네, 거의 준비되었습니다."

갑자기 프뤼당스가 내게 말했습니다. "그나저나 뒤발 씨는 아직 이 집 안을 둘러본 적이 없지? 와보라고, 안내해 줄 테니까."

보셔서 아시겠지만 정말 훌륭한 응접실이었습니다.

마르그리트는 잠시 우리와 함께 있었지만 가스통을 부르더니 밤참 준비가 다 되었는지를 보러 둘이서 식당으로 들어갔습니다.

그때 장식 선반을 보고 있던 프뤼당스가 마이센 자기 인형을 집어 들더니 큰 소리로 말했습니다. "어머, 이런 귀여운 인형을 가지고 있었다니 몰랐네!"

"무슨 인형인데?"

"새장을 들고 있는 조그만 양치기 인형."

"갖고 싶으면 가져가도 돼."

"알았어! 하지만 왠지 빼앗아 가는 것 같아 미안한데."

"심부름꾼에게라도 줄까 생각했던 참이야. 못생겼잖아. 그래도 마음에 든다면 가져가."

프뤼당스는 인형을 받았다는 사실에 크게 만족하여 어떤 식으로 받았는지에 대해서는 신경도 쓰지 않았습니다. 그녀는 그 인형을 옆에 두고 이번에는 나를 화장실로 데리고 가더니 그곳에 걸려 있는 작은 초상화 두 점을 가리키며 이렇게 말했습니다.

"이 사람은 G 백작이야. 마르그리트에게 푹 빠져 있었지. 그리고 그녀를 사교계에 데뷔시켜 줬어. 이 백작을 알아?"

"아뇨, 모릅니다. 그리고 이 사람은요?" 나는 다른 초상화를 가리키며 물어봤습니다.

"L 자작이야. 낙향해 버렸어."

"어째서요?"

"파산 직전까지 갔거든. 여기에도 마르그리트에게 목매달던 사람이 있었다는 거지!"

"마르그리트도 아마 좋아했겠죠?"

"마르그리트는 희한한 여자야. 무슨 생각을 하는지 전혀 모르겠어. 자작이 없어진 날 밤에도 언제나 그랬듯 연극을 보러 오더니 막상 자작이 떠날 때가 되니 울더라니까."

이때 나닌이 나타나 밤참 준비가 모두 되었다고 알렸습니다.

우리가 식당으로 들어가자 마르그리트는 벽에 기대 있었고 가스통은 그녀의 손을 쥐고 낮은 목소리로 무언가 이야기하고 있었습니다.

그러자 마르그리트가 말했습니다. "어떻게 된 거 같아. 내가 당신에게 마음이 없다는 것은 당신이 더 잘 알고 있잖아요. 알고 지낸 지 2년이나 되었으면서 나 같은 여자에게 애인이 되어달라고 말하다니. 우리는 바로 몸을 맡기거나 절대 몸을 맡기지 않거나 둘 중에 하나만 한다고요. 자, 여러분, 이제 식사하죠."

마르그리트는 가스통의 손에서 벗어나 그를 자기 오른쪽에, 나를 왼쪽에 앉히더니 나닌에게 말했습니다.

"앉기 전에 부엌에 가서, 초인종을 울리는 사람이 있어도 문을 열지 말라고 말 좀 해줘."

이 지시를 내렸을 때가 새벽 1시였습니다.

모두들 밤참을 둘러싸고 큰 소리로 웃으면서 많이 먹고 많이 마셨습니다. 시간이 조금 지나자 소란은 커질 만큼 커져서, 어떤 사람은 유쾌하다고 생각할 수도 있지만 입에 담으면 왠지 입이 더러워질 것만 같은 말들이 뒤섞이게 되었습니다. 나닌과 프뤼당스, 마르그리트는 그런 말에 환호성을 질러댔죠. 가스통조차 망설임 없이 그저 즐기고 있었고요. 성실하고 좋은 남자지만 어렸을 때의 습관 때문에 어딘가 비뚤어진 구석이 있었습니다. 나도 잠시 술기운을 빌려 눈앞에서 벌어지는 이 광경에 마음도 생각도 기울이지 않으려 애쓰면서 요리의 재료와도 같은 그 떠들썩함에 참가하려고 했습니다. 그러나 나는 조금씩 그 소란에서 고립되어 갔고 잔도 비울 수 없게 되었습니다. 아름다운 20살 여인이 마치 막노동꾼처럼 술을 마시고 떠들면서 화제가 아슬해지면 아슬해질수록 웃다가 자지러지는 모습을 보고 있으려니 서글퍼지고 말았던 것입니다.

그렇다고는 해도 다른 세 사람을 보면 이런 방탕함이나 습관과 그들의 정력이 그들을 그렇게까지 쾌활하게 만들고, 그런 말투를 쓰게 하며, 그런 식으로 마시게 하는 것 같다는 생각이 들었는데, 마르그리트 경우는 현실을 잊어버리고 싶다는 욕구, 병으로 생긴 열, 곤두선 신경이 그녀를 그렇게 만드는 듯한 느낌이 들었습니다. 샴페인 잔을 거듭하면 거듭할수록 뺨은 열에 달아올라 붉어졌으며, 밤참을 먹기 시작한 지 얼마 되지 않았을 무렵에는 가벼웠던 기침도 결국은 의자 등받이로 머리를 젖히고 손으로 가슴을 억누르지 않으면 안 될 만큼 거칠어졌습니다.

날마다 이렇게 무리를 하니 그 야윈 몸이 얼마나 더 안 좋아질지 생각하자 가슴이 아파졌습니다.

마침내 내가 예감하고 두려워했던 일이 벌어졌습니다. 밤참을 끝마칠 무렵이 되자 마르그리트는 내가 왔을 때부터 몇 번이나 했던 기침보다 더 심한 발작에 시달리게 된 것입니다. 가슴속이 찢어진 것은 아닐까 하는 생각마저 들 정도였습니다. 가엾게도 얼굴이 새빨개진 마르그리트는 괴로운 듯 눈을 감고 입에 냅킨을 대고 있었는데, 그 냅킨에 피 한 방울이 새빨갛게 번지기 시작했습니다. 그녀는 벌떡 일어나더니 화장실로 뛰어 들어갔습니다.

"마르그리트는 왜 저러는 거죠?"

프뤼당스가 말했습니다. "너무 웃어서 피를 토한 거야. 아아! 별일 아니야, 언제나 저래. 금방 돌아올 거야. 그러니까 가만히 내버려두자. 저 사람도 그러길 바랄 테니까."

하지만 나는 가만히 있을 수 없었습니다. 프뤼당스와 나닌이 깜짝 놀라 나를 불러 세우는 것도 듣지 않고 마르그리트 뒤를 쫓았습니다.

10

그녀가 뛰어 들어간 방에는 테이블에 놓아둔 촛불 하나가 켜져 있을 뿐이었습니다. 마르그리트는 드레스를 풀어헤친 채 커다란 소파 위에 누워, 한 손으로는 가슴을 억누르고 다른 손은 힘없이 늘어뜨리고 있었습니다. 테이블 위에는 물이 반쯤 차 있는 은 세숫대야가 있었는데, 그 물 위에는 핏줄기가 그물코처럼 떠 있었습니다.

마르그리트는 창백해진 얼굴로 입을 살짝 벌리고 숨을 가누려 하고 있었습니다. 가끔씩 가슴을 크게 부풀리며 긴 한숨을 토해냈고, 그때만큼은 조금이나

마 고통이 누그러져 잠시 기분이 편해지는 듯했습니다.

내가 다가가도 그녀는 꿈쩍하지 않았습니다. 나는 그녀 곁에 앉아 소파 위에 늘어진 손을 잡았습니다.

"아아! 뒤발 씨인가요?" 그녀는 미소 지으며 말했습니다.

내가 굉장히 당황스럽다는 표정을 짓고 있었는지 그녀는 말을 덧붙였습니다. "뒤발 씨도 병을 앓고 있나요?"

"아뇨, 하지만 당신은 아직도 괴로우신 거죠?"

"아주 조금요. 지금은 많이 익숙해졌어요." 그녀는 이렇게 말하고는 기침 때문에 나온 눈물을 손수건으로 닦았습니다.

나는 떨리는 목소리로 말했습니다. "이러다가 죽게 될 거예요. 가능하다면 당신의 친구나 가족이 되고 싶군요. 그러면 이런 식으로 몸을 망치는 생활을 당장 그만두라고 말할 수 있을 테니까요."

하지만 그녀는 날카롭게 말했습니다. "아아! 그런 걱정은 하지 않으셔도 돼요. 그리고 다른 사람들이 나를 신경 쓰기라도 할 것 같나요? 이젠 내 병을 어떻게 할 수 없다는 사실은 그들도 잘 알고 있어요."

마르그리트는 일어나서 촛불을 들어 난로 위에 놓더니 거울에 얼굴을 비추었다.

"어쩜 이렇게 낯빛이 안 좋아졌을까!" 말하면서 드레스를 매만지고 흐트러진 머리를 손가락으로 쓸어내렸습니다. "뭐, 어쩔 수 없지! 자, 식탁으로 돌아가요. 오실 거죠?"

하지만 나는 앉은 채 가만히 있었습니다.

그녀는 내게 다가와 손을 내밀며 말을 걸었습니다. 방금 전 그 광경에 내가 무슨 생각을 하고 있는지 알아챘겠죠.

"자. 어서 오세요."

나는 그녀의 손을 잡고 입술에 갖다 댔습니다. 그 순간 계속 참고 있던 눈물이 나도 모르게 흘러내려 그녀의 손을 적시고 말았습니다.

그녀는 다시 내 곁에 앉으며 말했습니다. "어머, 뒤발 씨는 마치 어린아이 같네요. 이렇게 우시다니! 도대체 뭐 때문에 그러시죠?"

"내가 어리석어 보이실 겁니다. 하지만 당신이 괴로워하는 모습을 보니 나도 너무나 괴로워서요."

"뒤발 씨는 정말 좋은 사람이군요! 하지만 나보고 어쩌라는 거죠? 나는 좀처럼 잠을 잘 수가 없어서 조금은 기분 전환을 해야 돼요. 게다가 이 세상에 나 같은 여자가 한 사람쯤 없다 해도 아무 문제 없을걸요? 의사 선생님께서는 내가 기관지염 때문에 피를 토한다고 하시더군요. 나도 그 말씀을 믿는 척하는 것 말고는 의사 선생님께 해드릴 수 있는 게 없지요."

나는 그녀의 말에 내 마음을 억누르지 못하고 털어놓았습니다. "내 말을 들어주십시오, 마르그리트. 당신이 내 인생에 어떤 영향을 미치게 될지는 모릅니다. 나에게 여동생보다 신경 쓰이는 사람은 한 사람도 없었죠. 하지만 지금은 당신이 그런 존재가 되었다는 것을 느꼈습니다. 당신을 처음 본 순간부터 그랬습니다. 그러니 부탁드립니다. 부디 당신의 몸을 좀 더 살펴주십시오. 지금 같은 생활은 그만두시고요."

"내 몸을 살피고 있다간 나는 죽고 말 거예요. 열에 취한 듯한 이런 생활만이 나를 지탱해 주고 있으니까요. 그리고 자기 몸을 소중히 하라는 그런 말은 제대로 된 가족과 친구가 있는 사교계 부인들에게나 하세요. 나 같은 여자야 남자들의 허영심이나 쾌락에 보탬이 되지 않으면 바로 버려지고 마니까요. 그 뒤로는 길고 지루한 나날만이 계속될 뿐이겠죠. 나는 잘 알고 있답니다. 이번에 내가 두 달 동안 병으로 누워 있었잖아요. 그런데 3주쯤 지나고부터는 누구 하나 나를 만나러 와주지 않았다니까요."

나는 다시 말을 꺼냈습니다. "내가 그리 대단한 남자는 아니지만 당신만 괜찮으시다면 내가 친오빠처럼 당신을 돌보아드리겠습니다. 절대로 곁을 떠나는 일은 없을 겁니다. 그리고 당신 병을 낫게 해드리겠습니다. 기운을 차리시고서도 지금 같은 생활을 보내고 싶으시다면 그때 다시 시작하면 되지 않겠습니까. 하지만 나는 확신합니다. 당신은 지금보다 더 평온한 삶을 보내길 원하실 거예요. 훨씬 더 만족스럽게 살면서 아름다움을 간직하시려면 그러는 편이 좋을 겁니다."

"오늘 밤은 술기운에 감정이 북받쳐서 그렇게 말씀하시는 거예요. 하지만 지금 뒤발 씨가 아무리 참을성 있게 나를 설득하셔도 그 인내가 오래 가지는 않을 거예요."

"마르그리트, 실례되지만 한 말씀 드리겠습니다. 당신이 두 달이나 병으로 앓아누워 있는 동안 나는 날마다 당신의 몸 상태를 살피러 왔죠."

"그랬죠. 하지만 어째서 집 안에까지 들어오지는 않으셨죠?"

"그때는 당신이 나를 몰랐기 때문입니다."

"나 같은 여자에게 예의를 갖추는 사람이 있기는 하나요?"

"신사라면 언제나 여성에게 예의를 갖추어야 하는 법이죠. 적어도 나는 그렇게 생각합니다."

"그렇다면 당신이 그런 식으로 나를 돌봐주시겠다는 말씀이신가요?"

"그렇습니다."

"날마다 내 곁에 있어 주시겠다고요?"

"그렇습니다."

"밤에도요?"

"당신이 곤란하지만 않다면 언제나요."

"그건 도대체 무슨 감정인가요?"

"헌신입니다."

"그 헌신은 어디에서 나오는 거죠?"

"당신을 향한 억누르려야 억누를 수 없는 연민에서 나오는 겁니다."

"나를 사랑한다는 말인가요? 그러면 그렇다고 얼른 말하지 그러세요? 차라리 그렇게 말하는 것이 훨씬 더 쉽잖아요."

"그럴지도 모르죠. 하지만 언젠가 그렇게 말하지 않으면 안 되는 날이 온다고 해도 오늘은 아닙니다."

"하지만 그런 말은 결코 하지 않는 게 좋을 거예요."

"어째서인가요?"

"그 고백에서는 두 가지 결론밖에 나지 않거든요."

"두 가지 결론이라니요?"

"첫째는 내가 그 고백을 받아들이지 않으면 당신은 나를 원망하게 될 거예요. 둘째는 내가 그 고백을 받아들인다면 당신에게는 형편없는 연인이 생기게 된다는 거죠. 신경질적인 데다 병까지 앓고 있는 비참한 여자. 우울한데도 쾌활한 척하고 있지만 사실 그 쾌활함이 우울함보다도 더 서글픈 여자. 피를 토하면서도 1년에 10만 프랑이나 써버리는 여자. 그런 여자는 공작처럼 돈 많은 노인에게는 어울리지만, 당신 같은 젊은 남자에게는 골치 아픈 법이에요. 그 증거로 내 연인이었던 젊은 남자들은 얼마 지나지 않아 모두 내 곁을 떠나가 버렸는걸요."

나는 아무 말도 못 하고 그저 듣고만 있었습니다. 거의 참회라고도 할 수 있는 솔직한 고백, 그녀를 가리고 있는 황금 베일 사이로 얼핏 보이는 애처로운 생활, 그런 현실을 잊으려고 방탕에 빠져 추태를 부리고 불면에 시달리는 가여운 여자의 온갖 모습에 강한 충격을 받은 나는 단 한마디도 할 수 없게 되었던 것입니다.

마르그리트는 말을 계속했습니다. "어머, 왠지 어린아이 같은 이야기만 하고 있네요. 자, 손을 이리 주세요. 이제 식당으로 돌아가죠. 저 사람들은 우리가 어디서 뭐하나 하고 있을 거예요."

"그러고 싶다면 돌아가시죠. 하지만 내가 이곳에 남아 있는 것만은 허락해 주십시오."

"왜요?"

"쾌활한 모습을 보이는 당신이 내 마음을 아프게 합니다."

"그럼 난 슬퍼할게요."

"마르그리트, 한마디만 하게 해주십시오. 이 말은 분명 당신도 자주 들었을 테고, 듣는 것조차 지겨워서 믿지 않으실 겁니다. 하지만 진심입니다. 나도 두 번 다시 이 말을 입에 담을 생각은 없습니다."

"뭔데요?" 그녀는 젊은 어머니가 바보 같은 말을 하는 자식을 볼 때와 같은 미소를 지었습니다.

"왜 이렇게 되었는지는 모릅니다만 당신을 만나고 나서부터 당신은 내 인생의 한 부분을 차지하게 되었습니다. 당신 모습을 내 머릿속에서 내쫓으려고 해봤지만 언제나 다시 되돌아왔죠. 보지도 못한 채 2년이나 지나버렸지만 오늘 다시 만나보니 당신은 내 마음과 정신에 예전보다도 더 큰 영향을 미치고 있습니다. 그리고 마침내 당신 안의 예사롭지 않은 무언가를 모두 알게 된 지금, 나에게 당신은 없어서는 안 될 존재가 되었습니다. 당신이 나를 사랑하지 않는 것은 물론이고 내가 원하는 대로 당신을 사랑할 수 없다면 나는 미쳐버리고 말 거예요."

"뒤발 씨는 참 불행한 사람이네요. 예전에 D 부인이 했던 말을 당신에게 해드리죠. '그럼, 당신은 엄청난 부자인가 보군요!' 그런데 뒤발 씨는 아시나요? 내가 한 달에 6천인가 7천 프랑이나 쓰고 있으며, 내가 생활하려면 그만큼의 지출이 필요하다는 사실을요. 불쌍한 사람 같으니라고. 뒤발 씨는 아시나요? 나는 눈 깜빡할 사이에 당신을 빈털터리로 만들 테고, 그 때문에 당신 가족은 금치산자 신청을 할 것이며, 당신은 나 같은 여자와 살면 어떻게 되는지 뼈저리게 느끼리라는 사실을요. 그러니까 내가 뒤발 씨를 대하듯이 친구로서 나를 좋아해주는 것 말고는 하지 마세요. 당신은 그저 나를 만나러 와서 같이 웃고 떠들면 돼요. 하지만 내 가치를 부풀려서 생각하지는 마세요. 나 같은 여자에게는 그리 대단한 가치도 없으니까요. 당신은 상냥한 마음씨를 지녔으니, 마땅히 사랑받으면서 살아야 해요. 우리 같은 여자들 세계에서 살아가기엔 뒤발 씨는 너무 어리고 섬세해요. 그러니까 어디 좋은 집 부인이나 상대하세요. 나도 본디 착한 여자라서 그런지 무심코 솔직하게 말해버리고 말았네요."

"어머! 당신들 거기서 뭐 하고 있어?" 그때 프뤼당스가 외쳤습니다. 우리는 그녀가 문턱까지 와 있었다는 것을 알아채지 못했습니다. 그녀의 머리는 흐트러지고 드레스 앞은 풀어헤쳐진 상태였습니다. 프뤼당스의 옷차림을 그렇게 엉망으로 만든 사람은 아무래도 가스통인 듯했습니다.

마르그리트가 말했습니다. "진지한 이야기를 하고 있어. 잠시 이대로 내버려 둬. 바로 그쪽으로 갈 테니까."

"알았어, 알았어. 그럼 이야기들 나누라고." 프뤼당스는 말을 마치고는 문을 쾅 닫았습니다. 마치 그녀가 방금 한 말을 보다 더 강조하는 것처럼요.

단둘이 남게 되자 마르그리트는 말을 이어갔습니다. "그럼, 알아들은 것으로 받아들일게요. 이제는 나를 사랑하지 않으실 거죠?"

"그렇다면 나는 이만 실례하겠습니다."

"그렇게까지 나를 사랑하시나요?"

나는 너무나 앞서가 버리는 바람에 이제 와서 뒤로 물러날 수 없었던 데다 이 아가씨 때문에 흔들리는 내 마음을 멈출 수 없었습니다. 쾌활함과 비참함 그리고 천진난만함과 방탕함이 뒤섞여 있는 성격, 병 때문에 예민하게 반응하는 감각이나 날 선 신경에 대해 모두 생각해 본 끝에 나는 알아채고야 말았습니다. 이렇게 건망증이 심하고 변덕스러운 여자는 이쪽에서 처음부터 강하게 나가지 않는 한 내 손에 넣을 수 없다는 사실을요.

"정말 진지하게 말씀하시는 건가요?"

"아주 진지합니다."

"그런데 전에는 왜 그런 말씀을 해주시지 않으셨나요?"

"언제 말할 수 있었겠습니까?"

"오페라 코미크 극장에서 소개받았던 날 다음이요."

"만약 그날 찾아뵈었다면 그리 좋은 대접은 받지 못했을 것 같다는 생각이 드는데요."

"어째서요?"

"그 전날 내가 바보같이 행동했으니까요."

"그건 그렇군요. 하지만 그때 당신은 날 이미 사랑하고 있었잖아요?"

"그렇습니다."

"말은 그렇게 해도 연극이 끝나면 댁으로 돌아가서 느긋하게 잠이라도 주무셨겠지요. 우리는 말이죠, 아무리 크나큰 사랑이라 해봤자 다 그렇고 그런 것이라는 사실쯤은 잘 알고 있어요."

"그건 아닙니다. 오페라 코미크 극장에서 만났던 날 밤에 내가 뭘 하고 있었는지 아십니까?"

"아뇨."

"카페 앙글레 입구에서 당신을 기다리고 있었습니다. 그리고 당신과 당신 친구 세 사람을 태우고 돌아가는 마차 뒤를 쫓았죠. 그리고 당신 혼자 마차에서 내려, 혼자 집으로 돌아가는 것을 보았을 때는 정말 행복했었습니다."

마르그리트는 웃음을 터뜨렸습니다.
"어째서 웃는 겁니까?"
"아무것도 아니에요."
"부디 말씀해 주세요. 그렇지 않으면 나는 또다시 당신에게 웃음거리 취급을 당했다고 생각할 겁니다."
"화내지 않을 거죠?"
"내게 화낼 권리나 있습니까?"
"그럼 말하겠는데요, 그날 나에게는 혼자 돌아가야만 했던 이유가 있었어요."
"무슨 이유입니까?"
"그때 다른 남자가 집에서 날 기다리고 있었거든요."

나이프로 찔렸다 해도 그때만큼의 아픔은 느끼지 못할 겁니다. 나는 벌떡 일어나 손을 내밀며 말했습니다. "안녕히 계십시오."

그러자 그녀가 말했습니다. "화낼 줄 알았어요. 어째서 남자들이란 들으면 틀림없이 괴로워할 일을 알아내려 그렇게 집착하는지 모르겠네요."

나는 열정마저 영원히 식어버렸다는 것을 알리겠다는 듯 일부러 냉담한 말투로 덧붙였습니다. "말씀드리지만 그렇게 화가 나지는 않았습니다. 누군가가 당신을 기다리고 있었다는 것이 마땅한 사실이라면, 나 또한 새벽 3시에는 돌아가봐야 하는 것이 마땅하지 않겠습니까."

"댁에서 누군가 뒤발 씨를 기다리고 있나 보죠?"
"아뇨. 하지만 나는 돌아가야 합니다."
"그럼 안녕히 가세요."
"나를 쫓아내시는군요."
"그럴 리가요."
"그렇다면 어째서 나를 괴롭히시는 겁니까?"
"내가 뒤발 씨를 어떤 식으로 괴롭혔다는 거죠?"
"이곳에서 다른 사람이 기다리고 있었다는 말씀을 하셨잖습니까."
"그때 그럴만한 이유가 있어서 혼자 돌아갔던 나를 보고 그렇게나 행복해 했다는 당신의 모습을 떠올려보니 웃지 않고는 견딜 수가 없었거든요."

"사람이란 가끔씩 어린아이 같은 이유로 기뻐하기도 합니다. 그대로만 내버려 두셨다면 더욱더 행복을 느낄 수도 있었을 텐데 그 기쁨을 부숴버리다니 짓궂으시군요."

"뒤발 씨, 내가 누군지 아세요? 나는 순진한 아가씨도 공작부인도 아니에요. 내가 무엇을 하든 오늘 막 알게 되었을 뿐인 당신이 일일이 따질 권리는 없어요. 언젠가 뒤발 씨의 연인이 된다고 해도 내게는 당신 말고도 다른 애인이 몇 사람이나 더 있다는 사실을 아셔야겠네요. 하물며 아직 그렇게 되지도 않았는데 벌써부터 질투하는 모습을 보이시다니 앞날이 걱정되는군요. 물론 앞날이 있다면 말이죠! 정말이지 나는 당신 같은 남자를 이제껏 본 적이 없어요."

"그건 나처럼 당신을 사랑한 남자가 한 사람도 없었기 때문입니다."

"그럼 솔직하게 말해주세요. 뒤발 씨는 나를 그렇게나 사랑한다는 건가요?"

"사람이 사랑할 수 있는 그 한계까지 사랑합니다."

"언제부터요?"

"3년 전 마차에서 내려 쉬스 가게로 들어가는 당신을 본 그때부터입니다."

"정말 아름다운 이야기네요. 그렇다면 그런 크나큰 사랑에 보답하기 위해서 나는 어떻게 해야 할까요?"

"조금이라도 좋으니 나를 사랑해 주십시오." 나는 거의 말조차 꺼낼 수 없을 만큼 두근거리는 심장을 느끼며 말했습니다. 그리고 이렇게 대화하는 동안 반쯤 놀리는 듯한 미소를 짓고 있다가 어느샌가 내 가슴의 두근거림을 함께 나누기 시작한 마르그리트를 보니 기다리고 기다렸던 때가 드디어 다가온 듯한 느낌이 들었습니다.

"하지만, 공작님은 어쩌죠?"

"어떤 공작님 말씀이십니까?"

"그 질투심 많은 할아버지요."

"안 들키면 되죠."

"그래도 혹시 들키면 어쩌죠?"

"그는 당신을 용서해 줄 겁니다."

"말도 안 돼요! 틀림없이 나를 버리고 말 거예요. 그렇게 되면 나는 어떻게 하죠?"
"이미 다른 사람을 위해서 버려질 위험을 무릅쓰고 있지 않습니까."
"뒤발 씨가 그걸 어떻게 아세요?"
"방금 전에 오늘 밤은 아무도 들이지 말라고 지시하셨잖습니까."
"그랬죠. 하지만 그 사람과는 돈독한 친구 사이라서 그래요."
"아무래도 상관없는 친구겠죠. 이런 시간에 문 앞에서 쫓겨났으니까요."
"그 일에 대해서 당신에게 비난받을 이유는 없어요. 당신과 당신 친구들을 대접하기 위해서였으니까요."

나는 조금씩 마르그리트에게 다가갔습니다. 두 팔을 그녀 허리에 두르자 나긋나긋한 몸이 느껴졌습니다.

"내가 당신을 얼마나 사랑하는지 알아주셨으면 좋겠네요!" 나는 작은 소리로 속삭였습니다.
"정말이에요?"
"맹세할게요."
"좋아요. 그럼 뒤발 씨께서 불평도 질문도 하지 않고 그저 아무 말 없이 내가 하고 싶은 대로 하게 해주겠다고 약속해 주신다면 당신을 사랑해 드릴 수도 있어요."
"뭐든지 말씀하신 대로 하겠습니다!"
"하지만 먼저 말해둘게요. 내가 어떻게 생활하는지 당신에게 일일이 말하지는 않겠어요. 나한테 도움이 되는 일이라면 자유롭게 하고 싶거든요. 난 예전부터 자기 의견을 내세우지 않고, 아무런 의심도 하지 않으며, 오직 나만을 사랑해주면서 보답조차 바라지 않는 젊은 연인을 찾고 있었답니다. 하지만 그런 사람은 끝내 찾을 수가 없었죠. 남자들은 말이죠, 한 번이라도 좋으니 이루어지기만 한다면 원이 없다고 생각했던 바람이 그 뒤로도 계속해서 이루어진다고 하는데도 만족하기는커녕 연인의 과거와 현재 그리고 미래에 대해서까지 이런저런 설명을 요구하거든요. 게다가 연인과 점점 더 가까워질수록 상대를 지배하고 싶어 하며, 연인에게서 많은 것을 받을수록 원하는 것은 점점 늘어나요. 그러니까 내가 지금부터 사귀겠다고 결심한 새로운 연인은 아주 드문 세 장점을 함께 갖추었으면 해요. 나를 신뢰하고, 내 말에 순순히 따르면서, 내 일에 참견하지 않는다는 점이요."

"좋아요. 당신이 바란다면 무슨 일이든 해내겠습니다."

"곧 알게 되겠죠."

"언제 알게 되는 겁니까."

"나중에요."

"어째서죠?"

"조약이라는 게 서명한 그날부터 반드시 효력을 발휘한다는 법은 없으니까요." 마르그리트는 내 품에서 벗어나더니 그날 아침 사들인 붉은 동백꽃다발 가운데 한 송이를 뽑아내 단춧구멍에 꽂아 넣으면서 말했습니다. 그때서야 그녀의 말을 쉽게 이해할 수 있었습니다.

"그럼 언제 만나주시는 겁니까?" 나는 그녀를 와락 껴안으며 물었습니다.

"이 동백꽃 색이 변할 때요."

"언제 동백꽃 색이 변합니까?"

"내일이에요. 밤 11시에서 12시 사이죠. 이제 만족하시겠어요?"

"물어볼 필요가 있나요?"

"비밀이에요. 당신 친구들이나 프뤼당스, 어느 누구에게도 말이죠."

"약속드립니다."

"그럼 나에게 키스해 주세요. 그리고 식당으로 돌아가죠."

그녀는 나를 끌어당겨 입을 맞추고는 자신의 머리칼을 다시 한번 정리한 다음 콧노래를 흥얼거리며 방에서 나갔습니다. 나는 반쯤 얼이 나간 채 방에서 나왔고요.

그녀는 거실로 들어가려다 멈춰 서서 작은 소리로 말했습니다.

"이렇게 쉽게 당신을 받아들인 나를 이상하게 여기시겠죠. 왜 그런지 아시나요?"

그녀는 내 손을 잡아 자신의 가슴으로 끌어당기며 말을 계속했습니다. 그녀의 심장이 격렬하게 고동치는 것이 느껴졌습니다. "그건 말이죠, 내가 다른 사람들보다 오래 살지 못하기 때문이에요. 그래서 짧고 굵게 살기로 마음먹었죠."

"부디 그런 말씀은 하지 말아주십시오."

그러자 그녀는 웃으며 말했다. "아아, 그래도 걱정은 마세요. 살 수 있는 시간이 아무리 짧다고는 하지만 당신이 나를 사랑해 주는 시간보다는 훨씬 길게 살 테니까요."

그녀는 콧노래를 흥얼거리며 식당으로 들어갔습니다.

그리고 가스통과 프뤼당스 단둘이만 있는 것을 보며 말했습니다. "나닌은 어디 있어?"

"당신이 자러 올 때까지 당신 방에서 잠시 자고 있겠다는데." 프뤼당스가 말했습니다.

"뭐 그런 아이가 다 있담! 아주 지독한 벌을 줘야겠어! 그럼 여러분, 벌써 시간도 늦었으니 이만 물러가 주세요."

10분쯤 지나 가스통과 나는 그녀의 집을 나섰습니다. 그때 내 손을 쥐고 인사하는 마르그리트 뒤에는 프뤼당스만이 남아 있었습니다.

우리가 밖으로 나왔을 때 가스통이 나에게 물었습니다. "마르그리트는 어땠어?"

"천사야. 나는 그녀에게 푹 빠져버렸어."

"그럴 거라 생각했어. 그래서 자네는 마르그리트에게 그렇게 말했나?"

"응."

"마르그리트가 자네 말을 믿겠대?"

"아니."

"프뤼당스 같지는 않았다 그 말이군."

"프뤼당스는 자네 말을 믿었다는 건가?"

"아, 그 정도가 아냐! 아무도 믿지는 않겠지만 그 뚱보 프뤼당스는 아직도 멋진 여자야!"

11

이쯤에서 아르망은 잠시 이야기를 멈추고 내게 말했다. "창문을 닫아주시겠습니까? 슬슬 추워지는군요. 난 좀 눕고 싶어요."

나는 창문을 닫았다. 아직까지도 기운을 차리지 못한 아르망은 너무 오랜 시간 이야기를 늘어놓아 지쳐버렸는지 아니면 가슴 아픈 추억에 마음이 흔들렸는지 실내복을 벗고 침대에 눕더니 머리를 베개에 묻은 채 잠시 쉬었다.

그래서 나는 말했다. "너무 많은 이야기를 하셔서 그런 거겠죠. 오늘은 이만 물러날 테니 주무시는 게 어떻습니까? 결말이 어떻게 되는지는 다른 날에라도 들려주십시오."

"내 이야기가 지루하십니까?"

"그럴 리가요."

"그럼 계속하겠습니다. 나 혼자 남아도 잠이 올 것 같지 않거든요."

"나는 집으로 돌아가서도." 그는 이야기를 계속했다. 아무리 사소한 기억이라도 그의 머릿속에는 모두 생생히 남아 있었기에 새삼스레 더듬어볼 필요도 없는 듯했다.

눈조차 붙이지 않고 그날 겪었던 모험에 대해 곰곰이 생각해 보았습니다. 마르그리트와의 재회, 두 번째 소개, 그녀와 나눈 약속, 이 모든 일들이 예상치도 못한 식으로 눈 깜짝할 사이에 벌어졌습니다. 마치 꿈이라도 꾸는 것 같은 느낌이 드는 순간이었습니다. 그렇다고는 하나 남자가 원하는 대로 그날 바로 몸을 맡기는 것쯤이야 마르그리트 같은 여자에게 처음 있는 일은 아닐 겁니다.

하지만 아무리 생각해 봐도 미래의 연인이 보여준 강렬한 첫인상이 내 머릿속에 계속해서 남아 있었습니다. 그래서 나는 마르그리트가 다른 창녀와는 전혀 다르다고 생각했을 뿐만 아니라, 모든 남자들이 한결같이 보이는 자만심 때문에 내가 어찌할 도리도 없이 그녀에게 끌리는 것처럼 그녀도 나와 마찬가지이리라 믿고 싶은 기분마저 들더군요.

물론 이와 전혀 반대되는 경우를 눈앞에서 보기도 했으며, 마르그리트의 사랑은 계절마다 값이 바뀌는 상품 같다는 소문도 들은 적이 있었습니다.

하지만 마르그리트 집에서 우리가 보았던 젊은 백작을 계속해서 거절하는 그녀의 모습과 그 소문의 앞뒤를 맞추려면 어떻게 해야 할까요? 당신이라면 이렇게 말씀하실지도 모릅니다. 그녀는 공작에게 충분한 보살핌을 받고 있으니,

어차피 다른 연인을 만든다면 그녀 마음에 더 드는 남자를 고르는 게 마땅하다고 말이죠. 그렇다면 어째서 그녀는 매력적이고 재치 있으며 유복한 가스통이 아닌, 첫 만남 때 그렇게도 우스꽝스러운 모습을 보였던 나를 원한 걸까요?

1년에 걸친 기나긴 호소보다는 1분 만에 벌어진 사소한 사건이 좋을 때도 있죠.

그날 밤참을 함께했던 사람들 가운데 식탁을 떠난 마르그리트를 보며 걱정했던 것은 나뿐이었습니다. 나는 그녀의 뒤를 쫓았죠. 그리고 내 감정을 숨기지 못하고 그녀의 손에 입을 맞추며 울었습니다. 그 상황이 날마다 병문안을 갔었던 것과 맞물려, 두 달 동안 병을 앓던 그녀는 나와 이제까지 알고 지낸 남자들과는 다르다고 생각했을지도 모릅니다. 어쩌면 그런 식으로 털어놓게 된 내 사랑이 그녀가 지금까지 해왔던 사랑처럼 그렇게 큰 영향은 미치지 않을 것이라 생각했을 수도 있습니다.

어떠한 추측이든 충분히 있을 법하다는 생각이 들었습니다. 그러나 이유야 어찌 되었든 분명한 것은 그녀가 내 말을 들어주었다는 사실입니다.

나는 마르그리트를 사랑합니다. 그리고 마침내 그녀를 내 손에 넣었으니 더 이상 바라는 것이 있을 리가 없었습니다. 그러나 다시 한 번 말씀드리지만 나는 다른 남자들이 차려준 살림으로 살아가던 마르그리트에 대한 내 사랑을 미화하고 있었습니다. 그 사랑은 도저히 이루어질 수 없는 것처럼 여겨졌죠. 그 때문인지 이제 더는 바랄 필요가 없는 순간이 점점 다가오고 있는데도 내 의심은 깊어져갔습니다.

결국 나는 그날 밤 잠을 이루지 못했습니다.

뭐가 뭔지 알 수가 없었습니다. 반쯤 미쳐버린 것 같기도 했습니다. 어떤 때는 그녀와 같은 여자를 손에 넣을 만큼 내가 미남도 아니며 유복하지도 않고 기품이 있는 것도 아니라는 생각을 하다가, 또 어떤 때는 그녀와 같은 여자를 내 것으로 만들었다는 생각에 자만심을 느끼기도 했습니다. 그러다가 마르그리트가 그저 며칠 동안 나와 바람을 피우는 것일지도 모른다는 생각에 두려워하거나, 금방이라도 헤어질 것만 같은 불행한 예감이 들어 아예 오늘 밤은 그녀 집으로 가지 말고 나의 두려움을 전하는 편지를 써서 남긴 뒤 여행이라도 떠나는 것이 낫지 않나 생각하기도 했습니다. 한편으로는 그녀에게 끝없는 희망과 한없는 믿음을 품어보기도 했습니다. 그리고 장밋빛 미래를 꿈꾸었습니다. 그 여자를 신체적으로도 정신적으로도 회복시킬 수 있는 것은 나뿐이니, 그녀와 평생을 함께할 것이며, 그녀의 사랑은 틀림없이 어떤 아가씨의 사랑보다도 나를 훨씬 행복하게 해주리라 이렇게 생각하면서요.

어차피 그때 내 마음이나 머릿속에서 되풀이했던 수많은 생각들 모두를 당신에게 전할 수는 없을 겁니다. 어찌 되었든 그런 생각들도 아침이 될 무렵 겨우 찾아온 졸음 속에서 조금씩 사라져갔습니다.

내가 눈을 떠보니 오후 2시였습니다. 너무나도 화창한 날이었습니다. 이렇게나 아름답고 충실한 삶을 보내게 될 줄은 꿈에도 생각 못했습니다. 어젯밤의 수많은 추억이 떠올랐지만 더 이상 어두운 그림자나 불안 따위는 없었습니다. 오직 오늘 밤에 대한 기대만이 빛나고 있었죠. 나는 서둘러 옷을 갈아입었습니다. 마음이 들떠 어떠한 선행이라도 할 수 있을 것만 같았습니다. 가슴속에서 환희와 사랑이 뛰놀아 심장이 두근거렸습니다. 나는 감미로운 열정에 흔들리고 있었습니다. 잠들기 전에 여러 가지로 신경 쓰고 있었던 불안의 싹들도 이제는 모두 잘려 나갔습니다. 그저 결과만 보게 된 나는 오직 마르그리트와 다시 만날 시간에 대해서만 생각하게 되었습니다.

도저히 집 안에 가만히 있을 수 없었습니다. 내 방은 너무나 작아서 지금 느끼는 행복을 가두어둘 수 없을 것 같았습니다. 내 마음을 마음껏 털어놓으려면 드넓은 자연이 필요했습니다.

나는 밖으로 나갔습니다.

그리고 앙탱 거리에 들렀습니다. 마르그리트의 쿠페가 문 앞에서 그녀가 오기를 기다리고 있더군요. 그것을 본 나는 샹젤리제 근처로 갔고요. 길에서 만난 알지도 못하는 모든 사람들에게까지 사랑을 느끼게 되었습니다.

사랑이란 어쩌면 이리도 사람을 착하게 만드는 걸까요!

마를리의 말[45]과 원형 교차로 사이를 1시간이나 왔다 갔다 하고 있자, 멀리

---

45) Chevaux de Marly. 기욤 쿠스토의 작품으로 마부가 말고삐를 잡고 있는 모습을 묘사한 한 쌍의 대리석 조각. 본디 베르사유 궁전 근처의 마를리 궁전에 있었지만 1794년에 샹젤리제로 옮

서 오는 마르그리트의 마차가 눈에 띄었습니다. 자세하게 보이지는 않았지만 나는 마르그리트의 마차를 알아볼 수 있었죠.

샹젤리제 길모퉁이를 돌려고 할 때 그녀가 마차를 세우자 키가 큰 젊은 남자가 그때까지 담소를 나누고 있던 무리에서 벗어나 마르그리트에게 다가갔습니다.

두 사람은 잠시 이야기를 나누었지만 젊은 남성은 곧바로 친구들이 모여 있는 곳으로 돌아갔고, 말들도 자리를 떴습니다. 그들에게 다가간 나는 아까 마르그리트에게 말을 건 사람이 G 백작이라는 사실을 알아챘습니다. 어젯밤 초상화를 보았을 때 프뤼당스가 마르그리트를 오늘의 위치에 올려놓은 특별한 존재라고 했던 그 사람이요.

어젯밤 문 앞에서 내쫓긴 사람은 다름 아닌 G 백작이었던 거죠. 그래서 그녀가 마차를 멈춰 세운 이유는 어째서 G 백작을 내쫓았는지 설명하기 위해서라고 생각했죠. 그리고 오늘 밤도 그와 만날 수 없게 될 만한 새로운 핑계를 찾아냈기를 기도했습니다.

그리고 그날 남은 시간에 무슨 일이 있었는지는 모르겠네요. 분명 돌아다니면서 담배를 피우고 사람들과 이야기했을 텐데, 자신이 누구와 만나서 무슨 말을 했는지, 그날 밤 10시에 생각해 보니 아무런 기억도 남아 있지 않았으니까요.

내게 남아 있는 기억은 그저 집으로 돌아와 옷차림을 갖추는 데 3시간이나 걸렸으며, 몇 번이나 벽시계와 회중시계를 보았지만 유감스럽게도 어떤 시계든 정확한 시각을 나타내고 있었다는 것뿐입니다.

시곗바늘이 10시 반을 가리키자 드디어 나갈 때가 되었다고 생각했습니다.

그때 나는 프로방스 거리[46]에 살고 있었습니다. 앙탱 거리로 가기 위해서는 프로방스 거리에서 몽블랑 거리로 나가 불바르[47]를 가로질러야 합니다. 그리고

겨졌다. 마를리의 말이라고 하는 이유는 그 때문. 현재 루브르 미술관이 소장하고 있다.
46) Rue de Provence. 라피트 거리와는 대칭이 되어 있으며 포부르 몽마르트르 거리와 로마 거리를 연결하던 거리. 발자크나 베를리오즈도 살고 있었다. 마르그리트가 살고 있던 앙탱 거리와도 매우 가깝다.
47) Boulevard. 흔히 그랑 불바르라고 한다. 파리에서 가장 번화한 거리.

루이 르 그랑 거리, 마혼 항구 거리를 거쳐야 했죠. 마침내 앙탱 거리에 도착한 나는 마르그리트 집 창문을 올려다보았습니다.

불이 켜져 있어서 나는 초인종을 누르고 문지기에게 고티에 양이 집에 있는지 물었습니다.

하지만 문지기가 말하길 마르그리트는 11시나 11시 15분 전에 결코 집에 돌아오지 않는다고 하더군요.

그 말을 듣고 나는 시계를 보았습니다.

천천히 걸어왔다고 생각했는데 프로방스 거리에서 마르그리트 집까지 걸린 시간은 겨우 5분이었습니다.

그래서 나는 가게가 아니라 이 시간에는 인적도 끊기는 거리를 어슬렁 어슬렁 걸어 다녔습니다.

30분쯤 지나자 마르그리트가 도착했습니다. 그녀는 쿠페에서 내리더니 마치 누군가를 찾듯이 주변을 둘러보았습니다.

마차가 떠나갔습니다. 그녀 집에는 마구간도 차고도 없었기 때문입니다. 나는 마르그리트가 초인종을 눌렀을 때 다가가 말을 걸었습니다.

"안녕하세요."

"아아, 뒤발 씨군요?" 나와 만나도 그렇게 기쁘지 않다는 듯한 말투였습니다.

"오늘 밤 찾아와도 된다고 말씀하지 않으셨습니까."

"그랬죠. 잊고 있었어요."

그 말은 그날 아침에 들었던 수많은 생각들도 낮의 기대도 모조리 뒤집어놓았습니다. 예전의 나라면 틀림없이 그냥 돌아가버렸을 겁니다. 하지만 그녀의 이런 방식에 점점 익숙해지고 있었던 나는 그러지 않았습니다.

우리는 집 안으로 들어갔습니다.

나닌이 미리 문을 열어놨습니다.

마르그리트가 나닌에게 물었습니다. "프뤼당스는 아직 돌아오지 않았어?"

"네, 부인."

"그럼 돌아오는 대로 우리 집에 오라는 말 좀 해줘. 그 전에 거실 불부터 끄고. 그리고 만약 누가 와도 나는 아직 집에 돌아오지 않았으며, 오늘 밤은 집에 돌아오지 않는다고 말해."

아무래도 그녀는 무언가 신경 쓰이는 일이 있는 것 같았습니다. 성가신 남자가 끈질기게 그녀를 쫓아다녀서 넌더리가 난 것 같았죠. 나는 어떤 얼굴을 하면 좋을지, 무슨 말을 해야 할지 알 수 없어서 마르그리트가 내실 쪽으로 가는 동안 그 자리에 우두커니 서 있었습니다.

"어서 오세요." 그녀는 내게 말했습니다.

그녀는 모자와 벨벳 외투를 벗어 침대 위에 내던지고 초여름까지 쓰는 난로 옆 커다란 안락의자에 쓰러지듯 앉더니 시계 사슬을 만지작거리면서 나에게 말했습니다.

"무슨 할 말이라도 있나요?"

"아니요. 다만 오늘은 괜히 온 것 같네요."

"왜요?"

"왠지 난처해하시는 것 같아서요. 게다가 나는 틀림없이 당신을 지루하게 만들 테니까요."

"그렇지 않아요. 그저 오늘 내내 아파서 그랬어요. 잠을 못 자서 그런지 머리가 너무 쑤시네요."

"혼자서 조용히 누워 계실 수 있도록 물러나는 편이 낫지 않겠습니까?"

"아아, 당신은 그냥 여기 계세요. 눕고 싶어지면 내가 알아서 누울 테니까요."

그때 누군가 초인종을 눌렀습니다.

"또 온 거야?" 마르그리트는 짜증을 내면서 말했습니다.

잠시 뒤 초인종이 또다시 울렸습니다.

"아무도 열러 가지를 않네. 내가 직접 열러 가야 하나."

그리고 그녀는 자리에서 일어나 내게 말했습니다.

"여기서 기다리세요."

그녀는 집 안을 가로질러 현관으로 갔습니다. 이어서 문이 열리는 소리가 들려왔습니다. 나는 귀를 기울였습니다.

그녀가 문을 열자, 이 집을 찾아온 남자는 식당에 멈춰 섰습니다. 처음 들린 두세 마디 말로 젊은 N 백작의 목소리임을 알 수 있었습니다.

"오늘 밤 몸 상태는 좀 어떤가?"

"좋지 않아요." 마르그리트는 퉁명스럽게 말했습니다.

"내가 방해되었나?"

"그런 거 같네요."

"이거 참 멋진 환대군! 마르그리트. 도대체 내가 뭘 어쨌다는 거지?"

"백작님은 아무것도 하지 않았어요. 단지 내가 몸이 안 좋아서 눕고 싶을 뿐이죠. 그러니까 백작님이 돌아가시는 게 나로서도 기쁠 것 같네요. 밤이 돼서 집에 돌아온 지 5분 만에 백작님을 봐야 한다니 벌써부터 지겨워지네요. 날 보고 뭘 어쩌라는 거죠? 백작님의 애인이 되라고요? 그 일이라면 누누이 말씀드리지 않았나요. 내게 그럴 마음은 없고 백작님만 보면 머리가 어떻게 될 만큼 화가 치미니 부디 다른 분을 상대해 주세요. 오늘은 같은 말을 한 번 더 해드릴 게요. 마지막이에요. 나는 당신이 싫어요. 이제 됐죠? 그럼 안녕히 가세요. 마침 나닌이 돌아왔으니 불을 밝혀달라고 하시면 될 거예요."

마르그리트는 그 이상 한마디도 덧붙이지 않았습니다. 또한 그 청년의 중얼거림에는 귀도 기울이지 않고 서둘러 내실로 돌아오더니 거칠게 문을 닫았습니다. 얼마 지나지 않아 그 문으로 나닌이 들어왔습니다.

마르그리트는 그녀에게 말했습니다.

"이제부터 저 얼빠진 사람이 오면 반드시 이렇게 말해, 알았지? 집에 없다거나 만나고 싶지 않다거나 이렇게 말이야. 언제나 같은 걸 원하며 찾아와서는 돈만 지불하면 그만이라 믿는 사람들만 만나는 건 이제 질려버렸어. 우리처럼 부끄러운 장사를 시작하려는 여자도 이 일이 어떤 일인지 알고 나면 틀림없이 시녀로 일하는 편이 낫다고 생각할걸. 아니, 그렇지 않아. 우리는 허영으로 장식된 드레스와 마차, 다이아몬드에 끌리고 있어. 이렇게 몸을 파는 일이라도 나름대로 진심이 있을지도 모르니까, 모두들 다른 사람들이 하는 말을 무심코 진지하게 받아들이지. 그러면서 우리의 몸과 마음 그리고 아름다움은 조금씩 닳아 없어져가는 거야. 그런데도 우리는 맹수 같은 두려움의 대상이 되었고, 사람도 아니라는 듯 멸시의 대상이 되었지. 언제나 주는 것보다도 빼앗아가는 것이 더 많은 남자들에게 둘러싸여 다른 사람의 신세를 망치고 자기 자신조차 파멸로 몰아넣은 뒤, 언젠가 개처럼 처참하게 죽어버리는 날이 올 거야."

그러자 나닌이 말했다. "아아, 부인, 진정하세요. 오늘 밤은 너무 흥분하신 것 같아요."

마르그리트는 몸통에 달려 있는 훅을 난폭하게 풀면서 말을 이었다. "이 드레스는 갑갑해. 가운 좀 줘. 그런데 프뤼당스는 어떻게 되었어?"

"아직 돌아오지 않으셨어요. 하지만 돌아오시는 대로 이쪽으로 오신다고 하네요."

마르그리트는 드레스를 벗고 하얀 가운을 걸치면서 말을 이어갔습니다. "그 여자는 더 해. 내가 필요할 때는 듣기 좋은 말로 구슬리면서 내 부탁을 기꺼이 들어준 적은 한 번도 없다니까. 오늘 밤 내가 그 대답을 듣고 싶어서 이렇게 조바심 내며 기다리는 걸 뻔히 알면서 말이야. 틀림없이 나 따위는 걱정도 안 하고 어딘가 돌아다니고 있을 거야."

"누군가가 가지 말라고 붙잡은 것은 아닐까요?"

"펀치 좀 만들어달라고 해줘."

그러자 나닌이 만류했다. "그랬다간 또다시 몸이 안 좋아질 거예요."

"오히려 그러는 편이 훨씬 나아. 과일이든 파테[48]든 닭날개살이든 아무 거나 좋으니까 갖다 달라고 해. 너무 배고파."

이런 모습이 내게 어떠한 기분을 불러일으켰는지는 말할 필요도 없을 겁니다. 당신이라면 예상하실 수 있겠죠?

마르그리트는 내게 말했습니다. "당신도 나와 함께 밤참 좀 드세요. 기다리는 동안에 책이라도 읽으시고요. 나는 잠깐 화장실에 갔다 올게요."

그녀는 커다란 촛대에 꽂혀 있는 양초에 불을 붙이고는 침대 옆 문을 열고 모습을 감췄습니다.

나는 이 아가씨의 인생에 대해 곰곰이 생각해 보았지만 그녀를 가엽다고 여기기 때문인지 사랑스럽다는 마음만 점점 더 커져갈 뿐이었습니다.

내가 생각에 잠겨 내실 안을 성큼성큼 돌아다니고 있을 때 프뤼당스가 들어

---

48) Pâté. 프랑스어로 파이를 뜻하며 주로 간 고기를 잘 양념하여 도우와 함께 조리한 요리를 말한다.

왔습니다.
 "어머, 아르망 왔어? 마르그리트는 어디 있어?"
 "화장실이요."
 "그럼 나도 기다려야지. 그런데 마르그리트가 당신을 그렇게 멋있다 하더라고. 알고 있었어?"
 "아니요."
 "한마디도 못 들었어?"
 "네."
 "그럼 어째서 여기 있는 거야?"
 "잠시 인사차 들렀어요."
 "이 시간에?"
 "안 되나요?"
 "거짓말쟁이!"
 "매우 심한 대접을 받았는걸요."
 "이제 곧 그 대접도 좋아질 거야."
 "그렇게 생각하세요?"
 "좋은 소식을 가져왔거든."
 "그렇군요. 그런데 마르그리트가 부인께 내 이야기를 했다고요?"
 "어젯밤, 아니, 오늘 새벽이었지. 당신이 친구와 돌아가고 나서…… 그런데 당신 친구는 어떻게 지내? 가스통 R이라고 했나?"
 "네." 나는 이렇게 말하면서 가스통이 내게 털어놓은 이야기를 떠올렸지만 프뤼당스가 그의 이름조차 제대로 기억하지 못한다는 사실을 알게 되자 나도 모르게 터져 나오는 웃음을 참을 수 없었습니다.
 "그 사람 참 멋지던데. 뭐 하는 사람이야?"
 "소득이 2만 5천 프랑이나 된답니다."
 "어머, 대단한데! 어쨌거나 당신 이야기로 돌아가자고. 마르그리트가 당신에 대해서 이것저것 물어봤어. 당신이 어떤 사람이며, 무슨 일을 하며, 지금까지 어떤 여자랑 사귀었는지 말이야. 그러니까 당신 같은 나이대의 남자에게 할 만한 질문은 다 한 거지. 그래서 내가 아는 것을 모두 이야기해 주면서 당신이 멋진 남자라고도 덧붙여놓았어."

"감사합니다. 그런데 어젯밤에 그녀가 뭘 부탁한 겁니까?"

"부탁받은 것은 없어. 마르그리트는 백작을 내쫓고 싶어서 그렇게 말한 거야. 하지만 오늘은 부탁받은 일이 있지. 그래서 그 대답을 가지고 왔어."

이때 마르그리트가 모자 업계에서 흔히 '슈(Chou)'라 부르는, 풍성한 노란색 리본 장식이 달려 있는 침실용 모자를 멋들어지게 쓰고 화장실에서 나왔습니다.

참으로 황홀하기 그지없었습니다.

새틴 슬리퍼를 신고 있는 그녀의 맨발은 발톱 손질도 완벽하게 되어 있었습니다.

그녀는 프뤼당스를 보고 말했습니다. "공작과 만났어?"

"물론이지!"

"그래서 어떻게 되었어?"

"주더라고."

"얼마나?"

"6천."

"지금 가지고 있지?"

"그래."

"난처해하지는 않았어?"

"전혀."

"가여운 사람이네!"

마르그리트는 '가여운 사람이네!' 이 말을 무어라 형용할 수 없는 독특한 투로 말하고는, 천 프랑짜리 지폐 6장을 받으면서 이렇게 말했습니다.

"겨우 맞췄어. 그런데 프뤼당스, 당신 돈이 필요하다고 하지 않았어?"

"그렇다니까. 내일모레가 15일이잖아. 3, 4백 프랑쯤 빌려주면 좀 살 거 같은데."

"내일 아침에 사람 보내. 환전하기에는 너무 늦었으니까."

"잊지 말라고."

"걱정하지 마. 그러니까 밤참이라도 먹고 가지 그래?"

"아니야. 샤를이 집에서 기다리고 있거든."

"아직도 그 사람에게 반해 있는 거야?"

"그래, 아주 푹 빠졌지! 그럼 내일 봐. 안녕, 아르망."

뒤베르누아 부인은 방에서 나갔습니다.

마르그리트는 장식 선반을 열고 그 안에 지폐를 던져 넣었습니다.

"잠시 누워도 될까요?" 그녀는 미소를 짓고는 침대로 가면서 말했습니다.

"그럼요, 오히려 내가 부탁드리고 싶은데요."

그녀는 침대를 덮은 기퓌르[49]를 밀어내고 누웠습니다.

"자, 내 옆에 앉으세요. 우리 이야기라도 해요."

프뤼당스가 말한 대로였습니다. 그녀가 가지고 온 대답으로 마르그리트의 기분은 훨씬 밝아진 것입니다.

"아까는 기분이 좋지는 않았지만 그래도 용서해 주세요." 그녀는 내 손을 잡으면서 말했습니다.

"뭐든지 용서할게요."

"나를 사랑하나요?"

"미칠 만큼 사랑해요."

"내가 이렇게 성격이 안 좋아도요?"

"아무래도 상관없어요."

"맹세하실 거죠!"

"네." 나는 작은 목소리로 말했습니다.

그때 나닌이 요리를 가지고 들어왔습니다. 차게 식힌 닭고기, 보르도 와인 한 병, 딸기 그리고 그릇 두 개가 있었죠.

나닌이 말했습니다. "펀치는 만들지 않기로 했습니다. 보르도 와인이 몸에는 훨씬 더 좋을 테니까요. 그렇죠, 나리?"

---

[49] Guipure. 피륙 바탕이 되는 그물코가 없고 무늬를 직접 이어서 맞춘 레이스. 무늬의 하나하나가 크고 화려한 것이 특징이다.

"물론이죠." 나는 마르그리트의 마지막 말에 감동을 받아 그녀를 뜨거운 눈길로 바라보면서 말했습니다.

마르그리트가 나닌에게 말했습니다. "이제 됐어. 자, 음식들은 작은 테이블에 차리고 침대 가까이로 가져와. 그러면 우리가 알아서 할게. 이런 밤이 벌써 사흘이나 계속되었으니 당신들도 빨리 자고 싶겠지. 가서 쉬라고. 이제 더 시킬 일도 없으니까."

"현관문 열쇠는 이중으로 잠가놓을까요?"

"그래, 정말 좋은 생각이야! 그리고 특히 내일 12시까지는 아무도 들이지 말라고 잘 이야기해 둬."

12

새벽 5시가 되어 커튼 너머로 아침 햇살이 들이비치기 시작하자 마르그리트가 나에게 말했습니다.

"아르망, 왠지 쫓아내는 것 같아서 미안한데 지금은 돌아가주셔야겠네요. 공작님이 아침마다 찾아오거든요. 그분이 오시면 나닌에게 나는 아직 잠들어 있다고 말하라 하겠지만 그분은 분명 내가 눈을 뜰 때까지 기다릴 거예요."

나는 두 팔로 마르그리트의 머리를 감싸 안았습니다. 그녀의 흐트러진 머리카락이 시냇물처럼 살랑살랑 얼굴 주변으로 흘러내렸습니다. 마지막으로 그녀에게 입 맞추고서 물어보았습니다.

"다음에는 언제 만날 수 있나요?"

그러자 그녀가 말했습니다. "잠깐만요, 아르망. 먼저 난로 위에 있는 작은 황금 열쇠로 저 문을 열어주세요. 그리고 그 열쇠를 여기 놓고 돌아가시면 돼요. 대답은 오늘 안에 편지로 할게요. 내 말이라면 무엇이든 들어주시기로 하셨잖아요."

"서두르는 것 같기는 하지만 부탁 하나만 해도 될까요?"

"뭐죠?"

"저 열쇠를 내가 가져도 됩니까?"

"나는 누구에게도 저 열쇠를 맡겨본 적이 없는데요."

"나라면 상관없지 않나요. 당신 주변 사람들과는 다른 식으로 당신을 사랑하니까요."

"그렇다면 가지고 가세요. 하지만 미리 말해두겠는데 내 기분에 따라서 그 열쇠가 아무런 도움도 되지 않게 할 수 있어요."

"어떻게요?"

"문 안쪽에 빗장이 있거든요."

"짓궂으시군요!"

"빗장을 풀어놓으라고 말해둘게요."

"그 말은 나를 조금은 사랑한다는 거죠?"

"어째서인지는 모르지만 아무래도 그런 듯하네요. 하지만 지금은 돌아가 주세요. 너무 졸려서 쓰러질 것만 같거든요."

잠시 서로 끌어안고 나서 나는 이내 밖으로 나왔습니다.

길거리에는 사람 그림자 하나 없었고 대도시는 아직도 잠에 빠져 있었습니다. 몇 시간만 지나면 사람들이 내는 소음이 가득 밀려올 주변에는 상쾌함이 스며들어 있었습니다.

나는 이 잠든 도시를 내가 차지했다는 생각까지 했습니다. 그동안 행복을 탐내온 사람들의 이름은 기억 속에서 찾아볼 수 있었지만, 나보다도 행복한 사람의 이름은 하나도 떠오르지 않았으니까요.

순결한 아가씨에게 사랑받으며 그 아가씨에게 사랑이라는 불가사의한 신비를 처음으로 알려준다는 것은 더할 나위 없이 크나큰 행복일 겁니다. 그러나 참으로 쉬운 일이기도 하죠. 한 번도 구애를 받아본 적 없는 그 마음을 빼앗기란 문이 활짝 열린 성에 들어가는 것과도 같으니까요. 물론 교육, 의무감, 가족이 매우 든든한 문지기가 될 수는 있겠죠. 하지만 16살 아가씨를 속이지도 못할 만큼 경계가 철저한 문지기 따위는 없을 겁니다. 자연은 사랑하는 남자의 목소리를 앞세워 사랑에서 태어나는 첫 충동을 그 아가씨에게 가르치고, 그 충동은 순수할수록 점점 더 열렬하게 변해갑니다.

착한 어린 아가씨들일수록 연인에게는 그렇지 않더라도 사랑에게는 오히려 쉽게 몸을 맡기는 법이죠. 의심할 줄 모르는 어린 아가씨란 무방비하기 그지없는 존재이며, 그런 아가씨에게 받는 사랑은 25살 청년이라면 언제 어느 때라도 손에 넣을 수 있는 승리와도 같습니다. 젊은 딸이 있는 사람들이 그녀들 주위를 보초와 성벽으로 둘러싸는 것만 보아도 알 수 있습니다! 수도원의 높은 벽과 수녀들의 튼튼한 자물쇠, 심지어 종교의 의무조차도 이 귀엽고 어린 새들을 새장 속에 계속 가둬두기에는 부족합니다. 하지만 사람들은 그 새장 속에 꽃을 던져 넣을 때의 괴로움을 받아들이려 하지 않더군요. 그래서 아가씨들은 사람들이 감추어버린 세상을 갈망하며, 세상도 그녀들을 유혹한다고 믿습니다. 또한 울타리 너머로 세상의 비밀을 말해주는 첫 소리에 귀를 기울이며, 처음으로 신비의 베일 자락을 들어 올리는 그 손에 감사를 올립니다.

그러나 이런 아가씨들과는 달리 화류계 여자에게서 받는 진정한 사랑은 실로 힘들여 얻은 승리와 같습니다. 그녀들은 육체로 영혼을 닳게 하고 관능으로 마음을 불태우며 방탕으로 감정에 갑옷을 입히니까요. 사람들이 무슨 말을 하더라도 그녀들이 듣기에는 전혀 새로운 말이 아니며 어떤 수단을 쓰더라도 그녀들은 놀라지 않습니다. 남자들이 그녀들에게 품는 사랑조차도 거슬러 올라가 보면 강매나 다름없는 것입니다. 그녀들은 일로는 사랑해도 정에 끌려 사랑하는 일은 없습니다. 순수한 아가씨를 지키는 어머니나 수도원보다도 더 강력한 타산이 그녀들을 지키고 있으니까요. 그렇기 때문에 그녀들은 휴식이나 변명 아니면 위로를 위해 '변덕' 이 말을 생각해 내고는 가끔씩 이득이나 손해조차도 생각지 않고 사랑을 하죠. 말하자면 고리대금업자가 수많은 사람들을 실컷 착취하다가 어느 날 굶어 죽게 생긴 불쌍한 어떤 남자에게 이자도 차용증도 없이 20프랑이나 빌려주고는 모든 죄가 사라졌다고 착각하는 것이나 다름없는 짓입니다.

처음에는 하느님께서 창녀를 용서하시고 사랑을 허락하였다고 생각할지 모르나 이윽고 그 사랑은 징벌이 되고 맙니다. 참회 없는 죄에는 사면도 없는 법이니까요. 자기를 탓해야만 할 과거를 등에 진 여자라도 자신에게는 평생 불가능하리라고 생각했던 저항할 수 없는 깊은 사랑에 어느 날 갑자기 사로잡혔다고 느꼈을 때, 그리고 그런 사랑을 고백할 때가 오면 그 사랑을 받게 된 남자는 그 여자를 완전히 지배하게 될 겁니다! 그 여자에게 "네가 사랑을 위해서 했다던 일은 돈을 위해서 한 것이다"라고 말할 수 있는 잔혹한 권리를 갖게 된 그 남자는 우월감을 느낄 거고요.

이렇게 되면 그녀들은 자신의 사랑을 어떻게 증명해야 좋을지를 모르게 됩니다. 그러고 보니 이런 일화가 있군요. 한 아이가 들판에서 끊임없이 "살려주세요!" 소리치고는 농민들에게 폐를 끼치며 재밌어하다가 어느 날 곰에게 잡아먹히고 말았다는 이야기요. 마지막에는 아이가 진심으로 외쳤는데도 농민들은 아이에게 너무나 자주 속는 바람에 그 말을 진지하게 받아들이지 않았던 것입니다. 그 불행한 여자들이 진지한 사랑을 할 때도 마찬가지예요. 사실 그녀들은 자주 거짓말을 해왔기에 아무도 그녀들이 하는 말을 믿으려 하지 않았고, 결국 그녀들은 후회에 시달리면서 자신의 사랑에 잡아먹히고 마는 거죠.

이런 일이 있기 때문에 그녀들 가운데에는 하느님께 헌신하거나 엄격한 은둔 생활에 들어가는 사람도 가끔씩 생겨납니다.

하지만 이런 속죄와도 같은 사랑을 불러일으킨 한 남자가 무척이나 너그러운 영혼을 지녔으며, 그녀의 과거를 신경 쓰지 않으면서도 그 사랑을 받아 들여, 그 사랑에 몸을 맡기고, 마침내 자신이 사랑받는 것처럼 그 여자를 사랑하게 된다면 그 남자는 이 땅에 넘치는 모든 감정 또한 한꺼번에 들이붓게 될 겁니다. 그리고 그러한 사랑을 하고 나서는 다른 사랑이 찾아온다고 해도 그의 마음은 닫혀 있겠죠.

그날 아침 집으로 돌아왔을 때는 이러한 생각을 해보지도 않았습니다. 앞서 했던 말과 같은 일이 언젠가 일어날 것 같은 예감만 들었을 뿐이었습니다. 나는 마르그리트와 같은 여자를 사랑하게 되었는데도 이런 사태를 조금도 예상해 보지 않았던 것입니다. 그저 지금에 와서야 겨우 이런 식으로 생각할 수 있게 되었죠. 모든 것이 돌이킬 수 없는 식으로 끝난 지금이기에, 또한 실제로 벌어진 일이기에 이런 생각도 자연스레 떠오른 겁니다.

자, 나와 마르그리트가 사귀게 된 첫날로 화제를 바꾸도록 하죠. 집으로 돌아간 나는 머리가 어떻게 되어버린 것처럼 들떠 있었습니다. 마르그리트와 나 사이에 있다고 생각했던 장애물은 사라졌다, 그녀를 손에 넣었다, 그녀의 마음도 거의 차지했다, 그래서 내 주머니에는 그녀 집 열쇠가 들어 있다, 나에게는 이 열쇠를 사용할 권리가 있다, 나는 멍하니 제멋대로인 이런 생각을 하면서 내 삶에 만족하게 되었습니다. 나 자신이 자랑스러웠고 이런 모든 것들을 허락해 주신 하느님을 사랑하게 되었죠.

어느 날 한 남자가 길거리에서 한 여자와 엇갈리게 됩니다. 남자는 고개를 돌려 여자를 봤지만 그대로 지나갑니다. 남자는 그 여자를 모르기에 그 여자의 즐거움, 슬픔, 사랑과도 아무런 관계가 없거든요. 그 여자에게도 그 남자는 존재하지 않는 것이나 다름없습니다. 그래서 남자가 말을 걸려고 했다면 마르그리트가 내게 그랬듯이 분명 여자는 남자를 비웃었겠죠. 그 뒤로 몇 주, 몇 달, 몇 년이 지나 그 둘은 저마다 다른 운명의 길을 걷게 되었지만 우연이 겹쳤는지 어느 날 갑자기 마주치게 됩니다. 그리고 그 여자는 그 남자의 연인이 되어 남자를 사랑하게 되고요. 어떻게 된 걸까요? 어째서일까요? 어찌 되었든 둘의 삶은 하나로 합쳐지게 되었습니다. 두 사람 사이에 친밀함이 생겨나자마자 그 친밀함은 아주 오래전부터 있었던 것 같다는 생각이 들게 되었습니다. 그리고 지금까지 있었던 일 모두가 두 사람의 기억에서 고스란히 사라져 버린 거죠. 정말이지 신기한 일이라고 생각하지 않으십니까.

나는 자신이 지금까지 어떻게 살아왔는지조차 기억할 수 없게 되어버렸습니다. 첫날밤에 무슨 말을 나누었는지 떠올리자 몸과 마음, 내 존재 자체가 환희로 가득 찬 나머지 날아오를 것만 같아서 말이죠. 마르그리트가 사람을 교묘하게 속일 줄 알았던 걸까요. 아니면 첫 입맞춤과 더불어 갑자기 태어났다가, 때에 따라서는 태어났을 때와 마찬가지로 한순간에 사라져 버리는 갑작스러운 열정을 내게 품었던 걸까요.

그러나 생각하면 생각할수록 자신이 느끼지도 않는 애정을 꾸며내 보일 이유가 마르그리트에게는 없다고 여기게 되었습니다. 또한 여자 속에는 마음으로 사랑하든 몸으로 사랑하든 서로가 원인도 결과도 될 수 있는 다른 방식의 사랑이 있다고도 생각했습니다. 그저 몸이 명령하는 대로 애인을 사귀었던 어떤 여자가 예기치 못했던 정신적 사랑의 신비를 알게 되자 그 뒤로는 오로지 마음으로 하는 사랑만으로 살아가는 일도 자주 있으니까요. 반대로 결혼이라는 순결한 애정의 결합밖에 바라지 않던 아가씨가 영혼의 가장 순수한 감정을 주체 못한 나머지 육체적 사랑의 느닷없는 계시를 받는 일도 자주 있는 이야기고요.

나는 이런저런 생각을 하면서 나도 모르게 잠들었다가 다음 날 마르그리트가 보낸 편지를 받고 일어났습니다. 그 편지에는 다음과 같이 쓰여 있었습니다.

내 명령이에요. 오늘 밤 보드빌 극장[50]에서 보도록 하죠.
제3막 막간에 와주세요.

M.G.

나는 그 편지를 서랍 안에 넣었습니다. 의심에 시달릴 때마다 언제라도 확실한 증거가 될 만한 것을 확보해 놓기 위해서죠. 사실 그래야만 할 일도 가끔씩 있었으니까요.

그녀에게서 만나러 와달라는 말은 없었기에 한낮부터 그녀 집으로 쳐들어갈 수는 없었습니다. 하지만 나는 밤이 되기 전에 어떻게 해서든 다시 한번 그녀의 얼굴을 봐두고 싶어서 참을 수 없던 나머지 샹젤리제로 나서고야 말았습니다. 그러자 전날처럼 마차로 왔다가 다시 돌아가는 그녀의 모습을 볼 수 있었습니다.

그리고 7시에 나는 어느새 보드빌 극장에 와 있었습니다.

이렇게 이른 시각에 극장에 들어간 적은 지금까지 단 한 번도 없었던 내가요.

모든 자리가 꽉 차 있었지만 오직 한 자리, 1층 앞 특별석만은 텅 비어 있었습니다.

그 빈자리를 계속해서 지켜보고 있자 제3막이 시작될 무렵 그 자리의 문이 열리는 소리가 들렸고 마르그리트가 모습을 드러냈습니다.

그녀는 앞으로 다가와 일반석을 둘러보다가 나를 발견하고는 눈으로 감사의 인사를 보냈습니다.

그날 밤 그녀는 눈이 번쩍 뜨일 만큼 아름다웠습니다.

그녀는 나를 위해 그렇게 멋지게 차려입고 온 걸까요? 그녀가 아름다울수

---

[50] Vaudeville. 1840년에서 1869년까지 비비안 거리와 부르스 광장 모퉁이에 있던 극장. 악극을 상연. 또한 《춘희》도 1852년 이곳에서 처음으로 상연했다.

록 내가 행복하리라 확신할 만큼 나를 사랑하는 걸까요? 모를 일입니다. 하지만 만약 그녀가 그런 생각으로 그렇게 했다면 엄청난 성공을 거두었다고 할 수 있었습니다. 그녀가 모습을 나타내자 사람들의 머리가 파도처럼 흔들리고 무대에 있던 배우마저 모습을 드러낸 것만으로도 관객들을 술렁이게 만든 그 여인을 보았으니까요.

게다가 나는 그 여인의 집 열쇠를 가지고 있으며, 서너 시간만 지나면 그 여인은 다시 내 품에 안기겠죠.

세상 사람들은 여배우나 화류계 여자 때문에 빈털터리가 되는 남자들을 비난하고는 하죠. 그러나 나는 그들이 그 여자들을 위해 더욱 앞뒤 가리지 않고 행동하지 않는 것이 오히려 신기할 따름입니다. 그 여자들이 날마다 나눠주는 작은 허영심이 그녀들에게 품는 사랑을 남자들의 마음속에다가 얼마나 단단하게 땜질하는지 알려면 나처럼 그런 생활을 실제로 해보아야 할 겁니다. 땜질한다는 말밖에는 표현할 길이 없군요.

이윽고 프뤼당스가 마르그리트의 특별석에 자리를 잡자 그 뒤로 G 백작 같아 보이는 남자가 앉았습니다.

그를 보니 내 마음에 차가운 무언가가 내달렸습니다.

마르그리트도 분명 자신의 특별석에 있는 그 남자를 보고 내가 어떤 기분으로 있는지를 눈치챘겠죠. 나에게 다시 한 번 미소 지어 보이더니 백작에게 등을 돌리고 연극에 집중하는 척을 했으니까요. 제3막 막간이 되어 그녀가 뒤돌아 두세 마디 말하자 백작이 특별석을 떠났습니다. 그리고 마르그리트는 나에게 와달라는 신호를 보냈습니다.

"안녕하세요." 그녀는 특별석으로 들어온 나에게 인사하며 손을 내밀었습니다.

"안녕하세요." 나도 마르그리트와 프뤼당스를 보며 인사했습니다.

"자, 앉으라고."

"하지만 다른 사람의 자리를 가로채게 되지 않습니까. G 백작은 돌아오지 않나요?"

"돌아올 거예요. 봉봉 좀 사다 달라고 했거든요. 잠시 뒤발 씨와 단둘이 이야기할 수 있도록 말이에요. 이미 프뤼당스에게는 다 털어놨어요."

그러자 프뤼당스가 말했습니다. "그렇다니까, 하지만 두 사람 다 걱정하지 말라고. 내가 입 하나는 무거우니까."

"어머, 오늘 밤은 왜 이러실까?" 마르그리트는 말하면서 일어나더니 특별석 그림자에 숨어 있는 내 이마에 입을 맞추었습니다.

"기분이 썩 좋지 않군요."

"그럼 돌아가서 주무셔야겠네요." 그녀는 섬세하고 재기 넘치는 얼굴에 어울리는 비웃음을 지으며 말했다.

"어디서요?"

"뒤발 씨 집이죠."

"내가 그곳에서 잠들 수 없다는 걸 잘 아시면서도 그런 말을 하십니까."

"그렇다면 내 자리에서 다른 남자를 보았다고 그렇게 뚱한 얼굴을 하지 말아 주세요."

"그 때문이 아닙니다."

"아뇨, 그 때문이에요. 나는 다 알 수 있답니다. 하지만 이번에는 당신이 잘못 했어요. 그러니까 이제 이런 이야기는 그만하죠. 연극이 끝나면 프뤼당스 집으로 가서 내가 부를 때까지 기다리세요. 알았죠?"

"네."

내가 어떻게 거스를 수 있을까요?

"아직도 나를 사랑하나요?" 그녀가 말을 계속했습니다.

"이제 와서 무슨 말을 하시는 겁니까!"

"내 생각은 좀 하셨나요?"

"물론 오늘 내내 생각했죠."

"그거 아세요? 나는 내가 당신과 사랑에 빠질까 봐 무척이나 두려워하고 있다는 걸요. 아니, 이런 이야기는 프뤼당스에게 물어보세요."

그러자 뚱뚱한 여자가 말했습니다. "아이! 그 이야기야 물론 귀에 딱지가 앉도록 들었지."

"슬슬 백작이 돌아올 시간이니까 뒤발 씨는 이제 자기 자리로 돌아가세요. 뒤발 씨가 이곳에 있다는 것을 들키면 귀찮아져요."

"왜요?"

"당신도 백작과 만나면 불쾌해지잖아요."

"불쾌하지는 않습니다. 하지만 당신이 오늘 밤 보드빌 극장에 오고 싶다는 말씀을 해주셨다면 나도 백작처럼 이 특별석을 예약해 드렸을 겁니다."

"유감스럽지만 그 사람은 내가 부탁하지도 않았는데 이 자리를 미리 예약해 놓고는 함께 가자고 말한 거예요. 알고 계시겠지만 나는 거절할 수가 없었죠. 내가 할 수 있는 일이라고는 기껏해야 나를 만나려면 어디로 와야 하는지 당신께 편지로 알리는 것뿐이었어요. 되도록 빨리 당신을 만나는 것은 나에게도 커다란 기쁨이니까요. 하지만 이런 식으로 고마워하다니 다음에 참고 좀 해야겠네요."

"미안해요. 사과할게요."

"그렇다면 됐어요. 뒤발 씨는 얌전하게 자기 자리로 돌아가세요. 이제부터는 질투하는 모습만 보이지 마시고요."

그녀는 다시 한 번 나에게 입을 맞추었습니다. 그리고 나는 특별석에서 나와 내 자리로 돌아왔습니다.

결국 G 백작이 마르그리트의 특별석에 있는 것은 마땅한 겁니다. 백작은 마르그리트의 애인이니 자연스럽게 특별석을 예약해 놓고 그녀와 함께 연극을 보는 거죠. 나 또한 마르그리트와 같은 여자와 연인이 되었으니 그녀의 습관을 받아들여야만 했습니다.

그래도 그날 밤 나는 여전히 불행했습니다. 문 앞에서 대기하고 있던 칼레슈에 올라타는 프뤼당스와 백작 그리고 마르그리트의 모습을 끝까지 지켜보고 난 뒤 극장에서 물러날 때는 쓸쓸하기 그지없었습니다.

그렇지만 15분이 지나 나는 프뤼당스 집에 도착했습니다. 프뤼당스도 딱 맞춰 돌아왔습니다.

13

"우리와 때를 맞춰서 왔네." 프뤼당스가 내게 말했습니다.

"네, 마르그리트는 어디 있죠?" 나는 별생각 없이 대답하고 프뤼당스에게 물었습니다.

"자기 집에 있지."

"혼자서요?"

"G 백작과 같이 있어."

그 말을 듣고 나는 거실 안을 성큼성큼 돌아다녔습니다.

"도대체 왜 그러는 거야?"

"G 백작이 마르그리트 집에서 나가기만을 기다리는 게 즐거울 거라 생각하십니까?

"당신도 정말 고집불통이네. 마르그리트가 G 백작을 문 앞에서 내쫓을 수 없다는 것쯤은 알아줘야지. G 백작은 마르그리트의 단골인 데다가 이제까지 어마어마한 돈을 바쳐왔다고. 지금도 여전히 바치고 있지. 마르그리트는 1년에 10만 프랑도 넘게 쓰니까 빚도 많아. 늙은 공작에게 부탁하면 그만큼 받아낼 수 있지만 아무리 마르그리트라도 날마다 돈이 필요하다고 조를 수는 없잖아. 그러니까 적어도 1년에 만 프랑이나 갖다 바치는 백작과 연을 끊을 수 없는 거야. 마르그리트는 틀림없이 당신을 사랑하고 있어. 하지만 말이야, 당신 둘의 관계는 그녀나 당신을 위해서라도 너무 깊게 파고들면 안 된다고. 7, 8천밖에 안 되는 당신 수입으로는 꼭 그렇다고 할 수는 없지만 마르그리트의 사치로 가득 찬 생활을 유지하기 힘들 테니까. 마찻값도 안 될 거야. 마르그리트는 재기 넘치고 좋은 여자니까 그냥 한두 달쯤 연인으로 지내면 되잖아. 꽃다발이나 봉봉, 극장의 특별석 같은 걸 선물하면서 말이야. 하지만 그보다 더한 일은 꿈도 꾸지도 마. 특히 질투 같은 꼴사나운 짓만은 하지 말라 이거야. 자기가 지금 어떤 여자를 상대하는지 알고 있지? 마르그리트는 정숙한 부인 같은 여자가 아니야. 아무튼 그녀는 당신을 마음에 들어 하고, 당신도 그녀를 사랑해. 그거면 충분하잖아. 다른 일 따위는 신경 쓰지 않아도 돼. 그러니까 바보같이 질투하는 모습 따위는 보이지도 말아! 파리에서 가장 멋진 여자가 당신 연인인데 말이야! 그 여자는 온몸에 다이아몬드란 다이아몬드는 주렁주렁 달고 자신의 화려한 집에 초대해 주지. 당신에게 그럴 마음만 있다면 돈 한 푼 안 내도 되는데 그래도 만족할 수 없다니. 지금 무슨 말을 하는 거야! 너무 욕심부리지 말라고."

"맞는 말이에요. 하지만 나로서도 어쩔 수 없네요. 저 남자가 그녀의 애인이라고 생각하면 너무나 괴로워요."

그러자 프뤼당스가 내 말에 이어 말했습니다. "G 백작이 아직도 마르그리트의 애인일까? G 백작은 그저 그녀에게 필요한 사람일 뿐이야. 마르그리트는 요 이틀 동안 그 사람을 문 앞에서 내쫓았지. 그런 그가 오늘 아침에 찾아왔고. 그녀로서는 백작이 제공하는 특별석을 받아들이고 그에게 같이 와달라고 할 수밖에 없었던 거야. 그리고 백작은 그녀를 바래다주고는 잠시 집에 들렀다 가겠지. 하지만 어차피 오래 있지도 않을 거야. 왜냐하면 당신이 여기서 기다리고 있으니까. 마땅한 일이지. 그리고 공작이라면 참을 수 있지 않았어?"

"그렇죠. 하지만 그 사람은 나이를 먹었잖습니까. 그래서 나는 마르그리트가 그 사람의 애인이 아니라고 확신할 수 있는 겁니다. 게다가 남자 하나는 참을 수 있어도 둘은 역시 참을 수 없기도 하고요. 만약 그래도 괜찮다고 한다면 내 사랑은 거래나 다름없게 될 거예요. 사랑 때문이라 해도 저런 짓을 허락하는 남자가 있다면, 저런 짓을 벌이 삼아 단물만 빨려는 하층 계급의 기둥서방들 같아지지 않겠습니까."

"아아! 당신이란 사람은 어쩌면 그렇게 시대에 뒤처진 생각을 할 수가 있어! 나는 말이야, 당신보다도 훨씬 더 좋은 집안에서 태어났고 멋쟁이인 데다가 돈 많은 남자들이 지금 내가 당신에게 권하고 있는 그런 짓을 하는 걸 얼마나 많이 봐왔는지 몰라. 아무런 괴로움도, 부끄러움도, 후회도 없이 말이야! 그런 일이 이 세계에서는 예사로 벌어져. 파리 화류계 여자들이 한 번에 애인 서너 명쯤 거느리지 않는다면 어떻게 지금 같은 생활을 계속할 수 있겠어? 아무리 돈이 많다고 해도 마르그리트 같은 여자들의 생활비를 혼자 댈 수 있는 사람은 하나도 없는데 말이야. 프랑스에서 50만 프랑을 번다고 하면 상당한 재산을 가진 사람이지. 하지만 말이야, 아무리 그만큼 수입이 있다 해도 혼자서 그런 여자들을 돌보기는 무리가 있어. 그 이유는 이래. 그렇게 돈 많은 남자라면 제대로 된 저택이나 마차, 시종들도 있지. 사냥을 가거나 친구들과 어울리기도 할 거고. 게다가 다들 거의 결혼했을 테니까 부인이나 아이들도 있을 거야. 경마도 할 테고, 도박도 할 테고, 여행도 갈 테고, 아무튼 나도 자세하게는 모르지만 여러 가지 할 거 아냐! 게다가 그런 습관이 몸 깊숙이 배어 있을 테니까 쉽게 고칠 수도 없을 거야. 만약 그랬다가는 세간에서 파산해 버렸다고 생각되거나, 입방아에 오르내릴 테니까. 그렇다고 하면 50만 프랑에서 여자에게 바칠 수 있는 돈은 기껏해야 1년에 4, 5만쯤이겠지. 그래도 많은 편이야. 그러니까 여자들은 다른 애인을 찾아서 모자라는 생활비를 채우는 거고. 마르그리트는 운이 좋은 편이지. 어쩌다 부잣집 노인과 만났는데 그 노인의 부인도 딸도 죽었다고 하니 말이야. 조카가 몇 명 있기는 하지만 그 조카들도 돈이 많다지 뭐니. 그러니까 그녀가 달라는 대로 돈을 주는 것도 모자라 아무런 보답도 바라지 않아. 하지만 그녀라 해도 1년에 7만 프랑 이상 달라고 조를 수는 없어. 만약 그 이상 달라고 졸랐다가는 아무리 재산이 많으며 그녀에게 애정이 있어도 그 공작은 분명 거절할 거야.

2만 프랑이든 3만 프랑이든 사교계에 겨우겨우 드나들 수 있는 돈밖에 벌지 못하는 파리의 젊은이들은 마르그리트 같은 여자와 사귈 때면 자신이 갖다 바치는 돈으로는 그 여자 집세와 시종들 월급을 주기도 모자라다는 사실을 잘 알고 있지. 하지만 그 여자에게는 입 밖으로 드러내지 못하니까 아무것도 모르는 척하다가 이제 좀 싫증 났다 싶으면 모습을 감추어버리는 거야. 허세를 부리며 뭐든 자기가 내겠다고 하다가는 바보같이 파산하거나 파리에 10만 프랑이나 되는 빚을 남긴 채 아프리카로 가서 죽기 십상이거든.[51] 그런데 당신은 남자가 그렇게 해주면 그 여자가 고마워할 거라고 생각해? 말도 안 돼. 그 반대야. 그 여자는 자기 입장만 난처해졌다거나 쓸데없이 돈만 썼다고 말할걸. 아아, 당신은 이런 자잘한 이야기들을 모두 추잡하다고 생각하지? 하지만 이게 현실이야. 당신은 멋진 청년이고 그래서 나는 당신을 진심으로 좋아해. 하지만 말이야, 나는 20년 동안 이렇게 벌어먹고 사는 여자들 사이에서 살아왔기 때문에 그녀들이 어떤 여자이며 얼마만큼의 가치가 있는지 잘 알아. 그러니까 외톨이에 귀여운 여자의 변덕 때문에 사랑받는다고 해서 당신이 그걸 진심으로 받아들이지

---

51) 이는 그 무렵 뷔고 장군의 지휘 아래 수행되었던 프랑스의 알제리 정복(1840~1848)에 참가하는 것을 암시한다.

는 않았으면 좋겠어."

프뤼당스는 말을 이었습니다. "반대로 만약 마르그리트가 백작과 공작을 포기해도 좋다고 생각할 만큼 당신을 사랑한다 치자고. 하지만 공작이 당신들 관계를 눈치채고 자기와 당신 중 누구를 선택할 거냐고 추궁하는 때가 올 거야. 그럼 그녀는 틀림없이 당신을 위해 엄청난 희생을 치러야 하겠지. 하지만 언젠가 당신이 그녀에게 질려 욕망이고 뭐고 사라졌을 때, 그녀가 당신을 위해 잃어버린 것들을 되갚기 위해 당신은 도대체 얼마만큼의 희생을 치를 수 있다는 거지? 아무것도 못 할 거야. 당신 때문에 그녀는 자기 재산, 미래, 그녀가 있던 세계 하고도 멀어질 텐데 말이야. 자신의 가장 찬란한 시절을 당신에게 바쳤지만 정작 당신은 잊을 거고. 당신이 주변의 흔해 빠진 남자라면 과거의 일로 실컷 그녀를 탓하고 나서 헤어진다고 해도 나는 너의 다른 애인들처럼 했을 뿐이라고 말하겠지. 그리고 당신이 성실한 남자라면 그녀와 같이 살 의무가 있다는 착각에 빠져 불행을 면할 수 없게 될 거야. 젊은이라면 그런 관계를 맺어도 용서 받겠지만, 훌륭한 어른이라면 용서받을 수도 없을 테니까. 그런 관계는 틀림없이 당신을 방해할 테고 그렇게 되면 남자들에게는 두 번째나 마지막 사랑과도 같은 가정과 출세조차 이룰 수 없게 되겠지. 그러니까 제발 내 말 좀 믿으라고. 뭐든지 그 가치를 제대로 생각해 보고 여자의 가치도 부풀려 생각하지 마. 그리고 화류계 여자가 당신 때문에 조금이라도 빚을 지게 되었다고 생각하게 만들면 안 돼."

나는 지금까지 무능하다고 믿어 의심치 않았던 프뤼당스가 이렇게 사리에 맞는 말을 할지 몰랐습니다. 그녀의 말에 맞는 말씀이라고 대답하는 것 말고는 아무 말도 할 수 없었기 때문입니다. 나는 손을 내밀고 그녀의 충고에 고마워했습니다.

그러자 그녀가 나에게 말했습니다. "뭐, 이런 시시한 논리 따위는 쫓아내고 웃어. 인생은 멋지니까 말이야. 어떤 안경을 쓰는가에 따라서 보는 법도 달라질 거야. 당신 친구인 가스통 씨인가 아무튼 그 사람에게라도 물어봐. 그 사람이라면 사랑에 대해 나와 같은 생각을 가지고 있을 거라는 느낌이 들거든. 당신은 지금 자신감을 가져야 해. 그렇지 않으면 그저 시시한 남자로 전락해 버릴 거야.

자기 집에 있는 남자가 얼른 돌아가기만을 초조하게 기다리는 미녀가 바로 옆에 있잖아. 그녀는 당신을 사랑하고 그래서 오늘 밤 당신을 위해 시간을 비워뒀지. 틀림없이 그렇다니까. 자, 나와 함께 창문 쪽으로 가서 보고 있자고. 조금만 있으면 백작이 우리를 위해 나가 줄 거야."

프뤼당스가 창문을 열자 나는 그녀와 나란히 난간에 기댔습니다.

그리고 그녀가 드문드문 지나가는 사람들을 보는 동안 나는 몽상에 빠져 있었습니다.

그녀가 했던 모든 말들이 내 머릿속에서 술렁댔지만 결국 그 말이 옳다는 것을 인정할 수밖에 없었습니다. 하지만 지금 내가 마르그리트에게 품고 있는 사랑은 그런 논리와 타협을 할 수 없었죠. 그래서 나는 때때로 한숨을 흘렸고 그때마다 프뤼당스는 내 쪽을 돌아보고는 가망 없는 환자의 치료를 포기한 의사처럼 어깨를 으쓱할 뿐이었습니다.

기분이 갑자기 변할 때 인생은 어쩌면 이리도 짧게 느껴지는 걸까요! 나는 마음속으로 이런 생각을 했습니다. '이틀 전 마르그리트를 알게 되었고 어제가 돼서야 겨우 그녀는 내 여자가 되었지. 그런데도 그녀는 벌써부터 내 생각과 마음 그리고 생활에까지 숨어들었구나. 그래서 G 백작이 방문했다는 이유만으로 내가 이렇게나 괴로워하고.'

그 순간 백작이 겨우 밖으로 나와 마차를 타고 사라졌습니다. 프뤼당스는 창문을 닫았습니다.

그때 마르그리트가 저희들을 부르고 이렇게 말했습니다. "얼른 오세요, 식사 준비를 할 테니까. 지금부터 밤참이나 먹도록 해요."

내가 마르그리트 집으로 들어가자 그녀는 내 곁으로 달려와 나를 있는 힘껏 끌어안았습니다.

"아직도 울적하세요?" 마르그리트가 내게 물었습니다.

그러자 프뤼당스가 말했습니다. "아니야, 이제 됐어. 내가 제대로 설교했더니 이제부터 착한 아이가 되기로 약속하더라고."

"정말 잘됐다!"

그때 나도 모르게 침대를 힐끗 보았지만 이불이 흐트러져 있지는 않았습니다. 마르그리트는 벌써 하얀 가운으로 갈아입고 있었습니다.

우리는 식탁에 앉았습니다.

매력, 상냥함, 시원시원함. 마르그리트는 이 모든 것을 다 갖추었으며 나는 그녀에게 그 말고 다른 무언가를 바랄 권리가 없다는 사실을 때로는 인정할 수밖에 없었습니다. 왜냐하면 내 처지가 된다면 거의 모든 사람들은 분명 행복해할 테니까요. 그러니까 베르길리우스의 전원시에 나오는 양치기처럼 나도 신께서, 아니 이 경우에는 여신께서 베풀어주시는 여가를 즐기기만 하면 된다고 생각했습니다.

그래서 프뤼당스의 논리를 실천에 옮겨 내가 상대하는 두 여자들처럼 쾌활하게 행동하려 애를 썼습니다. 그러나 그녀들에게는 자연스러운 일도 나에게는 노력이 필요한 일입니다. 신경질적으로 웃는 나를 보면서 진심으로 웃는 줄 아는 그녀들 때문에 나도 모르게 눈물이 날 뻔했습니다.

밤참을 다 먹자 마르그리트와 단둘이 남게 되었습니다. 그녀는 습관처럼 날마다 난롯불 앞 융단 위에 앉아 구슬프게 난롯불을 바라보더군요.

그리고 멍하니 생각에 잠겨 있었죠! 도대체 무슨 생각을 하고 있는 걸까요? 알 수는 없었지만 그저 사랑스럽다고 느끼며 그 모습을 바라보다가 이제부터 그녀를 위해 이보다 더한 것도 참아야 한다고 생각하니 두려움마저 느꼈습니다.

"아르망, 내가 무슨 생각을 하는지 아나요?"

"글쎄요."

"사소한 계획을 생각해 냈어요."

"어떤 계획이요?"

"아직 밝힐 수는 없지만 그 결과만 말할게요. 이 계획이 성공하면 나는 지금부터 한 달이 지나 자유의 몸이 되고 아무런 의무도 없어진답니다. 그렇게 되면 우리는 이번 여름을 시골에서 함께 지낼 수 있을 거예요."

"어떻게 해서 그렇게 되는지 말해줄 수는 없나요?"

"말할 수 없어요. 다만 내가 당신을 사랑하듯이 당신도 나를 사랑해준다면 그것만으로도 충분해요. 그렇게만 해주신다면 다 잘될 거예요."

"당신 혼자서 그 계획을 세운 겁니까?"

"네."

"그리고 당신 혼자서 그걸 해낼 생각이고요?"

"귀찮은 일은 나 혼자 다 떠맡을게요. 하지만 이익은 둘이서 나누는 거예요." 마르그리트는 이렇게 말하며 미소 지었습니다. 내가 그 미소를 잊는 일만은 결코 없을 겁니다.

이 이익이라는 말을 듣고 나는 얼굴이 빨개질 수밖에 없었습니다. 미인계로 B 씨를 속여서 받아낸 돈을 데 그리외와 함께 써버린 마농 레스코를 떠올렸기 때문입니다.

나는 일어나서 조금 엄한 말투로 이렇게 말했습니다.

"마르그리트, 미안하지만 나는 내가 생각해 낸 계획으로 벌어들일 수 있는 이익 말고 다른 것은 나누고 싶지 않네요."

"그건 무슨 뜻이죠?"

"다름이 아니라 그 엄청난 계획에 G 백작이 관련되지 않았나 매우 의심스럽다는 겁니다. 나는 그런 계획에 가담하지도, 그 이익을 함께 나누지도 않겠습니다."

"당신이란 사람은 정말 어린 애 같군요. 나를 사랑한다고만 생각했는데 착각이었나 보네요. 이제 됐어요."

그 말과 함께 그녀는 일어나 피아노 건반 뚜껑을 열고 또다시 베버의 〈무도에의 권유〉를 치기 시작했습니다. 언제나 연주를 멈추는 샵 부분까지 치다가 그만두었지만요.

습관에서 나온 행동이었을까요, 아니면 우리가 서로 알게 된 그날을 상기시키기 위한 행동이었을까요? 나는 그저 그 선율과 함께 수많은 추억들이 되살아나고 있다는 것만은 알 수 있었습니다. 그래서 그녀에게 다가가 그 얼굴을 두 손으로 감싸고 입을 맞추었습니다.

그리고 그녀에게 물었습니다. "용서해 주시겠습니까?"

그녀가 말했습니다. "잘 아시잖아요. 하지만 말이죠, 우리가 관계를 맺은 지 이제 겨우 이틀밖에 안 되었어요. 그런데 벌써 용서해야만 하는 일이 벌어지다니요. 내 말이라면 무엇이든 들어주겠다고 약속하셨으면서 전혀 지켜주시지 않는군요."

"어쩔 수 없지 않습니까, 마르그리트. 나는 당신을 너무나도 사랑해 버리는 바람에 당신의 사소한 생각에도 바로 질투를 해버리고 마니까요. 아까 당신이 꺼낸 말은 내게 미칠 만큼 기쁜 일이지만 그 계획을 실행하기 전에 무슨 일을 해야 하는지 전혀 모르겠으니 가슴이 조여드는 것만 같네요."

그러자 마르그리트가 내 두 손을 잡고 거스르려야 거스를 수 없는 매력적인 미소를 지으며 나를 보았습니다. "그럼 잠시 요모조모 따져가면서 생각해보자고요. 당신은 나를 사랑하죠? 그렇다면 서너 달쯤 나와 단둘이 시골에서 지낼 수 있게 된다면 기뻐하실 거예요. 나 또한 그렇게 단둘이 지낼 수 있게 된다면 기쁠 거고요. 단순히 기쁠 뿐만이 아니라 내 몸을 위해서도 필요한 일이에요. 하지만 그렇게 오랫동안 파리를 떠나 있으려면 내가 해왔던 일을 차근차근 정리해 두어야만 해요. 그리고 나 같은 여자가 하는 일은 언제나 매우 복잡하기 그지없답니다. 하지만 말이죠, 나는 내 일이든 당신에게 사랑을 보내는 일이든 모두 다 잘 해낼 수 있는 방법을 찾아냈어요. 그래요, 당신에게 내 사랑을 보내는 일이요. 웃지 마세요. 머리가 어떻게 될 만큼 당신을 사랑하니까요! 그런데도 당신은 언제나 으스대면서 허풍만 치시더군요. 어린아이 같아요, 당신이란 사람은 정말 어린아이 같아요. 하지만 내가 당신을 사랑한다는 것만은 기억해 두세요. 그리고 아무런 걱정하지 않으셔도 돼요. 자, 이제 됐어요?"

"당신이 원하신다면 무엇이든 들어드리죠. 그런 말은 하지 않아도 아시잖아요."

"그렇다면 한 달도 채 지나지 않아 우리는 어느 시골 마을에서 지내며 물가를 산책하거나 우유를 마시고 있을 거예요. 내가, 이 마르그리트 고티에가 이런 말을 하다니 당신도 이상하다고 생각하시겠죠. 사람들은 파리의 생활이 나를 행복하게 해준다고 생각하지만 사실은 조금도 마음이 들뜨지 않고 지루하게 느껴진답니다. 그래서 나는 때때로 어린 시절에 있었던 일을 생각나게 해줄 만한 좀 더 차분한 삶을 문득 동경하고는 해요. 아무리 어른이 되었어도 누구나 어린 시절이 있는걸요. 아아, 아무 걱정하지 않으셔도 돼요! 내가 퇴역 대령의 딸이라거나 생드니 수도원[52]에서 자랐다는 말 따윈 꺼내지도 않을 테니까요. 나는 시골의 가난한 아가씨였고 6년 전만 해도 내 이름조차 쓰지 못했답니다. 봐요, 이제 당신도 안심하셨죠? 그런데 내 마음에 떠오른 기쁜 바람을 함께 나누기 위해 왜 가장 먼저 당신에게 말을 걸었는지 아세요? 당신이 자기 자신을 위해서가 아니라 나를 위해 날 사랑해 주신다는 걸 알기 때문이에요. 다른 남자들도 나를 사랑한다고는 했지만 언제나 자기를 위해서였으니까요. 나는 가끔 시골에 가곤 한답니다. 하지만 한 번도 내가 원하는 대로 지내본 적은 없었죠. 그런 사소한 행복을 실현하기 위해서라도 내가 의지할 수 있는 사람은 당신밖에 없어요. 그러니까 심술부리지 말아 주세요. 내게도 행복을 나누어주시고요. 그리고 이런 식으로 생각하세요. 어차피 이 여자는 오래 살지 못하니까 이 여자가 처음으로 한 너무나 간단한 부탁마저 들어주지 않는다면 언젠가 분명 후회하게 될 거라고 말이죠."

처음으로 사랑을 나눈 밤의 추억에 감싸여 두 번째 사랑의 밤을 맞이하려는 이 순간, 그녀가 한 이런 말에 뭐라고 대답했어야 할까요?

1시간 뒤 나는 마르그리트를 꽉 끌어안고 있었습니다. 이때 그녀가 범죄를 저질러달라고 부탁했어도 나는 분명 그 말에 따랐겠죠.

아침 6시가 되어 그녀의 집을 나서기 전에 나는 이렇게 물어보았습니다.

"그럼, 오늘 밤도 보는 거죠?"

그녀는 나를 꼭 끌어안았지만 아무런 대답도 하지 않았습니다.

그날 낮에 나는 편지 한 통을 받았고 그 편지에는 다음과 같은 말이 쓰여 있었습니다.

    내 사랑 아르망. 오늘은 기분이 조금 좋지 않네요. 의사 선생님도 안정을 취하라 하셨고요. 그래서 오늘 밤은 일찍 잠들고자 합니다. 당신과 만날 수는 없

---

[52] Abbaye Saint-Denis. 파리 북쪽 교외, 생드니에 있는 수도원. 627년 메로빙거 왕조의 다고베르트(Dagobert) 1세가 건설했다. 17세기까지 그 성당에 역대 프랑스 왕의 무덤을 만들어 프랑스 왕국의 가장 중요한 수도원이었다. 1809년에는 나폴레옹 1세가 레지옹 도뇌르 훈장을 수여한 사람의 자녀들을 교육하기 위한 기숙사를 세웠다.

게 되었군요. 하지만 그 대신 내일 낮 12시에 오시기를 기다리고 있겠습니다. 사랑해요.

내 마음에 처음으로 떠오르는 생각은 이랬습니다. '이 여자가 날 속이고 있구나!'

식은땀이 이마를 타고 흘러내렸습니다. 이러한 의심에도 마음이 흔들리지 않기에는 그녀를 너무나도 사랑해 버리고 말았으니까요.

그렇다고는 해도 마르그리트 같은 여자와 사귀게 되었으니 이런 일은 거의 매일같이 벌어질 것이라 각오해야만 했습니다. 게다가 이런 일은 다른 여자와 연인 사이었을 때도 자주 있었지만 나는 크게 신경 쓰지 않았었습니다. 그렇다면 어째서 그녀는 이렇게나 내 인생을 지배하는 걸까요?

그녀의 집 열쇠도 가지고 있으니 시치미를 뚝 떼고 그녀 집에 가보자는 생각도 했습니다. 그렇게 하면 진상을 알 수 있을 테고 만약 남자가 있다면 뺨이라도 때릴 수 있을 테니까요.

먼저 샹젤리제로 가보았습니다. 4시간이나 있었는데도 그녀는 나타나지 않았습니다. 밤이 되자 그녀가 자주 가는 극장이란 극장은 모두 들어가 보았습니다. 그녀는 어느 극장에도 없었죠.

11시에 나는 앙탱 거리로 가보았습니다.

마르그리트 집 창문을 보니 불이 켜져 있지 않더군요. 그래도 초인종을 눌렀죠. 그러자 문지기가 나와 어디로 가는지 물었습니다.

문지기에게 말했습니다. "고티에 양 댁이요."

"아직 돌아오지 않으셨습니다."

"그럼 들어가서 기다리도록 하죠."

"집에 아무도 안 계십니다."

물론 나는 집 열쇠를 가지고 있었으니 그런 말 따위는 무시해도 상관없었지만 꼴사나운 소동이 벌어질까 두려워 밖으로 나갔습니다.

그래도 집으로는 돌아가지 않았습니다. 마르그리트의 집에서 눈을 뗄 수가 없어 그 거리를 떠나지 못했던 것입니다. 아직 무언가 더 알아낼 것이 있거나 적어도 내 의심을 확신할 수 있는 무언가가 있지 않을까 이런 느낌이 들었거든요.

한밤이 되자 낯익은 쿠페가 9번지에서 멈췄습니다.

그리고 G 백작이 내리더니 마차를 돌려보내고는 집으로 들어가더군요.

그 순간 방금 전 나와 마찬가지로 마르그리트가 없다는 말을 듣고 백작이 다시 밖으로 나오지 않을까 기대했습니다. 하지만 나는 결국 새벽 4시까지 기다리게 되었죠.

3주 전부터 계속 괴로워하고 있었지만 그 괴로움 따위야 그날 밤에 비하면 아무것도 아니라고 생각합니다.

14

나는 집으로 돌아가 아이처럼 울기 시작했습니다. 남자라면 적어도 한 번쯤 여자에게 배신당한 적이 있을 겁니다. 그렇기에 그것이 얼마나 괴로운지 모르는 사람도 없겠죠.

이럴 때는 누구든지 화가 치밀어 자기 결심을 끝까지 지켜낼 힘이 있다고 믿는 법입니다. 나 또한 몹시 흥분한 나머지 이 사랑을 당장 끝내리라 굳게 마음먹었죠. 그리고 예전 모습을 되찾아 아버지와 여동생 곁으로 돌아가야겠다고 생각하면서 날이 밝기만을 애타게 기다렸습니다. 어찌 되었든 그 두 사람의 사랑만은 나를 배신하지 않으리라 확신할 수 있었으니까요.

그렇다고는 해도 내가 떠나는 이유를 마르그리트에게 알리지 않은 채 모습을 감추고 싶지 않았습니다. 아무런 기별도 없이 연인과 헤어질 수 있는 사람이 있다면 더 이상 연인을 사랑하지 않는 남자겠죠.

나는 편지에 뭐라고 쓸지 머릿속으로 수십 번이나 생각해 보았습니다.

내가 상대한 사람은 다른 창녀와 그리 다를 것 없는 여자였습니다. 하지만 나는 그 여자를 미화하고 있었죠. 그래서 그 여자는 나를 어린아이처럼 대하며 너무나도 빤히 들여다보이는 계략으로 속인 겁니다. 그렇다는 것만은 확실합니다. 이렇게 생각하니 내 자존심이 벌떡 고개를 들었습니다. 어차피 헤어지기야 하겠지만 그 여자가 노린 대로 내가 얼마나 쓴맛을 보았는지 일부러 알리지 않겠다고 생각했습니다. 나는 분노와 괴로움의 눈물을 글썽이며 되도록 우아한 필체로 다음과 같이 썼습니다.

> 사랑하는 마르그리트.
> 몸이 편찮다는 소식을 들었습니다만 그 이상 나빠지지 않았기를 기도합니다. 지난밤 11시에 몸 상태가 어떤지 살피러 갔습니다만 집에 돌아오지 않으셨다고 하더군요. 그러고 보니 G 백작은 나보다도 행복하겠네요. 잠시 뒤 찾아와서는 새벽 4시가 되도록 당신 집에 머물러 있었으니까요.
> 부디 몇 시간이나 당신을 지루하게 만든 나를 용서해 주십시오. 하지만 나는 당신 덕분에 잠시나마 행복하게 지냈던 그 시간을 결코 잊지 않을 겁니다.
> 본디 병문안을 가야 하겠지만 나는 이제 아버지 곁으로 돌아갈 생각입니다. 안녕히 계십시오, 사랑하는 마르그리트. 나는 내가 바라는 대로 당신을 사랑할 수 있을 만큼 돈이 많지도 않고, 당신이 원하시는 대로 당신을 사랑할 만큼 돈이 없지도 않네요. 그러니 서로 잊도록 하죠. 당신은 거의 관심도 가지지 않았을 남자의 이름을, 나는 더 이상 누릴 수 없게 된 행복을요.
> 열쇠는 돌려드리겠습니다. 내게는 한 번도 도움이 되지 않았지만 만약 당신이 어제처럼 몸이 편찮아지신다면 도움이 될지도 모르는 이 열쇠를 말이죠.

아시겠지만 무례하기 그지없는 반어법을 쓰지 않은 채 이 편지를 끝맺을 수 있을 만한 힘이 나에게는 없었습니다. 그것은 내가 아직도 그녀를 사랑한다는 증거니까요.

편지를 열 번이나 되풀이해서 읽자 이 편지라면 틀림없이 마르그리트도 괴로워하리라는 생각이 들었고 그제야 마음이 조금 가라앉았습니다. 또한 편지에 쓴 것처럼 감정을 꾸며내 기운을 차리려 애를 썼죠. 8시가 되어 심부름꾼이 집에 오자 편지를 건네고 얼른 마르그리트에게 전하라 했습니다.

"답장을 기다릴까요?" 조제프가 물었습니다. (내 심부름꾼은 다른 사람들의 심부름꾼들과 마찬가지로 조제프라는 이름입니다.)

"만약 답장이 필요한가 물으면 모르겠다고 하면서 기다리게. 알았나."

나는 그녀가 답장을 해주리라는 그 기대를 붙들고 늘어진 겁니다.

우리들 남자란 어쩌면 이리도 비참하고 연약한 존재일까요!

심부름꾼이 외출한 동안 흔들리는 마음속 생각은 계속해서 이리저리 치우치고 있었습니다. 어떤 때는 마르그리트가 어떻게 몸을 맡겼는지 떠올리면서 도대체 내게 무슨 권리가 있어 그런 무례한 편지를 썼을까 생각했습니다. 마르그리트라면 자기를 가로챈 사람은 G 씨가 아니라 나라고 말할 수도 있을 테니까요. 많은 여자들은 이러한 논리로 애인을 몇 사람이나 만들고는 하죠. 또 어느때는 마르그리트의 맹세를 떠올리면서 나는 되도록 부드럽게 편지를 썼다는 생각을 했습니다. 성실한 사랑을 우롱하는 여자의 콧대를 꺾어버릴 만한 신랄한 표현이 그 편지에는 없었으니까요. 그리고 이렇게도 생각했습니다. 편지 따위 쓰지 말고 낮에 그녀 집으로 가는 편이 나았다고요. 그렇게 했다면 그녀가 흘리는 눈물을 보며 통쾌해했을 겁니다.

끝내는 그녀가 어떤 변명을 하더라도 믿겠다는 마음까지 들었습니다. 그리고 과연 어떤 답장을 줄지에 대해서도 생각했습니다.

그러는 동안 조제프가 돌아왔습니다.

"어땠나?" 돌아온 그에게 물어봤죠.

그러자 그는 이렇게 말하더군요. "나리, 부인께서는 아직 주무시고 계신답니다. 부인께서 잠에서 깨어나 종을 울리면 바로 편지를 전한다고 하네요. 만약 부인께서 답장을 쓰시면 시녀가 이쪽으로 갖고 올 겁니다."

그녀는 자고 있었단 말인가!

그 말을 듣고 스무 번은 넘게 그 편지를 되찾아오라 할 뻔했습니다. 그러나 그때마다 이렇게 생각을 고쳐먹었습니다.

분명 지금쯤 편지를 건넸을 테고 그 편지를 되찾으면 내가 후회라도 하는 것처럼 보일 거라고요.

하지만 그녀가 답장을 줄 것도 같은 시간이 다가올수록 어째서 그런 편지를 썼는지 후회하게 되었습니다.

그렇게 10시가 되고, 11시가 되고, 12시가 되었죠.

12시가 되자 마치 아무 일도 없었다는 것처럼 약속대로 그녀 집에 가볼까 했습니다. 결국 나를 옥죄고 있던 쇠고리를 벗겨내려면 어떻게 해야 되는지 전혀 생각할 수 없게 되었던 것입니다.

무언가를 애타게 기다리는 사람들이 믿는 특유의 미신이기는 하지만 집을 나섰다가 돌아왔을 무렵에는 답장이 와 있으리라 생각해 보기로 했습니다. 초조하게 기다리는 답장이란 언제나 집을 비운 사이에 도착하는 법이니까요.

그래서 나는 점심을 먹으러 간다는 핑계로 외출했습니다.

여느 때라면 불바르 모퉁이에 있는 카페 푸아[53]에서 점심을 먹었겠지만 그날은 앙탱 거리를 지나 팔레 루아얄[54]로 갔습니다. 멀리서 여자를 발견할 때마다 분명 답장을 가지고 오는 나닌이라 생각했죠. 하지만 앙탱 거리를 빠져나와도 잔심부름으로 뛰어다니는 사람은 하나도 만날 수 없었습니다. 마침내 팔레 루아얄에 도착한 나는 베리 식당[55]으로 들어갔습니다. 그러자 종업원이 시중을 들어줬습니다. 아니, 정확히는 제멋대로 대접을 하더군요. 왜냐하면 어떤 음식에도 입을 대지 않았거든요.

나도 모르게 벽시계에 계속 눈길을 주었습니다.

그리고 슬슬 마르그리트의 답장이 도착했으리라 믿으며 집으로 돌아갔습니다.

하지만 문지기는 아무것도 받지 않았다고 했습니다. 그래도 나는 심부름꾼들에게 기대를 걸었죠. 하지만 어느 심부름꾼이든 내가 외출한 뒤로는 아무하고도 만나지 않았다고 하더군요.

마르그리트가 답장을 보낼 생각이 있었다면 벌써 예전에 답장이 왔을 겁니다.

나는 어째서 편지를 썼는지 후회하기 시작했습니다. 그저 완벽하게 침묵을

---

53) Café Foy. 이탈리아인 거리아 리슐리외 거리 모퉁이에 있었던 카페
54) Palais-Royal. 본디 루이 13세의 재상 리슐리외의 저택이었는데, 그가 죽은 뒤 왕가에 기증되었다. 그러나 루이 14세 동생 가계인 오를레앙가(家)로 넘어오면서 자금 사정이 어려워져 서민에게 개방했다. 방은 상점과 아파트로 임대했고, 정원 회랑은 카페와 술집으로 내주었다. 지금은 상원 의사당이 들어서 있고, 1층 회랑에 몇몇 오래된 가게가 남아 있을 뿐이어서 그 무렵 번화함은 찾아볼 수 없다.
55) Chez Véry. 1808년 팔레 루아얄 아케이드에 생긴 최초의 정식 레스토랑. 현재 고급 레스토랑인 '그랑 베푸르(Le Grand Véfour)'의 전신이다.

지키고 있어야만 했습니다. 그랬다면 그녀도 나를 걱정하면서 어떻게든 손을 썼을 텐데 말이죠. 내가 전날 약속한 대로 찾아가지 않았으니 그녀는 어째서 기별이 없었는가 물었을 겁니다. 그때 처음으로 이유를 말하는 편이 나았겠죠. 그랬다면 아무리 그녀라도 이래저래 해명할 수밖에 없었을 테니까요. 나는 그녀가 변명이라도 하기를 바랐습니다. 그녀가 어떤 핑계를 댄다 해도 그 핑계를 믿었을 거고요. 더 이상 만나지 못하는 것보다는 무슨 일이든 있는 그대로 그녀를 사랑하는 편이 훨씬 나을 거라는 느낌이 들었거든요.

그러는 동안 나는 그녀가 스스로 나에게 찾아오리라 굳게 믿어버렸습니다. 하지만 아무리 시간이 지나도 그녀는 오지 않았죠.

정말이지 마르그리트라는 여자는 보통이 아니더군요. 그런 편지를 받았으면서도 아무런 답장도 하지 않는 여자란 그리 흔하지 않으니까요.

5시가 되어 부랴부랴 샹젤리제로 갔습니다.

그러면서 속으로 이렇게 생각했습니다. '만약 마르그리트와 만나더라도 관심 없는 척해주겠어. 그렇게 하면 마르그리트도 내가 더 이상 그녀에게 관심을 보이지 않는다는 것을 알겠지.'

그 순간 루아얄 거리 모퉁이에서 마차를 타고 지나가는 그녀를 보았습니다. 너무나도 갑작스러운 만남에 나는 얼굴이 새파래졌습니다. 내가 동요하는 모습을 그녀가 봤는지는 모르겠네요. 아무튼 나는 몹시도 당황한 나머지 그녀의 마차를 그저 지켜볼 뿐이었습니다.

샹젤리제까지 걸어가려 했던 나는 이내 포기하고 연극 광고지를 보았습니다. 아직 그녀와 만날 기회가 있었던 것입니다.

팔레 루아얄 극장[56]에서 초연을 앞둔 연극이 있었거든요. 물론 마르그리트가 그 연극을 놓칠 리도 없을 거고요.

7시에 극장에 갔습니다.

특별석이 꽉 차 있었지만 마르그리트는 나타나지 않더군요.

---

56) Théâtre du Palais-Royal. 팔레 루아얄의 몽팡시에 회랑에 있던 극장. 1831년에 건물이 증축되면서 팔레 루아얄은 파리의 종합 여가시설로 탈바꿈하게 되었고, 팔레 루아얄 극장에서는 연극과 그림자극, 인형극 등 다양한 문화 공연이 열리고 있다.

그래서 나는 팔레 루아얄 극장을 떠나 보드빌 극장, 바리에테 극장, 오페라 코미크 극장같이 그녀가 자주 가는 모든 극장에 들어가보았습니다.

하지만 그녀는 어디에도 없었죠.

어쩌면 내 편지에 너무나도 마음 아파한 나머지 연극에까지 관심을 기울일 수 없게 된 걸까요. 아니면 나와 자리를 함께하는 것이 무서워져 해명을 피하고 있는 걸까요.

무심코 자만심으로 가득 찬 생각을 하고 있다가 불바르 거리에서 가스통과 만났습니다. 가스통은 지금까지 어디에 있었는지 물었습니다.

"팔레 루아얄 극장에 있었어."

그러자 그는 내게 말했습니다. "나는 오페라 극장에 있었어. 그곳에서 너와 만날 거라 생각했는데 말이야."

"어째서?"

"마르그리트가 있었으니까 그렇지."

"아! 그녀가 그곳에 있었나?"

"그래."

"혼자서?"

"아니, 한 여자 친구와 함께 있었어."

"그뿐인가?"

"G 백작이 잠깐 그녀의 특별석으로 찾아오기는 했지. 하지만 그녀는 공작과 함께 돌아갔어. 나는 언제쯤 네가 나타날까 줄곧 생각했었다고. 그녀 옆에 내내 비어 있던 자리가 하나 있었거든. 틀림없이 네가 예약한 자리라 생각했지."

"하지만 어째서 내가 마르그리트가 있는 곳에 가야 하는 건가?"

"어째서라니, 자네는 그녀의 연인이잖나!"

"누가 그런 말을 했나?"

"프뤼당스야. 어제 그녀와 만났거든. 이봐, 정말 축하하네. 마르그리트는 미인인 데다 그렇게 쉽사리 손에 들어올 만한 여자가 아니라고. 아무튼 되도록 소중하게 대해. 자네에게도 명예로운 일이 될 테니까."

나는 사소한 일에도 쉽사리 상처받는 자신의 모습이 얼마나 우스운가를 가스통의 충고만으로도 알게 되었습니다.

만약 어제 그와 만나 이런 식으로 이야기를 했더라면 분명 오늘 아침의 어리석은 편지를 쓰지 않았겠죠.

나는 프뤼당스에게 가서 마르그리트와 이야기하고 싶다는 말을 전해달라 하고 싶었습니다. 하지만 마르그리트가 나에게 복수하기 위해 만날 수 없다고 대답하지는 않을까 두려워 끝내 앙탱 거리를 지나 집으로 돌아갔습니다.

그리고 문지기에게 다시 한번 편지가 왔는지 물어봤습니다.

아무것도 오지 않았다더군요!

'혹시 그녀는 내가 새로 손을 써 오늘이라도 편지의 내용을 취소하는지 보고 싶어 하는 것은 아닐까.' 나는 침대로 파고들면서 이렇게 생각했습니다. 만약 다시 편지를 쓰지 않는다면 내일은 그녀가 편지를 써줄지도 모른다고요.

그날 밤 나는 자신이 무슨 짓을 저질렀는지 후회하고 말았습니다. 집에서 혼자 불안과 질투에 시달리는 바람에 잠을 이룰 수 없었죠. 만약 시간이 흘러가는 대로 가만히 있었더라면 지금쯤 마르그리트 곁에서 그녀의 정담을 듣고 있었을지도 모릅니다. 지금까지 두 번밖에 듣지 않았던 그 정담이 홀로 있게 되면 내 귀에 박히기라도 한 듯 들려왔습니다.

지금 내가 처한 이 상황에서 참을 수 없는 점은 아무리 생각해 봐도 내가 잘못했다는 점입니다. 지금까지 벌어졌던 모든 일이 마르그리트가 나를 사랑한다는 것을 말해주고 있었습니다. 나와 단둘이서 여름을 보내자고 했던 그 계획. 내 연인이 되어야만 하는 이유가 그녀에게는 전혀 없다는 확신. 왜냐하면 내 재산으로는 그녀의 생활비는 물론 그녀의 변덕조차도 채울 수 없기 때문이죠. 그녀는 그저 계산적인 사랑에 빠져 있었을 때의 피로를 치유해 줄 수 있는 성실한 애정을 원했을 뿐입니다. 그리고 그녀는 그런 애정을 나에게서 찾아낼 수 있을지도 모른다는 기대를 했고요. 그런데도 나는 이틀 만에 그 기대를 부서트리고 말았을 뿐만 아니라, 이틀 밤 동안 허락해 주었던 그 사랑을 차마 무어라 할 수 없는 무례한 비웃음으로 되갚았죠. 나는 꼴사나울 뿐만 아니라 실로 철없는 짓을 한 겁니다. 그녀의 사생활을 이러니 저러니 나무랄 권리를 갖기 위해 과연 나는 얼마만큼의 돈을 지불했을까요? 그런데도 이틀째에 벌써 도망이나

치고는 마치 저녁 식사의 계산서가 자신에게 건네질까 두려워하며 연인 행세를 하는 기둥서방처럼 행동하지 않았습니까? 무슨 꼴이랍니까! 마르그리트와 알게 된 지는 36시간, 그녀와 연인이 된 지는 24시간밖에 지나지 않았는데 나는 벌써 상처받기 쉬운 사람인 척 연기를 했네요. 그녀가 분에 넘치는 행복을 베풀어주었다고는 생각도 안 하고 모든 것을 독차지하고 싶어 하거나 그녀의 미래에 돈줄이 될 과거의 관계를 모조리 끊어놓으려 하고야 말았죠.

 도대체 내가 그녀의 어떤 점을 탓할 수 있을까요? 아무것도 탓할 수 없을 겁니다. 그녀는 어떤 여자들처럼 무서울 만큼 거리낌 없이 남자가 온다 하지 않고 병에 걸렸다며 편지까지 써주었으니까요. 나는 그 말을 믿고 앙탱 거리를 뺀 파리의 모든 거리를 돌아다니다가 친구들과 함께 밤을 지내고 나서 다음 날 그녀가 지시한 시간에 그녀 집으로 가기만 하면 되었습니다. 그런데도 나란 놈은 마치 오셀로처럼 질투에 미쳐 그녀의 행적이나 살피고 이제 두 번 다시 만나지 않겠다고 하면서 그녀를 벌할 생각이나 했죠. 하지만 그녀는 오히려 그런 식으로 헤어지게 되어 후련하며 나를 터무니없는 바보라고 생각하고 있을지도 모릅니다. 그녀의 침묵은 원망 하나 섞이지 않은 경멸인 겁니다.

 그때 나는 그녀에게 무언가 선물이라도 보냈어야 했습니다. 그렇게 하면 내 관대함에 그녀는 어떠한 의심도 품지 않았을 것이며 그녀를 창녀처럼 대함으로써 나 또한 이제 빚이 없다고 생각할 수 있었을 테니까요. 하지만 나는 조금이라도 거래처럼 보일 만한 행동을 한다면 나에 대한 그녀의 사랑은 둘째 치고 적어도 그녀에 대한 내 사랑을 모욕하는 것이라 굳게 믿고 있었습니다. 이 사랑이 다른 누군가와는 결코 나눌 수도 없을 만큼 순수했다면, 짧은 시간 동안 그녀에게서 받은 행복에 대가를 치르기 위해 아무리 훌륭한 물건이라 해도 무언가 선물을 보낸다는 생각 자체를 도저히 할 수 없었던 겁니다.

 그날 밤 나는 몇 번이나 이런 생각을 하며 자신을 타일렀고 그때마다 이런 생각을 그녀에게도 말하러 가고 싶었습니다.

 아침 햇빛이 비쳐 들어와도 잠을 이룰 수 없었습니다. 열도 났습니다. 하지만 나는 마르그리트밖에 생각할 수 없었습니다.

 짐작하시겠지만 이럴 때는 마지막 결단을 내리고 여자와 헤어져 끝을 맺거나 여자가 여전히 만나준다고 하면 자신의 마음을 정리할 수밖에 없습니다.

하지만 아시는 대로 사람은 언제나 마지막 결단을 뒤로 미루는 법입니다. 집에 있을 수도 없고 마르그리트에게 갈 용기도 없었던 나는 그녀에게 다가갈 어떤 수단을 시험해 보기로 했습니다. 잘만 하면 우연의 결과로 돌릴 수도 있으면서도 내 자존심은 다치지 않는 수단이었죠.

9시가 되었습니다. 부랴부랴 프뤼당스 집으로 가자 프뤼당스는 이렇게 아침 일찍 오다니 도대체 무슨 일이냐며 물었습니다.

나는 일부러 찾아와야만 했던 이유를 솔직하게 털어놓을 용기가 없어 아버지가 살고 계시는 C시까지 갈 마차를 예약하기 위해 이렇게 아침 일찍 외출했다고 말했습니다.

그러자 그녀가 말했습니다. "당신도 참 좋겠네. 이런 좋은 날씨에 파리를 떠난다니 말이야."

나는 프뤼당스를 보면서 그녀가 나를 놀리고 있는 걸까 생각했습니다.

그러나 그녀는 진지한 얼굴을 하고 있었습니다.

그리고 여전히 진지한 얼굴로 말을 이었습니다. "마르그리트에게 인사하러 갈 거야?"

"아니요."

"그러는 게 좋아."

"그렇게 생각하십니까?"

"물론이지. 헤어졌는데 다시 만나서 뭘 어떻게 할 것도 아니잖아."

"그럼 부인께서는 우리가 헤어졌다는 사실을 알고 계셨습니까?"

"마르그리트가 당신 편지를 보여줬거든."

"그래서 그녀는 뭐라고 말했습니까?"

"이렇게 말했지. '프뤼당스, 당신이 아끼는 사람도 예의를 모르는 사람이네. 보통 이런 건 머릿속으로 생각해도 편지로 쓰지는 않는 법이잖아.'"

"어떤 식으로 그런 이야기를 했습니까?"

"웃으면서 하던데. 하지만 이렇게 덧붙였어. '그 사람 말이야, 두 번이나 우리 집에서 밤참을 먹었는데 감사하다는 인사조차 하러 오지를 않는다니까.'"

내 편지와 질투가 낳은 결과란 그런 것이었습니다. 자만으로 가득 차 있던 내 사랑은 무참히도 모욕을 받은 겁니다.

"어젯밤에 그녀는 무엇을 했습니까?"

"오페라 극장에 갔지."

"알고 있습니다. 그다음은요?"

"집에서 밤참을 먹었어."

"혼자서요?"

"아마 G 백작과 함께였을 거야."

그 말은 나와 헤어져도 마르그리트의 습관은 조금도 변하지 않았다는 겁니다.

이럴 때 "너를 사랑하지 않는 여자 따윈 생각도 하지 마" 이렇게 말하는 사람도 있겠죠. 하지만 나는 억지로 미소 지으며 말했습니다. "그렇군요. 마르그리트가 나 때문에 실망하지 않았다는 것을 알고 나니 기쁘네요."

"그러는 편이 그녀에게도 훨씬 좋을 거야. 당신은 자기가 해야 할 일을 한 거고 그녀보다도 더 좋은 판단을 내린 거니까. 마르그리트는 당신을 사랑했거든. 당신 이야기만 내내 하지를 않나 아무튼 뭔가 이상한 일이라도 벌일 거 같았어."

"나를 사랑한다면 어째서 답장을 주지 않았을까요?"

"그야 당신을 사랑한 것이 잘못되었다는 사실을 알았기 때문이지. 여자란 사랑을 배신하는 것은 용서할 수 있어도, 자존심을 다치게 하는 것만은 결코 용서할 수 없는 존재거든. 어떤 이유라 해도 연인이 된 지 이틀 만에 버리다니 여자 자존심을 다치게 하는 행동이지. 내가 마르그리트를 잘 알고 있으니까 말하는 건데 그녀는 당신에게 답장을 줄 바에야 죽는 게 낫다고 생각할 거야."

"그렇다면 나는 어떻게 하면 좋을까요."

"아무것도 안 하는 게 나아. 언젠가 그녀는 당신을 잊을 거고 당신은 그녀를 잊겠지. 그렇게 되면 서로를 탓할 일은 없게 될 거 아냐."

"하지만 만약 내가 그녀에게 용서를 구하는 편지를 쓴다면 어떻게 될까요?"

"절대 하지 마. 마르그리트는 당신을 용서할지도 모르니까."

그 말에 나는 프뤼당스 목을 와락 끌어안을 뻔했습니다.
15분 뒤 나는 집으로 돌아가 마르그리트에게 편지를 썼습니다.

    어제 어째서 편지를 썼을까 후회하는 사람이 있습니다. 만약 당신이 용서해 주지 않는다면 그 사람은 내일 파리를 떠나게 되겠죠. 그 사람은 몇 시쯤 당신 발치에 엎드려 뉘우쳐야 할지 알고 싶어 합니다.
    아시다시피 참회란 참관인 없이 행해지는 법이죠. 당신은 언제쯤 집에 혼자 계시게 될까요?

나는 산문 형식의 마드리갈[57] 같은 이 편지를 접어서 조제프에게 전하라고 했습니다. 그가 편지를 직접 건네자 마르그리트는 나중에 답장을 하겠다고 말했다더군요.
나는 저녁을 먹으러 잠깐 외출했을 때 말고는 내내 집에 있었지만 밤 11시가 되어도 답장은 없었습니다.
결국 더 이상 참지 못하고 다음 날 파리를 떠나기로 결심했습니다.
그렇게 결심해 버리자 어차피 자리에 누워도 잠이 안 올 게 뻔했으므로 당장 짐을 싸기 시작했습니다.

15

나와 조제프가 여행 준비를 시작한 지 1시간쯤 지났을 무렵, 초인종을 요란하게 누르는 소리가 울려 퍼졌습니다.
"문을 열까요?" 조제프가 물었습니다.
"열어주게나." 나는 이렇게 대답했습니다. 도대체 누가 이런 시간에 찾아왔을까 생각이야 했지만 설마 마르그리트일 줄은 꿈에도 몰랐으니까요.
문을 열고 돌아온 조제프가 말했습니다. "나리, 웬 부인 두 분이 오셨는데요."
"아르망, 우리들 왔어!" 이렇게 외치는 소리는 귀에 익은 프뤼당스의 목소리였

---

57) Madrigal. 사랑을 노래한 연가.

습니다.

나는 침실에서 나왔습니다.

프뤼당스는 일어서서 거실에 놓인 골동품을 바라보고 있었으며 마르그리트는 소파에 앉아 골똘히 생각에 잠겨 있었습니다.

거실로 들어온 나는 곧바로 마르그리트에게 다가가 무릎을 꿇고 그녀의 두 손을 잡았습니다. 그리고 감격에 북받쳐 말을 꺼냈습니다. "미안해요."

그녀는 내 이마에 입을 맞추며 이렇게 말했습니다.

"당신을 용서하는 것은 이번이 세 번째네요."

"나는 내일 떠날 생각이었어요."

"내가 찾아왔다고 그 결심을 바꿀 필요가 있나요? 파리를 떠나려는 당신을 방해하기 위해 이곳에 온 것은 아닌데 말이에요. 내가 이곳에 온 이유는 낮에 답장을 드릴 틈이 없어서예요. 그리고 내가 화났다고 생각하지 않았으면 해서이기도 하고요. 하지만 프뤼당스는 나보고 이곳에 가지 말라고 하더군요. 내가 가면 틀림없이 당신을 방해하게 될 거라고 하면서요."

"당신이 나를 방해한다고요? 그럴 리가요! 도대체 왜 그런 말을 한 겁니까?"

그러자 프뤼당스가 말했습니다. "그야 물론 당신 집에 여자가 있을지도 모르니까 그렇지! 그런데도 다른 여자가 둘이나 찾아왔다가는 그 사람도 기분이 썩 좋지는 않을 거 아니야."

프뤼당스가 그렇게 말하는 동안 마르그리트는 나를 지그시 보고 있었습니다.

그래서 나는 말했습니다. "프뤼당스, 부인께서는 자기가 도대체 무슨 말을 하고 있는지 모르는 것 같군요."

그러자 프뤼당스가 말을 돌렸습니다. "그건 말이야, 당신 집이 아주 멋져서 그래. 침실 좀 봐도 될까?"

"그러세요."

프뤼당스는 자리를 옮겼지만 침실이 보고 싶어서 그런 게 아니라 자신의 실언에 대한 사죄의 의미로 거실을 떠나 마르그리트와 나 이렇게 둘만 남아 있을 수 있게 한 것입니다.

나는 마르그리트에게 말했습니다. "어째서 프뤼당스를 데려온 겁니까?"

"같이 연극을 보러 갔었거든요. 그리고 집으로 돌아갈 때 누군가 내 옆에 있어주었으면 해서요."

"나로는 안 됩니까?"

"네, 당신에게 폐를 끼치고 싶지 않았거든요. 게다가 당신이 내 집까지 온다면 틀림없이 집 안으로 들어가고 싶어 하겠죠. 하지만 나는 그렇게 해드릴 수 없고 당신은 마땅한 권리라도 가진 것처럼 내 거절을 원망하면서 돌아갈 게 뻔해요. 그게 싫었어요."

"어째서 나를 집 안에 들일 수 없다는 겁니까?"

"무척이나 엄중한 감시를 받고 있거든요. 조금이라도 의심을 산다면 막심한 손해를 보게 될 거예요."

"이유는 정말 그것뿐입니까?"

"만약 다른 이유가 있다면 당신에게 그렇게 말했을 거예요. 우리 사이에 비밀 같은 건 없잖아요."

"나도 둘러말하고 싶지는 않으니 솔직하게 물어볼게요. 나를 조금이라도 사랑하나요?"

"무척이나 사랑하죠."

"그럼 어째서 나를 속인 겁니까?"

"아르망, 내가 무슨 공작부인이고 연 수입이 20만 리브르[58]나 되며 당신이라는 연인이 있는데도 다른 애인을 만들었다고 쳐요. 그럼 당신은 마땅히 어째서 나를 속였냐고 물어도 될 거예요. 하지만 나는 마르그리트 고티에예요. 빚이 4만 프랑이나 되면서도 재산은 한 푼도 없죠. 그런데도 1년에 10만 프랑이나 쓰고요. 그런 쓸데없는 질문에는 대답할 필요조차 못 느끼겠네요."

나는 마르그리트 무릎 위에 머리를 힘없이 늘어뜨린 채 말했습니다. "그건 그렇군요. 하지만 나는 미칠 만큼 당신을 사랑해요."

"그렇다면 나를 조금 덜 사랑하거나, 조금 더 이해해 주셔야겠네요. 당신 편

---

58) livres. 프랑에 해당되는 구 화폐 단위. 혁명 전의 화폐 단위 3리브르는 1에큐, 24리브르는 1루이가 됨. 현재는 연 수입을 계산할 때만 사용한다.

지는 나를 너무나도 괴롭게 만들었어요. 만약 내가 자유의 몸이었다면 백작을 집 안으로 들이지 않았을 거예요. 집 안으로 들였다고 해도 그 뒤 당신 곁으로 달려와 아까 당신이 그랬던 것처럼 용서를 구했겠죠. 그리고 앞으로는 당신 말고 다른 연인을 만들지 않겠다고 결심했을 거고요. 나는 말이죠, 반년 정도라면 행복해져도 되지 않을까 그런 생각을 잠시나마 했답니다. 그런데도 당신은 그러길 원하지 않고 어떻게 해서든 그 방법만을 알고 싶어 했죠. 아아, 어떤 방법일지는 누구나 쉽게 눈치챌 법도 한데 말이에요! 나는 이 방법으로 당신이 상상도 못할 만큼 커다란 희생을 치렀답니다. '2만 프랑이 필요해요.' 물론 당신에게 이렇게 말할 수도 있었어요. 당신은 나에게 푹 빠져 있으니 그쯤이야 해줬을 수도 있겠죠. 나중에 이 일로 나를 탓하게 되더라도요. 하지만 나는 당신에게 어떠한 빚도 지고 싶지 않았어요. 하지만 당신은 그런 내 마음을 알아주려 하지도 않으셨죠. 내 나름대로 당신을 배려했는데 말이에요. 나 같은 여자들은 말이죠, 조금이라도 진심이 있을 때는 말이나 행동에 다른 여자들은 알아채지 못할 의미를 담거나 덧붙일 때도 있는 법이에요. 몇 번이나 말씀드리지만 나 마르그리트 고티에 정도 되는 여자가 돈이 필요해져도 당신을 조르지 않고 빚을 갚을 수 있는 방법을 찾았다는 것은 나름대로 당신을 배려한 거예요. 당신은 그저 아무 말도 하지 않고 그 배려를 이용해 주었으면 했어요. 만약 당신이 오늘 처음으로 나를 알게 되었다면 나와 그런 약속을 나누고 매우 기뻐하며 내가 그저께 무엇을 했는지는 묻지 않았을 거예요. 우리는 때때로 몸을 희생해서라도 마음의 만족을 얻어야 할 때가 있어요. 그렇기 때문에 시간이 지나 그 만족이 손가락 사이로 빠져나가면 훨씬 더 괴로워지는 거죠."

　나는 마르그리트가 하는 말에 감탄하며 귀를 기울이고 그녀를 보았습니다. 예전에 그 발끝에라도 입을 맞춰보고 싶다 생각했던 아름다운 여인은 지금 나를 마음속에 두고 그녀 인생 속의 한 역할을 나에게 주었죠. 그런데도 내가 결코 만족하지 못했다는 것을 알고 나니 남자의 욕망에 과연 끝이 있을까 묻고 싶어졌습니다. 곧바로 욕망을 채운 나조차도 무언가 다른 것을 바라게 되었으니 말이죠.

　마르그리트가 말을 이었습니다. "그래요, 나 같은 일을 하는 여자들은 때때로 변덕스러운 바람을 품거나, 꿈에도 생각 못 한 사랑을 하는 법이에요. 한순간 무언가에 정신없이 빠져들다가도 그다음에는 다른 것에 빠져들게 되죠. 우리로부터 아무것도 얻지 못한 채 신세를 망치는 남자가 있는가 하면, 꽃다발 하나로 우리를 손에 넣어버리는 남자도 있어요. 우리 마음은 변덕스럽기 그지없답니다. 하지만 그것만으로도 기분 전환은 물론이며 우리가 하고 있는 일에 대한 변명도 할 수 있죠. 그런데 말이죠, 나는 다른 어떤 남자들보다 당신에게 가장 빨리 몸을 맡겼다고 맹세할 수 있어요. 그 이유가 뭐냐고요? 피를 토하는 날 보고 당신이 손을 잡아주었으니까요. 울어주었으니까요. 나를 가엾이 여겨준 단 한 사람이니까요. 이렇게 말하면 바보 같겠지만 나는 예전에 강아지를 한 마리 길렀던 적이 있어요. 내가 기침을 하면 그 강아지는 서글픈 듯이 나를 보았죠. 나는 그 강아지만을 진심으로 사랑했답니다.

그 강아지가 죽고 나서 어머니가 돌아가셨을 때보다도 훨씬 더 많이 울었고요. 하기야 내 어머니는 살아 계시던 12년 동안 나를 때리기만 했지만요. 그래서 나는 그 강아지처럼 순식간에 당신을 좋아하게 된 거예요. 만약 남자들이 고작 눈물 한 방울로 뭘 할 수 있는지 안다면 좀 더 사랑 받을 수 있을 텐데 말이죠. 또한 우리도 그렇게 많은 사람을 빈털터리로 만들지 않았을 거고요.

하지만 당신의 편지는 지금까지 당신이 말해왔던 것과는 아주 다르더군요. 당신이 여자의 마음을 전혀 살필 줄 모른다는 사실도 알게 되었고요. 앞으로 당신이 내게 어떤 짓을 하더라도 이 편지만큼 내가 당신에게 품고 있던 사랑을 상처 입히지는 않을 거예요. 당신의 그런 행동은 분명 질투에서 나온 거겠죠. 하지만 너무나도 꼬이고 무례한 질투였어요. 그 편지를 받았을 때 나는 무척이나 침울해하고 있었답니다. 그래서 낮 12시에 당신을 만나 함께 점심을 먹으며 당신 얼굴을 보고 이 울적함을 얼른 잊으려 하고 있었어요. 하기야 당신과 알기 전이었다면 아무리 기분이 울적했어도 어쩔 수 없다고 쉽사리 포기했겠지만요."

마르그리트가 말을 이어갔다. "게다가 당신은 내가 어떤 생각을 하더라도 그것을 있는 그대로 말할 수 있는 단 한 사람이라 생각했어요. 나 같은 여자들 주위에 있는 남자들이란 모두 사소한 말 한마디에 이것저것 살피거나 소소한 행동으로부터 무언가 얻어내려 하는 것 말고는 관심이 없거든요. 그래서 마땅한 이야기겠지만 우리에게는 남자 친구가 없어요. 자기들 말로는 우리를 위해서라고 하는데 사실은 자기들의 허영을 위해 돈을 날리는 제멋대로인 남자들밖에 없죠.

그런 사람들을 위해 우리는 그들이 기분 좋을 때는 쾌활한 척을 해주고, 밤참을 먹고 싶어 할 때는 배가 고픈 척을 해주며, 우울해할 때는 우울한 얼굴을 해줘야만 해요. 우리에게 마음이 있어서는 안 돼요. 그렇지 않으면 싫은 소리만 듣고 신용을 잃게 되거든요.

우리는 자기가 자기 자신이라고 할 수도 없어요. 사람이 아니라 물건인 거죠. 그들의 허영을 나타낼 때는 없어선 안 되지만, 경의를 나타낼 때는 있으나 마나 한 물건이요. 물론 여자 친구라면 있어요. 하지만 거의 프뤼당스 같은 친구로 나이를 먹어 이제 그런 일을 할 수 없는데도 예전에 했던 일 때문에 사치의 맛을 잊을 수 없게 된 사람들이죠. 그런 사람들은 친구라기보다는 오히려 더부살이 같은 존재일 뿐이에요. 그런 사람들은 나에게 아주 친절하게 대해줄 때가 있기는 하지만 이해타산을 떠나서까지 친절하게 대하지는 않아요. 해주는 충고라고 해봤자 돈에 대한 이야기뿐이고요. 우리에게 10명이 넘는 애인이 있든 없든 그녀들은 그저 우리의 남은 드레스나 팔찌를 얻거나 가끔씩 우리의 마차로 산책하고 극장 특별석에 앉을 수만 있다면 그걸로 아주 만족할 거예요. 우리가 전날 받았던 꽃다발을 들고 돌아가거나 캐시미어 숄을 빌려 가기도 하고요. 하지만 아무리 사소한 부탁이라도 보답이 2배로 돌아오지 않는다면 들어주지도 않아요. 그날 밤 당신도 직접 보셨잖아요. 나는 프뤼당스 보고 공작에게 부탁한 6천 프랑을 받으러 가달라고 했죠. 그리고 프뤼당스에게 5백 프랑을 빌려줬죠. 하지만 그녀는 그 돈을 결코 갚지 않아요. 아니면 내가 쓰지도 않을 모자를 주면서 빌린 돈을 갚았다고 할 게 뻔해요.

그래서 우리는, 아니 나는 단 하나의 행복밖에 바라지 않게 되었어요. 그건 바로 내가 어떻게 생활하든 이래저래 캐묻지 않고 내 몸보다도 마음을 사랑해 줄 수 있는 훌륭한 남자를 찾아내는 거였어요. 그 남자가 바로 공작이에요. 하지만 공작은 나이가 들었고 나이 든 사람은 나를 지켜줄 수도 위로해 줄 수도 없어요. 그래도 나는 반드시 공작이 원하는 대로 살 수 있을 거라 생각했어요. 하지만 어쩔 수 없더군요. 너무나도 지루한 나머지 죽을 것 같았거든요. 그래서 어차피 불타버릴 목숨이라면 연기에 질식하는 것보다 차라리 불 속으로 뛰어드는 편이 나을 거라 생각하게 되었어요.

그때 나는 당신을 만났어요. 당신은 젊고 열정이 있으며 행복해 보였죠. 그래서 이런 거친 세상에서 나 홀로 죽을힘을 다해 부르고 원했던 남자가 바로 당신이었으면 좋겠다고 생각했어요. 나는 당신을 있는 그대로 사랑한 것이 아니라, 내가 바라는 사람이었으면 해서 사랑한 거죠. 하지만 당신은 그 역할이 자기에게는 어울리지 않는다며 뿌리쳐버렸죠. 그리고 어디에나 있는 흔한 남자들처럼 되었어요. 그렇다면 다른 남자들처럼 하시면 되잖아요. 내게 돈을 지불하세요. 그리고 이런 이야기는 이제 관두기로 해요."

기나긴 고백으로 녹초가 된 마르그리트는 소파에 몸을 푹 파묻고서는 가벼운 기침을 억누르려 입과 눈가에까지 손수건을 대고 있었습니다.

나는 우물대며 말했습니다. "미안해요, 용서해 주세요. 나는 다 알고 있었어요. 하지만 당신 입으로 직접 듣고 싶었죠. 이제 다른 건 완전히 잊을게요. 단 한 가지만 기억해 둘게요. 나는 당신 것이고, 당신은 내 것이라는 사실을요. 그리고 우리는 젊으며 서로 사랑하고 있다는 사실을요. 마르그리트, 당신이 원한다면 나를 어떻게 하든 상관없습니다. 당신의 노예가 될 테니까요. 개가 될 테니까요. 하지만 제발 부탁드립니다. 당신에게 쓴 그 편지만은 찢어서 버려주세요. 그리고 나에게 내일 떠나지 말라고 해주세요. 그렇지 않으면 나는 죽어버리고 말 겁니다."

마르그리트는 드레스 가슴팍에서 편지를 꺼내 내게 건넸습니다. 그리고 이루 말할 수 없이 상냥한 미소를 지으며 이렇게 말했죠.

"자, 가지고 와줬어요."

나는 편지를 찢고 눈물을 흘리며 편지를 내민 손에 입을 맞추었습니다.

그때 프뤼당스가 다시 모습을 드러냈습니다.

"있잖아, 프뤼당스. 이 사람이 내게 뭘 부탁했는지 알아?" 마르그리트가 물었습니다.

"용서해 달라고 말했겠지."

"그래, 맞아."

"그래서 용서해 줬어?"

"그럴 수밖에 없잖아. 그런데 이 사람, 소원이 한 가지 더 있다지 뭐야."

"그게 뭔데?"

"우리와 함께 밤참을 먹고 싶다는데."

"그래도 되겠어?"

"프뤼당스는 어떻게 생각해?"

"난 이렇게 생각해. 당신들 둘 다 어린아이 같고, 머리가 어떻게 된 거 같다고 말이야. 하지만 이렇게도 생각해. 난 지금 너무나도 배가 고프니까 둘의 의견이 얼른 맞아떨어진다면 그만큼 빨리 밤참을 먹을 수 있다고 말이야."

그러자 마르그리트가 말했습니다. "그럼, 가요. 셋에서 내 마차에 타요. 자, 얼른." 그리고 그녀는 내 쪽을 돌아보면서 말을 덧붙였습니다. "나닌은 자고 있을 거예요. 그러니까 당신이 문을 여세요. 그리고 이 열쇠를 가지고 있어요. 이제 두 번 다시 잃어버리지 말아요."

나는 숨이 막힐 만큼 마르그리트를 끌어안았습니다.

그때 조제프가 들어왔습니다.

그는 의기양양하게 자신이 한 일을 이야기했습니다. "나리, 짐을 모두 꾸렸습니다."

"모두 다?"

"네."

"그럼 다시 풀어줘. 여행은 취소했으니까."

16

"나와 마르그리트가 어떻게 교제를 시작하게 되었는지에 대해서는." 아르망이 말을 이어 나갔다.

좀 더 간결하게 말씀드릴 수도 있었겠죠. 하지만 어떤 경위로 내가 마르그리트의 바람이라면 뭐든지 들어주게 되고, 마르그리트가 더 이상 나 없이는 살지도 못하게 되었는지 당신도 알아주셨으면 했습니다.

마르그리트가 찾아온 다음 날 나는 그녀에게 《마농 레스코》를 선물했습니다.

그리고 그녀의 생활을 바꿀 수 없었던 나는 그 순간부터 내 생활을 바꿔 버리고 말았습니다. 무엇보다도 내가 받아들인 이 역할에 대해서 이래저래 생각할 틈을 만들지 않기로 했습니다. 계속 생각하다 보면 아무래도 우울해지니까요. 그러다 보니 본디 매우 조용했던 내 생활은 언뜻 보기에 소란스럽고 어지러운 생활로 변해버렸습니다. 아무리 이해타산을 떠난 사랑이라 해도 상대가 화류계 여자인 이상 돈을 쓰지 않고 넘어갈 리는 없을 테니까요. 꽃다발이나 연극, 밤참이나 소풍같이 도저히 거부할 수 없는 내 연인의 수많은 변덕은 매우 비싼 가격을 자랑하거든요.

이미 말씀드렸다시피 내 재산은 그리 많지 않았습니다. 그러나 아버지께서 예전부터 C 시의 징세관장으로 근무하고 계셨죠. 매우 청렴한 사람으로 알려져 있으며 그 덕분에 공무원 자리에 앉기 전에 내야 하는 보증금도 융통할 수 있었습니다. 그리고 공무원으로 일하면서 1년에 4만 프랑이나 받으니 아버지께서는 10년 만에 보증금을 다 갚고도 여동생 지참금으로 웬만큼 저축할 수도 있었고요. 그래서 나는 아버지를 이 세상에서 가장 존경해야 할 사람이라 생각하고 있습니다. 돌아가신 어머니께서 연금 6천 프랑을 남겨주셨는데 아버지께서는 원하시던 공직에 취임하신 날 그 연금을 나와 여동생에게 반씩 나누어주셨거든요. 그리고 내가 21살이 되자 아버지는 그 돈에 5천 프랑이나 되는 연금을 더해주셨습니다. 이 8천 프랑에 법조계나 의료계에서 나름의 지위를 얻는다면 파리에서 아주 안락한 생활을 보낼 수 있었을 겁니다. 그래서 나는 파리로 와 법률을 배우고 변호사 자격을 땄죠. 하지만 그 뒤로는 수많은 젊은이들과 마찬가지로 자격증을 주머니에 넣고 파리의 나태한 생활에 날마다 몸을 맡겼습니다. 돈을 펑펑 쓰지는 않았지만 여덟 달 만에 연금은 바닥났고 결국 여름 네 달 동안은 아버지 집에서 지냈습니다. 그렇게 하면 결국 만 2천 프랑의 연 수입이 있는 것이나 다름없게 되고 효자라는 평판도 얻을 수 있으니까요. 물론 빚을 진 적은 한 번도 없고요.

마르그리트와 막 알게 되었을 무렵 내 상태는 얼추 이랬습니다.

이제 다 아시겠지만 그 뒤로 내 생활은 내 뜻과는 달리 사치스러워져만 갔습니다. 마르그리트는 워낙 변덕스러운 성격인 데다 날마다 여러 가지로 기분 전환을 하면서도 그쯤이야 엄청난 지출도 아니라고 생각하는 여자들 가운데 하나거든요. 그녀는 되도록 오랫동안 나와 지내고 싶다는 이유로 아침에 편지를 보내서 함께 식사를 하고 싶다고 말합니다. 그녀 집이 아닌 파리 시내나 교외에 있는 레스토랑에서 하는 식사죠. 나는 그녀를 맞이하러 가서는 함께 점심을 먹고 극장으로 갔다가 때때로 밤참을 함께했습니다. 이렇게 하면 하룻밤에 4, 5루이가 드니 한 달이면 2천5백에서 3천 프랑이 듭니다. 세 달 반 만에 1년 치 돈을 다 써버리게 된다는 말이죠. 이렇게 되면 빚을 지든지 마르그리트와 헤어지든지 어느 쪽이든 하나를 선택할 수밖에 없게 됩니다.

하지만 나는 두 번째 해결책만 아니라면 무엇이든 받아들이려 했습니다.

자질구레한 이야기뿐이라 죄송하지만 이런 일이 계속해서 일어나 여러 사건들의 원인이 되었다는 것을 당신도 아시게 될 겁니다. 내가 드리는 말씀은 무엇 하나 꾸미지 않은 진실 된 이야기이니 세세한 부분 모두 있는 그대로 차근차근 말하도록 하겠습니다.

자, 나는 이 세상 어떤 것이라도 마르그리트를 잊게 할 수 없다는 사실을 알게 되었습니다. 그렇다면 그녀를 위해 쓸 돈을 어떻게든 마련해야만 합니다. 게다가 나는 이 사랑에 푹 빠져버린 나머지 조금이라도 마르그리트와 떨어져 있으면 한순간이 1년처럼 느껴지게 되었습니다. 그렇기에 열정의 불꽃으로 그 순간을 불태워 시간이 흘러간다는 것도 느끼지 못할 만큼 빠르게 지나가도록 만들 필요가 있었습니다.

그래서 나는 적은 재산을 담보로 5, 6천 프랑을 빌려 도박을 시작했습니다. 도박장이 폐지된 지금이야말로 어디서든지 도박을 할 수 있었으니까요. 옛날에는 도박을 하러 프라스카티[59]로 갔으며 운이 좋으면 한탕 크게 벌 수도 있었죠.

---

59) Frascati. 몽마르트르 대로 23번지에 있던 나폴리풍의 레스토랑 겸 도박장.

그리고 현금으로 승부했기 때문에 만약 진다고 해도 이길 때도 있다며 자신을 위로할 수 있었습니다. 하지만 요새는 여전히 엄격하게 현금을 지불하는 클럽이 아니고서는 크게 이겼을 때도 거의 돈을 받을 수 없게 되었습니다. 그 이유는 쉽게 이해할 수 있을 겁니다.

도박을 하는 사람은 돈이 너무나도 궁해서 현재 생활을 유지할 만한 재산이 없는 젊은이들뿐입니다. 그래서 그들은 도박에 빠지게 되며, 그 결과 다음과 같은 일이 벌어집니다. 누군가가 이기면 진 사람은 이긴 사람의 말이나 여자 비용을 대야 하겠죠. 하지만 현금이 없기 때문에 진 만큼의 돈은 빚이 됩니다. 결국 도박판에서 시작된 교제는 싸움으로 끝나고, 그들은 명예나 삶을 잃게 되는 거죠. 진 사람이 어쩌다가 성실한 편일 때는, 20만 프랑의 연금이 없다는 사실만이 흠인 젊은 신사들 때문에 순식간에 파산의 길을 걷게 되고요.

사기도박을 하는 사람들에 대해서는 말할 필요도 없겠죠. 그런 패거리는 어느 날 모습을 감출 수밖에 없게 되며, 아무리 시간이 지나도 처벌을 받게 되니까요.

자, 나는 그렇게 빠르고 소란스러우며 격렬한 생활 속으로 뛰어들게 되었습니다. 예전 같았으면 상상만으로도 두려워지는 생활이지만 그런 생활이야말로 마르그리트를 향한 사랑에는 빠트릴 수 없는 것이었습니다.

앙탱 거리로 가지 않는 날 밤은 집에 혼자 있어도 잠을 이룰 수 없었습니다. 질투에 사로잡힌 나머지 눈은 떠지고 머릿속과 피가 끓어올랐죠. 하지만 도박을 하고 있으면 마음속으로 파고들려 하는 열로부터 한순간이나마 벗어나 승부에 대한 열정에 사로잡히게 되었습니다. 그러나 이는 모두 연인 곁으로 갈 수 있는 시간이 올 때까지의 이야기입니다. 이것만 봐도 내 사랑이 얼마나 강렬한지를 알게 되었습니다. 이기든 지든 그때가 되면 미련 없이 도박판을 떠났으니까요. 다른 곳에서 행복을 찾지 못하는 사람들을 불쌍히 여기면서 말이죠.

많은 사람에게 도박이란 꼭 필요한 일이었겠지만 나에게는 약과도 같았습니다.

마르그리트라는 열병만 나으면 도박을 향한 열도 식는 겁니다.

그렇기 때문에 이런 생활 속에서도 나는 꽤 냉정하게 있을 수 있었습니다.

낼 수 있을 금액만큼만 졌으며, 다음에 져서 내야 할지도 모를 금액만큼만 이겼으니까요. 게다가 어찌 된 일인지 운도 내 편이 되어주었습니다. 빚을 지지 않았는데도 도박을 하지 않았을 때보다 3배는 더 많은 돈을 쓸 수 있었던 것입니다. 생활비를 아끼지 않고도 마르그리트의 수많은 변덕을 채워줄 수 있는 이런 삶에 저항하기란 불가능에 가까웠습니다. 그녀는 예전보다도 훨씬 더 많이 나를 사랑해 주었습니다.

아까도 말씀드렸듯이 처음에는 마르그리트 집에 밤 11시에서 새벽 6시까지밖에 있을 수 없었습니다. 그러다가 때때로 극장 특별석에 들어갈 수 있게 되었으며, 그녀 쪽에서 식사를 하러 오기도 했죠. 그리고 어떤 날에는 아침 8시까지 그녀 집에 있었으며, 또 다른 날에는 낮 12시가 돼서야 겨우 그녀 집에서 나오기도 했습니다.

또한 마르그리트 안에서 정신적으로 변화가 일어나기 전에 육체적으로도 변화가 나타났습니다. 내가 그녀의 몸을 고쳐주려고 하자 마르그리트도 내 뜻을 이해하고 감사하다는 마음을 나타내기 위해 내가 말하는 대로 따라주었던 것입니다. 나는 거의 힘을 들이는 일 없이 순탄하게 그녀가 지금까지 따르고 있었던 여러 습관들로부터 그녀를 떨어트려 놓았습니다. 마르그리트를 진찰했던 주치의는 그녀의 건강을 유지하려면 휴식과 안정을 취할 수밖에 없다고 했으니까요. 그래서 밤참을 먹거나 잠을 못 이루었던 습관 대신 건강에 좋은 식이요법을 하고 규칙적으로 잠드는 습관을 들이는 데 성공했습니다. 그 결과 마르그리트는 조금씩 이 새로운 생활에 익숙해졌으며, 그 생활이 몸에 미치는 좋은 효과도 느끼는 듯했습니다. 밤이 와도 그녀 집에서 지내는 날이 점점 많아졌고, 상쾌한 밤에는 베일을 쓰고 캐시미어 숄로 몸을 감싼 마르그리트와 어린아이처럼 샹젤리제의 어두운 가로수길을 달리며 돌아다니기도 했습니다. 그러고는 피로에 지쳐 집에 돌아와 가볍게 식사를 하고 나서 잠시 음악을 듣거나 책을 읽은 뒤 누웠습니다. 지금까지는 없었던 일이죠. 들을 때마다 가슴을 조이는 듯한 느낌이 들었던 기침 발작도 이제는 거의 하지 않게 되었습니다.

6주쯤 지났을 무렵에는 백작과의 관계가 끝나 문제 삼을 일도 없게 되었습니다. 하지만 공작에게만은 여전히 우리 관계를 숨겨야 했죠. 그래도 내가 있는 날에는 부인께서 아직 주무시고 있을 때는 깨우지 말라고 하셨습니다, 이런 핑계로 가끔 공작을 내쫓아버리고는 했습니다.

이렇게 마르그리트는 나와 함께 있는 습관에 물들어 오랜 시간 떨어져 지낼 수 없게 되어버렸습니다. 그 결과 나는 교묘한 도박꾼처럼 절묘한 순간에 도박에서 손을 떼게 되었고요. 그 뒤 계산해보니 계속해서 이기고 있었던 나는 만 프랑쯤 되는 돈을 손에 넣었더군요. 그 돈만으로도 내 밑천이 바닥을 치지는 않을 거라고 생각했습니다.

이윽고 아버지와 여동생이 있는 곳으로 돌아가야 할 계절이 찾아왔지만 나는 돌아가지 않았습니다. 그러자 둘에게서 돌아오라고 재촉하는 편지가 몇 통이나 왔습니다.

나는 어느 편지에도 정성을 다하여 답장을 쓰면서 건강하게 잘 있다는 것과 돈은 필요 없다는 것을 반복해서 강조했습니다. 이 두 사실을 알리면 여느 때보다 귀향이 늦어져도 아버지께서 조금이나마 안심하시리라 생각했기 때문입니다.

그러던 어느 날 아침 빛나는 햇빛에 눈을 뜬 마르그리트가 침대에서 뛰어내리더니 오늘은 하루 내내 시골에서 지내자는 말을 꺼냈습니다.

그 말을 듣고 서둘러 프뤼당스를 불러 셋이서 출발했습니다. 마르그리트는 나가기 전에 나닌에게 공작이 오면 부인께서는 너무나도 날씨가 좋아서 뒤베르누아 부인과 시골에 가셨습니다, 이렇게 말하라고 지시했습니다.

뒤베르누아 부인이 함께 가는 이유는 나이 든 공작을 안심시키기 위해서였지만 그녀가 이런 소풍에 안성맞춤인 여자이기도 했기 때문입니다. 그녀는 언제나 변함없는 쾌활함과 왕성한 식욕으로 함께 있는 사람을 결코 지루하게 하지 않았으며, 달걀이나 체리, 우유, 토끼고기 소테 같은 파리 근교의 전통적인 명물 요리를 어떻게 주문해야 하는지도 완벽하게 터득하고 있었습니다.

이제 어디로 갈지 정하기만 하면 되었죠.

프뤼당스는 또다시 우리의 걱정거리를 해결해 주었습니다.

"진정한 시골에 가보고 싶다 이 말이지?" 그녀가 물었습니다.

"그래."

"그럼 부지발[60]로 간 다음 '푸앵 뒤 주르'[61]에서 식사라도 하자고. 남편을 잃고 혼자 사시는 아르누 부인의 가게야. 아르망, 마차 좀 빌려와 줘."

1시간 반 뒤에 우리는 아르누 부인의 가게에 와 있었습니다.

아마 당신도 평일에는 여관이 되고 일요일에는 술집이 되는 그 레스토랑을 알고 계시리라 생각합니다. 다른 집들의 2층 정도 되는 높이에 위치한 정원에서는 훌륭한 경치를 볼 수 있죠. 왼쪽에는 마를리의 물길[62]이 지평선을 가로지르고, 오른쪽에는 언덕이 끝없이 펼쳐져 있습니다. 이 주변에는 거의 흐름이 멈춘 듯한 시냇물이 하얗게 반짝이는 폭넓은 리본처럼 가비용 벌판과 크루아시섬[63] 사이로 넓게 뻗어 있고요. 그 섬은 바람에 흔들리는 물가의 커다란 미루나무와 버드나무의 속삭임을 들으며 영원히 선잠에 빠져 있는 듯했습니다.

머나먼 저편에는 빨간 지붕이 달린 하얗고 조그만 집들이 햇빛을 가득 받으며 서 있었습니다. 공장도 몇 군데 있었지만 꽤 멀리 떨어져 있기 때문인지 이해타산적인 인상은 사라지고 풍경에 멋지게 녹아들고 있었습니다.

그리고 더욱더 머나먼 곳에는 안개가 낀 파리가 있었죠!

프뤼당스가 말한 대로 이곳이야말로 진정한 시골이었습니다. 그리고 그곳에서 우리가 먹은 음식이야말로 진정한 점심이라는 말도 꼭 해야겠군요.

내가 이렇게나 칭찬하는 이유는 부지발에서 맛본 행복에 대한 감사의 마음 때문만이 아닙니다. 지명은 무미건조하기 짝이 없지만 부지발은 우리가 상상할 수 있는 가장 아름다운 곳 가운데 하나이기 때문입니다. 지금까지 수많은 여행을 해왔고 훌륭한 경치도 잔뜩 보아왔지만, 언덕이 보호하는 산기슭에 자리 잡은 이 쾌활한 작은 마을만큼 매력적인 곳은 본 적이 없습니다.

뱃놀이를 해보라는 아르누 부인의 권유에 마르그리트와 프뤼당스는 매우 기

---

[60] Bougival. 파리에서 18km 떨어진 센(Seine)강 왼편에 위치한 마을. 화가나 예술가들이 즐겨 찾았다.
[61] Point du jour. 동틀 무렵, 새벽이라는 뜻.
[62] Aqueduc de Marly. 루이 14세가 센강 물을 베르사유의 정원까지 옮기기 위해 건축한 수로지만 완성되지는 못했다.
[63] Île de Croissy. 소들의 섬(Île de vache)이라는 별칭으로 통하던 파리 교외의 유원지로, 강변에서 수영하거나 배를 빌려 여흥을 즐기기 아주 좋았다.

뻐하며 따랐습니다.

　사람들은 전원 풍경하면 언제나 사랑을 떠올리죠. 그럴 만하다고 생각합니다. 사랑하는 여자를 돋보이게 하는 데 푸른 하늘이나 향기, 꽃이나 산들바람, 환하고 고즈넉한 밭이나 숲만큼 어울리는 것은 없으니까요. 아무리 한 여자를 깊이 사랑하고 그 사람의 마음을 믿으며 그 사람의 과거가 미래에 확신을 준다고 해도 남자란 언제나 질투에 고민하기 마련입니다. 분명 당신도 누군가를 진심으로 사랑할 때는 자신의 몸과 마음을 바치고자 하는 그 여자를 세상에서 떼어놓고 싶다는 열망에 사로잡힐 겁니다. 만약 사랑하는 여자가 세상에 전혀 관심이 없다고 해도 주변에 있는 사람이나 물건에 닿을 때마다 그녀 특유의 향이나 순수함이 조금 닳아 없어지는 듯한 느낌이 들겠죠. 그런 느낌을 나는 다른 사람보다 훨씬 강하게 느끼고 있었습니다. 내 사랑은 흔해 빠진 사랑이 아니었으니까요. 다른 사람이 사랑할 수 있는 한계까지 사랑했지만 그 상대는 마르그리트 고티에. 파리에서 한 발짝 걸을 때마다 그녀의 애인이었던 남자나 내일 애인이 될지도 모르는 남자와 부딪힌다는 여자죠. 그러나 시골로 와버리면 우리에게 아무런 관심도 없는 낯선 사람들만 만나게 되겠죠. 소란스러운 도시에서 멀리 떠나버리면 마치 자비와도 같은 아름다운 봄으로 장식된 자연 속에서 우리는 사람들의 눈을 피해 부끄러움도 두려움도 없이 사랑할 수 있을 겁니다.

　창녀의 모습은 자연 속에서 점점 사라져가겠죠. 내 곁에 있는 사람은 나와 사랑을 나누는 마르그리트라는 이름의 젊고 아름다운 여자에 지나지 않을 거고요. 과거는 흔적도 없이 사라지며, 미래에 먹구름이 낄 일도 없을 겁니다. 태양은 나의 연인을 가장 순결한 신부라도 되는 것처럼 비추겠죠. 그리고 단둘이서 라마르틴[64]의 시를 떠올리거나 스퀴도[65]의 멜로디를 흥얼거리기 위해 일부러 만들어진 듯한 이 매혹적인 곳을 정처 없이 걸어 다닐 거고요. 마르그리

---

64) Alphonse de Lamartine. 1790~1869. 19세기 프랑스의 낭만파 시인·정치가. 《명상시집》으로 잊혔던 서정시를 부활시켰다. 아카데미 프랑세즈 회원이었다. 국민의회 의원, 임시정부의 외무장관을 지냈다. 작품은 《그라지엘라》, 《왕정복고사》 등이다.
65) Paul Scudo. 1806~1864. 프랑스의 작곡가 겸 음악 평론가.

트는 하얀 옷을 입고 내 팔에 기댈 것이며, 별이 총총한 밤하늘 아래에서 전날 밤 나에게 속삭인 그 말을 다시 한 번 속삭이겠죠. 세상은 저 멀리서 해야 할 일을 계속할 뿐, 우리의 청춘과 사랑으로 가득 찬 즐거운 삶에 그림자를 드리우지는 않을 겁니다.

　나뭇잎 사이로 새어드는 밝은 햇빛은 이런 꿈을 나에게 가져다주었습니다. 나는 보트를 타고 도착한 섬 풀밭에 누워 오랫동안 뒹굴면서 예전의 그녀를 얽어매던 모든 인간관계에 대한 생각에서 벗어났습니다. 그리고 이런저런 생각을 곰곰이 하면서 희망이란 희망은 모두 주워 모으고 있었죠.

　물가에는 주위에 반원형 울타리를 둘러놓은 조그맣고 귀여운 3층집이 있었습니다. 울타리 건너편인 집 앞에는 벨벳처럼 부드럽고 푸른 잔디밭이 펼쳐져 있었으며, 집 뒤에는 나무들이 우거져 작은 숲을 이루고 있었습니다. 분명 그 숲에는 신비스러운 비밀 장소가 잔뜩 있을 것이며, 밤사이에 만들어진 오솔길도 아침이 오면 이끼가 감추어버리겠죠.

　아무도 살지 않는 이 집 2층 계단까지 덩굴이 뒤덮여 있었습니다.

　그 집을 지그시 바라보고 있으니 어느샌가 그 집이 내 집처럼 느껴졌습니다. 그만큼 그곳에는 내가 그려왔던 꿈이 꽉 담겨 있었죠. 마르그리트와 이곳에 살고 있는 내 모습이 눈앞에 떠올랐습니다. 낮에는 언덕 위 숲에서 지내다 밤이 오면 잔디밭에 걸터앉는 우리 둘의 모습도요. 그런 삶을 살 수만 있다면 우리만큼 행복한 사람은 이 세상에 없을 거란 생각이 들었습니다.

　"어쩜 이렇게 집이 예쁠까요!" 내 눈길을 따르고 있던 마르그리트가 말했습니다. 아마 내 생각을 꿰뚫어 본 거겠죠.

　"어디?" 프뤼당스가 물었습니다.

　"저기 저 집." 마르그리트가 말하며 그 집을 손가락으로 가리켰습니다.

　그러자 프뤼당스가 말했습니다. "어머! 멋진 집인데. 마음에 드나 보지?"

　"정말 마음에 드는데."

　"그럼 공작에게 부탁하면 되잖아. 분명 빌려다 줄 테니까. 나에게 맡기라고."

　마르그리트는 어떻게 생각하는지 묻는 듯한 얼굴로 나를 보았습니다.

　하지만 내 꿈은 프뤼당스의 마지막 말로 부서지고 말았습니다. 갑자기 현실 세계로 굴러떨어진 나는 추락의 충격에 멍하니 있던 참이었습니다.

"네, 좋은 생각일지도 모르겠네요." 나는 내가 무슨 말을 하는지도 모른 채 중얼거렸습니다.

내 말을 자신이 원하는 방향으로 해석한 마르그리트는 내 손을 쥐면서 말했습니다. "그럼 그렇게 할게요. 빌릴 수 있는 집인지 지금 당장 보러 가죠."

그 집은 비어 있었고 2천 프랑에 임대한다더군요.

"당신은 이곳에서 살면 행복할 것 같나요?" 그녀가 내게 물었습니다.

"정말 내가 이곳으로 오게 될지는 모르잖아요?"

"내가 누구를 위해 이런 곳에 숨어 살 생각을 했는데요? 당신을 위해서잖아요."

"마르그리트, 그럼 내 돈으로 이 집을 빌리게 해 줘요."

"바보 같은 소리 하지 말아요. 쓸모없는 짓이고 덤으로 위험하기도 해요. 내가 그런 부탁을 할 수 있는 상대는 단 한 사람밖에 없어요. 다 큰 어린아이 같은 말은 하지 말고 잠자코 내게 맡겨주세요."

"그렇게 되면 나도 이틀 연속해서 시간이 날 때 놀러 올 수 있겠네." 프뤼당스가 말했습니다.

우리는 그 집을 떠나 이 새로운 계획에 대해 떠들면서 파리로 돌아갔습니다. 나는 마차 안에서 마르그리트를 계속 품에 안고 있었기 때문인지 마차에서 내렸을 무렵에는 그녀의 계획에 대해 생각해 봐도 떳떳하지 않다는 생각은 하지 않게 되었습니다.

17

다음 날 마르그리트는 공작이 아침 일찍 올 거라면서 나를 얼른 돌려보냈습니다. 그리고 공작이 돌아가자마자 언제나 그랬듯 편지로 저녁 몇 시에 만날 수 있는지 알리겠다고 약속했습니다.

그녀가 말한 대로 낮이 되자 다음과 같은 편지가 왔습니다.

공작과 함께 부지발에 갔다 올게요. 오늘 밤 8시에 프뤼당스 집으로 와주세요.

약속한 시간이 되자 마르그리트가 돌아왔습니다. 우리 둘은 뒤베르누아 부인 집에서 만났습니다.

"자, 모든 일이 잘 풀렸어요." 그녀는 들어오자마자 이렇게 말했습니다.

"그 집은 빌렸어?" 프뤼당스가 물어봤습니다.

"그래. 바로 허락해 주더라고."

나는 공작을 몰랐지만 이런 식으로 공작을 속이는 것에 부끄러움을 느꼈습니다.

"그뿐만이 아니야." 마르그리트가 말을 이었습니다.

"또 무슨 일인데?"

"아르망이 살 곳도 마련해 놓고 왔어."

"같은 집에다가?" 프뤼당스는 웃으면서 물었습니다.

"아니, '푸앵 뒤 주르'에다가. 공작과 그곳에서 점심을 먹었거든. 공작이 경치에 넋을 잃은 동안 아르누 부인에게 물어봤어. 분명 그 사람 아르누 부인이라고 했지? 그녀에게 어디 적당한 방이 없나 물어봤다고. 그랬더니 마침 응접실과 대기실 그리고 침실이 딸려 있는 방이 하나 있다는 거야. 그 정도면 나무랄 데가 없지. 한 달에 60프랑이래. 그리고 가구까지 모두 갖춰져 있으니까 아무리 우울증에 시달리고 있는 사람이라도 여기서 살면 기분이 싹 풀릴 거야. 그래서 내가 그 방을 예약해 놓았어. 어때요, 나 잘했죠?"

나는 마르그리트 목을 덥석 끌어안았습니다.

그녀가 말을 이었습니다. "정말 멋질 거예요. 당신이 뒷문 열쇠를 가지고 계세요. 정문 열쇠는 공작에게 건네겠다고 약속했지만 아마 받지 않을 거예요. 그 사람은 낮에만 찾아올 테니까요. 그리고 이건 비밀인데요, 공작도 내가 마음을 바꿔 잠시 파리를 떠나 있겠다고 하니까 기뻐하는 것 같더군요. 그렇게 하면 그 사람도 가족들 잔소리를 듣지 않고 넘어갈 수 있을 테니까요. 그런데 말이죠, 파리를 그렇게 좋아하던 내가 어째서 이런 시골에 틀어박히기로 결심했느냐 묻더라고요. 병 때문에 괴로워 요양이 필요하다고 대답했죠. 하지만 아무래도 반은 믿지 않는 것 같아요. 그 할아버지는 가엽게도 언제나 구석에 내 몰린 듯한 기분이 드는가 봐요. 그러니까 우리도 조심 또 조심해요. 저쪽에서 내게 감시를 붙일지도 모르니까요. 게다가 그 사람에게는 집을 빌려달라고 해야 할 뿐만 아니라 빚도 갚아달라고 해야 되거든요. 공교롭게도 아직 내게는 빚이 남아 있으니까요. 괜찮으시죠?"

"괜찮아요." 나는 그런 생활이 불러일으키는 꺼림칙함을 억누르며 말했습니다.

"그 집 구석구석까지 미리 보고 왔어요. 저쪽에 가면 멋진 생활을 보낼 수 있을 거예요. 공작이 하나에서 열까지 모두 신경을 써줬거든요. 아아, 아르망. 당신은 정말 행복한 사람이에요. 부잣집 나리께서 침대까지 다 마련해 주었으니까요." 마르그리트는 내게 입을 맞추면서 환희에 차 말을 덧붙였습니다.

"그래서 언제 이사할 거야?" 프뤼당스가 물었습니다.

"되도록 빨리 할 거야."

"마차와 말도 가져갈 생각이야?"

"집 안에 있는 물건들은 모두 가져갈 생각이야. 내가 집을 비운 동안 이 집을 잘 부탁해."

1주일이 지나자 마르그리트는 별장으로 옮겼고 나도 '푸앵 뒤 주르'에 자리를 잡았습니다.

이렇게 새로운 생활이 시작되었지만 어떻게 생활했는지를 말하기란 그리 쉽지가 않군요.

처음 부지발에서 살기 시작했을 때는 마르그리트도 예전 습관을 완전히 버리지 못했습니다. 마르그리트의 여자 친구란 친구들은 모두 찾아와 집 안이 언제나 시끌시끌했죠. 처음 한 달 동안 마르그리트 집 식탁에 8명에서 10명 정도 손님이 없었던 날은 단 하루도 없었습니다. 프뤼당스도 그 집이 자기 집이라도 되는 양 너 나 할 것 없이 데리고 와서는 자랑을 해댔습니다.

예상하신 대로 이러한 비용은 모두 공작이 내고 있었습니다. 그런데도 가끔씩 마르그리트에게 부탁을 받았다며 프뤼당스가 내게 천 프랑짜리 지폐를 요구하는 날도 있었습니다. 아시다시피 나는 도박으로 돈을 벌고 있었기 때문에 마르그리트에게 부탁받았다고 하니 기꺼이 돈을 내주었습니다. 게다가 앞으로 마르그리트가 더 많은 돈을 필요로 할지도 모른다는 생각에 파리로 돌아가 예전에 빌렸다가 딱 맞게 갚았던 액수만큼의 돈을 다시 빌렸습니다.

이렇게 나는 연금을 빼고도 만 프랑이나 손에 넣게 되었죠.

하지만 지출이 점점 많아지고, 무엇보다 가끔씩 나에게까지 돈을 요구해야 한다는 사실 때문에 마르그리트는 친구들과 함께하는 즐거운 식사도 조금은 삼가게 되었습니다. 공작 또한 마르그리트가 요양을 한다기에 집까지 빌려다 주었더니 오기만 하면 바보처럼 떠들썩하게 노는 수많은 여자들과 마주치는 바람에 결국 찾아오지 않게 되었습니다. 그런 여자들에게 자기 모습을 보인다는 것이 싫었겠죠. 특히 이런 일이 있었으니 더더욱 그랬을 겁니다. 어느 날 공작은 마르그리트와 마주 앉아 저녁을 먹으려 찾아왔습니다. 그러나 저녁 식사를 차려야 할 시간이 되어도 여전히 끝나지 않은 점심 자리에는 15명쯤 되는 손님이 눌러앉아 있었습니다. 전혀 그런 줄 몰랐던 공작은 식당 문을 열었고 모두가 떠들썩한 웃음으로 공작을 맞이한 것 같은 상황이 벌어졌습니다. 공작은 무신경하기 그지없는 쾌활함에 너무나도 당황한 나머지 허둥지둥 물러날 수밖에 없었고요.

마르그리트는 그 자리를 떠나 옆방에서 공작을 붙잡고 그가 어떻게든 그 일을 잊게 만들기 위해 갖은 애를 썼습니다. 그러나 자존심에 상처를 받은 공작은 화가 안 가라앉았는지 자기를 다른 사람이 존경하게 만들지도 못하는 여자가 벌인 소동의 뒤처리 따윈 이제 질색이라며 딱 잘라 차갑게 말하고는 화를 내면서 돌아갔다고 합니다.

그 뒤로 공작의 소식이 내 귀로 들어오는 일은 없어졌습니다. 마르그리트가 아무리 손님들을 내쫓고 예전 습관을 바꿔보아도 공작으로부터는 아무런 기별도 없었으니까요. 그 덕분에 어부지리를 얻게 된 것은 나였습니다. 내가 바라던 대로 연인이 보다 완전하게 나만의 사람이 되었습니다. 꿈이 드디어 현실이 된 거죠. 또한 마르그리트도 이제 나 없이는 살 수 없게 되었습니다. 그녀는 나중에 무슨 일이 벌어질지 생각하지도 않고 우리 관계를 여봐란듯이 드러냈습니다. 나 또한 그녀 집에 붙어 있다시피 했고요. 시종들은 나를 나리라고 부르며 정식으로 자신들의 주인이라 인정하게 되었습니다.

프뤼당스는 이런 새로운 생활 방식에 대해 잔뜩 설교를 늘어놓았지만 마르그리트는 이렇게 대답했습니다. 나는 그를 사랑하고 있으니 그 없이는 살 수가 없다, 앞으로 어떤 일이 있어도 그를 계속해서 내 곁에 둔다는 행복을 포기할 생각은 없다고 말이죠. 그리고 이런 말까지 덧붙였습니다. 내가 하는 짓이 마음에 안 드는 사람은 더 이상 이곳에 오지 않아도 된다고요.

이 말은 어느 날 프뤼당스가 마르그리트에게 매우 중요한 용건을 전해야한다며 단둘이 침실에 틀어박혔을 때 그 문에 귀를 대고 들었던 말입니다.

며칠 뒤 프뤼당스가 또다시 찾아왔습니다.

그때 나는 정원 안쪽에 있었기 때문에 프뤼당스는 나를 못 보고 안으로 들어갔습니다. 마르그리트가 프뤼당스를 맞이하러 나온 모습에서 지난번 훔쳐 들었던 것과 같은 대화가 다시 시작되지는 않을지 의심한 나는 지난번과 마찬가지로 그 대화를 엿듣고 싶어졌습니다.

두 여자가 침실로 들어가 문을 닫자 나는 귀를 기울였습니다.

"어땠어?" 마르그리트가 물었습니다.

"어땠냐고? 공작과 만났지."

"그 사람 뭐라고 말했어?"

"식당에서 벌어진 일이라면 기꺼이 용서해 줄 수 있다고 하셨어. 하지만 당신이 아르망 뒤발 씨와 공공연히 동거하는 것만은 용서할 수 없다고 했지. 그 사람이 내게 이렇게 말하더라고. 만약 마르그리트가 그 청년과 헤어진다면 지금까지 그랬던 것처럼 원하는 대로 돈을 주겠다고 말이야. 하지만 헤어지지 않을 거면 무슨 일이 생겨도 자신에게 부탁하지 말라던데."

"당신은 뭐라고 대답했어?"

"그 말씀 틀림없이 전하겠다고 했지. 그리고 당신을 잘 타일러보겠다고 약속도 했고. 있잖아, 당신도 어린아이가 아니니까 자기가 지금 어떤 처지인지 잘 생각해봐. 당신이 자기 자리를 잃어도 아르망은 결코 되돌려줄 수 없다고. 물론 그가 당신에게 무척이나 반해 있기는 해. 하지만 그에게는 당신 생활을 지탱할 만큼의 재산이 없잖아. 언젠가는 당신과 헤어지게 될 거고 그때가 되면 너무 늦는단 말이야. 공작은 이제 당신에게 아무것도 해주지 않을 테니까. 있지, 내가 아르망에게 말해줄까?"

마르그리트는 곰곰이 생각하는 듯했습니다. 그 증거로 아무런 대답도 하지 않았죠. 그녀의 대답을 기다리는 내 심장은 세차게 두근거리고 있었습니다.

"아니." 마침내 마르그리트가 입을 열었습니다. "나는 아르망과 헤어지지 않겠어. 도망가지도 숨지도 않고 그 사람과 함께 살 거야. 미친 짓일지도 모르지. 하지만 나는 그 사람을 사랑한단 말이야! 어쩔 도리가 없잖아. 게다가 지금은 그도 누군가에게 방해받는 일 없이 나를 사랑하는 데 익숙해졌을 거야. 하루 1시간이라도 나와 떨어져 있어야만 한다면 틀림없이 매우 괴로워하겠지. 게다가 나도 살날이 얼마 남지 않았으니 더 이상 나 자신을 불행하게 만들고 싶지 않아. 얼굴을 보기만 해도 나까지 나이를 먹어버릴 것 같은 그 노인의 억지를 들어줄 틈도 없다 이 말이야. 그 사람은 지갑이나 꽉 닫고 있으라 해. 그렇게 치사한 돈이 없어도 나는 잘해나갈 수 있으니까."

"어떻게 할 건데?"

"몰라."

프뤼당스는 분명 무언가 말하려 했지만 그전에 내가 정신없이 안으로 뛰어들어가 마르그리트의 발치에 몸을 던졌습니다. 그리고 이렇게나 사랑받는다는 사실이 너무나도 기뻐 넘쳐나는 눈물로 그녀의 손을 흠뻑 적시고 말았습니다.

"마르그리트, 내 목숨은 당신 것입니다. 이제 그런 남자 따윈 필요 없어요. 당신에게는 내가 있지 않습니까? 결코 당신 혼자 내버려두지 않을 겁니다. 당신은 내게 도저히 갚을 수도 없을 만큼 크나큰 행복을 주었으니까요. 마르그리트, 이제 우리를 구속하는 것은 없습니다. 우리는 서로를 사랑하고 있잖아요! 다른 일 따위는 아무래도 상관없지 않습니까."

"맞아요, 그렇죠, 아르망!" 그녀는 중얼거리며 내 목에 팔을 둘렀습니다. "나 말이죠, 내가 이렇게까지 누군가를 사랑할 수 있을 거라고는 생각해 본 적도 없을 만큼 당신을 사랑해요. 그러니까 우리 행복해져요. 조용하게 살아요. 나는 오늘을 마지막으로 지금 와서 생각해 보면 부끄러워지는 그런 생활에 안녕이라 말할 거예요. 그러니까 당신도 결코 내 과거를 탓하지 말아 주세요."

나는 눈물에 목이 메어 그저 마르그리트를 꽉 끌어안는 것 말고 다른 대답은 할 수 없었습니다.

그녀는 프뤼당스를 돌아보며 감동에 찬 목소리로 말했습니다. "자, 이 장면을 공작에게 보고해. 그리고 우리는 당신 따위에게 볼일은 없다고 덧붙여줘."

그날부터 공작에 대해 문제 삼을 일도 없어졌습니다. 마르그리트는 내가 지금까지 알고 있었던 여자가 아니게 되었으며, 나와 만났을 때만 해도 푹 빠져 있던 생활을 떠올리게 할 만한 일은 모두 피하게 되었습니다. 세상 어느 아내나 누이도 마르그리트가 내게 주는 만큼의 사랑과 마음 씀씀이를 남편이나 오빠에게 나타낸 적이 없을 겁니다. 본디 병약했던 그녀는 모든 자극이나 감정에 민감했었죠. 하지만 그녀는 여자 친구들이나 예전의 습관, 말씨나 낭비와도 인연을 끊고 말았습니다. 내가 산 멋진 조각배로 뱃놀이하는 모습을 보고 있으면, 하얀 드레스에 커다란 밀짚모자를 쓰고 차가운 강바람으로부터 몸을 지키기 위해 깔끔한 비단 외투를 걸치고 있을 뿐인 이 여자가 불과 네 달 전만 해도 사치와 추문으로 이름을 떨친 그 마르그리트 고티에라고는 아무도 생각하지 못할 겁니다.

아아! 우리는 행복해지기 위해 조바심을 냈습니다. 마치 그 행복이 오랫동안 계속될 리가 없다는 사실을 알아차리기라도 한 것처럼 말이죠!

두 달 동안은 파리에도 가지 않았습니다. 또한 프뤼당스와 쥘리 뒤프라를 빼면 아무도 우리를 만나러 오지 않았습니다. 쥘리 뒤프라에 대해서는 이미 말씀드렸죠. 뒷날 내가 가지게 될 이 감동적인 마르그리트의 일기를 맡은 여자입니다.

나는 하루 내내 연인 곁을 떠나지 않았습니다. 우리는 정원과 마주한 창문을 열어 꽃들을 피게 하고, 나무 그림자로 파고들려 하는 쾌활한 여름 햇살을 바라보았습니다. 그리고 서로의 곁에 꼭 붙어서 지금까지 이해해 본 적이 없었던 진정한 삶이라는 것을 절절히 곱씹어보기도 했습니다.

이 여인은 아무리 사소한 일에도 어린아이처럼 놀랐습니다. 나비나 잠자리를 쫓으면서 10살 여자아이처럼 정원을 뛰놀기도 했고요. 예전에는 꽃다발 하나를 위해 한 가족이 편하게 살 수 있는 금액보다 더 많은 돈을 쏟아부었던 고급 창녀가 지금은 때때로 1시간쯤 잔디밭에 앉아 자신의 이름과 같은 소박한 풀꽃⁽⁶⁶⁾을 지그시 보고 있기도 했습니다.

이때부터 그녀는 《마농 레스코》를 자주 읽게 되었습니다. 감상을 쓰면서 책을 읽고 있는 그녀 모습을 몇 번이나 발견했었죠. 그리고 읽을 때마다 여자가 사랑을 하면 마농처럼 행동할 수 없을 것이라 말했습니다.

공작이 두세 번 편지를 보냈습니다. 그녀는 글씨를 보고는 공작이 보냈다는 것을 알자 제대로 읽지도 않은 채 그 편지를 내게 건넸습니다.

하지만 나는 그 편지를 읽다가 때때로 눈물을 글썽이기도 했습니다.

공작은 지갑만 닫으면 마르그리트가 자신의 곁으로 다시 돌아오리라 믿었던 것입니다. 하지만 그 방법이 아무 소용도 없다는 것을 알자, 더 이상 버틸 수가 없게 된 거죠. 그래서 어떤 조건이라도 받아들일 테니 부디 예전처럼 방문을 허락해 주었으면 한다고 편지로 부탁한 거고요.

나는 그 간절한 편지를 거듭해서 읽었지만 마르그리트에게는 내용을 이야기하지 않은 채 찢어서 버리고 말았습니다. 이렇게나 괴로워하는 공작을 보니 마음이 흔들려 가엾다는 생각이 들기는 했지만 그렇다고 이 노인과 다시 한번 만나보라고 하지는 않았습니다. 괜히 그런 말을 했다가는 예전처럼 찾아오게 될 공작에게 다시 그녀가 쓸 돈을 부담하게 하려는 속셈이라 지레짐작할까 봐 두려웠기 때문입니다. 나를 사랑했다는 이유로 그녀가 어떠한 상황에 몰리게 될지는 알 수 없지만, 그때가 돼서 내가 그녀 인생에 대한 책임을 회피할 수도 있는 사람이라고 생각되는 것이 무엇보다도 두려웠던 거죠.

끝내 답장을 받지 못한 공작은 편지를 그만 쓰게 되었고, 마르그리트와 나는 뒷일을 신경 쓰지도 않은 채 둘만의 생활을 이어 나갔습니다.

18

우리의 새로운 생활에 대해 자세하게 말하기란 어렵기 그지없군요. 우리에게는 매력적이었지만, 이에 대해 듣는 사람들에게는 시시한 소꿉놀이 같을 테

---

66) 마거리트를 말한다.

니까요. 당신도 한 여자를 사랑하게 되면 자신이 어떻게 되는지 잘 아실 겁니다. 하루가 얼마나 빨리 지나가는지, 그저 기쁨에 가득 차 모든 일을 손에서 놓아버린 사이 얼마나 순식간에 다음 날이 되어버리는지 말이죠. 서로를 믿고 나누는 격렬한 사랑 때문에 모든 것을 잊어버리게 된다는 사실도 모르실 리 없을 거고요. 사랑하는 여자가 아니면 다 필요 없다고 생각하겠죠. 자신의 마음을 조금이라도 다른 여자들에게 줘버린 적이 있다며 후회할 것이고, 지금 쥐고 있는 연인의 손이 아닌 다른 손을 잡게 되리라고는 꿈에도 생각 못 하게 될 겁니다. 자신의 머릿속은 끊임없이 몰려오는 단 하나의 생각에서 벗어날 만한 어떠한 생각과 추억도 받아들이지 않습니다.

날마다 자신의 연인 안에서 새로운 매력과 처음 맛보는 쾌락을 찾아내기 때문이죠.

삶은 한 가지 욕망만을 끊임없이 채우려 할 것이며, 혼은 베누스를 모시며 사랑의 성화를 지키는 순결한 처녀가 될 것입니다.

우리는 밤이 되면 가끔씩 집이 내려다보이는 작은 나무 밑에 앉아 있고는 했죠. 그리고 다음 날이 올 때까지 서로 끌어안고 지낼 수 있는 시간이 얼마나 남았는가를 생각하면서 밤의 활기찬 선율에 귀를 기울였습니다. 또 어떤 날은 침실에 햇빛조차 들어오지 못하게 가리고 하루 내내 자기도 했습니다. 커튼을 치고 있어 그때만큼은 바깥세상도 움직임을 멈추고 있는 것 같았죠. 나닌만이 침실 문을 열어도 된다는 허락을 받았지만 그나마도 식사를 가져올 때뿐이었습니다. 그리고 식사 때조차도 우리는 침대에 누운 채 웃거나 장난을 치면서 몇 번이나 먹다가 말았습니다. 그러고는 잠시 잠에 빠졌죠. 사랑에 몸을 담그고 있던 우리는 마치 숨을 쉴 때만 수면 위로 떠오르는 끈질긴 잠수부 같았습니다.

그러나 나는 때때로 슬픔에 잠겨 있거나 눈물로 지새우는 마르그리트를 발견하고는 했습니다. 어째서 느닷없이 슬퍼하느냐고 물으면 그녀는 이렇게 대답했습니다.

"아르망, 우리 사랑은 주변의 흔해 빠진 사랑이 아니에요. 당신은 나를 마치 다른 남자와 한 번도 관계한 적이 없는 여자인 것처럼 사랑해 주시죠. 하지만 나중에 당신이 자신의 사랑을 후회하면서 내 과거를 탓하고 나는 우리가 처음 만났을 때의 내 생활 속으로 내던져질까 봐 두려워 견딜 수가 없어요. 새로운 생활을 누리고 있는 지금에 와서 다시 예전 생활로 돌아가게 된다면 나는 죽고 말 거예요. 그러니까 말해주세요. 결코 나를 버리지 않겠다고요."

"맹세할게요!"

그녀는 내가 진지하게 맹세했는지 눈에서 읽어내려는 것처럼 나를 지그시 보았습니다. 그러더니 내 품으로 몸을 던지고 가슴에 얼굴을 묻으면서 이렇게 말했습니다.

"내가 얼마나 당신을 사랑하는지 모르시죠!"

어느 날 밤 우리는 창문 난간에 팔꿈치를 괴고 구름 침대에서 겨우 빠져나온 달을 바라보고 있었습니다. 나무들을 요란스럽게 흔드는 바람 소리를 들으면서 손을 마주 잡고 조용히 15분쯤 있었을 때 마르그리트가 불쑥 말을 꺼냈습니다.

"벌써 겨울이네요. 어디론가 떠나고 싶지 않으세요?"

"어디로요?"

"이탈리아로요."

"여기 있으면 지루한가요?"

"겨울이 무서워서 그래요. 특히 파리로 돌아가는 것이 무서워요."

"어째서요?"

"이런저런 일이 있으니까요."

그녀는 왜 무서운지 그 이유는 말하지 않은 채 대뜸 말을 이었습니다.

"아르망도 가고 싶죠? 내가 가진 물건을 모두 팔게요. 그쪽에서는 그 돈으로 살아요. 그러면 내 과거를 떠올리게 할 만한 것은 모두 없어질 테고, 내가 누구인지 아는 사람은 아무도 없을 거예요. 어때요, 괜찮죠?"

나는 이렇게 말했습니다. "당신만 좋다면 가요. 마르그리트, 여행을 떠나도록 하죠. 하지만 당신 물건을 팔아버릴 필요는 없어요. 돌아왔을 때 물건이 그대로 있는 게 낫잖아요? 물론 나에게는 당신이 그렇게까지 희생을 치르지 않아도 될 만큼 많은 재산은 없습니다. 그래도 다섯 달이나 여섯 달쯤 느긋하게 여행할 수 있을 만큼의 돈이라면 있어요. 이것으로 조금이나마 당신의 마음이 풀린다면 말이죠."

"사실은 그게 아니에요." 그녀는 창가를 떠나 어슴푸레한 곳에 위치한 소파로 다가가 앉더니 말을 이었습니다. "저쪽에서 쓸데없이 돈을 쓰면 뭐해요? 당신은 여기에서도 잔뜩 돈을 쓰고 있는데."

"마르그리트, 그런 말로 나를 탓하는 겁니까. 너무하는군요."

"미안해요. 폭풍이 몰아칠 것만 같은 날이라 그런지 신경이 곤두섰네요. 나도 모르게 마음에도 없는 말을 해버렸어요." 그녀는 이렇게 말하면서 손을 내밀었습니다.

그리고 내게 입 맞추고는 오랫동안 생각에 잠겨 있었습니다.

이와 같은 상황이 몇 번이나 반복되었습니다. 왜 그러는지 자세히 알 수 없었지만 마르그리트가 미래에 불안을 품고 있다는 것만은 알아챌 수 있었습니다. 물론 하루가 지날수록 깊어지는 내 사랑을 그녀가 의심할 리는 없습니다. 그런데도 나는 가끔씩 슬퍼하고 있는 그녀를 발견하고는 했습니다. 하지만 그녀는 몸 상태가 좋지 않다고만 할 뿐 그 슬픔의 이유를 설명해 주지는 않았습니다.

어쩌면 너무나도 단조로운 삶에 질려버린 것이 아닐까 하는 생각에 몇 번이나 파리로 돌아가자고 했습니다. 그러나 그녀는 언제나 그 제안을 거절하면서 어디를 가더라도 이 시골만큼 행복해질 수 있는 곳은 없다고 딱 잘라 말했습니다.

한편 프뤼당스는 좀처럼 얼굴을 비추지 않게 되었지만 그 대신 자주 편지를 보내왔습니다. 한 번도 그 편지를 보여달라고 한 적은 없었지만 마르그리트는 그 편지를 받을 때마다 어떤 걱정거리에 마음을 빼앗기는 것 같았습니다. 나는 그저 이렇다 저렇다 상상할 수밖에 없었죠.

어느 날 마르그리트는 내내 방 안에 틀어박혀 있었습니다. 들어가 보니 편지를 쓰고 있더군요.

"누구에게 쓰는 겁니까?" 내가 물었습니다.

"프뤼당스에게요. 뭐라고 썼는지 읽고 싶으신가 보네요?"

의심하는 것처럼 보일지도 모른다는 생각에 두려워진 나는 그냥 몰라도 된다고 했습니다. 하지만 그 편지가 그녀를 슬프게 하는 진정한 원인을 알려주리라는 확신은 있었습니다.

다음 날은 매우 화창했습니다. 마르그리트는 배를 타고 크루아시섬에 놀러가고 싶다는 말을 꺼냈습니다. 그녀는 정말이지 쾌활해 보였습니다. 집으로 돌아오니 이미 5시가 되었더군요.

"뒤베르누아 부인께서 오셨습니다." 나닌이 집으로 돌아온 우리를 보면서 말했습니다.

"프뤼당스가 왔다고?" 마르그리트가 물었습니다.

"네, 부인 마차로요. 부인이 허락하셨다고 하던데요."

"참 다행이다. 식사 좀 차려줘." 마르그리트는 힘차게 말했습니다.

이틀 뒤 프뤼당스로부터 편지가 왔습니다. 그로부터 2주 동안 마르그리트는 수수께끼와도 같은 우울함을 싹 날려버린 듯했습니다. 그리고 우울함의 싹이 잘려나가자 내게 지금까지 있었던 일을 용서해달라며 거듭 부탁했습니다.

하지만 마차는 돌아오지 않았습니다.

"어째서 프뤼당스는 당신의 쿠페를 돌려주지 않는 거죠?" 어느 날 내가 물었습니다.

"말 한 마리가 병에 걸렸거든요. 게다가 마차도 여기저기 손봐야 될 부분이 있다고 하네요. 파리에 돌아가서 하는 것보다 여기 있는 동안 다 해놓는 편이 낫잖아요. 여기에서 마차 같은 건 필요 없으니까요."

며칠 뒤 프뤼당스가 찾아와서는 마르그리트의 말이 맞다고 하더군요.

그리고 마르그리트와 프뤼당스는 단둘이 정원을 산책했습니다. 그때 내가 끼어들자 그녀들은 말을 돌리더군요.

그날 밤 프뤼당스는 파리로 돌아가려고 할 때 이렇게 추워서 어디 견딜 수가 있냐고 호소하더니 마르그리트에게 캐시미어 숄을 빌려달라고 부탁했습니다.

그런 식으로 한 달이 지났지만 그동안 마르그리트는 그렇게까지는 한 적이 없을 만큼 쾌활해지고 자상해졌습니다.

그러나 마차도 캐시미어 숄도 돌아오지 않았습니다. 그것이 아무래도 마음에 걸려 견딜 수가 없었습니다. 나는 마르그리트가 프뤼당스에게서 받은 편지를 어느 서랍에 넣는지 알고 있기에 그녀가 정원 안쪽에 있는 틈을 타서 부랴부랴 달려가 그 서랍을 열려고 했습니다. 하지만 열리지 않았습니다. 서랍에는 엄중하게 자물쇠가 채워져 있었거든요.

그래서 여느 때라면 액세서리나 다이아몬드가 들어 있는 서랍을 찾아보았습니다. 이 서랍은 아무 어려움 없이 열 수 있었지만 그 안에 들어 있던 보석함은 사라지고 없었습니다. 물론 보석함에 들어 있던 것들과 함께요.

가슴이 찢어질 것만 같은 불안이 마음을 조였습니다.

나는 어째서 보석함이 사라졌는지 마르그리트에게 캐물으려 했지만 그럴 수 없었습니다. 어차피 솔직하게 대답할 리가 없으니까요. 그래서 그녀에게 이렇게 말했습니다.

"마르그리트, 잠시 파리에 갔다 와도 될까요. 집안사람들은 내가 어디에 있는지 모르거든요. 아버지한테서 편지가 몇 통이나 와 있을 거예요. 분명 아버지도 걱정하실 거고요. 답장쯤은 해드려야죠."

그녀는 나에게 말했습니다. "다녀오세요. 하지만, 빨리 돌아오셔야 해요."

나는 집을 나섰습니다.

서둘러 프뤼당스 집으로 갔습니다.

그리고 프뤼당스에게 단도직입적으로 말했습니다. "자, 지금부터 내가 묻는 말에 솔직하게 대답해 주세요. 마르그리트의 말은 어디 있죠?"

"팔았어."

"캐시미어는요?"

"팔았지."

"다이아몬드는요?"

"전당포에 있어."

"그것들을 팔거나 전당포에 넘긴 사람은 누굽니까?"

"내가 그랬어."

"어째서 내게 그 사실을 알려주지 않은 거죠?"

"마르그리트가 입막음을 했으니까 그렇지."

"그럼 어째서 그 돈을 나에게 부탁하지 않은 겁니까?"

"그녀가 그러기를 원하지 않았으니까."

"그 돈은 어디에 썼나요?"

"빚 갚는 데 썼어."

"그럼 그녀에게는 아직도 빚이 잔뜩 있는 겁니까?"

"아직도 3만 프랑은 있어. 당신 말이야, 내가 분명히 말한 거 같은데? 하지만 당신은 내 말을 진지하게 받아들이지 않았지. 이제는 당신도 이해할 수 있을 거야. 가구 가게 사람이 공작에게 갔더니 그냥 쫓아내고는 그다음 날 편지로 고티에에게는 이제 아무것도 해줄 생각이 없다고 했대. 그래서 그 사람이 마르그리트에게 돈을 청구하니까 전에 당신에게서 받은 몇천 프랑을 미리 지불한 거야. 그런데 누군가가 그 사람에게 아주 친절하게도 당신의 채무자인 고티에는 공작에게 버림받고 돈 한 푼 없는 젊은이와 같이 살고 있다고 했다나 봐. 다른 채권자들도 그 소문을 듣고 돈을 청구하거나 압류에 들어가니까 마르그리트도 모든 걸 다 팔아버릴 생각을 한 거지. 하지만 이미 늦었기도 했고 나도 그거에는 찬성할 수 없었어. 그렇다고 빚을 안 갚을 수는 없잖아? 그래도 마르그리트는 당신에게 부탁을 할 수도 없다고 하면서 말과 캐시미어 숄까지 팔고 보석들은 전당포에 맡긴 거야. 어때, 아르망, 채권자의 영수증이나 전당표라도 보여줄까?"

프뤼당스는 서랍을 열고 서류들을 보여주었습니다.

그러면서 내 말은 틀리지 않았다고 말할 권리를 갖게 된 여자 특유의 집요함으로 말을 이었습니다.

"아아, 당신은 이렇게 생각했겠지. 서로 사랑하는 양치기 소년 소녀처럼 시골에서 느긋하게 보내면 되지 않겠냐고. 안 돼. 그래선 안 돼. 이상적인 생활 뒤에는 물질적인 생활이란 것이 있으니까. 바보 같은 이야기라 생각하겠지만 아무리 순수한 결의라 해도 이 세상과 단단한 쇠사슬로 이어져 있는 법이니까. 게다가 이 사슬은 쉽게 끊을 수도 없다고. 마르그리트는 지금까지 당신을 몇 번이나 배신할 수 있었어. 하지만 그러지 않았던 이유는 그저 그녀에게 조금 독특한 구석이 있기 때문이야. 내 충고는 틀리지 않았어. 차마 눈 뜨고 빈털터리가 되어가는 그 사람을 볼 수가 없단 말이야. 하지만 그녀는 내 말을 듣지 않았지! 당신을 사랑하니까 배신할 수가 없다고 하더군. 정말이지 아름다운 시 같은 이야기야. 하지만 그런 말이 빚쟁이들을 상대로 통할 리가 없잖아. 그러니까 다시

한 번 말하지만 당장 3만 프랑을 손에 넣지 못한다면 그녀는 이러지도 저러지도 못하게 될 거야."

"알겠습니다. 그럼 내가 그 돈을 내겠습니다."

"당신이 빚을 지겠다고?"

"물론이죠."

"당신도 참 대단하네. 아버지와 싸우지, 자기 수입은 저당 잡히지. 하지만 아무리 그래도 3만 프랑이나 되는 돈을 오늘내일 바로 마련할 수 있을 리가 없잖아. 아르망, 내 말을 믿어. 여자에 대해서는 내가 당신보다도 잘 알고 있으니까. 바보 같은 짓은 하지 마. 어떤 게 가장 중요한지 잘 생각해 보란 말이야. 내가 뭐 마르그리트와 헤어지라고 하는 것은 아니잖아. 그저 초여름 때처럼만 살아. 그녀가 이 곤란한 상황에서 벗어날 수단을 찾아내게 가만히 내버려두라고. 공작도 머지않아 그녀와의 관계를 되돌리려고 할 테니까. N 백작도 그녀만 허락한다면 빚을 다 갚아주고도 마치 월급처럼 한 달에 4천이나 5천 프랑을 주겠다고 어제도 말했어. 그 사람은 1년에 20만 프랑이나 버니까 말이야. 그녀로서도 괜찮은 조건이잖아. 하지만 당신은 언젠가 그녀와 헤어져야만 할 테니까 파산해가면서까지 이별을 기다릴 필요는 없잖아. 하물며 그 N 백작은 바보 같은 사람이니 당신은 얼마든지 마르그리트와 연인인 채로 지낼 수 있어. 그녀도 처음에는 조금 울겠지만 어느샌가 익숙해질 거야. 그리고 헤어지겠다고 한 당신에게 언젠가는 고마워하겠지. 아니면 마르그리트가 결혼을 했고, 마르그리트의 남편으로부터 그녀를 빼앗는 거라 치면 되잖아. 그저 그뿐이야. 내가 전에도 한 번 당신에게 이런 이야기를 다 한 적 있지. 하기야 그때는 단순한 충고에 지나지 않았지만 이번에는 정말 그렇게 해야 해."

프뤼당스는 잔혹할 만큼 바른말을 했습니다.

그리고 프뤼당스는 방금 내게 보여준 서류를 치우면서 말을 이었습니다. "뭐, 대충 이런 말인데, 창녀들이란 자신은 언제나 사랑받으리라 생각하면서도 자신이 언젠가 사랑하는 쪽으로 돌아서리라고는 생각하지 않아. 그렇게 될 줄 안다면 부지런히 돈을 모아서 30살쯤 되면 연인과 사치스럽게 살 수 있을 텐데 말이야. 나도 그 사실을 좀 더 빨리 알았으면 좋았을걸! 아무튼 마르그리트에게는 다른 말 하지 말고 파리로 데려와. 그녀와는 네다섯 달이나 함께 살았잖아. 그 정도면 충분해. 그 뒤로는 눈을 감고 있기만 하면 돼. 2주일만 지나면 그녀는 N 백작을 후원자 삼아 이번 겨울 동안 부지런히 돈을 모을 거야. 그리고 내년 여름에 다시 단둘이 살면 되잖아. 아르망, 다들 그렇게 하고 있단 말이야!"

프뤼당스는 자기 충고에 만족한 듯했지만 나는 화를 내며 그 말을 물리쳤습니다.

내 사랑과 자존심이 그런 짓을 허락하지 않았을 뿐만 아니라 마르그리트도 여기까지 왔는데 이제 와서 그런 역할을 받아들일 바에는 틀림없이 죽는 편이 낫다고 생각할 것이기 때문이죠.

나는 프뤼당스에게 말했습니다. "농담은 그쯤 해두세요. 결국 마르그리트에게 얼마가 필요하다는 거죠?"

"아까도 말했잖아. 3만 프랑쯤 있어야 된다고."

"그 돈은 언제까지 필요한 겁니까?"

"두 달 내로."

"반드시 마련하겠습니다."

프뤼당스는 어깨를 으쓱했습니다.

나는 말을 이었습니다. "돈은 부인께 건네드리죠. 하지만 내가 낸다는 것은 마르그리트에게 비밀로 하겠다고 약속해 주세요."

"그럴게."

"그리고 앞으로 그녀가 무언가를 팔거나 전당포에 맡기려고 하면 내게 알려주세요."

"쓸데없는 걱정은 하지 마. 이제 그녀에게는 아무것도 없으니까."

그 뒤 나는 내 집에 들러 아버지로부터 온 편지가 있는지 확인했습니다.

네 통이 와 있었습니다.

19

네 통 가운데 세 통은 아무런 기별도 없는 나를 걱정하며 그 이유를 묻고 있었습니다. 마지막 한 통은 아무래도 내 생활에 무슨 변화가 있다는 이야기를 누군가에게서 들었는지 가까운 시일 안에 이쪽으로 오겠다고 쓰여 있었습니다.

나는 언제나 아버지에게 크나큰 존경과 마음속에서부터 우러나오는 애정을 품고 있었습니다. 그래서 답장에다가 잠시 여행을 하고 있었기 때문에 연락을 드릴 수 없었으며 마중 나갈 테니 언제 도착하는지 적어 보내달라고 했습니다.

나는 심부름꾼에게 시골집 주소를 알려주고는 C의 소인이 찍힌 편지가 도착하는 대로 보내라고 지시했습니다. 그리고 곧장 부지발로 돌아갔습니다.

마르그리트는 정원 나무문 앞에서 나를 기다리고 있었습니다.

그녀의 눈길에는 근심의 빛이 어려 있었습니다. 마르그리트는 내 목을 와락 끌어안더니 참지 못하고 이런 질문을 했습니다.

"프뤼당스와 만나셨다면서요?"

"아뇨."

"파리에 꽤 오래 계셨네요."

"아버지로부터 편지가 몇 통 와 있어서요, 답장하느라 시간이 좀 걸렸어요."

잠시 뒤 나닌이 숨을 헐떡이며 들어왔습니다. 마르그리트는 일어나 그녀에게 가더니 낮은 목소리로 무언가 속삭였습니다.

나닌이 나가자 마르그리트는 아까처럼 내 곁에 앉더니 내 손을 잡으면서 말했습니다.

"프뤼당스 집에 가셨으면서 왜 내게 거짓말을 하는 거죠?"

"누가 그럽니까?"

"나닌이요."

"나닌은 어디서 그런 말을 들었답니까?"

"당신 뒤를 밟았는걸요."

"나닌에게 내 뒤를 쫓으라고 지시했군요."

"네, 그래요. 요 네 달 동안 내 곁을 떠난 적이 없는 당신이 파리에 가겠다고 말씀하신 데에는 그만한 이유가 있으리라 생각했어요. 당신에게 좋지 않은 일이라도 생겼나, 아니면 다른 분을 만나러 가지는 않았나 걱정했거든요."

"어린아이 같군요!"

"이제는 마음이 놓여요, 당신이 뭘 하셨는지 알았으니까요. 하지만 당신이 프뤼당스에게서 무슨 말을 듣고 왔는지 아직 모르겠네요."

나는 아버지에게서 온 편지를 마르그리트에게 보여주었습니다.

"내가 묻고 싶은 것은 그게 아니에요. 당신이 프뤼당스 집으로 간 이유를 알고 싶다고요."

"인사드리러 갔을 뿐입니다."

"거짓말."

"그렇다면 말하죠. 병에 걸린 말은 좀 괜찮아졌는지, 당신의 캐시미어 숄이나 보석은 아직 남아 있는지 물으러 갔다 왔습니다."

마르그리트는 얼굴을 붉혔지만 아무 말도 하지 않았습니다.

나는 말을 이었습니다. "덕분에 말이나 캐시미어 숄 그리고 다이아몬드가 어디에 쓰였는지도 알았고요."

"화나셨어요?"

"돈이 필요했을 텐데 내게는 아무 말도 없었잖습니까. 아무리 나라도 화가 나죠."

"우리 같은 관계에서는 여자에게 조금이나마 자존심이 있다면 사랑하는 남자에게 돈이 필요하다고 졸라서 역시 계산적인 사랑이었다고 생각하게 만들고 싶지는 않을 거예요. 차라리 조금 고생하더라도 내가 할 수 있는 일은 다 해보겠죠. 당신이 나를 사랑한다는 것은 나도 잘 알아요. 하지만 당신은 나 같은 여자를 계속 사랑한다는 것이 얼마나 허무한지 모르시잖아요. 언젠가 껄끄러운 일이 생기거나 질리기라도 하면 당신 역시 우리 관계가 계산적인 관계였다고 생각하지 않으리라 장담할 수 없을 거예요. 프뤼당스도 참 수다쟁이네요. 내게 말 따위가 필요할 것 같나요! 그런 것이 없어도 난 잘해나갈 수 있어요. 앞으로는 돈도 많이 쓰지는 않을 테니까요. 당신만 나를 사랑해 주신다면 더 이상 아무것도 필요 없어요. 말이나 캐시미어 숄이나 다이아몬드가 없다 해도 날 사랑해 주실 거잖아요."

마르그리트가 하는 말에는 그녀의 진정한 마음이 그대로 드러나 있어서 나는 그 말을 듣는 사이 눈물을 머금었습니다.

나는 사랑을 담아 연인의 두 손을 쥐면서 말했습니다. "하지만 마르그리트,

당신이 아무리 몰래 희생을 치러도 언젠가는 내게 다 알려질 겁니다. 그렇게 되면 나도 가만히 있지 않으리라는 것쯤은 당신도 잘 알 텐데요."

"왜요?"

"나를 사랑해 준다고 해도 그 때문에 당신이 보석을 손에서 놓는 일은 없었으면 합니다. 돈 때문에 곤란하다거나 질리게 될 때 다른 남자와 함께 살았다면 이런 꼴을 겪지 않았을 거라고 생각하지 않았으면 하니까요. 당신이 조금이라도 나와 함께한 생활을 후회하는 것도 싫습니다. 말도 다이아몬드도 캐시미어 숄도 4, 5일 사이에 모두 당신 곁으로 돌아올 겁니다. 살기 위해 공기가 필요하듯 당신에게는 그런 것이 필요하잖습니까. 이렇게 말하면 웃을지도 모르지만 나는 수수한 당신보다는 화려한 당신이 훨씬 좋습니다."

"이제 나를 사랑하지 않는다 이 말이군요."

"말도 안 돼요!"

"당신이 만약 나를 사랑한다면 내가 바라는 대로 사랑해 줄 거예요. 그런데도 당신은 나라는 사람을 여전히 사치를 하지 않고는 견딜 수 없는 여자라 생각하시는군요. 그리고 내게 돈을 지불해야만 한다고 생각하고요. 내 사랑의 표시를 받는다면 수치일 거라 생각하는가 보네요. 입으로는 무슨 말이든 해도 언젠가는 나와 헤어질 생각인 거죠? 그때 가서 다른 사람들이 이러니저러니 떠들어대도 양심에 가책이 없도록 해놓을 생각이고요. 맞는 말이에요. 괜한 기대를 했네요."

나는 이렇게 말하며 일어서려 하는 그녀를 붙잡고 말했습니다.

"나는 당신이 행복해졌으면 좋겠다고 생각했어요. 그뿐이에요. 더 이상 무슨 말이 필요합니까."

"그럼, 우리는 헤어져야겠네요!"

"마르그리트, 어째서죠? 어째서 헤어져야만 하는 겁니까?" 나는 목소리를 높였습니다.

"당신은 자기 처지를 내가 잘 이해할 수 있도록 설명해 주지 않고 언제나 나를 예전 그대로의 모습으로 두고자 하는 허영심만 가지고 있으니까요. 나는 당신이 가지고 있는 재산을 둘이서 나누어 가지고 그 돈으로 살아가자고 했는데, 당신은 타산을 떠난 내 사랑을 믿어주지 않네요. 그만큼만 돈이 있어도 둘이 편안하게 살 수 있잖아요. 내가 마차나 보석과 당신의 사랑을 비교한다고 생각하시는 거예요? 내 행복이 그런 허영 안에 있다고 생각하시는 거예요? 물론 아무도 사랑하지 않았을 때는 그런 것으로 만족했던 적도 있죠. 하지만 진정한 사랑을 알게 되면 그런 것은 시시해진답니다. 당신은 내 빚을 갚고도 자기 재산마저 바치려고 하잖아요? 도대체 언제까지 계속할 수 있으리라 생각하시나요? 기껏해야 두세 달이에요. 그때가 돼서 내가 말한 생활을 보내고 싶다고 생각하셔도 이미 늦는다고요. 당신은 하나에서 열까지 내 보살핌을 받게 될 테니까요. 제대로 된 남자가 할 행동이 아니에요. 하지만 지금 당신은 연수입이 8천이나 만 프랑쯤 되니까 그 돈이면 우리는 생활할 수 있어요. 나도 내가 가지고 있는 쓸데없는 물건은 다 팔 거고요. 팔기만 해도 1년에 2천 리브르는 벌 수 있을 거예요. 그리고 아담한 집을 빌려 그곳에서 단둘이 살아요. 여름에는 시골에 가서 이런 집이 아니라 둘이서도 부족함 없이 살 수 있을 만한 작은 집을 빌리고요. 당신은 아무에게도 민폐를 끼치지 않게 될 테고 나도 자유로워질 거예요. 우리는 젊어요. 아르망, 제발 부탁이에요, 두 번 다시 마지못해 보냈던 예전 생활로 나를 밀어 넣지 말아 주세요."

나는 눈에 감사와 사랑의 눈물을 잔뜩 머금은 채 대답조차 하지 않았습니다. 그리고 마르그리트의 품에 와락 안겼습니다.

그녀는 또다시 말했습니다. "나 말이죠, 당신에게는 비밀로 모든 일을 다 매듭짓고 빌린 돈은 다 돌려준 다음 새로운 집을 마련해두고 싶었어요. 10월이 오면 우리는 파리로 돌아가야 하잖아요. 그때 모두 이야기할 생각이었죠. 하지만 프뤼당스가 몽땅 털어놓았으니 당신은 나중에 허락해 주는 대신 지금 허락해 주세요. 그만큼 나를 사랑해 주실 거죠?"

이런 헌신을 거부하기란 불가능에 가까웠습니다. 나는 나도 모르게 마르그리트 손에 입을 맞췄습니다. 그리고 이렇게 말했습니다.

"당신이 해달라는 것이라면 뭐든지 하겠습니다."

그녀가 하고자 하는 일에 이제는 나도 찬성한 것입니다.

그러자 그녀는 이상하리만치 들떠 춤추거나 노래했습니다. 그리고 이번에 새로 마련할 집이 얼마나 깔끔한지 말하며 기뻐하고는 집 주변이나 구조에 대해서까지 내게 상담했습니다.

나도 기뻐하며 우리 둘 사이를 확실하게 이어 줄 이 결심을 그녀가 자랑스러워한다는 것을 느꼈습니다.

나 또한 이런 그녀에게 뒤처지고 싶지 않았습니다.

그래서 내가 앞으로 어떻게 살아갈지 정했습니다. 지금 내게 얼마나 있는지 계산해 보고 어머니의 유산에서 나온 돈을 모두 마르그리트에게 주기로 했습니다. 이 정도 가지고 그녀가 치른 희생에 보답하기에는 부족할 것 같다는 느낌도 들었지만요. 나에게는 아직 아버지에게서 받은 돈 5천 프랑이 남아 있었습니다. 이만큼 있다면 만약 어떤 일이 벌어진다고 해도 생활하는 데에는 충분할 겁니다.

내 결심은 마르그리트에게 이야기하지 않았습니다. 그녀라면 분명 거절하리라 생각했으니까요.

이 돈은 6만 프랑에 저당 잡혀 있는 집에서 나오는 것이지만 아직 본 적은 없었습니다. 그저 우리 집안과 오랜 친구이자 공증인이 세 달마다 간단한 영수증과 맞바꿔 750프랑씩 준다는 사실만 알고 있었죠.

마르그리트와 둘이서 파리로 집을 보러 간 날 나는 이 공증인을 찾아갔습니다. 그리고 다른 사람에게 이 수입을 양도하려면 어떤 절차를 밟아야 하는지도 물었습니다.

성실한 그 사람은 내가 파산이라도 한 줄 알고 왜 그런 결심을 했는지 물었습니다. 빠르건 늦건 이 사람에게는 증여할 상대의 이름을 대야 하기 때문에 진실을 말하기로 했습니다.

공증인으로서, 친구로서 이번 일을 반대했을 수도 있었겠지만 그 사람은 한 마디도 반대라는 말을 꺼내지 않았습니다. 뿐만 아니라 모든 일을 맡아서 잘 처리하겠다고 약속해 주었습니다.

물론 아버지에게는 비밀에 부쳐달라고 부탁해 놓았죠. 그리고 쥘리 뒤프라가 있는 곳에서 나를 기다리고 있는 마르그리트에게 갔습니다. 그녀는 프뤼당스의 설교를 들으러 가는 것보다 이 집에 묵는 편이 좋았겠죠.

그리고 우리는 셋집을 찾아다니기 시작했습니다. 마르그리트는 집을 볼 때마다 집세가 너무 비싸다고 했으며, 나는 나대로 변변치 못한 집이라고 생각했습니다. 그러다가 파리에서도 가장 조용한 구역에 안채와 따로 떨어져 있는 조촐한 별채를 빌리기로 뜻을 맞췄습니다.

이 작은 별채 뒤로는 별채에 딸려 있는 아담한 정원이 있었으며 담이 둘러쳐져 있었습니다. 그 담은 옆집과 우리를 가로막는 데도, 경치를 보는 데도 전혀 부족함이 없을 만큼의 높이였습니다.

기대했던 것보다 훨씬 더 좋은 집이라 할 수 있었죠.

내가 본디 살고 있던 집을 비우기 위해 양해를 구하러 간 사이에 마르그리트는 알선 업자에게 갔습니다. 그 남자는 예전에 그녀의 친구가 했었고 지금은 마르그리트가 하려는 부탁을 들어준 적이 있다고 했다더군요.

마르그리트는 크게 기뻐하며 프로방스 거리에 있는 내게로 돌아왔습니다. 그 남자는 그녀가 포기한 모든 가재도구와 맞바꿔 빚을 모두 갚아주면서 영수증도 써주고 2만 프랑이나 되는 돈을 건네겠다는 약속을 했다고 합니다.

당신도 경매 매상액을 봤을 때 이 정직한 남자가 단골손님 덕분에 3만 프랑은 더 벌어들였다는 사실을 아셨을 겁니다.

우리는 신이 나서 부지발로 돌아갔습니다. 그리고 우리의 안일함과 사랑 때문에 황금색으로 화려하게 빛나 보이는 미래의 계획에 대해 이야기를 나누었습니다.

1주일쯤 지났을 무렵 점심을 먹고 있자 마르그리트가 들어와서 내 심부름꾼이 찾아왔다는 말을 전했습니다.

그래서 그를 안으로 들였습니다.

그가 말했습니다. "나리, 아버님께서 파리에 도착하셨습니다. 그리고 집에서 기다리시며 나리께 얼른 돌아오라고 말씀하셨습니다."

엄청난 소식은 아니었지만 나와 마르그리트는 이 소식을 듣고는 서로 얼굴을 마주 보았습니다.

둘 다 이 작은 사건 속에 불행이 숨어 있을 것만 같은 느낌이 들었기 때문입니다.

그녀는 나처럼 이 느낌에 대해서 다른 말은 하지 않았고 나는 그에 답하듯이 손을 내밀며 그녀에게 말했습니다.

"아무것도 걱정하지 말아요."

그러자 그녀는 내게 입을 맞추며 속삭였습니다. "되도록 빨리 돌아와 주세요. 창문을 보며 당신을 기다리고 있을게요."

나는 지금부터 아버지께 가겠다는 뜻을 전하라고 조제프를 한발 먼저 돌려보냈습니다.

그리고 2시간이 지나 프로방스 거리로 돌아왔습니다.

20

아버지는 실내복을 입고 응접실 의자에 앉아 편지를 쓰고 있었습니다.

그리고 내가 들어오자 험악한 눈초리로 나를 힐끗 보았습니다. 그 순간 아버지가 내게 긴히 하고 싶은 말이 있다는 사실을 알아챘죠.

하지만 나는 시치미를 뚝 떼고 아버지에게 다가가 입을 맞추었습니다.

"아버지, 언제 오셨습니까?"

"어제 왔단다."

"지난번처럼 이곳에서 지내실 건가요?"

"그렇단다."

"이렇게 와주셨는데 공교롭게도 집을 비우게 돼서 죄송합니다."

나는 아버지의 싸늘한 얼굴을 보면서 이런 말을 하다가는 언젠가 잔소리를 들으리라 생각하고 각오를 다졌지만 아버지는 아무 말씀도 없으셨습니다. 그저 다 쓴 편지를 편지 봉투에 넣고 붙이더니 우체통에 넣고 오라며 조제프에게 건넸습니다.

둘만 남게 되자 아버지는 일어나 난로에 기대고는 나를 바라보면서 말했습니다.

"아르망, 네게 긴히 할 말이 있단다."

"말씀하십시오, 아버지."

"솔직하게 말해주겠느냐?"

"언제나 그러지 않았습니까."

"네가 마르그리트 고티에라는 여자와 같이 살고 있다는 게 사실이냐?"

"네."

"그 여자가 본디 무엇을 하던 여자인지는 알고 있느냐?"

"화류계 여자였죠."

"네가 올해 이 아비나 여동생을 만나러 오지 않았던 이유는 그 여자 때문이냐?"

"네, 그렇습니다."

"그렇게도 그 여자를 사랑하느냐?"

"그렇습니다. 아버지, 그 여자 때문에 신성한 의무를 소홀히 한 점은 거듭 사죄를 드리겠습니다."

아버지는 이렇게까지 확실한 대답을 들을 줄 몰랐는지 잠시 생각에 잠기셨지만 곧 말을 꺼냈습니다.

"언제까지 그런 생활을 하고 있을 수 없다는 것쯤은 너도 잘 알지 않느냐?"

"아버지, 그 점에 대해서라면 저도 걱정을 많이 했지만 그런 생활을 할 수 없다고는 생각지 않습니다."

"하지만 내가 허락할 리 없다는 것도 잘 알 텐데." 아버지는 조금 쌀쌀맞은 말투로 말을 이었습니다.

"아버지의 이름을 저버리고 가문의 이름을 더럽히는 일만 하지 않는다면 이런 생활을 계속해도 상관없다고 생각합니다. 그래서 저도 조금은 안심한 거고요."

열정은 인정과 맞설수록 더욱 강해지는 법입니다. 나는 마르그리트를 지키기 위해서라면 어떠한 싸움이라도, 아버지와의 싸움이라도 마다하지 않을 각오였습니다.

"다른 생활을 해야 될 때가 온 것 같구나."

"아버지! 도대체 왜 그러시는 겁니까?"

"네가 지금 가문의 이름에 먹칠을 하고 있지 않느냐."

"무슨 말씀인지 잘 모르겠습니다."

"그렇다면 지금부터 말해주겠다. 여자가 하나쯤 있어도 상관없겠지. 남자가 화류계 여자에게 돈을 주듯 네가 그 여자에게 돈을 쓰고 있다면 나도 너에게 해줄 말 달리 없단다. 하지만 말이다, 너는 그 여자 때문에 가장 신성한 의무를 잊어버리지 않았느냐. 너에 대한 안 좋은 소문이 내가 살고 있는 시골까지 들려오고 있단다. 이게 지금 네게 준 명예로운 이름에 먹칠을 하는 일이 아니면 무엇이란 말이냐. 당장 그만두어라."

"아버지, 말대답하는 것 같아 죄송하지만 아버지에게까지 그런 소문을 퍼트린 사람들은 우리 사정을 잘 몰라서 그런 겁니다. 저는 고티에의 연인입니다. 그리고 그녀와 같이 살고 있기는 하죠. 하지만 주변에서도 흔히 볼 수 있는 일 아닙니까. 저는 아버지께 받은 명예로운 이름을 고티에 때문에 더럽히지 않았습니다. 이 여자를 위해 돈을 쓰고는 있지만 써도 상관없을 만큼의 돈만 쓰고 있으며 빚을 진 적은 결코 없습니다. 마땅히 방금 전에 하신 말씀을 들어야 한다고 생각할 만한 짓은 결코 하지 않았습니다."

"아버지란 언제나 자신의 아들이 나쁜 길로 빠지려 하는 것을 보면 그곳으로부터 떼어놓아야만 한단다. 너도 지금까지 나쁜 일을 하지는 않았지만 이제부터 하게 되겠지."

"아버지!"

"얘야, 나는 너보다 세상을 더 잘 알고 있단다. 순진무구한 감정이란 진정으로 순결한 처녀에게서만 찾아낼 수 있는 것이지. 어떠한 마농에게라도 데 그리외 한 사람쯤은 나타날 테니까. 물론 시대와 관습이 바뀌기는 했지. 하지만 세상이 아무리 발전해도 옳지 않으면 아무런 소용도 없단다. 그러니까 그 여자와 인연을 끊어라."

"아버지 말씀을 따르지 않아 죄송하지만 그럴 수는 없습니다."

"억지로라도 그렇게 만들 거다."

"아버지, 유감스럽게 그런 부류의 여자들을 귀양 보낸 생트마르그리트섬[67]은 이제 없습니다. 지금도 여전히 그 섬이 있다고 해도 만약 아버지께서 고티에를

---

67) Îles Sainte-Marguerite. 프랑스와 이탈리아 국경에 가까운 칸 앞바다에 있는 작은 섬.

그곳으로 보내신다면 저는 그 여자를 따라갈 겁니다. 그러면 아버지께선 어떻게 하실 겁니까? 제가 지금 잘못하고 있는지도 모르지만 이대로 그 여자와 헤어진다면 저는 더 이상 행복할 수 없을 겁니다."

"아르망, 눈을 들어 이 아비의 얼굴을 잘 보렴. 알겠느냐, 이 아비는 언제나 너를 사랑한단다. 그리고 한결같이 네가 행복하기만을 바란단다. 내 반대를 무릅쓰면서까지 누구와 관계했는지도 모를 그런 여자와 함께 사는 것이 과연 너에게 명예로운 일이 될까?"

"앞으로 누구하고도 관계를 가지지 않으면 되지 않습니까. 그 여자가 앞으로도 저를 사랑해 주면서 그녀가 제게 주는 사랑과 제가 그녀에게 주는 사랑으로 다시 태어나면 되지 않습니까! 말하자면 마음만 고쳐먹으면 되지 않느냐 이 말입니다!"

"그래, 그럼 너는 창녀를 갱생시키는 것이 진정한 남자의 임무인 줄 아느냐? 하느님께서 인생에 그런 기괴한 목표를 내려주셨으니 이보다 열의를 가지고 해야 할 일은 없다고 생각하느냐? 그런 훌륭하기 그지없는 치료를 베푼 끝에 네가 40살이 되어 오늘 네가 했던 말에 대해 생각한다면 어떨 것 같으냐? 다행스럽게도 지금 사랑을 웃어넘길 만한 처지거나 이 사랑이 네 과거에 그만큼 깊은 상처를 남기지 않았다면 너는 자신의 사랑을 비웃겠지. 만약 이 아비가 확고한 명예와 신의를 쌓아 올리지 않고 너 같은 생각을 하면서 사랑에 빠져 방탕한 삶을 보냈다면 너는 지금쯤 어떻게 되었을 것 같으냐? 잘 생각해 보거라, 아르망. 이제 그런 바보 같은 말은 그만하고 말이다. 이 아비가 간절히 부탁하마."

나는 아무 말도 하지 않았습니다.

아버지는 거듭 말을 이었습니다. "돌아가신 네 어머니의 이름을 걸고 지금 같은 생활은 그만두어라. 너는 지금 현실과 동떨어진 생각에 사로잡혀 있을 뿐, 그런 생활은 의외로 쉽게 잊히는 법이란다. 너도 이제 24살이지 않느냐. 미래에 대해 잘 생각해 보거라. 아무리 너라도 언제까지나 그 여자를 사랑할 수는 없을 테고, 그 여자라도 언제까지나 너를 사랑하지는 않을 테니 말이다. 너희 둘 다 자신의 사랑을 아름답게 포장하고 있는 것뿐이란다. 그래 가지고서는 네 출셋길도 막히게 될 게다. 한 발짝이라도 깊이 들어가면 너는 그만큼 지금 이 길에서 벗어날 수 없게 될 테고, 젊은 시절의 혈기 때문에 저질렀던 잘못을 평생 후회할 게다. 그러니까 그 여자와 헤어지렴. 그리고 파리를 떠나 한두 달 동안 여동생과 함께 지내보렴. 휴식과 경건한 가족의 사랑은 네 열도 얼른 식게 해주겠지. 이건 역시 열병과도 같으니 말이다. 그동안 그 여자도 너를 포기하고 다른 남자를 만들겠지. 그때가 돼서야 처음으로 너도 눈을 떠, 그런 여자 때문에 하마터면 이 아비와 싸울 뻔하고 실망시켜드릴 뻔했다고 할 게다. 그리고 내게 잘 찾아와주었다고 말하며 고마워하겠지. 자, 아르망, 헤어지겠느냐?"

다른 여자에 대해서였다면 나는 아버지 말씀이 마땅하다고 생각했겠지만 마르그리트에 대해서만은 아버지가 생각을 잘못하는 것이라 굳게 믿었습니다. 그렇게 생각은 했지만 아버지의 마지막 말이 너무나도 상냥하고 애원하는 듯했기 때문에 나는 뭐라 대답을 드려야 할지 알 수 없게 되었습니다.

"어쩔 거냐." 아버지가 흥분한 목소리로 말했습니다.

나는 마침내 딱 잘라 말했습니다. "글쎄요, 확실하게 약속드릴 수는 없습니다. 아버지 말씀이 제게는 벅차니까요. 그렇지 않습니까." 나는 초조해하는 아버지를 보며 말을 계속했습니다. "아버지께서는 마르그리트와 제 관계가 어떻게 될지 너무 과장해서 생각하시고 계세요. 마르그리트는 아버지께서 생각하는 그런 여자가 아닙니다. 그녀의 사랑은 저를 나쁜 길로 빠트리기는커녕 오히려 제 마음속에서 훌륭한 감정이 자라도록 도와줍니다. 진정한 사랑은 상대가 어떤 여자든 남자의 마음을 훌륭하게 만드는 법입니다. 만약 아버지께서 마르그리트라는 여자에 대해 잘 아시게 된다면 제가 위험한 일을 하지 않았다는 사실도 알아주시겠죠. 그녀는 매우 고상한 여자입니다. 다른 여자들은 탐욕스럽지만 그 여자는 욕심이 없답니다."

"그렇게 욕심이 없다면서 네 모든 재산은 받아간다는 말이냐? 네 어머니로부터 물려받은 6만 프랑을 여자에게 주려고 하다니. 내 말을 잘 기억해 두어라. 그 돈이야말로 다른 것과는 바꿀 수 없는 재산이라는 걸."

이 결론과 위협은 아버지가 확실하게 못을 박아두기 위해 남겨둔 거겠죠. 하지만 부탁받는 것보다 위협받는 편이 나도 강하게 나갈 수 있었습니다.

"제가 그 여자에게 그 돈을 준다고 아버지께 말한 사람은 대체 누굽니까?"

"공증인이다. 그 정직한 사람이 나에게 미리 알리지도 않고 그런 절차를 밟을 거라 생각했느냐? 내가 파리 변두리에 나와 있는 이유는 네가 여자에게 빠져 빈털터리가 되는 것을 막기 위함이다. 네 어머니가 죽을 때 네게 재산을 남긴 이유는 네가 제대로 된 생활을 보냈으면 했기 때문이지 창녀에게 네 너그러움을 보여주었으면 했기 때문이 아니란 말이다."

"아버지, 사실대로 말하겠습니다. 마르그리트는 이 양도에 대해 아무것도 모릅니다."

"그럼 도대체 왜 그랬느냐?"

"아버지께서 심하게 헐뜯으며 연을 끊으라고 하신 그 여자 마르그리트가 저와 함께 살기 위해 자신이 가진 모든 것을 희생했기 때문입니다."

"그럼 너는 그 희생을 받아들이겠다는 말이냐? 마르그리트와 같은 여자에게 희생을 치르게 하다니 네가 그러고도 남자라 할 수 있겠느냐? 아니, 이제 됐다. 그 여자와는 헤어지거라. 아까는 너에게 부탁했지만 이번에는 명령이다. 우리 집안사람에게 그런 더러운 짓을 시킬 수는 없어. 자, 짐을 싸서 나와 함께 가자."

그래서 내가 말했습니다. "용서해 주십시오, 아버지. 같이 갈 수는 없습니다."

"어째서냐?"

"저는 더 이상 아버지께서 말씀하시는 대로 네네 할 나이가 아니니까요."

내 대답을 듣자 아버지는 낯빛이 싹 바뀌었습니다.

"맘대로 해라. 나는 나대로 생각이 있으니까."

아버지가 종을 울리자 조제프가 나왔습니다.

"내 짐을 파리 호텔로 옮기게." 아버지는 내 심부름꾼에게 지시를 하더니, 내 방으로 들어가 옷차림을 갖추었습니다.

아버지가 다시 모습을 드러내자 나는 그 앞으로 다가가 말했습니다.

"아버지, 부탁입니다. 부디 마르그리트를 괴롭히는 일만은 하지 말아주십시오."

아버지는 멈춰서더니 나를 업신여기듯이 쳐다보면서 한마디 했습니다.

"어리석은 놈 같으니라고."

아버지는 이렇게 말하더니 거칠게 뒷문을 닫고 나가버렸습니다.

춘희 179

나도 아버지를 따라 집을 나와 삯마차를 타고 부지발로 갔습니다.
마르그리트는 창가에 기대어 내가 돌아오기만을 기다리고 있었습니다.

21

마르그리트는 내 목을 와락 끌어안으며 외쳤습니다. "드디어 돌아오셨군요! 세상에, 얼굴빛이 어쩜 이리도 안 좋으신가요!"
나는 아버지와 무슨 일이 있었는지 이야기했습니다.
그러자 마르그리트가 말했습니다. "어머, 어쩌면 좋죠! 나도 아마 그럴 거라고 생각했어요. 조제프가 아버님의 도착을 알리러 왔을 때 나도 모르게 불행한 소식이라도 들은 것처럼 소름이 돋았거든요. 미안해요! 당신이 이렇게 괴로워하게 된 것도 원인을 따지면 모두 다 내 탓이잖아요. 아버님과 싸울 바에야 차라리 나와 헤어지는 편이 나을지도 몰라요. 하지만 난 그분께 아무 짓도 하지 않았어요. 우리는 그저 조용하게 살고 있고, 앞으로도 더욱더 조용하게 살려고 할 뿐이잖아요. 당신에게 애인이 한 명쯤 있어야 된다는 것은 아버님도 잘 아실 거예요. 그렇다면 그 연인이 나라는 것을 다행이라고 생각해 주셨으면 해요. 왜냐하면 나는 당신을 사랑하고 있고 감히 내 신분을 뛰어넘어보겠다는 소원을 품고 있는 것도 아니니까요. 우리가 앞으로 어떻게 하겠다고 결심했는지 아버님께 말씀드렸죠?"
"네, 하지만 내 말이 아버지를 더 화나게 해버린 것 같더군요. 그 결심으로 우리 둘이 얼마나 서로를 사랑하는지 알게 되셨으니 말이에요."
"그럼 어떻게 하죠?"
"그래도 함께 있어야죠. 폭풍이 지나가기만을 기다리면서요."
"지나갈까요?"
"분명 지나갈 거예요."
"하지만 아버님이 이대로 가만히 계실 리는 없어요."
"아버지가 어떻게 할 것 같습니까?"
"내가 어떻게 알겠어요? 하지만 아버지로서 아들이 자신의 말을 따르도록 만들기 위해서라면 무엇이든지 하실 거예요. 옛날의 내가 어떻게 살았는지 상기시키거나 있지도 않았던 일까지 날조하겠죠. 나와 떼어놓기 위해서 말이에요……."

"내가 당신을 사랑한다는 것은 잘 알잖아요."

"네, 하지만 당신은 머잖아 아버님 말씀을 따라야 할 거예요. 그리고 결국은 아버님께 설득당하겠죠."

"아뇨, 마르그리트. 나야말로 아버지를 설득하겠습니다. 아버지 친구들이 괜한 험담을 해대니 아버지도 저리 심하게 화를 내시는 겁니다. 하지만 아버지는 선량하시고 올바른 분이시니 머지않아 당신에 대한 첫인상도 바뀔 거예요. 그러니까 아버지에 대해서는 신경 쓰지 않아도 될 겁니다!"

"그런 말은 하는 게 아니에요, 아르망. 아버님께서 나 때문에 당신과 당신 집안분들과의 사이가 틀어졌다고 생각하시게 될 바에야 난 어떤 괴로움이라도 참아낼 거예요. 오늘은 이대로 계시고 내일 파리로 가세요. 당신과 마찬가지로 아버님께서도 다시 한 번 더 생각해 보실 거예요. 그렇게 되면 아마 서로를 잘 이해하게 될 거고요. 아버님 말씀에 맞서지 말고 조금은 받아들이는 척해보세요. 너무 내 편만 들지 말고요. 그러면 아무리 아버님이라도 너그럽게 봐주실지 몰라요. 그러니까 힘을 내요, 아르망. 또 이것만은 반드시 믿어주세요. 어떤 일이 있더라도 마르그리트는 언제나 당신 곁을 떠나지 않으리라는 것을요."

"그렇게 맹세할 거죠?"

"이제 와서 맹세할 필요가 있나요?"

사랑하는 사람의 말로 설득당하는 것은 어쩌면 이렇게 기분 좋은 일일까요! 나와 마르그리트는 둘이 세운 계획을 서둘러 실천에 옮겨야만 한다는 것을 알아채기라도 한 듯 하루 내내 몇 번이나 이야기를 나누었습니다. 우리 둘 다 무슨 일인가가 벌어질 것만 같은 느낌이 들었지만 다행히도 그날은 아무 일 없이 지나갔습니다.

다음 날 나는 10시에 집을 나섰습니다. 그리고 점심쯤에는 호텔에 도착했죠. 하지만 아버지는 이미 외출하셨더군요.

그래서 나는 내 집으로 가보았습니다. 어쩌면 아버지가 와 계실지도 모른다고 생각해서요. 하지만 계시지 않았습니다. 공증인에게도 가보았지만 아버지는 안 계셨습니다.

결국 나는 호텔로 돌아가 6시까지 기다렸습니다. 그래도 아버지는 돌아오지 않으셨습니다.

그렇게 나는 부지발로 돌아갔습니다.

그러나 마르그리트는 전날처럼 문 앞에서 나를 기다리지 않고 집 안 난로 옆에 앉아 있었습니다. 그녀는 깊이 생각에 잠겨, 내가 소파로 다가가도 발소리를 듣지 못하는 것은 물론 돌아보지도 않았습니다. 그녀의 이마에 입을 맞추자 이 입맞춤에 깜짝 놀라 정신을 차린 것처럼 몸을 바르르 떨었습니다.

그리고 그녀는 말했습니다. "깜짝 놀랐잖아요. 아버님은 어떻게 됐어요?"

"만나지 못했어요. 어떻게 된 걸까요? 호텔에도 안 계셨고 가실만한 곳은 어디에도 없었어요."

"그럼 내일 다시 한번 가보세요."

"아버지가 부르실 때까지 기다릴까 생각해요. 나도 할 도리는 다했으니까요."

"아뇨, 그 정도로는 아직 안 될 거예요. 다시 한번 아버님이 계신 곳으로 가세요. 내일은 꼭······."

"어째서 내일이어야만 합니까? 다른 날도 많은데."

내 질문에 살짝 얼굴을 붉힌 마르그리트는 이렇게 말했습니다. "왜냐하면, 그렇게 해야 당신이 그만큼 정성을 들이고 있다는 사실을 알아주실 테니까요. 그리고 우리도 그만큼 빨리 허락받을 수 있지 않을까 해서요."

그리고 나서 마르그리트는 하루 내내 생각에 잠겨 우울해했습니다. 같은 말을 두 번이나 반복하지 않으면 대답조차 하지 않는 형편에까지 이르렀습니다. 그러나 그녀는 이틀 사이에 갑자기 일어난 여러 사건들 때문에 미래에 대한 걱정들이 머릿속을 떠나지 않는다고 말할 뿐이었습니다.

나는 그날 밤 그녀를 위로하면서 밤을 지새웠습니다. 그리고 다음 날 왜 그런지는 몰랐지만 그녀는 여전히 무언가가 걱정된다는 듯이 나를 배웅했습니다.

아버지는 전날과 다름없이 호텔에 계시지 않았습니다. 그 대신 나갈 때 남겨두신 듯 다음과 같은 편지만이 있었습니다.

오늘도 나를 만나기 위해 왔다면 4시까지 기다리거라. 4시가 되어도 내가 돌아오지 않는다면 내일 저녁이라도 함께하자꾸나. 네게 긴히 할 말이 있단다.

말씀하신 시간까지 기다렸지만 아버지는 돌아오지 않으셨습니다. 그래서 나는 호텔을 나섰습니다.
어제 돌아왔을 때는 그렇게나 풀이 죽어 있었던 마르그리트가 오늘 와보니 열에 데기라도 한 것처럼 안절부절못하고 있었습니다. 어찌 된 일인지 그녀는 집으로 들어온 나를 보자마자 내 목을 덥석 끌어안고 품에 안긴 채 오랜 시간 눈물을 흘리고 말았습니다.
느닷없이 찾아온 그녀의 슬픔은 점점 심해져 갔습니다. 그 모습을 차마 보고만 있을 수 없었던 나는 그 이유를 물었습니다. 하지만 여자들은 진실을 말하고 싶지 않을 때면 무언가 다른 핑계를 대고는 하죠. 그녀 또한 정확한 이유를 말해주지는 않았습니다.
그녀가 조금은 차분해지자 나는 파리에 갔다 온 결과가 어떻게 됐는지 말해주었습니다. 그리고 이만큼 했으면 잘될 것이라고 말하면서 아버지의 편지를 보여주었습니다. 하지만 그녀는 그 편지를 보고 내 이야기를 듣더니 더 심하게 흐느껴 울었습니다.
끝내는 나닌까지 불러야만 했죠. 나는 마르그리트가 신경 발작이라도 일으킬까 두려워졌습니다. 나와 나닌은 말 한마디 없이 그저 울면서 내 손을 꼭 붙잡고 끊임없이 입을 맞추는 그녀를 겨우 재웠습니다.
내가 집을 비운 사이에 온 편지나 손님 때문에 이런 일이 생긴 것은 아닌지 나닌에게 물었습니다. 하지만 나닌의 말로는 편지는 물론 손님 하나 오지 않았다고 하더군요.
하지만 분명 어제부터 무슨 일이 있었을 겁니다. 마르그리트가 무언가를 숨기고 있는 만큼 나는 더욱더 불안해졌습니다.
밤이 되자 그녀도 기분이 조금은 가라앉은 듯했습니다. 나를 침대에 앉게 하더니 자신의 사랑은 변하지 않을 거라며 몇 번이나 거듭 말하더군요. 그리고 내게 미소를 보였지만 눈물이 그렁그렁한 그녀의 눈을 보니 그녀가 억지로 웃고 있다는 것을 알 수 있었습니다.

　나는 무슨 수를 써서라도 그녀가 느끼는 그 슬픔의 진정한 이유를 밝혀내려 했습니다. 하지만 그녀는 여전히 애매모호하게 얼버무렸습니다.

　그러는 동안 마르그리트는 내 품에 안긴 채 새근새근 잠들어버렸습니다. 그러나 그 잠은 그녀가 쉴 수 있도록 가만히 두지 않고 사정없이 괴롭히는 듯 그녀는 때때로 비명을 지르거나 깜짝 놀라 눈을 뜨고는 했습니다. 그리고 확실히 내가 곁에 있는 것을 보고는 안심하면서 끊임없이 내게 그녀를 사랑하라고 맹세를 시켰습니다.

　그렇게 그녀의 슬픔은 날이 밝을 때까지 일정한 간격을 두고 계속해서 찾아왔습니다. 나는 도대체 어떻게 된 것인지 전혀 이해할 수 없었죠. 그러다 아침이 돼서야 그녀는 끄덕끄덕 졸게 되었습니다. 그도 그럴 것이 요 이틀 동안 눈도 붙이지 못했으니까요.

　하지만 이 휴식은 오랫동안 이어지지 않았습니다.

　11시쯤 마르그리트는 눈을 떴습니다. 그리고 벌써 일어나 있는 나를 보고는 주변을 두리번거리면서 목소리를 높여 말했습니다.

　"벌써 가려고요?"

　나는 그녀의 손을 잡으면서 말했습니다. "아뇨, 당신을 좀 더 재워두고 싶었어요. 일어나기에는 아직 이른 시간이니까요."

　"파리에는 몇 시에 가세요?"

　"4시에 가요."

　"그렇게나 빨리요? 그럼 그때까지는 나와 함께 있어 주시는 거죠?"

　"물론이죠, 언제나 그러지 않았습니까."

　"너무 기뻐요!"

　그러더니 그녀는 왠지 맥이 빠진 듯 말했습니다. "점심이라도 먹을까요?"

　"당신이 먹고 싶다면요."

　"그리고 나서요, 가실 때까지 나를 안고 있어 주세요."

　"네. 그리고 되도록 빨리 돌아올게요."

　"돌아오시는 거죠?" 그녀는 사나운 눈초리로 나를 바라보며 말했습니다.

"그럼요."

"좋아요, 오늘 밤 돌아오는 거죠? 나는 언제나 그랬듯 당신을 기다릴게요. 그러니까 앞으로도 나를 사랑해 주세요. 그리고 우리가 서로를 알게 된 때부터 계속해서 행복하게 살아왔던 것처럼 앞으로도 행복하게 살아가요."

띄엄띄엄 흘러나오는 말과 오랫동안 가슴에 괴로움을 품어온 듯한 그 모습을 보고 나는 지금 당장이라도 마르그리트의 머리가 어떻게 되는 것은 아닌지 계속해서 불안에 시달렸습니다.

나는 그녀를 보면서 말했습니다. "당신이 병을 앓고 있으니 이대로 내버려두고 갈 수 없겠네요. 아버지께는 편지로 기다려달라고 말하죠."

그러자 그녀는 황급히 소리쳤습니다. "아뇨! 안 돼요! 그러면 안 돼요. 모처럼 당신과 만나고 싶어 하시는데 붙잡아두면 아버님께서 또다시 나를 탓하실 거예요. 아니에요, 그러지 말아요, 당신은 가셔야 해요, 꼭이요! 나는 전혀 아프지 않으니까요. 오늘은 기분이 정말 좋네요. 다만 아직도 악몽에서 깨어나지 못한 것 같아서 그럴 뿐이에요!"

이때부터 마르그리트는 쾌활한 척하기 위해 애를 썼으며 더 이상 울지도 않게 되었습니다.

드디어 나갈 시간이 다가오자 나는 그녀를 끌어안으며 입을 맞추고는 정류장까지 같이 가자고 말했습니다. 산책이라도 하면 그녀도 근심을 잊을 수 있을 테고, 그녀의 몸을 위해서라도 바깥바람을 쐬는 편이 낫다고 생각했기 때문입니다.

그리고 무엇보다 되도록 그녀와 함께 있고 싶었습니다.

그녀는 알겠다고 하며 외투를 입더니 집으로 돌아올 때 혼자서 오지 않도록 나닌을 데리고 집을 나섰습니다.

차라리 가지 말까 하는 생각을 몇 번이나 해보았습니다. 하지만 어차피 빨리 돌아올 생각이었고, 아버지 기분이 또다시 언짢아지기라도 하면 안 된다는 걱정에 내키지는 않아도 기어이 기차에 올라탔습니다.

"그럼 저녁에 봐요." 헤어질 때 나는 마르그리트에게 말했습니다.

하지만 그녀는 아무 말도 하지 않더군요.

그러고 보니 그녀는 전에도 한 번 이와 같은 말에 대답하지 않았던 적이 있습니다. 그리고 당신도 기억하고 계시겠지만 그날 밤 G 백작이 그녀 집에 머물렀고요. 하지만 그 일은 한참 전에 있었던 일이라 내 기억 속에서 거의 사라져 가고 있었습니다. 마음에 걸리기는 했지만 설마 마르그리트가 나를 배신하리라고는 꿈에도 생각 못했던 거죠.

파리에 도착하자 나는 서둘러 프뤼당스 집에 갔습니다. 활발하고 떠들썩한 여자니 이 여자가 마르그리트 병문안을 가주면 그녀도 근심을 잊을 수 있으리라 생각해서요.

안내도 없이 들어가자 프뤼당스는 마침 화장을 하고 있던 참이었습니다.

그녀는 초조해하며 내게 말했습니다. "어머! 마르그리트도 함께 왔어?"

"아니요."

"어떻게 된 거야?"

"병에 걸렸습니다."

"그럼 오늘은 안 오겠네?"

"올 예정이라도 있었나 보죠?"

프뤼당스는 얼굴을 붉히고는 당혹스럽다는 듯이 말했습니다.

"아니, 내 말은 당신이 파리에 왔으니까 여기서 그 사람과 만날 수 있지 않나 해서……."

"아니에요."

나는 프뤼당스의 얼굴을 지그시 쳐다봤습니다. 눈을 내리깐 그녀의 얼굴빛에는 내가 계속해서 이곳에 있으면 곤란하다는 듯한 기색이 역력했습니다.

"사실은 부인께 부탁이 있어서 왔습니다. 프뤼당스, 만약 다른 볼일이 없다면 오늘 밤 마르그리트에게 가주시겠습니까? 말 상대라도 해주셨으면 좋겠네요. 괜찮으시다면 저쪽에서 머물러주십시오. 그녀의 상태가 아무래도 여느 때와는 달라서 말이에요. 병에 걸린 것은 아닌지 걱정이 되는군요."

프뤼당스가 말했습니다. "나도 오늘 저녁 약속이 있어서 병문안은 못 갈 것 같아. 하지만 내일 바로 갈게."

나는 마르그리트처럼 다른 생각에 빠져 있는 듯한 프뤼당스와 헤어졌습니다.

그리고 아버지를 찾아가자 처음에는 내 얼굴을 주의 깊게 살펴보시더군요.
그러다가 내게 손을 내미셨습니다.
"두 번이나 나를 찾아오다니 기쁘구나, 아르망. 네가 이 문제에 대해서 충분한 생각을 해왔기를 바라마. 나 또한 수많은 생각을 했으니 말이다."
"그럼 아버지는 그 수많은 생각 끝에 어떤 결론을 내리셨습니까?"
"그건 말이다, 내가 아무래도 사람들 소문을 과장되게 받아들인 것 같구나. 그래서 이제는 네게 잔소리를 하지 않겠다고 결심했단다."
"아버지, 그게 정말이십니까?" 나는 기뻐하며 환호성을 질렀습니다.
"너도 젊을 때니 여자가 하나쯤 있다 해도 상관은 없겠지. 게다가 여러 가지로 사정을 들어보니 네가 다른 여자가 아니라 고티에와 함께 있어서 그나마 다행이라고 생각했단다."
"아버지는 멋지세요! 정말 기쁘네요!"
잠시 우리는 이런저런 이야기를 했지만 이윽고 식탁에 앉았습니다. 아버지는 식사하시는 동안 계속해서 미소를 짓고 있었습니다.
상황은 이렇게 좋은 방향으로 바뀌었습니다. 한시라도 빨리 부지발로 돌아가 이 소식을 마르그리트에게 들려주고 싶어 마음만 앞섰습니다. 그래서 나는 끊임없이 시계만 보았죠.
그러자 아버지가 내게 말했습니다. "너는 아까부터 계속 시간에만 신경 쓰는구나. 얼른 돌아가고 싶어서 참을 수가 없겠지. 이래서 젊은이들은 곤란하다니까! 너희들은 언제나 무책임한 사랑을 하느라 진실한 사랑을 희생시키는구나."
"아버지, 그런 말씀은 하지 마십시오. 마르그리트는 분명 저를 사랑하고 있습니다."
아버지는 아무 말도 하지 않았습니다. 내 말을 의심하지 않는 것 같지만 그렇다고 믿는 것 같지도 않았죠.
오늘 밤은 여기서 천천히 머물다가 내일 돌아가는 게 어떻겠느냐고 아버지는 거듭 권유했습니다. 하지만 나는 병에 걸린 마르그리트를 두고 왔기 때문에 오늘 밤은 서둘러 돌아가고 내일 다시 오겠다는 약속을 했습니다.
아버지는 날씨가 좋으니 정류장까지 바래다주겠다고 말씀하셨습니다. 이제껏 이만큼 기뻤던 적은 없었습니다. 오랜만에 내가 원하던 미래가 찾아올 것 같다는 느낌이 들었거든요.

또한 이때만큼 아버지에게 애정을 느껴본 적은 없었습니다.

헤어질 때가 되자 아버지는 마지막으로 여기서 묵고 가지 않겠느냐 거듭 권유했습니다. 하지만 내가 그 권유를 거절하자 아버지가 말씀하셨습니다.

"그 여자가 무척이나 마음에 드는 모양이구나."

"미칠 만큼 사랑합니다."

"그럼 돌아가거라!" 이렇게 말씀하신 아버지는 머릿속에 떠오른 생각을 몰아내려고 하듯 이마에 손을 댔습니다. 무언가 말하려고 입을 열었다가 내 손을 쥐는 데 그쳤습니다.

"그럼, 내일 보자꾸나!" 그리고 이 말씀만을 남기고 급히 내 곁을 떠나갔습니다.

22

열차가 꼭 멈춘 것만 같았습니다.

11시가 다 되어 부지발에 도착했습니다. 집에 가보니 불 켜진 창문이 하나도 없었습니다. 초인종을 울려도 대답이 없었고요.

이런 일은 처음이었습니다. 이윽고 정원사가 겨우 모습을 드러냈어요. 나는 안으로 들어갔습니다.

나닌이 등불을 들고 다가왔습니다. 나는 곧장 마르그리트가 쓰는 침실로 가보았습니다.

"부인은 어디 계시지?"

"파리에 가셨습니다." 나닌이 대답했습니다.

"파리?"

"네, 나리."

"대체 언제?"

"나리가 떠나신 지 1시간 뒤에 출발하셨습니다."

"나한테 아무 말도 남기지 않고?"

"네."

나닌은 날 내버려두고 밖으로 나갔습니다.

무슨 걱정거리가 생긴 것은 아닐까요. 문득 그런 생각이 들었습니다. '어쩌면 내가 아버지를 만나러 간다고 해놓고선 몰래 딴 여자를 만나러 가는 게 아닌지 확인하러 파리에 간 걸지도 몰라. 아니면 어떤 중대한 볼일이 생겼다는 편지를 프뤼당스에게서 받았거나.'

홀로 남은 나는 그런 생각을 했습니다. 하지만 나는 오늘 파리에 도착하자마자 프뤼당스를 만나러 갔었습니다. 그때 프뤼당스는 마르그리트에게 편지를 보내리라고 추측할 만한 말은 한마디도 하지 않았습니다.

프뤼당스가 했던 질문이 퍼뜩 떠올랐습니다. 마르그리트가 아프다는 말을 듣자 프뤼당스는 나에게 물었었죠. "그럼 오늘은 안 오겠네?" 그리고 무슨 약속이라도 있었다는 듯한 그 말을 듣고 내가 물끄러미 쳐다보자 프뤼당스가 왠지 당황한 표정을 지었던 것도 생각났습니다. 이어서 하루 내내 울던 마르그리트의 모습이 그 기억에 겹쳐졌고요. 아버지께서 다정하게 맞아주셨기 때문에 나는 잠시 그 눈물을 잊어버리고 있었던 것입니다.

이때부터 그날 일어난 모든 일들이 첫 번째 의혹을 중심으로 모여들었고 그 의혹은 내 마음속에 깊이 뿌리내렸습니다. 아버지의 온정을 비롯한 모든 일들은 그 의혹을 뒷받침해 주는 것 같았습니다.

마르그리트는 거의 강요하다시피 나를 파리로 보냈습니다. 내가 그녀 곁에 붙어 있겠다고 말하자 갑자기 몸 상태가 괜찮아진 척했고요. 혹시 나는 함정에 빠진 걸까요? 마르그리트가 나를 속인 걸까요? 집을 비웠다는 사실을 나에게 들키기 전에 서둘러 돌아오려고 했는데 우연한 사고에 발이 묶여 아직도 돌아오지 못한 걸까요?

그녀는 왜 나닌에게 아무 말도 하지 않았으며, 나에게 쪽지 하나 남기지 않은 걸까요? 그때 흘린 눈물과 이번 외출, 이 수수께끼의 정체는 대체 무엇일까요?

텅 빈 방 한가운데에서 나는 탁상시계에 시선을 고정한 채 공포에 떨며 이런 생각을 하고 있었습니다. 시계는 벌써 12시를 가리키고 있었습니다. 마치 연인이 돌아오기를 바라기엔 이미 너무 늦었다고 가르쳐주는 듯했습니다.

하지만 내가 마르그리트의 희생을 받아들이고 우리 둘이서 미래를 계획하여 여러모로 준비하기까지 한 이 마당에 과연 그녀가 나를 배신했을까요? 아뇨, 도저히 그럴 것 같지 않았습니다. 나는 첫 번째 가설을 버리려 했습니다.

'그래, 마르그리트의 가재도구를 사겠다는 사람이 나타나서 거래를 하러 파리로 갔을지도 몰라. 마르그리트가 그 이야기를 나에게 해주지 않았던 이유는, 아무리 내가 이미 허락했고 우리 행복을 위해 필요한 일이라고는 하지만 그녀 물건을 내다 판다는 사실에 내가 괴로워할까 봐 그랬던 거야. 괜히 내가 자존심에 상처받고 신경이 곤두설까 봐 이야기하기를 꺼렸던 거야. 그러니까 모든 일을 다 마치고 나서 내 앞에 나타나는 편이 낫겠다고 생각했겠지. 프뤼당스가 마르그리트를 기다리고 있었던 것도 물론 그 일 때문이야. 그래서 프뤼당스는 내 앞에서 그런 실수를 한 거지. 마르그리트는 오늘 그 거래를 끝내지 못하고 자기 집에 머무르기로 했는지도 몰라. 아니, 어쩌면 이제 곧 돌아올지도 모르지. 내가 이렇게 걱정하는 줄 뻔히 알면서 나를 그냥 내버려두지는 않을 테니까. 하지만 그럼 왜 그렇게 눈물을 흘렸던 걸까? 맞아, 나를 아무리 사랑한다지만 역시 그만큼 화려한 사치품들을 팔아버린다고 생각하니 저절로 눈물이 났던 걸 거야. 지금까지 사치스러운 물건들에 둘러싸여 살면서 스스로 행복을 누리고 뭇사람들의 부러움도 샀으니까 말이야.'

마르그리트가 미련을 가졌더라도 전혀 이상하지 않을 것 같았습니다. 그래서 나는 당신이 어째서 말도 없이 외출했는지 그 이유를 알았다고 말해주면서 마르그리트에게 입맞춤을 퍼붓는 순간이 오기만을 이제나저제나 기다리고 있었습니다.

그러나 밤이 점점 깊어가는데도 마르그리트는 돌아오지 않았습니다.

불안함이 자꾸만 커지면서 내 머리와 가슴을 조여왔습니다. 마르그리트에게 무슨 일이 생긴 건 아닐까. 어디 다쳤거나 병이 나서 쓰러진 건 아닐까. 어쩌면 죽어버린 건 아닐까. 이제 곧 비참한 변고를 알리는 심부름꾼이 달려올지도 모른다. 아니면 나는 새벽녘까지 이대로 초조하게 기다리면서 공포에 떨고 있어야 할지도 모른다.

이렇게 집을 비운 마르그리트를 걱정하면서 기다리고 있는 동안에도 설마 마르그리트가 나를 배신했을 거라는 생각은 조금도 들지 않았습니다. 마르그리트가 내 곁을 멀리 떠나 있는 데에는 분명 그녀의 뜻과 의사와 상관없는 뭔가 다른 이유가 있을 겁니다. 생각하면 생각할수록 그 이유가 무슨 불행한 사고임이 틀림없다는 확신이 들었습니다. 아아, 남자의 자만심이란 정말이지 별의별 형태로 나타나는 법입니다.

1시가 되었습니다. 나는 1시간만 더 기다렸다가 2시가 되어도 마르그리트가 돌아오지 않으면 직접 파리로 달려가 봐야겠다고 생각했습니다.

그때까지 책이라도 좀 읽으려고 자리에서 일어나 주위를 둘러보았습니다. 더 이상 생각을 할 기력도 없었거든요.

탁자 위에 《마농 레스코》가 펼쳐져 있었습니다. 책장은 군데군데 눈물로 얼룩져 있었습니다. 몇 장 넘겨보았지만 결국 책을 덮을 수밖에 없었습니다. 온갖 의혹의 베일에 뒤덮여 있었으므로 글자의 의미가 도무지 머릿속에 들어오지 않았습니다.

시간이 천천히 흘렀습니다. 어느새 구름 낀 하늘에서 내리는 가을비가 유리창을 쉼 없이 두드리고 있었습니다. 텅 빈 침대는 이따금 무덤처럼 보였습니다. 순간 나는 공포에 휩싸였습니다.

문을 열고 귀를 기울여 보아도 나무들 사이를 스치는 바람 소리만 들릴 뿐이었습니다. 마차는 한 대도 지나다니지 않았습니다. 교회 종이 1시 30분을 알렸습니다.

나는 누가 찾아올까 봐 겁이 났습니다. 이 늦은 시각에, 이 궂은 날씨에 찾아오는 것이라고는 오로지 불행밖에 없을 것 같았습니다.

2시가 되었습니다. 나는 조금 더 기다려봤습니다. 째깍째깍하는 단조로운 시계 소리만이 정적을 깨뜨리고 있었습니다.

방 안에 있는 모든 물건이 내 불안하고 고독한 마음의 우울한 그림자에 뒤덮여 음침하게 보였습니다. 결국 나는 그 방에서 나왔습니다.

옆방에서는 나닌이 바느질을 하다가 꾸벅꾸벅 졸고 있었습니다. 그녀는 문 열리는 소리에 눈을 뜨고 나를 보더니 부인이 돌아오셨냐고 물어봤습니다.

"아니, 안 왔어. 혹시 나중에 부인께서 돌아오시거든, 내가 너무 걱정돼서 파리로 찾아갔다고 전해드려라."

"이 시각에 나가시게요?"

"그래."

"아니, 어떻게요? 마차도 없을 텐데요."

"걸어가지 뭐."

"하지만 비까지 내리잖아요."

"괜찮아, 상관없어."

"부인께서는 곧 돌아오실 거예요. 만일 돌아오시지 않더라도 날이 밝은 다음에 왜 귀가가 늦으시는지 알아보러 가도 되지 않을까요? 지금 나가시면 가는 길에 위험한 일을 당하실지도 몰라요."

"걱정할 필요 없어, 나닌. 그럼 내일 봐."

이 상냥한 여인은 외투를 가져와서 나에게 입혀줬습니다. 그리고 아르누 부인을 깨우러 가서 마차를 구할 수 있는지 물어보겠다고 말했습니다. 하지만 나는 어차피 소용없을 테니 굳이 물어볼 필요 없다고 거절했습니다. 그런 헛된 시도를 할 시간에 부지런히 걸어가면 여정의 절반은 소화할 수 있을 테니까요.

게다가 아까부터 나를 계속 괴롭히고 있는 신경질적인 흥분을 가라앉히려면 차가운 바깥 공기를 마시면서 녹초가 되도록 움직이는 편이 낫겠다는 생각이 들었습니다.

나는 앙탱 거리에 있는 집 열쇠를 챙기고 대문까지 따라 나온 나닌에게 작별 인사를 한 뒤 길을 나섰습니다.

처음에는 열심히 뛰었습니다. 땅이 비에 젖어 있어서 생각보다 훨씬 힘들었습니다. 30분쯤 달리자 온몸이 땀범벅이 된 채 멈춰 설 수밖에 없었습니다. 한숨 돌리고 나서 또다시 쉬지 않고 달려갔습니다. 밤의 어둠이 워낙 깊어서 길가에 선 나무에 부딪치지나 않을까 겁이 났습니다. 눈앞에 불쑥불쑥 나타나는 나무들은 마치 나에게 달려드는 거대한 괴물 같았습니다.

가는 길에 짐마차 두세 대를 보았지만 그것도 곧 앞질러버렸습니다.

그때 칼레슈 한 대가 부지발 방향으로 빠르게 달려왔습니다. 마차가 눈앞을 지나갈 때 혹시 안에 마르그리트가 타고 있을지도 모른다는 희망적인 생각이 들었습니다.

나는 멈춰 서서 소리를 질렀습니다.

"마르그리트! 마르그리트!"

그러나 아무도 대답하지 않았습니다. 마차는 그냥 가버렸어요. 나는 멀어져 가는 마차 뒷모습을 바라보다가 다시 걸음을 재촉했습니다.

에투알 성문[68]에 도착하는 데 2시간이 걸렸습니다.

파리 시내가 눈에 들어오자 새로운 힘이 샘솟았습니다. 나는 몇 번이나 지나다녔던 그 기나긴 가로수길을 뛰어 내려갔습니다.

그날 밤에는 그곳을 지나는 사람이 하나도 없었습니다.

마치 죽음의 도시를 걷는 기분이었습니다.

이윽고 날이 밝기 시작했습니다.

앙탱 거리에 다다랐을 무렵에는 이 대도시가 이제 막 일어나려는 듯이 꿈틀대고 있었습니다.

마르그리트 집에 들어서자 마침 생로슈 성당[69] 종이 5시를 알렸습니다.

나는 문지기에게 내 이름을 댔습니다. 문지기는 이제껏 몇 번이나 나에게서 20프랑짜리 금화를 받았으므로 내가 새벽 5시에 고티에를 방문할 권리가 있는 사람임을 잘 알고 있었습니다.

나는 쉽게 문을 통과할 수 있었습니다.

마르그리트가 집에 있는지 문지기에게 물어볼 수도 있었지만 집에 없다는 대답이 돌아올까 봐 일부러 묻지 않았습니다. 그보다는 차라리 2분이라도 더 의심하는 채로 있고 싶었습니다. 의심하는 동안에는 아직 희망이 있으니까요.

나는 문에다 귀를 대고 안에서 무슨 기척이 나는지 알아보려 했습니다.

아무 소리도 나지 않았습니다. 시골의 정적이 여기까지 퍼져 있는 것 같았습

---

[68] 1787년부터 1860년까지는 이곳에 도시 출입을 관리하는 세관이 있었다.
[69] 생토노레 거리에 있는 이 성당은 라클로가 《위험한 관계》에서 무대로 삼은 곳이다. 코르네유와 디드로가 이곳에 잠들었으며 작가의 아버지 알렉상드르 뒤마도 이곳에서 여배우 이다 페리에와 결혼식을 올렸다. 덕분에 이곳은 매우 문학적인 성당으로 이름나게 되었다. 마르그리트 집이 있는 앙탱 거리에서 가장 가까운 성당.

니다.

나는 문을 열고 안으로 들어갔습니다.

모든 커튼이 꼭 닫혀 있었습니다.

나는 식당 커튼을 열고 침실로 가서 문을 열었습니다.

커튼 쪽으로 뛰어가서 끈을 난폭하게 잡아당겼습니다.

커튼이 열리면서 희미한 빛이 새어 들어왔습니다. 나는 침대 옆으로 달려갔습니다.

텅 비어 있었어요!

나는 문이란 문은 모조리 열어보면서 온 방을 찾아다녔습니다.

아무도 없었습니다.

미칠 것만 같았습니다.

당장 화장실로 뛰어가 창문을 열고 몇 번이나 소리 높여 프뤼당스를 불렀습니다.

프뤼당스 집 창문은 굳게 닫혀 있었습니다.

나는 밑으로 내려가 문지기를 찾았습니다. 고티에 양이 낮에 이곳에 왔느냐고 물어봤죠. 그러자 그가 대답했습니다.

"네. 뒤베르누아 부인과 함께요."

"그 사람이 나에게 무슨 말을 남기지 않았소?"

"아무 말도 안 남기셨는데요."

"그다음에 두 사람이 뭘 했는지는 모르고요?"

"두 분이서 마차를 타고 가셨습니다."

"어떤 마차였는데요?"

"자가용 쿠페였어요."

이게 대체 어찌 된 일일까요?

나는 옆집으로 가서 초인종을 눌렀습니다.

"누구를 찾으십니까?" 문지기가 문을 열고 물었습니다.

"뒤베르누아 부인을 뵙고 싶소."

"아직 안 돌아오셨는뎁쇼."

"확실하오?"

"네, 나리. 보세요, 어젯밤에 온 편지도 전하지 못하고 제가 그대로 보관하고 있는걸요."

문지기가 편지 한 통을 보여주기에 나도 무심코 그 편지를 보았습니다.

마르그리트의 필적이었습니다.

나는 그 편지를 낚아챘습니다.

겉봉에는 이렇게 쓰여 있었습니다.

뒤베르누아 부인, 이 편지를 뒤발 씨에게 전해주세요.

"이건 나한테 보내는 편지요." 문지기에게 그렇게 말하면서 수신자 이름을 보여줬습니다.

"선생님이 뒤발 씨입니까?" 문지기가 물었습니다.

"그렇소."

"아, 맞아요. 기억납니다. 가끔 뒤베르누아 부인 댁을 찾아오셨죠."

큰길로 나가자마자 나는 편지 봉투를 뜯었습니다.

설령 코앞에 벼락이 떨어졌다 해도 나는 그 편지를 읽었을 때만큼 경악하지는 않았을 겁니다.

아르망, 당신이 이 편지를 읽을 무렵이면 나는 다른 남자의 여자가 되어 있을 거예요. 우리 관계는 이미 다 끝났습니다.

부디 아버님 곁으로 돌아가서 여동생을 만나세요. 우리 같은 여자와는 달리 비참한 삶이라고는 전혀 모르는 그 순수한 아가씨를요. 아마 그분 곁으로 돌아가면 당신도 마르그리트 고티에라는 방탕한 여자 때문에 받은 고통을 깨끗이 잊으실 수 있을 거예요. 잠시나마 당신이 사랑해주셨던 그 여자는 당신 덕분에 평생에 단 한 번 행복한 시간을 보낼 수 있었습니다. 그리고 지금은 그 인생도 길지 않기를 바라고 있습니다.

마지막 문장을 읽었을 때 나는 그야말로 미칠 것만 같았습니다.

한순간 정말로 길바닥에 쓰러질 뻔했습니다. 눈앞이 흐려지고 관자놀이가 불끈불끈 뛰었습니다.

이윽고 간신히 정신을 차리고 주위를 둘러보니 다른 사람들의 삶이 내 불행 따위에는 아랑곳하지 않고 평소처럼 이어지고 있더군요. 나는 멍하니 있을 수밖에 없었습니다.

나는 마르그리트가 남기고 간 충격을 혼자서 감당할 수 있을 만큼 강한 사람은 아니었습니다.

마침 아버지가 이 도시에 계셨죠. 10분만 가면 아버지를 만나서 어떤 고통이든 함께 나눌 수 있었습니다.

나는 미친 사람처럼 허둥지둥 파리 호텔로 뛰어갔습니다. 아버지가 머무르시는 객실 문에는 열쇠가 꽂혀 있었어요. 나는 안으로 들어갔습니다.

아버지는 책을 읽고 계셨습니다.

내 모습을 보고도 놀라지 않으셨던 걸 보면 아마도 나를 기다리고 계셨던 것이겠죠.

나는 말없이 아버지에게 다가갔습니다. 그리고 마르그리트의 편지를 건넨 뒤 아버지 앞에 쓰러져 하염없이 뜨거운 눈물만 흘렸습니다.

23

주위의 일상생활은 겨우 평소와 다름없는 모습을 되찾았지만, 이제부터 시작될 나의 하루가 지금까지와 전혀 다르리라고는 도저히 믿을 수가 없었습니다. 나는 무슨 사정이 있어서 어쩌다가 마르그리트와 떨어진 채 하룻밤을 보낸 것 같았어요. 지금이라도 당장 부지발에 돌아가면 어젯밤에 내가 그랬듯이 마르그리트가 무척이나 나를 걱정하고 있다가 왜 이제야 돌아오느냐고 물을 것 같았습니다.

사랑에서 생겨난 관습은 우리 삶에 깊이 뿌리내리고 있었습니다. 이런 상황에서 관습이 사라진다면 그와 동시에 삶의 모든 관습의 원동력이 파괴돼버리기 마련입니다.

그래서 나는 지금 꿈을 꾸는 게 아니라는 사실을 확인하기 위해 이따금 마르그리트가 남긴 편지를 다시 읽어봐야만 했습니다.

내 몸은 정신적인 충격에 압도되어 손가락 하나 움직일 수 없었습니다. 그토록 마르그리트를 걱정하면서 한밤중에 부지런히 돌아다니다가 새벽녘에 그런 편지를 받았으니 정말로 힘이 쭉 빠질 수밖에 없었어요. 내가 완전히 기운을 잃어버린 틈을 타서 아버지는 같이 돌아가겠다는 확실한 약속을 받아내셨습니다.

나는 아버지가 말씀하시는 대로 뭐든지 약속했습니다. 말싸움을 할 기력도 없었거니와 또 이런 일을 겪고도 어떻게든 살아갈 수 있도록 도와줄 진정한 애정이 필요했으니까요.

크나큰 슬픔에 빠져 있는 나를 위로해 주는 아버지의 애정이 무척 고맙게 느껴졌습니다.

내가 기억하는 것이라고는 그날 오후 5시쯤에 아버지가 나를 역마차에 태웠던 일뿐입니다. 아버지는 나에게 아무 말도 하지 않고 내 짐을 꾸려서 자기 짐과 함께 마차 뒤에 싣고는 날 데리고 돌아가셨습니다.

파리 시내를 벗어나 길거리에 인적도 없는 풍경을 보았을 때 나는 내 마음이 텅 비어버렸다는 걸 새삼스레 느꼈습니다. 그제야 겨우 정신이 들었어요.

그러자 다시 눈에서 눈물이 솟구쳤습니다.

아버지는 자신이 무슨 말을 한들 말만으로는 나를 위로할 수 없다는 사실을 잘 알고 계셨습니다. 그분은 말없이 나를 울게 내버려두셨습니다. 그저 가끔씩 내 편이 곁에 있다는 사실을 알려주려는 듯이 내 손을 잡아주셨을 뿐입니다.

밤이 되자 나는 조금 눈을 붙였습니다. 꿈에 마르그리트가 나왔습니다.

퍼뜩 눈을 떴습니다만 내가 왜 마차에 타고 있는지 이해할 수 없었어요.

이윽고 현실이 마음속에 되살아났습니다. 나는 또다시 가슴에 머리를 푹 수그렸습니다.

아버지에게 무슨 말을 해야 좋을지 몰랐습니다. 아버지가 이런 말씀을 하시지는 않을까 두려웠어요.

"거봐라, 내 말이 맞지 않느냐. 그런 여자가 참된 사랑을 할 리가 없다니까."

그러나 아버지는 자신의 유리한 입장을 과시하지 않았습니다. C시에 도착할 때까지 아버지는 내가 파리를 떠나게 된 사건과 전혀 관계없는 이야기만 하셨습니다.

누이를 포옹했을 때 나는 마르그리트가 편지에서 누이에 대해 이야기했던 내용을 떠올렸습니다. 그러나 아무리 착한 누이를 만난다 해도 애인을 잊어버리기에는 부족하다는 것을 곧 깨닫게 되었습니다.

마침 사냥이 허용된 계절이라 아버지는 나에게 기분 전환으로 사냥이나 해보라고 권하셨습니다. 그분은 가끔 이웃들과 친구들을 모아 사냥을 주최하셨습니다. 나는 그렇게 싫어하거나 좋아하지도 않고 그저 무덤덤하게 사냥을 하러 갔습니다. 파리를 떠나고 나서는 무슨 일을 해도 무기력할 뿐이었습니다.

나도 짐승을 몰아 사냥하는 데 참가했습니다. 그러나 나는 총알도 장전하지 않은 사냥총을 옆에 놓고서 멍하니 몽상에 잠기곤 했습니다.

내 눈은 흘러가는 구름을 바라보고 내 생각은 외로운 벌판을 헤매고 있었습니다. 이따금 같이 사냥을 나온 동료가 10미터 앞에 있는 산토끼를 가리키며 나를 불렀지만 그냥 흘려들었습니다.

아버지는 이런 사소한 일들을 하나도 놓치지 않으셨습니다. 내가 겉으로는 괜찮은 척하고 있지만 실은 아직도 마르그리트를 그리워하고 있다는 것, 지금은 기진맥진해 있지만 언젠가는 위험한 짓을 하리라는 것을 아버지는 다 알고 계신 듯했습니다. 그래서인지 나를 위로하려는 기색은 보이지 않고 그저 내 기분을 돌리려고 애를 쓰셨습니다.

누이는 당연히 아무것도 몰랐습니다. 그래서 옛날에는 무척 쾌활했던 오빠가 왜 이렇게 갑자기 멍하니 슬픔에 젖어 지내는지 이해하지 못하는 눈치였습니다.

아버지는 아들의 우울한 모습을 보다 못해 슬퍼하시고는 했습니다. 그러면 나는 아버지에게 다가가 말없이 그 손을 꼭 쥐면서 본의 아니게 아버지께 심려를 끼쳐 정말 죄송하다는 사죄의 뜻을 전했습니다.

이런 식으로 한 달이 지났지만 나는 더 이상 참을 수 없었습니다.

마르그리트의 추억은 결코 나를 놓아주지 않았습니다. 나는 마르그리트를 너무나 사랑했고 지금도 사랑하고 있으므로 갑자기 그녀에 대한 관심을 끊을 수는 없었습니다. 사랑하든지 미워하든지 어떻게든 해야만 할 것 같았습니다. 내가 마르그리트에게 어떤 감정을 가지고 있든 간에 그 여자를 다시 한 번, 그것도 당장 만나보고 싶었습니다.

이러한 소망이 내 마음속에 생겨나 깊이 뿌리를 내리게 되자, 오랫동안 무기력하게 늘어져 있던 내 육체도 다시 격렬한 의지를 되찾게 되었습니다.

언젠가 만나러 가야겠다거나 한 달 또는 1주일 뒤에 만나러 가야겠다는 식으로 여유를 부릴 수는 없었습니다. 그녀를 만나야겠다고 생각한 바로 다음 날 당장 만나야 했습니다. 그래서 나는 볼일이 있어 파리에 잠시 다녀와야겠는데 최대한 빨리 돌아오겠다고 아버지에게 말씀드렸습니다.

한사코 말리면서 그냥 집에 있으라고 하셨던 것을 보면 그때 아버지는 분명히 내가 외출하려는 동기를 짐작하셨을 테지요. 그러나 아버지는 내가 인내심의 한계에 다다라 몹시 흥분한 상태임을 잘 알고 계셨습니다. 내 뜻대로 하게 내버려두지 않으면 무서운 일을 저지를지도 모른다고 생각하셨겠지요. 그래서 그분은 눈물을 글썽이며 나를 끌어안으시더니 되도록 빨리 돌아오라고 간곡히 부탁하셨습니다.

파리에 도착할 때까지 나는 한숨도 자지 못했습니다.

막상 파리에 도착해보니 어떻게 해야 좋을지 알 수가 없었습니다. 그러나 무엇보다도 먼저 마르그리트에 대해 알아보아야 했습니다.

나는 내 집에 가서 옷을 갈아입었습니다. 날씨도 좋고 시간도 있더군요. 그래서 샹젤리제로 갔습니다.

반 시간쯤 지나자 저 멀리 원형 광장에서 콩코르드 광장 쪽으로 달려오는 마르그리트의 마차가 보였습니다.

마차는 옛날과 똑같더군요. 마르그리트가 자기 말을 다시 사들였던 것이겠지요. 그러나 그녀는 마차 안에 타고 있지 않았습니다.

그녀가 없다는 것을 깨달은 나는 또다시 허망해져서 주위를 둘러보았습니다. 그러자 뜻밖에도 낯선 여자 하나를 데리고 이쪽으로 걸어오는 마르그리트가 보였습니다.

내 옆을 지나칠 때 그녀는 얼굴빛이 새파랗게 변했습니다. 그와 동시에 입술을 묘하게 일그러뜨리며 신경질적인 미소를 지었지요. 한편 나는 가슴이 울렁거릴 만큼 심장이 세차게 뛰었지만 겉으로는 냉담한 표정을 짓는 데 간신히 성공했습니다. 나는 헤어진 연인을 바라보면서 싸늘하게 눈인사만 했습니다. 그러자 그 여자는 자기 마차로 다가가더니 동행한 여자 친구와 함께 마차에 올라탔습니다.

나는 마르그리트를 잘 알고 있었습니다. 그녀는 너무도 뜻밖에 나와 마주쳐서 몹시 당황했을 것입니다. 틀림없이 그녀는 내가 파리를 떠났다는 소식을 듣고 이별이 무사히 이루어졌다는 생각에 안심하고 있었겠지요. 그러나 이렇게 내가 파리로 돌아온 것을 보고, 파랗게 질린 내 얼굴을 보자 내가 돌아온 데는 무슨 목적이 있으리라 짐작했을 겁니다. 그리고 앞으로 무슨 일이 일어날지 걱정도 들었겠지요.

만일 다시 만난 마르그리트가 불행에 빠져 있어서 내가 그녀에게 복수하기는커녕 도움의 손길을 내밀어야 할 상황이었다면 나는 그녀를 괴롭힐 생각도 하지 않고 기꺼이 용서했을 것입니다. 그러나 다시 만난 마르그리트는 행복해 보였습니다. 적어도 겉으로는 말이죠. 나로서는 이루어줄 수 없었던 사치스러운 생활을 나 말고 다른 남자가 마르그리트에게 돌려주었던 것입니다. 결국 마르그리트가 헤어지자고 한 것도 아주 저속한 이해타산에 바탕을 둔 행동이었습니다. 내 자존심도 사랑도 엉망으로 짓밟힌 셈이었어요. 이렇게 된 이상 내가 겪은 괴로움을 그 여자에게 보상해 달라고 할 수밖에 없었습니다.

나는 그 여자가 하는 일에 무관심할 수는 없었습니다. 따라서 내가 무관심한 척하면 그녀는 틀림없이 몹시 괴로워할 겁니다. 그래서 나는 그녀 앞에서뿐만 아니라 다른 사람들 앞에서도 무관심한 척해야만 했습니다.

나는 애써 웃는 얼굴을 하고는 프뤼당스를 찾아갔습니다.

하녀가 내 방문을 알리러 간 사이에 나는 홀로 객실에서 기다리고 있었습니다.

이윽고 프뤼당스가 나타나서 나를 내실로 안내했습니다. 내가 자리에 앉자 객실 문 열리는 소리가 나고 마루를 밟는 가벼운 발소리가 들리더니 현관문이 쾅 하고 닫혔습니다.

"혹시 내가 방해가 되었나요?" 나는 프뤼당스에게 물었습니다.

"아냐. 마르그리트가 와 있었는데 당신이 왔다는 말을 듣고 달아나버린 거지. 방금 나간 사람이 마르그리트야."

"이제는 그녀가 나를 두려워하나 보군요."

"아니야. 다만 마르그리트는 당신이 자기랑 마주치면 불쾌해지지 않을까 걱정하고 있을 뿐이야."

그 말에 나는 가슴이 울렁거리고 숨이 막힐 지경이었지만 애써 숨을 고르면서 무심한 투로 말했습니다. "아니, 왜요? 그 가엾은 여자는 자기 마차와 가재도구와 다이아몬드를 되찾고 싶어서 나하고 헤어졌잖아요? 그래요, 참 잘한 짓이지요. 나도 별로 그녀를 원망하지는 않아요. 실은 오늘 우연히 그녀를 만났어요."

"어디서?" 프뤼당스는 내 얼굴을 빤히 쳐다보면서 말했습니다. 지금 눈앞에 있는 남자가 한때 그토록 사랑에 미쳐 있던 남자와 정말로 같은 사람인지 의심하는 것처럼.

"샹젤리제에서요. 아주 예쁜 여자하고 함께 가더군요. 그건 누구죠?"

"어떻게 생긴 여자인데?"

"길고 구불구불한 금발머리에 몸매가 날씬한 여자였어요. 눈이 파란 멋쟁이였죠."

"아, 올랭프 말이군. 그래, 정말 예쁜 여자지."

"누구 같이 사는 사람은 있나요?"

"아무도 없어. 정확히 말하면 아무나 상대하지."

"그래요? 그 사람 어디 사는데요?"

"트롱셰 거리 ○번지. 아, 아르망, 혹시 그 아가씨랑 사귀려고?"

"글쎄요, 어떻게 될지 모르겠네요."

"마르그리트는 어쩌고?"

"마르그리트를 완전히 잊었다고 한다면 거짓말이겠지요. 하지만 나는 헤어지는 방법도 중시하는 편이거든요. 그런데 마르그리트는 너무나 쉽게 나를 차버렸어요. 그토록 그 여자에게 반해 있던 나 자신이 어리석게 여겨질 정도로요. 그때 나는 정말로 그 여자에게 목매고 있었거든요."

내가 어떤 말투로 이런 말을 했는지 당신도 짐작하실 겁니다. 내 이마에서는 땀이 폭포수처럼 흘러내리고 있었어요.

"아니, 하지만 마르그리트도 당신을 몹시 사랑했었어. 지금도 계속 사랑하고 있고. 그 증거로 오늘 당신을 만나자마자 바로 나한테 달려와서 그 이야기를 털어놨는걸. 여기 왔을 때는 당장이라도 쓰러질 것처럼 와들와들 떨고 있었어."

"그래서 그 사람이 뭐라고 하던가요?"

"당신이 분명 나를 만나러 올 테니까 오거든 당신에게 용서를 빌어달라고 부탁했어."

"나는 이미 그 여자를 용서했어요. 그렇게 말해주세요. 마르그리트는 착한 여자였어요. 하지만 결국은 자기 친구들과 다를 바 없더군요. 난 말이죠, 그녀가 나한테 그런 짓을 하리라고 처음부터 예측하고 있었어야 했어요. 뭐, 하지만 이제 와서는 그때 그녀가 그렇게 결심해 줘서 다행이라고 생각합니다. 고마울 정도예요. 만약 내가 그대로 그 여자와 같이 살게 되었다면 과연 어떻게 됐을까요. 그건 정말 미친 짓이었어요."

"마르그리트도 그때는 그럴 수밖에 없었다는 것을 당신이 이해해 줬다는 말을 들으면 아주 기뻐할 거야. 아르망, 당신들은 정말 적절한 순간에 잘 헤어졌어. 왜, 마르그리트가 자기 세간을 처분해 달라고 부탁했던 중개인 있잖아? 그 악질 중개인이 채권자들을 찾아다니면서 마르그리트한테 빚이 얼마나 있는지 물어봤던 모양이야. 그래서 채권자들이 겁을 집어먹고 이틀 뒤에는 죄다 경매에 내놓으려고 했다지 뭐야."

"N 백작이 냈어. 나 참, 찾아보면 이런 일에 알맞은 사내가 꼭 있단 말이지! 그러니까 N 백작은 2만 프랑을 내놓고 소원을 이룬 거야. 물론 백작도 마르그리트가 자기를 좋아하지 않는다는 사실을 잘 알고 있지. 그래도 꿋꿋하게 마르그리트한테 매우 잘해주거든. 당신도 봤다시피 그 사람이 마르그리트에게 말도 다시 사주고 보석도 찾아줬을 뿐만 아니라 이전에 공작이 주던 만큼 돈도 주고 있단 말이야. 만일 마르그리트만 얌전히 살려고 한다면 백작은 앞으로도 그녀를 계속 돌봐줄 테지."

"그럼 마르그리트는 어떻게 살고 있지요? 줄곧 파리에서 지내나요?"

"당신이 파리를 떠나고 나서는 마르그리트가 부지발로 돌아가려고 하지를 않더라고. 그래서 내가 가서 짐을 챙겨 왔지. 당신 집도 잘 꾸려서 여기에 갖다놨으니 이따 사람을 보내서 가져가. 내가 다 챙겨놨어. 당신 이니셜이 박혀 있는 작은 지갑 하나만 빼고 말이야. 그 지갑은 마르그리트가 간직하고 싶다면서 자기 집으로 가져갔거든. 뭐, 꼭 필요하다면 내가 가서 받아올 수도 있지만."

"아뇨, 그냥 갖고 있게 놔두세요." 나는 우물우물 말했습니다. 그토록 행복한 시간을 보냈던 시골 마을을 떠올리고, 또 마르그리트가 내 물건을 간직하면서 나를 회상해 준다고 생각하니 가슴속에서 눈물이 치밀어 오르는 느낌이 들었습니다.

이때 마르그리트가 그 자리에 나타났다면 나는 복수를 하겠다던 결심도 잊어버리고 그녀 발밑에 엎드렸을 것입니다.

프뤼당스는 이야기를 계속했습니다. "그런데 말이지, 마르그리트가 요즘처럼 마구잡이로 생활하는 모습은 처음 봐. 잠도 제대로 안 자면서 여기저기 무도회에 다니고, 밤참도 자꾸 먹는 데다 심지어 술을 취하도록 마신다니까. 얼마 전에도 밤참을 먹고서 1주일이나 앓아누워 있었거든. 그런데 의사가 이제 일어나도 괜찮다고 하자마자 또 똑같은 짓을 시작하더라니까. 그러다가 죽을 수도 있는데 말이야. 아르망, 그 사람을 만나러 가볼 생각이야?"

"이제 와서 만나봤자 뭐 하겠어요? 나는 당신을 만나러 왔을 뿐입니다. 당신은 언제나 나에게 친절하게 대해주셨고, 또 내가 마르그리트와 사귀기 전부터 내 친구셨잖아요. 내가 그 여자 애인이 된 것도 당신 덕분입니다. 또 그 여자와 헤어지게 된 것도 당신 덕분이고요. 그렇잖아요?"

"그래, 맞아! 내가 마르그리트를 당신과 헤어지게 하려고 무척 애를 썼지. 그러니까 나중에 당신에게 원망 들을 일은 없을 거라고 생각해."

"그 점에 관해서는 부인한테 이중으로 감사하고 있어요." 이렇게 한마디 덧붙이고 나는 자리에서 일어났습니다. 그 여자가 내 말을 모두 곧이곧대로 받아들이는 모습을 보니 화가 나서 참을 수가 없더군요.

"벌써 가려고?"

"네."

이제 알 것은 다 알았으니까 볼일이 없었습니다.
"다음엔 언제 올 거야?"
"곧 또 오지요. 안녕히 계세요."
"잘 가."
프뤼당스는 나를 현관까지 배웅해 주었습니다. 나는 눈에 분노의 눈물을 머금은 채 불타는 복수의 욕망을 품고 집으로 돌아왔습니다.
그렇구나, 마르그리트도 다른 창녀들과 다를 바 없는 여자였구나. 그래, 그 여자는 아무리 나를 깊이 사랑했다지만 결국 다시 옛날처럼 사치스럽게 살고 싶다는 욕망과 마차를 가지고 화려하게 지내고 싶다는 욕구를 극복하지 못했던 거야.
나는 이런 생각을 계속했습니다. 하지만 나는 겉으로 냉정한 척했던 만큼 실제로도 냉정했어야만 했습니다. 그랬다면, 마르그리트가 새로 시작한 그 소란스러운 생활이 실은 도저히 잊을 수 없는 상념과 끊임없이 되살아나는 추억을 어떻게든 잊으려 하는 그녀의 눈물겨운 노력의 표면적 결과임을 꿰뚫어 볼 수 있었을 것입니다.
그러나 불행하게도 나는 바르지 못한 감정에 사로잡혀 그 가여운 여성을 괴롭힐 방법만 찾고 있었습니다.
아아, 정말이지 남자란 자신의 감정에 조금이라도 상처가 나면 얼마나 비겁하고 졸렬한 짓을 하는지요!
마르그리트와 함께 있던 그 올랭프라는 여자는 친한 친구는 아니지만 적어도 그녀가 파리에 돌아오고 나서 가장 자주 어울려 다니는 여자였습니다. 그 여자가 머잖아 무도회를 연다는 소문을 듣고 나는 마르그리트도 반드시 거기에 참석하리라 예상했습니다. 그래서 여러모로 애쓴 끝에 무도회 초대장을 구했습니다.
무도회 날 괴로운 심정으로 무도회장에 가보니 벌써부터 다들 신나게 춤추며 소리 지르고 있었습니다. 카드리유[70]를 추는 한 무리 속에서 N 백작과 춤을

---

70) Quadrille. 남녀 네 사람이 한 조가 되어 마주 보고 추는 프랑스 춤.

추고 있는 마르그리트 모습이 보이더군요. N 백작은 그 여자를 자랑스럽게 사람들 앞에 내세우면서 이렇게 말하는 것 같았습니다.

"이 사람은 내 여자다!"

나는 벽난로에 기대어 맞은편에서 춤추고 있는 그녀를 지켜보았습니다. 나를 보자 마르그리트가 당황하더군요. 나는 그런 그녀를 쳐다보며 태연스레 눈짓과 손짓으로 인사했지요.

무도회가 끝나면 마르그리트는 내가 아닌 그 부잣집 멍청이와 함께 돌아가겠죠. 그들이 집에 돌아가 어떤 짓을 할지 상상하자 나는 머리끝까지 화가 치밀어서 그들의 사랑을 방해하지 않고는 배길 수 없는 충동을 느꼈습니다.

카드리유가 끝난 뒤 나는 그 집 여주인에게 가서 인사했습니다. 여주인은 아름다운 어깨와 눈부신 가슴을 손님들에게 당당하게 내보이고 있었습니다.

그 여자는 나무랄 데 없는 미인이었습니다. 몸매만 보면 마르그리트보다도 더 아름다웠습니다. 내가 그 여자—올랭프—와 이야기하는 동안 마르그리트가 그녀에게 던진 시선만 보아도 나는 그녀의 아름다움을 더욱 확실히 깨달을 수 있었습니다. 이 여자와 사귀는 남자는 N 백작만큼이나 뽐낼 수 있었을 것입니다. 실제로 그 여자는 마르그리트가 나에게 불러일으켰던 정열에 뒤지지 않는 정열을 불러일으키기에 충분한 미모를 갖춘 여자였어요.

그때 그 여자에게는 애인이 없었으므로 그녀의 애인이 되기는 쉬울 것 같았습니다. 올랭프가 관심을 가질 만큼 많은 돈을 제시하기만 하면 되었을 테니까요.

나는 결심했습니다. 그 여자를 내 애인으로 만들겠다고 말입니다.

올랭프와 춤을 춤으로써 나는 그녀의 애인이 되기 위한 첫발을 뗐습니다.

반 시간 뒤 마르그리트는 죽은 사람처럼 얼굴이 새파래진 채 외투를 입고 무도회장을 떠나버렸습니다.

24

이만하면 상당한 성과였습니다. 그러나 이 정도로는 부족했습니다. 지금도 여전히 내가 마르그리트에게 영향을 줄 수 있다는 사실을 알자 나는 비겁하게도 그 힘을 악용하기 시작했습니다.

마르그리트가 세상을 떠난 지금에 와서 생각해 보면 그토록 심하게 그녀를 괴롭혔던 나의 죄를 과연 하느님께서 용서해 주실지 의문입니다.

시끌벅적한 만찬이 끝나자 노름판이 벌어졌습니다.

나는 올랭프 옆에 앉아서 그녀가 놀라지 않을 수 없을 만큼 대담하게 돈을 걸었습니다. 순식간에 3천 프랑인가 4천 프랑쯤 따서 내 눈앞에 늘어놓았더니 그 여자는 탐욕스럽게 그 돈을 쳐다보더군요.

그때 승부에 열중하지 않고 그 여자에게 신경을 쓴 사람은 나밖에 없었습니다. 그날 밤 나는 계속해서 돈을 땄으므로 그 여자에게 노름 밑천을 대주기도 했습니다. 그 여자는 지금 가지고 있는 돈뿐만 아니라 집에 보관해 둔 돈까지도 걸었다가 깡그리 잃어버린 것 같았어요.

도박은 새벽 5시에 끝났습니다. 나는 대충 6천 프랑이나 번 상태였죠.

노름꾼들은 이미 모두 아래층으로 내려갔지만 나는 그중에 아는 사람이 하나도 없었기 때문에 은근슬쩍 혼자 남게 되었습니다.

올랭프는 계단에 서서 등불을 들고 있었습니다. 나는 다른 사람들과 같이 내려가려다 말고 돌아서서 그 여자에게 말을 걸었습니다.

"저기, 할 말이 있는데요."

"내일 하세요." 그 여자가 대답했습니다.

"아뇨, 지금 꼭 말해야 합니다."

"무슨 얘긴데요?"

"글쎄, 들어보면 아실 겁니다."

나는 방으로 다시 들어가서 올랭프에게 물었습니다.

"돈을 많이 잃으셨죠?"

"네."

"집에 보관해 둔 돈까지 모조리 잃으셨지요?"

올랭프는 대답하지 않고 머뭇거렸습니다.

"괜찮으니까 솔직하게 말해주세요."

"네, 실은 그랬어요."

"그렇군요. 나는 6천 프랑을 땄습니다. 자, 모두 다 당신한테 드리지요. 그 대신 오늘 밤 여기서 묵게 해주실 수 없을까요?"

이렇게 말하고 나는 탁자 위에 돈을 올려놨습니다.

"나한테 왜 이러시는 건가요?"

"그야 당신을 사랑하기 때문이죠!"

"거짓말하지 마세요. 당신은 아직도 마르그리트를 사랑하기 때문에 그녀에게 복수하려고 나랑 사귀려는 거지요? 이봐요, 나 같은 여자는 절대로 못 속여요. 그리고 유감스럽지만 당신이 해달라는 역할을 맡기에는 내가 너무 젊고 예쁘단 말이죠."

"그럼 거절하시는 겁니까?"

"그래요."

"차라리 공짜로 나를 사랑해 주는 편이 낫겠다는 말인가요? 그건 내가 받아들일 수 없군요. 이봐요 올랭프, 잘 생각해 봐요. 만일 내가 같은 조건으로 사람을 시켜서 6천 프랑을 당신에게 전달했다면 당신은 기꺼이 받았을 겁니다. 하지만 난 당신과 직접 담판을 짓고 싶었어요. 내가 왜 이런 짓을 하는지 알려고 하지 말고 그냥 이 돈을 받아주세요. 당신 말마따나 당신은 미인입니다. 그러니까 내가 당신에게 반한대도 이상할 것 없잖아요?"

마르그리트도 올랭프와 같은 창녀였습니다. 그런데도 나는 마르그리트를 처음 만났을 때 지금 이 여자에게 한 것과 같은 말을 할 용기는 전혀 없었습니다. 왜냐하면 내가 마르그리트를 사랑하고 있었기 때문이며, 또 올랭프 같은 여자와는 달리 그녀에게는 타고난 기품이 있다는 것을 알았기 때문이죠. 분명 올랭프는 빼어난 미인이었어요. 하지만 나는 그녀와 이렇게 흥정하는 동안에나 이윽고 거래가 성립되는 순간에도 그 여자에게 혐오감을 느끼고 있었습니다.

물론 마지막에 가서는 그 여자도 내 부탁을 들어줄 수밖에 없었죠. 다음 날 한낮에 그 집을 나올 때에는 나는 이미 그 여자의 애인이 되어 있었습니다. 하지만 내가 준 6천 프랑에 대한 보답으로 올랭프가 아낌없이 나에게 바쳤던 애무와 사랑의 속삭임은 침대를 떠나는 순간 깨끗이 잊어버렸습니다.

하기야 이 여자 때문에 파산한 남자들도 있다고는 하더군요.

이날부터 나는 끊임없이 마르그리트를 괴롭혔습니다. 올랭프와 마르그리트는 더 이상 만나지 않게 되었습니다. 그 이유는 쉽게 짐작하시겠지요. 나는 새 애인을 위해 마차도 사주고 보석도 사주고 노름도 하는 등, 한마디로 올랭프 같은 여자에게 반한 남자가 할 만한 어리석은 짓은 다 했습니다. 그 결과 내가 새로운 사랑에 빠졌다는 소문이 빠르게 퍼졌습니다.
　프뤼당스마저도 그 소문을 듣고는 내가 마르그리트를 완전히 잊어버렸다고 믿게 되었지요. 마르그리트는 내가 이런 짓을 하게 된 동기를 짐작했는지 아니면 다른 사람들처럼 깜빡 속았는지, 내가 날마다 박해를 가해도 의연한 태도로 점잖게 대처했습니다. 그러나 그녀는 몹시 괴로워하는 것 같았어요. 나와 마주칠 때마다 점점 더 창백한 얼굴로 슬픈 표정을 짓게 되었으니까요. 내 사랑은 광기에 젖어 증오로 변해버렸던 모양입니다. 나는 하루하루 괴로워하는 그녀 모습을 보고 통쾌함을 느꼈습니다. 이따금 내가 파렴치할 만큼 잔인한 짓을 할 때면 마르그리트가 죽을힘을 다해 애원하는 듯한 눈초리로 나를 바라보곤 했습니다. 그러면 나도 내 행동이 너무나 부끄러워져서 당장 마르그리트에게 용서를 빌고 싶어지기도 했습니다.
　그러나 이러한 후회는 번개처럼 스쳐 지나갈 뿐이었습니다. 게다가 이제는 자존심도 버리고 마르그리트를 괴롭히기만 하면 뭐든지 자기 뜻대로 되리라고 믿게 된 올랭프도 마르그리트를 원망하는 내 감정을 부채질했습니다. 그녀는 남자에게 후원받는 여자 특유의 끈질김을 발휘하여 틈만 나면 마르그리트를 모욕했습니다.
　마침내 마르그리트는 나와 올랭프를 만날까 봐 두려워 무도회에도 극장에도 나타나지 않게 되었습니다. 그래서 나는 대놓고 무례한 행동을 하는 대신 이번에는 익명의 편지를 보내 괴롭히기로 했습니다. 또 올랭프를 시켜서 마르그리트를 마구 욕하게 했으며 스스로도 별의별 악담을 하고 다녔습니다.
　이런 짓까지 하다니, 내가 미쳐도 단단히 미쳤었나 봅니다. 나는 싸구려 술에 잔뜩 취해서 머리로는 아무 생각이 없어도 손으로는 저도 모르게 범죄를 저지르는 극심한 흥분 상태에 빠져 있는 사람과도 같았습니다. 이 모든 짓을 하면서도 나는 몹시 괴로워하고 있었습니다. 내가 아무리 공격해도 마르그리트는 나를 깔보지도 않고 경멸하지도 않으면서 어디까지나 침착하고 기품 있는 태도로 응수했습니다. 그 여자의 태도는 나보다 훨씬 더 훌륭해 보였어요. 그래서 나는 더더욱 화가 났지요.

그러던 어느 날 밤이었습니다. 올랭프가 외출했다가 우연히 마르그리트와 마주쳤어요. 그런데 이때만큼은 마르그리트도 자기를 모욕한 이 어리석은 여자에게 악착같이 덤벼드는 바람에 올랭프도 결국 기가 죽어 물러날 수밖에 없었던 모양입니다. 엄청난 소동 끝에 올랭프는 불같이 화를 내며 돌아왔고, 마르그리트는 기절한 채 마차에 실려 갔다고 하더군요.

집에 돌아온 올랭프는 무슨 일이 있었는지 처음부터 끝까지 나에게 이야기했습니다. 내 애인 자리를 차지한 자기가 마침 혼자 있는 것을 보고는 마르그리트가 분풀이를 했다는 겁니다. 그러니까 이번에는 나보고 마르그리트에게 편지를 써서, 자기가 옆에 있건 없건 내 애인을 모욕하지 말라며 따끔하게 한마디 해달라고 조르더군요.

물론 나는 두말없이 그렇게 하겠다고 말했습니다. 더없이 신랄하고 파렴치하며 잔인한 말을 생각나는 대로 편지지에 적고는 그날 당장 마르그리트에게 보냈어요.

나는 속으로 생각했습니다. 이번만큼은 타격이 심할 테니 그 여자도 더 이상 입 다물고 있지는 못할 거야.

틀림없이 답장이 올 거라고 확신했습니다. 그래서 그날은 온종일 집 안에 틀어박혀 있었어요.

2시쯤 되자 초인종이 울리더니 프뤼당스가 들어왔습니다.

나는 시치미를 떼고 무슨 일로 오셨냐고 물었습니다. 그런데 프뤼당스는 그날따라 미소도 짓지 않고 심각한 얼굴로 매우 진지하게 이야기를 시작했습니다. 내가 파리로 돌아오고 나서부터 오늘까지 3주 동안 틈만 나면 끈질기게 마르그리트를 괴롭히는 바람에 그녀는 마침내 병이 나서 앓아누웠다, 어젯밤에 벌인 싸움과 오늘 아침에 받은 내 편지 때문에 끝내 몸져눕고 말았다고 하더군요.

그러니까 마르그리트는 나를 책망하지 않고 프뤼당스를 보내 용서를 구했던 것입니다. 이제 자기는 정신적으로나 육체적으로나 이런 괴롭힘을 견뎌낼 힘이 없으니 제발 그만해달라고요.

나는 프뤼당스에게 말했습니다.

"고티에 양에게는 나를 자기 집에서 내쫓을 당연한 권리가 있겠죠. 하지만 내가 사랑하는 여자를 내 애인이라는 이유로 모욕하는 것은 절대로 용서할 수 없어요."

그러자 프뤼당스가 말했습니다.

"아르망, 당신은 지금 인정머리 없고 도리도 모르는 여자한테 놀아나고 있는 거야. 아니, 물론 당신이 그 여자를 사랑한다면 어쩔 수 없지만 말이야. 그렇다고 제 몸을 지킬 힘도 없는 연약한 여자를 괴롭히면 안 되지."

"그럼 고티에 양도 N 백작을 내세우면 되잖아요. 그러면 대등한 싸움이 될 게 아닙니까?"

"마르그리트가 그런 짓을 할 리 없다는 것은 당신도 잘 알잖아. 아르망, 부탁이니까 마르그리트를 괴롭히지 말고 그냥 내버려둬. 마르그리트를 보면 당신도 자기가 한 짓을 부끄러워할 수밖에 없을 거야. 그야말로 새파래진 얼굴로 기침을 하고 있단 말이야. 아마 오래 살지도 못하겠지."

프뤼당스는 내게 손을 내밀면서 말을 이었습니다.

"마르그리트를 만나러 와줘. 틀림없이 기뻐할 거야."

"나는 N 백작과 마주치고 싶지 않습니다."

"백작은 그 집에 없어. 마르그리트가 더는 못 견디겠다고 했거든."

"그렇게나 나를 만나고 싶다면 마르그리트가 이쪽으로 오면 되지 않습니까? 내 주소는 알고 있을 테니까요. 나는 두 번 다시 앙탱 거리에 가고 싶지 않아요."

"마르그리트가 찾아오면 제대로 만나줄 거야?"

"물론이죠."

"그래. 그럼 마르그리트는 틀림없이 올 거야."

"올 테면 오라지요."

"어디 외출할 예정은 없고?"

"밤에는 계속 집에 있을 겁니다."

"그럼 가서 그렇게 전할게."

프뤼당스는 떠나갔습니다. 나는 올랭프에게 오늘은 만나러 가지 못한다는 편지도 보내지 않았습니다. 나는 그 여자에게 전혀 신경을 쓰지 않았습니다. 1주일에 하룻밤 정도 같이 지낼 뿐이었죠. 아마 올랭프도 다른 날에는 연극배우나 집에 데려와서 재미를 보고 있었을 겁니다.

나는 저녁을 먹으러 외출했다가 얼른 돌아왔습니다. 조제프에게 집 안에 불을 피우게 하고는 밖에 나가서 놀라고 했습니다.

마르그리트가 오기를 기다리던 1시간 동안 내 마음을 뒤숭숭하게 만들었던 온갖 생각들은 도저히 설명하려야 설명할 수가 없군요. 그러나 9시쯤에 현관 초인종이 울렸을 때에는 그런 생각들도 다 사라지고 극심한 동요만이 남았습니다. 문을 열러 가면서도 금방이라도 쓰러질 것 같아서 벽에 기대야 했어요.

다행히 대기실이 어두워서 밖에 있는 사람은 내 얼굴빛이 변한 것을 눈치채지 못했습니다.

마르그리트가 안으로 들어왔습니다.

검은 옷을 차려입고 베일을 쓰고 있었어요. 레이스에 가려진 그 얼굴은 알아보기 힘들 정도였습니다.

마르그리트는 객실로 들어서자 베일을 젖혔습니다.

그 얼굴은 대리석처럼 창백했습니다.

"나 왔어요, 아르망. 당신이 만나고 싶어 하신다기에 이렇게 찾아왔어요."

말을 마친 그녀는 두 손에 얼굴을 파묻고 울음을 터뜨렸습니다.

나는 그녀에게 다가갔습니다.

"왜 이러시오?"

떨리는 목소리로 내가 말하자 마르그리트는 대답하지 않고 그저 내 손을 꽉 쥐었습니다. 슬픔이 복받쳐 목이 메었던 게지요. 그러나 잠시 뒤 조금은 진정이 되자 입을 열었습니다.

"아르망, 당신은 나를 몹시 괴롭혔어요. 나는 아무 잘못도 안 했는데."

"아무 잘못도 안 했다고요?" 나는 쓴웃음을 지으며 대꾸했죠.

"그래요, 사정이 있어서 어쩔 수 없이 해야만 했던 일 말고는 아무것도 안 했어요."

내가 그때 마르그리트를 보고 느꼈던 감정을 당신도 지금까지 경험해보셨는지 또는 앞으로 경험하실지는 잘 모르겠군요.

마르그리트는 마지막으로 이 집을 찾아왔을 때에도 지금과 똑같은 자리에 앉아 있었습니다. 그러나 이제 그녀는 다른 남자의 애인이 되어 있었습니다. 내 입술을 끌어당기는 듯한 그녀 입술은 다른 남자의 입술과 몇 번이나 겹쳐졌던 것입니다. 그런데도 나는 예전처럼 지금도 이 여자를 사랑하고 있었습니다. 오히려 옛날보다도 더 뜨겁게 사랑하는 듯한 기분도 들었습니다.

그러나 나는 그 여자가 여기까지 찾아올 수밖에 없었던 문제에 대해서 말을 꺼내기가 힘들었습니다. 마르그리트도 그것을 알아챘는지 먼저 입을 열었습니다.

"사실 당신에게 폐 끼칠 일이 있어서 찾아왔어요. 두 가지 부탁을 드리고 싶어서요. 먼저 어제 내가 올랭프에게 했던 말을 용서해 주세요. 그리고 앞으로도 나를 계속 괴롭히실 생각이겠지만, 제발 부탁이니 이제 그만해 주세요. 일부러 그러시는 건지 아닌지 모르겠지만 당신은 파리로 돌아오시고 나서부터 줄곧 나를 괴롭히셨죠. 지금까지는 어떻게든 참을 수 있었지만 이제는 그보다도 덜한 괴로움조차 도저히 참아낼 수 없게 되었어요. 내가 불쌍하지 않나요? 인정 있는 남자라면 나처럼 병을 앓는 비참한 여자에게 복수하느니 좀 더 훌륭한 일을 할 거예요. 자, 내 손을 잡아보세요. 열이 있잖아요. 그런데도 자리에서 일어나 당신을 만나러 온 이유는 나에게 친절하게 대해달라고 부탁하려는 것이 아니라 나 같은 여자는 그냥 이대로 내버려두라고 부탁하러 온 거예요."

나는 마르그리트가 시키는 대로 그 손을 잡아보았습니다. 마치 타는 듯이 뜨거웠어요. 가엾게도 그녀는 벨벳 외투를 입고도 덜덜 떨고 있었습니다.

나는 그녀가 앉아 있는 안락의자를 난롯가로 옮겨주고는 말문을 열었습니다.

"그럼 나는 괴로워하지 않은 줄 압니까? 그날 밤, 시골에서 당신이 돌아오기만을 기다리다가 급기야 한밤에 걸어서 파리까지 찾아왔어요. 그랬는데 겨우 그 따위 편지를 받게 되었지요. 그걸 본 순간 나는 미치는 줄 알았습니다. 마르그리트, 어떻게 당신이 나를 배신할 수 있습니까? 그렇게 당신을 사랑하고 있었던 나를!"

"그 일에 대해서는 말하지 말아 주세요, 아르망. 나는 그 이야기를 하려고 여기 온 것이 아니에요. 나는 원한 관계를 떠나서 그저 당신을 만나보고 싶었어요. 그뿐이에요. 그리고 다시 한번 당신 손을 잡아보고 싶었어요. 소문을 듣자 하니 당신은 새로 사귄 젊고 예쁜 애인을 사랑하고 계신다지요. 부디 그 여자와 행복하게 지내시고 이제 나는 잊어주세요."

"그러는 당신이야말로 N 백작과 행복하게 잘 지낸다면서요?"

"아르망, 내가 행복해 보이나요? 내 괴로움을 너무 비웃지 마세요. 내가 무슨 원인 때문에 얼마나 괴로워하고 있는지 당신은 누구보다도 잘 알고 계시잖아요."

"그래요, 당신이 지금 불행하다고요. 하지만 당신이 조금만 생각을 달리 했다면 불행해지지 않을 수도 있었어요."

"아뇨, 아르망. 그게 아녜요. 그때는 이런저런 사정이 있어서 내 의지로는 어떻게 할 도리가 없었어요. 나는 천박한 여자의 본능으로 그렇게 했던 것이 아니에요. 당신은 그렇게 믿고 계시는 모양이지만요. 내가 그렇게 했던 데에는 더없이 심각한 피치 못할 이유가 있었어요. 당신도 언젠가는 아시게 되겠죠. 그러면 분명히 나를 용서해 주실 거예요."

"왜 지금 당장 그 이유를 밝히지 못합니까?"

"왜냐하면 이유를 말해봤자 소용없으니까요. 어차피 우리 사이는 돌이킬 수 없는걸요. 게다가 그 이유를 밝혔다가는 당신이 헤어져서는 안 될 분들과 헤어지게 될지도 몰라요."

"그게 대체 누굽니까?"

"그건 말할 수 없어요."

"그래요, 그럼 당신은 거짓말을 하고 있는 거군요."

마르그리트는 일어서서 문 쪽으로 걸어갔습니다.

말없이 괴로워하는 그 모습을 보자 내 마음도 저절로 흔들렸습니다. 눈앞에서 창백한 얼굴로 울고 있는 그녀와, 그 옛날 오페라 코미크 극장에서 나를 조롱하며 경박하게 웃어대던 그녀 모습을 속으로 비교해보지 않을 수 없었어요.

"가지 말아요." 나는 문 앞을 막아섰습니다.

"왜요?"

"당신이 내게 무슨 짓을 했건 나는 아직도 당신을 사랑해요. 그러니 당신을 여기 잡아두고 싶단 말입니다."

"그러다가 내일이 오면 또 쫓아내려고요? 아뇨, 그건 안 돼요. 우리 운명은 이미 갈라졌어요. 그걸 억지로 결합하려 하지 마세요. 그런 짓을 했다가는 당신은 나를 경멸하게 될 거예요. 지금은 그나마 나를 미워하기만 할 뿐이지만요."

"아닙니다, 마르그리트!" 그녀와 다시 접하자 내 모든 사랑과 욕망이 되살아나는 것을 느끼면서 나는 이렇게 외쳤습니다. "아녜요, 나는 모두 다 잊어버릴 겁니다. 그러니까 언젠가 약속했듯이 우리 둘이서 행복하게 살자고요."

마르그리트는 믿을 수 없다는 듯이 고개를 가로저으며 말했습니다.

"나는 당신의 노예이며 애완견이에요. 그렇죠? 그러니 나를 마음대로 하세요. 어디에도 갈 수 없도록 나를 꽉 안아주세요. 나는 당신 것이니까요."

이렇게 말하더니 마르그리트는 외투와 모자를 벗어 소파 위에 내던지고 갑자기 드레스 단추를 풀기 시작했습니다. 피가 심장에서 머리로 솟구쳐 숨이 턱 막혔던 겁니다. 병 때문에 자주 일어나는 발작이었죠.

한동안 목쉰 듯한 마른기침이 이어졌습니다.

이윽고 마르그리트는 힘겹게 입을 열었습니다. "마부에게 말해주세요. 마차를 몰고 돌아가라고요."

나는 직접 밑으로 내려가 마부를 집으로 돌려보냈습니다.

다시 방으로 와보니 마르그리트는 난롯가에 누워 있으면서도 추워서 덜덜덜 떨고 있었습니다. 나는 그녀를 감싸안고 옷을 벗기기 시작했습니다. 그리고 얼음처럼 차가운 그녀 몸을 내 침대로 옮겼습니다.

나는 그녀 곁에 앉아 애무해 주었습니다. 어떻게든 몸을 데우려고요.

그녀는 말없이 미소만 짓고 있었습니다.

정말로 이상한 하룻밤이었습니다. 마르그리트의 온 생명은 그녀가 나에게 아낌없이 해주는 입맞춤 속으로 옮겨온 것 같았습니다. 나는 마르그리트를 너무나 사랑한 나머지 그 열병 같은 황홀함에 취한 채 그녀가 다시는 다른 남자의 것이 되지 못하도록 차라리 그녀를 죽이면 어떨까 하는 생각을 몇 번이나 했습니다.

아마 그런 사랑을 한 달쯤 계속했더라면 몸도 마음도 시체처럼 변해버렸겠지요.

동이 틀 때까지 우리는 한숨도 자지 않았습니다.

마르그리트는 얼굴이 창백해진 채 한마디도 하지 않았습니다. 때때로 굵은 눈물방울이 눈에서 흘러내려 두 뺨 위에서 다이아몬드처럼 반짝였습니다. 때로는 나를 꼭 안으려고 두 팔을 벌렸지만 그 팔은 다시 침대 위로 힘없이 떨어지곤 했습니다.

한순간 나는 부지발을 떠난 뒤에 일어난 일들을 모두 잊어버릴 수 있을 것만 같았습니다. 그래서 마르그리트에게 이렇게 말했습니다.

"우리 둘이서 멀리 떠날까요? 파리에서 벗어나고 싶지 않아요?"

그러자 마르그리트는 공포에 질린 듯이 말했습니다.

"안 돼요, 그럴 순 없어요. 그러면 우리 둘 다 불행해질 뿐이에요. 나는 이미 당신을 행복하게 해 드릴 수 없어요. 하지만 숨이 붙어 있는 한 당신께 기쁨을 드리는 노예로 일할게요. 낮이든 밤이든 내 생각이 나면 언제든지 찾아오세요. 당신께 내 몸을 맡길 테니까요. 그러나 당신의 장래를 내 장래와 연결 짓지는 마세요. 당신도 불행해지고 나도 불행해질 뿐이니까. 나도 얼마 동안은 예쁜 여자로 남아 있을 수 있을 거예요. 그러니 그동안 충분히 이용하세요. 그거면 됐 잖아요. 그 이상은 바라지 말아 주세요."

마르그리트가 떠나가자 나는 끔찍하리만치 지독한 외로움을 느꼈습니다. 그로부터 2시간이 지났는데도 나는 여전히 그녀가 떠나고 없는 침대에 앉아서 그녀 머리 자국이 고스란히 남은 베개를 바라보며 사랑과 질투에 휩싸여 괴로워하고 있었습니다. 앞으로 어떻게 해야 할지 고뇌하면서요.

5시가 되자 나는 아무 생각 없이 앙탱 거리로 갔습니다. 그러자 나닌이 문을 열어주더니 난처한 얼굴로 말하더군요.

"부인께선 지금 나리를 만나실 수 없습니다."

"어째서?"

"N 백작님이 와 계시니 아무도 들여보내지 말라고 하셨습니다."
"아, 그래. 그걸 깜빡했군." 나는 우물우물 대꾸했습니다.

그리고 술 취한 사람처럼 비틀거리며 집으로 돌아왔습니다. 그다음에 내가 무슨 짓을 했는지 아시겠습니까? 질투에 미쳐 이성을 잃었기 때문에 그런 파렴치한 짓을 저지를 수 있었던 것이겠지만, 내가 대체 무슨 짓을 했는지 아시겠습니까? 나는 말이죠, 그 여자가 나를 조롱했다고 생각했습니다. 백작과 단둘이 사이좋게 붙어서 어젯밤에 내게 했던 것과 똑같은 말을 되풀이하고 있는 그 여자 모습이 눈앞에 생생히 떠올랐습니다. 그래서 나는 5백 프랑짜리 지폐를 꺼내어 다음과 같은 편지와 함께 그녀에게 보내고 말았습니다.

오늘 아침에는 너무 급하게 돌아가서서 미처 값을 치르지 못했습니다. 당신과 함께한 어젯밤의 돈을 보내드립니다.

나는 편지를 보내고 나서 밖으로 나갔습니다. 내가 저지른 비열한 짓에 대한 후회가 바로 물밀듯 밀려오는 바람에 그 괴로운 마음을 애써 잊으려는 듯이 말이죠.

올랭프 집으로 가보았습니다. 그 여자는 여러 가지 드레스를 입어보고 있었어요. 이윽고 우리 두 사람만 남게 되자 그녀는 나를 즐겁게 해주려고 음탕한 노래를 불렀습니다.

적어도 내가 보기에는 이 여자야말로 염치도 인정도 없고 도리도 모르는 전형적인 고급 창부였어요. 물론 내가 마르그리트를 보면서 품었던 꿈을 이 여자에게 품었던 남자도 있겠지만요.

올랭프가 돈을 달라기에 나는 선뜻 돈을 주었습니다. 돈만 주면 이제는 내 마음대로 행동할 수 있었으니까요. 나는 집으로 돌아왔습니다.

마르그리트의 답장은 와 있지 않았습니다.

내가 얼마나 불안하고 흥분된 마음으로 다음 날 하루를 보냈는지는 굳이 말씀드릴 필요도 없겠지요.

6시 반이 되자 심부름꾼이 내 편지와 5백 프랑 지폐가 든 봉투를 가져왔습니다. 다른 말은 한마디도 없더군요. 그래서 나는 심부름꾼에게 물어봤습니다.

"누가 이 편지를 주었나?"

"시녀와 둘이서 불로뉴로 가는 역마차에 오르신 어느 부인께서 주셨습니다. 반드시 마차가 떠난 다음에 가져다드리라고 하셨어요."

나는 마르그리트 집으로 달려갔습니다.

"부인은 오늘 6시에 영국으로 떠나셨습니다."

나를 맞아준 문지기가 그렇게 말했습니다. 나를 파리에 잡아둘 것은 이제 완전히 사라져 버렸습니다. 미움도 사랑도 모두 다. 나는 지금까지 너무 많은 충격을 받아 온몸에 힘이 다 빠져버렸습니다. 그런데 때마침 친구 하나가 동양으로 여행을 떠나려고 하더군요. 나도 같이 가고 싶다고 아버지께 말씀드렸더니, 아버지가 어음과 소개장을 마련해 주셨습니다. 그로부터 여드레인가 열흘 뒤 나는 마르세유에서 배를 탔습니다.

가엾은 마르그리트가 몸져누웠다는 소식을 들었을 때 나는 알렉산드리아에 있었습니다. 옛날에 마르그리트 집에서 가끔 마주쳤던 알렉산드리아 대사관 직원이 그 소식을 가르쳐줬어요.

나는 그 여자에게 편지를 보냈습니다. 그리고 그에 대한 답장을 툴롱에서 받았습니다. 그 답장은 전에 보여드렸지요.

나는 당장 파리로 출발했습니다. 그다음 일은 당신도 알고 계실 테지요.

이제는 쥘리 뒤프라가 나에게 전해준 일기만 읽으시면 되겠군요. 이 일기는 말이죠, 내가 지금 말씀드린 이야기에 빠져서는 안 될 중요한 보충 자료입니다.

25

아르망은 이따금 눈물을 삼키느라 말을 끊으면서도 어찌어찌 기나긴 이야기를 끝마치자 이제는 기운이 다 빠진 모양이었다. 그는 마르그리트가 쓴 수기를 나에게 건네주더니 두 손을 이마에 대고 눈을 감았다. 무슨 생각을 하는 것인지 아니면 잠을 자려고 하는 것인지 알 길이 없었다.

이윽고 그의 숨결이 좀 빨라졌다. 아무래도 그는 잠든 것 같았다. 그러나 아주 작은 소리에도 퍼뜩 깨어날 만큼 얕은 잠이었다.

여기에 내가 읽은 내용을 한마디도 더하거나 빼지 않고 그대로 옮겨보겠다.

오늘은 12월 15일입니다. 사나흘 전부터 몸 상태가 좋지 않더니 오늘 아침에는 결국 자리에 눕고 말았습니다. 날씨도 음울하고 나도 우울해요. 내 곁에는 아무도 없습니다. 아르망, 나는 당신 생각을 하고 있어요. 내가 이 글을 쓰고 있는 지금 당신은 어디에 계시나요? 소문으로는 파리에서 아주 멀리 떨어진 곳에 가 계신다던데. 아마 당신은 마르그리트를 벌써 잊으셨겠지요. 그래도 나는 당신이 행복하시길 바랍니다. 내가 살면서 단 한 번이나마 즐거운 시간을 보낼 수 있었던 것은 오로지 당신 덕분입니다.

나는 내가 한 짓을 너무나 변명하고 싶어서 참을 수가 없었습니다. 그래서 당신에게 편지를 썼어요. 하지만 나같이 비천한 매춘부가 쓴 편지는 어차피 죽음으로써 정화되지 않는 한 그리고 그것이 한낱 편지가 아니라 참회문이 되지 않는 한 아마 단순한 거짓말처럼 보이겠죠.

오늘도 몸이 아파요. 나는 언젠가 이 병으로 죽을 거예요. 실은 오래전부터 예감했거든요. 나는 아마 젊어서 죽을 거라고. 우리 어머니도 폐병으로 돌아가셨고, 지금까지 내가 살아온 방식은 어머니가 물려주신 단 하나뿐인 유산인 이 병을 더욱 악화시키기만 했으니까요. 하지만 나는 당신이 나를 충분히 이해해주시기 전에는 죽고 싶지 않아요. 물론 당신이 떠나시기 전에 사랑해 주셨던 그 불쌍한 여자에 대한 마음을 돌아오셨을 때에도 여전히 간직하고 계신다면 말이지요.

그 편지에 쓴 내용은 다음과 같습니다. 이렇게 다시 한번 쓸 기회가 생겨서 기뻐요. 그때 내가 했던 행동이 정당하다는 사실을 새삼 밝힐 수 있게 되었으니까요.

아르망, 기억하시지요? 당신 아버님께서 파리에 오셨다는 소식을 듣고 부지발에 있던 우리가 얼마나 놀랐는지. 내가 그 소식을 듣고 나도 모르게 공포에 떨었던 것도, 당신이 아버님과 싸웠다는 사실을 그날 밤 나에게 이야기해주셨던 것도 기억하시겠지요.

그다음 날 당신은 파리에 가서 아버님을 기다렸지만 결국 만나지 못하셨죠.

실은 바로 그때 한 남자가 나를 찾아와서 아버님이 보내신 편지를 전해줬어요.

  그 편지는 여기에 끼워놓을게요. 그분은 아주 심각한 말투로 부탁하셨습니다. 무슨 핑계를 꾸며서든 다음 날 당신을 멀리하고 아버님을 맞이할 준비를 해달라고 말이지요. 아버님은 나에게 긴히 하실 말씀이 있다고 하시면서 절대로 이 일은 당신에게 비밀로 해달라고 당부하셨습니다.

  그날 당신이 돌아오셨을 때, 다음 날 다시 한번 파리에 가시라고 내가 끈질기게 권했던 일은 당신도 기억하실 거예요.

  당신이 떠나신 지 1시간쯤 지났을 때 아버님이 오셨어요. 그 엄격하신 얼굴을 보고 내가 어떤 인상을 받았는지는 말씀드리지 않을게요. 아버님은 대단히 낡은 사고방식을 가지고 계셨습니다. 창녀란 거짓말만 일삼고 도리도 모르는 생물이며, 남의 돈을 갈취하는 기계나 다름없다고 여기시더군요. 그러니까 창녀는 피도 눈물도 없는 기계처럼 자기에게 내밀어진 손을 모조리 물어뜯고, 자기를 보살펴주는 사람을 가차 없이 파괴해 버린다는 거지요.

  나에게 만남을 청하는 아버님의 편지는 몹시 정중했건만 실제로 뵙게 된 아버님은 그 편지와는 전혀 딴판이었습니다. 그분이 처음으로 꺼내신 말은 사람을 몹시 얕잡아보는 듯한 무례하고 위협적인 말씀이었어요. 그래서 나도 참지 못하고 딱 잘라 말했지요. "이곳은 제 집이에요. 저는 아드님을 진심으로 사랑하고 있기에 아버님을 맞아들인 것이지, 그렇지 않았다면 당신께 굳이 제 생활에 대해 변명할 이유가 없었을 거예요."

  그러자 아버님도 조금 진정하셨어요. 하지만 자기 아들이 나 때문에 신세 망치는 꼴을 잠자코 지켜볼 수는 없다고 말씀하시더군요. 그리고 내가 예쁜 것은 사실이지만 아무리 예쁘기로서니 그 미모를 이용해 젊은 남자의 돈을 뜯어내고 그 장래를 망쳐놓아서는 안 된다고 하셨어요.

  이에 대해 내가 대답할 말은 단 하나밖에 없었습니다. 내가 당신 애인이 된 뒤로는 정절을 지키기 위해 어떠한 희생도 무릅썼으며, 또 당신이 쓸 수 있는 한도를 넘어선 돈을 당신에게 요구한 적도 없었다는 증거를 보여드리는 것이었어요. 나는 아버님께 전당표도 보여드렸고, 저당 잡힐 수 없었던 물건을 사 간 사람들에게서 받은 영수증도 내놓았어요. 그리고 내 빚을 깨끗이 갚고 당신에게 부담 주지 않으면서 함께 살기 위하여 내 가재도구들을 팔기로 결심했다는 사실도 말씀드렸습니다. 또한 우리는 지금 행복하게 살고 있으며, 당신 덕분에 내가 태어나서 처음으로 조용하고 행복한 생활을 알게 되었다고 고백했습니다. 그러자 아버님도 마침내 사정을 이해하셨어요. 나에게 손을 내밀면서 다짜고짜 윽박질러서 미안하다고 용서를 구하시더군요.

그리고 그분은 이렇게 말씀하셨습니다.

"그러면 아가씨, 이제 당신을 꾸짖거나 위협하는 대신 애원을 하고 싶습니다. 부디 지금까지 내 아들을 위해 하셨던 모든 희생보다 더 큰 희생을 나를 위해 해주실 수는 없겠소?"

이 말에 나는 깜짝 놀라 부르르 떨었습니다.

"지금부터 내가 하는 말을 기분 나쁘게 듣지 말아요. 다만 사람이 살다 보면 가끔은 너무 잔인하다 싶은 일도 어쩔 수 없이 해야 할 때가 있습니다. 아가씨는 착한 사람이에요. 이 세상에는 아가씨만도 못하면서 아가씨를 얕보는 여자들이 많을 텐데, 사실 아가씨는 그런 여자들에게서는 볼 수 없는 고결함을 지니고 있소. 그런데 생각을 해보시오. 남자에게는 애인 말고도 가족들이 있소. 사랑 말고도 여러 가지 의무가 있소. 정열에 사로잡힌 시기가 지나가면, 어엿한 지위를 차지하고 있어야지만 남자로서 뭇사람의 존경을 받을 수 있는 시기가 오기 마련이오. 그렇지 않소? 내 아들은 변변한 재산도 없으면서 제 어미가 물려주신 유산을 아가씨에게 양도하려 하고 있소. 만일 당신이 지금 치르려는 희생을 내 아들이 받아들인다면, 그 대가로 당신이 절대 곤경에 빠지지 않도록 그 애가 그렇게 자기 재산을 양보하는 것도 어쩌면 명예롭고 체면이 서는 일일지도 모르오. 그러나 그 애는 당신 희생을 받아들일 수 없어요. 그러면 안 돼요. 세상 사람들은 당신이 어떤 사람인지 모르니까 그 애의 행동에 분명히 불순한 동기가 있을 것이라고 생각할 테고, 그러면 우리 집안의 명예도 실추될 테니까 말이오. 세상 사람들은 내 아들이 당신을 사랑하는지, 당신이 그 애를 사랑하는지에 대해서는 관심이 없소. 또 서로의 사랑이 그 애에게는 행복을 주고 당신에게는 명예를 돌려준다는 사실도 전혀 생각해 주지 않소. 세상 사람들은 단지 이렇게 생각할 거요. 먼저 실례되는 표현이지만, 이야기는 시작했고 끝까지 할 수밖에 없으니 너그럽게 용서해 주시오. 세상 사람들은 아르망 뒤발이 자기 이익을 챙기려고 뻔뻔하게도 매춘부에게 제 가재도구를 팔게 했다. 이렇게 생각할 거란 말이오. 어쨌든 언젠가는 당신들도 후회하게 될 겁니다. 세상 사람들 거의 모두가 그런 일을 겪으니까. 하지만 그때 당신들은 이미 끊으려야 끊을 수 없는 쇠사슬로 묶여 있을 것이오. 그때가 되면 당신은 어쩔 생각이오? 당신은 젊음을 잃어버렸을 테고 내 아들은 장래가 엉망이 되어 있을 거요. 그리고 아비인 나는 두 아이에게 기대하고 있었던 효행을 한 아이에게밖에 기대할 수 없게 될 겁니다.

이봐요 아가씨, 아가씨는 젊고 아름다워요. 당신이라면 앞으로 살면서 여러 가지 위안거리를 얻을 수 있을 거요. 게다가 당신은 고상한 마음씨를 갖고 있으니, 착한 일 하나 했다는 추억이 있으면 그것만으로도 지금까지 있었던 많은 일들을 보상할 수 있을지도 모르지 않소? 당신을 만나고 나서 여섯 달 동안 아르망은 줄곧 나를 잊어버리고 있었소. 나는 그 애한테 편지를 네 번이나 보냈는데 그 애는 한 번도 답장을 보낼 생각을 하지 않았소. 아마 그사이에 내가 죽었더라도 그 애는 몰랐을 게요!

아무리 아가씨가 지금까지와는 다른 방식으로 살아보겠다고 굳게 결심했어도, 내 아들은 사랑하는 당신이 넉넉지 못한 살림 때문에 고생하는 모습을 그냥 두고 보지는 못할 것이오. 자기 힘이 부족한 탓에 이토록 아름다운 당신이 어울리지도 않는 생활을 하니 말이오. 그러면 참다못한 그 애가 대체 무슨 짓을 할 것 같소? 그 애는 노름을 잘해요. 내가 다 알지. 그 애가 아가씨 모르게 한 일도 나는 다 알고 있소. 그 애는 내가 잠시 한눈을 판 사이에 내가 여러 해 동안 저축했던 돈의 일부를 잃어버릴 뻔하기도 했소. 내가 우리 딸애의 결혼 지참금, 아들의 미래, 또 나 자신의 노후를 위해서 저축했던 돈을 말이오. 한 번 일어날 뻔했던 일이 두 번 일어나지 말라는 법은 없잖소?

더구나 아가씨도 그래요. 아가씨가 그 애를 위해서 버리게 된 과거 생활을 절대로 그리워하지 않으리라는 확신이 있소? 지금까지는 그 애를 사랑했지만 앞으로도 결코 다른 남자를 사랑하지 않겠다고 정말로 확신할 수 있겠소? 그리고 생각해 봐요, 세월이 흘러 그 애가 사랑의 단꿈보다도 야심을 추구하는 마음이 강해져서 아가씨와 자신과의 관계를 무거운 짐 덩어리처럼 여기게 된다면, 그때 아가씨는 아마 그 애를 위로해 줄 수 없을 거요. 당신은 그래도 괜찮겠소? 아가씨, 이 모든 사실을 잘 생각해 봐요. 당신은 내 아들을 사랑하고 있소. 그렇다면 단 하나뿐인 방법으로 그 사랑을 증명해 주길 바라오. 바로 그 애 미래를 위해서 아가씨가 자신의 사랑을 희생해 주는 일이오. 물론 지금까지는 아무런 불행도 닥쳐오지 않았지만, 언젠가는 반드시 불행이 닥쳐올 것이오. 아마 내 예상보다도 더 큰 불행이. 어쩌면 아르망은 옛날에 아가씨를 사랑했던 남자를 질투하게 될지도 모르오. 그래서 그 남자를 도발해 결투를 벌였다가 끝내 목숨을 잃을 수도 있소. 그때 내 아들을 살려내라면서 당신을 책망할 이 아비의 모습을 상상해 보시오. 당신이 얼마나 괴로울지 생각해 봐요.

마르그리트 씨, 어차피 이렇게 됐으니 모두 다 솔직히 털어놓겠소. 아직 당신이 알아야 할 일이 남아 있소. 내가 이번에 파리까지 오게 된 사연을 이야기하리다. 이미 말했듯이 내게는 딸이 하나 있소. 젊고 예쁘고 천사처럼 순결한 딸이지. 그 애가 지금 사랑에 빠져 있다오. 당신과 마찬가지로 이 사랑을 자기 인생의 아름다운 꿈이라 생각하고 있소. 나는 이 사실을 모두 편지에 적어 아르망에게 알렸지만 그 애는 당신에게 푹 빠져서 답장도 해주지 않았소. 뭐, 그건 그렇다 치고, 문제는 내 딸이 결혼을 바라고 있다는 거요. 그 애는 사랑하는 남자와 결혼해서 훌륭한 가정에 들어가려 하고 있소. 물론 그쪽도 우리 집안이 자기네만큼 훌륭하기를 바라고 있고. 그런데 그 집 사람들이, 아르망이 파리에서 어떤 생활을 하고 있는지 알고서는 그 애가 만일 이런 생활을 계속한다면 파혼하겠다고 나한테 말하더이다. 아시다시피 내 딸은 당신에게 아무런 나쁜 짓도 하지 않았고, 자기 미래가 행복해지길 바랄 권리가 있소. 그런데 지금 그 애의 미래는 아가씨에게 달려 있소.

생각해 보시오, 아가씨에게 그럴 권리는 없지 않소? 당신이 내 딸의 미래를 망쳐놓을 수 있다고 생각하시오? 이봐요, 마르그리트 씨, 부탁이오. 당신 사랑과 양심의 이름으로 부디 내 딸을 행복하게 해 주시오."

아버님 말씀을 들으면서 나는 말없이 눈물만 흘리고 있었습니다. 그런 문제는 나도 그때까지 여러 번 속으로 생각해 봤지만, 같은 이야기라도 아버님 입장에서 듣고 보니 더더욱 중대한 현실 문제처럼 여겨졌습니다. 나는 아버님께서 몇 번이나 말씀하시려다가 차마 입에 올리지 못하신 말들을 속으로 되뇌어 보았습니다. '너는 한낱 창녀에 지나지 않는다. 너와 내 아들의 관계는 아무리 포장해 봤자 남들이 보기에는 결국 타산적인 관계로밖에는 보이지 않는다. 너 같은 과거를 지닌 여자에게 다른 미래를 꿈꿀 권리가 있을 것 같으냐. 네가 아무리 스스로 책임을 지겠다고 말해봤자, 과거 생활과 세간의 평판이 존재하는 한 아무도 네 결심을 믿어주지 않을 것이다.' ……아르망, 나는 당신을 사랑하고 있었습니다. 아버님께서 내게 보여주신 참된 아버지다운 태도, 내 가슴속에 깨우쳐주신 순결한 감정, 내가 이 엄격한 노인에게 느낀 존경심, 언젠가 당신에게도 틀림없이 느끼게 될 존경심, 이 모든 것이 내 마음속에 고상한 생각을 불러일으켰습니다. 그 생각은 내가 봐도 내 인격을 드높여주는 듯했습니다. 나는 이제껏 몰랐던 성스러운 긍지와도 같은 감정을 느꼈습니다. 아들의 미래를 위해 지금 나에게 애원하고 있는 이 노인이 언젠가는 내 이름을 신비로운 여자 친구의 이름처럼 여기면서, 기도할 때 나를 위해 축복을 빌라고 따님께 말씀하실지 모른다는 생각이 들었어요. 그러자 나는 마치 다른 사람이 된 것처럼 스스로를 자랑스럽게 여기게 되었습니다.

그때는 흥분한 상태였으니까 그런 인상을 유난히 과장되게 느꼈는지도 모릅니다. 하지만 아르망, 나는 실제로 그런 기분을 느꼈어요. 그리고 이 새로운 감정 때문에 나는 당신과 함께 보냈던 행복한 나날의 추억이 호소하는 소리도 묵살하게 되었습니다. 나는 눈물을 닦으며 아버님께 말씀드렸습니다.

"알겠습니다. 제가 아드님을 사랑한다는 것은 믿어주시는 거죠?"

"믿소." 뒤발 씨께서 대답하셨습니다.

"그 사랑이 순수하다는 것도요?"

"물론이지요."

"제가 이 사랑을 평생의 희망, 꿈, 지난날에 대한 속죄로 삼았다는 것도 믿어주실 건가요?"

"진심으로 믿소."

"그럼 한 번만이라도 좋으니 따님께 하시듯이 저에게 입맞춤해 주실 수 없을까요? 그렇게만 해주신다면 제가 받은 참으로 순결한 단 하나의 입맞춤 덕분에 저는 제 사랑에 대항할 힘을 얻을 수 있을 거예요. 제가 1주일 안에 아드님을 당신 곁으로 돌려보낼게요. 그분은 한동안 불행에 빠져 괴로워하실지 몰라도 곧 본디대로 기운을 차리실 겁니다."

"아가씨, 당신은 정말 고결한 여자군요."

그러면서 아버님은 내 이마에 입맞춤을 해주셨습니다. 그리고 말씀을 이으셨죠.

"당신의 착한 마음씨는 하느님께서도 알아주실 거요. 그런데 내 아들이 과연 당신 말을 들을지 걱정되는군요."

"아, 걱정 마세요. 그분은 틀림없이 저를 미워하게 되실 테니까요."

이렇게 나는 우리 사이에 넘을 수 없는 장벽을 세워야만 했습니다.

그래서 고민하다가 프뤼당스에게 편지를 썼지요. N 백작의 요청을 받아들일 테니 우리 셋이서 밤참 먹을 준비를 해달라고 부탁하는 편지를요.

나는 편지를 봉한 다음 그 내용은 말씀드리지 않고, 파리에 도착하시거든 이 주소로 편지를 전해달라고 아버님께 부탁드렸습니다.

아버님은 편지 내용이 무엇인지 물어보셨습니다. 그래서 내가 대답했지요.

"아드님을 행복하게 해드릴 내용이 적혀 있어요."

아버님은 마지막으로 다시 한 번 나에게 입맞춤을 해주셨습니다. 내 과거의 과오를 씻어주는 듯한 감사의 눈물이 내 이마에 두어 방울 떨어지는 것을 느꼈습니다. 그래서 나는 이제 막 다른 남자에게 몸을 맡기기로 했으면서도, 이 새로운 과오를 통해 내가 무엇을 속죄하게 되는지 생각하면서 타오르는 듯한 자랑스러움을 느꼈습니다.

이렇게 되는 것도 당연했어요. 아르망, 언젠가 당신이 아버님이야말로 이 세상에서 가장 존경할 만한 분이라고 말씀하셨죠.

아버님께서는 다시 마차를 타고 파리로 돌아가셨습니다.

그러나 나는 역시 여자였습니다. 당신 얼굴을 다시 보니 울음을 참을 수가 없었어요. 하지만 내 결심은 결코 흔들리지 않았습니다.

내가 한 일이 과연 옳았을까요? 아마 죽을 때까지도 떠나지 못할 이 병상에 누운 채 나는 언제나 이렇게 나 자신에게 묻고 있습니다.

피할 수 없는 이별의 순간이 점점 다가오자 내가 어떤 기분을 느꼈는지는 당신이 직접 보셨지요. 나를 도와주실 아버님은 이미 내 곁에 계시지 않았어요. 그래서 나는 몇 번이나 당신에게 모든 것을 털어놓을 뻔했죠. 앞으로 당신이 나를 미워하고 경멸할 거라고 생각하니 너무나 무서워서 참을 수 없었거든요.

아르망, 당신은 아마 믿지 못하시겠지만 그때 나는 부디 힘을 주십사 하느님께 기도했습니다. 그러자 하느님도 내 희생을 허락하셨는지 내가 간절히 바라던 그 힘을 주셨어요.

그날 밤참을 먹을 때에도 나는 여전히 누군가의 도움을 필요로 했어요. 자신이 지금 무슨 짓을 하려는지 알고 싶지 않았으니까요. 나는 내 용기가 중간에 사라져 버릴까 봐 정말로 겁이 났어요.

이 마르그리트 고티에가 새 애인을 생각하는 것만으로도 이렇게까지 괴로워할 줄이야 누가 알았을까요?

나는 모든 것을 잊으려고 술을 마셨습니다. 이튿날 일어나보니 백작의 침대에 누워 있더군요.

아르망, 지금까지 말씀드린 것은 모두 다 사실입니다. 부디 나의 참된 마음을 알아주시고 나를 용서해 주세요. 그날부터 당신이 나를 괴롭히셨던 일을 내가 전부 용서해 드렸듯이.

26

12월 17일

운명의 그날 밤 뒤로 벌어진 일은 당신도 나와 마찬가지로 잘 알고 계십니다. 그러나 당신은 그렇게 이별하고 나서 내가 얼마나 괴로워했는지는 모르시고, 또 상상조차 못하시겠죠.

당신이 아버님과 함께 고향으로 가셨다는 소식은 들어서 알고 있었지만, 나는 당신이 내게서 멀리 떨어진 채 오래 버티지는 못하리라고 생각했습니다. 그래서 샹젤리제에서 당신을 만났을 때에도 충격을 좀 받기는 했지만 그리 놀라지는 않았어요.

그때부터 날마다 당신에게 새로운 모욕을 받는 날이 이어졌습니다. 하지만 나는 그 모욕을 오히려 기쁘게 받아들였어요. 그것은 아직도 당신이 나를 사랑해 주신다는 증거였으니까요. 게다가 당신이 나를 괴롭히면 괴롭힐수록 언젠가 진실을 아시게 되는 날에는 내가 당신 눈에 더더욱 훌륭하게 비칠 것이라고 생각했습니다.

그 모욕이 나에게는 달가운 수난이었다고 해도 놀라실 것 없어요, 아르망. 당신이 나를 사랑해 주신 덕분에 내 마음은 비로소 숭고한 감격을 알게 되었거든요.

하지만 나도 그렇게 쉽게 강해진 것은 아니에요.

내가 당신을 위해 스스로를 희생한 그날부터 당신이 파리로 돌아오기까지 꽤 오랜 시일이 지났지요. 그동안 나는 미쳐버리지 않기 위해, 그리고 또다시 시작한 이 생활의 괴로움을 잊기 위해 내 몸을 마구 학대할 수밖에 없었습니다. 프뤼당스가 당신에게 말했지요? 내가 끊임없이 온갖 연회와 무도회와 축제 자리에 참석했다고요.

나는 그렇게 절제 없는 생활을 하다가 확 죽어버렸으면 하는 기대도 품었습니다. 아마 이 기대는 머잖아 실현되겠지요. 당연히 내 건강은 점점 악화되기만 했습니다. 프뤼당스를 보내서 당신에게 제발 그만해달라고 부탁드렸을 때에는 몸도 마음도 이미 완전히 쇠약해진 상태였어요.

내가 보여드렸던 마지막 사랑의 증거에 당신이 어떤 식으로 보답하셨는지, 다 죽어가면서도 하룻밤 사랑을 바라시는 당신의 청을 거절하지 못하고 어쩌면 과거와 현재를 다시 이을 수 있을지도 모른다고 부질없는 희망을 품었던 이 어리석은 여자를 당신이 어떤 식으로 모욕하여 파리에서 쫓아냈는지, 이제 와서 굳이 회상하실 필요는 없습니다. 하지만 아르망, 당신에게는 그럴 만한 권리가 있었어요. 그래요, 나와 함께 하룻밤을 보내고서 그렇게까지 비싼 값을 치러준 사람은 그리 많지 않았으니까요!

그 순간 나는 모든 것을 포기했습니다. 올랭프는 내 뒤를 이어 N 백작의 애인이 되었습니다. 듣자 하니 내가 파리를 떠난 이유를 일부러 백작에게 알려 줬다더군요. 런던에는 G 백작이 있었습니다. 백작은 나 같은 창녀에 대한 사랑을 그저 즐거운 심심풀이로 여기셨어요. 옛 애인하고도 여전히 친구로 지내면서 결코 누구를 질투하거나 미워하는 일이 없는 분이셨죠. 게다가 우리 같은 여자들에게 자기 마음은 아주 조금만 주시면서도 지갑에 든 돈은 아낌없이 주시는 호탕한 분이셨고요. 나는 먼저 이분을 떠올렸습니다. 그래서 만나러 갔더니 무척 반갑게 맞아주시더군요. 하지만 런던에서 그분은 어느 사교계 부인과 사귀고 계셨어요. 그러니까 대놓고 나를 보살펴주기는 어렵다면서 친구들을 소개해주셨습니다. 그분들이 나에게 밤참을 대접해 주셨어요. 그리고 그 가운데 한 분이 나를 거두어주셨지요.

그런데 아르망, 나는 대체 어떻게 하면 좋았을까요?

자살? 그러면 꼭 행복해져야 할 당신 인생에 쓸데없는 양심의 가책을 남기게 될 거예요. 더구나 이제 곧 죽을 사람이 애써 자살해 봤자 뭐 하겠어요?

나는 영혼이 빠져나가고 빈껍데기만 남아서 아무 생각 없는 사물이 되어버렸습니다. 한동안 그렇게 자동인형처럼 살아갔지요. 그 뒤 파리로 돌아와 당신 소식을 물어봤습니다. 당신은 긴 여행을 떠나셨다고 하더군요. 이제 더 이상 나를 지탱해 줄 것이 없었습니다. 내 생활은 당신을 만나기 2년 전으로 되돌아갔습니다. 공작과 화해해 보려고 했지만 그분은 나 때문에 마음이 상할 대로 상한 상태였습니다. 사실 노인은 살날이 얼마 안 남아서 그런지 참을성이 없잖아요. 어쨌든 병이 나날이 심해져서 내 얼굴은 창백해지고 기분은 우울해지고 몸은 점점 더 야위어갔습니다. 돈으로 사랑을 사는 남자들은 상품을 구입하기 전에 꼼꼼히 감정해 보는 법이지요. 파리에는 나보다 훨씬 더 건강하고 몸매 좋은 아가씨들이 많이 있었습니다. 그래서 나는 세상에서 조금씩 잊히기 시작했습니다. 내가 어제까지 살아온 삶은 이랬답니다.

지금 나는 영락없는 환자입니다. 공작에게 편지를 써서 돈을 달라고 부탁했습니다. 나에게는 돈이 없어요. 그런데도 채권자들이 몇 번이나 찾아와서 가차 없이 나에게 계산서를 들이밀었습니다. 공작이 과연 답장을 줄까요? 아르망, 당신은 왜 파리에 없나요? 나를 만나러 와주실 거지요? 당신을 만나면 내 마음이 얼마나 편안해질까요.

12월 20일

오늘 날씨는 끔찍합니다. 눈이 내리고 있어요. 나는 홀로 집에 있습니다. 사흘 전부터 심하게 열이 나서 당신에게 보내는 글을 한 자도 적지 못했습니다. 아르망, 새로운 사건은 하나도 없었어요. 날마다 왠지 당신 편지가 올 것 같다는 희망을 품어봅니다. 하지만 편지는 오지 않는군요. 앞으로도 영영 오지 않을지도 모르죠. 역시 상대를 결코 용서하지 않는 강한 마음씨는 남자들만 가지고 있는가 봐요. 공작도 답장을 주지 않았어요.

프뤼당스가 또다시 전당포에 드나들기 시작했습니다.

나는 계속 피를 토하고 있습니다. 아아, 이런 내 모습을 본다면 당신도 가엾게 여기실 테지요. 따뜻한 곳에 계시는 당신은 이렇게 가슴속까지 얼어붙는 추운 겨울을 겪지 않으셔도 되니 부러울 따름이에요. 오늘 나는 몸을 좀 일으켜서 창문 커튼 너머로 파리의 일상 풍경을 바라보았습니다. 이미 나하고는 인연이 없어 보이는 그 풍경을요. 아는 사람들이 몇 명이나 근심 없이 쾌활하게 성큼성큼 지나갔습니다. 하지만 누구도 내가 있는 창문을 올려다보지 않았습니다. 그래도 젊은 남자 몇 명이 문병하러 와서 이름을 적어놓고 갔지만요. 전에도 내가 이렇게 앓아누운 적이 있었지요. 그때 당신은 나와 아는 사이도 아니었고 처음에 나에게 그런 무례한 대접을 받으셨는데도 매일같이 나를 문병하러 와주셨죠. 나는 또다시 병석에 누워 있습니다. 우리는 여섯 달 동안 함께 살았지요. 나는 여자 마음이 품을 수 있는 모든 사랑을, 드릴 수 있는 모든 사랑을 당신에게 바쳤습니다. 그런데 현재 당신은 멀리 떨어진 곳에서 나를 저주하고 계십니다. 당신은 나에게 위로의 말 한마디조차 해주시지 않는군요. 하지만 당신이 나를 이렇게 외면하시는 것도 한낱 우연일 뿐이겠지요. 그래요, 당신이 파리에 계셨더라면 분명히 내 침실 내 머리맡에 붙어서 한시도 떠나지 않으셨을 테니까요.

12월 25일

의사 선생님께서 날마다 글을 쓰면 안 된다고 하셨습니다. 사실 이런저런 생각을 하다 보면 열이 오르기만 합니다. 그런데 어제 나는 편지 한 통을 받았어요. 그 편지 덕분에 기운이 났습니다. 그 편지가 주는 물질적 도움보다는 그 편지에 담긴 따뜻한 마음씨가 나에게 새로운 힘을 주었어요. 그래서 오늘은 이렇게 당신에게 보내는 글을 쓰게 되었습니다. 그 편지는 당신 아버님께서 보내주셨는데 내용은 이렇습니다.

아가씨.

몸이 아프다는 소식을 이제야 들었습니다. 내가 파리에 있었다면 병문안을 갔을 겁니다. 그리고 내 부족한 아들놈이 이곳에 있었다면 당연히 파리로 달려가서 당신의 병문안을 갔겠지요. 그런데 안타깝게도 나는 사정이 있어 C시를 떠날 수가 없고, 내 아들 아르망은 여기서 6, 7백 리나 떨어진 먼 곳에 있습니다. 그래서 실례를 무릅쓰고 이렇게 편지로 대신하고자 합니다. 아가씨, 당신이 아프다는 소식을 듣고 내가 얼마나 가슴 아파하고 있는지 알아주었으면 합니다. 하루빨리 쾌차하길 진심으로 기원하고 있습니다.

내 친구 H 씨가 곧 댁을 방문할 예정입니다. 그때는 부디 면회를 허락해 주십시오. 실은 그 친구에게 부탁한 일이 있는데, 그 결과를 속히 알고 싶습니다. 그럼 이만 줄이겠습니다.

이것이 내가 받은 편지 내용이에요. 아르망, 아버님은 정말로 고결한 분이십니다. 앞으로도 꼭 효도하세요. 이토록 누군가에게 사랑받을 자격이 있는 분은 세상에 그리 많지 않으니까요. 아버님께서 서명하신 이 편지는 나에게는 어떠한 명의의 처방보다도 효과가 있었답니다.

오늘 아침 H 씨가 오셨습니다. 아버님께 부탁받은 용건이 상당히 미묘해서 그런지 좀처럼 말을 꺼내지 못하시더군요. 알고 보니 H 씨는 아버님께서 맡기신 3천 프랑을 나에게 건네주러 오신 거였어요. 처음에는 나도 거절하려 했습니다. 하지만 H 씨는 이 돈을 거절하면 뒤발 씨가 크게 상심하실 거라고 말씀하셨어요. 아버님께서는 먼저 이 돈을 나에게 건네주고, 또 필요하다면 얼마든지 더 주라고 하셨다더군요. 나는 그 호의를 받아들이기로 했습니다. 아버님께서 주시는 것은 단순한 동냥이 아니라고 생각했기 때문이에요. 혹시 당신이 귀국하셨을 때 내가 죽어서 이 세상에 없다면 부디 나 대신 이 글을 아버님께 보여드리세요. 그리고 아버님의 위문편지를 받은 이 불쌍한 여자가 감사의 눈물을 흘리며 아버님을 위해 하느님께 기도를 드렸다고 전해주세요.

1월 4일

며칠 동안 나는 몹시 고통스러운 나날을 보냈습니다. 사람 몸이 이렇게까지 많은 고통을 견뎌낼 수 있는 줄은 몰랐어요. 아아, 나의 과거! 그 과거에 대한 대가를 지금 2배로 치르고 있습니다.

날마다 밤새워 간호를 받았습니다. 이제는 숨도 제대로 못 쉬겠어요. 헛소리와 기침이 얼마 안 남은 이 불쌍한 인생을 갉아먹고 있어요.

식당에는 봉봉을 비롯한 온갖 선물들이 산더미같이 쌓여 있습니다. 친한 사람들이 가져온 선물이에요. 그중에는 아마 내가 나중에 자기 애인이 되어주기를 바라는 사람도 있겠지요. 하지만 병 때문에 말라비틀어진 내 모습을 본다면 그 사람도 기겁하여 도망쳐버릴 거예요.

프뤼당스는 내가 받은 물건들을 자기 친구들에게 새해 선물로 나눠주고 있습니다.

날씨가 얼어붙을 듯이 춥네요. 하지만 의사 선생님께서는 이렇게 맑은 날이 며칠만 계속되면 나도 외출할 수 있을 거라고 말씀하셨어요.

1월 8일

어제 마차를 타고 외출했습니다. 화창한 날씨였어요. 샹젤리제 거리에는 사람들이 가득했습니다. 마치 봄이 미소 짓는 것 같았어요. 내 주위 모든 것이 축제 기분에 들떠 있었습니다. 햇살 속에 이렇게 많은 기쁨과 부드러움과 위안이 있다는 것을 나는 어제야 비로소 깨달았습니다.

아는 분들은 거의 다 만났어요. 다들 여전히 신나게 자기 향락에 열중하고 있더군요. 자기가 행복한 줄 모르는 행복한 사람들이 이 세상에 얼마나 많은지! 올랭프가 N 씨에게서 받은 우아한 마차를 타고 지나가면서 이쪽을 봤습니다. 아마 나를 모욕하려고 했던 거겠지요. 그런 부질없는 허영 싸움에서 내가 얼마나 멀리 떨어져 있는지 올랭프는 미처 몰랐던 거예요. 오래전부터 알고 지내던 젊은 남자분이 같이 밤참이라도 먹자고 나에게 말씀하셨습니다. 나와 꼭 친해지고 싶어 하는 친구가 있다면서요.

나는 쓸쓸한 미소를 지으며 타는 듯이 뜨거운 손을 내밀었습니다.

그렇게 깜짝 놀라는 얼굴은 처음 봤어요.

나는 4시에 집으로 돌아와서 꽤 맛있게 저녁을 먹었습니다.

밖에 나갔다 왔더니 기분이 좋아졌어요.

이대로 내 병이 낫는다면 얼마나 좋을까요?

이렇게 다른 사람들의 생활과 행복을 접하면 말이죠, 어제까지는 어두운 병실 속에 갇혀서 하루빨리 죽기만을 바라던 고독한 영혼이라도 좀 더 살아보자는 의욕을 얻게 되나 봅니다.

1월 10일

몸이 나을지도 모른다는 그 기대는 헛된 꿈일 뿐이었습니다. 나는 또다시 병석에 누웠습니다. 온몸이 고약으로 뒤덮여 있습니다. 꼭 전신 화상을 입은 것 같아요. 자, 이제 이 몸을 팔러 가야지요! 옛날에는 이 몸뚱이가 그토록 높은 값을 받았지만 지금은 과연 얼마나 받을지 한번 지켜봐야지요!

하느님께서 우리 인생에 이런 속죄의 고통과 시련의 아픔이 존재하는 것을 허락하시다니, 아마 우리는 태어나기 전에 끔찍한 죄를 저질렀거나 아니면 죽은 뒤에 크나큰 행복을 얻기로 약속받았나 봅니다. 틀림없이 둘 중 하나일 거예요.

1월 12일

나는 여전히 괴로워하고 있습니다.

어제 N 백작이 돈을 보내줬지만 나는 받지 않았습니다. 그 남자에게서는 아무것도 받고 싶지 않아요. 그 남자 때문에 지금 당신이 내 곁에 안 계시는 거잖아요.

아아, 부지발에서는 정말로 행복했었는데! 그 시절은 대체 어디로 가버린 걸까요?

만일 내가 살아서 이 침실을 나가게 된다면 우리가 함께 살았던 그 집을 순례하러 갈 생각이에요. 하지만 나는 아마 죽고 나서야 이 방을 나갈 수 있겠지요.

내일도 당신에게 편지를 쓸 수 있을지조차 알 수 없는걸요.

1월 25일

나는 벌써 11일이나 잠도 못 자고 숨 막히는 고통에 시달리면서 당장이라도 죽을 것 같은 기분을 느꼈습니다. 의사 선생님께서는 나한테 펜을 들지 말라고 하셨습니다. 나를 간호해 주는 쥘리 뒤프라가 허락해 준 덕분에 그나마 이렇게 몇 줄 적게 되었지만요. 있죠, 당신은 내가 죽기 전에는 이곳으로 돌아오실 수 없겠지요? 그럼 우리는 이대로 영영 헤어지는 건가요? 당신이 오신다면 내 병도 나을 것 같은데 말이죠. 하지만 병이 나은들 무슨 소용이 있을까요.

1월 28일

오늘 아침에는 시끄러운 소리가 나서 눈을 떴습니다. 내 방에서 자고 있던 쥘리 뒤프라가 무슨 일인지 살펴보려고 허둥지둥 식당으로 뛰어갔어요. 남자들 목소리가 들리고, 그들과 싸우는 쥘리 목소리도 들렸습니다. 하지만 그렇게 소리쳐봤자 소용이 없었는지 쥘리는 울면서 내 방으로 돌아왔습니다.

그 남자들은 물건을 차압하러 온 거였어요. 나는 쥘리에게 그냥 내버려두라고 했습니다. 그 사람들이 법적으로 정당한 일이라고 부르는 짓을 마음대로 하게 놔두라고요. 집행관은 모자를 쓴 채 내 침실로 들어왔습니다. 그 남자는 서랍을 하나하나 열더니 눈에 띄는 물건에 모조리 딱지를 붙였습니다. 하지만 다행히 자비로운 법률이 딱 하나 남겨준 이 침대에서 죽어가고 있는 여인은 눈치채지 못한 것 같더군요.

떠나갈 때 그 사람은 9일 이내에는 이의신청을 할 수 있다고 말했습니다. 말은 그렇게 하면서 감시인을 하나 남겨놓고 갔지만요! 아아, 하느님, 나는 이제 어떻게 되는 걸까요? 이 소동으로 내 병은 더더욱 악화되었습니다. 프뤼당스는 당신 아버님 친구분께 돈을 달라 하자고 말했지만 나는 거부했습니다.

오늘 아침 당신이 보내신 편지를 받았습니다. 기다리고 또 기다리던 그 편지를요. 과연 늦기 전에 내 편지를 당신이 받아보실 수 있을까요? 다시 한 번 당신을 만날 수 있을까요? 오늘은 하루 내내 행복했습니다. 덕분에 괴로웠던 지난 6주일도 잊을 수 있었어요. 왠지 몸이 나아진 듯한 기분이 듭니다. 아까 당신에게 답장을 쓸 때에는 슬펐는데 말이지요.

결국 인생은 언제나 불행하기만 한 것은 아닌가 봐요.

어쩌면 내가 죽지 않고 당신이 이곳으로 돌아올지도 모른다고 생각하면, 그리고 새봄을 맞이해 또다시 당신에게 사랑받으며 둘이서 작년처럼 살 수 있을지도 모른다고 생각하면……!

나도 참 어리석지요! 펜조차 들기 힘든 이 상황에서 이런 어리석은 꿈을 종이에 적고 있으니 말이에요.

아르망, 앞으로 무슨 일이 일어난다 해도 나는 당신을 진심으로 사랑해요. 만일 그 사랑의 추억이 나를 붙잡아주지 않았더라면, 다시 한 번 당신 얼굴을 가까이에서 볼 수 있을지도 모른다는 실낱같은 희망이 없었더라면, 나는 벌써 오래전에 죽고 말았을 거예요.

2월 4일

G 백작이 돌아왔습니다. 애인에게 배신을 당해서 몹시 슬퍼하고 계시더군요. 애인을 많이 사랑하셨던 모양이에요. 백작은 나를 찾아와서 그런 이야기를 했습니다. 그 가엾은 분은 요새 사업도 잘 풀리지 않아서 힘드신가 봐요. 그런데도 나를 위해 집행관에게 돈을 주고 감시인을 돌려보내셨습니다.

내가 백작에게 당신 이야기를 하자 백작은 반드시 내 이야기를 당신에게 해주겠다고 약속하셨습니다. 그동안 나는 옛날에 내가 그분 애인이었다는 사실을 까맣게 잊고 있었어요! 그분도 그 사실을 들춰내지 않으려고 애써주셨고요.

정말로 착하신 분이에요.

공작은 어제 사람을 보내 나를 문병하게 했습니다. 그리고 오늘은 직접 찾아왔어요. 이 노인이 어째서 아직도 살아 있는지 의문이에요. 3시간쯤 내 곁에 있었는데 말이라고는 스무 마디도 안 했어요. 창백한 내 얼굴을 보더니 눈에서 굵은 눈물 두 방울을 흘리더군요. 아마 따님의 죽음이 생각나서 슬퍼졌던 거겠지요.

공작으로서는 두 번이나 딸의 죽음을 지켜보는 기분이 들었는지도 모릅니다. 등은 구부러지고 머리는 푹 수그러진 데다 입술은 축 늘어졌으며 눈은 생기를 잃었어요. 오랜 세월과 고통이 그 쇠약해져 버린 몸을 이중으로 짓누르고 있었습니다. 그 사람은 나를 비난하는 말은 한마디도 입에 담지 않았지만, 마음속으로는 병 때문에 피폐해진 내 몸을 보고서 은근히 기뻐하는 것 같기도 했습니다. 아직 새파랗게 젊은 내가 이렇게 앓아누워 있는데도 자기는 여전히 정정하게 똑바로 서 있다는 것에 자랑스러움을 느끼고 있는 듯했어요.

다시 날씨가 나빠졌습니다. 아무도 나를 만나러 와주지 않습니다. 쥘리는 내 곁에서 열심히 나를 간호해 주고 있어요. 그리고 프뤼당스는 내가 옛날만큼 돈을 벌 수 없게 되자 적당한 핑계를 대면서 나에게서 멀어져 버렸습니다.

죽음을 앞둔 지금에 와서는 의사 선생님들이 아무리 좋은 말씀을 해주셔도 의미가 없습니다. 이렇게 많은 분들께서 나를 돌봐주신다는 것 자체가 병이 악화되고 있다는 증거일 테니까요. 그래서 나는 그때 아버님 말씀을 따랐던 것을 뒤늦게 후회하고 있어요. 내가 당신 미래를 방해하는 일도 어차피 1년 만에 끝날 줄 알았더라면, 그때 나는 그 1년을 당신과 함께 보내고 싶다는 소망을 억누르지 못했을 것입니다. 그랬다면 적어도 나는 사랑하는 이의 손을 잡고 죽을 수 있었을 텐데요. 게다가 올해도 우리 둘이서 함께 살고 있었더라면 내가 이렇게 빨리 죽는 일도 없었을 거고요.

아아, 모든 것이 다 하느님의 뜻이지요!

2월 5일

아아, 아르망, 돌아와 주세요. 나 정말 힘들어요. 아, 하느님, 죽을 것 같아요.

어제 난 너무 쓸쓸했어요. 전날 밤처럼 한없이 길게만 느껴지는 그 밤을 우리 집 말고 다른 곳에서 보내고 싶었어요. 아침에는 공작이 찾아왔습니다. 죽기를 잊어버린 듯한 이 노인을 보면 왠지 내가 더욱더 빨리 죽어버릴 것만 같아요.

열이 심해서 몸이 불덩어리 같았지만 나는 옷을 갈아입혀 보드빌 극장으로 데려다 달라고 했습니다. 쥘리가 립스틱을 발라줬어요. 그거라도 안 발랐으면 꼭 송장처럼 보였겠죠. 나는 당신과 처음 만났던 그 특별석으로 갔습니다. 그리고 그날 당신이 앉아 계셨던 자리를 계속 쳐다보고 있었어요. 하지만 어제는 그 자리에 천박한 남자가 앉아서 배우들의 바보 같은 대사를 들으며 손뼉을 치고 큰 소리로 웃고 있었어요. 나는 반죽음이 된 채 부축을 받으며 집으로 돌아왔습니다. 그리고 밤새도록 기침을 하고 피를 토했습니다. 이제 나는 말도 못하고 간신히 팔만 움직이고 있습니다. 아아, 하느님, 하느님! 나는 이제 죽어요. 각오는 하고 있었지만 지금보다 더 아플 거라고 생각하니 참을 수가 없어요. 하지만, 만일…….

그다음은 마르그리트가 무슨 글을 써서 남기려고 했는지 알아볼 수가 없다. 그리고 쥘리 뒤프라의 글이 이어졌다.

2월 18일
뒤발 씨.

마르그리트는 연극을 보러 간 다음 날부터 병세가 악화되었습니다. 목소리가 전혀 나오지 않게 되었고 손발도 움직일 수 없게 되었습니다. 이 가엾은 친구가 얼마나 괴로워하는지는 말로 다 표현할 수 없을 정도입니다. 이렇게 괴로워하는 모습은 처음 보는지라 저도 어쩔 바를 모르고 있습니다.

이럴 때 당신이 이곳에 계신다면 얼마나 마음이 든든할까요? 마르그리트는 거의 언제나 정신을 잃고 헛소리를 하는데, 그렇게 헛소리를 할 때나 의식이 또렷할 때나 늘 당신 이름을 부르고 있어요.

의사 선생님은 얼마 남지 않았다고 하십니다. 병이 이토록 악화되자 이제는 늙은 공작도 찾아오지 않게 되었습니다. 이런 불쌍한 모습은 차마 볼 수가 없다고 의사 선생님께 말하셨다나 봐요.

뒤베르누아 부인은 매우 섭섭한 태도를 보였습니다. 지금까지 마르그리트에게 빌붙다시피 살아왔던 그 사람은 마르그리트에게서 좀 더 많은 돈을 받아낼 수 있을 줄 알고 스스로는 갚지도 못할 만큼 돈을 빌렸어요. 그런데 마르그리트가 더 이상 돈을 주지 못한다는 사실을 알자 그길로 병문안도 오지 않게 되었습니다. 한편 G 백작은 빚에 쪼들려 다시 런던으로 돌아가셨고요. 떠나실 때 우리에게 돈을 좀 보내주셨습니다. 그분으로서는 최선을 다하신 거지요. 그러나 또다시 물건을 차압하려는 사람들이 나타났습니다. 채권자들은 경매를 하려고 마르그리트가 빨리 죽기만을 기다리고 있습니다.

저는 제 변변찮은 재산이라도 써서 이 차압을 막아보려고 했습니다. 그러나 집행관은 이 말고도 차압해야 할 빚이 많으니 쓸데없는 짓은 그만두라고 하더군요. 어차피 곧 돌아가실 바에야 서로 애정도 없었던 가족들에게 얼마 안 되는 재산이라도 남겨주기보다는 차라리 모두 깨끗하지 버리는 편이 낫지 않겠냐고 하는 거예요. 가여운 마르그리트가 겉으로는 화려해 보일지 몰라도 실은 얼마나 빈곤한 상태에서 죽어가고 있는지 당신은 아마 상상도 못하실 겁니다. 어제는 집에 돈이 한 푼도 없었습니다. 식기, 장신구, 캐시미어 숄 따위는 모조리 전당포에 넘겼고 또 다른 물건들은 이미 팔아치웠거나 차압당한 상태였어요. 마르그리트도 주위에서 무슨 일이 일어나는지 다 인식하고 있는 모양입니다. 그녀의 몸뿐만 아니라 정신도 마음도 고통받고 있어요. 홀쭉해진 파리한 두 뺨에는 굵은 눈물이 흘러내리고 있습니다. 설령 당신이 만나러 오시더라도 지금 그녀에게서 그토록 사랑했던 여인의 모습을 찾아보지는 못하시겠죠. 마르그리트가 글을 쓸 수 없게 되면 제가 대신 당신에게 편지를 쓰기로 전부터 약속했습니다. 그래서 이렇게 마르그리트 앞에서 편지를 쓰고 있습니다. 마르그리트는 이쪽을 보고 있지만 저를 보고 있는 게 아니에요. 코앞에 다가온 죽음의 베일이 그 눈을 뒤덮고 있으니까요. 그래도 마르그리트는 미소를 짓고 있어요. 틀림없이 모든 생각과 온 영혼을 당신에게 바치고 있을 거예요.

문이 열릴 때마다 마르그리트의 눈은 반짝 빛납니다. 당신이 오신 줄 알고요. 하지만 당신이 아니라는 걸 알자 그 얼굴은 다시금 괴롭게 일그러지면서 이마는 진땀으로 흠뻑 젖고 뺨은 검붉게 변합니다.

2월 19일, 심야

뒤발 씨, 아아, 오늘은 정말로 슬픈 날이었습니다. 오늘 아침 마르그리트는 숨을 못 쉬었습니다. 그래서 의사 선생님께서 피를 뽑아내자 조금은 말을 할 수 있게 되었습니다. 의사 선생님께서 신부님을 부르자고 말씀하시자 마르그리트도 동의했습니다. 선생님은 직접 생로슈 성당으로 신부님을 모시러 가셨습니다.

그동안 마르그리트는 저를 침대 옆으로 불러 장롱을 열어달라고 부탁했습니다. 그리고 레이스로 뒤덮인 실내복과 보닛을 가리키더니 힘없는 목소리로 말했습니다.

"고해를 마치면 나는 죽을 거야. 그러면 저 옷을 입혀줘. 죽어가는 여자라도 몸단장은 해야지."

그러고는 울면서 저를 꼭 끌어안고 한마디 덧붙였습니다.

"말은 할 수 있게 되었지만 말할 때마다 숨이 꽉 막혀. 아, 답답해! 창문 좀 열어줘."

저는 눈물을 흘리며 창문을 열었습니다. 그러자 곧 신부님이 찾아오셨습니다. 제가 그분을 맞이했어요.

신부님은 자신이 어떤 여자의 집에 왔는지 알게 되자 혹시라도 이상한 짓을 당할까 봐 걱정하시는 눈치였습니다.

"괜찮아요, 신부님. 어서 들어오세요." 제가 말했습니다.

신부님은 아주 잠시 병실에 머물러 계시다가 밖으로 나가시면서 이렇게 말씀하셨습니다.

"저분은 평생 죄인으로 살았으나 이제 그리스도교 신자로서 생을 마감할 겁니다."

얼마 뒤 신부님은 십자가를 든 시종과 성구실(聖具室) 관리자를 데려오셨습니다. 성구실 관리자가 종을 울려 하느님께서 이 죽어가는 여자에게 찾아오셨음을 알렸습니다.

세 사람은 침실로 들어갔습니다. 옛날에는 온갖 저속한 소리들이 오갔던 그 방도 이때만큼은 거룩한 성당으로 변했습니다.

저는 무릎을 꿇었습니다. 그 광경에서 받은 인상이 언제까지 제 가슴속에 남아 있을지 모르겠지만, 제 자신이 이러한 죽음을 맞이하는 그 순간까지 이보다 더 감명 깊은 일은 인간 세상에 일어날 것 같지가 않았습니다.

신부님은 죽음을 앞둔 여인의 손발과 이마에 성유를 바르고 짧은 기도를 올리셨습니다. 이렇게 마르그리트가 천국으로 떠날 준비가 되었습니다. 그래요, 하느님께서 그 생애의 시련과 깨끗한 죽음을 지켜보셨다면 틀림없이 그녀를 천국으로 보내주실 테지요.

그 뒤로 마르그리트는 한마디도 하지 않고 꼼짝도 안 했습니다. 힘겹게 숨을 쉬는 소리조차 들리지 않았더라면 저는 몇 번이나 그녀가 이미 죽었다고 생각했을 겁니다.

2월 20일, 오후 5시

모든 것이 끝났습니다.

새벽 2시쯤에 마르그리트는 임종의 고통을 맞이했습니다. 마르그리트가 내지르는 비명을 들으면서 저는 어떤 순교자라도 이런 고통을 견뎌본 적이 없을 거라고 생각했습니다. 마르그리트는 두세 번 정도 침대 위에 일어나 앉았습니다. 마치 하느님이 계신 곳으로 승천하는 자신의 생명을 붙잡기라도 하려는 듯이.

또 두세 번쯤 당신 이름을 불렀습니다. 그러나 이윽고 모든 목소리와 소리가 사라지더니 마르그리트는 침대 위에 힘없이 쓰러졌습니다. 소리 없이 눈물을 흘리며 그녀는 마침내 숨을 거뒀습니다.

저는 가까이 다가가 불러보았습니다. 대답이 없기에 저는 그 눈을 감겨주고 이마에 입을 맞췄습니다.

가여운 마르그리트, 사랑스러운 마르그리트. 제 입맞춤으로 그 사람을 하느님 곁으로 보낼 수만 있다면 저도 성녀가 되고 싶다고 생각했습니다.

저는 고인이 부탁했던 대로 옷을 입혀준 다음 생로슈 성당으로 신부님을 모시러 갔습니다. 그러고는 마르그리트를 위해 촛불 두 자루에 불을 붙이고 성당에서 1시간 동안 기도를 올렸습니다.

저는 마르그리트가 남긴 돈을 가난한 사람들에게 나눠줬습니다.

전 종교에 대해서는 잘 모릅니다. 하지만 제가 참된 눈물을 흘렸고 열심히 기도했으며 진심으로 자선을 베풀었다는 사실을 하느님께서 알아주신다면, 젊음과 아름다움을 간직한 채 죽어가면서도 그 눈을 감겨주고 마지막으로 예쁜 옷을 입혀줄 사람이라고는 저 하나밖에 없었던 그 여인을 가엾이 여겨주시리라고 믿습니다.

2월 22일

오늘 장례를 치렀습니다. 성당에는 마르그리트의 친구들이 많이 몰려왔습니다. 그중에는 진심으로 눈물을 흘리는 사람들도 있었습니다. 그러나 장례 행렬이 몽마르트르 묘지로 갈 때 뒤따라온 사람은 겨우 두 사람뿐이었습니다. 런던에서 급히 달려오신 G 백작과 두 하인의 부축을 받으면서 걷는 공작뿐이었죠.

저는 마르그리트 집으로 돌아와 눈물을 흘리며 이 글을 쓰고 있습니다. 눈앞에서 등불 빛도 슬프게 빛나고 있습니다. 그 옆에 저녁 식사가 준비되어 있고요. 당신도 짐작하시겠지만 저녁을 먹을 기분이 나지 않는군요. 나닌이 저를 위해 일부러 준비해 줬는데 말이죠. 실은 꼬박 하루가 넘도록 아무것도 먹지 못했거든요.

제 삶에서는 이러한 슬픈 인상도 오랫동안 제 마음속에 남지는 못할 것입니다. 마르그리트의 삶이 자기 것이 아니었듯이 제 삶도 제 것이 아니기 때문입니다. 그렇기에 일이 일어난 현장에서 모든 사연을 기록하고 있는 것입니다. 당신이 오랜 시간이 지나고서야 돌아오신다면 제가 이 슬픈 사건을 고스란히 전달할 수 없을지도 모르니까요.

27

"다 읽으셨습니까?" 수기를 다 읽은 나에게 아르망이 물었다.

"당신이 얼마나 괴로우셨을지 충분히 알 것 같습니다. 여기에 적힌 내용이 모두 다 진실이라면."

"아버지께서 모두 다 진실이라고 편지로 확인해 주셨습니다."

우리는 이처럼 슬프게 끝나버린 운명에 대해 한동안 이야기를 나누었다. 그 뒤 나는 집으로 돌아가 잠시 휴식을 취했다.

아르망은 여전히 슬퍼 보였지만 이야기를 다 털어놓고 나니 마음이 좀 편해졌는지 눈에 띄게 건강을 회복했다. 그래서 우리는 프뤼당스와 쥘리 뒤프라를 찾아가 보았다.

프뤼당스는 얼마 전에 파산했다. 그 사람은 우리를 보더니 이게 다 마르그리트 탓이라고 말했다. 그러니까 병든 마르그리트에게 돈을 빌려주느라 사방에 빚을 졌는데, 마르그리트가 돈도 안 갚고 죽어버린 데다가 자기가 돈을 빌려줬음을 증명할 만한 영수증 같은 것도 없어서 결국 빚을 못 갚고 파산했다는 것이다.

프뤼당스는 그런 터무니없는 거짓말을 지어내어 여기저기 퍼뜨리고 다니면서 자기 잘못을 변명하고 있었다. 그 여자는 아르망에게서 천 프랑짜리 지폐를 뜯어냈다. 아르망은 그런 거짓말 따윈 전혀 믿지 않았으나 애써 믿는 척했다. 그만큼 그는 죽은 연인과 관련된 모든 일에 경의를 나타내려 했던 것이다.

이어서 우리는 쥘리 뒤프라를 찾아갔다. 그 여자는 바로 옆에서 지켜본 그 슬픈 사건을 이야기해 주면서 친구를 그리워하며 진심으로 눈물을 흘렸다.

우리는 마르그리트가 잠들어 있는 무덤에도 가보았다. 상쾌한 4월 햇살이 쏟아지는 무덤 위에는 새싹이 돋아나고 있었다.

아르망에게는 마지막 의무가 남아 있었다. 고향으로 돌아가 아버지를 만나는 것이었다. 이번에도 그는 나에게 같이 가달라고 부탁했다.

C시에 도착한 우리는 아들이 묘사했던 초상과 똑같은 뒤발 씨를 만나게 되었다. 키가 크고 근엄하며 상냥한 분이었다.

그는 기쁨의 눈물을 흘리며 아르망을 맞이했고 정다운 손길로 내 손을 잡았다. 그 자리에서 나는 다른 어떤 감정보다도 커다란 이 징세관장의 부성애를 느낄 수 있었다.

아르망의 누이 블랑쉬는 순결한 생각만을 받아들이는 영혼과 고운 말만을 지어내는 입술을 가지고 있는 처녀였다. 눈과 눈빛에는 한 점 그늘도 없었고 입가에는 침착함이 배어 있었다. 돌아온 오빠를 보고 미소 짓는 이 순진한 처녀는, 저 멀리 떨어진 곳에서 한 창녀가 단지 자신을 위해 하느님의 가호를 빌어주길 바라는 마음으로 자신의 행복을 스스로 희생했다는 사실은 전혀 모르고 있었다.

나는 얼마간 이 행복한 가족과 함께 지냈다. 그동안 아버지와 여동생은 이제 겨우 상처가 아물어가는 가슴을 안고 돌아온 남자를 돌보는 데 온 정성을 쏟고 있었다.

이윽고 나는 파리로 돌아와서 이 이야기를 들은 그대로 옮겨 적었다. 이에 대해 누군가는 반박할지도 모르지만 이 이야기에는 단 하나의 장점이 있다. 바로 이 모든 일이 진실이라는 것이다.

이 이야기를 통해서 나는 마르그리트 같은 창녀들 모두가 이런 희생을 할 수 있다는 결론을 내릴 생각은 없다. 말도 안 되는 이야기이다. 그러나 나는 적어도 그들 가운데 한 사람이 살면서 진정한 사랑을 경험했으며 그 때문에 괴로워하다가 죽었다는 사실을 알고 있다. 나는 내가 알게 된 사실을 그대로 적었다. 이것은 하나의 의무였다. 나는 악덕을 옹호할 마음은 없다. 다만 어디에선가 불행에 빠진 고귀한 사람이 기도하는 소리가 들린다면 앞으로도 기꺼이 그 이야기를 세상에 전할 생각이다.

거듭 말하지만 마르그리트 이야기는 예외적인 일이다. 이런 일이 흔히 일어난다면 굳이 이렇게 적을 필요도 없을 것이다.

Histoire du Chevalier des Grieux et de Manon Lescaut
마농 레스코
아베 프레보

머리글

나는 《어느 귀인의 회상록》에 기사 데 그리외의 이야기를 써넣기로 했다. 하지만 이 둘 사이에 무언가 필연이라고 할 만한 것은 없으므로 독자 여러분은 이 부분을 따로 떼어 읽는 편이 오히려 더 이해하기 쉬우리라 생각한다. 이 이야기 자체가 매우 길기 때문에 그렇게라도 하지 않으면 지금까지 계속해 왔던 내 인생 이야기의 맥을 끊게 될지도 모른다. 솔직하게 말하면 내게 '작가란 무엇인가'를 부르짖을 만한 자격은 전혀 없다. 하지만 이런 나 자신도, 이야기를 답답하고 어색하게 만드는 여러 부수적인 사건에서 설화를 떼놓을 필요가 있다는 사실을 모르지는 않는다. 그것은 호라티우스의 다음과 같은 훈화 속에도 분명히 나타나 있다.

먼저 해야 할 말은 먼저 말하고,
다른 말은 기회가 올 때까지 하지 말 것.

이렇게 단순한 진리를 증명하기 위해 이와 같은 위엄 있는 권위까지 끌어다 쓸 필요는 없을 것이다. 왜냐하면 이러한 원칙은 양식이 그 근본을 이루고 있기 때문이다.

만약 내 인생 이야기 속에서 즐겁고 흥미로운 무언가를 발견했다면, 여기에 더할 한 편의 이야기도 독자 여러분에게 충분한 만족을 줄 수 있으리라 약속한다. 사람들은 데 그리외의 행적에서 두려움을 느낄 만큼 활활 타오르는 정염의 구체적인 예를 보게 될 것이다.

나는 사랑에 눈먼 한 젊은이를 그리고자 한다. 그는 행복을 거부하고 끝내 비극적인 상황에 스스로 몸을 내던지려 한다. 자신이 갖춘 모든 재능은 빛나는 미래를 약속하는데도 스스로 뒷골목을 어슬렁거리며 운명과 자연이 가져다준 유리한 조건을 모조리 헛되게 만들어버린다. 자신의 불행이 뻔히 보이는데도 피하려 하지 않고, 그러한 불행을 몸소 느끼면서도 짓밟히는 대로 순응하며 가만히 있다. 친하게 지내는 사람들이 불행을 몰아내는 방법을 끊임없이 알려주는데도 전혀 들으려고 하지 않는다. 말하자면 덕을 갖춘 것 같으면서도 그렇지 않고, 선한 생각을 하면서도 악한 행동을 하는 종잡을 수 없는 성격이다. 이러한 것들이 내가 지금부터 소개하려고 하는 이야기의 배경을 이루고 있다. 양식 있는 사람이라면 결코 이러한 종류의 작품은 없어도 좋다고 생각하지는 않을 것이다. 즐거운 책 읽기라는 기쁨 말고도 품성을 갈고닦을 수 있는 점도 조금은 찾아내 주리라 믿는다. 그리고 대중을 즐겁게 하면서 가르친다는 것은 그들에게 크게 이바지하는 거라고 생각한다.

도덕률에 대해 생각해 보면, 우리는 언제나 도덕률이란 존중받으면서도 무시당한다는 사실을 깨닫고 새삼스레 놀라곤 한다. 관념적으로는 좋은 것, 완전한 것만을 즐기면서 정작 실행에 옮기려 하면 자신과는 거리가 먼 것이라 생각해 버리니 인간의 마음이란 참으로 신기하기 그지없다. 그 원인은 도대체 어디 있는 걸까. 예를 들어 뛰어난 지혜와 세련됨을 웬만큼 갖춘 사람들이 대화를 나눌 때나 고독한 몽상에 잠길 때 일반적으로 어떤 것을 주제로 삼는지 생각해 보자. 그 주제가 도덕적 고찰에 기울어져 있을 때가 많다는 사실은 그들도 쉽게 알아챌 것이다. 그러한 교양 있는 사람의 인생에서 가장 즐거운 순간은 고독한 몽상에 잠겨 있을 때나 친구와 마음을 터놓고 이야기를 나눌 때일 것이다. 미덕이 지닌 매력, 우정의 아름다움, 행복으로 가는 길, 그 길에서 멀어지려고 하는 인간의 나약함, 또한 그 나약함을 구원하는 법. 이런 것들이 그 주제임은 말할 나위 없다. 호라티우스나 부알로 같은 사람들도 이러한 담화를 인생에서 가장 아름다운 것 가운데 하나로 꼽고 그것으로 즐거운 인생을 그려내고자 했다.

그러나 이러한 담화도 무색하게 어째서 사람들은 고상한 사색을 하다가 어이없이 타락해 순식간에 평범한 수준의 인간으로 전락해버리는가? 물론 내가 모자란 탓에 이러한 의문을 풀기 위해 지금 들려는 이유가 우리 사상과 행동의 모순을 충분하게 설명하지 못할 수도 있다. 하지만 한마디 하자면 도덕률이란 모호한 일반적 원칙에 지나지 않기 때문에 이를 인간의 습관이나 세세한 행동에까지 일일이 적용하기란 처음부터 불가능하다. 예를 한번 들어보자. 태어나면서부터 선한 영혼을 지닌 사람들은 온화한 성품과 인정을 바람직한 미덕이라고 생각하며, 이를 실천에 옮기고 싶어 한다. 하지만 정작 실행하라고 하면 어떻게 될까? 잠시 미뤄두게 될 때가 더 많다. 과연 지금이 실행해도 좋을 때인가? 어떤 수단을 택해야 하는지 알고는 있는가? 목표에 잘못된 점은 없는가? 이런 생각을 하고 있으면 자연스레 어딘가 이상이 생기며, 끝내는 어떤 일에든 소극적이 되어버린다. 친절하고 너그러운 사람이 되고 싶다는 생각은 자주 하지만 다른 사람에게 속을까 봐 걱정이다. 마음 약한 사람들은 너무 상냥하고 섬세해지면 다른 사람들에게서 비웃음을 살지도 모른다고 생각한다. 말하자면 이러한 의무들은 인정이라든가 친절 같은 일반적인 개념 속에 너무나도 애매하게 갇혀 있기 때문에 그 의무를 지나치게 완벽하게 마쳤다거나 마치지 못했다고 걱정하는 것이다. 이러한 불안 속에서 우리의 마음이 어디로 향할지 합리적으로 결정할 수 있는 것은 경험이나 구체적인 예이다. 하지만 경험이란 누구나 자유롭게 얻을 수 있는 특권이 아니다. 우연히 처하게 된 수많은 경우에서 얻어지는 것이다. 그래서 거의 모든 사람들은 원칙적으로 구체적인 예 없이는 자신의 도덕관을 행동으로 옮기지 않는다. 그야말로 이러한 부류의 독자에게는 여기에 소개하려고 하는 작품이 매우 유용하게 쓰일 것이다. 물론 말할 것도 없이 성실함과 양식을 갖춘 사람이 쓴 작품이 아니면 안 된다. 여기에 얘기되는 모든 사실이 지식의 한 단계가 되어 경험을 보충하는 학습 재료가 될 테니 말이다. 어떤 사건이라도 자신을 비추는 거울이 된다. 사람들은 그저 자신의 경우에 맞춰 이 거울을 사용하기만 하면 된다. 이 작품 자체는 도덕에 대한 논문이지만 그것이 유쾌한 담소 속에 펼쳐진다.

  까다로운 독자는 내가 이 나이에 파란만장한 사랑 이야기 따위나 쓰려고 펜을 들었다는 사실에 분개할지도 모른다. 그러나 지금 말한 고찰에 근거가 있다면, 이 고찰은 나를 떳떳하게 만들어줄 것이다. 만약 잘못되었다면 그 잘못된 생각이 적어도 나에 대한 변명은 될 것이다.

제1부

  이 이야기를 하기 위해서는 내가 처음으로 기사 데 그리외와 만났던 그때로 돌아가야만 한다. 내가 스페인으로 떠나기 6개월여 전의 일이었다. 묵고 있는 은신처를 벗어나는 일이 거의 없었던 나는 그래도 가끔 딸아이를 위해 잠시 여행 정도는 다녀오고는 했다. 아주 짧은 여행을.
  어느 날, 루앙에 있는 노르망디 고등법원에 다녀오는 길이었다. 딸아이에게 외할아버지로부터 상속받은 땅이 있었는데 그 상속에 대해서 청원을 내기 위해 노르망디 고등법원까지 가 달라는 딸아이 부탁이 있었기 때문이다. 에브뢰로 길을 잡고, 첫날 밤은 거기서 묵은 뒤 이튿날 22,23킬로 거리의 파시에서 점심을 먹기로 했다.
  그 마을에 들어서는 순간 나는 무척 놀라운 광경을 목격했다. 마을 사람들이 모두 집 밖으로 뛰쳐나와 떼를 지어 어느 허름한 여관으로 몰려가고 있었던 것이다. 여관 곁에는 덮개 있는 마차가 두 대 서 있었다. 말들이 아직도 수레에 매인 채 피로와 더위로 가쁜 숨을 몰아쉬고 있는 것으로 보아 막 도착한 모양이었다. 이 소동의 원인을 알아보기 위해 나는 잠깐 발걸음을 멈추기는 했지만 구경꾼들에게서는 설명 따위 기대할 수 없을 것 같았다. 그들은 내 질문에 귀를 기울이기는커녕 밀고 당기고 거꾸러지면서 여관 쪽으로 거센 발걸음을 옮길 뿐이었다. 때마침 탄띠를 몸에 두르고 어깨에 총을 멘 한 호송병이 문 앞에 나타났다. 나는 손짓으로 그를 불러 무슨 일이냐고 물어보았다.
  "뭐, 별일 아닙니다." 그가 대답했다.
  "작부 12명을 르 아브르 드 그라스까지 데리고 가서 배를 태워 미국으로 보내는 겁니다. 그들 중에 쓸 만한 예쁜 것들이 더러 있어 사람들이 흥분하고 있는 걸 테지요."

이 말만 들었더라면 나는 그곳을 그냥 지나쳐 버렸을지도 모른다. 그런데 바로 그때, 여관에서 뛰쳐나온 한 노파의 탄식하는 소리에 문득 발걸음을 멈추고 말았다. 노파는, 얼마나 안타까운지 너무나도 불쌍해서 차마 눈을 뜨고 볼 수가 없다고 두 손을 굳게 움켜잡은 채 절규하는 것이다.

"대체 무슨 일인가?" 나는 노파에게 물었다.

"아이구, 나리, 들어가 보세요. 어찌나 안됐는지 가슴이 찢어질 것 같습니다." 노파가 너무나도 안쓰럽다는 듯 말했다.

호기심에 끌려 말에서 내린 뒤, 마부에게 말을 맡기고는 구경꾼들 사이를 비집고 겨우 여관으로 들어갔다. 과연 애처로운 광경이 눈에 들어왔다. 둘로 나뉜 작부들의 허리는 쇠사슬로 묶여 있었다. 그중 한 여인은 얼굴 생김새며 자태가 다른 장소에서 만났다면 여염집 아가씨로 여겼을 정도로, 도저히 그런 자리에 어울리지 않을 만큼 고상해 보였다. 그녀의 비탄도 더러워진 옷도, 그녀를 추해 보이게 하기는커녕 오히려 경의와 연민의 정을 일으켰다. 그러나 그녀는 구경꾼들의 시선을 피하려고 쇠사슬이 조금 늦추어질 때마다 몸을 다른 쪽으로 돌리려 애쓰고 있었다. 아주 자연스러운 그 모습은 마음속 깊은 곳에서 우러나오는 몸에 밴 행동처럼 느껴졌다. 이 가엾은 여인들을 감시하고 있는 호송병 6명이 한방에 있었으므로 나는 호위대장을 불러 그 아름다운 여인의 신상에 대해 몇 마디 물어보았다. 그는 아주 간단하게 말해줄 뿐이었다.

"저 여자는 오피탈[1]에서 끌려왔습니다. 물론, 경시총감의 명령으로 말이지요. 뭔가 몹쓸 짓을 했기에 거기에 끌려 들어갔겠지요. 나도 여기까지 오는 길에 말을 걸어봤지만 고집불통인지 아무런 대꾸도 안 하더라고요. 내 나름대로는 조금쯤 신경을 써줬는데도 말이죠. 저런 꼴이기는 하지만 다른 여자들보다는 조금 나은 것처럼 보여서요. 저기 젊은 남자 보이시죠?"

호위대장은 방 한구석으로 시선을 돌렸다가 다시 말을 이었다.

"저 사람이라면 그 여인이 불행해진 원인에 대해서 나보다 더 잘 말씀드릴 수 있을 겁니다. 파리에서부터 따라온 사람인데 눈물이 마를 새가 없었으니까요.

---

1) 1656년 파리에 세워졌다. 걸인이나 부랑인, 특히 행실이 나쁜 여자들을 감금하는 곳. 오늘날의 라 살페트리에르 병원. 마농의 우물이라 불리는 것이 아직도 남아 있다.

제1부 249

그 여자의 오빠이거나 아니면 정부일 테지요."

나는 젊은 사나이가 앉아 있는 방 한구석으로 시선을 돌렸다. 그는 깊은 시름에 잠겨 있는 것 같았다. 그처럼 고통스러워하는 모습은 처음 보았다. 옷차림은 몹시 초라했지만 첫눈에 보아도 가문 좋고 교양 있는 사람임을 알 수 있었다. 내가 그에게 가까이 다가가자 그도 몸을 일으켰다. 그의 눈과 얼굴과 모든 동작이 매우 세련되었고 섬세한 품위가 엿보였으므로 자연스레 그에게 호감을 갖게 되었다.

"실례가 되지 않을까 모르겠습니다."

그 곁에 앉으면서 말을 건넸다.

"저 아름다운 여인에 대해 좀 여쭈어도 되겠습니까? 아무리 봐도 저런 일을 겪어야 할 여인 같지는 않아서 말입니다."

그 젊은이는 자기 자신의 신분을 밝히지 않고서는 그 여자에 대해 말해줄 수 없는데, 어쩔 수 없는 사정으로 자기 신분을 밝히지 못하겠다고 솔직하게 말했다.

"그렇지만"

그는 호위병 쪽을 가리키며 말을 이었다.

"저자들도 알고 있는 정도의 이야기는 해드릴 수 있습니다. 내가 너무나도 열정적으로 그녀를 사랑하고 있기 때문에 이 세상에서 가장 불행한 남자가 되었다는 것 말입니다. 파리에서 나는 그녀를 석방시키기 위해 온갖 수단과 방법을 다 동원했습니다. 탄원도 해보았고, 계략도 꾸며보았고, 폭력도 써보았지만 모두가 헛일이었습니다. 그래서 이 세상 끝까지 그녀를 따라가기로 결심했지요. 나도 그녀와 함께 배를 타고 미국으로 건너가려 합니다. 하지만 너무나 잔인하게도 저 비열한 자들이"

호송병들을 가리키며 그는 말을 계속했다.

"내가 그녀에게 가까이 다가서는 것조차도 허락하지 않습니다. 나는 파리에서 12,13킬로 떨어진 곳에서 저들을 습격할 계획이었지요. 그래서 적지 않은 돈으로 나를 도울 사람을 네 사람이나 샀는데, 막상 때가 되니 놈들은 모두 나를 배신하고 돈만 먹고는 사라져 버리고 말았습니다. 폭력으로도 성공할 수 없게 되고 보니 항복할 수밖에요. 하는 수 없이 충분한 보수를 줄 테니 따라가는 것만이라도 허락해 달라고 호위병들에게 부탁했습니다. 돈이 탐난 놈들은 결국 승낙했지요. 그런데 사랑하는 그녀에게 말 한마디 할 때마다 돈을 내라고 하지 않겠습니까. 그러다 보니 얼마 지나지 않아 돈이 떨어지고 말았지요. 무일푼이 되고부터는 내가 그녀에게 한 발짝이라도 다가서면 몰인정하게도 날 난폭하게 내동댕이치는 겁니다. 그래도 그런 위협을 무시하고 그녀에게 다가갔더니 총부리로 겨누기까지 하더군요. 이제는 하는 수 없이 여기까지 타고 온 변변치 않은 말이나마 팔아 놈들의 욕심을 채워주고, 걸어서라도 따라가지 않으면 안 되게 되었습니다."

퍽 침착하게 자초지종을 이야기하는 듯했지만 젊은이는 말을 끝내자 흐르는 눈물을 멈추지 못했다. 이 사랑만큼 감동적이고 애처로운 이야기는 들어본 적이 없다.

"당신의 비밀을 다 말해 달라는 것은 아닙니다. 그렇지만 만약 내가 댁을 위해 도움 될 만한 일이 있다면 기꺼이 도와드리겠습니다."

"아아! 나에게 무슨 희망이 있겠습니까? 가혹한 운명에 복종할 수밖에요. 미국으로 건너가렵니다. 그곳에 가면 사랑하는 이와 자유로이 살 수 있겠지요. 친구에게 편지를 보냈으니 르 아브르 드 그라스까지 가면 거기서는 도움을 좀 받을 수 있을 겁니다. 다만 거기까지 가는 게 문제입니다. 게다가 불쌍한 저 여인에게"

그는 애처로워 못 견디겠다는 듯 여인을 바라보며 말을 이었다.

"중간에 뭔가를 좀 해주고 싶은데 생각대로 할 수 없다는 게 안타까울 뿐입니다."

"당신의 고통을 조금 덜어드리지요. 얼마 되지는 않지만 내게 돈이 조금 있습니다. 주저 마시고 받아주십시오. 달리 도움이 되지 못하는 것이 유감입니다."

나는 호송병들 몰래 금화 4루이[2]를 그에게 주었다. 그들이 돈을 보면 더 비싸게 흥정해올 것이 분명했으므로. 또한 젊은이가 르 아브르까지 줄곧 애인 곁

---

2) 1루이=24프랑.

에서 함께 갈 수 있도록 호송병들과 거래를 해볼 생각이었다. 그래서 대장한테 가까이 오라는 손짓을 하고는 그에게 제안했다. 뻔뻔스러운 녀석이었지만 너무나도 부끄러운 것처럼 행동했다.

"우리가"

대장은 난처하다는 듯 말했다.

"저 여자한테 이야기를 시키지 말라는 것은 아닙니다. 하지만 늘 곁에만 있으려 하니, 우리로서도 곤란한 점이 많지요. 그만큼 지장이 있으니까요. 그 대가를 치르는 것은 당연한 일이겠지요."

"그래, 그 곤란을 느끼지 않도록 하려면 대장에게 어떻게 해드려야 하는지 생각 좀 해봅시다."

그는 엄청나게도 2루이를 요구했다. 나는 그 자리에서 돈을 지불했다.

"그렇지만 조심하시오. 현명하지 못한 수작은 하지 않는 게 좋을 거요. 무슨 일이 있거든 알리도록 이 젊은이에게 내 주소를 주고 갈 테니까. 당신을 욕보일 만큼의 권한은 내게도 있으니 그리 아시오."

나는 금화 6루이를 소비했다. 그러나 난생처음 만난 이 젊은이가 표현한 극진한 감사와 감격은 그가 결코 하찮은 사람이 아니요, 내가 은혜를 베풀기에 충분한 사람이라는 확신을 갖게 했다. 나는 여관에서 나오기 전에 그 여인에게도 몇 마디 말을 건넸다. 그녀는 어찌나 상냥하고 사랑스러우면서도 얌전한 태도로 대답하던지 여인의 알 수 없는 성격에 대해 잠시 생각에 빠지게 했다.

집으로 돌아온 나는, 그들의 그 뒤 소식은 전혀 알 수 없었다. 어느덧 2년이라는 세월이 흘러 그 일을 까마득히 잊고 있을 때, 우연히 그 일의 뒷이야기를 알 수 있는 기회가 찾아왔다.

나는 런던에서 제자뻘 되는 모 후작과 함께 칼레로 갔다. 내 기억이 틀리지 않는다면 우리는 리옹 도르(황금사자)라는 숙소에 머물렀는데 어떤 사정이 생겨 그날과 이튿날 밤까지 그곳에 머물게 되었다. 그날 오후, 거리를 걷다가 우연히도 파시에서 만난 그 젊은이를 발견한 것이다. 수려한 그의 용모로 어렵잖게 그를 알아볼 수 있었다. 그의 차림새는 몹시 초라했고 처음 만났을 때보다 더 수척해 보였다. 방금 마을에 도착한 듯한 그의 한쪽 손에는 낡은 여행 가방이 들려 있었다.

"저 젊은이를 좀 만나봐야겠소."

후작을 돌아보며 말했다.

젊은이 역시 나를 알아보고 무척이나 기뻐했는데 그 모습을 글로는 다 표현할 수가 없다.

"아, 당신이셨군요!"

그는 내 손에 키스를 하며 외쳤다.

"죽어도 잊지 못할 은혜에 대한 인사를 다시 한번 드릴 수 있게 되었습니다."

어디서 오는 길이냐고 물었더니 그는 얼마 전 미국에서 돌아왔으며, 르 아브르 드 그라스에서 여기까지 배편으로 왔다고 짧게 답했다.

"보아 하니 형편이 여의치 않은 것 같군요. 괜찮다면 내가 묵고 있는 여관으로 가세요. 나도 곧 돌아갈 테니."

나는 그들의 운명적인 이야기라든가 미국 여행의 경위 등을 자세히 알고 싶은 마음에 곧 숙소로 발걸음을 옮겼다. 나는 그를 위해 최대한 호의를 베풀었으며 숙소 사람들에게 잘 일러두어 아무 불편 없이 해주었다. 그는 내가 자신에게 신상 이야기를 재촉할 것이라고는 생각지도 않은 모양이었다.

"당신에게는 큰 은혜를 입었습니다. 그런 당신에게 무언가를 숨긴다면 은혜도 모르는 인간이 되겠지요. 모두 다 말씀드리겠습니다. 분명 당신은 나를 비난하시면서도 동정해 주시리라 믿습니다."

여기서 독자에게 알려드릴 것은, 내가 그의 이야기를 듣자마자 그 이야기를 쓰기 시작했다는 것이다. 따라서 이 이야기는 정확하고 충실한 내용임을 믿어도 좋다. 나는 이 어린 사랑의 탐험가가 좀처럼 볼 수 없는 고상함을 가지고 이야기한 갖가지 반성과 감개에 잠길 때까지의 이야기를 충실히 적어가려고 한다. 또한 이 이야기의 마지막 한 줄까지 그의 말이 아닌 것은 한마디도 보태지 않을 것이다.

그때 나는 17살로 철학공부를 마쳤을 때였다. 우리 집안은 P 지방에서도 명문가 중 하나였는데, 부모님이 나를 아미앵으로 유학 보냈다. 나는 품행이 단정하고 온순해서 선생님들이 나를 모범생으로 추천해 줄 정도였다. 그렇다고 이 명예를 얻으려는 속셈으로 남다른 노력을 한 것이 아니라, 그저 타고난 성품 자체가 온화하고 조용했을 뿐이다. 공부가 좋아서 학업에 열중했다. 본디 악덕은 너무나 싫어했으므로, 나의 악덕에 대한 자연스러운 혐오의 표시를 다른 사람들은 미덕으로 여겼다. 좋은 가문과 뛰어난 학업 성적, 깨끗한 용모로 나는 마을의 모든 사람들로부터도 인정받았으며 존중받았다. 언젠가 한번은 많은 갈채를 받으며 공개 발표회를 끝마쳤는데, 자리를 같이했던 한 주교는 성직자가 되지 않겠느냐고 권유할 정도였다. 부모님이 바라는 십자군에 들어가는 것보다 성직자가 되는 것이 훨씬 나을 거라면서. 그 무렵, 부모님은 이미 나를 기사 데 그리외라 불렀고, 십자장을 달게 했다.

방학이 되어 집으로 돌아갈 준비를 하고 있었다. 아버지는 나를 곧 상급학교로 보내주겠다고 약속했다. 아미앵을 떠나는 것이 아쉬웠던 한 가지 이유는, 늘 친하게 지낸 한 친구를 남겨두고 떠나야 한다는 사실이었다. 그는 나보다 나이가 많았다. 우리는 함께 공부해 왔지만 집안이 몹시 가난한 그는 성직을 택할 수밖에 없었다. 그래서 내가 떠난 뒤에도 아미앵에 남아 성직에 필요한 공부를 해야만 했다. 그는 훌륭한 점을 많이 갖춘 사람이었다. 앞으로 내 이야기가 전개되는 동안 그의 진정한 미덕을 알게 되겠지만, 특히 두터운 우정과 관용은 훌륭하신 옛 성현들에 비할 바가 아니다. 그때 그의 충고에 따르기만 했던들 나는 변함없이 어질고 행복했을 것이 아닌가! 나의 열정이 몰아넣은 운명의 낭떠러지에서 그의 질책을 귀담아들었더라면 행운과 명성의 파국에서 그래도 무엇인가 건져낼 수 있었을 텐데. 그러나 그의 온갖 정성은 물거품이 되어버렸다. 못된 나는 그에게 화를 내고 성가신 걱정이라 물리치기만 했으니, 그가 얼마나 비탄에 잠겼겠는가.

아미앵을 떠날 날은 이미 결정되어 있었다. 아! 어째서 하루 더 일찍 결정하지 않았을까! 그랬더라면 순진한 내 모습 그대로 아버지에게 돌아갔으련만.

이 고장을 떠나기로 한 바로 전날이었다. 티베르주라는 친구와 길을 걷고 있으려니 아라스에서 온 역마차가 눈에 띄었다. 우리는 손님들이 내리는 숙소까지 따라가 보았다. 단순한 호기심이었을 뿐, 아무런 동기도 없었다. 마차에서 내린 몇몇 부인들이 숙소로 들어가고, 젊은 여인이 혼자 뒤에 처져 옆 뜰에 서 있었다. 그 옆에서는 그녀의 수행인인 듯싶은 나이 지긋한 사나이가 짐 풀기에 열중하고 있었다. 그 여인은 참으로 아름다웠다. 일찍이 이성에 대해 생각해 본 일도 없었거니와, 여자에게 한눈 한 번 팔아보지 않았던 나, 분별력과 조심성으로 모든 이의 칭찬을 받곤 하던 내가 순간적으로 미친 듯 정열에 휩싸였다. 겁이 많고 금세 당황하는 습성이 있었지만 그때만은 조금도 망설이지 않고 첫눈에 반해버린 그 여인 앞으로 다가갔다. 그녀는 나보다 어려 보였는데 수줍은 기색도 없이 정중한 내 인사를 받는 것이었다. 나는 그녀가 무슨 일로 아미앵에 오게 되었는지, 이 고장에 친척이 있는지 물어보았다. 그녀는 부모님의 명령으로 수녀가 되기 위해 왔노라고 솔직하게 대답했다. 한번 사랑의 불길이 일자 사랑을 위해 내 머리는 잘도 돌아갔다. 나는 그녀의 부모가 그런 결정을 한 것이 내 욕망의 치명적인 타격이 될 것이라고 생각했다. 그녀는 나보다 훨씬 조숙해 보였으므로 나는 내 이런 감정을 그녀가 알아챌 수 있도록 이야기했다. 지금 생각해 보면 그녀 집에서 마다하는 그녀를 억지로 수도원에 보내려고 밀어붙인 것은 이미 싹트기 시작한 향락의 유혹에 빠지지 않도록 하기 위함이었음이 분명하다. 이미 싹이 보이기 시작한 그녀의 향락 취향이야말로 앞으로 그녀와 나 사이의 불행을 가져오는 씨앗이 되었던 것이다. 그러나 나는 불꽃처럼 타오르는 사랑과 사변적인 웅변이 깨우쳐주는 온갖 이유를 들어 부모의 잔인한 의도를 맹렬히 비난했다. 그녀는 이에 대해 냉담하지도 않았고 대수롭게 여기지도 않았다. 한동안 잠자코 있더니, 이윽고 자기는 앞으로 불행을 예감하고 있지만 이렇다 할 피할 길도 마련되어 있지 않은 것을 보면 이것은 하늘이 내린 운명일 것이라고 말했다.

이런 불만을 토로할 때의 그녀의 부드러운 눈길, 우수에 젖은 요염한 모습, 아니 그보다는 차라리 나를 파멸로 몰고 갈 운명의 힘이라는 것이 나로 하여금 앞뒤 생각도 없이 단언하게 만들었다. 나는 그녀에게 한마디로, 만일 나의 명예와 이미 가슴속에 불붙은 끝없는 애정을 조금이라도 믿어준다면 내 목숨을 걸고 그녀를 부모님의 강압으로부터 구해내 행복하게 해주겠다고 말해버리고 말았다. 이 일을 생각할 때마다 나는 내 마음을 털어놓은 그때, 그렇게 대담하고 침착한 행동이 어디서 나온 것인지 나 자신도 참으로 신기하기만 하다. 그러나 사랑이란 신비로운 것. 때로는 놀라운 기적을 낳는다. 나는 먼저 서둘러야 할 여러 가지 일들을 일러주었다. 처음 만난 이 아름다운 처녀, 내 나이로 보아 설마 속임수를 쓸 리야 없겠지, 생각한 모양이었다. 그래서 만약 자기를 자유롭게 해준다면 목숨보다 소중한 대가를 지불하리라 생각한다는 것이었다. 나는 어떤 일이라도 할 용의가 있다고 큰소리는 쳤으나 당장에 뾰족한 방법을 생각해 낼 만큼의 경험이 없었던 터라 크게 의지할 바가 되지 못하는 막연한 확언에 매달릴 수밖에 없었다.

그사이, 그녀의 늙은 하인이 우리 곁으로 왔는데 눈치도 없이 어리둥절해하고만 있던 나를 그녀가 재치 있게 둘러대지 않았다면 내 희망은 영영 물거품으로 돌아갈 뻔했다. 그 하인이 곁으로 가까이 다가오자 그녀는 곧 나를 사촌오빠라고 부르면서 반갑게도 아미앵에서 만나게 되었으니, 수도원에 들어가는 것은 내일로 미루고 저녁이나 같이하자고 조금도 어색함 없이 말하는 것이었다. 나는 놀란 입을 다물 수가 없었다. 그러나 재빨리 눈치챈 나는 장단을 맞춰 말하기를, 오랫동안 아버지의 마부로 있던 자가 여기서 여관을 경영하고 있는데, 내 일이라면 성의껏 돌보아줄 것이니, 거기서 묵으라고 권했다. 나는 몸소 그들을 안내했는데, 늙은 하인은 꺼림칙한 기색이었고, 친구 티베르주는 무슨 영문인지도 모른 채 잠자코 따라올 뿐이었다. 내가 이 아름다운 여인에게 사랑을 고백하고 있을 동안 그는 정원을 산책하고 있었던 탓에 우리 둘의 대화를 조금도 듣지 못했던 것이다. 그러나 나는 잘도 돌아가는 그의 머리가 두려웠으므로, 다른 일을 부탁하여 그를 따돌리고 말았다. 이리하여 여관에 들어가 내 가슴을 뛰게 만든 사랑하는 여인과 단둘이 속삭이며 기쁨의 시간을 갖게 되었다.

그러는 사이 나는 예상 밖으로 나 자신이 어린아이가 아니라는 것을 알게 되었다. 일찍이 생각조차 해보지 않았던 온갖 향락적인 감정에 눈을 떴고, 감미로운 열정이 내 핏줄을 타고 흘렀다. 나는 몹시 흥분하여 한동안 말을 잊은 채 눈빛으로 표현할 뿐이었다. 마농 레스코 양(모두 그렇게 부른다고 그녀가 말했다)은 자기 매력이 이렇듯 효과를 나타내는 것을 보고 만족하는 것 같았다. 게다가 나에 못지않게 깊은 감동을 받았다는 것을 알 수 있었다. 그녀는 나를 고맙게 여기며 내 덕택으로 자유의 몸이 된다면 말할 수 없이 기쁠 것이라고 했다. 그녀는 나의 신분을 알고 싶어 했다. 모든 것을 알게 된 뒤로는 더욱 애정이 깊어지는 것 같았다. 그녀도 꽤 잘사는 집안 출신이기는 했지만 그리 훌륭한 가문은 아니었던 터라 나와 같은 훌륭한 가문 출신인 애인을 갖게 되어 자못 자랑스러운 모양이었다. 우리는 어떻게 하면 같이 살 수 있을지 궁리했지만 골똘히 생각한 끝에 도망치는 수밖에 별도리가 없으리라는 결론을 내렸다. 그러기 위해서는 하인의 감시를 피해야만 되는데, 그는 비록 하인에 불과했지만 그래도 조심해야 할 인물이었다. 결국 밤사이에 내가 역마차 한 대를 준비해 두었다가 그가 일어나기 전 새벽녘에 숙소로 돌아오기로 했다. 그런 다음 둘이서 몰래 도망쳐 나와, 곧장 파리로 달려가서 도착하는 대로 결혼하기로 했다. 나한테는 조금씩 모아둔 용돈이 50에퀴[3]쯤 있었고, 그녀는 내 2배 정도의 돈을 갖고 있었다. 철없는 아이들같이 우리는 이 돈이 영영 없어지지 않을 것처럼 생각했으며 다른 모든 계획도 성공하리라 자신했다.

  전에 맛보지 못한 흐뭇한 기분으로 저녁을 먹고 난 뒤, 나는 계획에 착수하려고 자리를 떴다. 이튿날 집으로 돌아갈 계획이었기에 내 짐은 이미 준비가 다 돼 있었으므로 아주 간단했다. 그리하여 짐을 실어 보내는 일이나, 마을의 성문이 열리는 시각인 새벽 5시에 출발하도록 역마차를 대령시키는 일 따위는 조금도 어렵지 않았다. 그러나 생각지도 않았던 문제가 생겨 하마터면 계획을 송두리째 망칠 뻔했다.

  티베르주는 나보다 3살 위였지만 판단력 있고 품행 방정한 청년이었다. 게다가 아주 두터운 우정으로 나를 대하고 있었다. 내가 마농처럼 아름다운 여인을 만난 일, 적극적으로 여인을 여관에 안내한 일, 더구나 자기를 자꾸 피하려 드는 내 거동을 보아하니 혹시 사랑에 빠진 것은 아닌지 의심을 품었던 것이다. 그를 따돌린 채 들어간 여관집으로는 차마 찾아오지 않았지만 내 하숙방에서 나를 기다리고 있었다. 내가 돌아왔을 때는 벌써 10시가 되어가고 있었다. 기다

---

3) 1에퀴=3프랑.

리고 앉아 있는 그를 보자 그만 맥이 풀렸다. 자기 때문에 낭패한 나의 움직임을 그는 쉽사리 눈치챘다.

"자네, 뭔가 내게 숨기는 게 있지? 자네 태도를 보니 알겠네."

나는 내 계획을 일일이 그에게 보고해야 할 의무는 없지 않으냐고 퉁명스럽게 대꾸했다.

"물론이지. 하지만 자넨 언제나 나를 친구로 대해주지 않았나. 내게 정말 그런 자격이 있다면 친구끼리 좀 더 믿고 정직해야 하지 않을까?"

그가 강력하고도 끈질기게 나를 몰아붙였으므로 마침내 나는 항복하고 말았다. 평소 비밀이 없는 사이였기에 내 정열을 남김없이 다 털어놓았다. 언짢은 표정으로 얘기를 듣고 있는 그의 태도에 소름이 끼칠 정도였다. 우리 도주 계획까지 말해버린 내 경솔함에 크게 후회했다. 그는 진정한 친구의 도리로서 있는 힘을 다해 반대하지 않을 수 없다고 잘라 말했다. 어쨌든 내 마음을 돌이킬 수 있도록 최선을 다해보겠지만 그래도 내가 이 어처구니없는 결심을 버리지 않는다면 나를 가로막을 수 있는 사람들에게 알리겠다는 것이었다. 그는 15분이 넘도록 나를 진지하게 타일렀는데, 마침내는 좀 더 현명하게, 그리고 이성적으로 행동하겠다고 약속하지 않으면 비밀을 폭로하겠다고까지 위협했다.

나는 쉽사리 비밀을 털어놓은 것이 너무나 원망스러울 따름이었다. 그러나 몇 시간 전부터 사랑의 신은 내 편이 되어 있었던 터라, 내 계획을 이튿날 실행할 것이라는 사실은 아직 말하지 않았다는 것을 문득 깨달았다. 그리하여 그럴 듯하게 얼버무리기로 작정했다.

"티베르주 난 지금까지 자네를 친구라고 믿어왔네. 그래 이런 고백으로 자네를 시험해 볼 셈이었어. 내가 그 여자를 사랑한다는 것은 사실이야. 아니라고는 하지 않겠네. 그러나 말이 도망이지 어디 함부로 그런 짓을 할 수야 있겠나. 내일 아침 9시에 날 만나러 와주게. 자네에게 내 애인을 소개할 테니, 어디 그만한 가치가 있는 여자인가 판단해 보게"

그는 친구로서의 맹세를 거듭 늘어놓은 뒤에야 나를 남겨두고 돌아갔다. 밤새 준비를 하고 동틀 무렵 마농의 여관으로 가니 그녀는 나를 기다리고 있었다. 한길로 난 창가에 서 있다가 나를 발견하자 달려와서 문을 열어주었다. 우리는 조용히 밖으로 빠져나왔다. 그녀의 짐은 속옷보따리뿐이었으며 내가 받아들었다. 역마차는 떠날 준비가 되어 있어 우리는 재빨리 마을을 벗어났다.

내게 속은 것을 안 티베르주가 어떤 행동을 취했는가는 뒤에 이야기하기로 하겠다. 그의 뜨거운 우정은 이 일을 겪고서도 조금도 식지 않았다. 앞으로 알게 되겠지만 그가 얼마나 참된 우정을 보여주었는지, 또 그에 대한 보답으로 내가 어떠한 태도를 보였는지를 생각할 때마다 눈물이 앞을 가린다.

우리는 쉬지 않고 달렸기 때문에 날이 저물기 전에 생드니에 도착했다. 나는 말달리고 있었으므로 말을 바꿀 때 말고는 마농과 이야기를 나눌 겨를도 없었다. 그러나 파리가 가까워졌기에, 다시 말해 이제는 마음을 놓을 수도 있었으므로 잠시 쉬었다 가기로 했다. 우리는 아미앵을 떠난 뒤 아무것도 먹지 못했던 것이다. 내가 얼마나 열렬히 마농을 사랑했는지 알 수 없지만, 마농 또한 나 못지않은 사랑을 표시했다. 우리는 단둘이 되기를 기다리다 못해 이목 따위는 아랑곳없이 애무를 나누었다. 이렇듯 사랑에 빠진 우리를 마부도 여관집 사람들도 어이없다는 듯 쳐다보았다. 아직 어린 우리가 미칠 듯 사랑하고 있는 것이 너무 기가 막히는 모양이었다. 우리의 결혼 계획은 생드니에서 외면당했다. 우리는 교회법을 어긴 것이다. 하지만 그런 것과는 상관없이 우리는 부부인 양 행동했다.

본디 독실하고 인정 많은 사람이라 만약 마농만 정숙했다면 나의 일생은 분명 행복했을 것이다. 나는 그 여자를 깊이 사귈수록 그 속에서 새롭고, 사랑스러운 점을 발견하게 되었다. 재치, 아름다운 마음씨, 깊은 정과 아름다운 모습은 강하고도 매혹적인 쇠사슬이 되어 나를 묶었으며 마침내는 나의 모든 행복을 버리면서까지도 그로부터 떠나지 못하게끔 되었다. 그것이 얼마나 끔찍한 결과를 낳았는지! 나를 절망시키는 것이 또한 나를 가장 행복하게 만들 수도 있었던 것이다. 나는 내 성실한 성격으로 말미암아 온갖 운명 속에서도 가장 달콤한 운명을 기대했고, 가장 완전한 사랑의 대가를 기대했다. 그러나 안타깝게도 내 성실한 성격 때문에 나는 이 세상에서 가장 불행한 인간이 되어

버렸다.

우리는 파시에 도착해 살림 도구가 딸린 집을 얻었다. 이것은 V 거리에 있었는데 불행하게도 유명한 세리 B 씨 저택의 이웃이었다. 처음 3주일 동안은 고향집 일이며, 내가 행방불명이 된 뒤 아버지가 겪었을 슬픔 등은 까맣게 잊어버리고 사랑에만 빠져 지냈다. 나의 행동은 방탕과는 달랐다. 마농 또한 꽤나 조신하게 행동했으므로 생활이 안정되어 가면서 차츰 나도 내 의무에 대해 생각하게 되었다. 그래서 할 수만 있다면 아버지의 허락을 얻기로 마음먹었다. 내 애인이 이처럼 사랑스러우니만큼, 만약 그녀의 슬기로움과 훌륭한 성품을 알리는 방법만 생각해 낸다면 그녀가 반드시 아버지의 마음에 들게 될 것임을 나는 조금도 의심하지 않았다. 다시 말하자면 아버지의 승낙 없이는 결혼할 수 없었으므로, 아버지에게 잘 말씀드리면 결혼할 수 있게 되리라 생각한 것이다.

나는 모든 생각을 마농에게 말했다. 그리고 사랑이나 의무뿐만 아니라 생활 문제를 고려하지 않으면 안 된다는 것을 그녀에게 깨우쳐주었다. 왜냐하면 우리의 용돈이 바닥난 데다가 돈이란 언제까지나 마르지 않는다는 생각에서 깨어나기 시작했기 때문이다. 마농은 이 제안에 대해 매우 냉담했다. 그러나 그녀의 반대 이유가 바로 사랑 때문이고, 또 아버지가 우리의 은신처를 알게 된 뒤 우리의 소원을 들어주시지 않는다면 나를 잃게 되리라는 우려에서 나온 것이리라 생각한 나는 앞으로 다가올 잔혹한 운명을 조금도 의심하지 않았다. 그녀는 생활 문제는 아직 몇 주일쯤 지낼 돈은 남아 있으니 걱정 말라고 했다. 그리고 그나마 떨어지면 시골 친척에게 편지를 보내 동정을 바랄 수도 있는 일이라고 대답하는 것이었다. 그녀는 아주 상냥스럽고도 열정 넘치는 애무로 나를 녹이면서 이 반대 의견을 내세웠으므로 오직 그녀의 품 안에 살고, 그녀의 사랑에 대해 전혀 의심해본 일이 없는 나는 그녀의 모든 대답과 결정에 이내 찬성하고 말았다.

나는 우리의 가계 지출을 모두 그녀에게 맡겨놓고 있었다. 그런데 그 뒤 얼마 되지 않아 식탁의 음식 차림이 전보다 훌륭해지고 마농 또한 무척 사치스러운 몸치장을 하고 있는 것을 느끼게 되었다. 우리에게 남은 돈이라고는 기껏해야 12피스톨[4]이나 15피스톨밖에 되지 않는다는 것을 알고 있는 나로서는 이 늘어나는 살림을 보고 놀라지 않을 수 없었다. 그녀는 웃으면서 조금도 걱정하지 말라고 나에게 말하는 것이었다.

"돈이란 건 돌고 도는 거라고 내가 곧잘 말했잖아요?"

그 말에 불안함을 느끼기에는 내 사랑이 너무나 단순했다.

어느 날 오후, 여느 때보다 좀 늦을 거라는 말을 남기고 외출했다가 예정보다 일찍 돌아와 문을 두드리니 2, 3분이나 지난 다음 문이 열렸다. 우리는 우리 또래의 하녀를 한 사람 데리고 있었는데, 문을 열어준 그녀에게 왜 이렇게 늦게 문을 여느냐고 물었다. 하녀는 난처한 얼굴로 문 두드리는 소리가 들리지 않았다고 대답했다. 나는 한 번만 노크했을 뿐이었다.

"그래 문 두드리는 소리를 못 들었는데 어떻게 문을 열어 나왔지?"

이 물음에 당황한 하녀는 당장 대답을 꾸며낼 수가 없는 듯 눈물을 흘리며 자기의 잘못이 아니고, 안주인께서 B 씨가 뒤편 계단으로 몰래 빠져나갈 때까지 문을 열지 말라는 분부가 있었기 때문이라고 사정하는 것이었다. 이 말에 나는 그만 맥이 풀려 집 안으로 들어설 용기가 나지 않았다. 볼일이 있다는 핑계로 나는 다시 밖으로 나갈 생각으로, 하녀에게 곧 돌아올 테니 안주인에게 그렇게 전하고 B 씨에 대한 얘기를 했다는 말은 하지 말라고 일렀다.

나는 너무나도 놀란 나머지 무엇을 어떻게 해야 할지도 모른 채 그저 멍하게 층계를 내려오는데 눈물이 하염없이 볼을 타고 흘러내렸다.

나는 맨 먼저 보이는 카페로 뛰어 들어가 테이블 가에 걸터앉아 두 손에 얼굴을 묻은 채, 마음속에 뒤엉킨 상념을 정리해보려 했다. 방금 들은 것을 돌이켜 생각하고 싶지 않았다. 그것을 환각이라 믿고 싶었다. 그리고 아예 모르는 체하고 집으로 돌아가려 한 것이 두세 번이 아니었다. 마농이 나를 배반한다는 것은 생각할 수도 없는 일이었기에 그런 혐의를 가짐으로써 그녀를 모욕하는

---

[4] 1피스톨=3.3에퀴.

것이 아닐까 두려웠다. 그녀를 사랑하고 있다는 것, 그것은 분명한 사실이었다. 그러나 그녀에게 받은 사랑의 증거 그 이상의 것을 그녀에게 주었다고는 할 수 없지 않은가! 그렇다면 어찌하여 나보다 성실치 못하며 부정하다고 그녀를 비난할 수 있겠는가? 나를 속여야 할 이유가 어디 있단 말인가? 사랑을 더할 수 없을 만큼 아낌없이 표현하고, 내게 그토록 뜨거운 애무를 퍼붓고 또 나의 애무에 황홀하게 도취하던 것이 불과 몇 시간 전의 일이 아니었던가. 나는 그녀의 마음보다 내 마음을 알 수 없었다.

"아니야, 아니야. 마농이 날 배신할 리가 없지. 오직 자기를 위해 살고 있음을 그녀가 모를 리 없지 않은가. 얼마나 자기를 사랑하는지 잘 알고 있을 거야. 날 미워할 리가 없어."

그러나 B 씨의 방문과 그가 몰래 빠져나간 일은 어떻게 생각해야 한단 말인가. 또 지금 우리 형편으로서는 생각지도 못할 것을 마농이 곧잘 사들인 것을 되새겨보았다. 이거야말로 새 정부(情夫)의 선물이라고 생각하지 않을 수 없었다. 게다가 지난번 영문 모를 돈이 어디에서 났는지를 따졌을 때의 그녀의 자신감 넘치는 말투도 이상했다. 여기에까지 생각이 미치자 이 짐작할 수 없는 수수께끼에 대해서 나에게 편리한 대로만 해석하고 있을 수는 없었다. 한편으로는 우리가 파리에 온 뒤 내가 그녀에게서 눈을 뗀 적이 거의 없었던 일이 생각났다. 일할 때나 산책할 때나 연극 관람을 할 때에도 우리는 늘 같이 있었던 것이다. 오! 단 한순간의 이별도 우리를 괴롭혔을 테니 말이다. 우리는 언제나 사랑한다는 말을 입에 달고 살았다. 그러지 않고서는 불안해서 견디지 못했을 것이다. 그러므로 마농이 단 한순간이라도 딴 사나이에게 마음을 빼앗긴다는 것은 상상할 수 없는 일이었다.

마침내 나는 이 수수께끼의 열쇠를 발견했노라 생각했다. '그렇다, B 씨로 말하면 큰 사업을 하고 있어 교제가 넓은 사람인데 마농의 친척 되는 사람이 돈을 전해주려고 이 사람에게 부탁했을지도 모른다. 마농은 이미 그에게서 돈을 받았을 것이오, 오늘도 돈을 갖다 준 것이다. 마농은 틀림없이 나를 깜짝 놀라게 해주려고 지금까지 숨겨 왔을 것이다. 여기서 혼자 괴로워할 것 없이 평소처럼 집으로 들어갔더라면 나에게 죄다 털어놓고 얘기했을지도 모른다. 내가 먼저 입을 연다면 적어도 숨기지는 않으리라'고 스스로에게 말했다.

이런 생각이 들자 근심도 가셨다. 나는 이내 집으로 돌아갔다. 여느 때와 같이 마농에게 키스했다. 그녀는 즐겁게 나를 반겨주었다. 이제는 내 해석이 의심할 바 없다는 생각에 처음에는 먼저 말을 꺼내고 싶어 입이 근질근질했지만 겨우 참았다. 틀림없이 마농 쪽에서 먼저 모든 것을 솔직히 밝혀주리라는 기대에서 잠자코 기다리기로 한다.

저녁 식사 때가 되었다. 나는 밝은 마음으로 식탁에 앉았다. 그러나 우리 둘 사이에 놓여 있는 촛불 아래로 보니, 사랑하는 그녀의 얼굴과 눈빛이 슬픔에 싸여 있는 것 같았다. 그런 그녀의 모습을 보자 나 또한 우울해졌다. 그녀의 시선이 평소와는 다르다는 것을 느꼈다. 그것이 사랑에서 오는 것인지 또는 연민의 정에서 오는 것인지 분간할 수 없었으나, 정겨우면서도 깨나른한 감정인 것 같았다. 나도 같은 시선으로 그녀를 바라보았다. 아마 그편에서도 내 시선에 나타나는 마음의 움직임을 짐작하느라 무척 힘들었을 것이다. 우리는 아무런 말 없이, 식사도 하지 않은 채 그대로 앉아 있었다. 나는 마침내 아름다운 그녀의 눈에서 눈물이 흐르는 것을 보았다.

"오오, 이런!"

내가 외쳤다.

"눈물을 흘리다니, 가엾은 마농! 그래, 울어야 할 정도로 괴로운 게지. 그런데 그 고통에 대해서 나에게 한마디 말도 없단 말인가!"

마농은 대답 대신 한숨만 쉬었다. 내 불안은 더해갈 뿐이었다. 후들거리는 다리로 나는 몸을 일으켰다. 그리고 사랑하는 까닭에 격정에 휩싸인 채 눈물의 이유를 말해달라고 애원했다. 그녀의 눈물을 닦아주며 나도 울음을 터뜨렸다. 그 순간 나는 살아도 산 사람이 아니었다. 목석이라도 나의 괴로움과 두려움의 몸부림에는 그냥 있을 수 없었을 것이다.

이처럼 온통 마농에 사로잡혀 있을 때, 계단을 올라오는 몇 사람의 발소리가 들려왔다. 곧이어 누군가 조심스레 문을 두드렸다. 마농은 나에게 키스하고는 팔에서 빠져나가 재빨리 자기 방으로 들어가 안에서 문을 잠갔다. 자기를 찾아온 낯선 손님에게 흐트러진 모습을 보이지 않으려고 숨는 것이려니 생각했다. 나는 문을 열어주었다. 그 순간 세 사나이에게 갑자기 붙들렸는데, 그들은 아버지의 하인들이었다. 처음부터 난폭하게 굴지는 않았지만, 그중 두 사람이 내 팔을 붙잡자 남은 한 사람은 내 호주머니를 뒤져 몸에 지니고 다니는 유일한 무기인 작은 칼을 꺼냈다. 그들은 무례한 행동을 할 수밖에 없었다며 용서를 빌었다. 이렇게 행동하는 것은 아버지의 명령이오, 저 아래 마차에서 형님이 기다린다고 너무나도 자연스럽게 말했다. 어찌나 당황했던지 저항도 대답도 할 겨를 없이 끌려갔다. 아니나 다를까, 형이 기다리고 있었다. 나는 형님 곁에 앉혀졌는데 마부는 미리 지시를 받았는지 생드니까지 매우 빠른 속력으로 말을 몰았다. 형은 나를 다정하게 안아주었으나 말 한마디 없었다. 덕분에 나는 불행에 대해 충분히 생각해 볼 여유를 가질 수 있었다.

처음에는 모든 것이 멍청해져서 도통 아무런 생각도 떠오르지 않았다. 어찌됐든 나는 배신당했다. 그것도 아주 잔인하게 배신당한 것이다. 하지만 누구에게 배신당했단 말인가? 처음 떠오른 이름은 티베르주였다. 친구를 배신하다니! 만일 내 생각이 틀림없다면, 네놈을 그냥 두지 않을 테다, 하고 혼잣말로 중얼거렸다. 그러나 곰곰이 생각해 보니 내 거처를 모르는 그한테서 새어 나올 리가 없지 않은가. 그렇다면 마농의 짓일까? 아니, 그녀를 의심하다니, 내 마음으로서는 도저히 그녀를 의심할 수 없었다. 그러나 그녀의 우수에 찬 얼굴, 그녀의 눈물, 물러가면서 나에게 한 애정 어린 키스 등은 정말 풀 수 없는 수수께끼와도 같았다. 그러나 그것은 우리 둘의 불행을 예감한 때문이라 짐작하고 싶었거니와, 그녀로부터 나를 갈라놓은 이 사건에 절망하고 있는 동안에도 그녀는 나보다 훨씬 애통해하리라고 생각할 만큼 나는 순진했다. 이모저모 따져본 결과, 어느 아는 사람이 파리의 길거리에서 나를 보고 아버지에게 알린 것이리라 가닥을 잡았다. 이렇게 생각하니 약간은 마음이 가벼워졌다. 아버지는, 아버지 입장으로서는 내 행동을 꾸짖고 심한 훈계도 하시겠지만, 어느 정도 일은 해결될 것이라 은근히 기대하고 있었다. 인내심을 발휘하여 꾹 참고 무엇이든 하라는 대로 잘 지켜서, 하루속히 파리로 돌아가, 그리운 마농과 다시 만나는 기쁨을 함께 누릴 기회를 얻고자 마음을 다졌다.

 짧은 시간에 우리는 생드니에 도착했다. 나의 침묵에 놀란 형은 아마도 겁을 먹은 탓이려니 짐작하는 모양이었다. 나를 위로할 생각으로 다짐하여 말하기를 아버지의 엄한 꾸지람을 무서워할 필요는 없을 것이며, 다만 순순히 자기 본분으로 돌아가서 아버지의 사랑에 보답하는 길밖에 없다는 것이었다. 그날 밤은 생드니에서 머물렀는데 형은 조심스럽게도 세 하인을 나와 한방에서 같이 자게 했다. 무엇보다도 가슴 아팠던 일은 아미앵에서 파리로 향하던 도중, 마농과 함께 묵은 바로 그 여관에 들었던 것이다. 주인과 하인들은 나를 알아보고 대뜸 내 사건의 내력까지도 눈치챈 모양이었다. 어떤 사람인지 주인한테 이렇게 말하는 것을 들었다.

 "아, 바로 그 도련님 아니어요? 6주일 전엔가 반해버린 아가씨와 같이 머물렀지요. 정말 미인이었어요! 한시도 떨어지지 않더니만, 가엾기도 하죠. 헤어지게 하다니 유감스러운 일이군요."

 나는 모른 체하고 되도록이면 얼굴을 보이지 않으려고 했다.

 형이 생드니에 이륜마차를 대기시켜두었던 까닭에 우리는 새벽에 출발하여 이튿날 저녁 집에 도착했다. 형이 먼저 아버지를 뵙고 내가 아주 순순히 따라왔음을 말씀드리며 나에게 유리하도록 아뢰었으므로, 나는 예상한 것보다 너그러운 대접을 받았다. 아버지는 아무런 말도 없이 도망친 나의 잘못된 행동에 대해서만 나무라셨을 뿐이다. 마농에 관해서는, 전혀 모르는 여인에게 현혹되어 일을 그르친 건 당연하다 말씀하시고, 전에는 내 진중한 성격을 높이 사고 있었으나 크게 실망했으니 이번 일을 계기로 보다 현명해지기를 바란다고 타이르셨다. 나는 내가 생각하고 싶은 대로 아버지의 말씀을 해석할 따름이었다. 너그럽게 용서해 주신 데 대해서 감사드리며 이제부터는 순종하고 규율에 맞는 행동을 하겠노라 약속했다. 그러나 마음속으로는 승리의 개가를 부르고 있었다. 왜냐하면 앞뒤 사정으로 미루어보아 어쩌면 밤이 새기 전에 집을 빠져나갈 수 있으리라고 자신했기 때문이다.

 저녁 식사 때에 모두들 식탁에 둘러앉았다. 아미앵에서 마농과 지내던 일과, 그 착실한 애인과의 도망에 대하여 가족들의 놀림을 받곤 했다. 그러나 나는 이런 놀림을 기분 좋게 웃어넘길 뿐이었다. 끊임없이 마음에 자리 잡고 있는 일을 마음 놓고 화젯거리로 삼을 수 있게 되니 오히려 기쁘기까지 했다. 그러나 아버지가 그냥 던진 두어 마디 말은 나로 하여금 모든 신경을 곤두서게 했다. 여자의 마음은 변하기 마련이라느니 B 씨의 속셈 있는 협박이라느니 하는 것들이었다. 이 사나이의 이름이 튀어나오는 바람에 그만 어리둥절해서 나는 좀 더 자세히 설명해주실 수 없겠느냐고 은근히 여쭈어보았다. 그러자 아버지는 형을 돌아보시면서, 아직 나한테 모든 것을 말해주지 않았느냐고 하시는 것이었다. 형은 도중에 내가 너무나 풀이 죽은 것 같기에 이제는 열광에서 깨어났으니 그런 수단까지 쓸 필요가 없으려니 생각했다고 대답했다. 아버지는 과연 얘기할 것인가 적이 망설이는 눈치였다. 그러나 꼭 알아야겠다는 간청에 못 이겨 말씀해 주셨다. 그런데 그것은 너무나 놀라운 이야기로 내 가슴에 비수를 꽂는 것 같았다.

아버지는 먼저 나에게 너의 애인이 언제나 너를 사랑한다고 믿어왔는지를 물었다. 나는 거기엔 충분한 확신을 가지고 있었으므로 절대 의심해 본 적이 없다고 용감하게 대답했다.

"허허……."

아버지는 어이없다는 듯 크게 웃으시며

"너라는 아이는 참…… 그야말로 귀여운 바보가 아니냐. 그렇게 세상 물정을 몰라서야! 철없는 기사님, 널 십자군 기사단에 넣을 생각을 한 것은 정말 유감스러운 일인걸. 이제 보니 인내심 많고 다루기 쉬운 남편 소질이 다분한 너를 말이다."

아버지는 내가 어리석고 고지식하다며 이와 같은 가혹한 조롱을 끝없이 계속했다. 그리고 묵묵히 있는 나를 보시고는 다시 말을 이어 아미앵에서 떠난 뒤부터 생각해 보니 마농이 나를 사랑한 것은 불과 열이틀 정도라고 결론지었다.

"왜 그런고 하니, 내가 알기에는 지난달 28일에 네가 아미앵을 떠났고 오늘은 29일이지? B 씨가 내게 편지를 보내온 것이 11일 전이지. 그런데 네 애인과 깊게 정을 나누려면 적어도 8일은 걸리겠지, 지난달 28일에서 이 달 29일까지의

31일에서 8일과 11일을 빼면 결국 남는 것은 12일! 그야 하루 이틀쯤 차이는 있을 테지만……."

그러고는 다시 한 번 폭소가 터졌다. 나는 이 비극적인 이야기에 끝까지 집중할 수 없을 만큼 큰 충격을 받았으나 그래도 마지막까지 참고 들었다.

"네가 모르는 것 같으니 내가 가르쳐주마. B 씨가 어떻게 네 공주님의 마음을 사로잡았는지 말이야. 그래, 그자가 나를 농락하는 말인즉, 그 애인을 빼앗을 마음이 생긴 것은 나를 위한 한결같은 열의 때문이라는 거야. 이런 높으신 아량을 도대체 알지도 못하는 그런 위인에게서 받게 되다니! 네가 내 아들이라는 것을 그 계집에게서 듣고, 성가신 너를 떼어버리기 위해서 너의 거처와 방탕한 생활을 모두 적어 보냈는데, 널 붙잡는 데는 적지 않은 힘이 필요하다는 사실까지 알려왔더란 말이다. 뿐만 아니라, 자기도 너를 쉽게 잡을 수 있도록 협조해주겠다는 거야. 네 형이 예상외로 널 잡을 기회를 얻은 것도 바로 그자와 네 애인의 수작으로 된 일이다. 자 이제 너의 승리가 얼마나 지속되었는가를 축하해 보려무나. 기사, 정복은 빨랐지만 전리품은 영원히 간직해 둘 수 없었던 것 같구나."

가슴을 뜯는 아버지의 말씀을 더 이상 듣고 있을 기운이 없었다. 식탁에서 일어나 밖으로 나가려고 했으나 서너 걸음도 채 옮기지 못하고 마룻바닥에 쓰러지고 말았다. 응급치료를 받고 이내 의식을 회복하자 나는 폭포처럼 눈물을 쏟으며 비통한 한숨만 토해낼 따름이었다. 늘 끔찍이도 나를 사랑하시던 아버지는 있는 애정을 다하여 위로해 주셨다. 아버지의 말씀에 귀를 기울였으나 한마디도 귀에 들어오지 않았다. 나는 아버지 무릎에 매달려 그놈의 B를 한칼에 찔러 죽이게 한 번만 더 파리에 보내달라고 간청했다.

"그럴 리가 없습니다. 그자가 마농의 사랑을 차지했을 리가 없어요. 무슨 난폭한 짓을 했겠지요. 마약을 썼거나 무슨 수를 써서 유혹했을 거예요. 어쩌면 폭력을 휘둘렀을지도 모르지요. 틀림없이 난폭한 짓을 했을 겁니다. 마농이 저를 사랑한다는 것을 제가 모르겠어요? 놈이 칼을 들이대고 협박하면서 나와 헤어지라고 강요했겠지요. 그렇게 귀여운 여인을 뺏기 위해서라면 무슨 짓인들

못하겠어요! 아아, 하느님! 마농이 날 배신할 리 있겠습니까! 이젠 날 사랑하지 않는다니, 그럴 수가 있겠습니까?"

그리하여 말끝마다 빨리 파리로 돌아가겠다고 지껄이며 때를 가리지 않고 불쑥 일어나곤 하는 바람에 아버지도 이러한 흥분상태에는 어떤 수단도 나를 만류할 수 없음을 깨달으신 모양이었다. 윗방으로 나를 옮겨놓고 하인 두 사람을 시켜 감시하게 했다. 나는 거의 이성을 잃어버린 상태였다. 단 15분 동안만이라도 파리에 돌아갈 수 있다면 천 번 죽어도 후회하지 않았을 것이다. 그러나 내 심정을 말끔히 드러내 보인 이상 쉽사리 방에서 내보내주지 않으리라는 것은 분명했다. 나는 창문 높이를 눈대중해 보았다. 그쪽으로는 도저히 빠져나갈 수 없음을 깨닫고, 조용히 두 하인에게 부드럽게 말을 건넸다. 만약 나의 탈주를 눈감아준다면 앞으로 한몫 단단히 주겠노라고 여러 가지로 맹세를 되풀이했다. 매달리기도 하고, 달래 보기도 하고, 위협하기도 했다. 그러나 모두 헛일이었다. 이제 모든 희망을 잃은 것이다. 나는 죽기를 결심하고 살아서 떠나지 않을 생각으로 자리에 누웠다.

이렇게 자리에 누운 채 그날 밤과 이튿날을 꼬박 지냈다. 다음 날 들여온 음식을 먹지 않았다. 그러자 오후에는 아버지가 나를 보러 오셨는데, 자상하기 그지없는 온갖 위로로 나의 괴로움을 덜어주려고 하셨다. 무엇이든 먹어야 한다는 단호한 말씀에 그 마음을 존중하는 뜻에서 음식을 들었다. 이럭저럭 며칠이 지나는 동안, 나는 아버지 앞에서만 명령에 순종하느라 마지못해 음식을 조금 입에 넣을 정도였다. 여전히 아버지는 내가 정신을 똑바로 차려서 부정한 마농에 대해서는 경멸하는 마음을 갖도록 여러 가지 이유를 들어 타이르셨다. 하긴 나도 이젠 마농을 믿지는 않았다. 그토록 경박하고 성실치 못한 여자를 어떻게 믿을 수 있단 말인가? 그러나 그녀의 모습이, 내 마음 깊숙이 새겨져 있는 그 얼굴만은 언제까지나 지워지지 않았다.

"죽음 따위 아무렇지도 않아."

나는 혼자 중얼거렸다.

"이처럼 치욕과 고통을 받고 있지 않는가. 차라리 죽는 게 나을지도 모른다.

하지만 천 번 만 번 죽는 것보다 은혜를 저버린 마농을 잊는 것이 더 힘들구나."

아버지는 이렇게 오랫동안 큰 충격으로 몸부림치는 것을 보고 자못 놀라는 모양이었다. 본디 명예를 중히 여기는 나의 성격을 잘 알고 계신 아버지는 마농의 배반으로 그녀에 대한 멸시감을 품게 되었으리라 생각하고 이와 같은 나의 미련은 각별한 사랑에서라기보다는 본디 여자에게 끌리기 쉬운 본성 때문이라고 판단하셨다. 그리하여 아버지는 아들에 대한 애정에서 어느 날 이렇게 말씀하셨다.

"기사, 난 지금까지 너를 십자장을 단 기사로 만들 셈이었다. 그러나 네 기질이 조금도 거기에 맞지 않는다는 것을 깨달았다. 아무래도 너는 아름다운 여자를 좋아하는 것 같구나. 마음에 맞는 여자를 하나 골라줄 생각이니 의견이 있거든 솔직히 말해보아라."

나는 대답하기를, 이젠 어떤 여자든지 모두가 똑같으며 이러한 불행을 겪고 보니 모든 여자에게 증오감을 느낄 뿐이라고 했다.

아버지는 빙그레 웃으시면서 말을 이었다.

"마농을 꼭 닮은, 하지만 마농보다 더 정숙한 아가씨를 하나 골라주마."

"아아, 정말 저를 가엾게 여기신다면 마농을 돌려주십시오. 아버지, 마농은 절대로 저를 배반한 게 아닐 거예요. 그런 더럽고 참혹하며 비열한 짓을 할 수 있는 여자가 아닙니다. 우리를, 그러니까 아버지와 그녀와 저를 속인 것은 그 몰염치한 B입니다. 그녀가 얼마나 다정하고 진실한 여자인가를 아버지께서 아신다면, 아버지께서 그녀를 잘 살펴보신다면 분명 좋아하실 거예요."

"아직 한참 어리구나. 그만큼 얘기해주었는데도 어째서 이렇게까지 알아듣지 못하는지 답답하구나. 너를 형에게 넘겨준 것은 바로 그 여자란 말이다. 그 계집의 이름조차도 아예 입에 담지 말아야 하거늘 그리고 네가 현명하다면 아비의 관대한 마음을 잘 헤아려서 처신해야 할 것이 아니냐?"

아버지의 말씀이 옳다는 것을 너무나도 잘 알고 있으면서도 굳이 마농을 두둔한 것은 다만 저지할 수 없는 반항심 때문이었다.

"아아!"

한동안 잠자코 있다가 나는 다시 말을 계속했다.

"제가 세상 모든 부정한 계집 중에서도 가장 비열한 계집에게 희생이 되었다는 것은 너무나도 잘 알고 있습니다."

나는 비분의 눈물을 머금고 말을 이어갔다.

"전 정말 철이 없어요. 저처럼 세상 물정 모르는 사람이 그런 음흉한 인간들을 만났으니 그들로서는 속일 재미마저 없었을 거예요. 하지만 복수는 어떻게 해야 한다는 것쯤은 저도 잘 알고 있습니다."

아버지는 내 계획이 무엇인지 알고 싶어 하셨다.

"파리로 가는 것이지요. 가서 B 놈의 집에 불을 질러, 놈을 부정한 마농과 함께 산 채로 태워 죽여버리겠어요."

이러한 나의 흥분은 도리어 아버지의 웃음을 샀을 뿐, 전보다 감시가 더 심해졌다. 높은 구석 방에서 완전히 반년을 보냈는데, 처음 얼마 동안은 내 마음에 이렇다 할 변화가 없었다. 머릿속에 떠오르는 모든 감정은 마농의 갖가지 모습에 따라 사랑과 증오, 희망과 절망이 끊임없이 교차할 뿐이었다. 때로는 모든 여성들 가운데서도 가장 사랑스러운 여성으로 생각되면서 다시 한 번 만나보고 싶은 욕망에 시달리기도 하고, 때로는 비열하고 부정한 여자로만 보여 끝내 찾아내어 욕을 보여주겠다며 수없이 맹세하기도 했다. 이러는 사이 갖다준 책을 읽게 되어 얼마쯤 마음을 가라앉힐 수가 있었다. 나는 내가 좋아하는 모든 작품을 반복해 읽었으며 새로운 지식을 얻기도 하면서 학문에 대한 무한한 흥미를 되찾게 되었다. 뒷날 이것이 얼마나 큰 힘이 되었는지 어느 때고 알게 될 것이다. 연애를 통하여 얻은 지식은 전에 잘 이해할 수 없었던 호라티우스나 베르길리우스 작품 속의 많은 부분을 밝게 보여주었다.

《아이네이스》[5] 제4권에 나는 연애적인 주석을 달아보기도 했다. 훗날 발표해 볼 생각이지만, 나로서는 상당한 호평을 받으리라고 자부하는 터이다.

"아아! 성실한 디도에게 필요한 것은 바로 나와 같은 마음이었지!"

---

[5] 호메로스의 《오디세이아》와 《일리아스》를 모방한 베르길리우스의 12권으로 된 대서사시. 트로이 전쟁에서 진 트로이군의 대장 아이네이스는 방랑을 떠나는데 카르타고에서 디도 여왕에게 사랑을 받게 된다. 잠시 즐거운 생활을 보내고는 주피터의 명령에 따라 다시 방랑을 시작한다. 디도 여왕은 이 이별을 슬퍼한 나머지 자살하고 만다. 베르길리우스는 이 전설을 《아이네이스》 제4권에 실었다.

그것을 쓰면서 이렇게 중얼거리기도 했다.

어느 날 티베르주가 내 감옥에 찾아왔다. 미친 듯 나를 껴안는 그의 열정에는 놀라지 않을 수 없었다. 그때까지는 대체로 젊은이들 사이에 맺어진 단순한 학교 동창으로서의 우정으로 생각했을 뿐 그 이상으로는 받아들이지 않았던 것이다. 우리가 만나지 못한 몇 달 동안 그의 풍채와 됨됨이가 무척 훌륭해졌다고 느낀 나는, 그의 분위기며 말투에 존경의 마음이 일었다. 그는 학교 친구라기보다는 현명한 조언자로서 이야기했다. 그는 혼란스러움에 빠졌던 나를 동정하고, 이미 상심에서 회복된 것으로 믿고는 여간 기뻐하지 않았다. 끝으로 그는 이 젊음의 과오를 거울 삼아 인간 쾌락의 허무함을 깨닫도록 충고했다. 나는 놀라움을 감추지 못하고 그를 똑바로 바라보았다. 그도 내 마음을 눈치챈 것 같았다.

"사랑하는 나의 기사여, 확신을 가질 수 있는 것이 아니면, 그리고 스스로 진지하게 생각하여 확신을 가진 일이 아니면 한마디도 자네에게 말하지 않겠네. 자네 못지않게 쾌락에 끌리는 날세. 하지만 그와 동시에 하느님은 미덕을 지향하는 마음도 주셨다네. 나는 내 이성으로 이 둘의 결과를 비교해 보았는데, 그 두 가지의 다른 점을 이내 발견했거든. 하느님의 힘이 나의 사색을 도우셨겠지. 나는 이 속세를 비할 바 없이 경멸하네. 그럼에도 굳이 나를 속세에 매어두며, 고독한 생활에 들어가는 것을 가로막는 게 무엇인지 자네는 알겠나? 그건 오직 한결같은 자네에 대한 우정일세. 나는 자네의 착한 마음과 뛰어난 머리를 잘 알고 있네. 자네는 어떤 선행도 할 수 있는 사람일세. 쾌락이라는 독약이 자네를 잠시 그 길에서 멀리하게 했을 따름이네. 하지만 그 얼마나 큰 손실인가! 아미앵에서 자네가 사라진 뒤로 난 얼마나 괴로워했는지 몰라. 그때부터 단 한 순간도 마음의 평안을 누려본 적이 없으니까 말이야. 그 뒤 이리저리 찾아다니며 법석을 떤 것을 보아도 알걸세."

그의 말인즉, 자기를 감쪽같이 속여놓고 사랑하는 사람과 함께 뺑소니친 것을 깨닫자 곧 말을 달려 뒤를 쫓았으나 3, 4시간이나 뒤떨어졌던 탓에 암만해도 따를 수가 없었다는 것이다. 그래도 생드니에 도착한 것은 우리가 떠난 지

반 시간 뒤였다. 파리에서 우리를 잡을 수 있으리라는 확신이 있었으므로 6주일을 찾아 헤맸으나 끝내 헛수고였다. 그리고 내가 있을 만한 곳엔 다 가보았다. 그러던 어느 날, 드디어 코미디 프랑세즈 극장 앞에서 내 애인을 만났다. 눈이 부시도록 화려한 장신구로 치장하고 있기에 틀림없이 새로운 정부가 사주었을 것이라 짐작한 그는 그녀의 마차를 뒤쫓아가 그녀가 B 씨의 보살핌을 받고 있다는 것을 하인의 입을 통해 알게 되었다는 것 등이었다.

"그 정도에서 단념한 것은 아니라네."

그는 말을 이었다.

"다음 날 다시 그녀를 찾아가 직접 그 여자의 입으로 자네 소식을 들어보려 하지 않았겠나. 그러나 자네 이야기를 꺼내자 서둘러 자리를 떠나버리더군. 그래서 더 이상 아무것도 알아내지 못한 채 하는 수 없이 시골로 돌아간 걸세. 거기서 이번 사건과 그로 인해 자네가 얼마나 상심하고 있는가를 알게 된 셈이지. 그렇지만 자네가 어느 정도 진정되기 전까지는 만나고 싶지 않았다네."

"그럼 자네 마농을 만났단 말인가?"

나는 한숨을 몰아쉬면서 말했다.

"아아! 두 번 다시 그녀와 만나지 못할 몸이 된 나보다 자네가 몇 곱절 더 행복하네."

그는 나의 이러한 탄식을 아직도 남아 있는 그녀에 대한 미련이라 하여 꾸짖었다. 그러나 나의 선량하며 사랑이 많은 성품에 대해 그럴듯하게 추켜세우는 바람에 그가 찾아온 뒤로 나는 그와 같이 온갖 지상의 쾌락을 버리고 성직에 들어가고 싶은 열렬한 희망을 품게 되었다.

이러한 생각에 사로잡힌 나는 홀로 있을 때도 다른 생각에 흔들리는 일이 없었다. 이전에 같은 충고를 해준 일이 있는 아미앵의 사제 말이 떠올랐다. 만일 성자가 될 결심만 한다면 앞길에 많은 행복이 있으리라던 말도 생각났다. 이런 내 생각 속에는 신앙심도 자리 잡고 있었다. '그래. 그리스도교도로서 소박한 생활을 하자. 사랑의 쾌락에 대한 생각 따위 잊게 하는 학문과 종교에 골몰하자. 속인이 찬양하는 것은 멸시하리라. 그리하여 나의 마음은 종교가 존중하는 것만 구하게 될 터이니 불안도 욕망도 사라지겠지.' 이렇게 마음속으로 생각했다.

 이런 생각이 들자 조용한 은둔 생활을 미리 설계해 보았다. 조그마한 숲이 있고, 뜰 앞에 시내가 조용히 흐르는 인적 드문 집, 추려 모은 서적만이 나란히 꽂힌 서재, 게다가 덕 있고 양식을 갖춘 몇 사람의 벗, 수수하고 소박한 찬이나 말끔한 식탁. 여기에 한 친구와의 편지 왕래도 덧붙였다. 그는 파리에 살고 있으며, 나의 호기심을 만족시켜주기 위해서라기보다는 인간들의 헛된 번뇌에 기분 전환을 시켜주기 위해 세간의 일들을 알려줄 것이다. '이렇게만 된다면 나는 행복할 것이며 내 욕구는 모두 채워지지 않겠는가' 생각했다. 이 계획은 내 취향에 딱 맞았다. 그러나 이렇듯 아름다운 구상 끝에는 으레 무엇인가 다른 것을 희구하고 있는 마음이 있었으니, 이 즐거운 은둔 생활을 더없이 완전한 것으로 하기에는 사랑하는 마농이 있어야 한다는 것을 나는 깨닫게 되었다.

 그사이에도 티베르주는 내 마음에 불씨를 던진 이 계획 때문에 여러 차례 찾아왔었다. 나는 기회를 보아 아버지에게 이 일을 말씀드렸다. 아버지는 자식이 어떤 장래를 택하든 자유에 맡길 것이며, 어떻게 처신하든 다만 충고로서 돕는 데에 그칠 것이라고 했다. 사실 아버지는 적절한 충고를 아끼지 않으셨고, 그 덕분에 나는 더 세심하게 일을 추진할 수 있었으며, 계획한 것에 싫증을 내는 일은 더더욱 없었다.

 때는 바야흐로 새 학기가 다가오고 있었다. 나는 티베르주와 의논하여 함께 생쉴피스 신학교에 들어가기로 했다. 티베르주는 신학공부를 완성하기 위함이며, 나는 신학공부를 시작하기 위함이었다. 그는 이미 교구에서 인정을 받고 있던 터라 출발에 앞서 주교로부터 상당한 후원금을 받았다.

 아버지는 내가 그릇된 정열을 떨쳐버렸다고 믿었으므로 나의 출발을 쉽게 허락하셨다. 우리는 파리에 도착했다. 십자군의 십자장 대신 수도복을 입었으며 기사 데 그리외라는 이름도 수도사 데 그리외로 바뀌었다. 나는 열심히 학업에 임했기 때문에 불과 몇 달 만에 상당한 진전을 보였다. 밤 시간도 공부를 위해서 보낸 것은 물론 낮 시간도 절대 허비하지 않았다. 그 결과 나는 빛나는 명성을 얻었으며, 사람들은 머지않은 장래에 중요한 직책을 맡을 것이 틀림없다고 축복해 줄 정도였다. 게다가 청원한 일도 없는데 내 이름은 성직록 명부에 기록되어 있었다. 하느님에 대한 신앙은 한시도 게을리한 적이 없으며 모든 근행(勤行)에 정성을 다했다. 티베르주는 이런 내 모습을 보고 자기 일처럼 매우 기뻐했을 뿐만 아니라 내가 마음을 돌이킨 것에 감격한 나머지 여러 차례 눈물을 흘렸다.

인간의 결심이라는 것이 변하기 쉽다는 사실은 지금까지의 나에겐 별로 이상스럽지 않았다. 결심이란 하나의 정열에서 태어났다가 또 다른 정열로 죽어버리기 때문이다. 그러나 나를 생쉴피스로 인도한 그 신성함과 그 결심을 실천하기까지 내가 맛본 하느님이 내리신 기쁨을 생각하면, 결심을 헌신짝 버리듯 쉽사리 번복한 것이 몸서리쳐질 만큼 두려웠다. 만일 하느님의 구원이 정열과 맞먹는 힘을 가졌다면 사람이 갑자기 아무런 저항도 아무런 후회도 없이 자신의 의무에서 이탈할 수 있다는 것은 도대체 어떤 힘이 작용한 것이란 말인가. 나는 정녕 애욕의 어리석음에서 벗어났다고 믿고 있었다. 온갖 관능의 쾌락에 취하느니보다, 그것이 아무리 마농이 준 것이라 하더라도 성 아우구스티누스의 책 한 페이지를 읽거나 기독자로서의 명상에 잠기는 15분을 택할 것이라 스스로 믿고 있었다. 그러나 한순간의 불행이 또다시 나를 낭떠러지로 밀어 넣고 말았다. 그리고 이 타락으로 나는 더욱더 구제할 길이 없게 되었다. 가까스로 기어나온 구렁텅이에 순식간에 다시 떨어졌을 뿐 아니라 이 새로운 방탕은 나를 보다 깊은 심연으로 끌고 들어갔기 때문이다.

파리에서 1년 가까운 시간을 보내는 동안 마농에 관해서는 아무런 소식도 듣지 못했다. 처음에는 이를 참고 있기가 사뭇 괴로웠다. 그러나 티베르주의 끊임없는 충고와 나 스스로의 경계심으로 겨우 견뎌나갔다. 마지막 몇 달 동안은 매우 평온하게 지냈으므로 이제는 그 귀엽고도 요사스러운 여자를 완전히 잊을 수 있게 되었다고 믿었다. 그 무렵 신학교의 공개 시험일이 다가왔다. 나는 각계 명사들에게 참석의 영광을 베풀어줄 것을 부탁했다. 그 결과 내 이름은 파리의 방방곡곡에 퍼지게 되었고, 급기야는 그 부정한 마농의 귀에까지 들어가게 되었던 것이다. 그러나 세례명으로 고쳤기에 나라고 확신하지는 못했을 것이다. 너무나도 비슷한 이름에 흥미를 갖게 된 것은, 호기심 때문인지 아니면 나를 배신한 데 대한 회한 때문인지 알 수 없지만 어찌 됐든 나와 똑같은 이름에 흥미를 느낀 모양이다. 그녀는 다른 여인들과 대학에 와서 내 발표회를 참관했는데, 쉽사리 나를 알아본 것은 두말할 나위도 없다.

그러나 나는 그녀가 참관한 줄은 꿈에도 몰랐다. 알다시피 이곳에는 부인들을 위한 특별실이 마련되어 있어 그녀들은 눈이 촘촘한 격자에 가려 밖에서는 보이지 않았기 때문이다. 나는 영광에 싸여 박수갈채를 받고 생쉴피스로 돌아왔다.

저녁 6시 무렵이었다. 돌아온 지 얼마 되지 않아 어떤 부인이 나를 찾아왔다는 전갈을 받았다. 나는 지체 없이 면회실로 달려갔다. 아아, 이 얼마나 놀라운 재회인가! 마농이 거기에 있었다! 틀림없는 마농이었다. 게다가 내가 알던 그녀보다 훨씬 빛나고 아름다웠다. 꽃다운 나이 18살. 섬세하고, 감미롭고, 매혹에 넘치는, 사랑의 여신 모습이라고나 할까. 내 눈앞에 있는 그녀의 온갖 자태는 그야말로 사랑의 화신이었다.

이렇듯 그녀를 바라보며 넋을 잃은 나는, 그녀가 무슨 영문으로 찾아왔는지 짐작도 하지 못한 채 눈을 내리깔고 몸을 떨며 그녀에게서 말이 나오기를 기다리고만 있었다. 처음 얼마 동안은 그녀도 나처럼 당황했지만 내가 언제까지나 잠자코 있자 한 손을 눈에 대며 눈물을 감추려 했다. 그리고 떨리는 목소리로 자기의 부정을 내가 미워함은 당연한 일이라고 말하고, 만약 조금이라도 자기를 사랑했다면 두 해 동안이나 단 한 번도 자신의 신상에 대해 알아보려고 하지 않고 지냈다는 것은 좀 야속한 일이며, 더욱이 눈앞에 나타난 자기를 보고도 말 한마디 던지지 않고 쳐다보고만 있으니 너무나 가혹한 일이 아니냐고 하는 것이었다. 이 말을 듣고 산산조각 난 내 마음은 도저히 글로써 표현할 수가 없다.

그녀는 자리에 앉았다. 나는 여전히 선 채로 조금 몸을 모로 돌리고 있었다. 감히 그녀의 얼굴을 바라볼 용기가 없었다. 몇 차례 대답을 하려 했으나 말이 입 밖으로 나오지를 않았다. 마침내 나는 용기를 내어 애처롭게 외쳤다.

"부정한 마농! 아아! 부정한 마농!"

이 말에 그녀는 뜨거운 눈물을 흘리면서 자신의 부정함을 변명하고 싶은 생각은 조금도 없다고 울먹이며 말했다.

"도대체 어쩔 셈이지?"

나는 목소리를 높여 물었다.

"난 죽어버릴 거예요…… 만약 당신의 사랑을 돌려주지 않으신다면…… 당신 사랑 없이는 살 수가 없어요!"

"그렇다면 내 목숨을 가져가. 오오, 잔인한 사람!"

나 또한 참을 길 없는 눈물을 흘리면서 말을 이었다.

"그대에게 바칠 단 한 가지, 내게 남은 이 목숨을 가지라고. 내 가슴이 단 하루도 그대 것이 아닌 날은 없었으니까!"

말이 끝나기가 무섭게 마농은 감격한 듯 일어서서 나를 끌어안았다. 그러고는 불같은 애무를 퍼부었다. 그녀는 사랑이 만들어낸 온갖 애칭으로 나를 부르며 자신의 뜨거운 애정을 나타내려 했다. 그러나 나는 여전히 우울한 빛으로 응할 따름이었다. 아아, 내가 지금까지 놓여 있던 평화로운 상태로부터 다시금 생생히 되살아나는 격동의 물결 속으로 뛰어들려 하고 있다니! 나는 무서워졌다. 깊고 깊은 밤, 인적 없는 벌판에 홀로 선 사람처럼 나는 몸을 떨었다. 갑자기 딴 세계로 끌려가는 기분이었다. 이루 말할 수 없는 공포에 휩싸인 채 오랫동안 주변을 살피고 난 다음에야 겨우 안도의 한숨을 내쉬는 기분이었다.

우리는 나란히 앉았다. 나는 그녀의 손을 감싸 쥐었다.

"아아, 마농!"

나는 몹시 슬픈 눈으로 그녀를 바라보면서 입을 열었다.

"나의 사랑에 그런 저주스러운 배반으로 보답하리라곤 꿈에도 생각지 못했어. 나는 오직 그대를 즐겁게 하며 그대에게 복종하는 것만을 유일한 행복으로 삼았었지. 그런 나를 속이기란 참으로 쉬운 일이었을 거야. 자, 나같이 다정하고 유순한 마음을 가진 사람이 또 어디 있나 말해 봐. 아니, 어림없는 일이지. 자연은 나와 같은 마음의 주인공을 또다시 만들진 않았을 테니까. 마농, 나를 그리워한 적이 있었는지 그것만이라도 말해줘. 오늘 내 마음을 위로해 줄 양으로 나에게 돌아왔지만 그 마음을 어떻게 믿을 수 있다는 말이지? 그대가 옛날보다 한결 더 아름다워진 것을 나는 너무나도 역력히 보고 있어. 하지만 그대로 인해 겪어온 온갖 나의 괴로움에 걸고, 자, 아름다운 마농, 이제부터는 나에게 성실할 것인지 말해주겠나?"

내 말에 그녀는 그녀가 얼마나 후회하고 있는가를 매우 감동적으로 말했다. 뿐만 아니라 수많은 맹세와 언약으로 성실을 굳게 약속했다. 나는 그녀의 언약에 또다시 한없는 감동에 젖어 들고 말았다.

"사랑하는 마농!"

나는 분에 넘치게도 사랑과 신학의 표현법을 뒤섞어가며 말을 이었다.

"당신은 한 사나이의 것이 되기에는 너무나도 존귀해. 내 마음이 승리에도 취한 것만 같아. 생쉴피스에서 일컫는 자유란 한갓 망상일 따름이야. 나는 그대를 위해 나의 모든 행복과 명예를 내버리게 될 것을 너무나도 잘 알고 있어. 그대의 아름다운 눈동자 속에서 나의 숙명을 읽을 수 있으니까. 그대의 사랑으로 위로받지 못할 손실 따위는 없어. 은혜로운 운명도 내 마음을 움직이지 못할 것이며 어떠한 영예나 영광도 나에겐 한 가닥 연기에 지나지 않아요. 수도 생활에 대한 나의 모든 계획은 어리석은 망상이었어. 결국 그대와 더불어 나누는 행복이 아니고는 한 푼의 값어치도 없는 어리석은 망상에 지나지 않으니까. 그런 것들은 그대의 단 한 번의 시선도 능히 이겨내지 못할 테니까 말이야."

나는 그녀의 과실에 대해서는 모조리 잊어버리자고 약속은 하면서도 어떻게 B 씨의 유혹에 넘어갔는지 여전히 알고 싶었다. 그러나 그녀의 말에 의하면, B 씨가 창가에 서 있는 그녀를 한 번 보고는 그만 반해버렸다는 것이다. 그리고 사랑의 고백도 세리답게 그녀가 보이는 사랑에 비례하는 만큼 보상해 주겠다고 편지에 써서 은근히 유혹했다고 한다. 마농은 단번에 이 유혹에 넘어갔다. 처음에는 우리가 안락하게 살 수 있을 정도의 금액만을 끌어내자는 속셈이었다. 그러나 그의 약속이 참으로 엄청난 것이어서 마농은 자신도 모르는 사이에 눈이 어두워져 차츰 마음이 흔들리게 되었다는 것이다. 그렇다고는 해도 우리가 헤어지기 바로 전, 그토록 고민을 한 것은 양심의 가책 때문이었음은 헤아려주어야 한다. 마농은 그동안의 심경을 고백이라도 하듯 쉴 새 없이 털어놓았다. B의 품 안에서 풍족한 생활을 하면서도 자기는 행복을 누린 적이 하루도 없다, B에게는 나와 같은 섬세한 감정이나 우아한 기품이 없을 뿐만 아니라 끊임없이 계속되는 쾌락의 도가니 속에서까지도 늘 마음 밑바닥에는 나와의 사랑에 대한 추억이며, 자신의 부정에 대한 죄책감이 있었기 때문이다, 또 티베르주가 찾아왔을 때 얼마나 당황했는지 모른다는 등의 이야기를.

"심장이 칼로 찔렸다 한들 그때처럼 피가 용솟음치지는 않았을 거예요. 한 순간도 그이 앞에 머물러 있을 수가 없어서 도망친 거라고요."

계속해서 그녀는 내가 파리에 와 있다는 것, 바뀐 나의 환경, 그리고 소르본에서의 발표회 등을 어떤 경로로 알게 되었는지도 말했다. 내가 토론하고 있는 동안에 어찌나 가슴이 울렁거리는지 눈물을 참는 정도가 아니라 소리를 내지 않으려고 터져 나오는 울음을 억누르려 얼마나 괴로웠는지 모른다는 이야기도 했다. 끝으로 자기의 심란한 모습을 숨기려고 맨 마지막으로 회장을 나왔는데, 가슴의 설렘과 욕망에 이끌려 그만 그길로 신학교로 달려오고 말았다, 그리고 만일 내가 그녀를 용서해 줄 것 같지 않으면 그 자리에서 죽을 결심이었노라고까지 고백했다.

이와 같이 열렬하고 사랑스러운 참회에 감동하지 않을 자가 있겠는가! 솔직히 말하면, 그때 나는 마농을 위해서라면 교계의 어떤 좋은 자리도 걷어찰 생각이었다. 나는 앞으로 우리의 일을 어떻게 하면 좋겠느냐고 그녀의 뜻을 물었다. 그녀는 한시라도 빨리 신학교에서 나와 보다 안전한 곳에 자리 잡는 게 좋겠다고 말했다. 나는 그녀의 말대로 따랐다. 그녀는 길목에서 나를 기다리겠다는 말을 남기고 마차에 올랐고, 나는 곧바로 문지기의 눈을 피해 학교를 빠져나왔다. 신학교에서 나오는 길로 우리는 고물상에 들렀다. 그리고 나는 다시금 휘장과 칼을 찼다. 대금은 모두 그녀가 치렀다. 그도 그럴 것이 생쉴피스에서 빠져나갈 계획이 틀어질까 봐 마농은 내가 돈을 가지러 방에 돌아가는 것조차도 말렸던 것이다. 하긴 내 재산이라고 해봤자 몇 푼 되지 않았지만 그런 하잘

것없는 정도의 돈에 신경 쓸 필요도 없을 만큼 그녀는 B에게서 받은 돈으로 부자가 되어 있었다. 우리는 고물상에 있는 동안에도 앞으로 어떻게 할 것인지에 대해 상의했다. 그녀는 나 때문에 B를 버리는 것에 대해 어떤 망설임도 없다고 했다.

"세간은 그냥 남겨두기로 해요. 그 사람 물건이니까. 하지만 지난 2년 동안 그 사람한테서 우려낸 보석들하고 6만 프랑 가까운 돈은 정당한 권리로 가져가겠어요. 트집잡힐 건 아무것도 없으니까요. 그러니 우리가 파리에서 적당한 집을 얻어 행복하게 산다고 해도 두려울 거 없어요."

파리에서 사는 것에 아무런 두려움을 느끼지 않는다고 그녀는 말하지만 나로서는 그리 쉬운 문제가 아니었다. 곧이든 먼 훗날이든 누군가에게는 들킬 것이 분명한 데다, 이제 겨우 벗어난 불행에 또다시 맞닥뜨리게 될 것이기 때문이다. 그러나 그녀는 파리를 떠나기 싫은 눈치였다. 그녀를 슬프게 하는 것이 무엇보다도 싫었던 나는 그녀를 기쁘게 해주기 위해서라면 그 어떤 위험도 무릅쓸 결심을 했다. 마침 우리는 좋은 절충점을 찾았다. 볼일이 있거나 나들이를 할 때는 언제라도 손쉽게 파리로 나갈 수 있도록 파리 근교에 집을 얻기로 한 것이다. 이런 궁리 끝에 우리는 파리 근교의 샤요[6]에 집을 얻었다. 튈르리 공원의 작은 문에서 다시 만나기로 하고, 그녀는 살고 있던 집으로 돌아갔다. 1시간쯤 되어 그녀는 마차를 빌려 타고 하녀와 함께 옷이며 귀중품들을 넣은 궤짝 몇 개를 싣고 왔다.

우리는 이내 샤요에 닿았다. 그날 밤은 여관에서 묵었는데 단독주택이 아니면 괜찮은 빌라라도 천천히 찾아볼 여유를 갖기 위해서였다. 그리고 이튿날, 우리 마음에 드는 집을 찾았다.

나는 조금의 동요도 없이 충만한 행복을 느꼈다. 마농은 상냥하기 그지없었으며 그야말로 친절 그 자체였다. 무슨 일이든 세심하게 신경을 써주었으므로 나는 그동안의 고통을 완전히, 아니 그보다 더 보상받는 느낌이었다. 우리는 이

---

[6] 아베 프레보도 이곳에서 살았던 적이 있다.

미 지난날 경험했던 것을 되풀이하지 않고 가지고 있는 재산을 유지하기 위해 생각을 짜냈다. 우리가 가지고 있는 기본 재산 6만 프랑은 오래도록 생활을 지탱해주기에는 아무래도 부족한 금액인 데다가 두 사람 다 절약하고는 거리가 먼 사람들이었다. 그래서 나는 이런 안을 제시했다.

"6만 프랑이면 10년은 넉넉히 살 수 있을 거야. 이대로 샤요에서 산다면 1년에 2천 에퀴 정도로 충분할 테지. 여기서 체면 유지만 하면서 검소하게 삽시다. 우리한테 필요한 돈이라고 해봤자 마차를 관리하고 연극 관람을 하는 정도일 텐데 그것도 지나치지 않을 만큼 하면 되겠지. 그대는 오페라를 좋아하니까 1주일에 두 번쯤 가기로 하고. 오락을 위한 지출은 2피스톨을 넘지 않도록 합시다. 10년이면 그 사이에 우리 집안에도 어떤 변화가 생길 테지. 아버지도 연로하셨으니 돌아가실지도 모를 일이고. 그리되면 나는 상속을 받게 될 터이니 우리는 아무 걱정 없이 살게 될 거야."

그 돈을 우리가 변함없이 지켜나갔더라면, 이 계획이 내 생애 가장 어리석은 일이 되지는 않았을 것을. 그러나 우리의 결심은 한 달을 넘기지 못했다. 마농은 즐기는 일에는 열광적인 여자였다. 나도 그녀를 위해 그렇게 했다. 그러다 보니 돈 쓸 일이 끊임없이 생겨났다. 게다가 그녀가 돈을 물 쓰듯 낭비해도 나는 그것을 안타까워하기는커녕 오히려 그녀가 좋아할 것이라 생각되는 것은 앞장서서 사주는 형편이었다. 이런 가운데 마농은 샤요의 집마저 답답하게 여기게 되었다. 겨울이 오고, 사람들이 저마다 도심으로 돌아가고 나니 교외는 쓸쓸해졌다. 그녀는 파리에 집을 얻자고 했으나 나는 동의하지 않았다. 그러나 어떤 방법으로든 조금쯤은 그녀를 만족시켜주어야 했으므로 파리에 가구 딸린 방을 하나 빌리기로 했다. 그래서 1주일에 몇 번 가는 모임에서 늦어질 때에는 거기서 묵기로 한 것이다. 이런 결정을 내리지 않을 수 없었던 이유는, 너무 늦은 시간에 샤요까지 돌아와야 하는 불편함이 이사를 원하는 마농의 핑계였기 때문이다. 이리하여 우리는 집을 두 채나 갖게 되었다. 이것은 우리를 파멸로 이끈 두 사건의 빌미가 되었으며 급기야 우리 생활을 엉망으로 만들게 된다.

마농에게는 근위병인 오빠가 한 사람 있었다. 불행하게도 그는 우리와 같은 마을에 살고 있었다. 어느 날 아침, 창가에 서 있는 마농을 우연히 본 그는 누이동생을 알아보고 그길로 우리 집으로 달려왔다. 그는 본디 거칠고 무례한 사람이었다. 누이동생의 이야기를 어느 정도 알고 있던 그는 무서운 기세로 험한 욕설을 퍼부으며 방으로 들어왔다. 마침 나는 외출 중이었는데 그것이 오히려 그녀에게나 내게 다행이었다. 내가 그 자리에 있었더라면 나는 도저히 그런 모욕을 참을 수 없었을 테니까. 나는 그가 돌아간 지 얼마 되지 않아 집에 돌아왔다. 마농이 비탄에 잠겨 있는 것을 본 나는 심상찮은 일이 생겼다는 것을 직감했다. 그녀는 방금 겪은 한심한 일들이며 오빠의 난폭한 위협까지 모두 들려주었다. 나는 너무도 화가 난 나머지, 그녀가 눈물로 말리지만 않았더라면 그길로 복수하러 나섰을지 모른다. 그 일로 아직 이야기를 나누고 있는데, 누구라는 이름도 밝히지 않은 채 한 근위병이 우리 방으로 들어왔다. 그것이 첫 대면만 아니었어도 내가 그렇게 정중하게 맞이하지는 않았을 것이다. 그는 우리에게 밝게 인사를 하면서 마농에게는 자신이 흥분했던 것을 사과하러 왔노라고 말할 정도로 여유를 부렸다. 누이동생이 타락한 생활에 빠졌다고만 생각하여 한순간 치밀어 오르는 화를 억누르지 못했는데, 내 하인에게 나에 관한 이야기를 듣고는 우리와 친하게 지내고 싶다는 생각을 하게 됐다는 것이다. 내 하인에게서 들었다는 정보가 어딘지 석연치 않고 수상쩍었으나 나는 그의 말을 정중하게 받아들였다. 그렇게 하는 것이 마농을 기쁘게 해주는 것이라고 생각했기 때문이다. 마농도 오빠의 화해 요청이 기쁜 모양이었다. 우리는 그를 붙들어 함께 점심 식사를 했다. 잠깐 사이에 친근해진 그는, 샤요로 돌아갈 것이라는 말을 듣고는 굳이 자신도 동행하겠노라고 했다. 그래서 하는 수 없이 마차에 자리를 하나 더 마련하지 않으면 안 되었다. 이것은 그가 우리에게 점유권을 행사하는 첫 번째 일이었다. 우리에게 함부로 대하는 것에 익숙해지면서 급기야 우리 집을 마치 자기 집처럼 여기고, 이런저런 일에 주인 행세를 하기에 이르렀다. 그는 나를 매제라 부르면서, 형제의 정을 빌미 삼아 제 친구들을 샤요에 불러들여 우리 돈으로 큰 잔치를 벌이기까지 했다. 우리 돈으로 호사스러운 옷을 구입했고, 빌린 돈은 모두 우리에게 지불하게 했다. 내가 이런 행패에도 눈을 감고 있었던 것은 혹시라도 마농에게 미움을 받을까 우려했기 때문이다. 이따금 마농에게서 상당한 금액을 받아내는 것을 보고서도 일부러 못 본 척하기까지 했다. 큰 도박꾼이었던 그가 운이 좋았을 때는 그의 대부금 일부를 마농에게 갚을 만큼 의리가 있었던 것은 사실이다. 그러나 우리의 재산이라는 것이 워낙 대단한 것이 못되었기 때문에 도에 넘치는 낭비를 도저히 지탱할 수 없었다. 그래서 나는 그와 담판을 지어야겠다고 벼르고 있었는데 때마침 한 사건이 일어나 그런 수고는 하지 않아도 되게 되었다. 그 대신 다른 사건이 일어나 우리는 헤어날 길 없는 낭떠러지로 굴러떨어지고 말았다.

어느 날, 우리는 파리로 나들이를 나와 있었다. 매번 그랬던 것처럼 그날도 파리에서 묵어갈 생각이었다. 이런 날에는 하녀 혼자 샤요 집을 지켰는데, 이튿날 아침 그 하녀가 달려와 보고하기를 간밤에 우리 집에 불이 났으며, 불을 끄느라 큰 소동이 벌어졌었다는 것이다. 세간에 큰 피해는 없었느냐고 물어보니, 많은 사람들이 불 끄러 들이닥치는 바람에 혼잡하여 자기로서는 아무것도 보장할 수 없다고 말했다. 나는 작은 문갑 속에 넣어둔 돈이 걱정되어 한달음에 샤요로 달려갔다. 헛수고였다. 문갑은 온데간데없이 사라져 버렸다. 사람은 구두쇠가 아니라 해도 돈을 아까워한다는 것을 그때 뼈저리게 느꼈다. 이 손실로 말할 수 없는 고통이 내 가슴을 헤집어놓는 바람에 나는 이성을 잃을 지경이었다. 어떤 새로운 불행이 닥치려 하고 있다는 것을 순간 깨달았다. 가난 따위는 두렵지 않았다. 그러나 나는 마농이 어떤 여자인지 너무나도 잘 알고 있었다. 풍족한 생활을 하는 동안에는 충실하고 사려 깊다가도 일단 내리막길에 접어들면 믿을 수 없게 된다는 것을 이미 경험하지 않았던가. 나를 위해 사치와 쾌락을 희생하지는 못할, 너무도 그런 것들을 사랑하는 마농이었다.

"그녀를 잃고 말 거야. 아, 불쌍한 기사! 네가 사랑하는 모든 것을 잃게 될 거야!"

나는 혼자서 부르짖었다.

이렇게 생각하자 나는 또다시 공포의 도가니에 빠져들었다. 내게 쏟아지는 불행에 마침표를 찍기 위해서는 차라리 죽는 게 낫겠다는 생각까지 들 정도였다. 그렇다고는 하지만 정말 아무런 대책이 없는 것인지 먼저 한번 살펴보자는 생각이 들 만큼의 분별력은 남아 있었다. 하느님은 내게 하나의 생각을 떠오르게 하여 자포자기에 빠지는 것을 막아주신 것이다. 이번 손실을 마농에게 숨기기로 했다. 어떻게든 둘러댄다면, 그리고 요행이 따라준다면 그녀에게 부자유를 느끼게 하지 않을 정도로 꾸려갈 수 있을 것 같았다.

'애초에 6만 프랑으로 10년은 버틸 것이라고 예상했으니까, 그 10년이 지났다고 가정해 보자. 그리고 우리 집안에 내가 바라고 있는 변화가 일어나지 않았다고 가정하자. 그러면 나는 과연 어떤 각오를 하게 될 것인가? 그때가 되지 않고서는 알 수 없다고 말해버리면 그만이지만, 아무튼 그때 가서 할 일을 오늘 한다고 해서 큰일 날 것은 아니지 않은가! 지금 파리에 살고 있는 사람들이라 할지라도 나만큼의 재능도, 타고난 자질도 없이 그저 가지고 있는 재력만으로 생활하고 있는 사람들이 태반인 것을. 그것도 신의 섭리로 말이야.'

인생만사 온갖 생각을 다 하면서 나는 혼잣말을 계속했다.

'세상 모든 일이 순조롭기만 한 것은 아닌 모양이다. 권력자나 부자들이 대부분 멍청하다는 것은 세상을 조금이라도 아는 사람이라면 누구나 알고 있는 사실 아닌가. 엄청난 공평함을 갖고 있는 사실 말이야. 만약 그들에게 권력이나 돈 말고도 재능까지 주어졌다면 그야말로 분에 넘치게 행복할 테고, 그렇지 못한 자들은 너무나 비참할 것이 아닌가! 그런 자들에게는 뛰어난 육체와 뛰어난 정신이 주어져 그로써 불행과 가난에서 빠져나올 수 있는 걸 거야. 어떤 사람은 부자에게 쾌락을 제공하면서 그들에게 빌붙을 수도 있겠지. 솔직히 그들을 속이는 셈이지만. 또 다른 사람들은 권력자들의 교육을 맡아 그들을 훌륭한 교양인으로 만들어내려고 노력하기도 하지. 성공할 확률이 매우 낮지만 말이야. 그것은 하느님의 목적과는 다르기 때문일 거야. 하느님의 목적은, 그들이 노력한 대가로 받는 비용, 다시 말해 교육받은 상대방의 비용으로 자신의 생활을 영위하게 하는 데 있는 거야. 부자나 권력자들이 바보라는 것은 여러모로 이용가치가 있어. 어찌 됐든 가난한 사람들에게는 더할 나위 없이 좋은 소득원이 되어주잖아.'

이런 생각들을 하다 보니 얼마쯤 용기도 생기고 이성도 회복되었다. 결국 나는 마농의 오빠 레스코를 찾아가 상의하기로 했다. 그는 파리에서 일어나는 일이라면 무엇이든 모르는 일이 없었다. 게다가 그의 수입은 자기 재산에서 나오는 것이 아닐뿐더러 국왕으로부터 받는 급료도 아니라는 것을 나는 잘 알고 있었다. 불행 중 다행으로 내 주머니에는 적은 돈이나마 20피스톨이 남아 있었다. 나는 내게 닥친 불행과 근심을 설명하고 지갑을 열어 보였다. 그리고 굶어 죽거나 머리를 짓찧어 죽는 방법 말고 달리 무슨 길이 있을지 캐물었다. 그의 말로는, 머리를 짓찧어 죽는 것은 바보들이나 하는 짓이며, 굶어 죽는 것 또한 자기 재능을 발휘하고자 하지 않기 때문에 도탄에 빠져 저지르는 일이라는 것이었다. 그러므로 내가 무엇을 할 수 있을지 생각하는 것이 가장 먼저 할 일이며, 내가 계획하는 일이라면 무슨 일이든 지지하고 조언을 아끼지 않겠다고 했다.

"그건 너무 막연한데요? 내가 묻고 싶은 것은 당장에 이 고비를 어떻게 넘겨야 하느냐는 겁니다. 무엇보다도 이 일을 마농에게 어떻게 설명해야 한단 말입니까?"

"마농 따위 걱정할 일이 뭐가 있나? 마농과 함께 있기만 하면 그런 걱정 단번에 날려버릴 수 있을 텐데 말이지. 그런 여자는 자네를 부양할 의무가 있는 거야. 자네나, 마농 자신이나, 또 나를 위해서도 말이지."

이 무례하기 짝이 없는 말에 반박하려는 나를 가로막으며 그가 하는 말에 따르면 다음과 같다. 만약 내가 그의 의견에 따른다면 저녁때까지 1천 에퀴를 만들어 보일 테니 둘이서 나눠 갖자는 것이었다. 방탕을 위해서라면 돈을 아끼지 않는 기분파 귀족을 알고 있는데, 그 사람이라면 마농 같은 여자와 하룻밤 잠자리에 1천 에퀴쯤은 흔쾌히 지불할 것이라면서.

나는 그의 입을 닥치게 했다.

"적어도 그 정도 인간으로는 보지 않았소. 지금까지 우정을 베풀어 준 동기가 이 따위 감정과는 전혀 다른 거라고 믿었단 말이오."

뻔뻔스럽게도 그가 고백한 바에 따르면, 그는 늘 같은 생각을 하고 있었다는 것이다. 게다가 여동생이 사랑하는 사람을 위해서든 어쨌든, 한 번 발을 잘못 디딘 이상, 그 부정을 바로잡을 수 없는 다음에야 그녀와 관계를 개선할 생각은 애초에 없었다고 했다. 그제야 그동안 우리가 속고 있었다는 것을 알았다. 이러한 그의 말이 나를 격앙시키기는 했지만 이 위급한 상황에서 우리를 구해

줄 수 있는 건 그 일밖에 없다는 생각을 하자 거짓 웃음까지 지어 보이지 않을 수 없었다. 그의 충고는 마지막 수단으로써 만일의 경우에 대비해 둘 필요가 있지 않겠느냐고 대답했다. 그러면서 뭔가 다른 방법을 찾아달라고 부탁했다. 그는 나의 타고난 외모를 미끼 삼아 어디 늙고 돈 많은 여자라도 하나 구하면 어떻겠느냐고 했다. 하지만 나는 마농을 배신하는 행위를 할 수는 없었다. 그래서 지금으로서는 가장 쉽게 할 수 있는 것이 도박이 아닐까 말해보았다. 도박도 하나의 수단이 될 수는 있지만, 도박을 하기 위해서는 기술이 필요하다는 대답이 돌아왔다. 세상물정 모르는 달콤한 생각으로 그저 막연하게 도박에 뛰어들었다가는 그나마 남은 돈마저 모두 털리고 말 것이라고 했다. 교묘하게 속이기 위해서 익숙한 사람이나 하는 협잡을 아무 패도 없이 혼자 한다는 것은 너무나 어려운 일이라는 것이다. 세 번째로 패들 사이에 들어가는 방법이 있는데, 내가 아직 젊으니 도당으로 받아줄지 어떨지 의문이라고 했다. 그러면서도 나를 그들에게 소개해 주겠노라고 약속했다. 더욱이 놀란 것은 자금이 필요하다면 얼마쯤은 빌려주겠다고까지 하는 게 아닌가. 그런 그의 호의에 힘입어 이번 재난과 오늘 우리가 나눈 대화에 대해 마농에게는 절대 알리지 말아 달라고 간절하게 부탁했다.

그의 집을 찾았을 때보다 훨씬 무거운 마음으로 그의 집을 나섰다. 그래서 그에게 비밀을 털어놓은 것을 후회하기까지 했다. 지금까지 내게 무엇 하나 해 준 것이 없는 그였기에, 이런 상의를 한다고 해도 돈 한 푼 생기지 않는 것은 마찬가지였다. 게다가 마농에게는 비밀로 하겠다는 약속까지 어기는 게 아닐까 그것만이 걱정되었다. 뿐만 아니라 마농을 꼬여낼 속셈은 아닌지, 아니면 나를 버리고 훨씬 돈 많은 애인으로 바꾸라고 하는 건 아닌지 두려움이 생겼다. 아무리 궁리를 해보아도 고민만 깊어지고 나 스스로를 괴롭힐 뿐이었다. 아버지에게 편지를 보내 다시 한번 마음을 다잡겠다고 꾸며 돈을 얻어낼까 하는 생각도 수없이 해보았다. 하지만 그렇게 관대하신 아버지도 처음에 내가 잘못했을 때 6개월이나 좁은 감옥에 가두었던 사실이 떠올랐다. 생쉴피스에서의 탈출이 그에게 큰 타격을 주었을 것이니 만큼, 그때보다 더 엄한 벌을 내릴 것이 분명했다. 이리저리 궁리한 끝에 마침내 묘책이 하나 떠올랐는데 좀 더 일찍 생각해 내지 못한 게 이상할 정도였다. 그것은 틀림없이 옛날과 다름없는 사랑과 우정을 베풀어줄 옛 친구 티베르주에게 달려가는 것이었다.

진실하고 성실한 사람에게 믿음을 가지고 마음을 열어 보일 수 있다는 것은 참으로 다행스러운 일이다. 그런 사람에게는 아무런 두려움을 느끼지 않아도 된다. 설령 그에게서 도움을 받을 수 없다 해도, 적어도 호의와 동정은 확실히 얻을 수 있을 테니까. 다른 사람 앞에서는 그리도 조심스럽게 마음을 닫고 있지만 이런 사람 앞에서는 마음이 자연스레 열린다. 마치 따사로운 햇살 아래서 꽃잎이 활짝 피어나는 것처럼 순순히 마음의 문을 열게 되는 것이다.

이리도 위급한 때 티베르주를 떠올린 것을 하늘의 보살핌이라 생각하고 그와 만날 수 있는 방법을 찾아보았다. 그길로 집에 돌아가 우리가 만날 만한 좋은 장소를 정해 그에게 편지를 써 보냈다. 무엇보다도 내 형편이 형편인 만큼 진정 나를 생각한다면 비밀을 지켜줄 것과 신중해줄 것을 당부했다. 그와 만나게 될 것이라고 생각하니 무척 기뻤다. 덕분에 내 얼굴에서는 비애의 그림자가 말끔히 사라졌다. 그렇지 않았더라면 아마도 마농이 눈치채고 말았을지도 모른다. 마농에게는 샤요 집의 재난에 대해서도 별일 아니라는 듯 스쳐 지나가는 투로 들려주면서, 집수리가 끝날 때까지 파리에서 머물자고 해두었다. 파리를 세상에서 가장 즐거운 곳이라 생각하고 있는 그녀가 싫은 내색을 할 리가 없었다. 1시간 뒤 티베르주에게서 약속 장소로 가겠다는 답신이 왔다. 나는 열 일 제쳐두고 부랴부랴 그곳으로 달려갔다. 그러나 막상 친구 앞에 나서려 하자 나 자신이 부끄러워졌다. 그 앞에 있는 것만으로도 나의 방정치 못함이 새록새록 느껴지는 것이었다. 그러나 그의 깊은 우정을 믿는 마음과 마농에 대한 사랑이 내 마음을 다잡아주었다.

약속 장소인 팔레 루아얄 공원에 가보니 그가 나보다 먼저 와 있었다. 나를 보자마자 달려와서는 부둥켜안고 한참을 있었는데 내 얼굴이 그의 눈물로 젖는 것이 느껴졌다. 나는 그저 면목이 없으며, 내 배은망덕을 사무치게 느끼고 있다고 말했다. 그리고 그의 존경과 우정을 잃어 마땅한 일을 하긴 했지만 지금도 역시 친구로 생각해주고 있는지에 대한 답을 듣고서야 오늘의 용건을 말할 수 있겠노라고 했다. 이 말을 들은 그는 한없이 다정하게 이렇게 말하는 것이었다. 어떤 일이 있든 나에 대한 우정을 포기하지 않을 것이며, 자네가 불행하면 할수록, 과오를 범하고 방탕에 흐르면 흐를수록 자네에 대한 애정은 더욱 강렬하게 타오를 뿐이다. 하지만 그 애정은 귀한 벗이 타락해 가고 있음에도 구할 길 없어 보고만 있는 사람이 느끼는 쓰라린 고통 섞인 애정일 뿐이라고 덧붙였다.

우리는 벤치에 앉았다. 나는 마음 깊은 곳에서부터 쏟아져 나오는 한숨을 토해내며 말을 꺼냈다.

"아, 정다운 벗 티베르주! 자네가 정말 내 괴로움만큼이나 나를 동정해 줄 수 있을까? 내 마음속 고통을 자네에게 보이는 것이 부끄럽네. 솔직히 말하자면 내 고통의 원인이 너무나도 불명예스러운 것이기 때문이야. 나는 지금 비탄에 빠져 있다네. 내 이야기를 듣는다면 자네만큼 나를 아끼는 사람이 아니더라도 아마 나를 불쌍하게 생각하게 될 테지."

그는 생쉴피스에서 도망쳐 나온 뒤 내게 어떤 일이 일어났는지 친구로서 숨김없이 말해달라고 재촉했다. 나는 그의 말대로 모든 것을 있는 그대로 털어놓았다. 진실을 왜곡하거나, 잘 보이려고 내 잘못을 과소평가하기는커녕 거스를 수 없는 운명에 사로잡힌 내 사랑을 솔직하게 말했다. 이 운명은 힘없는 자를 파멸로 이끌만한 것이며, 인간의 예지로도 어쩔 수 없는, 인간의 힘으로는 도저히 어떻게 할 수 없는 것임을 알아달라고 하면서. 나의 고민에 대해, 내 걱정에 대해, 그와 만나기 2시간 전에 어떤 절망 상태에 빠져 있었는지 눈에 보이듯 설명했다. 그리고 만약에 친구마저 무자비하게 나를 버린다면 그야말로 깊은 절망에 빠져버릴 것이라고 말하는 것도 잊지 않았다. 말하자면 마음 약한 티베르주의 눈물에 호소한 것이다. 내 이야기에 그도 나만큼 고통스러워했다. 한참이나 나를 부둥켜안고는 마음을 굳게 먹으라고 격려하고 용기를 북돋아 주었다. 그러나 그는 내가 마농과 헤어져야 한다고 생각하는 모양이었다. 그래서 마농과 헤어지는 것이야말로 내게 가장 큰 불행이며, 이 세상의 모든 불행을 합친 것보다 더 큰 불행을 견뎌야 한다면 차라리 세상 밑바닥 가난을 택할 것이며,

잔혹한 죽음도 불사할 생각이라고 말해주었다.

"내 제안을 모두 물리친다면 대체 내가 자네를 위해 해줄 수 있는 것이 무엇인지 말해주겠나?"

나는 차마 그의 지갑이 필요하다고 말할 수가 없었다. 마침내 그가 눈치를 챈 듯, 내가 무슨 말을 하려는 건지 알 것 같다고 말하기는 했으나 몹시 결심하기 어려운 듯 한참이나 망설였다. 그러고는 이렇게 말하는 것이었다.

"내가 망설이는 까닭은 자네에 대한 열정이나 우정이 식어서가 아니라는 것을 알아주게. 자네는, 벗이 요구하는 유일한 도움을 거절할 것인지, 아니면 받아들임으로써 내 의무를 소홀히 할 것인지 둘 중 하나를 택하라고 나를 몰아붙이고 있네. 자네를 지금 이대로 내버려두는 것은 자네의 방탕을 돕는 거나 마찬가지일 텐데 말일세. 아마도 자네는 가난 때문에 극단적인 상황에 놓여 최선의 방법을 찾아낼 여유가 없는 모양일세. 역시 마음이 안정되고서야 비로소 예지와 진리의 고마움을 알게 되는 것일 테지. 돈은 어떻게든 해보겠네."

그는 나를 감싸안으면서 덧붙여 말했다.

"한 가지 조건을 다는 것을 용서해 주게. 그건 자네 주소를 내게 알려주는 것이네. 그리고 귀찮겠지만 자네를 도덕적인 생활로 돌아오게 하기 위해 내가 노력하는 것을 마다하지 말게. 내가 알고 있는 자네는 도덕적인 생활을 사랑하면서도 욕정에 사로잡혀 그것을 멀리하고 있어."

나는 그의 말이 하나하나 다 옳다고 생각했다. 그리고 내 운명의 장난 때문에 고매한 친구의 충고를 받아들이지 못하는 것을 이해해달라고 간절히 말했다. 그길로 그가 잘 아는 대부업자에게 나를 데리고 가 1백 피스톨을 빌려주었다. 그는 현금이 하나도 없었던 것이다. 언젠가도 말한 바와 같이 그는 부자가 아니었다. 그가 받는 보조금은 1천 에퀴였는데 올해가 보조금을 받는 첫 해였으므로 아직 그 돈을 받지 못하고 있었다. 말하자면 앞으로 받을 돈을 미리 받아 쓰는 셈인 것이다.

나는 그의 관용에 크게 감동했다. 그리고 나로 하여금 온갖 의무를 깨뜨리게 만든 사랑의 유혹을 한심하게 생각하지 않을 수 없었다. 덕성이 내 욕정에 반기를 들고 다시금 내 마음속에 자리 잡을 만큼 감동이 컸던 것이다. 그리고 광명에 찬 이 한순간만은 나 자신을 얽매는 나쁜 인연이 부끄럽고 한심하게 느껴졌다. 하지만 마농을 보는 순간 나는 다시 하늘에서 지상으로 떨어져 내릴 게 분명했다. 과연 그녀 곁에 돌아온 나는 이처럼 아름다운 여인을 한순간이나마 부끄러워했다는 것이 짐짓 놀라울 따름이었다.

마농은 평범한 여자가 아니었다. 돈에 대해 그녀만큼 담백한 여자는 없을 것이다. 그러면서도 돈의 부자유함에는 한순간도 배겨내지를 못했다. 그녀에게 무엇보다 필요한 것은 쾌락이며, 즐기는 일이었다. 만약 돈을 지불하지 않고 즐길 수만 있다면 그녀는 돈 따위 갖고 싶어 하지도 않았을 것이다. 그녀는 하루하루를 즐겁게 보낼 수만 있다면 우리의 재산이야 어떻게 되건 신경도 쓰지 않았다. 극단적으로 노는 일에 정신이 팔리거나 호화로움을 추구하는 것도 아니어서 매일 그녀의 취향에 맞는 놀이만 제공하면 그녀는 그것으로 만족했다. 그렇게 쾌락에 몰두하는 것이 그녀에게는 필요했으므로 그렇지 못할 경우, 그녀의 기분이나 애정은 믿을 수 없는 것이 되고 말았다. 다행히 그녀는 나를 사랑하고 있었으며, 그녀 자신도 곧잘 말하는 바와 같이 이 세상에서 사랑의 즐거움을 주는 것은 나 하나일지 모르지만, 어떤 불안이 생기면 이 사랑도 뿌리째 흔들릴 것이 분명했다. 내가 어느 정도의 재산만 가지고 있었다면 그녀는 이 세상의 다른 누구도 아닌 나를 선택할 것이다. 그러나 그녀에게 바칠 것이 믿음과 충성밖에 없다면 그녀는 B를 위해 나를 버릴 것은 의심할 여지가 없다. 그래서 나는 그녀의 지출을 충당하기 위해 내 몫은 될 수 있는 대로 절약하기로 했다. 다른 무엇보다도 부담이 되는 것은 마차였다. 마부에다가 말 몇 마리를 유지할 수는 없을 것이기에. 나는 내 고민을 레스코에게 하소연했다. 그리고 친구에게 1백 피스톨을 빌린 것까지 말했다. 그는 내게 승부를 걸어볼 마음이 있다면 친구 도박꾼들에게 나를 소개해 줄 수도 있다고 몇 번이나 말했다. 단지 그러기 위해서는 1백 프랑을 투자해서 도박꾼들에게 한턱 낼 필요가 있다고도 했다. 어딘지 석연찮은 느낌이 들어 썩 내키지는 않았지만 어쩔 수 없는 상황에 몰려 그가 시키는 대로 하기로 했다.

그날 밤, 레스코는 도박꾼들에게 나를 자기 친척이라고 소개했다. 그리고 나에 대해 운명의 은혜를 간절히 바라고 있는 만큼 더 믿음직한 일꾼이 될 가능성이 있다고 덧붙였다. 그렇다고는 해도 무일푼 비렁뱅이와는 다르다는 것을 나타내기 위해 내가 그들을 만찬에 초대할 계획이라고도 말했다. 나는 그들을 환대했다. 그들은 내 모습이 기품 있어 보인다거나 성품이 좋아 보인다는 등의 말을 서로 주고받았다. 어떤 이는 내가 상당히 유망해 보인다고 했다. 인상이 정직해 보이므로 내 술책을 의심할 사람이 없을 것이라는 이야기였다. 마지막으로 그들은 나처럼 재능 있어 보이는 신인을 소개해 주어서 고맙다고 레스코에게 치하하고, 한 사람을 골라 며칠 동안 내게 필요한 것들을 가르쳐주도록 일렀다. 내가 실력을 발휘할 무대는 트란실바니아 호텔[7]이었다. 큰 홀에는 파라오 도박을 하는 테이블이 있었고, 복도에는 그 밖의 여러 가지 골패며 주사위 등의 노름 도구가 차려져 있었다. 이 도박장은 그 무렵 클라니에 살고 있던 R 공작을 위해 개장한 것으로 그의 부하 대부분이 우리 패거리에 속했다. 부끄러움을 무릅쓰고 말하자면, 나는 단시일에 익힌 술수를 곧바로 활용하게 되었다. 그 중에서도 돌림패 짝을 바꾸거나 감쪽같이 숨겨버리는 것은 상당한 수준에 이르렀다. 그리고 긴 소매를 이용해서 재빠른 속임수로 그 방면에 권위 있는 자들의 눈까지도 속이게 되었으며, 곧이곧대로 하는 정직한 사람들은 아예 무일푼으로 만들기도 했다. 이상할 정도로 뛰어난 기량 덕분에 나는 순식간에 많은 돈을 벌어들여 한패들과 나눌 돈을 제하고서도 한두 주일 만에 상당한 돈을 벌었다. 이렇게 되자 샤요 집의 손실을 굳이 마농에게 감출 필요가 없다는 생각이 들어 그녀에게 화재 사건에 대해 사실대로 말해주었다. 그리고 그녀를 위로하기 위해 살림 딸린 집 한 채를 빌려 유복하게, 행복하게 새살림을 꾸렸다.

이러는 동안에도 티베르주는 자주 나를 찾아주었다. 그리고 내 마음이 상하지 않도록 찬찬히 나를 타일렀다. 그는 내가 스스로의 양심과 명예와 행복을

---

[7] 파리 머큐어 해안에 현존하는 건물. 17세기에 세워졌으나 트란실바니아 공 라코치 2세가 오스트리아에 대한 혁명에 실패하여 부하들과 함께 파리로 망명, 1714년에 이곳을 도박장으로 만들어 이런 이름이 붙여졌다. 아베 프레보도 말하고 있는 바와 같이 공의 부하들이 이곳을 주거지로 삼고 있었다.

얼마나 해치고 있는지를 깨우쳐주려고 했다. 그의 충고에 따를 마음 따위는 티끌만큼도 없었으면서도 그 열정에 감사할 수밖에 없었던 것은 나는 그의 본심을 잘 알고 있었기 때문이다. 마농의 앞에서조차 그를 몇 번이나 놀리기도 했다. 이 세상의 주교나 사제들 대다수가 후원금에 따라 정부와 이러쿵저러쿵 잘 해가고 있는데 뭐 그리 극성 피울 게 있느냐고 오히려 내 쪽에서 그를 격려하기도 했다.

"이걸 좀 보게."

나는 내 여자를 눈으로 가리키며 그에게 말했다.

"어떤가? 이리도 아름다운 여자가 있으니 잠시 한눈을 팔아도 되겠다는 생각이 들지 않나?"

그는 참고 있었다. 아주 최선을 다해서! 그러나 내 재산이 급작스럽게 불어난 것을 눈치챈 그는, 내가 그에게 빌린 1백 피스톨을 갚지 않은 채 집은 새로 구하고, 사치를 하는 것을 보고는 갑자기 태도를 바꾸었다. 점점 더 타락해 가는 나를 보고 한탄하는 한편, 천벌이라는 말까지 입에 올리며 나를 위협했다. 그러면서 곧 닥치게 될 불행을 예언하는 것이었다.

"자네가 방탕하게 쓰고 있는 돈은 아무리 생각해도 정상적으로 벌어들인 돈 같아 보이질 않네. 부정한 돈은 오래 붙어 있질 않는 법이지. 자네가 아무렇지 않게 부정한 돈을 쓰는 것이야말로 신의 벌이라고 생각하네. 나의 충고도 자네에겐 아무런 소용이 없었던 거야. 내 충고가 자네를 귀찮게만 할 뿐이라는 걸 잘 알고 있네. 자네는 은혜도 모르는 약한 남자야! 잘 있게. 자네의 죄 많은 쾌락이 망령처럼 사라지기를 기도하겠네. 자네의 행운도, 재물도 모두 사라지고 어떠한 기술도 다 없어져 버리기를 기도하지. 그리고 자네를 미친 사람처럼 취하게 한 부의 허망함을 깨우쳐주기 위해 무일푼 외톨이가 되기를 기도하겠어. 그때에 가서야 비로소 자네를 사랑하고, 자네를 도우려 하는 나를 다시 찾게 될 걸세. 그때가 오기까지 오늘부터 자네와는 만나지 않겠네. 자네의 지금 생활을 저주하네."

그는 내 방, 그것도 마농 앞에서 내게 이런 훈계를 했다. 말을 마치자 벌떡 일어나 나가버렸다. 그를 붙잡으려고 해보았지만 마농이 나를 가로막으며 저런 미친 사람은 그냥 돌아가게 내버려두라고 했다.

그의 말에 나는 얼마쯤 감동을 받았다. 그러고 보면 내 마음이 선한 쪽으로 돌아가려고 하는 기회가 몇 번쯤은 있었던 것 같기도 하다. 왜냐하면 그 뒤, 내 생애에서 가장 불행한 일을 당했을 때, 조금이나마 나 스스로 용기를 되찾게 된 것은 그 친구와의 이런 추억이 있었기 때문이다. 그때 내 마음속에 일어난 서글픔은 마농의 애무로 단번에 날아가 버리고 말았다. 우리는 여전히 환락과 애욕으로 점철된 나날을 보냈다. 재산이 늘어나면서 우리의 애정도 배가되었다. 사랑의 여신도 행운의 여신도 우리만큼 행복하고 애정 넘치는 노예를 본 적은 없을 것이다. 신들이여, 어째서 이 세상을 고통의 장이라 부르는가! 인간들은 이리도 즐거운 쾌락을 맛보고 있지 않은가! 그저 너무도 빨리 흘러가는 시간이 아쉬울 뿐이다. 만약 이 쾌락이 영원히 계속된다면 인간은 무엇을 위해 다른 행복을 찾겠는가? 우리들의 쾌락도 세상의 운명을 피해 가지는 못했다. 잠시 잠깐의 행복이 지나가고, 그 뒤에 찾아온 것은 고통스러운 회한뿐. 나는 도박으로 상당한 돈을 벌어들였으므로 그중 얼마쯤을 따로 떼어놓을 생각이었다. 내 하인들 역시 내 성공을 잘 알고 있었다. 그도 그럴 것이 우리는 하인들 앞에서 아무렇지도 않게 이런저런 대화를 나누곤 했기 때문이다. 마농의 몸종은 제법 미인이었으며 내 하인과는 연인 사이였다. 그들은 젊고 게을러 보이는 주인을 쉽사리 속여먹을 수 있으리라고 생각한 모양인지 계략을 꾸며 실행에 옮겼다. 그로 인하여 우리는 불행에 빠져 영원히 다시 설 수 없게 되어버리고 말았다.

어느 날, 우리는 레스코의 만찬에 초대받아 갔다가 한밤중이 지나서야 집으로 돌아왔다. 나는 하인을 불렀고 마농은 몸종을 불렀으나 아무도 나오지를 않았다. 시종의 말로는 그들이 8시쯤, 내 명령이라고 하면서 짐을 몇 개 밖으로 옮기라고 하고서는 집을 나간 뒤 돌아오지 않았다는 것이다. 순간 머리를 스치고 지나가는 것이 있었지만, 설마 이 정도일 줄은 몰랐다. 방에 들어서자마자 눈에 띤 광경은 내 예상을 훨씬 뛰어넘는 것이었다. 장롱 열쇠는 비틀려 부서져 있었고, 내 돈이며 옷가지 하나 남아 있는 것이 없었다. 이 어처구니없는 광경 앞에 혼자 넋 놓고 서 있는데, 마농도 새파랗게 질린 얼굴로 달려와서는 자기 방도 이렇게 난장판이 되어 있노라고 했다. 너무나도 큰 충격에, 터져 나오려는 울음과 절규를 이성의 힘으로 간신히 억눌러 참았을 정도다. 그러면서도 마농에게까지 나와 같은 절망을 주어서는 안 되겠다는 생각에 가까스로 아무렇지 않은 표정을 지어 보였다. 나는 농담처럼 트란실바니아에 가서 어떤 얼빠진 놈팡이한테서 이 손해를 몽땅 돌이키겠다고까지 큰소리를 쳐 보였다. 하지만 이 일에 큰 충격을 받은 듯 내 허세가 그녀의 낙담을 막기는커녕 오히려 비탄에 빠진 그녀로 인해 나까지 더 괴로워졌다.

"우린 이제 끝났어요!"

그녀는 눈물을 글썽이며 말했다. 나는 그녀를 쓰다듬으며 위로하려 했으나 소용이 없었다. 나 역시도 절망과 낙담의 눈물을 흘리고 있었다. 우리는 속옷 한 장 남은 게 없는 무일푼 알거지가 된 것이다.

나는 곧 레스코를 불렀다. 그는 경시총감과 파리 대법관에게 알리라고 했다. 나는 그길로 경시총감에게 달려갔으나 이것은 결과적으로 나 스스로의 재난을 불러일으키러 간 것이나 마찬가지가 되어버렸다. 게다가 경시총감이나 대법관에게 부탁한 것도 헛일로 돌아갔을뿐더러 레스코는 내가 없는 사이 마농을 꾀어 끔찍한 계획을 세웠던 것이다. 그는 늙은 호색가로 방탕에 돈을 아끼지 않는 GM이라는 자의 이야기를 하면서, 그자의 여자가 되면 엄청난 돈이 들어올 것이라고 말한 것이다. 그러잖아도 뜻밖의 재난으로 도탄에 빠져 있던 터라 마농은 레스코의 말에 넘어가고 말았다. 이 명예로운 거래는 내가 귀가하기 전에 이미 끝나 있었다. 그리고 이튿날 그 거래가 실행에 옮겨진 것은 레스코가 미리 GM에게 연락을 해두었기 때문일 것이다. 내가 집에 도착하자 마농은 자기 방에서 자고 있었다. 그리고 시종을 통해 전한 말로는 조금 쉬고 싶으니 오늘 밤에는 혼자 있게 해달라는 것이었다. 레스코는 내게 몇 피스톨을 쥐어주고는 돌아갔다.

나는 4시쯤에 잠자리에 들었다. 내게 닥친 불행을 어떻게든 만회해 볼 생각으로 이런저런 궁리를 하다 보니 잠이 든 것은 상당히 늦은 시각이었을 것이다. 그리고 눈을 뜬 것은 11시나 정오 가까운 시간이었던 것 같다. 나는 곧바로 일어나 마농의 상태를 물으러 가보니 마농은 마차로 그녀를 데리러 온 레스코와

1시간 전에 나갔다는 것이다. 레스코와의 외출이라 마음에 걸리기는 했지만 억지로라도 그런 마음을 없애려고 노력했다. 책을 읽으며 몇 시간을 보냈지만, 드디어 불안한 마음을 이기지 못하고 큰 걸음으로 방마다 둘러보았다. 마농의 방 책상 위에 봉해진 편지 한 통이 놓여 있었다. 그녀 필적의 내 앞으로 보낸 편지였다. 나는 죽을 만큼 전율을 느끼며 편지를 펼쳐 보았다.

'사랑하는 내 기사님. 당신에게 맹세할게요. 당신이야말로 내 마음의 우상이라는 것을! 그리고 이 세상에서 당신 한 사람만을 사랑한다는 것을! 하지만 사랑하는 내 가엾은 이여, 당신은 어떻게 생각하나요? 지금 같은 우리 처지에 여자의 정조 따위가 얼마나 하찮은 미덕인지 말입니다. 무일푼으로 사랑을 속삭일 수 있을 거라고 생각하나요? 어쩌면 굶주린 나머지 내가 잘못 생각하고 있는지도 모르겠군요. 사랑의 탄식이라 생각하는 것이 결국에는 죽음의 탄식이 될지도 모르잖아요. 나는 당신을 열렬히 사모하고 있답니다. 이것만은 진심이니 믿어주세요. 하지만 우리를 위해 돈을 모을 때까지 조금만 참고 기다려주세요. 내 덫에 걸려드는 자, 화 있을진저! 나의 기사님을 부자로, 그리고 행복하게 해드리기 위해 일하겠습니다. 당신의 마농에 대한 소식은 오빠가 전해드릴 거예요. 그리고 당신과의 이별이 괴로워 내가 얼마나 울었는지도 오빠한테 들으면 아실 거예요.'

이 글을 다 읽고 난 뒤의 내 기분이란 말로는 다 표현할 수가 없다. 지금까지도 그때 내가 느낀 격한 감정을 어떻게 정리해 볼 방법이 없다. 그것은 일찍이 사람이 경험한 적 없는 참으로 특별한, 상상할 수도 없기에 누구에게도 설명할 수 없으며, 나 스스로도 미처 다 알 수 없는 그런 마음이었다. 그 마음이 아주 독자적인 것이었기 때문에 내 기억 속의 어떤 일과도 결합되는 일이 없으며, 흔히 느낄 수 있는 감정과도 비길 수 없는 것이리라. 그러나 내 감정이야 어찌 되었든 고민, 질투, 굴욕 등이 뒤섞여 있었던 것만은 분명하다.
'그녀는 나를 사랑하고 있다. 누가 뭐라던 그렇게 생각할 수밖에 없다. 어떻게 그리 생각하지 않을 수가 있단 말인가!'

나는 마음속으로 외쳤다.

'내가 그녀에게 요구한 만큼의 사랑의 권리를, 그 누가 다른 이에게 가져본 적이 있는가? 모든 것을 그녀 혼자의 희생으로 돌려버린 지금, 그녀를 위해 더 이상 무엇을 할 수 있단 말인가? 그녀는 나를 버리려 하고 있다! 그리고 그 은혜를 모르는 여자는 나를 더 이상 사랑하지 않는 게 아니라고 하면서 비난을 피하려 하고 있다. 굶주림이 두려운 것이다. 사랑의 신이시여! 이 얼마나 비열한 생각입니까! 그것은 내 섬세한 감정과는 맞지 않는 생각이다. 나는 굶주림 따위 두렵지 않다. 그렇기에 나의 행복도 돌아보지 않고, 아버지 집의 즐거움도 버린 채 스스로를 굶주림으로 내몬 나인 것을! 그녀의 호기심이나 변덕을 만족시키려 내게 필요한 필수품까지도 절약했건만. 그런 나를 그녀는 사랑한다고 한다. 그렇게 말한다 해도 배은망덕한 여인이여. 누가 너를 꾀었는지 알고 있지만, 그렇다고 작별 인사 한마디 없이 떠날 수 있단 말인가. 열렬히 사랑하는 사람과의 이별이 얼마나 괴롭고 슬픈 일인지 모른다는 말인가. 그 물음에 답할 사람은 바로 나다. 스스로 원해서 몸을 내던지다니 이 얼마나 기막힐 노릇인가.'

뜻밖의 방문객이 나의 한탄을 멈추게 했다. 그것은 바로 레스코였다.

"이 짐승만도 못한 놈!" 나는 손에 칼을 집어 들며 소리쳤.

"마농은 어디에 있지? 마농을 어떻게 한 거야?"

그는 나의 험악한 기세에 잔뜩 겁을 먹었다. 그는, 나를 위해 있는 힘을 다 쏟았으며, 그 결과를 알려주기 위해 왔는데 이런 대접을 한다면 이대로 돌아가 다시는 내 집에 오지 않겠다고 했다. 나는 곧바로 방문 앞으로 달려가 그를 막아서며 말했다.

"아직도 나를 우습게 여기고 쉽사리 속여먹을 수 있다고 생각한다면 큰 잘못이다. 자, 목숨을 내놓든가, 아니면 마농이 있는 곳을 대라."

"허, 이거 참! 내가 여기에 온 이유가 뭐라고 생각하나? 내 딴엔 아주 좋은 소식을 가져왔는데 말씀이야. 자네는 생각지도 못할 일을 말이지. 그 사실을 알게 된다면 내게 감사하게 될걸."

나는 어서 말하라고 재촉했다. 그의 말에 따르면, 마농은 가난을 이기지 못하고, 기분파로 알려진 GM을 소개해 달라고 하더라는 것이다. 그런 권유는 그가 먼저 했다는 것도, 그녀를 그리로 데리고 가기 위해 만반의 준비를 한 사람이 자기라는 것도 숨기고서 말이다.

"오늘 아침 데리고 갔는데 그 양반, 마농에게 홀딱 반해서는 그길로 시골 별장에 가겠다고 하면서 4, 5일 예정으로 집을 나섰다네. 내 생각에 자네한테도 잘된 일이라는 생각이 들기에 그 노인네한테 마농이 당한 손해가 얼마나 컸는지 잘 말해줬지. 그리고 당신이 얼마나 호탕한 사람인지 잘 아노라고 부추겼더니 1천2백 피스톨을 주지 않겠나. 그래서 지금으로서는 이 정도면 되겠지만 누이에게는 앞으로 준비해야 할 것이 많을 것이다, 게다가 나이 어린 남동생이 있는데 부모님이 돌아가신 뒤에는 우리가 그 아이를 돌보고 있어 누이동생이 그 아이까지 챙겨야 할 것이니 만큼 가엾은 동생 일로 누이가 걱정하지 않도록 해달라고 부탁해 두었다네. 그랬더니 이 이야기에 감동한 그 노인네가 마농에게 집을 한 채 빌려주기로 했단 말이야. 그리고 매달 생활비 4백 프랑도 대주기로 했고 말이지. 이것만 계산해 봐도 1년에 4천8백 프랑이 되는 거야. 시골로 가기 전에 그 집 집사에게 일러두더라고. 집 한 채 찾아보고 자기가 돌아올 때까지 빌려두라고 말이지. 그러니 그때가 되면 그 집에서 마농을 만날 수 있다 그 말씀이야. 아, 그리고 또 마농이 부탁하더군. 자기를 대신해서 자네에게 천 번이라도 키스를 해달라고 말이지. 그리고 자기는 지금까지보다 더 자네를 사랑하고 있으니 안심하라고 전해달라는 거야."

내 운명이 이렇게 기묘하게 되어가는 것에 망연자실하며 나는 그 자리에 털썩 주저앉고 말았다. 정신분열이 일어날 것만 같았다. 그래서 레스코가 쏟아내는 이런저런 질문에 대답할 마음도 없이 끝을 알 수 없는 불안 속으로 빠져들었다. 바로 그 순간, 명예와 덕망이 날카로운 회한의 칼끝이 되어 나를 위협했다. 아미앵으로, 아버지 집으로, 생쉴피스로, 내가 순진무구하게 시간을 보내던 온갖 곳으로 마음이 내달았다. 도대체 나는 지금, 그 행복한 공간에서 얼마나 멀리 떨어져 있는 것인가! 지금도 회한과 그리움은 남아 있지만, 그것은 이미 어스레한 그림자와 같았고, 그리로 돌아가기에는 내가 너무 멀리까지 와버렸다.

'무슨 업보가 있기에 이렇듯 죄를 짓게 되었는가!' 나 자신에게 물었다.

'사랑은 때 묻지 않은 정열이어야 할 터인데, 어째서 그것이 내게는 불행과 부정의 원인이 되어버린단 말인가! 무엇이 마농과 함께 조용히 미덕을 지키며 살려는 것을 방해하는가? 그녀의 사랑을 얻기 전에 먼저 결혼부터 해야 했을 것을! 그렇게도 나를 아끼신 아버지에게 잘 말씀드렸다면 굳이 반대하지도 않으셨을 텐데. 아버지는 사랑하는 아들의 아름다운 아내로서 그녀를 어여삐 보셨을 것을! 마농의 사랑, 아버지의 자애로움, 교양 있는 사람들의 존경과 덕망 가운데 편안하게 살았다면 얼마나 행복했을까! 그런데 불행하게도 모든 것이 반대가 되고 말았다! 이 남자는 나를 불결한 인간이 되도록 밀어붙이고 있다. 결코 승복하지 않으리라. 하지만 이것을 결정한 것이 마농이라면, 그리고 여기에 따르지 않은 결과가 그녀를 잃는 것이라면 망설일 이유가 있겠는가!'

"레스코."

나는 이런 애잔한 마음을 떨쳐버리려고 눈을 감으며 큰 소리로 말했다.

"정말로 나를 생각해 준 것이라면 고맙네. 좀 더 나은 방법을 택했으면 좋았으리라는 아쉬움도 있지만 이미 끝난 일이니 어쩔 수 없지. 어차피 이렇게 된 다음에야 자네 생각대로 그 일을 실행에 옮길 수밖에."

레스코는 내가 화를 내며 입을 다물어버려 꽤나 당황한 모양이었다. 그런데 걱정했던 것과는 다른 결심을 한 것을 보고는 낯빛이 아주 밝아졌다. 사실 그는 마음이 여린 사람이었다. 앞으로 몇몇 일들을 통해 그것이 밝혀질 것이다.

"암, 그렇고말고." 그가 서둘러 대답했다.

"이래 봬도 내가 자네를 위해 얼마나 힘을 썼는지. 그건 그렇고 흠, 돈을 얼마나 우려낼 수 있을까? 틀림없이 자네의 상상을 초월할 거야."

생각보다 키도 크고 나이 들어 보이는 나로 인해 GM이 오누이 사이라는 것을 의심할까 봐 우리는 그의 의심을 피할 길을 논의했다. 그리고 생각해 낸 방법은, 그자 앞에서 아주 순박하고 촌스러운 모양을 연출하되 곧 성직자가 될 계획으로 매일 학교에 간다는 것을 믿게 한다는 것이었다. 또 내가 처음 그를 만날 때에는 가급적 초라한 차림을 하는 게 좋겠다고도 했다. 그는 사나흘 뒤 파리로 돌아왔다. 그는 집사가 빌려놓은 집에 마농을 안내했다. 그녀는 자기가 파리로 돌아왔다는 것을 레스코에게 알렸고, 그는 또 나에게 전했다. 우리 두 사람은 함께 그녀의 집으로 갔다. 늙은 호색한은 이미 돌아가고 없었다.

어차피 마농이 뜻하는 대로 되리라 생각하여 포기하고 있던 나였지만 그녀를 보자 마음속에 있는 불평을 억누를 수가 없었다. 나는 아주 슬프고도 지친 표정을 지어 보였다. 그녀를 다시 만나게 된 것이 기쁘기는 했지만, 그녀의 부정이 내게 준 충격을 이기지는 못했다. 나와는 반대로 그녀는 재회의 기쁨이 하늘을 찌르는 것 같았다. 이윽고 그녀가 나의 싸늘함을 눈치챘다. 나는 깊은 탄식과 함께 불의며 부정이라는 말을 쏟아내지 않고서는 견딜 수가 없었다. 처음에 그녀는 나를 외곬이라고 놀리기도 했다. 하지만 언제까지나 슬픈 눈으로 그녀를 바라만 보며, 내 기분이나 욕심과 동떨어진 변화를 감당하지 못한 채 괴로워하는 내 모습을 본 그녀는 혼자 자기 방으로 가버렸다. 나도 곧 뒤를 쫓아 들어갔다. 그녀는 몸을 내던진 채 울고 있었다. 왜 우는지를 물어보자 그녀가 말했다.

"내가 왜 우는지 정말 모른단 말이에요? 모처럼 만났는데 음울하게 슬픈 얼굴만 보이고 있으니 나더러 어쩌란 말인가요? 여기 와서 1시간이나 지났는데 한 번도 날 안아주지 않았잖아요. 내가 안으려 해도 터키 임금님처럼 점잖만 빼고 말이죠."

"들어봐, 마농."

그녀를 끌어안으며 말했다.

"그래. 죽을 만큼 괴로운 내 마음을 숨기지 못했는지도 모르지. 그대가 갑자기 사라지고 난 뒤 내가 얼마나 걱정했는지, 그리고 다른 방에서 하룻밤을 지내고 위로의 말 한마디 없이 나를 버리고 간 것이 얼마나 내게 잔인한 행동이었는지 이제와 말해봐야 무슨 소용이겠어. 그대의 모습을 보면 그러지 않으려 해도 그냥 모든 게 잊히는걸. 하지만 이 집에서, 그대가 바라는 대로 이렇게 한심하고 비참한 생활을 하는데 내 어찌 탄식하지 않을 수 있을 것이며, 눈물을 흘리지 않을 수 있겠느냐고."

나는 눈물을 흘리면서 말을 이었다.

"내 집안이나 명예 따위는 문제가 아니야. 그런 건 사랑과 경쟁을 동시에 해야 하는 나 같은 처지에는 해당되지 않는 것들이지. 하지만 사랑 그 자체가 은혜를 모르는 연인에 의해 이토록 무참하게 짓밟히고서야, 아니 이렇게 심한 보답을 받고서야 어찌 불편을 토로하지 않을 수 있겠느냐고!"

그녀는 내 말을 가로막았다.

"아니, 잠깐만요. 그렇게 모진 말로 나를 괴롭혀서 좋을 게 뭐죠? 당신이 언짢아하는 건 알겠어요. 하지만 우리 생활을 조금이라도 되살려보려고 생각해 낸 거라 당신도 이해해 주리라 생각했어요. 그리고 당신에게 아무 말 없이 실행하려 한 것도 예민한 당신 신경을 건드리고 싶지 않아서고요. 하지만 뭐, 이제 됐어요. 당신이 찬성하지 않는다면 포기하겠어요."

그러면서 오늘은 이 정도로 마음을 돌이켜달라고 했다. 그리고 이미 영감에게서 2백 피스톨을 받았으며, 오늘 밤엔 아름다운 진주 목걸이며 여러 가지 보석 말고도 약속한 보조금의 절반을 가져오기로 했다는 것이다.

"그분한테서 선물을 받을 만큼의 여유는 주시겠죠? 맹세하지만 그 사람이 나를 손에 넣었다고 자만하기에는 너무 일러요. 파리에 돌아간 다음에나 허락하겠다고 해두었죠. 하기는 내 손에 수없이 입 맞춘 건 사실이에요. 그 즐거움만으로도 돈을 지불하기에는 충분하죠. 그리고 그 많은 재산이나 나이로 봐서 5천 프랑이나 6천 프랑쯤은 많은 것도 아니라고요."

그녀의 이러한 결심이 내게는 5천 프랑이 생기는 것보다 훨씬 기뻤다. 비열한 행위에서 벗어났다는 것에 만족하는 걸 보면 내가 아직 명예심을 완전히 잃은 것은 아닌 모양이었다. 그러나 나는 짧은 쾌락 뒤 긴 고난을 타고난 모양이다. 운명이 나를 하나의 절벽에서 구해내는 것은, 다른 절벽으로 떨어뜨리기 위한 것에 불과했다. 그녀의 심기일전에 얼마나 기뻤는지, 뜨거운 애무로써 그 기쁨을 드러내 보였다. 그리고 우리의 일을 빈틈없이 하기 위해서는 레스코에게도 이 일을 알려줄 필요가 있다고 말했다. 그는 처음에 투덜투덜 불평했지만 4, 5천 프랑이 현금으로 들어올 것이라는 말에 금세 기분이 좋아져 우리의 계획에 동의했다. 우리는 두 가지 이유를 가지고 모두 함께 GM과 저녁 식사를 하기로 했다. 첫째는 내가 마농의 동생인 학생으로 그럴듯한 연기를 꾸미자는 것이고, 둘째는 이 늙은 탕자로 하여금 선불을 했다는 이유로 마농에게 수작 부리는 것을 훼방 놓기 위해서였다. 영감이 하룻밤을 보낼 셈으로 2층 침실로 올라갈 때 나와 레스코가 물러나기로 했다. 그리고 마농은 영감을 따라 2층으로 올라갔다가 적당한 핑계를 대고 방에서 나와서는 우리와 함께 그곳을 떠나기로 약속했다. 그 시각, 레스코는 대문 밖에 마차를 대기시키는 역할을 맡았다.

저녁 식사 시간이 되었다. GM은 늦지 않게 도착했다. 레스코는 마농과 함께 식당에 있었다. 영감은 목걸이며 팔찌, 진주 장식품 등 적어도 1천 에퀴는 족히 되어 보이는 보석을 선물하는 것으로 인사를 대신했다. 그리고 약속한 보조금의 반액인 2천4백 프랑을 눈부신 루이 금화로 지불했다. 영감은 이런 선물에 양념이라도 더하듯 고풍스러운 궁정 취미의 우아한 말로 풍미를 돋우었다. 마농은 영감의 입맞춤을 차마 거절하지 못했다. 영감으로서는 이 입맞춤이 마농에게 돈을 지불하고 얻은 권리였던 것이다. 나는 들어오라는 레스코의 신호를 기다리며 문밖에서 귀를 기울이고 있었다. 마농이 돈과 보석을 손에 쥐어들자 그는 내 손을 잡고 GM 앞으로 이끌면서 인사하라고 했다. 나는 매우 정중하게 두세 번 되풀이 인사했다.

"모쪼록 잘 봐주십시오. 아직 어린애니까요. 보시다시피 아직 파리에는 익숙하지 않지만 길만 잘 들인다면 곧 익숙해질 것입니다. 그리고 너는,"

레스코는 내 쪽을 돌아보면서 덧붙였다.

"여기서 자주 뵙게 될 테니 훌륭하신 어른을 본받도록 해라."

영감은 내가 마음에 든 모양인지 내 뺨을 가볍게 두어 번 두드렸다. 내게 아름다운 청년이라 말하면서, 파리라는 곳은 젊은이를 타락에 빠뜨리기 쉬운 곳이니 조심해야 한다고 말했다. 레스코가 옆에서 나를 보며 태생이 현명하다고 거들었다. 그리고 오직 신부가 될 것을 바라고 있으며, 즐거움이라고는 성물을 만드는 것밖에 없다고 말했다.

"음, 어딘지 모르게 마농과 닮았군그래."

영감이 내 턱을 치켜세우며 말했다.

그래서 나도 어수룩한 척하며 말해주었다.

"나리, 그건 저희들의 몸이 딱 달라붙어 있기 때문입니다. 그래서 저는 마농 누님을 또 하나의 저로 생각하고 사랑하고 있습니다."

"자네, 저 말 들었는가? 이 아이, 꽤나 재치가 있는걸. 이런 아이가 세상을 모른다니 아쉽군그래."

영감이 레스코에게 말했다.

"나리, 세상이라면 저도 교회 안에서 많이 봤어요. 그리고 파리에도 저보다 훨씬 더한 바보가 있다고 생각하는걸요."

내가 말했다.

"보라니까!"

노인이 감탄하며 덧붙였다.

"시골 촌뜨기 치고는 굉장하지 않나?"

식사 시간 내내 우리는 대체로 이런 이야기를 주고받았다. 잘 웃는 마농은 몇 번이나 웃음을 터뜨릴 뻔하여 일을 그르칠 위기에 처하기도 했다. 식사를 하면서 나는 기회를 살펴 이 영감이 지금 어떤 상황에 있으며, 어떤 재난이 닥치게 될지를 이야기해 주었다. 내가 이 이야기를 하고 있는 동안 레스코와 마농은 초긴장 상태였다. 특히 내가 노인의 모습을 노골적으로 생생하게 묘사했을 때에는 더 안절부절못했다. 그러나 자존심이 강한 영감은 그 이야기가 자기 일이라는 것을 좀체 눈치채지 못했다. 게다가 아주 멋들어지게 꾸며댔기 때문에 제일 먼저 재미있다고 칭찬한 것도 영감이었다. 내가 이때의 이야기를 왜 이렇게 자세하게 들려주는 건지 머잖아 알게 될 것이다. 드디어 잠자리에 들 시간이 되자 영감은 갑자기 안절부절못하며 색정적이 되었다. 레스코와 나는 물러났다. 하인이 와서 영감을 침실로 안내했다. 그리고 잠시 볼일이 있다며 방을 빠져나온 마농은 현관에서 기다리고 있던 나와 만났다. 서너 집 건너에서 대기하고 있던 마차가 우리를 마중하러 가까이 다가왔다. 우리는 삽시간에 그곳을 떠났다.

내가 생각해도 이 행위는 틀림없는 사기였지만 마음의 가책을 느낄 만큼 나쁜 짓이라고는 생각하지 않았다. 오히려 도박에서 번 돈이 훨씬 마음에 걸렸다 어쨌든 우리는 그 어느 쪽에서도 이득을 보지는 못했다. 하느님은 이 두 가지 부정행위 가운데 더 가벼운 쪽을 보다 무거운 형벌로 다스리시려 하신 것이다.

GM은 금세 사기당한 것을 알아차렸다. 그가, 그 밤중에 우리를 잡기 위해 어떤 조치를 취했는지 나는 알지 못한다. 어찌 되었든 그 영감은 상당한 권력가였으므로 그가 취한 조치가 성공하지 않을 리 없었다. 반면 우리는 경솔하게도 파리는 넓고 넓으며, 영감과는 서로 사는 구역이 다르고 멀리 떨어져 있는 만큼 마음을 놓고 있었다. 영감은 우리가 살던 집이며, 우리의 형편까지 다 알아냈다. 그뿐만 아니라 내가 어떤 사람인지, 파리에서 어떤 생활을 하고 있었는지, 마농과 B가 이전에 어떤 관계였는지, 그 B를 마농이 어떻게 했는지…… 한마디로 우리의 신변에 관한 좋지 못한 이야기는 모두 알아낸 것이다. 그는 우리를 체포하기로 했다. 죄인으로서라기보다 불량배로서 응징하기로 작정한 것이다.

경감이 5, 6명의 부하를 거느리고 우리 방에 쳐들어왔을 때까지 우리는 자고 있었다. 먼저 그들은 내 돈, 아니 GM의 돈을 몰수했다. 그리고 우리를 두드려 깨워 밖으로 끌고 나갔는데 입구에는 두 대의 마차가 기다리고 있었다. 마농은 그중 한 대에 억지로 태워졌다. 그리고 나는 다른 마차로 생라자르[8]로 끌려갔다. 이런 비운에 처해보지 않은 사람이라면 그것이 얼마나 사람을 깊은 절망의 나락으로 떨어뜨리는지 상상도 할 수 없을 것이다. 경찰들은 내가 마농에게 입 맞추지도, 말을 시키지도 못하게 할 만큼 냉혹했다. 그 뒤 오랫동안 마농의 소식을 알 수 없었다. 처음 얼마간, 그녀의 소식을 몰랐던 것이 어찌 보면 내게는 다행이었다. 그녀가 그토록 큰 재앙을 겪고 있다는 것을 알았다면 나는 의식을, 어쩌면 목숨까지도 잃었을지 모를 일이다.

나의 불행한 연인은 내가 보는 앞에서 마차에 내동댕이쳐진 채 그 이름조차 두려운 어두운 곳으로 끌려갔다. 세상 사람들이 나와 같은 눈이며 마음을 가졌다면 세계에서 으뜸가는 왕좌를 차지했을지도 모르는 이 아름다운 여인으로 인해 비탄에 빠지지 않을 수 없었을 것이다. 그녀는 홀로 좁은 감옥에 갇혀 매일 일정한 일을 해야만 했다. 그 대가로 토할 것만 같은 식사가 주어진 것이다. 내가 이렇게 슬픈 이야기를 전해 듣게 된 것은 나 자신도 고되고 지루한 노역으로 여러 달을 보낸 뒤의 일이었다. 나를 끌고 온 자들도 내가 어디로 보내

---

[8] 그 무렵 행실이 바르지 못한 양가의 자제들을 감금하던 곳. 라지리스트라 불리던 승려들이 관리하고 있었다.

지는지 아무 말도 하지 않았으므로 생라자르 문 앞에 도착하기 전에는 내가 어디로 가게 되는지도 몰랐다. 내가 겪게 될 일보다는 차라리 죽음을 택하고 싶었다. 이 건물에 대해서는 여러 가지 끔찍한 선입견을 가지고 있었다. 건물 안으로 들어서자 경관들은 다시 한번 내 주머니에 손을 넣어 무기나 호신용구가 없는지 확인했으므로 내 공포는 더 커졌다. 그때 원장이 나타났다. 내가 오리라는 것을 미리 알고 있었던 것이다. 그는 매우 온화한 태도로 나를 대했다.

"신부님, 부끄러움을 겪게 하지 말아주시기를 부탁드립니다. 그런 일을 겪느니 차라리 죽어버리겠습니다."

"원, 천만에. 그쪽만 잘해준다면 우리 서로가 만족할 겁니다."

그가 나를 2층 방으로 오라 하기에 나는 순순히 그의 말에 따랐다. 경관들이 방문 앞까지 따라왔으나 우리가 방으로 들어갈 때 원장이 그들에게 물러가라는 눈치를 보냈다.

"제가 당신의 죄수가 된 거로군요."

내가 말했다.

"그런데 신부님, 저를 도대체 어떻게 하시려는 건지요?"

그때 그는, 내가 조리 있어 보여 다행이며, 내게 해줄 그의 의무는 덕행과 종교를 좋아하게끔 만드는 것이고, 나의 의무는 그의 훈계와 충고를 따르는 것이라고 말해주었다. 조금이라도 자기의 배려에 응해준다면 고독한 중에서도 기쁨과 만족을 찾을 수 있을 것이라는 등의 이야기도 했다.

"기쁨이라고요? 신부님께서는 제게 기쁨을 줄 수 있는 것은 이 세상에서 단 하나밖에 없다는 것을 모르시는 모양이군요."

"그건 나도 알고 있소. 그러나 나는 그대의 마음이 바뀌기를 기대하고 있다오."

그가 말했다.

이 대답으로 미루어 그는 내 사건도, 아마도 내 이름까지도 알고 있는 것 같았다. 그래서 그에게 나에 대해 알고 있는지 확실하게 말해달라고 부탁했다. 그는 모든 것을 보고받았노라고 솔직하게 말했다.

그가 알고 있다는 것은, 나로서는 무엇보다도 큰 아픔이었다. 나는 절망적인 표정으로 폭포처럼 눈물을 쏟았다. 친지들의 웃음거리가 될 것과, 일가의 이름을 더럽혔다는 굴욕을 참을 수가 없었다. 이렇게 실망한 채 1주일을 보내면서 나는 나 자신의 오명에만 정신이 팔려 다른 것은 아무것도 귀에 들어오지 않았다. 마농과의 추억마저 내 고통에는 아무런 약이 되지 못했다. 그것은 이 새로운 고민 이전에 있었던 하나의 감정에 불과했다. 내 영혼을 사로잡고 있었던 것은 오로지 치욕과 곤혹뿐이었다.

살아가면서 이처럼 여러 가지 감정을 겪은 사람은 드물 것이다. 보통 사람들은 기껏해야 대여섯 정도의 감정만 알 뿐, 그 범위 안에서 생활을 영위하며, 감정의 동요는 그 안에서 환원되고 만다. 그들에게서 사랑과 증오를, 쾌락과 고통을, 희망과 공포를 제거해 보라. 아마도 그들은 아무것도 느낄 수 없게 될 것이다. 그러나 더 고상한 성품을 갖춘 사람이라면 헤아릴 수 없이 많은 형태로 마음에 동요를 일으킬 것이다. 그들은 5관(五官) 이상의 감각을 갖고 있어 인간 본성의 일반적인 한계를 넘어서는 사상도 감각도 받아들일 수 있다. 그래서 자신을 세상 사람보다 높은 자리에 두고 위대함을 느끼고 있으니만큼 그 무엇 하나 부러울 게 없는 것이다. 그렇기에 그들로서는 모욕과 조롱이 가장 견디기 어려우며, 치욕은 그들에게 가장 격렬한 감정이 되는 것이다.

생라자르에서 나는 이 슬픈 특권을 가지고 있었다. 비탄에 빠진 내 모습이 지나치게 극단적으로 보였던지 원장은 극진한 친절과 관대함으로 나를 대했다. 그는 하루에 두세 번 나를 찾아왔다. 나를 데리고 정원을 한 바퀴 도는 일도 있었는데, 그럴 때면 유익한 충고를 아끼지 않았다. 나도 그의 말에 얌전하게 귀를 기울였고, 감사의 빛까지 드러냈다. 그래서 그는 내게서 개심의 희망을 가졌던 것이다.

어느 날 원장이 내게 말했다.

"이토록 온순하고 고상한 천성을 지닌 자네가 어떻게 방정하지 못한 일에 이끌리게 되었는지 이해할 수가 없네. 나로서는 놀라운 일이 두 가지 있는데, 하나는 이렇게 선량한 성품을 지닌 자네가 어째서 그렇게 불량하게 되었느냐 하는 것이고, 또 하나, 이거야말로 더 궁금한 것인데, 몇 년이나 방탕한 생활을 한 자네가 어쩌면 이리도 내 충고와 교훈을 잘 받아들일 수 있나 하는 것이라네.

만약 개심을 한 것이라면 자네는 신의 자비를 드러내는 훌륭한 증인이 될 것이며, 만일 그것이 태생적인 선량함 때문이라면, 적어도 도의라는 훌륭한 소질을 갖고 있다는 말이 되네. 그러니 언제까지나 이런 곳에 가두어두지 않아도 자네를 방정한 생활로 인도할 수 있을 것이라는 희망을 가지고 있다네."

원장이 나를 이처럼 높이 평가해주고 있다는 것을 알고 무척 기뻤다. 그래서 나는 그가 만족할 수 있도록 행동했다. 그렇게 하는 것이 내 형량을 줄일 가장 확실한 방법이라는 것을 알았기 때문이다. 그에게 책을 부탁했다. 읽고 싶은 책을 내게 선택하게 한 그는 내가 몇몇 훌륭한 작가의 책을 선택한 것을 보고 자못 놀랐다. 그리하여 나는 열심히 공부에만 골몰하는 체했으며, 기회가 있을 때마다 그가 바라고 있는 변화의 표시를 보여주었다. 창피한 이야기이지만 이렇게 고백하지 않을 수 없다. 나는 생라자르에서 위선자의 흉내를 내고 있었던 것이다. 공부는커녕, 혼자가 되면 나 자신의 불행을 한탄만 하고 있었다. 감옥을 저주했고, 나를 그곳에 가둔 횡포를 증오했다. 치욕으로 인한 압박감이 어느 정도 가시자, 이번에는 또 사랑에 대한 가책에 빠져들었다. 마농이 곁에 없다는 것, 소식조차 알 수 없다는 것, 두 번 다시는 만나지 못하는 게 아닐까 하는 두려움이 내 슬픈 공상의 유일한 주제였다. 나는 GM의 품 안에 있는 그녀를 상상했다. 그 생각이 제일 먼저 내 뇌리에 떠올랐기 때문이다. 그리고 그녀 또한 나와 같은 취급을 당하고 있다고 상상하기는커녕, GM이 나를 격려한 것은 그녀를 안심하고 소유하기 위해서라는 생각만 들었다. 나는 영원히 지속될 것만 같은 이런 기나긴 나날을 보내고 있었다. 그러면서 내 위선 행위가 효과를 발휘하기만을 바라고 있었다. 원장의 말과 그의 얼굴빛을 주의 깊게 관찰하면서 나에 대한 그의 생각을 읽어내려 했다. 내 운명을 좌우할 사람에게 잘 보이려고 노력하기 위해서 말이다. 원장이 나를 무척 아낀다는 것은 쉽사리 알 수 있었다. 그가 나를 위해 최선을 다할 것임을 의심할 여지가 없었.

어느 날 나는 큰마음 먹고 그에게 나의 석방 권한이 있는지를 물어보았다. 그러자, 자기에게 절대적인 권한은 없다, 하지만 본디 경시총감이 나를 유폐시킨 것은 GM의 부탁이 있었기 때문이므로, 자기가 잘만 얘기한다면 석방을 승낙하리라 생각한다는 것이었다.

"두 달을 갇혀 있었는데요."

온화한 목소리로 내가 말했다.

"그분도 이만하면 충분하다고 생각하실까요?"

그는 내가 정말로 그렇게 생각한다면 이야기를 꺼내보겠노라고 약속했다. 나는 꼭 그렇게 해달라고 간청했다. 그리고 이틀 뒤, GM이 내가 개심했다는 말을 듣고 매우 감탄하고 있다는 이야기를 들었다. 게다가 나를 바깥세상으로 내보내주겠다는 생각뿐 아니라, 좀 더 개인적인 친분을 쌓고 싶다며 친히 감옥까지 나를 만나러 오려 한다는 것이었다. 그가 나를 만나러 온다는 것은 그리 유쾌한 일은 아니었지만, 내가 자유의 몸이 되는 지름길임을 생각하면 어쩔 수 없는 노릇이었다.

GM이 정말 생라자르까지 나를 찾아왔다. 마농의 집에서 만났을 때보다 훨씬 위엄 있는 모습이었다. 그는 내 부정에 대해 두세 가지 그럴듯한 설교를 했다. 그리고 자기 자신을 변호할 요량으로, 본능이 추구하는 쾌락을 얻고자 하는 것은 나약한 인간으로서는 어쩔 수 없는 일이지만, 사기는 처벌받아 마땅하다는 말도 덧붙였다. 그는 한결같이 온순한 태도로 귀를 기울이고 있던 내 모습에 만족스러워했다. 그러나 내가 레스코나 마농과 형제지간이라고 속인 것에 대해 비웃었다. 또, 예의 그 성물에 대해서는 내가 주님의 일을 하는 것을 기쁘게 생각했으니만큼 아마도 여기서 많이 만들어놓지 않았겠느냐고 조롱하는 것을 들어도 화가 나지 않았다. 그저 그에게도, 내게도 불행이었던 것은, 그가 깜빡 잘못 입을 열어 아마 마농도 감화원에서 성물을 많이 만들었을 것이라고 말한 것이다. 감화원이라는 말을 듣자 나는 전율했다. 그러나 마음을 가라앉히고 그게 무슨 말이냐고 물을 수 있는 여유는 있었다.

"뭐, 다 말해주지. 2개월 전부터 그녀는 감화원에서 정숙 교육을 받고 있다네. 자네가 생라자르에서 얻은 것만큼 그녀도 거기서 뭔가 얻었기를 바랄 뿐이네."

이런 끔찍한 말을 들은 이상, 설령 종신형에 처하든 죽음이 눈앞에 놓이든 나는 끓어오르는 격정을 억제할 수가 없었다. 나는 있는 힘을 다해 그에게 달려들었다. 그를 땅에 쓰러뜨리고 목을 죌 정도의 힘은 남아 있었다. 내가 그를 목 졸라 죽이려 하고 있을 때, 그자가 땅에 쓰러지는 소리와 새어 나온 비명을 듣고 원장과 몇몇 수사가 내 방으로 달려왔다. 그들은 그를 내 손에서 떼어놓았다. 나 또한 기진맥진해서 숨을 헐떡였다.

"오, 주님!"

나는 한숨을 토해내며 소리쳤다.

"정의로우신 주님! 이런 모욕을 당하면서까지 살아갈 수는 없습니다!"

나는 나를 죽이려고 한 것이나 다름없는 그 야만인에게 다시 달려들려고 했으나 사람들에게 제지당했다. 나의 절망, 절규, 그리고 눈물은 상상을 넘어서는 것이었다. 내가 너무나도 예기치 못한 일을 저질렀으므로, 그 원인을 알지 못하는 사람들은 놀라고 두려운 표정으로, 그저 서로의 얼굴을 쳐다볼 뿐이었다. 그러는 사이 가발과 넥타이를 바로잡은 GM은 치욕을 당한 분함에 못 이겨, 나를 지금까지보다 훨씬 더 가혹하게 감금할 것이며, 생라자르 특유의 형벌로 다스리라고 지시했다.

"그렇게는 할 수 없습니다."

원장이 말했다.

"그런 수단은 데 그리외 씨와 같은 가문의 사람에게 쓰는 것이 아닙니다. 본디 온화하고 정직한 성품을 가진 사람이 아무런 이유 없이 이런 난폭한 일을 저질렀으리라고는 생각할 수가 없군요."

원장의 말에 GM은 당황하고 말았다. 그는 원장에게도, 그리고 내게도 자신을 거역하는 사람은 누가 되었든 모조리 굴복시키겠노라고 호통을 치고는 나가버렸다.

원장은 그를 배웅하라고 수사들에게 이르고는 나와 단둘이 남았다. 그는 즉시 이 소동의 원이이 무엇인지 밝히라고 나를 재촉했다.

"아아, 신부님!"

나는 어린아이처럼 그칠 줄 모르는 눈물을 쏟으며 말했다.

"이 세상에서 가장 끔찍하고 잔인한 생각을 한번 해보세요. 온갖 야만적인 행위 가운데에서도 제일 증오할 만한 일을 상상해 보시라고요. 바로 저 몰염치한 GM이 비겁하게도 저지른 일입니다. 아, 저자는 제 심장에 구멍을 뚫어놓았습니다. 이 상처는 절대로 아물지 않을 것입니다. 제가 모든 걸 말씀드리겠습니다."

나는 흐느껴 울면서 말을 이었다.

"당신은 좋은 분이시니 분명 저를 불쌍히 여기시겠지요."

그리하여 나는 마농에게 영원불변의 정열을 품고 있었다는 것, 우리는 아무런 불만 없이 살고 있었는데 하인들의 계략으로 무일푼이 되었다는 것, GM이 그녀에게 접근했다는 것, 그래서 두 사람 사이에 계약이 오갔다는 것, 그 계약이 어째서 깨지게 되었는지 등에 대해 간추려서 들려주었다. 이 이야기를 하면서도 나는 우리에게 유리한 면만을 나타내 보이려고 노력했다.

"GM이 어째서 저의 개심에 열성을 보였는지 이것으로 아시겠지요? 그가 자기 세력을 이용해서 저를 이곳에 가둔 것은 그저 복수의 일념 때문이었던 것입니다. 그것까지는 용서한다 해도 신부님, 이것이 전부가 아닙니다. 그는 제 몸이나 다름없이 사랑하는 그녀를 잔혹하게도 감화원에 가두었답니다. 감화원엘 말입니다. 다른 곳도 있었을 텐데 감화원이라니요! 뻔뻔스럽게도 오늘, 자기 입으로 그렇게 말하지 않겠습니까. 신부님, 아아, 하늘이시여! 내 아름다운 연인이 나의 소중한 여왕님이 감화원이라니! 이런 고통 앞에 죽지 않고 견딜 수가 있겠습니까?"

사람 좋은 원장은 내가 이렇게까지 고통스러워하는 것을 보고는 나를 위로하려 했다. 그리고 자기는 이번 사건을 이렇게 알고 있지 않았다, 본디 내 방탕한 생활을 알고 있었던 것은 사실이지만 GM이 내 생활에 관심을 가진 것은 내 가문을 귀중하게 여기고 있는 듯한, 뭔가 친밀한 관계가 있기 때문일 것이라고만 생각했다는 것이다. 그래서 자기로서는 이런 선입관을 가지고 모든 것을 해석하고 있었다고 했다. 그런데 내 이야기를 듣고 보니, 이 사건이 자기가 생각했던 것과는 다르다는 것을 알게 되었다, 그래서 경시총감에게 이 이야기를 전하면 아마도 나는 석방될 것이라고 하면서 한 가지를 물어왔다. 만일 우리 집안이 나의 감금과는 아무런 상관이 없다면 어째서 집에 편지를 보내지 않았느냐는 것이다. 나는 그 까닭은 아버지에게 걱정을 끼치고 싶지 않기 때문이며 나 스스로의 수치이기 때문이라는 등의 이유를 들어 더 이상의 질문을 막았다. 드디어 원장은 곧바로 경시총감에게 가겠다고 약속했다. 그렇기는 하지만 GM이 자 못 불만스럽게 이곳을 떠난 일이며, 그가 상당한 권력가라는 것을 두려워하고 있었으므로 그쪽에서 먼저 불리한 일을 꾸미기 전에 이쪽에서 먼저 치고 나가야 한다는 말을 덧붙였다.

나는 판결의 시간이 다가오는 것을 대책 없이 기다리는 죄인의 심정이 되어 원장 신부가 돌아오기를 초조하게 기다리고 있었다. 감화원의 마농을 생각하는 것이 내게는 말할 수 없는 고통이었다. 그곳이 불명예스러운 곳임은 익히 알고 있었으나, 거기서 그녀가 어떤 고초를 겪고 있는지는 알 수 없는 노릇이었다. 단지 그 무서운 집에 대해 들은 몇 가지 각별한 이야기가 생각날 때면 미칠 듯이 노여움이 되살아났다. 어떤 희생을 치르고서라도, 어떤 방법을 써서라도 그녀를 구해낼 생각이었으므로 만일 다른 방법이 없었다면 생라자르에 불을 질렀을지도 모른다. 그래서 경시총감이 나를 언제까지나 여기에 가두어두려고 할 경우에 대비해서 여러 가지 궁리를 해보았다. 나는 지혜를 짜내고, 온갖 가능성을 검토해 보았다. 그러나 확실하게 탈출할 방법은 하나도 없었다. 게다가 만일 서툰 수작을 부리다가 더한층 엄중하게 감금될 위험도 있었다. 그 순간, 나를 도와줄 친구들을 떠올려보았다. 그러나 어떤 방법으로 그들에게 내 처지를 알릴 수 있단 말인가. 그러던 중 나는 희한한 방법을 생각해 냈는데 이 방법은 성공할 수 있을 것 같았다. 만일 원장의 노력이 물거품으로 돌아간다면 어쩔 수 없이 이 방법을 써야만 했으므로 원장이 돌아올 때까지 더 잘 연구해 두기로 했다. 원장은 그리 오래지 않아 돌아왔다. 안타깝게도 그의 얼굴에는 기쁜 기색이 보이지 않았다.

그가 말했다.

"경시총감께 말씀을 드리기는 했지만, 내가 한발 늦었더군. GM 씨가 여기를 나가는 길로 총감에게 가서 자네 일을 불리하게 얘기한 모양일세. 총감이 자네를 더 엄중하게 다루라는 명령을 내게 보내려는 참이었다지 뭔가. 그래서 내가 자네 일의 진상을 들려주었더니 기분이 꽤 풀어지는 것 같더군. 그러고는 GM 씨의 왕성한 정력에 대해 조금 웃었다네. 하지만 그의 비위를 맞추기 위해서는 6개월쯤 자네를 여기에 있게 할 필요가 있다고 하는 거야. 어쩌면 여기에 있는 것이 자네를 위해 더 나을 수도 있으니 잘된 일이라면서. 자네를 정중하게 대하라고 했는데 그 점이야 내가 책임지고 불편 없이 해주겠네."

마음씨 좋은 원장이 장황한 설명을 늘어놓는 사이, 나는 여러모로 신중하게 생각할 여유를 가졌다. 지금 바로 자유로워지고 싶다는 감정을 노골적으로 드러낸다면, 오히려 내 계획이 물거품이 되고 말 수도 있다. 그래서 여기에 머물러야 한다 해도 원장님의 보살핌을 받을 수 있다면 위로가 되겠노라 말해주었다. 그리고 한 가지 부탁드리고 싶은 것이 있다고 넌지시 말했다. 다른 사람에게는 아무 일도 아닐 테지만 내 마음을 가라앉히는 데에는 상당히 도움 되는 일이라고 덧붙이면서. 내 친구 가운데 생쉴피스에 훌륭한 성직자가 한 사람 있는데, 그에게 내가 생라자르에 있다는 것을 알리고, 이따금 찾아올 수 있도록 허락해달라는 내용이었다. 이 부탁은 쉽게 받아들여졌다. 친구란 다름 아닌 티베르주였다. 그렇다고 그에게 석방에 필요한 어떤 도움을 구하려 한 것은 아니다. 그저 그가 눈치채지 못하도록 그를 이용하려고 한 것이다. 한마디로 말해 내 계획은, 레스코에게 편지를 보내 우리 두 사람의 공통의 벗, 즉 우리 패들과 함께 머리를 짜내어 나를 구출해달라는 것이었다. 첫 번째 난관은, 그에게 편지를 전하는 일이었는데, 이 일을 티베르주에게 부탁하려는 속셈이었다. 그러나 레스코가 마농의 오빠라는 사실을 티베르주가 알고 있었으므로 과연 순순히 편지를 전하려고 할지가 문제였다. 여기에 대비한 내 계획은, 전부터 알고 지낸 한 신사에게 편지를 쓰되, 그 안에 레스코에게 보내는 편지를 동봉하여 그 신사가 레스코에게 편지를 전달하게 하는 것이었다. 나의 계획을 상의하기 위해서는 레스코와 만날 필요가 있었다. 그가 생라자르에 와서 내 형님 이름으로 면회를 신청하도록 조처했다. 형님이 내 사건을 알아보기 위해 파리에서 일부러 온 것처럼 꾸며서 말이다. 어떻게 하면 가장 빠르고도 확실하게 이곳을 빠져나갈 수 있을지를 레스코와 상의하려 한 것이다.

원장은 티베르주에게 내가 그를 만나고 싶어 한다는 것을 전했다. 이 충실한 친구는 그동안 내가 어떻게 지내고 있었는지 모를 터이므로, 이번 내 사건도 알고 있을 리가 없었다. 그는 내가 생라자르에 있다는 것을 알게 된 뒤에도, 이 불명예스러운 일에 화를 내지도 않고 진정으로 나를 개심시킬 좋은 기회라고 생각했는지 지체 없이 감옥으로 달려왔다.

　면회 시간 내내 우정이 넘쳐흘렀다. 그는 내 심경을 알고 싶어 했다. 나는 탈옥 계획 말고는 모든 것을 다 털어놓았다.

　"여보게, 자네 앞에서 마음에도 없는 말을 하고 싶지는 않네. 지금 자네 앞에 선 내가 욕정을 억제할 수 있는 현명한 벗이며, 천벌을 받고서 각성한 한 탕자로 보인다면, 아니, 한마디로 아름다운 마농의 꿈에서 깨어나 사랑의 속박에서 벗어난 나를 찾으려 한다면 그건 착각일세. 자네가 보고 있는 나는 4개월 전에 버림받은 바로 그 사람이야. 여전히 사랑이 좋고, 숙명적인 사랑 때문에 늘 불행해지지만, 그래도 그 사랑 속에서 행복을 찾으려 하는 사람이라는 말이네."

　내 말에 그는, 자네의 고백은 용서하기 어려운 것이며, 이 세상에는 악덕에 의한 잘못된 행복에 취해, 미덕으로 말미암은 행복보다 그것을 더 높이 평가하는 죄인이 더러 있다고 말했다. 그리고 그런 죄인들은 행복의 환영을 좇고 있는 것이며, 겉모습에 속은 것일 뿐이라고도 했다. 나에 대해서는, 내가 집착하고 있는 대상은 나를 죄인으로 만들고 불행에 빠뜨리는 것 말고는 아무런 도움이 되지 않는다는 것을 알고 있으면서도, 변함없이 스스로 원해서 비운과 죄악 속에 몸을 내던지려 하고 있으며, 그것은 관념과 행위의 모순일 뿐 아니라 나 자신의 이성에 대한 모독이라고 말하는 것이었다.

　"티베르주! 내가 자네에게 대항할 마음이 없으니 자네가 이기는 건 당연하네. 하지만 이번엔 내 말을 들어보게나. 내게도 변명거리는 있다네. 자네는 미덕의 행복을 말하는데, 그렇다면 거기엔 고통도, 장해물도, 어떠한 불안도 없다는 말인가? 그렇다면 자네는 감옥이니, 십자가니, 형벌이니, 압제자의 고문이니 하는 것들을 대체 어떤 이름으로 부를 텐가? 신비론자들이 그렇듯이 육체를 괴롭히는 것이 영혼의 행복이라고 할 셈인가? 설마 그렇지는 않겠지. 그건 터무니없는 역설이니 말이야. 그렇다면 자네가 그토록 떠받드는 행복에도 수없이 많은 고통이 섞여 있는 게 아닌가? 더 정확하게 말하자면, 그것은 불행이라는 실로 짠 직물에 불과하며, 사람들은 그것을 통과한 뒤에야 비로소 행복에 이르게 된다는 말이지. 상상의 나래를 펼쳐 생각해 보면, 그 불행도 마침내는 사람들이 바라는 행복으로 인도하는 것이라는 말일세. 내가 바로 그런 경우네만, 그 불행 속에서 기쁨을 찾을 수 있다고 해도 그것을 모순이니 상식을 벗어났다느니 할 수 있겠는가? 나는 마농을 사랑하네. 나는 수많은 환난을 넘어서 그녀 곁에서 행복하고 편안하게 살게 되기를 바라고 있어. 내가 가는 길이 비록 험하지만 반드시 목적지에 이를 수 있다는 희망이 있기에 그 길에는 늘 봄바람이 불고 있지. 나는 한순간이라도 그녀와 함께 있을 수 있다면 어떤 고통이라도 능히 감당할 걸세. 그러니 자네의 생각이나 내 생각이나 매한가지라는 말이네. 만일 조금이라도 차이가 있다면 그만큼 내 쪽에 유리한 거겠지. 왜냐하면 내가 바라는 행복은 바로 가까이에 있는데 자네의 행복은 아주 멀리 있지 않은가. 내 행복은 고통의 성질을 가지고 있어. 다시 말하면 몸으로 느낄 수 있는 행복이라는 말이지. 그런데 자네의 행복은 잡을 수도 없는, 그저 신앙으로서만 알 수 있는 것에 불과하네."

티베르주는 나의 논리에 꽤나 놀란 모양이었다. 두어 걸음쯤 물러서면서 매우 엄숙한 태도로, 내가 말한 것은 양식에 어긋날 뿐 아니라 배교적이며 무종교적인, 서글픈 궤변이라고 하면서 이렇게 덧붙였다.

"자네의 고통의 결과를 종교에 의해 드러나는 결과에 비교하는 자체가 방종하기 그지없고 괴상망측한 생각이니 말일세."

"내 생각이 정당하지 않다는 건 나도 인정하네. 하지만 잘 듣게나. 내가 이견을 제시하는 것은 그런 비교를 하자는 게 아니라네. 내가 언제까지나 불행한 사랑에 집착하고 있는 것을 자네가 모순이라 부르기에 변명하려 한 것뿐이었네. 그리고 충분히 증명했다고 생각하네만, 설령 그것이 모순이라 한들 자네 또한 나 이상으로 모순 속에서 헤매고 있는 게 아닌가? 내가 그 두 가지를 같은 비중으로 다룬 것은 그런 까닭이며, 그래서 내 주장이 옳다고 말하고 싶네. 자네라면 미덕으로 인한 결과가 사랑의 결과보다 훨씬 우위에 있다고 말할 테지. 하지만 나는 그리 생각하지 않네. 그리고 문제는, 미덕이든 사랑이든 그것이 고난을 견딜 만큼의 힘을 가지고 있느냐 하는 거지. 결과부터 생각해 볼까? 세상에는 엄격한 미덕에서 벗어나는 자는 많은 반면, 사랑을 피하려는 자는 그리 많지 않네. 이 문제에 대한 자네의 답은 듣지 않아도 알 것 같네. 선을 행하는 것은 고통이 따르지만 그 고통이 불가피한 것이라 할지라도 필연적인 것은 아닌 데다가 오늘날에는 폭군도 십자가도 존재하지 않으며 평온하고 안락하게 살고 있는 사람도 많다고 말할 셈이겠지? 그렇다면 난 대답하겠네. 사랑에도 평온과 행복이 있다고 말이야. 나에게 매우 유리한 차이점을 한 가지 더 덧붙인다면, 사랑은 사람을 쉽게 속이기도 하지만 적어도 만족과 환희를 약속해 주지. 하지만 종교는 어떤가? 참혹한 고행을 바라볼 뿐이 아닌가?"

나는 그의 열정이 비통으로 변하려는 기색을 보면서 덧붙였다.

"뭐 그리 놀랄 것은 없네. 내 결론을 간단하게 말하자면, 남의 사랑을 단념시키려고 공연히 사랑을 빈정거리거나 미덕의 실천이 더 많은 행복을 약속한다고 말하는 것은 그리 좋은 방법이 아니라는 거지. 우리 본성으로 보아 우리의 행복이 쾌락 안에 있다는 것은 뚜렷한 사실이야. 나로서는 달리 생각할 수가 없네. 그런데 온갖 쾌락 속에서도 사랑의 쾌락이야말로 가장 즐거운 것임을 깨닫는 데에는 그리 많은 수고가 필요하지 않다네. 사랑보다 훨씬 훌륭한 것이 있다고 약속한다 한들 그것이 거짓임은 곧 드러날 것이며, 그러다 보면 아무리 확실한 약속이라 해도 의심하게 될 테지. 나를 미덕으로 인도하고자 하는 설교자라면 미덕이야말로 필요불가결한 것이라고만 말하면 되네. 그것이 엄격하고 고통스러운 것임을 속일 필요는 없다는 말이지. 그래서 사랑의 기쁨이 덧없는 것이요, 금단의 즐거움 뒤에는 영원한 고통이 따를 것임을 분명하게 논증만 하면 되는 거야. 그리고 사랑의 즐거움에 깊이 빠질수록, 커다란 희생으로 값을 치르게 하시는 하느님이 더욱 빛나게 될 것이라고 말해주는 것이 오히려 나를 더 감동시킬 것이네. 어찌 됐든 나로서는 사랑의 기쁨이야말로 이 세상에서 가장 완전한 행복이라는 것을 고백하지 않을 수 없네."

나의 결론이 티베르주의 마음을 풀어준 모양이다. 그는 내 생각도 얼마쯤 맞는 부분이 있다고 인정했다. 그러나 한 가지 이의가 있다고 하면서 덧붙이기를, 어찌하여 그렇게 잘 알고 있는 신의 보상을 믿고 사랑을 희생하지 않으며, 어째서 내 본디 모습으로 돌아가려 하지 않는지 묻는 것이었다.

"여보게! 그래서 내가 비참한 거라네. 그게 바로 나의 약점이거든. 나도 내 머리로 생각하는 대로 행동해야 한다는 걸 잘 알고 있네. 하지만 내겐 그럴만한 힘이 없다네. 어떻게 마농의 매력을 잊을 수 있단 말인가."

"실례가 된다면 용서하게. 여기 얀선파[9]가 한 사람 있군그래."

티베르주가 말했다.

"글쎄, 나는 잘 모르겠네. 하지만 얀선파의 말이 맞다는 건 알고 있네."

우리의 만남이 나에 대한 그의 연민을 되살리는 데 도움이 된 건 확실하다. 그는 내가 방종으로 기울어지는 것이 악의에서가 아니요, 의지박약에서 비롯된 것임을 깨달았던 것이다. 그래서 그는 다시금 내게 구원의 손길을 내밀어주게 되었다. 만약 그의 도움이 없었다면 아마도 나는 고통 끝에 숨을 거두었을 것이다.

나는 생라자르 탈출 계획은 전혀 입 밖에 내지 않았다. 다만 편지를 전해달라는 부탁만 했다. 편지는 그가 오기 전에 미리 준비해 두었으며, 편지를 써야만 할 이유에 대해서도 그럴듯하게 핑계를 마련해 놓았다. 그가 성실하게 약속을 이행한 덕분에 레스코는 그날 중으로 내 편지를 받은 모양이었다.

이튿날, 레스코가 면회를 왔다. 그리고 형의 이름을 댄 덕분에 아무런 제지 없이 무난히 통과되었다. 그를 감옥에서 보는 나의 기쁨은 이루 말할 수 없이 컸다. 나는 조심스럽게 문을 닫고 그에게 곧바로 물었다.

"어서 말해보게. 마농은 어떻게 됐지? 또 내가 여기서 나갈 수 있는 묘책을 알려주게."

그는 내가 투옥되기 전날부터 마농을 만나지 못했으며, 여러모로 수소문해본 결과, 겨우 그녀와 내가 어떻게 되었는지를 알게 되었다고 했다. 그리고 감화원에 두세 번 가보았으나 그녀와 자유로운 대화를 하지는 못했다는 것이다.

"더러운 놈 같으니라고. 도대체 무슨 짓을 한 거야!"

내가 소리쳤다.

"자네를 여기서 빼내는 일 말인데."

레스코가 말했다.

"이건 자네가 생각하는 것만큼 쉬운 일이 아니야. 엊저녁에도 친구 둘하고 이

---

[9] 17, 8세기 프랑스의 종교, 정치, 사회에 큰 영향을 미친 장세니슴(Jansénism)의 신봉자들. 로마교황에 의해 단죄된 은총에 관한 교의를 가르쳤으며, 교회당국과 국가 권력에 저항.

주변을 살펴봤지만 자네도 말한 것처럼 이 방 창문은 건물에 둘러싸인 중앙 정원 쪽으로 나 있어서 여기서 나가기는 어려울 것 같단 말이지. 게다가 4층이다 보니 밧줄도 사다리도 숨겨 들어올 수가 없다고. 그러니 바깥에서 손쓸 수 있는 방법은 전혀 없다는 결론을 내릴 수밖에. 암만해도 안쪽에서 나갈 수 있는 방법을 생각해 보는 게 좋을 것 같네."

"반드시 그렇지만도 않아. 내가 잘 살펴봤거든. 특히나 원장의 호의로 이 주변을 조금 넓게 돌아볼 수 있게 되고 나서 말이야. 내 방은 더 이상 열쇠를 채우지 않을 뿐더러 수사들이 드나드는 복도를 걸어 다닐 수도 있다고. 단지 계단만큼은 낮이나 밤이나 두꺼운 문으로 차단되어 있지. 복도를 통해서는 도망치려 해도 칠 수가 없게 돼 있어. 가만!"

그 순간 불현듯 떠오른 생각을 잠시 가다듬은 다음, 다시 말을 이었다.

"자네, 권총을 한 자루 가져다줄 수 있겠나?"

"그야 누워서 식은 죽 먹기지."

레스코가 말했다.

"그건 그렇고 누굴 해치우려고?"

사람을 죽일 작정이 아니니 권총에 탄환을 채워올 필요는 없다고 말해두었다.

"그럼, 내일 가져오게. 그리고 밤 11시에는 이곳 문 앞에 반드시 와야 하네. 우리 패를 2, 3명 데리고 말이야. 아마 나도 자네들과 합류할 수 있을 걸세."

그는 무슨 속셈인지 끈질기게 물었지만 나는 아무런 답을 하지 않았다. 다만 지금 머릿속에 그리고 있는 계획은 성공하고 난 뒤가 아니면 도저히 수긍할 수 없는 그런 계획이라고만 말해주었다. 그리고 내일 조금 더 편하게 만나기 위해서 오늘은 빨리 돌아가라고 했다. 레스코는 이튿날도 아무런 제지 없이 무사히 들어왔다. 그는 어지간히 엄숙하게 차리고 왔으므로 그를 지체 높은 인물이라 생각하지 않을 사람은 없었을 것이다.

자유를 위한 연장을 손에 쥔 순간, 나는 성공을 확신했다. 내 계획은 엉뚱하고도 대담한 것이었는데 용기를 낼 정도의 동기가 있었던 만큼 실패할 리는 없었다. 복도를 거닐어도 좋다는 허락을 받고 난 뒤 알게 된 바로는, 저녁마다 문지기가 모든 문의 열쇠를 원장에게 가져가고 나면 이윽고 주변은 깊은 침묵에 휩싸인다. 그것은 수사들이 모두 각자의 방으로 돌아간다는 것을 의미했다. 이 때를 노려 복도를 통해 원장 방으로 아무런 장해물 없이 건너가는 것이다. 나는 그에게서 열쇠를 건네받으려 했는데, 잘되지 않을 경우에는 권총으로 협박해서 열쇠를 빼앗아 탈출할 생각이었다.

나는 때가 오기를 초조하게 기다렸다. 문지기는 여느 때나 다름없이 9시가 조금 지나서 왔다. 나는 1시간 더 기다려 수사와 하인들이 모두 잠든 것을 확인했다. 드디어 무기와 촛불을 들고 방을 나섰다. 소리를 내지 않고 신부를 깨우기 위해 조용히 방문을 두드렸다. 그는 두 번째 노크 소리에 깨어났다. 아마도 어느 수사가 병이 나서 도움을 구하러 온 줄 알았을 것이다. 그가 문을 열러 나왔다. 그러나 방문을 열지 않은 채 누구인지 무슨 용건인지 조심스럽게 묻는 것이었다. 할 수 없이 내가 누구인지를 밝혔는데, 상태가 그리 좋지 못하다는 것을 드러내기 위해 기어 들어가는 목소리로 대답했다.

"아, 자네로군. 내 사랑하는 아들!" 그가 문을 열며 말했다.

"이렇게 늦은 시간에 무슨 일인가?"

나는 방에 들어서자마자 그를 문 반대쪽으로 끌고 갔다. 그리고 더 이상 여기 머물 수가 없어 탈출하려고 하는데 남의 눈에 띄지 않게 도주하기 위해서는 밤이 제일 좋을 것 같았으며, 당신의 온정에 기대어 부탁하는데 문을 열어주든가 아니면 내가 문을 열 수 있도록 열쇠를 빌려달라고 말했다.

이 말에 그는 무척 당황했을 것이다. 잠시 동안 아무 말도 하지 않은 채 나를 바라보고만 있었다. 그러나 나로서는 그렇게 머뭇거릴 여유가 없었으므로, 당신의 호의에는 감사드린다, 하지만 금은보화보다도 자유를 원한다, 특히나 부당하게 자유를 빼앗겼으니 내 마음이 오죽하겠는가, 오늘 밤에는 어떤 희생을 무릅쓰고서라도 자유를 되찾을 것이라는 등의 말을 했다. 그러고는 그가 구조를 요청하기 위해 소리를 지르면 안 되겠다 싶은 생각에 윗도리 속에 숨겨두었던 권총을 보여주었다.

"권총이군! 이 무슨 일인가! 자네를 아껴준 나에 대한 보답으로 내 목숨을 빼앗으려 드는 건가?"

"천만의 말씀입니다. 지혜도 이성도 충분하신 분이 제게 그런 일을 하게 내버려두시겠습니까? 저는 그저 자유를 얻고 싶을 뿐입니다. 그리고 각오를 단단히 하고 있으니, 만약 제 계획이 당신의 경솔한 실수로 물거품으로 돌아가게 된다면 모든 것을 당신 탓으로 돌리겠습니다."

"하지만, 여보게!"

그는 새파랗게 질린 얼굴로 두려움에 떨면서 말했다.

"내가 자네한테 무슨 짓을 했는가? 무슨 까닭으로 내 목숨을 노리는가?"

"그런 게 아닙니다. 살고 싶으시다면 굳이 제가 당신을 해칠 이유가 없습니다. 문을 열어주십시오. 저는 당신의 가장 좋은 친구입니다."

초조한 심정으로 내가 말했다.

그의 탁자 위에 있는 열쇠가 보였다. 나는 그것을 들고, 최대한 소리 나지 않게 내 뒤를 따라오라고 원장에게 말했다. 그는 마지못해 따라왔다. 앞으로 나아가면 갈수록, 그리고 문을 하나씩 열 때마다 그는 한숨을 쉬며 이렇게 말했다.

"아아, 아들아! 이리될 줄 누가 알았겠나!"

"조용히 하시라니까요, 신부님!"

나는 이 말을 거듭해야만 했다.

드디어 우리는 울타리 같은 곳에 이르렀는데 그 바로 앞에 도로에 접한 문이 있었다. 여기까지 오고 보니 조금은 안심이 되었다. 나는 한 손에는 촛불을, 그리고 다른 한 손에는 권총을 들고 신부 뒤쪽에 서 있었다. 그가 문을 열기 위해 애쓰고 있는 동안, 한쪽 작은 방에서 자고 있던 하인이 빗장 빼는 소리에 잠에서 깬 듯 우리 쪽으로 얼굴을 내밀었다. 신부는 그자라면 나를 잡을 수 있으리라 생각한 모양인지 무모하게도 그에게 도움을 요청했다. 그는 힘이 센 자였기 때문에 아무런 망설임 없이 내게 달려들었다. 나도 물러설 수는 없었다. 그자의 가슴에 대고 한 방 쏘았다.

"신부님, 이건 신부님 탓입니다."

나는 위압적인 태도로 그에게 말했다.

"하지만 이제 얼마 남지 않았군요."

말하면서 마지막 문 쪽으로 그를 밀고 갔다. 그는 지체 없이 문을 열었다. 나는 흔연히 밖으로 나왔다. 서너 걸음 걸어가려니 레스코가 친구들과 함께 기다리고 있었다.

우리는 곧 그곳을 벗어났다. 레스코가 총소리를 들었는데 어찌 된 일이냐고 물었다. "자네 잘못이야. 왜 탄환을 채워놓은 거지?"

그렇게 말하기는 했지만 그의 용의주도한 수고에 감사했다. 만일 그가 탄환을 채워놓지 않았다면 나는 아마도 영원히 생라자르에 있게 되었을 것이다.

우리는 어떤 음식점으로 들어가 하룻밤을 묵어가기로 했다. 거기서 나는 지난 석 달 동안 굶주렸던 배를 채웠다. 그러나 한가로이 여유를 즐기고 있을 수만은 없었다. 마농을 생각하면 죽을 만큼 괴로웠다.

"먼저 그녀부터 구해내야 해."

나는 세 친구에게 말했다.

"내가 탈출을 결심한 것도 오직 마농을 구하기 위해서니까 말이야. 자네들의 지혜를 빌리고 싶네. 나는 내 목숨을 던져서라도 해낼 생각이라네."

본디 꾀도 많고 지혜로운 레스코는 모쪼록 신중하게 행동할 것을 당부했다. 생라자르에서의 탈출이나 나올 때의 실수는 틀림없이 말썽을 일으켰을 터이니 경시총감이 나를 수색하게 할 것이다, 그의 명령이 널리 퍼져 있을 것이므로 생라자르보다 더 험한 꼴을 당하지 않으려거든 2, 3일 자취를 감추고 바깥출입을 삼가는 게 좋겠다는 것이었다. 그의 충고는 현명했으나 그에 따르기 위해서는 그만큼의 지혜가 필요했다. 하지만 그렇게 머뭇거리거나 주의를 기울이는 것은 내 정서와 맞지 않았다. 이튿날, 하루 정도는 조용히 숨어서 지내기로 간신히 타협을 보았다. 나는 그의 방에 처박혀 저녁때까지 얌전하게 있었다.

그사이, 마농을 구해낼 방법을 생각했다. 그녀가 갇혀 있는 감옥이 생라자르보다 훨씬 경계가 삼엄하다는 것은 잘 알고 있었다. 따라서 완력이나 폭력이 아닌 대책이 필요했다. 그러나 발명의 여신이라 할지라도 어디서부터 손을 대야 할지 몰랐을 것이다. 나로서도 뾰족한 수를 찾아낼 방법이 없었으므로, 감화원의 내부 사정에 대해 약간이라도 지식을 얻은 다음, 더 깊이 생각해 보기로 했다.

밤이 되어 다시금 자유의 몸이 된 나는 레스코에게 동행해달라고 부탁했다. 우리는 제법 똑똑해 보이는 감화원 문지기 한 사람에게 말을 붙였다. 나는 외국인을 가장하여 감화원의 평판이 좋더라는 둥, 질서가 잘 지켜지고 있다더라는 둥 소문을 들어 찾아왔노라고 말했다. 그러고는 세세한 것까지 질문을 했다. 그러는 사이 자연스레 관리인들의 이야기가 나와, 나는 그들의 이름이며 신분을 물어보았다. 이 마지막 질문에 대한 답을 듣는 동안 내 자신도 감탄할 만한 한 가지 묘안이 떠올라 지체할 필요도 없이 실행에 옮겼다. 내가 관리인들에게 자제들이 있느냐고 물었는데 이 점이야말로 나의 계획 중 매우 긴요하리라는 생각이 들었기 때문이다. 문지기의 말로는, 확실한 것은 알 수 없으나, 중요한 이사 가운데 T라는 분에게는 결혼 적령기의 아들이 하나 있어서 몇 번이나 부친과 함께 감화원에 왔었다고 말하는 것이었다. 이 대답만으로도 충분했다. 여기서 이야기를 그치고 숙소로 돌아온 나는 내 생각을 레스코에게 말했다.

"내 생각에는 말이야, T 씨의 아들은 부자인 데다 양가의 자제이니만큼 그 나이 젊은이들이 그렇듯 쾌락을 좋아할걸세. 적어도 여자를 싫어하거나 연애의 힘을 빌려주기를 거절할 만큼 물정에 어두운 자는 아니겠지. 그로 하여금 마농의 석방에 관심을 갖게 할 작정이네. 만일 교양 있고 인정 있는 청년이라면, 의협심을 내서 우리를 도와주겠지. 설령 이런 동기에는 꿈쩍 않는다 해도 아름다운 여인을 위해서라면 어떻게든 해주지 않겠나? 그녀에게 감사 인사를 받고 싶다는 생각만으로도 말이야. 내일이라도 그를 만나볼 생각이네. 마음이 가뿐해지는 것을 보면 분명 잘 풀릴걸세."

레스코도 내 계획이 그럴듯하다며 동의했다. 그날 밤은 어느 때보다도 우울한 마음이 덜했다.

아침이 되어 나는 내가 할 수 있는 한 말쑥한 옷차림을 하고 마차를 불러 T 씨 저택으로 갔다. 그는 낯선 남자의 방문에 적이 놀라는 눈치였다. 그가 사람을 대하는 말씨나 태도로 미루어 나는 이만하면 됐다고 낙관했다. 그래서 솔직하게 말했다. 그리고 그의 동정심을 끌어내기 위해 내 사랑과 마농의 아름다움을 세상에 다시없는 것같이 들려주었다. 그는 마농을 만난 적은 없지만, 이야기는 들었노라고 했다. 적어도 늙은 GM의 정부로서의 그녀는 알고 있었다. 그렇다면 이번 사건과 나와의 관련을 모를 리 없다고 생각한 나는 내 말을 믿어달라고 하면서 나 자신과 마농에게 일어난 모든 일을 자세하게 들려주었다.

"이런 사정입니다. 내 생명줄도, 그리고 마음의 끈도 지금으로서는 당신이 쥐고 있는 것이나 다름없습니다. 나로서는 어느 쪽이 더 중요하다고 말씀드릴 수가 없군요. 이렇듯 숨김없이 다 털어놓는 것은 당신이 관대한 사람이라는 것을 알고 있기 때문입니다. 그리고 우리는 같은 연배로서 기분이나마 통하지 않을까 싶어서요."

그는 흉금을 터놓는 나의 솔직한 태도에 감동한 모양이었다. 그의 대답은, 분별과 인정 있는 사람 누구나가 할 수 있는 말이 아니오, 자칫하면 오해를 불러일으킬 수도 있는 말이었다. 그는 나의 방문이 자기 인생의 행운 중 하나이며, 나의 우정을 참으로 고맙게 생각한다고 했다. 그 우정에 보답하기 위해 힘써 노력해 보겠노라는 것이었다. 그는 아직 그리 큰 힘을 가지지 못했으며, 믿을 만하지도 않기에 마농을 도로 찾아주겠다고 약속은 하지 못하지만, 그녀와 만나게 해줄 것이며, 내 품에 마농을 돌려주기 위해 있는 힘을 다해보겠다고 했다. 나는 내 희망을 전부 들어주겠다고 자신만만해하는 것보다 이렇듯 자신 없어 하는 태도가 훨씬 마음에 들었다. 정도에 맞는 그의 제안에서 솔직함을 발견한 나는 그에게 매료되었다. 한마디로 말하면 마음에서 우러나온 그의 제안이야말로 희망을 품게 하기에 충분했다. 마농과 만나게 해주겠다는 약속만으로도 이 사람을 위해서라면 무슨 일이든 하겠다는 마음이 들었다. 나의 이런 마음을 그에게 분명하게 드러냈다. 이로써 나 또한 사악한 인간이 아님을 내보인 것이다. 우리는 서로 다정하게 껴안았다. 그리고 우리 두 사람 마음의 선량함, 온화하고 친절한 한 사람이 자기와 닮은 다른 한 사람을 사랑하려고 하는 단순함, 오직 그것만으로 우리는 친구가 되었다. 그의 호의는 여기서 그치지 않았다. 나의 온갖 모험이며, 생라자르를 탈출한 것이며, 여러 가지를 생각한 결과 내가 경제적으로 자유롭지 못할 것이라고 생각했는지 그는 지갑을 내놓으며 받으라고 강권했다. 하지만 나로서도 이것만은 받을 수 없었다.

"이것만큼은 사양하겠습니다. 만약 마농과 만날 수 있게 해주신다면, 그 친절과 우정만으로도 나는 평생 당신을 잊지 않을 것입니다. 그리고 혹시라도 사랑스러운 그녀를 완전히 내 품에 돌아오게 해주신다면 당신을 위해 내 피를 남김없이 흘린다 해도 부족할 거라고 생각합니다."

우리는 다음에 만날 시간과 장소를 정하고 헤어졌다. 그는 친절하게도 그날 오후에 만나자고 했다. 나는 모 카페에서 그를 기다렸다가 4시쯤에 온 그와 함께 감화원으로 갔다. 중앙 뜰을 가로지를 때는 다리가 후들거렸다.

'사랑의 힘이라니! 드디어 그녀를 만나게 되는 것인가. 내 마음의 우상, 내 눈물과 걱정의 대상을! 하늘이시여, 그녀를 만날 때까지 제 생명을 지켜주소서. 그런 다음이라면 제 운명도, 제 생명도 주님 뜻대로 하소서. 달리 제가 무슨 은총을 바라겠습니까?'

T 씨가 몇몇 문지기에게 말을 건네자 그들은 앞다투어 그의 마음에 들려고 갖은 애를 썼다. 그가 마농의 방이 어디냐고 묻자 엄청나게 큰 열쇠를 든 한 남자가 우리를 안내했다. 그 열쇠로 마농의 방문을 열 수 있는 것이다. 우리를 안내한 남자가 마농의 담당 간수였기에 나는 마농이 이곳에서 어떻게 지내고 있는지를 물어보았다. 그의 말에 의하면, 그녀는 마치 천사같이 착한 사람으로, 그녀에게서 싫은 소리를 들은 적은 단 한 번도 없었다고 했다. 이곳에 온 첫 6주 동안은 매일 눈물만 흘렸으나 요즘은 불행을 잘 참고 있으며, 몇 시간 책 읽는 것 말고는 아침부터 밤까지 바느질만 한다는 것이다. 그녀가 식사나 그 밖에 다른 일로 적당한 예우를 받고 있는지를 물었는데 적어도 생필품만큼은 부족함 없이 지내고 있다고 했다.

우리는 문 가까이 다가갔다. 내 심장은 격렬하게 방망이질 쳤다. T 씨에게 말했다.

"먼저 들어가셔서 내가 왔다는 것을 알려주십시오. 갑자기 나를 보고 놀라면 안 되니까요."

드디어 문이 열렸다. 나는 그대로 복도에 서 있었는데 두 사람의 말소리가 들려왔다. 그는 그녀에게, 조금이나마 위안을 드리기 위해 친구 한 사람과 같이 왔으며, 우리 관계에 대해 많은 관심을 가지고 있다는 등의 이야기를 했다. 그녀는 내 소식을 알 수 없겠느냐고 끊임없이 물었다. 그는 그녀의 바람대로 친절하고 충실한 나를 데려다주겠다고 약속했다.

"언제 말씀이신가요?"

"행복한 순간을 미룰 수는 없지요. 원하신다면 당장에라도 나타나게 해드리겠습니다."

순간, 마농은 내가 문밖에 있다는 것을 눈치챈 모양이었다. 내가 들어가자 그녀는 숨 막힐 듯 달려와 내게 안겼다. 단 한순간의 이별도 괴로운 연인들에게 3개월이라는 긴 이별 뒤의 재회가 어찌 벅차도록 기쁘지 않을 수 있었겠는가! 넘쳐나는 애정으로 우리는 서로를 애무했다. 탄식과 터져 나오는 감탄사, 오직 서로에게만 열중한 채 끊임없이 속삭여대는 사랑의 말들. 우리의 이런 모습은 잠깐 사이에 T 씨를 감동시켰다.

"참으로 부러울 따름입니다." 그가 우리에게 앉을 것을 권하며 말했다.

"나는 그 어떤 영광스러운 지위보다도 이렇게 아름답고 정열적인 연인을 택하겠습니다."

"지당하신 말씀입니다. 그녀에게 사랑받는 행복만 주어진다면 나는 온 세상을 다 준다 해도 마다할 것입니다."

그리도 애타게 기다리던 만남이었던 만큼 우리의 대화는 한없이 달콤했다. 가엾은 마농은 우리가 헤어진 뒤 겪어야 했던 일들을 이야기했고, 나는 나대로 온갖 모험들을 들려주었다. 마농의 처지나, 생라자르에서 도망쳐나온 내 처지를 이야기하면서 우리는 괴로운 눈물을 흘렸다. T 씨는 우리의 불행에 마침표를 찍을 수 있도록 있는 힘을 다해 노력하겠다고 약속하면서 우리를 위로해주었다. 그리고 앞으로 좀 더 쉽게 면회하기 위해서는 오늘 면회는 길지 않은 게 좋을 것이라고 충고해 주었다. 그러나 우리로서는, 특히나 마농에게 그 말을 받아들이게 하는 것은 참으로 어려운 일이었다. 마농은 내 손을 놓지 않았고, 그녀는 일어서려는 나를 몇 번이나 다시 의자에 주저앉혔으며, 내 옷과 손을 꼭 붙잡고 있었다.

"아아, 나를 이런 곳에 혼자 두고 가려 하시다니요! 우리가 다시 만날 수 있다고 누가 보장해 주겠어요?"

그녀가 애처롭게 말하자, T 씨는 앞으로 나와 함께 자주 면회를 오겠다고 약속했다. 그리고 유쾌하게 덧붙였다.

"더 이상 이곳을 감화원이라고 부르면 안 되겠는걸요. 여기는 베르사유 궁입니다. 뭇 남자의 가슴을 지배하는 여왕님이 계시니까요."

그곳을 나오면서 마농을 담당하고 있는 간수에게 약간의 사례를 하면서 특별히 신경 써서 잘 보살펴달라고 부탁했다. 그는 다른 간수들에 비해 그다지 질이 떨어지지도 않았거니와 잔혹하지도 않았다. 그가 우리의 면회를 지켜보고 있었으므로, 눈물 젖은 우리의 만남에 감동했을 것이 분명하다. 게다가 그의 손에 쥐어준 루이 금화 한 닢은 그를 내 편으로 만드는 결정적인 역할을 했다. 중앙 정원으로 나오자 그가 나를 한적한 곳으로 데리고 갔다.

"저기 말입니다요, 나리. 만일 제가 여기서 쫓겨난다면 저를 고용해 주시든지, 아니면 상당한 보답을 해주겠다고 약속만 해주신다면 마농 아씨를 도망치게 해드릴 수도 있습니다만."

순간 내 귀가 번쩍 뜨였다. 무일푼이었지만 그가 바라는 이상의 대가를 약속하고 말았다. 이런 사나이 하나쯤 보수를 주는 것은 문제도 아니라고 생각했던 것이다.

"그런 거라면 걱정 말게. 자네를 위해 뭐든지 해주겠네. 어디 그뿐이겠나. 이젠 자네도 한몫 잡은 거나 마찬가질세."

그건 그렇고 그자가 어떤 방법으로 마농을 도망치게 해줄지가 궁금해졌다.

"뭐, 별것도 아닙니다. 밤중에 그분의 방문을 열고 통용문까지 모셔가면 그만입지요. 나리께서 거기서 기다리고 계시기만 하면 되는 일입니다요." 그가 말했다.

하지만 복도나 뜰을 지날 때 남의 눈에 띌 염려가 있지 않느냐고 물었다. 그는 위험이 아주 없는 것은 아니나 어느 정도의 모험은 피할 수 없다고 말하는 것이었다. 그자가 그만한 배짱을 가지고 있는 것을 보자 마음이 조금 놓이기는 했다. 어찌 됐든 T 씨를 불러 이 계획을 말해주면서 한 가지 마음에 걸리는 것에 대해 상의했다. 그는 나보다 더 난색을 보였다. 그런 방법을 쓰면 도망쳐 나올 수는 있을 것이라고 하면서 이렇게 덧붙였다.

"하지만 만에 하나, 발각되어 붙잡히기라도 한다면 그길로 모든 게 끝나버리고 맙니다. 일이 잘 풀린다 해도 당신들은 지체 없이 파리를 떠나야 할 것이고요. 여기서는 수사의 눈을 피할 수는 없을 테니 말입니다. 게다가 당신 한 사람도 아니고 그녀도 있으니 수사하는 처지에서는 2배나 수월하게 되는 셈이고 말이지요. 남자 혼자라면 쉽게 도망칠 수 있겠지만 아름다운 동반자가 함께라면 들키지 않으리라는 보장은 절대 할 수 없을 것입니다."

이 말이 아무리 옳다고 해도, 마농을 자유롭게 할 수 있는 길이 코앞에 있다는 희망을 저버릴 수는 없었다. 이런 내 심정을 T 씨에게 말하고, 사랑으로 인한 경솔함과 무모함을 용서해달라고 부탁했다. 그리고 본디 내 계획도, 이전처럼 파리 근교에 숨어 살 생각이었다고 덧붙여 말했다. 결국 우리는 그 간수와 의논해서, 그가 꾸민 계획을 내일 당장 실행에 옮기기로 했다. 그리고 우리가 할 수 있는 범위 안에서 확실하게 일을 진행하기 위해 그녀에게 남장을 시키기로 했다. 그것은 적잖게 어려운 일이었지만 내게 묘안이 하나 떠올랐다. T 씨에게 얇은 조끼를 두 장 겹쳐 입고 오라고 부탁하고, 나머지는 모두 내가 알아서 하기로 했다.

이튿날 아침, 우리는 감화원으로 갔다. 나는 마농이 입을 속옷과 양말을 준비했다. 윗도리 위에 외투를 걸치고 있었으므로 주머니가 불룩한 것을 들키지 않았다. 우리는 아주 잠깐만 그녀 곁에 머물렀다. T 씨는 조끼 한 장을 벗어놓았고, 나는 윗도리를 벗어주었다. 그곳을 빠져나오기에는 외투 하나면 충분했다. 이것으로 완벽하게 변장을 했다고 생각했는데 단 한 가지, 안타깝게도 반바지를 가지고 오는 것을 그만 잊어버린 것이다. 이렇게 중요한 것을 잊어버렸다 해도 상황이 이렇게 급박하지만 않았던들 우리는 박장대소했을 게 분명하다. 하지만 이로 인해 우리 계획이 엉망이 되어버릴지도 모른다고 생각하니 이만저만 실망스러운 게 아니었다. 결국 내가 바지 없이 이곳을 빠져나가기로 마음먹고, 마농에게 바지를 벗어주었다. 다행히 내 외투가 길었던 데다 그것을 바늘로 찍어 붙여 눈속임만 할 수 있으면 되는 것이다. 나는 무사히 그곳을 빠져나왔다.

해질 때까지의 시간이 견딜 수 없이 길게 느껴졌다. 드디어 밤이 되어 우리는 마차를 타고 감화원 가까이까지 갔다. 마농은 그리 오래지 않아 간수와 함께 나타났다. 마차 문을 열어두었으므로 두 사람 모두 재빨리 마차에 올라탔고, 나는 내 소중한 연인을 품에 안았다. 그녀는 사시나무 떨듯 떨고 있었다. 이때 마부가 어디까지 가느냐고 물었다.

"이 세상 끝까지 가주게나. 마농과 영원히 헤어지지 않아도 될 곳으로 말이야."

억제할 수 없었던 나의 흥분이 자칫하면 재앙을 부를 뻔했다. 내 말을 들은 마부는 순간, 머리에 스치고 지나가는 뭔가가 있었던 모양이다. 그래서 내가 행선지를 말하자 뭔가 좋지 않은 사건에 휘말리게 되는 건 아닌지 묻는 것이었다. 그러고는 마농이라는 아름다운 청년은 내가 감화원에서 빼돌린 여자가 틀림없으며, 나를 도와 스스로 파멸의 길로 떨어지고 싶지 않다는 등의 말을 지껄였다. 마부 녀석이 이런 수작을 부리는 것은 결국 마찻값을 단단히 받아내려는 속셈이었다. 감화원이 바로 코앞이었으므로 그의 요구에 순순히 응할 수밖에 없었다.

"조용히 하게. 자네 루이 금화 한 닢 벌고 싶지 않은 모양이지?"

이 말을 들은 마부는 감화원에 불을 지르는 일이라도 도울 기세로 나왔다. 우리는 레스코의 집으로 갔다. 늦은 시간이었으므로 T 씨는 내일 다시 만나자는 약속을 남기고 중간에 우리와 헤어졌다. 그 간수는 우리와 함께 남았다.

나는 마농을 품에 꼭 껴안고 있었으므로 우리의 자리는 한 자리로 충분했다. 행복에 겨워 우는 그녀의 눈물이 내 뺨을 적셨다. 레스코의 집에 이르러 마차에서 내리려 할 때, 나는 마부와 또다시 말다툼을 하게 되었고, 그 결과 불행한 사건을 초래하고 말았다. 나는 그에게 1루이를 약속한 것을 후회하고 있었다. 그것은 과분할 뿐 아니라 그만큼 지불할 능력이 내게는 없었던 것이다. 나는 레스코를 불렀다. 문 앞까지 나온 그에게 내가 귀엣말로 지금의 내 형편을 호소하자, 성질이 급한 데다 마부와는 거래해 본 일이 없었던 그는, 그런 녀석 따위 상대하지 말라고 잘라 말하는 것이었다.

"뭐야? 루이 금화 한 닢이라고? 그런 녀석은 곤장을 스무 대나 맞아야 정신을 번쩍 차릴걸세."

그래 봤자 우리만 곤경에 처할 뿐이라고 잘 타이르려 했으나 소용없었다. 내 손에 있던 지팡이를 낚아챈 그가 마부를 후려치려 했다. 마부는 전에 근위병이

나 소총병사에게 단단히 당한 적이 있었는지 잔뜩 겁을 집어먹고는, 나를 속여먹다니 어디 두고 보자고 소리 지르며 달아났다. 거기 멈추라고 거듭 외쳐보았지만 소용이 없었다. 마부를 이런 식으로 보내고 나니 불안해서 견딜 수가 없었다. 그자가 경찰에 신고할 게 분명했다.

"왜 그랬나? 자네 집도 안심할 수가 없게 됐네. 곧 떠나야겠어."

나는 마농의 팔을 붙잡고 서둘러 그 위험한 거리를 빠져나왔다. 신의 일처리 방법에는 경탄할 만한 뭔가가 있는 게 분명하다. 5, 6분이나 걸었을까, 웬 남자가 레스코를 알아보았다. 레스코를 찾으려고 집 근처를 어슬렁거리고 있었던 모양이었다. 그자가 흉악한 계획을 품고, 그것을 실행에 옮긴 것이다.

"레스코!"

이렇게 부르면서 권총을 한 발 쏘았다. "오늘 밤엔 천사들하고 같이 식사나 하시지."

그자는 이내 어디론지 사라졌다. 레스코는 그 자리에 쓰러진 채 꼼짝도 하지 않았다. 죽은 자를 도울 수는 없는 노릇이었을 뿐 아니라 야경에게 붙잡힐 우려도 있었으므로 마농을 재촉해 그 자리에서 도망쳤다. 나는 마농과 하인을 데리고 첫 번째 골목길로 접어들었다. 마농이 겁에 질려 제정신이 아니었으므로 정신을 차리게 하느라 진땀을 뺐다. 때마침 길 저편에 마차가 한 대 보여 우리는 재빨리 마차에 올라탔다. 그러나 목적지를 묻는 마부의 말에 나는 그만 당황하고 말았다. 내게는 안전하게 숨을 만한 집도 없었을뿐더러 도움을 청할 친구도 없었다. 게다가 가진 돈이라고는 반 피스톨밖에 없었으니 한 푼도 없는 것이나 마찬가지였다. 공포와 피로에 지칠 대로 지친 마농은 반 기절상태로 내게 기대 있었다. 내 머릿속은 레스코가 살해당한 일로 가득 차 있었으며, 야경에 대한 두려움에서 헤어나지 못하고 있었다. 다행히 그때, 샤요의 여관이 떠올랐다. 우리가 그 마을에 집을 구하러 다닐 때 마농과 함께 며칠간 머물렀던 여관이었다. 거기라면 안전하게 있을 수 있을 뿐 아니라 얼마 동안은 방값 재촉을 받지 않고도 살 수 있으리라는 생각도 들었다.

"샤요로 가주게."

마부가 거절했다. 밤늦은 시간이므로 1피스톨 이하로는 갈 수가 없다는 것이었다. 그야말로 산 너머 산이었으나, 겨우 6프랑으로 타협을 봤다. 내가 가진 전 재산으로.

마차를 재촉하면서 마농을 위로했으나, 사실 내 마음 또한 절망으로 가득 차 있었다. 만약 내 품 안에 삶에 대한 집착을 갖게 하는 유일한 보배가 없었다면 죽어도 벌써 옛날에 죽어버렸을 것이다. 그녀의 존재만이 나에게 힘을 주었다.

'나에게는 적어도 마농이 있다. 그녀는 나를 사랑한다. 그녀는 내 것이다. 티베르주의 말은 거짓이다. 이것은 행복의 망령이 아니다. 온 우주가 멸망한다 해도 그녀 말고는 그 어떤 애착도 없으니 나는 눈 하나 깜짝하지 않을 것이다' 나는 스스로를 타일렀다.

이 감정은 거짓이 아니었다. 그러나 내가 이 세상의 재물을 가볍게 여기면서도 그 가운데 일부분을 가지려 하는 것은, 남은 전부를 마음껏 경멸하기 위해서라는 생각이 들었다. 사랑은 부요함보다 훨씬 강하다. 하지만 사랑을 위해서는 그런 것들이 필요하다. 그리고 돈 때문에 어쩔 수 없이 비천에 빠지는 마음 약한 연인으로서는 어쩔 수 없는 일이다.

11시쯤, 샤요에 도착했다. 여관 주인은 낯익은 우리를 반겨 맞이했다. 파리나 파리 근교에서는 여자들이 여러 복장을 하는 것이 흔한 일이었으므로 남장을 한 마농을 보고서도 놀라는 사람이 없었다. 그녀에게는 내 전성기 때만큼의 접대를 해주게 했으므로 그녀 또한 내가 무일푼이라는 사실을 알지 못했다. 그녀에게 아무것도 눈치채지 못하도록 조심한 것은, 이튿날 홀로 파리에 가서 이 난국을 어떻게든 헤쳐나갈 만큼의 돈을 만들어 올 각오를 했기 때문이다.

식사를 하고 있는 그녀를 보니 얼굴빛이 좋지 않았고 수척한 것 같았다. 감화원에서 눈치채지 못한 것은 그녀의 방이 어두컴컴했기 때문일 것이다. 오빠의 죽음을 목격한 공포가 아직 남아 있어서 그런 것인지 물어보았다. 그녀는 그 사건으로 깊은 상처를 받은 것은 사실이지만 얼굴빛이 나쁜 것은 지난 석 달 동안 나를 만나지 못했기 때문이라고 했다.

"정말로 나를 사랑하는 거야?"

"이루 다 표현할 수 없을 만큼, 아니 그보다 더 많이요!"
"그렇다면 이제 다시는 내 곁을 떠나지 않을 테지?"
"네. 두 번 다시는!"
그러고는 더없는 애무와 약속으로 맹세를 되풀이했으므로 그녀가 이 맹세를 또다시 잊어버리리라고는 생각하지 않았다.
나는 그녀의 성실함을 의심해 본 적이 없다. 그렇게까지 해서 스스로를 속일 만한 이유가 있었을까? 그저 바람기였다. 바람기 이상의 그 무엇도 아니었다. 그리고 그녀는 가난에 처해 곤란을 겪고 있을 때, 풍요롭게 사는 다른 여자를 보면 자기가 누군지 스스로도 헷갈리고 마는 것이다. 나는 지금까지의 어느 증거보다도 확실한 증거를 잡으려 했다. 그것이 나와 같은 가문과 환경에서 태어난 사람으로서는 일찍이 경험한 바 없는, 아주 이상한 사건을 일으키게 된 것이다.

그녀의 이런 기질을 알고 있는 나는, 이튿날 서둘러 파리로 갔다. 레스코의 죽음과 우리 두 사람의 속옷이나 겉옷이 필요하다는 것이 충분한 이유가 되었으므로 달리 핑계를 댈 필요도 없었다. 여관을 나오면서 나는 마농에게나 여관 주인에게 마차를 빌려 타고 갈 생각이라고 일부러 허세를 부려 보였다. 하지만 손안에 돈 한 푼 없었으므로 걸어갈 수밖에 없었던 나는 서둘러 쿠르 라 렌까지 걸어갔다. 거기서 한숨 돌릴 생각이었다. 파리에서 할 일의 준비라든가 계획을 세우기 위해서는 아무래도 혼자 조용히 생각할 시간이 필요했기 때문이다.
나는 풀밭에 앉았다. 온갖 궁리와 생각을 거듭하다가 마침내 세 가지 중요한 결론에 다다랐다. 지금 상황에서는 필요한 것이 너무나 많으므로, 이에 대처하기 위해서는 먼저 후원자가 필요했다. 다음으로는 적어도 미래에 희망을 열어 줄 어떤 방책을 생각해야만 했고, 마지막으로, 이 또한 중요한 문제인데, 마농과 내 신변상의 안전을 위해 여러 가지로 알아볼 일이나 처리해야 할 일이 있었다. 이 세 가지를 여러모로 연구한 결과, 우선 위의 두 가지는 염두에 두지 않는 편이 낫겠다고 판단했다. 사람 눈을 피해 있어야 하는 우리로서는 샤요는 숨어 있기에 적당했고, 앞으로의 일들은 먼저 눈앞의 일들을 해결하고 난 다음에 생각해도 늦지 않으리라 생각했던 것이다.

눈앞의 문제는 내 지갑을 채우는 일이었다. T 씨는 흔쾌히 자기 지갑을 내주었지만, 이제 와서 새삼 돈 문제에까지 그를 끌어들이는 것은 내 자존심으로는 도저히 참을 수 없는 일이었다. 나 자신의 빈곤을 드러내 도움을 요청하는 따위의 일을 어찌 할 수 있다는 말인가! 그런 일을 할 수 있는 인간은 저급하고 수치를 모르는 인간이거나, 그렇지 않으면 더할 나위 없이 마음이 넓어 치욕 따위 아랑곳없이 초연하게 지낼 수 있는 겸손한 그리스도교도뿐일 것이다. 하지만 나는 비열한도 아닐뿐더러 선량한 그리스도교도도 아니었으므로 이 굴욕을 피할 수만 있다면 내 생명의 절반이라도 마다하지 않았을 것이다.

'티베르주!'

순간, 그의 이름이 떠올랐다.

'선량한 티베르주라면 무슨 일이든 마다하지 않을 것이다. 아니, 오히려 내 가난에 마음이 움직일 것이다. 하지만 또 설교를 들려주겠지. 그의 질책이나 훈계, 위협을 각오하지 않으면 안 된다. 그렇게 비싼 값을 치르고 도움을 받을 바에야, 고민과 후회를 가져올 그 끔찍한 흥정에 몸을 맡길 바에야 차라리 내 생명을 떼어주는 것이 더 낫지 않겠는가. 그렇다면 희망 따위 버려버리자!'

생각은 여기서 그치지 않았다.

'하지만 달리 방법이 없으니 어쩔 수 없다. 두 가지 중 어느 쪽 굴욕을 택하건 내 목숨 절반을 버리는 것과 마찬가지일 테고, 두 가지 다 택한다면 내 목숨을 버리는 셈이다. 그래, 비굴한 동정을 구하느니보다 차라리 목숨을 버리자. 아니지, 지금 이 마당에 내 목숨이 문제이겠는가! 마농의 생명과 부양이 문제요, 그녀의 사랑과 정절이 문제인 것이다. 그녀에게 내가 해줄 수 있는 게 무엇이란 말인가. 지금까지도 아무것도 해준 것이 없지 않은가. 그녀는 내게 영광이며, 행복이며, 재산이었다. 이 세상에는 그것을 얻기 위해, 또는 피하기 위해 내 생명을 내던져도 아깝지 않을 것들이 얼마든지 있을 것이다. 그 가운데 어떤 것을 내 목숨보다 더 소중히 여긴다고 해서 그것이 마농보다 소중하다고 말할 수는 없다.'

생각이 여기까지 미치자 결심이 굳어졌다. 먼저 티베르주를 만나고, 그길로

T 씨를 찾아가기로 마음먹고 길을 떠났다.

파리에 들어서자 차를 돈도 없으면서 찾아가는 사람의 도움을 기대하며 마차를 불렀다. 뤽상부르까지 가서 티베르주에게 기다리고 있다는 전갈을 보냈다. 지체 없이 달려온 그를 보자 내 초조한 마음이 조금 누그러졌다. 나는 있는 그대로 내 형편을 말했다. 언젠가 그에게 빌렸던 1백 피스톨을 돌려주었었는데, 그는 그 돈이면 되겠느냐고 물었다. 그러고는 한마디 싫은 내색 없이 돈을 가지러 갔다. 다른 사람에게 무언가를 베푸는 즐거움이란, 사랑과 진정한 우정을 가진 자라야 비로소 느낄 수 있는 감정일 것이다.

나의 무례함에 놀라지도 않고 순순히 부탁을 들어준 것은 참으로 놀라운 일이었다. 다시 말해 그의 잔소리를 듣지 않아도 되게 된 것이다. 그러나 그것은 내 착각이었다. 그가 건네준 돈을 받고 내가 떠나려 할 때, 잠시 오솔길을 걷지 않겠느냐고 그가 물었다. 나는 마농에 대해서는 아무 말도 하지 않았기 때문에 그는 마농이 감화원에서 나왔다는 사실을 모르고 있었다. 그의 설교는 생라자르에서 무모하게 탈출한 것이며, 그곳에서 들은 좋은 교훈을 마음에 새기지 않고 다시 방종의 길로 빠지는 게 아닐지 끊임없이 걱정하고 있었다.

그는 내가 탈출한 이튿날 생라자르로 나를 찾아왔었는데, 내가 어떻게 거기를 빠져나오게 되었는지를 듣고는 이루 말할 수 없을 만큼 놀랐다고 했다. 그래서 어떻게 하면 좋을지 원장과 상의해 보았는데 그 선량한 원장은 아직도 두려움에서 벗어나지 못하고 있더라는 것이다. 그럼에도 원장은 내가 탈옥한 것을 경시총감에게 숨기고 있을 만큼 관대했다. 그리고 수위의 죽음에 대해서도 바깥에 알려지지 않도록 처리했으니 그 점에 대해서는 염려할 게 없다고 했다. 그러니 조금이라도 사리분별이 있다면 하늘이 보살펴주신 이 기회를 잘 살려야 한다, 먼저 아버지에게 편지를 보내 화해하라, 만일 단 한 번이라도 나의 충고에 따를 의사가 있다면 파리를 떠나 가족의 품으로 돌아가야 한다는 등의 말을 들려주었다.

나는 그의 충고를 끝까지 경청했다. 그의 이야기 가운데에는 귀담아들을 만한 점이 있었다. 첫째로, 생라자르의 일로 걱정할 필요가 없게 되었다는 전갈이 나로서는 매우 고마웠다. 파리 거리는 이제 내게 자유로운 세상이 된 것이다.

두 번째는, 마농이 탈옥하여 나와 함께 있다는 것을 티베르주가 전혀 눈치채지 못하고 있다는 것이다. 그녀에 대한 이야기를 일부러 피하고 있는 것처럼 보였고, 나 또한 그녀에 대한 이야기를 하지 않았으므로, 그는 내 머릿속에서 그녀에 대한 생각이 사라졌다고 생각할 것이기 때문이다. 집으로 돌아가는 것은 그렇다 치고, 적어도 그의 권유대로 아버지에게 편지를 써서 내 의무이자 아버지의 뜻인 질서 있는 생활로 돌아가겠다고 알릴 셈이었다. 내 계획은, 학교에서 공부하는 것을 핑계 삼아 아버지한테 돈을 보내달라고 하려는 것이었다. 왜냐하면 다시 수도 생활로 돌아간다 해도 아버지가 믿어줄 것 같지 않았기 때문이다. 사실, 마음에도 없는 것을 아버지에게 약속하려고 한 것은 아니었다. 오히려 나는, 내 사랑에 방해가 되지 않는 한 무언가 확실하고 분별 있는 일을 원하고 있었다. 나는 마농과 함께 살면서 공부할 생각이었다. 두 가지를 병행하지 못할 이유가 없다. 이런 생각에 매우 만족한 나는, 티베르주에게 그날로 아버지에게 편지를 보내겠다고 약속했다. 그와 헤어진 뒤, 실제로 나는 우체국에 들러 더할 나위 없이 다정하고 공손한 편지를 썼다. 읽어 보니 이만하면 아버지 마음에 들 것 같았다.

티베르주와 헤어지고 나서 삯마차를 탈 수 있는 돈은 있었지만 T 씨의 집까지 걸어갔다. 이제는 걱정할 필요가 없다며 친구가 보장한 자유를 누리고 보니 무척이나 즐거웠다. 그러나 불현듯 머릿속에 떠오르는 것이 있었다. 친구가 보장해준 것은 생라자르에 관한 일뿐이요, 아직도 감화원 사건과 목격자로서의 연루가 있는 레스코의 죽음은 문제였다. 생각이 여기까지 미치자 온몸이 오싹해져 첫 번째 골목으로 숨어든 뒤 마차를 불렀다. 그길로 곧장 T 씨 집으로 가서 그에게 내 두려운 마음을 털어놓았다. 그의 말을 듣고 감화원이나 레스코의 사건도 걱정할 바 아니라는 사실을 알았을 때는 나 또한 그때까지의 두려웠던 마음이 우스꽝스러워졌다. 그는 마농 사건으로 자신도 의심을 받게 될지 모른다는 생각에, 사건 이튿날 그런 일은 전혀 모르는 체하고 그녀를 면회하러 감화원에 가자, 사람들은 그나 나를 고발하기는커녕 오히려 신기한 이야깃거리라도 되는 듯이 법석을 떨더라는 것이다. 그리고 마농처럼 아름다운 여자가 어떻게 일개 간수 따위와 도주할 마음이 생겼는지 이상한 일이 아닐 수 없다고 하더라는 것이었다. 그래서 그는, 조금도 놀랄 일이 아니오, 자유를 위해서라면 못할 일이 무엇이겠느냐고 시치미를 뗐다고 했다. 그러고 나서 나의 아름다운 연인을 만날 수 있으리라는 생각에 레스코의 집으로 가보았는데 마차공인 집주인이 나도 마농도 본 일이 없다고 하면서 우리가 레스코를 만나러 올 예정이었다면 아마도 레스코가 살해당했다는 것을 곧 알았을 것이 아니냐고 하더라는 것이다. 게다가 주인은 이번 죽음의 원인이며 상황에 대해서 알고 있는 바를 순순히 설명해 주더라고 했다.

사건이 일어나기 2시간 전쯤, 레스코의 동료 한 사람이 도박을 하러 찾아왔다. 레스코가 삽시간에 돈을 따버리는 바람에 상대는 그의 전 재산이었던 1백 에퀴를 1시간 만에 잃고 말았다. 이 불운한 남자는 돈 한 푼 남지 않게 되자, 레스코에게 자기가 잃은 돈의 절반을 빌려달라고 부탁했다. 이 일로 무슨 시비가 붙은 듯 두 사람은 화가 머리끝까지 치받쳐 말다툼을 벌였다. 마침내 그 남자가 결투를 요청했으나 레스코가 거절하자 머리통을 부숴버리겠다는 말을 남기고 가버렸는데, 바로 그날 밤 그것을 실행에 옮겼던 것이다. 마지막으로 T 씨는 우리의 일을 매우 걱정하고 있었으며, 앞으로도 필요하다면 힘이 되어주겠다고 친절하게 말해주었다. 그가 자기를 우리의 만찬에 초대해 주지 않겠느냐고 하기에 나는 주저 없이 우리의 은신처를 그에게 알려주었다.

마농을 위해 속옷과 겉옷을 사는 일만 남았으므로 나는 만약 두세 군데 가게를 함께 들러줄 수 있다면 지금 당장 같이 가도 좋다고 했다. 내가 이런 제안을 한 것이 그의 너그러움을 기대해서라고 생각했는지, 아니면 아름다운 영혼의 단순한 충동 때문이었는지 모르겠으나, 아무튼 그는 곧 나가자고 했다. 그리고 단골 가게로 데리고 가서 내가 예상했던 것보다 훨씬 비싼 물건을 고르게 했다. 내가 대금을 치르려 하자 점원에게 내게서 한 푼도 받지 말라고 지시했다. 우리는 서둘러 샤요로 출발했다. 아침에 길을 나설 때보다 훨씬 편안한 마음으로 여관에 도착했다.

기사 데 그리외는 1시간 넘게 이야기를 계속했기에, 이쯤에서 잠시 쉬고 저녁 식사나 함께하자고 권했다. 그에 대한 이 배려에 그는 우리가 그의 이야기를 즐거운 마음으로 경청하고 있었다고 생각하는 모양이었다. 그리고 이어지는 이야기 속에서 한층 더 깊은 뭔가를 발견하게 될 것이라고 말했다. 저녁 식사를 마치고 그는 다시 이야기를 이어갔다.

제2부

내가 함께 있다는 것과 T 씨의 다정함이 마농의 마음을 한결 편안하게 해주는 듯했다.

"마농, 지난날의 끔찍한 일들일랑 잊기로 합시다."

나는 돌아오자마자 마농에게 말했다.

"그리고 앞으로는 더 행복하게 삽시다. 사랑은 결국 우리에게 훌륭한 스승이었어. 운명이 우리에게 주는 환난 따위 우리 사랑의 기쁨에는 미치지도 못할 거야."

우리의 만찬은 기쁨 그 자체였다. 사랑하는 마농과 1백 피스톨을 가진 나는, 보물을 산처럼 쌓아놓은 파리 제일의 부자보다 더없이 자랑스럽고 만족스러웠다. 인간의 부란, 자기 욕망을 얼마나 만족시키느냐에 따라 계산할 필요가 있다. 내게는 채우고픈 욕망이 아무것도 없었다. 앞으로도 걱정할 일이 있을 것 같지는 않았다. 아버지도 내가 파리에서 넉넉한 생활을 할 만큼의 재산을 받는 것에 반대하지는 않을 것이다. 왜냐하면 20살이 되면 어머니의 재산에 대해 분배를 요구할 권리가 생기기 때문이다. 나는 지금 내가 가지고 있는 재산이 1백 피스톨밖에 없다는 것을 마농에게 떳떳하게 이야기했다. 내 당연한 권리로든 도박으로든 보다 나은 행복이 찾아오는 것을 조용히 기다리기만 하면 되는 것이었다.

첫 몇 주일 동안은 지금 상황을 즐기는 일만 생각했다. 그리고 체면도 있었거니와 경찰에 대한 두려움도 얼마간 있었기에 트란실바니아의 친구들과 다시 만나는 것을 이날 저 날 하고 있었다. 그러다가 그들보다 질적으로 떨어지지 않는 다른 패들과 어울리게 되었는데, 늘 운이 따랐으므로 속임수를 써야만 할 그 꺼림칙한 굴욕은 겪지 않았다. 오후 한때를 파리에서 보내고, 저녁에는 샤요로 돌아오는 것이 일상이 되었다. 대개는 T 씨와 함께였는데 우리에 대한 그의 우정은 나날이 더 두터워졌다. 마농도 나름대로 지루함을 면할 수 있는 방법을 찾았다. 봄이 되어 이 지역으로 다시 돌아온 젊은 부인들과 어울리게 된 것이다. 산책이나 짝패놀이가 그녀들의 일과였다. 미리 돈의 한도를 정해놓고, 골패놀이에서 번 돈을 마차 삯으로 쓰는 정도였다. 그녀들은 불로뉴 숲으로 산책을 가곤 했다. 저녁이 되어 내가 집으로 돌아가면 더할 나위 없이 아름답고, 충만하고, 정열적인 마농을 볼 수 있었다. 그러던 중, 먹구름 한 조각이 우리 행복의 전당을 위협할 듯하다가 사라졌다. 장난을 좋아하는 마농의 성격이 그 결과를 상당히 희극적으로 만들었기에, 지금도 그녀의 사랑이나 재기 넘치는 발랄함을 생각하면 흐뭇한 감정에 사로잡히곤 한다.

우리가 데리고 있던 하인이 어느 날 나를 한쪽 구석으로 부르더니, 심하게 머뭇거리면서 할 말이 있다고 하는 것이었다. 아무 염려 말고 말하라고 하자, 그는 한참을 망설인 뒤에야 어느 외국 귀족이 마농에게 빠져 있는 것 같다고 했다. 순간, 온몸의 피가 거꾸로 치솟는 느낌이 들었다.
"마농 쪽에서도 그런 거야?"
나는 상황을 분명히 가리겠다는 일념으로, 자제력을 잃은 채 그의 말을 가로막으며 거칠게 물었다. 하인은 내 태도에 겁을 먹었는지 아직 거기까지는 모른다고 떨면서 말했다. 단지, 요 며칠 그가 살펴본 바로는, 그 외국인이 곧잘 불로뉴 숲에 나타나 마차에서 내려서는 산책길에서 혼자 마농의 모습이 보일 만한 곳이나 아니면 딱 마주칠 기회를 엿보는 기색이라는 것이다. 그래서 내 하인은 외국 귀족의 하인에게 접근하여 그자에 대해 몇 가지 알아보려고 했다. 그 외국인은 이탈리아의 공작인데, 자기 주인이 사랑놀이에 팔린 것 같다고 그의 하인들이 쑥덕거리더라는 것이다. 내 하인은 더 이상은 알아내지 못했노라고 했다. 그도 그럴 것이 그 공작이 때마침 숲에서 나와서는 내 하인에게 다가와 친근하게 이름을 물었기 때문이라는 것이다. 공작은 자기가 아씨의 하인이라는 것을 눈치챘는지 세상에서 가장 아름다운 여인을 섬기고 있으니 자네는 행복한 사람이라고 하더라는 이야기였다.

나는 초조한 마음으로 그가 계속해서 이야기하기를 기다렸다. 그는 슬슬 발뺌을 하는가 싶더니 그만 입을 다물고 말았다. 그럴 만도 한 것이 내가 조심스럽지 못하게 너무나 격분했기 때문이다. 괜찮으니 있는 그대로 말하라고 해도 소용없었다. 그 이상은 아는 것이 없으며 게다가 지금 말한 것도 어제 일이므로 그 뒤로는 공작의 하인들과 만날 수 없었다는 말만 거듭했다. 나는 성실한 하인에게 단순한 칭찬의 말뿐만 아니라 현금도 주면서 안심시켰다. 그리고 마농에 대한 의심은 전혀 품지 않은 것처럼 꾸미면서 아주 침착하게 명령했다.

솔직히 말하면, 하인이 벌벌 떠는 것을 보면서 나는 견딜 수 없는 의심을 품게 되었다. 진상을 숨기라고 했기에 그것을 숨기느라 그가 벌벌 떠는 것이라는 생각이 들었다. 하지만 잠시 생각한 뒤, 불안을 떨쳐버리고 그처럼 약한 모습을 보인 것을 후회했다. 사람들이 마농을 사랑한다고 해서 그것을 고깝게 생각할 이유는 없다. 외간 남자의 마음을 정복하고 있다는 것을 그녀 자신은 모를 수도 있는 게 아닌가. 무엇보다 이렇게 대책 없이 질투만 한다면 앞으로 어떻게 살아갈 수 있겠는가.

이튿날 파리로 돌아갔다. 뭔가 수상쩍은 단서라도 잡힐 경우, 어느 때고 샤요로 돌아갈 수 있도록 일찌감치 크게 한판 벌여둘 필요가 있었다. 그날 밤에는 내 숙면을 방해할 만한 소식은 아무것도 듣지 못했다. 그 외국인은 또다시 불로뉴 숲에 나타나 지난 일을 핑계 삼아 내 하인에게 다가와서는 자기 사랑 이야기를 고백했다. 그러나 그가 말한 것으로 미루어 마농과는 아무런 교섭이 없는 것 같았다. 공작이 이것저것 캐묻고는 마침내 매수할 속셈으로 꽤 큰돈을 약속하면서 마농에게 전해달라며 준비해 온 편지를 건넸다는 것이다.

그 뒤 이틀 동안은 별일 없이 지나갔다. 그러나 사흘째는 상황이 좋지 않았다. 그날 밤 꽤 늦은 시간에 파리에서 돌아온 뒤 들은 이야기로는 이랬다. 산책 중이던 마농이 잠깐 동안 친구들과 떨어졌다. 그러고는 조금 뒤에서 쫓아오던 그 외국인에게 신호를 보내 편지 한 통을 건네주었다. 그 외국인은 미칠 듯이 기뻐 날뛰며 그 편지를 받더라는 것이다. 그자는 편지에 흠뻑 취해 입맞춤을 퍼부어대는 바람에 감사의 인사말을 할 수가 없었다. 아니, 그보다는 마농이 편지를 건네자마자 곧 도망쳐버렸기 때문에 인사말을 하지 못했던 것이다. 그 뒤 마농은 너무나 즐거워 어쩔 줄 몰라 하는 것 같았다. 나는 하인의 한마디 한마디에 몸서리를 치며 그에게 물었다.

"틀림없지? 잘못 본 것은 아니겠지?"

그는 하늘에 대고 맹세할 수 있다고 했다. 이때 내 목소리를 들었는지, 내 귀가를 기다리던 마농이 원망스러운 모습으로 맞아주었기에 망정이지, 만일 그러지 않았다면 내 마음의 괴로움이 어떤 결과를 가져왔을지 모를 일이다. 그녀는 내 대답을 기다리지도 않고 애무로써 나를 맞았다. 그리고 단둘이 되자 요사이 늦게 귀가하는 버릇이 생겼다고 투정을 부렸다. 내가 잠자코 있자, 그녀는 2, 3주일 동안 단 하루도 자기하고 있어 주지 않았다느니, 이렇게 오래도록 집을 비우는 건 참을 수 없다느니, 가끔은 온종일 자기와 함께 있어주면 좋겠다느니, 아침부터 밤까지 내 얼굴을 보고 있고 싶다는 둥 맘껏 잔소리를 쏟아냈다.

"걱정 마. 그렇게 할 테니."

나는 꽤 거칠게 대답했다.

그녀는 내가 고민하고 있다는 것을 눈치채지 못하는 모양이었다. 이해할 수 없을 만큼 활기찬 기쁨으로 그날 있었던 일들을 들려주는 것이었다.

'참으로 알 수 없는 여자야! 이 일이 도대체 어찌 돌아갈지……'

나는 혼자 생각했다.

불현듯 우리가 처음으로 이별할 때가 생각났다. 그러나 그녀의 기쁨과 사랑을 보면 겉과 속이 다른 무엇이 있을 것 같지는 않았다.

저녁 식사를 하면서도 마음이 무거워지는 것은 어쩔 수가 없었지만 도박에서 잃은 탓이라고 둘러댔다. 내일 샤요를 떠나지 말아 달라는 그녀의 부탁은 나로서는 다행스러운 일이었다. 생각을 가다듬을 수 있는 시간이 생긴 것이다. 적어도 내일 하루만큼은 아무 걱정 없이 지낼 수 있다는 말이기도 했다. 내가 알아낸 일들을 들춰내어 소동을 일으킬 필요는 없었다. 다음다음 날, 공작 따위들과 마주치지 않아도 될 파리로 거처를 옮기기로 작정했다. 이렇게 결심하고 나니 그날 밤은 한결 편안하게 보낼 수 있었다. 그러나 어쩌면 그녀가 또다시 부정을 저지른 것은 아닌지, 한 조각 불안은 떨쳐버릴 수 없었다.

잠에서 깨어나자마자 마농은, 온종일 집에 있을 거라고 해서 소홀한 차림으로 있으면 안 된다며 내 머리 손질을 손수 해주겠다고 나서는 것이었다. 나는 머릿결이 무척 고왔으므로 그녀는 곧잘 내 머리를 매만지곤 했었다. 그러나 그 날은 여느 때와는 달리 더 정성을 쏟았다. 그녀를 만족시키기 위해 그녀의 거울 앞에 가만히 앉아 갖은 재주를 부리는 그녀의 손길을 참아내야만 했다. 그러는 사이, 그녀는 내 얼굴을 몇 번이나 자기 쪽으로 돌리게 하고는 어깨 위에 두 손을 얹고 사랑스러운 눈빛으로 한참이나 바라보곤 했다. 그리고 만족의 표시로 한두 번 입을 맞춘 뒤 바로 앉게 하고는 다시 손질을 시작했다. 이런 장난은 점심때까지 이어졌다. 그녀의 장난치는 모습이나 쾌활함이 얼마나 자연스러웠는지, 도저히 그녀가 나를 배신했다고는 생각할 수 없었다. 그냥 내 답답한 마음을 털어놓고 무거운 짐을 덜까도 해보았지만 마농이 먼저 털어놓으리라는 생각에, 그때의 달콤한 승리에 미리 취하곤 했다.

우리는 그녀의 거실로 돌아갔다. 그녀는 내 머리를 또다시 만지기 시작했다. 나도 그녀를 기쁘게 해주려고 그녀가 시키는 대로 하고 있던 바로 그때, 심부름꾼이 와서 어느 공작이 마농을 보고 싶어 한다고 전했다. 그 이름을 듣는 순간, 화가 치민 나는 그녀를 밀치면서 소리쳤다.

"뭐라고? 누구라고? 공작?"

그녀는 내 질문에 한마디도 답하지 않았다.

"들어오시게 해."

그녀는 침착하게 하인에게 지시했다.

"여보! 너무나도 사랑하는 당신!"

그녀는 마음을 녹이는 목소리로 말했다.

"당신은 좋은 사람이니까 잠시만 참고 계세요. 잠시만이요. 잠시면 돼요. 그 대신 나중에 천 배만큼 갚아드릴게요. 그 은혜, 평생 잊지 않을 테니."

분노와 경악으로 내 혀가 굳어버렸다. 그녀는 그렇게 거듭 애원했으며, 나는 나대로 이 모욕을 날려버릴 말을 찾고 있었다. 그러나 응접실 문이 열리는 소리가 들리자 그녀는 어깨까지 흘러내린 내 머리카락을 한 손에 잡고, 다른 한 손으로는 거울을 든 채, 있는 힘을 다해 나를 거실 문까지 끌고 가 무릎으로 문을 열었다. 이 소리에 깜짝 놀라 거실 한가운데에서 막대기처럼 서 있는 외국인에게는 우리의 모습이 놀라웠을 것이다. 그는 몸치장은 대단했지만 얼굴은 어지간히 추했다. 이 장면을 목격하자 당황스러우면서도 정중하게 인사는 해야 할 것 같은 모양이었지만 마농은 그에게 말할 틈을 주지 않았다. 그녀는 손에 쥔 거울을 그에게 내밀며 말했다.

"자, 잘 보시고 솔직하게 말씀해 주세요. 당신은 내게 사랑을 구하셨죠. 여기 내가 사랑하는 사람이 있습니다. 평생을 함께하기로 약속한 분이죠. 자, 직접 비교해 보세요. 만약 이 사람하고 내 마음을 놓고 다투실 생각이시라면 그 근거가 뭔지 말씀해 주시면 좋겠군요. 나 같은 여자의 눈에는 이탈리아의 그 어느 공작님도 내가 쥐고 있는 이 머리카락 한 올만도 못해 보인다고 분명히 말씀드려두겠어요."

미리 준비해 둔 게 틀림없는 이 터무니없는 연설이 이어지는 사이, 내가 그녀의 손에서 빠져나가려고 얼마나 애를 썼는지 모른다. 게다가 신분 높은 이런 사람에게 결례를 범하는 것이 안타까워 나는 정중하게 인사라도 하면서 이 폭언에 대한 보상을 해야겠다는 생각까지 들었다. 그러나 바로 정신을 차린 이 남자의 대답이 자못 상스러워 그런 걱정은 할 필요가 없게 되었다.

"아가씨? 아가씨!"

그가 억지웃음을 지으며 말했다.

"이제야 눈이 뜨였습니다. 그리고 내가 생각했던 만큼 그대가 순진하지 않다는 것도 잘 알았고요."

그는 그녀에게 눈길 한 번 주지 않고 휙 돌아서 나가면서, 낮은 목소리로 프랑스 여자가 이탈리아 여자보다 나을 것도 없다고 한마디 던졌다. 그 순간, 나는 이 남자에게 더 나은 여성관을 갖게 해줄 마음이 사라져 버렸다.

마농은 쥐고 있던 내 머리카락을 놓고는 소파에 털썩 주저앉더니 온 방이 쩌렁쩌렁 울리도록 큰 소리로 웃어 젖혔다. 이런 허접한 행동이라 할지라도 그것이 사랑을 위한 것이었다고 생각하니 큰 감동이 밀려왔다. 하지만 장난치고는 도가 지나쳤다는 생각이 들어 그 점에 대해서는 나도 마농을 나무랐다. 그녀의 말에 따르면, 내 연적은 불로뉴 숲에서 며칠이나 그녀를 쫓아다니면서 자기 뜻을 전하다 못해 그녀들의 마차를 끄는 마부를 통해 편지를 건네주었다. 편지에는 자기의 이름을 비롯해서 작위며, 여러 가지를 늘어놓고, 서슴없이 사랑을 고백하고, 알프스산 저편의 눈부신 부와 영원한 사랑까지도 약속했더라는 것이다. 그녀는 이 사건을 내게 알릴 생각으로 샤요로 돌아왔으나, 한 가지 재미있는 생각이 떠올라 그것을 실행에 옮기기로 했다. 그녀는 이탈리아 공작에게 구미 당기는 답장을 보내면서 집으로 찾아와도 좋다고 한 것이다. 뿐만 아니라 그녀는 내가 눈치채지 못하도록 나를 그녀의 계획 속에 포함시켜 또 하나의 즐거움을 준비한 것이다. 그런 정보라면 이미 누군가에게 들어서 알고 있었다는 이야기는 한마디도 하지 않았다. 나는 사랑에 승리한 도취감에 빠져 어떤 일도 용서해 줄 수 있었다.

하늘은 가장 가혹한 방법으로 나를 처벌하기 위해 내 평안한 시기를 노려왔다는 것은 짧지 않은 내 생애를 통해 체득하고 있었다. 나는 T 씨의 우정과 마농의 사랑 덕분에 스스로 행복하다 여기고 있었던 만큼, 또다시 어떤 새로운 불행에 처하리라고는 생각조차 못했다. 그러나 내 앞에는 참으로 꺼림칙한 불행이 준비되어 있어, 당신이 파시에서 본 바와 같은 상태로까지 곤두박질쳤다. 급기야는 내 이야기가 믿어지지 않을 정도로 극단적인 나락으로 떨어지게 된 것이다.

어느 날 우리가 T 씨와 만찬을 들고 있을 때, 마차 한 대가 숙소 앞에 멈추는 소리가 들려왔다. 이렇게 늦은 시간에 어떤 사람이 찾아온 것인지 호기심이 발동해 우리는 그를 확인하려 했다. 그것은 바로 젊은 GM이라는 것을 나는 바로 알아차렸다. 즉 나를 생라자르에 그리고 마농을 감화원에 처넣은 잔인한 원수, 그 늙은 영감의 아들이었던 것이다. 나는 그의 이름을 듣고 곧 그 사실을 알아차렸다.
"주님이 보내신 거네."
내가 T 씨에게 말했다.
"저자의 비겁한 아버지 대신 저자를 징계하겠어. 이번에는 칼로 복수하고 말

것이네."

T 씨는 그와 알고 지내는 사이였고, 친한 벗이기도 했으므로 어떻게 해서든 그에게 호감을 갖게 하려고 애를 썼다. T 씨의 말에 따르면, 그는 사랑받을 만한 가치가 있는 청년이며, 아버지의 일을 거들고 나설 그런 위인이 아니니, 만나보면 즉시 그를 존중하게 될 것이라고 했다. 또, 그의 존경을 받고 싶어질 것이라고도 했다. T 씨는 그를 위해 온갖 말을 늘어놓은 다음, 그를 불러 남은 식사 시간을 함께 즐기게 허락해 달라고 말했다. 나는 우리 적의 아들에게 마농의 거처를 알려주는 것은 그녀를 위험으로 내모는 일이라고 반대했다. 그러자 만일 그가 우리를 알게 된다면 우리에게 더할 나위 없이 좋은 친구가 될 것임을 T 씨는 명예와 신념에 걸고 맹세했다.

이렇게까지 그를 두둔하고 나서는 데야 더 이상 반대할 수가 없었다. T 씨는 시간을 들여 우리가 누구인지를 그에게 알리고는 그를 우리 방으로 안내했다. 방 안에 들어서는 그의 태도는 과연 호감을 살 만했다. 그가 나를 껴안았던 것이다. 우리는 모두 자리에 앉았다. 그는 나와 마농과 우리와 관련된 모든 것을 극찬하면서 우리의 체면을 살려주느라 식사도 많이 했다. 식탁이 정리되자 우리의 대화는 갑자기 진지해졌다. 그는 자기 아버지가 우리에게 한 일이 화제에 올랐을 때는 두 눈을 감았으며, 공손하게 사과했다.

"그런 이야기는 이제 그만합시다. 수치일 수밖에 없는 그런 기억을 새삼 들춰봤자 무슨 소용이겠습니까?"

그는 참으로 진지하게 사과했지만, 이야기가 이어지면서 더 열을 올렸다. 대화를 나눈 지 채 30분도 지나지 않아 마농의 매력에 동요되어 가는 것을 나는 놓치지 않았다. 그의 눈빛이나 태도는 차츰 흥분의 빛을 띠기 시작했다. 물론 그가 그런 감정을 말로 표현한 것은 아니다. 하지만 많은 사랑의 경험을 쌓아온 나였던 만큼, 질투심에서가 아니라 사랑의 느낌쯤은 알아챌 수 있었다. 이렇게 그는 밤 한때를 우리와 보냈다. 그리고 헤어질 때는 우리와 알게 된 것을 매우 기쁘게 생각한다며, 앞으로 도움이 되기 위해 가끔 찾아와도 되겠느냐는 말도 잊지 않았다. 이튿날 아침, 그는 T 씨와 같은 마차로 돌아갔다.

방금 말한 것처럼, 나는 질투 따위는 터럭만큼도 하지 않았다. 마농의 맹세를 이전보다 더 믿었다. 이 아름다운 여인은 내 혼을 완전히 거머쥐고 있었기에 존경과 애정 말고 다른 감정은 조금도 없었다. 그녀가 젊은 GM의 마음을 사로잡았다고 해서 그녀를 탓하기는커녕, 그녀의 매력의 힘에 기분이 좋아질 정도였다. 그리고 세상 모든 사람이 아름답다고 인정하는 한 여인에게서 사랑받는 내가 자랑스러워 견딜 수가 없었다. 그러니 그녀에게 나의 불안한 마음을 전하는 것은 온당치 않다고 생각했다. 그 뒤 며칠 동안은 그녀의 옷 손질이나 사람들에게 들킬 걱정 없이 연극 구경 갈 수 있는 방법을 의논하며 보냈다. T 씨가 그 주에 다시 찾아왔으므로, 우리는 그에게 어떻게 하면 연극 구경을 할 수 있겠느냐고 상의해 보았다. 마농을 기쁘게 하기 위해서는 필요한 일이라고 생각했는지 그는 어떻게든 해보겠다고 말했다. 우리는 그길로 외출하기로 했다. 하지만 실행하지는 못했다. T 씨가 나를 별실로 데리고 가 이렇게 말하는 것이었다.

"지난번 우리가 헤어지고 난 뒤부터 내가 얼마나 곤란에 빠져 있는지 모르네. 오늘 이렇게 찾아온 것도 그 때문인데, GM이 자네의 연인을 사랑하고 있다네. 그가 내게 털어놓았거든. 나는 그의 가까운 친구요, 그를 위해서라면 뭐든 할 생각이네만, 자네 또한 내게는 그에 못지않은 벗이 아닌가. 그 친구에게 옳지 않은 일이라고 했다네. 만일 그가 마농의 사랑을 차지하기 위해서 누구나가 쓰는 방법을 취하려 했다면 굳이 이런 말을 하지 않았을지도 몰라. 하지만 그는 마농의 성향을 알아본 모양이네. 누구에게 들었는지는 모르지만 마농이 호사와 쾌락을 좋아한다는 것을 알게 된 거지. 그는 이미 상당한 재산을 가지고 있는지라 우선 큼직한 선물과 1만 프랑을 보내 그녀를 유혹할 속셈이더군. 이런 일로 그를 배반한다는 것은 있을 수 없는 일이지만, 정의는 자네 편일세. GM을 이리로 오게 한 나의 경솔함이 그의 욕정의 원인이 된 이상, 내가 일으킨 불행의 결과를 미리 알려줄 필요가 있다고 생각했네."

나는 T가 이렇게 어려운 결심을 해준 것에 대해 감사했다. 그리고 그에게 신뢰의 정을 보이고, 마농은 GM이 생각하는 대로의 여자라는 것, 즉 가난을 참지 못한다는 것을 고백했다.

"그렇다고는 해도 단순히 재산만의 문제로 그녀가 나를 버리고 다른 남자의 품으로 달려가리라고는 생각하지 않네. 그리고 지금은 나도 그녀가 부자유를 느끼지 않도록 하고 있을 뿐 아니라 내 재산도 나날이 늘어나리라 생각한다네. 단지 내가 걱정하는 것은 GM이 우리의 거처를 알고 있으니 우리에게 끔찍한 복수를 하지나 않을까 하는 것이네."

나의 말에 T 씨는, 그런 것이라면 걱정할 것 없다고 했다. GM은 사랑에 맹목적이 되기는 하지만 그런 비열한 짓을 할 인간이 아니라는 것이다. 그가 만약 그런 비열한 짓을 한다면 자기가 먼저 그를 벌하여, 불상사를 일으킨 대가를 치르게 하겠다고 장담했다.

"자네 마음은 고맙네. 하지만 만약의 일이 발생한다면 두 번 다시 돌이킬 수는 없을 것이네. 그러니 가장 현명한 방법은 그의 기선을 제압하고 샤요를 떠나 다른 집을 찾는 수밖에."

"그럴지도 모르지. 하지만 그렇게는 안 될 것 같네. 왜냐하면 GM이 정오까지는 이리로 오겠다고 했거든. 어제 그리 말하기에 이렇게 이른 시간에 달려온 것이라네. 이렇게 말하고 있는 사이에 올지도 모를 일이야."

이야기가 급박하게 돌아가자 나는 이 일을 보다 신중하게 생각하게 되었다. GM의 방문을 피하기는 어려워 보였으며, 그가 마농에게 사랑을 고백하는 것 또한 막을 수 없으리라는 생각이 들었다. 그래서 차라리 내가 마농에게 그의 마음을 미리 귀띔해 두기로 했다. 그가 그녀에게 할 말을 내가 알고 있다는 사실을 그녀도 알고 있는 데다, 내 앞에서 사랑 고백을 받게 될 것이니 그녀는 그것을 거절할 만큼의 곧은 절개를 갖게 될 것이라고 생각했다. 이런 생각을 T 씨에게 말하자 그것은 위험한 일이라고 하는 것이었다.

"그건 나도 잘 알고 있네."

내가 말했다.

"하지만 나도 나름대로 그녀의 마음을 확실히 잡고 있다고 생각하니 만큼 그녀의 애정에 기댈 수밖에. 웬만한 재물이 아니면 그녀도 넘어가지 않으리라고 믿네. 무엇보다도 그녀는 그리 욕심쟁이가 아니라네. 편안한 생활은 즐기지만 나를 사랑한단 말이야. 게다가 나를 버리면서까지 그녀를 감화원으로 보낸 자의 아들을 선택하리라 생각하지도 않고."

한마디로 말하자면 나는 내 결정을 고집했던 것이다. 그러고 나서 마농과 별실로 가 방금 전해 들은 이야기를 있는 그대로 다 말해주었다.

그녀는 내가 자기를 믿어준 것에 대해 감사하다고 말했다. 그리고 GM에 대해서는 그가 두 번 다시는 그런 망상에 사로잡히지 않도록 단단히 일러두겠다고 약속했다.

"그건 안 돼. 내 말은, 그를 심하게 다뤄서 화나게 하면 안 된다는 거야. 그자가 우리를 어떻게 할지 모르는 일이니까 말이지. 그보다는 당신처럼 의뭉스러운 사람이라면,"

웃으면서 덧붙였다.

"불쾌하고 성가신 애인 정도는 적당히 잘 요리할 것 같은데?"

그녀는 잠시 생각하더니 이렇게 말했다.

"아, 좋은 생각이 있어요."

그녀가 소리쳤다.

"저, 머리가 참 잘 돌아가요. GM은 우리의 잔혹한 적의 아들이잖아요. 그러니까 그 할아버지한테 복수하는 거예요. 아니, 그 아들한테가 아니라, 그 지갑을 노리는 거죠. 그자 말을 들어주고 선물을 받을 생각이에요. 그러고는 허를 찌르는 거죠."

"생각은 그럴듯한데 지난번에도 그러다가 감화원으로 보내진 거잖아."

이 계획이 얼마나 위험한지 말해줬지만 소용없었다. 방법만 잘 선택한다면 전혀 문제 될 게 없다며 그녀는 내 온갖 설득에도 넘어가지 않았다. 사랑하는 연인이 제멋대로 행동하는 것을 보고만 있는 사람이 있겠는가. 있다고 하면 나는 내 연인의 이런 제멋대로에 호락호락 넘어간 잘못을 주저 없이 인정하겠다.

이렇게 티격태격한 끝에 결국 GM을 속이겠다고 결심하기는 했다. 그리고 내 운명의 기묘한 만남으로 나는 그에게 속아 넘어가게 된다.

그의 마차가 도착한 것은 11시 무렵이었다. 그는 사전에 양해도 없이 자기 마음대로 점심 식사 하러 온 것에 대해 사과했다. 그는 T 씨를 보고서도 놀라는 기색이 없었다. 그도 그럴 것이 어제 T 씨와 함께 오기로 약속을 했었지만 사정이 생겨서 함께 오지 못했다는 것이었다. 우리 중 누구 한 사람도 마음속에 배신을 생각하고 있지 않은 사람이 없었지만 겉으로는 그럴듯하게 신뢰와 우정 넘치는 분위기로 식탁에 앉았다. GM은 속마음을 숨김없이 마농에게 내비쳤다. 그렇다고 내가 성가신 취급을 받을 이유는 없었다. 왜냐하면 내가 몇 분 동안 자리를 비웠기 때문이다. 다시 자리에 앉았을 때, 그에게서는 한바탕 당한 끝에 기가 죽어 있는 모습을 볼 수 없었다. 그는 몹시 기분이 좋아 보였다. 나도 그렇게 보이려 했다. 그는 마음속으로 내가 멍청하다는 것을 비웃고 있었을 것이며, 나는 나대로 그의 어리석음을 비웃고 있었다. 오후에도 우리 두 사람은 유쾌함을 연출했다. 그가 돌아가기 전에도 그가 마농과 단둘이 이야기할 수 있는 시간을 얼마간 만들어주었다. 말하자면 맛있는 음식과 함께 나의 호의에도 한껏 기쁨을 표시하라는 뜻에서였다.

그가 T 씨와 마차에 오르는 것을 보자 마농은 두 팔을 벌려 함빡 웃으며 내게로 달려와 안겼다. 그녀는 그자가 무슨 말을 했으며 무슨 제의를 했는지 숨김없이 거듭 말했다. 그 말들을 요약하면 이렇다. 그자는 마농을 열렬히 사랑하고 있었다. 그는, 그의 아버지가 죽고 난 뒤 물려받을 재산을 계산에 넣지 않는다 해도 이미 해마다 4만 프랑을 마음대로 쓸 수가 있는데 그것을 그녀와 함께 쓰자고 했다. 다시 말하자면 그녀는 그의 가슴과 지갑의 여주인이 되는 것이다. 그리고 그 은혜에 대한 대가로 마차와 가구 딸린 집, 몸종 1명과 하인 3명 그리고 요리사 1명을 그녀에게 제공하겠다고 했다는 것이다.

"참 대단한 아들이로군그래. 솔직히 말해서 이 제의로 그대의 마음이 흔들리는 게 아닐지?"

내가 말했다.

"어머나, 내가 말이에요?"

그녀는 자기 생각에다 라신의 시구를 두 줄 짜 넣어 읊었다.

 아아, 그대 내게 두 마음을 의심하느뇨?
 내게, 어찌 내게 그 추한 모습 참을 힘이 있으리요!
 늘 감화원 기억나게 할 얼굴이 아니더냐?

"그렇지 않지."
이번에는 내가 그 뒷부분을 이어받았다.

　　나는 생각하네, 감화원을.
　　그대, 사랑의 천사가 가슴을 찌르는 화살이 될 줄이야.

"어찌 되었든 가구 딸린 저택에 마차, 하인이 셋씩이나 된다니 꽤나 솔깃하게 하는 화살인걸. 사랑의 천사도 이만큼 강렬한 화살은 갖고 있지 않을 것 같군."
나의 말에 그녀는, 자기 마음은 영원히 나의 것이며, 내 화살이 아닌 그 어떤 화살도 뚫을 수 없다고 딱 자르며 이렇게 말했다.
"그 사람 선물은 사랑의 화살이 아니라 오히려 복수의 침이 되는 거예요."
나는 그녀에게 저택과 마차도 받을 생각이냐고 물었다. 그러자 그것들을 받는 것은 오직 돈이 탐나기 때문이라고 대답했다. 다시 말해 하나만을 달라는 것은 곤란한 일이었던 것이다. GM은 자기의 마음을 모두 글로 적어 편지로 보내겠다고 약속했으므로, 우리는 그의 편지를 기다리기로 했다. 과연, 이튿날 그녀는 한 하인으로부터 편지를 건네받았다. 하인 복장을 하지 않은 그는 교묘하게도 아무도 없는 자리에서 그녀와 이야기할 시간을 가졌다. 그녀는 답장을 쓸 시간을 달라고 하고는 편지를 가지고 곧바로 내게 달려왔다. 우리는 함께 그 편지를 열어보았다. 흔해 빠진 사랑 표현 말고도 약속했던 갖가지 세부적인 사항이 꼼꼼하게 적혀 있었다. 편지에 따르면 그는 조금도 비용을 아끼지 않았다. 그리고 집을 구하는 대로 1만 프랑을 지불할 것이며, 늘 그만한 액수의 현금을 지닐 수 있도록 채워주겠노라는 약속이었다. 저택으로 들어가는 날도 보수공사를 위해 이틀만 여유를 주면 좋겠다고 했다. 그리고 주소와 집 이름을 적어두었으며, 만약 내게서 도망쳐 나올 수 있다면 이틀 뒤 오후에 거기서 기다릴 테니 와달라는 것이었다. 요컨대 그녀가 내 손에서 빠져나올 수 있을지가 단 하나의 걱정이며, 그것 말고는 모두 자신만만한 듯 보였다. 그러나 만약 내 손에서 빠져나올 수 없다면 쉽게 빠져나올 방법을 생각해 보겠다는 것도 덧붙였다.
GM은 그의 아비보다 교활했다. 돈을 치르기 전에 먹잇감을 얻으려는 속셈이었다. 우리는 마농이 어떻게 해야 할 것인지 상의했다. 나는 이 계획을 포기시키기 위해 온갖 시도를 마다하지 않았으며, 갖은 위험을 들어 설득하려 애썼다. 그럼에도 한 번 결심한 그녀의 마음은 움직일 줄 몰랐다.

그녀는 파리에 가는 데 어려움은 없을 터이니 약속한 날짜에 기다려달라는 짧은 답장을 써 보내 그를 안심시켰다. 우리는 이렇게 할 생각이었다. 나는 곧 파리로 가 그가 얻어놓은 집 반대편 마을에 집을 얻어놓고, 필요한 짐만 옮겨 놓는다. 그녀는 돈을 받기로 한 내일 오후, 일찌감치 파리로 가서 GM의 선물을 받아 들고는 곧 코미디 프랑세즈 극장에 가고 싶다고 조른다. 건네받은 돈 가운데 들고 나올 수 있을 만큼의 돈만 몸에 지니고 나머지는 데리고 간 하인에게 맡긴다. 하인이란 감화원에서 그녀를 구해낸 그 간수로, 그는 우리에게서 떨어지려 하지 않았다. 한편 나는 마차로 생탕드레 데 자르크 거리 어귀까지 가서 7시쯤, 마차를 대기해 놓고 어둠을 뚫고 극장 앞까지 간다. 마농은 핑계를 만들어 그 자리에서 나와 아래층으로 내려와서 나와 합류한다는 것이었다. 여기까지 계획대로만 된다면 뒷일은 아무 문제도 없었다. 지체 없이 마차에 오른 뒤 생탕투안 교외 거리로 파리를 빠져나오기만 하면 곧바로 우리의 새집으로 통하는 길이었다.

이것은 참으로 무모한 계획이었지만 이론적으로는 꽤 쓸 만한 것 같았다. 그러나 이 계획이 성공하기만 한다면 나머지 일은 걱정할 것 없다고 생각할 만큼 어리석기 한이 없는 경솔함이 숨어 있었다. 마농은 마르셀(우리 하인 이름이다)과 함께 출발했다. 그녀가 나서는 것을 보자 마음이 어수선해진 내가 그녀를 꽉 껴안으며 말했다.

"마농, 날 속이는 건 아니겠지? 믿어도 되지?"

그녀는 나의 불신을 가볍게 질책하면서 온갖 맹세를 거듭했다. 그녀의 예정으로는 3시에 파리에 도착할 것이었다. 나는 그녀보다 늦게 집을 나섰다. 그리고 생미셸 다리 가까이에 있는 카페 드 페레에서 오후 시간을 보내기로 하고 날이 저물 때까지 거기에 있었다. 날이 저물어 밖으로 나온 나는, 마차를 타고 계획대로 생탕드레 데 자르크 거리 어귀에 대기해 놓고는 코미디 프랑세즈 극장까지 걸어갔다. 그런데 놀랄 일은 거기서 나를 기다리기로 한 마르셀의 모습이 보이지 않았던 것이다. 나는 하인들이 모여 있는 곳을 헤집고 들어가 1시간 가량 오가는 사람들을 지켜보았다. 드디어 7시를 알리는 시계 소리가 들렸지만 우리의 계획과 관련 있는 사람은 아무도 나타나지 않았다. 나는 행여나 GM과 마농이 그대로 관람석에 있지나 않은지 아래층 표를 사서 들어가 보았다. 그들은 어디에도 없었다. 입구 쪽으로 나온 나는 거기서 다시 15분을 초조한 마음으로 기다렸다. 아무도 나타나지 않았고 나는 달리 아무런 생각도 떠오르지 않은 채 마차로 돌아갔다. 마부가 나를 알아차리고 내 쪽으로 다가와서는 뭔가 의아한 듯 말하기를, 한 아가씨가 1시간쯤 전부터 마차에서 기다리고 있다는 것이다. 그녀는 나를 찾고 있었는데 그녀가 말하는 나의 특징을 알아차린 마부가 내가 반드시 이리로 돌아올 테니 참고 기다리라 했다는 것이다. 순간, 마농일 것이라 생각했다. 마차 곁으로 갔다. 그러나 거기서 내가 발견한 가련한 모습은 내가 아는 마농이 아니었다. 기사 데 그리외 님께 말씀을 여쭐 명예를 허락해 주시겠습니까, 내게 물은 것은 태어나서 처음 보는 소녀였다. 그건 내 이름이라고 대답했다.

"당신께 전해드릴 편지가 있습니다."

그녀는 말을 이었다.

"그걸 읽으시면 제가 무슨 일로 왔는지, 당신의 이름을 어떻게 알게 되었는지 알게 되실 거예요."

나는 가까이에 있는 주점에서 읽을 여유를 달라고 했다. 그녀도 따라오겠다고 하면서 별실을 빌릴 것을 권했다.

"도대체 누구 편지죠?"

방으로 들어가면서 내가 묻자, 읽어보면 알 것이라고 했다.

마농의 필적을 나는 곧 알아보았다. 편지 내용은 얼추 다음과 같다.

GM은 예상했던 것 이상으로 정중하고 호화롭게 마농을 맞이했다. 그녀는 선물을 듬뿍 받았다. 마치 여왕이라도 된 것 같은 기분이었다. 하지만 새로운 호화로움 속에서도 나를 잊지 않았다고 잘라 말했다. 그러나 오늘 밤 코미디 프랑세즈 극장에 데려가 줄 것을 승낙하지 않았으므로 나를 만나는 기쁨은 다른 날로 미룰 수밖에 없다. 그리고 이 소식이 아마도 당신에게 얼마나 큰 슬픔을 줄 것인지 알고 있다. 그래서 조금이라도 그 괴로움을 덜어주기 위해 파리에서도 더없이 아름다운 소녀를 찾았다. 이 편지를 들고 가는 사람이 바로 그녀다. 이런 사연 끝에 '충실한 당신의 연인, 마농 레스코'라는 서명이 있었다.

이 편지에는 참으로 잔혹하고도 모욕적인 뭔가가 있었다. 그래서 나는 한동안 격분과 고통 사이를 오가며, 은혜도 모르는 거짓말쟁이 연인을 영원히 잊어버리려 노력했다. 그리고 내 앞에 있는 소녀에게로 눈길을 돌렸다. 꽤 아름다웠다. 그리고 이번에는 내가 부정한 사내가 되고 요사스러운 거짓말쟁이가 될 만큼 그녀가 아름다웠더라면 하고 얼마나 바랐는지 모른다. 그러나 그 가냘프고 우수에 젖은 눈동자를, 그 청초한 모습을, 사랑의 여신 같은 고운 혈색을, 예컨대 대자연이 정조 없는 마농에게 낭비한 요염함이 마르지 않는 샘을 이 소녀에게서는 찾아볼 수 없었다.

"아니, 아니지."

나는 그녀에게서 눈을 떼면서 말했다.

"그대를 여기까지 보낸 그 배은망덕한 여자는 이런 것이 헛수고임을 잘 알고 있을 것이오. 그녀에게 돌아가서 죄악을 즐기라고, 거리낌 없이 죄악을 즐기라고 말하더라 전하시오. 나는 그 여인을 영원히 버릴 것이오. 그리고 모든 여자들을 거들떠보지 않을 것이오. 마농만큼 예쁘지도 않으면서 교활하고 불성실하기는 마농 버금가라면 서러운 여자들뿐일 테니."

그래서 나는 더 이상 마농에게 연연하지 않고 그대로 계단을 내려가 그곳을 벗어나려 했다. 내 심장을 갈기갈기 찢는 듯한 격렬한 질투가 침울하고 음산한 마음으로 바뀌는 순간, 이전 같으면 어쩔 수 없이 폭발했을 감정의 동요가 조금도 일지 않는 것이 나로서도 이상했다. 아아! 나는 마농과 GM에게 노리개가 되었을 뿐 아니라 사랑 그 자체에도 농락당한 것이다.

내가 계단을 내려가려 하는 것을 보고, 편지를 전해준 아가씨가 GM과 마농에게 어떻게 전해주면 되겠느냐고 물었다. 이 질문을 듣자 나는 다시 방으로 되돌아갔다. 격렬한 정열에 고민한 적이 없는 사람이라면 믿어지지 않을 만큼의 마음의 변화로, 나는 지금까지의 차분한 마음을 잃고 분노에 복받쳐 흥분에 몸을 떨었다.

"썩 꺼져! 가서 네가 가지고 온 저주받을 편지가 얼마나 나를 절망의 늪으로 내동댕이쳤는지, 배신자 GM과 그 부정한 정부에게 말해! 하지만 두고 보라고. 나도 언제까지나 웃음거리로 있지만은 않을 테니까! 내 손으로 그것들을 두 동강 내고 말 테다!"

그러고는 의자 위에 몸을 내던졌다. 모자와 지팡이가 양쪽 옆으로 떨어졌다. 고통의 눈물이 두 줄기 뺨을 타고 흘러내렸다. 지금까지의 격앙된 발작은 깊은 고민으로 바뀌었다. 신음과 탄식을 내뱉으며 그저 하염없이 눈물만 흘렸다.

"자, 이리로, 이리 와봐."

소녀에게 말했다.

"날 위로해 주려고 온 거라면서? 너는 노여움과 절망을 위로하는 말을 알고 있나? 살 가치도 없는 그것들을 죽이고 나도 죽어버리려 하는데, 나의 이런 바람을 위로할 말을 너는 알고 있느냐는 말이야. 이리로 와보라고."

머뭇머뭇 불안스레 내 쪽으로 걸어오는 그녀를 보면서 나는 말을 이었다.

"자, 와서 내 눈물을 닦아주렴. 자, 어서 와 내 마음에 평화를 불어넣어다오. 어서 와서 나를 사랑한다고 말해봐. 그런 부정한 여자가 아닌 다른 여자를 사랑할 수 있도록 말이야. 그대는 아름답다. 아마 이번에는 내가 너를 사랑할 차례일 거야."

16,7살이나 되었을까 말까 한 이 가엾은 소녀는, 그 또래의 여자들보다는 얌전해 보였는데, 이런 야릇한 상황에 자못 놀란 기색이었다. 그럼에도 그녀는 내 곁으로 다가와 내게 애무를 시도하려 했다. 나는 바로 그녀를 밀쳐내 버리고 말았다.

"내게 어쩔 셈이지? 흥, 그래 너도 여자로군. 내가 너무나 싫어하는, 아주 참을 수 없는 그런 여자 같은 부류인 게야. 벌레 한 마리 죽이지 못한다는 얼굴을 하고서는 불의의 냄새가 풀풀 풍긴단 말이야. 가! 가라고! 날 혼자 내버려둬!"

그녀는 한마디도 하지 않고 머리를 툭 떨어뜨린 채 그대로 등을 돌리고 나가려고 했다. 나는 그녀를 다시 불렀다.

"괜찮으니까 내게 한 가지만 가르쳐주겠니? 왜, 어떻게, 무슨 목적으로 너를 이리로 보냈는지 말이야. 너는 어떻게 내 이름을 알았지? 내가 어디에 있는지 어떻게 알았느냐고?"

그녀의 말에 따르면, 그녀는 GM을 꽤 오래전부터 알고 있었는데, GM이 5시 무렵 하인을 보내 그녀를 불렀다. 그래서 그 하인을 따라 큰 저택으로 갔는데, GM은 한 예쁜 부인과 카드놀이를 하고 있었다. 그들 두 사람은 내게 건네주라며 편지 한 통을 맡기면서 생탕드레 거리 한 귀퉁이에서 마차가 기다리고 있을 것이라고 가르쳐줬다. 그들이 그 밖에 달리 한 말이 없었느냐고 소녀에게 물으니, 아마도 내가 그녀를 상대할 것이라고 둘이 말하더라며 그녀는 얼굴을 붉혔다.

"너는 속은 거야."

그녀의 말이 떨어지기가 무섭게 내가 소리쳤다.

"불쌍하게도 넌 속은 거라고. 아마도 네게 필요한 사람은 부자인 데다가 행복한 사나이여야 하겠지. 그러니 잘못 찾아온 거야. 돌아가! 어서 썩 돌아가라고! GM한테로 말이야. 그자는 이 세상 모든 아름다운 여자들에게 사랑받을 만한 것을 고루 갖추고 있지. 언제라도 줄 수 있는 가구 딸린 집에다 수행원들도 있고 말이야. 그런데 나라는 사람은, 줄 수 있는 거라고는 사랑과 성실함뿐. 여자들은 내 가난을 경멸하고, 내 한결같음을 노리개로 삼을 뿐이라고."

이 말 말고도 나는 온갖 말을 했다. 마음을 뒤흔드는 정열이 약해지기도 강렬해지기도 하면서, 서글픈 하소연이며 격렬한 저주를 끝없이 쏟아냈다. 그러나 너무나도 마음을 다친 나머지 내 흥분도 점차 사그라져 조금쯤 반성하는 마음이 생겼다. 나는 내 앞에 놓인 이 비운을 지금까지 겪은, 같은 종류의 비운과 비교해 보았다. 그러자 이 비운이 특별히 비관해야 할 만한 것은 아니라는 생각이 들었다. 마농의 성질을 이미 충분히 알고 있는 내가 당연히 예상할 수 있었면 이 불행을 이렇게까지 슬퍼하는 이유가 무엇인가? 어째서 나는 좋은 방법을 생각하려 하지 않는 것인가? 아직 기회는 얼마든지 있다. 그냥 내버려두고, 스스로 고통을 키우는 바보 같은 짓을 하지 않는다면 적어도 스스로의 노력에 대해 후회하는 일은 없겠지. 그리하여 나는 눈앞에 희망의 길을 열 수 있는 방법을 찾기 시작했다.

폭력으로 그녀를 GM의 손에서 빼앗아 오려는 것은 내게 손해만 될 뿐, 성공할 가능성이라고는 없는 무모한 짓이다. 하지만 아주 잠깐만이라도 그녀와 이야기할 시간이 주어진다면 틀림없이 그녀의 마음을 돌이킬 수 있을 것 같았다. 그만큼 그녀의 감수성 예민한 부분을 속속들이 잘 알고 있다고 생각했다. 그 정도로 그녀에게 사랑받고 있다는 자신감이 있었다. 이 귀여운 여인을 내게 보내 나를 위로하려고 한 그 기괴한 방법조차도 그녀가 생각해 낸 것이며, 내 고민마저 동정한 결과라는 것을 확신하고 있었다. 어떻게든 그녀와 만나기로 했다. 많은 방법을 하나하나 생각해 본 결과, 이런 방법을 취하기로 했다. T 씨는 처음부터 남다른 애정을 가지고 우리를 대한 사람이므로 그 성실함과 열의를 의심할 여지가 없다. 나는 곧 그의 집으로 가 중요한 일이 발생했다는 것을 핑계로 GM을 불러달라고 할 참이었다. 마농과 이야기하는 데는 30분이면 되었다. 내 계획은 그녀의 방으로 들어가는 것이었는데 GM만 없다면 손쉬운 일이라 생각했다.

이렇게 결심이 서자, 마음이 차분하게 가라앉았다. 곁에 있던 소녀에게도 후하게 돈을 쥐여주었다. 그녀를 이곳으로 보낸 자들에게 돌아갈 마음이 생기지 않도록 그녀의 주소를 받아놓고, 오늘 밤 그녀에게 가서 잘 것이라는 희망을 심어놓았다. 그러고는 마차를 타고 서둘러 T 씨의 집으로 갔다. 그가 집에 있다는 것이 내게는 큰 행운이었다. 혹시라도 그가 집에 없으면 어쩌나 그것이 걱정이었기에 말이다. 그에게 내 고민과 부탁을 털어놓았다. 그는 GM이 마농을 유혹했다는 것을 알고는 매우 놀랐다. 그리고 나의 이 불행이 자업자득인 줄 모르는 T 씨는 마농을 구출하기 위해 그의 친구 모두를 불러 그들의 완력과 세력이라도 빌리겠노라고 친절하게 말했다. 그렇게 일을 크게 만든다면 오히려 마농이나 내게 불리하다는 사실을 그에게 주지시켜야 할 정도였다.

"냉정하게 하자고."

내가 말했다.

"극단적으로 하지 말자는 말이네. 좀 더 온건한 방법을 생각해 냈는데 그것으로 성공을 거두리라 믿네."

그는 내가 바라는 일이라면 무슨 일이든 전부 들어주겠노라고 약속했다. 아무튼 할 이야기가 있다고 하면서 GM을 밖으로 유인해 2,3시간만 붙들어 주면 된다고 거듭 말했다. 그는 내 부탁을 들어주기 위해 지체 없이 집을 나섰다.

GM을 그리 오래도록 잡아두려면 어떻게 해야 할지 나는 끊임없이 생각했다. 그러자면 먼저, T 씨가 주점에서 간단한 편지를 써서 GM에게 보내는 것이다. 급박한 일이 생겼으니 지체 없이 빨리 와달라는 내용으로.

"나는 그자가 나오는 것을 집 밖에서 지켜보고 있겠네."

그러고는 덧붙였다.

"그자의 집에서 내 얼굴을 아는 사람은 마농과 우리 하인 마르셀뿐이니 별 어려움 없이 안으로 들어갈 수 있을 거야. 자네는 그동안 GM과 함께 있어야 할 텐데, 중대한 일이라는 것이 금전 문제라고 하면 될 것이네. 자네가 도박으로 돈을 모두 잃어버려 구두로 돈을 걸고 큰 승부수를 띄웠는데 그 또한 실패했다고 하면 될 거야. 그리고 곧바로 그자의 금고로 가면 시간이 적잖게 걸릴 테니 나는 그사이 내 일을 처리하겠네."

T 씨는 내 말에 따라주었다. T 씨는 한 주점에서 서둘러 편지를 썼으며, 나는 그를 그곳에 남겨두고 마농의 집에서 조금 떨어진 곳에 몸을 숨기고 있었다. 곧이어 한 사람이 편지를 들고 그 집으로 들어갔고 곧바로 GM이 하인 하나를 데리고 걸어서 허겁지겁 나가는 것이 보였다. 그가 집에서 꽤 멀리 벗어난 것을 확인한 뒤, 나는 내 부정한 여인의 집 문 앞으로 다가갔다. 마음은 노여움으로 가득 찼지만 절간에라도 들어가는 심정으로 조심스럽게 문을 두드렸다. 다행히 문을 열어 나온 것은 마르셀이었다. 나는 그에게 목소리를 내지 말라고 신호를 보냈다. 다른 하인 따위야 두려워할 이유가 없지만, 아무에게도 들키지 않고 마농의 방까지 갈 수 있을지를 목소리를 낮추어 그에게 물었다. 그는 저 큰 계단을 조용히 올라가면 아무도 만나지 않을 거라고 말했다,

"그럼, 빨리 해치우자. 내가 마농의 방에 들어갈 때까지 아무도 올라오지 못하게 해야 해."

나는 아무런 방해도 받지 않고 마농의 방으로 들어갔다. 마농은 한창 책 읽기에 빠져 있었다. 이런 그녀였기에 나는 이 기묘한 여자의 성정을 찬미하지 않을 수 없는 것이다. 나를 보고서는 두려워하거나 낭패스러운 표정을 짓기는커

녕 아주 조금 놀라기만 했을 뿐이다. 멀리 떨어져 있는 사람이라고만 생각하던 사람과 마주쳤을 때, 자기도 모르게 얼굴에 드러나게 되는 그런 기색 말이다.

"어머, 당신이군요!"

그녀는 이렇게 말하며 여느 때와 다름없는 애정을 보이며 나를 안으려고 했다.

"참 대담하기도 하지. 오늘 이렇게 나타날 줄 누가 알기나 했겠어요?"

나는 그녀의 손을 뿌리치고, 그녀의 애무에 답하기는커녕 경멸하면서 밀쳐냈다. 그러고는 두세 걸음 뒤로 물러나 그녀에게서 떨어지려 하자 그녀는 당황스러운 모양이었다. 그 자리에서 꼼짝도 하지 않고 내게 시선을 고정한 채 낯빛이 점차 변해갔다. 그러나 있는 그대로 말하자면 나는 그녀를 만나 기쁨에 겨운 나머지 마땅히 분노를 터뜨려야 함에도 입을 열어 그녀를 꾸짖을 힘조차 없었다. 그러나 내 가슴은 그녀로부터 받은 잔인한 모욕으로 불타오르고 있었다. 나는 원망의 정을 북돋우기 위해 그 모욕을 머릿속에 생생히 떠올렸으며, 사랑의 불꽃이 아닌 노여움의 불꽃을 내 두 눈에 태워보려고 애썼다. 나는 잠시 아무 말도 하지 않았다. 나의 격앙된 마음을 눈치챈 그녀는 부들부들 떨고 있었다. 나는 이 광경을 참을 수가 없었다.

"아아, 마농!"

부드러운 목소리로 말했다.

"부정한 거짓말쟁이 마농. 무엇부터 원망해야 좋을까? 그대는 새파랗게 질려 떨고 있군그래? 나는 그대의 그런 사소한 고통에조차 너무도 민감해서, 지나친 잔소리를 하면 그대를 슬프게 만들지나 않을까 걱정까지 하게 되지. 하지만 마농, 내 말 좀 들어봐. 그대에게 배신당한 아픔으로 내 마음은 갈기갈기 찢어졌어. 자기 연인에게 이런 타격을 주다니 죽음을 각오하지 않고서는 가능한 일이 아니지. 마농, 이게 벌써 세 번째야. 나는 잘 기억하고 있다고. 이런 일을 어떻게 잊을 수가 있겠어? 도대체 그대는 무슨 생각을 하고 있는 건지 한 번 깊이 생각해봐. 나는 더 이상 이런 참혹한 배신에 견뎌낼 수가 없어. 내 심장은 터질 것만 같아. 고통이 얼마나 큰지 지금 당장이라도 찢어질 것만 같다고."

나는 의자에 털썩 주저앉으며 말했다.

"나는 더 이상 말할 기운도 없을뿐더러 내 몸을 지탱하기도 힘들어."

그녀는 한마디도 하지 않았다. 그러나 내가 의자에 앉자, 내 앞에 털썩 무릎을 꿇으며 주저앉았다. 그러고는 내 무릎에 얼굴을 기대고 내 손으로 자기 얼굴을 감싸려고 했다. 내 손이 이내 그녀의 눈물로 젖었다. 아아, 신이시여! 나는 감동에 휩싸였다.

"마농, 아아, 나의 마농!" 나는 탄식을 내뱉으며 말했다.

"나를 죽도록 괴롭혀놓고, 이제와 눈물을 흘리다니. 이젠 너무 늦었어. 그대는 마음에도 없는 슬픔을 가장하고 있는 것일 테지. 그대의 가장 큰 불행은 나와 함께 있는 것이겠지. 언제나 그대 기쁨에 방해가 되는 나와 함께 있는 것 말이야. 자, 얼굴을 들고 내가 누군지 보라고. 인간이란 자기가 잔인하게도 버린 불행한 남자를 위해 그렇게 따뜻한 눈물을 흘리지는 않는 법이지."

그녀는 몸을 움직이지 않은 채 내 손에 입을 맞추었다.

"부정한 마농. 그대는 은혜도 모르는 부정한 여인이야. 그대의 약속과 맹세는 어디로 가버린 거지? 정말 바람둥이에다 잔인한 마농. 그대는 지금도 사랑을 맹세하지만 그 사랑을 도대체 어떻게 한 거지? 정의로운 주님이시여!"

그리고 덧붙여 말했다.

"한 부정한 여인이 당신을 비웃다니 이럴 수가 있습니까? 거짓말쟁이가 은혜를 받는다는 말입니까? 성실함과 정절을 지킨 사람이 절망하고 버려져도 되는 겁니까!"

이렇게 말은 했지만 나는 너무나도 괴로운 나머지 나도 모르게 그만 눈물이 흐르고 말았다. 내 음성이 달라진 것을 눈치챈 마농이 침묵을 깨뜨렸다.

"내가 나빴던 거죠?"

그녀가 슬픈 목소리로 말했다.

"당신을 이렇게까지 괴롭히고 화나게 했으니까 말이에요. 하지만 하느님, 제가 일부러 나쁜 짓을 한 것이라면, 애당초 그런 생각을 꾸민 것이라면 저를 벌하소서!"

이 말이 무의미하고 불성실하다고 느낀 나는 격한 노여움에 사로잡혔다.

"이 무슨 끔찍한 기만이란 말인가!"

내가 소리쳤다.

"네가 지조 없고 불량한 여자라는 것이 이토록 확실히 드러난 적은 없었어. 너의 비열한 근성을 알게 되었으니 이제 더 이상 볼일이 없겠군. 잘 있어, 더러운 여자 같으니라고!"

그 자리를 박차고 일어나면서 덧붙여 말했다.

"앞으로 너를 다시 만나느니 내가 죽어버리는 게 백배 낫겠어. 내가 너를 조금이라도 존중한다면 하느님이 나를 벌하신다 해도 할 수 없는 일이지. 너는 새 애인하고 동거하면서 많이 사랑해 주라고. 나를 미워하고 명예도 양식도 버려. 내 너희를 비웃어주마. 그러니 네 마음대로 하고 살라고!"

그녀는 나의 이 흥분에 얼마나 놀랐는지 내가 박차고 일어선 의자 곁에 무릎을 꿇은 채 숨도 쉬지 않고 바들바들 떨면서 나를 바라보고 있었다. 나는 일어섰을 뿐 아니라 몇 걸음 문 쪽으로 걸어갔는데 내 눈은 여전히 마농을 바라보고 있었다. 그녀의 매력을 무시하고 냉혹해지기 위해서는 인간다운 온갖 감정을 외면할 필요가 있었다. 하지만 나라는 남자는 그런 야만적인 것과는 거리가 먼 인간이었던 만큼 생각과는 달리 돌연 그녀 쪽으로 몸을 돌렸다. 아니 그렇게 말하기보다는 아무런 생각 없이 그녀에게 달려들었던 것이다. 그녀를 두 팔로 끌어안고 헤아릴 수 없을 만큼 부드러운 입맞춤을 퍼부으면서 격앙했던 것을 사과했다. 나 스스로 야수라고 고백했다. 그리고 그녀와 같은 소녀에게 사랑받을 만한 가치가 없는 인간이라고도 말했다. 나는 그녀를 앉힌 다음, 이번에는 내가 무릎을 꿇고 내 말을 잘 들어달라고 간청했다. 순종적이고 정열적인 연인으로서 상상할 수 있는 가장 정중한, 그리고 가장 친절한 마음을 불과 몇 마디 말에 담아 그녀의 허락을 얻으려 했다. 나를 용서해 준다고 한마디만 해 달라고 애원했다. 그녀가 두 팔을 내 목에 감고는, 오히려 자기야말로 내게 끼친 괴로움을 잊어버리도록 너그러운 용서를 빈다고 했다. 또한 변명한다 한들 믿어주지 않을 거라고 걱정하는 것이었다.

"내가 말이야?"

나는 곧 그녀의 말을 가로막고 말했다.

"변명 같은 거 하지 않아도 돼. 그대가 한 일이라면 뭐든 찬성이니까. 그대의 행동을 따지다니 정말 나답지 못했어. 그저 내 사랑하는 마농이 진심으로 나를 사랑해 준다면 더없이 행복하고 만족스러운걸."

나는 지금의 운명을 돌이켜 생각하면서 말했다.

"하지만 마농. 그대는 내게 전능자야. 그대는 내 기쁨도 슬픔도 그대 마음대로 할 수가 있지. 내가 그대에게 몸을 굽혀 후회의 표시를 충분히 보여주었으니 이제 내 슬픔과 괴로움을 그대에게 말해도 되겠지? 내가 지금 어떻게 해야 할지 말해주겠어? 그대가 나의 연적과 하룻밤을 보내고, 나를 죽일 것인지 말해줘."

그녀는 잠시 대답을 궁리하고 있었다.

"있잖아요."

평안을 되찾은 그녀가 말문을 열었다.

"당신이 처음부터 좀 더 분명하게 설명했더라면 그런 고통은 당하지 않았을 거예요. 나 또한 그렇게 괴로운 모습을 보지 않아도 됐을 테고요. 당신의 고통이 결국 질투 때문이라면 이 세상 어디까지라도 당신을 따라가 내 마음을 밝혀 드리겠어요. 나는 GM 씨 앞에서 쓴 그 편지 때문에 당신이 화를 내시는 줄 알았어요. 그리고 그 처녀를 당신에게 보낸 것도 말이에요. 그 편지를 놀림감으로 여기셨다고 생각했거든요. 그리고 그녀를 나 대신 보낸 것에 대해 내가 GM과 함께하기 위해서 당신을 버린다고 선고한 것처럼 생각할 수도 있었을 테고요. 그런 생각이 들었기에 당황해 버린 거예요. 글쎄 내가 아무리 결백하다고 한들 그렇게 생각하면 모든 것이 내게 불리하기만 하잖아요. 하지만 있는 그대로 말씀드릴 테니 부디 내 말을 다 들어본 다음에 나를 판단해 주세요."

그리고 그녀는 우리가 헤어진 뒤의 일들을 남김없이 말했다. GM은 지금 우리가 있는 이 방에서 그녀를 기다리고 있었는데, 그는 마농을 이 세상에서 제일가는 여왕처럼 환대해 주었다. 방들도 다 보여주었는데 방마다 잘 꾸며져 있었으며 말끔하게 청소도 되어 있었다. 그는 자기 방에서 1만 프랑을 그녀에게 건넸고, 게다가 보석도 몇 가지 선물해 주었다. 개중에는 그녀가 이미 그의 아버지로부터 받은 적 있는 목걸이나 팔찌도 있었다. 그는 처음 보는 응접실로 마농을 안내했다. 그곳에는 다과가 준비되어 있었다. 그녀를 위해 새로 고용한 하인들에게 시중을 들게 했고, 앞으로 그녀를 여주인으로 생각하라고 지시하기도 했다. 마지막으로 마차와 말과 그 밖의 선물들을 모두 보여주었고, 그런 다음 저녁때까지 골패놀이를 하자고 청하더라는 것이다.

"솔직히 고백하면, 난 이 호화스러움에 눈이 멀 정도예요. 이 많은 것들을 버리고 그가 약속한 1만 프랑하고 돈만 챙겨서 달아나는 게 아깝다는 생각이 새록새록 들더군요. 생각하기에 따라서는 이 재산 모두가 당신하고 내 거잖아요. 그러니 우리 둘 다 GM의 돈으로 안락하게 살아갈 수 있을 거예요. 그래서 코미디 프랑세즈 극장에 가자고 하는 대신, 내 방법을 써보려 했던 거고요. 얼마나 쉽게 해낼 수 있을지 당신 계획을 토대로 그 사람을 미리 시험해 보려 한 거죠. 당신 계획을 내 방식으로 실행한다면 어떨까 시험해 볼 셈이었던 거예요. 있잖아요, 그 사람이 정말 다루기 쉬운 사람이라는 걸 알아냈어요. 그 사람이 내게 묻더군요. 내가 당신을 어떻게 생각하는지, 당신하고 헤어진 걸 후회하지 않는지 말이에요. 그래서 내가 대답해 주었죠. 당신은 정말 좋은 사람이라고요. 당신이 늘 신사답게 잘 대해주었기 때문에 당신을 싫어하게 되는 일은 없을 거라고 했어요. 그 사람도 당신이 좋은 사람이라는 걸 인정하고는, 당신하고 진정한 친구가 되고 싶다고 솔직하게 말하더라고요. 내가 집을 나간 것에 대해 당신이 어떻게 생각할지 가장 궁금해하고 있어요. 특히나 내가 자기하고 같이 있는 것을 당신이 알게 될 경우에 당신이 어떻게 생각할지를 말이에요. 그래서 이렇게 말해주었죠. 우리 사랑은 꽤 오랜 시간이 지났기에 지금은 조금 식으려 하고 있으니 만큼, 나를 잃는 것이 그리외 님으로서 기분 좋은 일은 아닐지라도, 큰 재앙이라고 생각하지는 않을 것이다. 그도 그럴 것이, 지금까지 손발을 묶고 있던 성가신 존재가 하나 없어지는 셈일 거라고요. 그리고 덧붙여서 말해주었어요. 당신은 야단스러운 것을 싫어하는 사람이라, 내가 볼일이 있어 파리에 잠시 다녀오겠다고 했더니 흔쾌히 승낙해 주었으며, 집을 나설 때에도 그다지 걱정스러운 표정이 아니더라고 말이죠. 그랬더니 '만약 그가 나와 친하게 지낼 생각이 있다면 나는 그에게 예를 다해 그의 편의를 봐줄 것'이라고 하던걸. 내가 알고 있는 당신은 진심으로 그것을 고맙게 받아들일 거라고 그 사람을 안심시켜놨어요. 그리고 당신이 가족하고 불화를 겪고 난 뒤, 여러 가지로 곤란을 겪고 있으니 힘이 되어주시면 좋겠다는 걸 강조했고요. 그렇게 말하는 내 말을 가로막고서는, 자기가 할 수 있는 일이라면 어떤 일이라도 해주겠다고 똑똑히 말했어요. 그리고 혹시라도 당신이 다른 연인을 찾을 마음이 있다면, 이전에 사귀었던 아름다운 여자가 있는데 그 여자를 소개해 주고 싶다고 하더라고요. 그래서 나는 그 사람의 배려에 찬성하게 된 거예요.”

그녀는 계속해서 말을 이어 나갔다.

“왜냐하면, 그 사람이 조금이라도 의심할 만한 일은 아예 싹부터 없애두고 싶었거든요. 이렇게 점차 계략을 굳히고서는 이 사실을 당신에게 알리고 싶었는데 어떻게 해야 할지 방법이 떠오르질 않는 거예요. 내가 당신과 약속한 것을 지키지 않는다면 당신이 걱정할 게 분명하기 때문에 오직 그것만 신경 쓰고 있었답니다. 그래서 그날 당장 그 여자를 당신한테 보내자고 제안한 거예요. 한시라도 빨리 내 마음을 당신에게 전할 기회를 만들기 위해서 말이죠. 그 사람이 나를 잠깐도 내버려두지 않을 것 같아 나로서는 이 방법밖에는 달리 생각해 낼 수가 없었어요. 그 사람, 내 제안을 듣고 웃었지만, 그래도 하인한테 옛 애인을 당장 찾을 수 있을지 확인하고는, 그 여자를 찾게 한 거예요. 그 사람은, 그녀가 당신을 만나려면 샤요로 가야 할 거라고 생각하고 있었기에, 우리는 오늘 저녁 코미디 프랑세즈 극장 앞에서 만나기로 했다고 알려주었지요. 그리고 만일 당신한테 무슨 사정이 생겨 코미디 프랑세즈 극장에 가지 못하게 될 경우에는 생탕드레 거리 어귀에 있는 마차에서 나를 기다리기로 했으니 거리에서 밤새 추위에 떨지 않게 하기 위해서라도 그 여자를 당신에게 보내는 게 좋겠다고 했어요. 그리고 내가 아닌 다른 사람이 나타난 것에 대해 짧게 글을 적어 보내는 게 좋겠다고, 안 그러면 당신이 무슨 영문인지 모를 게 아니냐고 했죠. 그 사람이 승낙하긴 했지만 그 사람 앞에서 써야만 했기 때문에 편지 속에 너무 노골적인 말을 쓸 수가 없었어요. 일이 그렇게 된 거랍니다.”

그러면서 또 이렇게 덧붙였다.

“나는 내 행동이나 계획에 대해 아무것도 숨긴 게 없어요. 그 여자를 보고 참 예쁘다고 생각했죠. 게다가 내가 없으니 당신이 얼마나 적적할까 하는 마음에 잠시 동안만이라도 그녀가 당신을 위로해 줄 수 있으면 좋겠다고 진심으로 생각했답니다. 내가 당신에게 바라는 충실함은 정신적인 것이었으니까요. 마르셀을 보낼 수 있다면 정말 좋았겠지만 당신한테 알려드려야 할 일들을 마르셀에게 이해시킬 만큼의 여유도 없었기 때문에 어쩔 수가 없었죠."

그녀는 이 이야기를 겨우 끝맺으면서, GM이 T 씨의 편지를 받았을 때 얼마나 당혹스러워했는지를 알려주었다.

"그 사람, 정말 망설이던걸요. 나를 혼자 두고 나가도 될지 말이에요. 그러고는 일찍 돌아오겠다고 했어요. 그래서 지금 당신하고 이렇게 마주 앉아 있어도 내 가슴이 조마조마하답니다. 당신이 오신 걸 보고서 놀란 표정을 지은 것도 그 때문이었고요."

나는 그녀의 말을 꾹 참으며 들어주었다. 분명 그녀의 말속에는 내게 대한 잔인하고 가혹한 말들이 많이 있었다. 그녀가 나를 배신하려고 하는 것이 너무나도 뚜렷했으므로 그녀로서도 그 계획을 숨기려 하지 않은 것이다. GM이 그녀를 하룻밤 동안 그냥 내버려두리라고는 그녀도 생각지 않았을 것이다. 그러고 보면 처음부터 그와 하룻밤을 보낼 생각이었으리라. 연인 앞에서 이 무슨 고백이란 말인가! 그러나 생각해 보면, 나 또한 그녀가 저지른 과오의 원인 가운데 하나였다. 왜냐하면 GM이 그녀에게 반했다는 것을 처음으로 그녀에게 알려준 것도 나였고, 또 그녀를 기쁘게 해주겠다는 일념으로 그녀의 대담무쌍한 모험에 맹목적으로 뛰어든 것도 나였기 때문이다. 그뿐만 아니라 타고난 내 성격 탓인지, 그녀의 솔직한 이야기에 감동까지 받았다. 게다가 그녀는 나를 모욕하는 말까지 서슴없이 했는데, 그 이야기가 어찌나 악의 없이 솔직했는지 오히려 내가 말려들 지경이었다. 그녀는 나쁜 마음 없이 죄를 범하고 있는 것이라고 나는 마음속으로 중얼거렸다. 경박하고 외곬이지만 한결같이 솔직한 여자였다. 게다가 나는 그녀에게 반해 있었다. 그녀에게 반했다는 사실 하나만으로도 그녀의 온갖 결점을 덮을 수 있었다. 그날 밤, 그녀를 나의 연적으로부터 빼앗아 올 생각으로 내 마음은 가득 찼다.

"오늘 밤엔 누구와 함께 지낼 생각이었던 거지?"

슬픈 듯이 내던진 이 질문이 그녀를 곤혹스럽게 만든 모양이었다. 그녀는 횡설수설하며 '그게'라거니 '만약'이라거니 하는 말만 중얼거릴 뿐이었다. 그녀가 괴로워하는 모습이 안쓰러워 이 이야기는 그만두기로 하고, 당장에 나를 따라 나서라고 서슴없이 말했다.

"나도 솔직히 그렇게 하고 싶지만."

머뭇거리며 그녀가 말했다.

"그렇다면 내 계획에 찬성해 주지 않는 거로군요?"

"뭐라고!"

틈을 둘 새도 없이 내가 말했다.

"지금까지 그대가 한 일에 모두 찬성해 온 것만으로도 충분할 텐데!"

"그렇다면 우리 1만 프랑도 안 가지고 가는 거예요?"

그녀가 되받아쳤다.

"그건 내게 준 거예요. 당연히 내 것이라고요."

나는 그녀에게 그냥 모든 것을 다 버리고 한시라도 빨리 이곳을 떠나자고 타일렀다. 그녀를 찾아온 지 30분밖에 지나지 않았지만 GM이 당장이라도 들이닥칠 것만 같아 내 마음 또한 불안했기 때문이다. 하지만 그녀는 빈손으로 나갈 수는 없다며 내 말을 듣지 않았다. 나는 나대로 내 주장을 내세웠으니 그녀의 요구도 하나쯤은 들어주는 것이 당연하다는 생각도 들었다.

우리가 나설 준비를 하고 있을 때, 도로 쪽 문을 두드리는 소리가 들렸다. GM이 돌아온 게 틀림없다고 생각하여 당황한 나는, 만약 GM이 나타나면 가만두지 않겠다고 마농에게 말했다. 사실, 그때까지도 나는 흥분을 채 가라앉히지 못한 상태이기도 했다. 그런데 마르셀이 내 불안을 잠재워주었다. 방금 그가 받은 편지 한 통을 내게 건네준 것이다. 편지는 T 씨가 보낸 것이었다. GM이 돈을 가지러 집으로 돌아간 사이 내게 편지를 쓰고 있는데, 자기가 생각해 낸 아주 유쾌한 계획을 일러주겠다는 것이다. 내용인즉, GM이 준비한 저녁 식사를 마농과 둘이 해치우고, 그가 내 연인을 점령하려 한 그 침대에서 그녀와 함께 밤을 보내는 것만큼 통쾌한 복수는 없지 않겠느냐는 것이었다. 그러나 그렇게 하기 위해서는 길거리에서 그를 기다렸다가 납치를 할 만큼의 각오와, 이튿날 아침까지 그를 감시하고 있을 충성스러운 남자 3, 4명을 확보할 필요가 있다, 그럴 수만 있다면 이만큼 수월한 일은 없다, 자기는 그가 돌아오면 어떻게 해서든

1시간쯤은 붙잡고 있겠다고 했다.

나는 이 편지를 마농에게 보여주었다. 그리고 내가 어떻게 그녀의 방까지 손쉽게 들어올 수 있었는지에 대해서도 알려주었다. 그녀는 내 계획과 T 씨의 계획 모두 훌륭한 착상이라고 생각한 모양이었다. 우리는 잠시 통쾌하게 웃었다. 나는 T 씨의 생각을 그저 지나치는 우스갯소리쯤으로 여겼으나 마농은 진지하게 그것을 실행에 옮기자고 재촉했다. 하지만 그렇게 하기 위해서는 GM을 붙잡거나 충실하게 감시할 사람이 필요한데 그런 사람들을 어디에서 찾겠느냐고 아무리 설득을 해도 그녀는 듣지 않았다. T 씨가 우리를 위해 1시간의 여유를 주었으니 적어도 시도는 해보아야 한다고 고집을 부렸다. 계속 반대하는 내게 폭군이라느니, 자기를 배려하는 마음이 없는 모양이라느니 하면서 우기는 것이었다. 그녀는 이 일이 너무나 재미있게 느껴진 것이다.

"당신이 그 사람 그릇으로 식사를 하고, 그 사람 침대에서 자는 거예요. 그리고 내일 아침, 당신은 그자의 여자와 돈을 슬쩍하는 거라고요. 그렇게 되면 그 아비하고 자식한테 훌륭하게 복수하는 거잖아요."

그녀는 이 말을 되풀이했다.

나는 그녀가 바라는 대로 해주기로 했으나 아무래도 뒤끝이 좋지 않을 것이라는 예감에 불안한 마음을 떨쳐버릴 수가 없었다. 그래서 전에 레스코를 통해 알게 된 근위병 두어 명에게 GM을 잡아달라고 부탁하기 위해 집을 나섰다. 숙소에는 그들 중 간이 큰 한 사람밖에 없었는데, 그는 이야기를 듣는 둥 마는 둥, 식은 죽 먹기이니 염려 말라고 장담했다. 부하 3명을 쓰겠다고 했으나 10피스톨밖에 요구하지 않았다. 시간이 없노라고 하자 15분도 안 되어 부하들을 모아 그의 숙소에서 기다리던 내게로 왔다. 나는 그들을 데리고 GM이 마농의 집으로 가기 위해서는 반드시 지나게 되어 있는 길목으로 갔다. 그러고는 그들에게 GM을 학대하면 안 된다고 신신당부했다. 그저 내일 아침 7시까지만 그를 붙잡고 있으면 되었으므로 그것을 감안해서 잘 감시하라고 일러두었다. 그의 계획은 GM을 자기 숙소로 데리고 가 옷을 벗기고 자기 침상에서 자게 한 뒤, 자기는 부하 3명과 술과 짝패놀이로 밤을 지새우겠다는 것이었다. 나는 GM이 나타날 때까지 그들과 함께 기다리고 있다가 GM이 나타나자 어두운 골목에 숨어 그 희한한 광경을 구경했다. 근위병은 손에 권총을 들고 그에게 다가가 공손하게, 자기는 그의 생명이나 돈을 탐내는 자가 아니지만, 자기와 동행했으면 좋겠다. 만약 거부하거나 소리를 지르면 한 방 쏘아붙이겠다고 말했다. 상대방이 근위병 3명과 함께 있는 데다 권총을 들고 있는 것이 두려웠는지 GM은 아무런 저항도 하지 않았다. 나는 그가 순한 양처럼 따라가는 것을 먼발치에서 지켜보고는 그길로 마농에게로 돌아왔다. 그리고 집에 들어서자마자 바로 하인들이 의심을 품지 않도록 하기 위해 GM 씨는 뜻밖의 일로 밖에서 머무르게 되었으니 그를 기다릴 필요가 없다고 말했다. 그리고 나는 그의 부탁으로 그녀와 시간을 보내기 위해 왔다는 것을 그녀에게 정중하게 말했으며, 이처럼 아름다운 여인 곁에 있을 수 있다는 것이 큰 영광이라는 말도 덧붙였다. 그녀는 재치 있게 내 수작에 맞장구를 쳤다.

우리는 식탁에 앉았다. 하인들이 시중을 들고 있는 동안에는 짐짓 점잔을 빼면서 말이다. 드디어 하인들이 자리를 비우자, 우리는 생애 최고의 멋진 저녁시간을 보냈다. 나는 마르셀을 조용히 불러 내일 아침 6시, 아무도 모르게 문밖에 마차를 대기시켜두라고 일렀다. 9시가 되자 나는 마농 곁을 떠나는 것처럼 꾸몄다. 그리고 마르셀의 도움으로 다시 들어가 GM의 침상을 점령하려 하고 있었다.

이러는 사이, 우리의 악령은 우리를 파멸시키기 위해 끊임없이 움직이고 있었다. 우리가 쾌락에 도취해 있을 때, 우리 머리 위에는 날 선 칼이 위태롭게 매달려 있었다. 칼을 매단 줄이 끊어지려 하고 있었던 것이다. 우리를 파멸로 이끈 사정을 이해하기 위해서는 여기서 그 원인을 밝혀두어야만 한다.

GM이 근위병들에게 붙잡혔을 때 하인 1명을 데리고 있었다. 주인의 봉변에 겁이 난 하인은 그 자리에서 달아났다. 그러나 주인을 구해내기 위해 머리를 짜내어 GM 노인에게로 달려갔던 것이다. 난데없는 봉변에 노인은 경악했다. 하나밖에 없는 아들 일인 데다가 나이답지 않은 노익장을 과시하던 그는 지체 없이 이 일을 파헤치기 시작했다. 먼저, 하인들에게 그날 오후 아들에게 무슨 일이 있었는지, 누구와 싸움이라도 했는지, 아니면 남의 일에 말려들었는지, 수상쩍은 집에라도 들렀었는지 등에 대해 물었다. 하인들은 주인이 최악의 상태에 빠진 줄 알고 그를 구해낼 단서가 될 만한 일은 남김없이 다 고했다. 주인이 마농을 사랑한 이야기며, 그녀에게 지불한 돈, 오늘 오후부터 저녁 9시까지의 집안 동정, 주인의 외출, 귀갓길의 봉변에 이르기까지 알고 있는 모든 것을 털어놓았다. 이 말을 듣고, 노인은 단번에 치정문제라는 것을 알아차렸다. 밤 10시 반이 되어가고 있었으나 그는 곧바로 경시총감에게 달려가, 당장 야경대원 전원에게 비상명령을 내리도록 의뢰했다. 그리고 자기에게도 야경대원 한 소대를 달라고 부탁하여 아들이 붙잡혔다는 거리 쪽으로 갔다. 아들이 있을 만한 곳은 샅샅이 찾아보았으나 헛일이었다. 마지막으로 아들의 정부 집으로 갔다. 어쩌면 아들이 돌아와 있을지도 모른다고 생각했기 때문이다.

노인이 마농의 집에 왔을 때, 우리는 마침 잠자리에 들려 하고 있었다. 침실 문이 닫혀 있었으므로 대문을 두드리는 소리를 듣지 못한 것이다. 아무튼 그는 경관 2명을 데리고 와, 집 안에 있는 자들에게 아들 소식을 물었으나 아무도 아는 자가 없었다. 그래서 아들의 정부를 만나보면 뭔가 단서가 잡힐 것이라 생각한 그는 경관 2명을 데리고 2층으로 올라갔다.

우리가 자리에 누우려고 하던 바로 그때, 그가 방문을 열었다. 그를 본 순간, 내 온몸의 피가 얼어붙는 것 같았다.

"GM의 아버지다!"

마농을 쳐다보며 내가 말했다.

나는 검을 잡으려 했으나 재수 없게도 허리띠에 걸려 빼낼 수가 없었다. 내가 허둥대는 모습을 본 경관들이 대뜸 달려들어 칼을 낚아채 갔다.

늙은 GM은 이 광경에 적이 놀란 눈치였으나 상대가 나라는 것을 알아차리는 데에는 그리 오랜 시간이 걸리지 않았다. 하물며 마농은 말할 필요도 없는 일.

"설마 이게 꿈은 아니겠지?"

그가 빈정거리는 투로 말했다.

"기사 데 그리외에 마농 레스코라니!"

나는 치욕과 고통에 떨며, 아무런 대답도 할 수가 없었다. 온갖 생각이 그의 머릿속을 맴도는 모양이었다. 곧 그의 분노에 불이 붙은 듯 나를 향해 소리 질렀다.

"네 이놈, 풋내기! 네가 내 아들을 죽였지?"

이 악담에 나는 격노했다.

"이 극악무도한 늙은 영감쟁이야!"

나는 위협적으로 되받아 소리쳤다.

"네 가족을 죽일 생각이었다면 너부터 죽였을 테지."

"이자를 단단히 결박하게."

그가 경관에게 지시했다.

"이자의 입을 열어 아들 이야기를 들어야만 되겠어. 실토하지 않는다면 내일 당장이라도 목을 매달아버리라고!"

"나를 목매달겠다고? 이 파렴치한 같으니! 목을 매달아야 하는 건 바로 당신이야. 잘 들어두라고. 내 가문이 당신 따위의 가문보다 훨씬 고귀하고 순결하다고. 그래, 알고 있다. 당신 자식 놈이 어떻게 됐는지 말이야. 더 이상 지껄이면 내일이 아니라 지금 당장 그놈의 목을 비틀어줄 테다. 다음은 당신 차례니 기억해두라고!"

나는 극도로 분노한 나머지, 조심스럽지 못하게 그만 그의 아들이 어디에 있는지 알고 있다고 말해버렸다. 그는 곧 문간에서 대기하던 경관 5, 6명을 불러, 집 안에 있는 하인들을 하나도 남김없이 불러모으라고 명령했다.

"흥, 여보게 기사 양반."

그가 조롱 섞인 말투로 나를 불렀다.

"내 아들이 어디에 있는지 안다고 했나? 그리고 뭐, 목을 졸라 죽이겠다고? 글쎄, 기대해 보시지. 곧 그 아이를 구해내 보일 테니."

나는 곧 경솔한 실언을 했다는 것을 깨달았다. 그는 침대 위에 앉아 울고 있는 마농 곁으로 다가갔다. 그러고는 은근한 말투로 그녀가 자기네 부자를 농락한 것이나 거뜬히 다룬 솜씨를 비꼬았다. 이 음탕한 늙은 영감은 마농에게 치근거리고 싶어 하는 눈치였다.

"마농에게 손가락 하나라도 대기만 해봐!
나는 죽을힘을 다해 절규했다.
"네 놈 목숨을 이 손으로 거두어줄 테니!"
그는 방에 남아 있던 3명의 경관을 시켜 서둘러 우리에게 옷을 입히라고 했다. 그가 우리를 어떻게 할 것인지 나는 그때 전혀 눈치채지 못했다. 만약 그에게 아들이 어디에 있는지 말해준다면 우리를 놓아줄지도 모른다, 그렇게 하는 것이 최선의 방법이 아닐까, 옷을 입으면서 머리를 짜냈다. 그러나 설령 그가 침실에서 나갈 때의 마음은 그랬다 할지라도 다시 침실로 돌아왔을 때는 전혀 다른 생각을 하고 있는 것 같았다. 그는 먼저 경관들이 붙잡아둔 마농의 하인들을 심문하러 갔다. 그의 아들이 마농에게 붙여준 하인들에게서는 아무것도 알아내지 못했다. 그러나 마르셀이 이전부터 내가 부리던 하인이라는 것을 알아낸 그는 무슨 수를 써서든 마르셀의 입을 열게 하기로 결심했다.

마르셀은 충직하기는 했지만 단순하고도 우둔한 청년이었다. 그가 마농을 도망치게 하기 위해 감화원에서 한 일과 노인의 협박이 겹쳐, 그 여린 마음에 겁을 집어먹고 말았다. 그래서 교수대에 보내지든지 아니면 갈기갈기 찢길 것이라 생각한 모양이다. 마르셀은 목숨만 살려준다면 자기가 알고 있는 것을 다 말해주겠다고 약속했다. 마르셀의 말을 듣고 늙은 GM은 이번 사건에는 지금까지 그가 생각하던 것 이상으로 중대하고도 범죄 냄새가 나는 뭔가가 있을 것이라고 믿게 되었다. 그는 마르셀에게 자백만 한다면 목숨을 살려줄 뿐만 아니라 보수까지 주겠다고 약속했다.

그러자 이 한심한 남자는 우리의 계획 일부를 이 노인네에게 말해버린 것이다. 그도 그럴 것이 이번 일을 잘해내기 위해서는 일손이 필요했으므로 우리는 마르셀 앞에서 아무렇지도 않게 우리의 계획을 상의했기 때문이다. 우리가 파리에 오고 난 뒤 계획을 바꾼 것은 전혀 알지 못했다고는 하나, 샤요를 떠나올 때 계획한 것과 자기가 무슨 일을 해야 할지에 대해서는 익히 알고 있었던 것이다. 그래서 마르셀은 늙은이에게 분명하게 말했다. 우리의 목적은 아들을 속이는 것이며, 마농은 1만 프랑을 받을 예정이었는데 어쩌면 이미 받았는지도 모른다고. 그리고 그 1만 프랑은 우리의 계략에 따르면, GM가의 상속자에게 결코 돌아가지 않았을 것이라고 말이다.

　이 정도로까지 폭로하자 흥분한 영감은 소란스레 침실로 돌아왔다. 그러고는 아무 말도 하지 않고 돈과 보석을 쉽게 찾아냈다. 그는 분노로 가득한 얼굴로 우리에게 와서는 그 보석들을 '도둑맞은 물건'이라고 하면서 우리에게 보이며, 차마 입에 담을 수 없는 욕설을 퍼부었다. 그리고 진주 목걸이며 팔찌를 마농의 눈앞에 들이밀어 보이는 것이었다.

　"어디서 본 적이 있는 물건이지?"

　그가 조롱하면서 말했다.

　"설마 처음 보는 거라고는 하지 않겠지. 그래, 똑같은 물건이야. 이봐, 어여쁜 아가씨. 이게 정말 탐이 났던 모양이지? 어때, 내 말이 딱 맞았지? 불쌍한 것들! 둘 다 얼굴은 반반하게 생겼지만 영 질이 좋지 않아."

　이 모욕적인 말을 듣고 내 심장은 노여움으로 찢어질 것만 같았다. 한순간의 자유를 얻기 위해서라도 그를 해치웠어야 했다. 아아, 정의의 신이시여! 어째서 그러지 못했을까. 나는 겨우 분노를 억제하고 부드럽게, 격분을 조금 가라앉히고는 그에게 말했다.

　"그런 무례한 조롱은 삼가시오. 그보다는 대체 무엇이 문제라는 말이오? 우리를 어떻게 할 작정이오?"

　"문제는 말이지, 기사 양반. 그 발로 샤틀레[1]에 가는 거야. 이제 곧 밤이 새고 날이 밝으면 사건이 좀 더 명확해질 테지. 결국은 아들이 어디에 있는지도 친절하게 알려주게 될 테고 말이야."

　한 번 샤틀레에 들어가게 되면 어떤 끔찍한 결과가 기다리고 있을지는 불을 보듯 뻔한 일이었다. 그 뒤에 생길 온갖 위험을 몸을 떨며 생각해 보았다. 나는 내 명예도 버리고, 운명이라는 위력 앞에 무릎을 꿇은 채, 잔인하기 이를 데 없는 원수의 환심을 사는 굴종을 겪지 않으면 아무것도 얻을 수 없으리라는 것을 알아차렸다. 그래서 나는 잠시 내 말을 들어달라고 정중하게 부탁했다.

　"제가 나빴습니다. 젊은 혈기로 무슨 짓을 저질렀는지 스스로 인정합니다. 그

---

[1] 옛 파리의 두 요새로, 그랑 샤틀레와 프티 샤틀레가 있었는데 프티 샤틀레는 프랑스대혁명 이전까지 감옥으로 쓰였다.

리고 당신께서 분노하는 것도 무리가 아닐 만큼 마음을 다치게 했다는 것도 알겠습니다. 단지, 당신께서 사랑의 힘이라는 것을 아신다면, 만약 불행한 한 청년이 자기가 사랑하는 연인을 빼앗겼을 때의 번민을 이해해 주신다면, 제가 작은 복수로 되갚아주는 기쁨을 누렸다고 한들, 큰 잘못은 아니라고 생각하실 겁니다. 그렇지 않아도 제가 받은 치욕으로 충분하고도 남을 만큼 벌을 받았다고 생각해도 좋을 것입니다. 자제분이 어디에 있는지 알기 위해 우리를 굳이 감옥까지 보낼 필요는 없습니다. 자제분은 안전합니다. 내 계획은 그를 해치는 것도 당신을 격분케 하는 것도 아니었습니다. 만약 우리를 자유롭게 해주실 만큼의 아량이 있으시다면, 자제분이 조용히 밤을 보내고 있는 곳을 당장이라도 말씀드리겠습니다."

이 극악무도한 영감은 내 탄원에 감동하기는커녕, 내게서 등을 돌리고 말았다. 그리고 내 계략을 알 만큼 알고 있다는 것을 내보이기 위해 두세 마디를 흘렸을 뿐이다. 내가 그의 아들을 죽이지 않은 이상, 분명 어디서든 찾아낼 것이라고 천연스럽게 말하는 것이었다.

"이자들을 프티 샤틀레로 데리고 가시오."

그가 경관에게 지시했다.

"특히나 그자가 도망치지 못하게 잘 감시하도록. 그자는 이전에도 생라자르에서 도망쳐 나온 전과자니까 말이야."

그 말을 남긴 채 영감은 나가버렸다. 그다음은 당신이 상상할 수 있는 그런 상황이었다.

"오, 주여!"

나는 소리쳤다.

"당신 손으로 주시는 것이라면 그 어떤 벌도 달게 받겠습니다. 그러나 저 비열한 무뢰한이 저를 이토록 학대할 권리를 가지고 있다니, 참으로 원통한 일입니다."

경관들이 서두르라고 재촉했다. 문밖에 마차를 대기시켜놓고 있었던 것이다. 아래층으로 내려가기 위해 마농에게 팔을 내밀었다.

"자, 이리 와, 마농. 우리의 가혹한 운명에 따를밖에. 아마도 주님의 보살피심으로 언젠가는 더 행복한 날을 맞게 되겠지."

우리는 같은 마차로 출발했다. 그녀는 내 팔에 몸을 의지했다. 늙은 GM이 나타난 뒤, 한마디도 입을 열지 않고 있었으나 우리 둘만 있게 되자 이런 불행을 초래한 것은 자기라고 용서를 구하며 온갖 부드러운 말을 쏟아냈다. 나는 그녀에게 사랑받는 한 스스로의 운명을 원망하는 일은 절대 없을 것이라고 잘라 말했다.

"나는 내가 불쌍하다고 생각하지 않아. 감옥에 몇 달 정도 처박혀 있는 것쯤이야 아무 일도 아니라고. 게다가 생라자르보다는 프티 샤틀레 쪽이 더 나은걸. 단지 사랑하는 마농, 그대가 마음에 걸릴 뿐이야. 그대처럼 아름다운 사람에게 이 무슨 가혹한 운명인지! 주님! 당신의 최대 걸작에게 어떻게 이리도 가혹하단 말씀입니까! 우리 두 사람은 어째서 이런 불행에 어울리는 모습으로 태어나지 않은 걸까요? 우리는 재치와 취미와 정조를 태어나면서부터 받았습니다. 그런데 어째서 우리는 그것을 슬픈 운명으로 만들어버린 걸까요! 그런데도 한편에서는, 우리와 같은 비운을 겪어야 마땅할 자들이 저토록 온갖 은혜를 누리고 있다는 말입니까!"

이런 생각들은 내 가슴을 고통으로 찢어지게 했다. 그러나 앞으로 우리가 어떻게 될 것인지를 생각하는 것에 비하면 그건 아무것도 아니었다. 왜냐하면 나는 마농이 걱정되어 견딜 수가 없었던 것이다. 그녀에게는 감화원에 들어간 적이 있는 전과가 있었다. 아무리 정문을 정정당당하게 걸어 나왔다 해도 이런 곳에 다시 들어간다는 것은 극히 위험한 결과를 초래할 수도 있음을 나는 알고 있었다. 그러나 그녀에게 위험을 알리지도 못한 채 그저 그녀를 생각하며 떨 뿐이었다. 그리고 내 사랑으로라도 그녀를 안심시키려고 한숨을 내쉬며 그녀를 껴안았다. 사실, 그 상황에서 표현할 수 있는 것은 오직 사랑이 감정밖에 없었다.

"마농. 진실을 말해주겠어? 영원토록 나만을 사랑할 거야?"

그녀는 어떻게 그런 것을 의심하느냐며 야속하다고 했다.

"그래. 어떻게 내가 그대를 의심할 수가 있겠어. 그저 확신을 가지고 그 힘으로 우리의 온갖 적들과 싸우려는 거지. 나는 가문의 이름을 빌려 샤틀레에서 나오겠거니와, 자유의 몸이 되는 대로 그대를 구해내지 못한다면 내 목숨이 어찌 된다 한들 상관치 않겠어."

드디어 감옥에 도착했다. 우리는 각자 다른 곳에 갇혔다. 이미 각오하고 있었으므로 그렇게까지 괴롭지는 않았다. 나는 문지기에게 마농을 소개할 때, 내가 가문 있는 집안사람이라는 것을 말하고, 상당한 보수를 약속했다. 마농과 헤어지기 전에 그녀에게 입을 맞추고 너무 상심하지 말라고 당부했다. 또 내가 살아 있는 한, 아무것도 염려할 것 없다고도 말해주었다. 그리고 내가 가진 돈의 일부를 그녀에게 건넸고, 남은 돈을 간수에게 마농과 나를 위한 한 달치 우대료로 쥐여주었다.

돈의 효력은 즉시 나타났다. 나는 가구가 깔끔하게 차려진 방으로 인도되었으며, 마농 또한 그런 방을 얻었다는 전갈을 받았다. 나는 곧, 어떻게 하면 이곳을 빠져나갈 수 있을지를 궁리하기 시작했다. 이번 사건에 죄가 될 만한 것은 아무것도 없었다. 그리고 설령 우리의 절도 계획이 마르셀의 입을 통해 밝혀진다 해도 단순한 생각만을 벌할 수는 없다는 것을 충분히 알고 있었다. 그래서 곧바로 아버지에게 편지를 보내 직접 파리로 와달라고 할 생각이었다. 이미 말한 바와 같이 샤틀레는 생라자르 만큼 수치스럽지는 않았다. 과연 아버지의 권위에 대해서도 이제는 두려움을 품게는 되었지만 내 나이와 경험이 나를 대담하게 만들었다.

곧 아버지에게 편지를 썼다. 샤틀레에서는 편지를 내보내는 것이 그리 어려운 일은 아니었다. 그러나 아버지가 내일 파리로 오실 거라는 사실을 알고 있었던들 이런 수고는 하지 않아도 되었을 것이다.

아버지는 내가 1주일 전에 쓴 편지를 받아본 것이다. 그 편지를 읽고 크게 기뻐했다. 나는 내 뉘우치는 마음을 전하기만 하면 아버지의 마음을 누그러뜨릴 수 있으리라 굳게 믿었지만, 내 약속만으로 나를 믿어줄 아버지가 아니었다. 내가 뉘우쳤다는 것을 눈으로 직접 확인하고, 진실성을 확인한 다음에야 조치를 취할 생각이었던 것이다. 아버지는 내가 투옥된 다음 날 파리에 도착했다. 그리고 먼저 티베르주를 찾아갔다. 답은 티베르주를 통해 전해달라고 해두었기 때문이다. 티베르주에게서는 내 주소도 상태도 알아낼 수가 없었다. 단지, 내가 생쉴피스를 탈출한 뒤의 대략적인 사건들을 전해 들었을 뿐이다. 내가 최근에 티베르주와 만났을 때, 내 마음이 선을 향하고 있다는 것을 말했었는데, 그가 나의 그런 마음을 아버지에게 적당히 잘 말해주었던 것이다. 티베르주는 내가 마농에게서 완전히 손을 뗐다고 믿기는 했지만, 그래도 한 주일 동안이나 아무 소식이 없는 것은 이상하다고 한 모양이었다. 아버지는 바보가 아니었다. 티베르주가 이상하다고 말한 그 말속에 그가 놓치고 있는 무언가가 있을 것이라 직감한 것이다. 그리고 내 행방을 찾으려고 온갖 방법을 다 동원한 결과, 파리에 도착한 지 이틀 만에 내가 프티 샤틀레에 투옥되었다는 것을 알아냈다.

뜻밖에도 빨리 오신 아버지를 뵙기 전, 경시총감이 먼저 나를 찾아왔다. 찾아왔다기보다는 그들의 용어를 빌리자면 심문을 받은 것이다. 그는 내 행동을 몇 가지 지적하며 질책했는데, 냉혹하거나 불쾌한 투는 아니었다. 그가 부드럽게 내게 들려준 말은, 나의 방정하지 못한 행실을 안타깝게 생각한다는 것과, GM 같은 사람을 적으로 만든 것은 지혜롭지 못한 일이라는 것, 이번 사건은 악의라기보다는 신중하지 못하고 경솔했음이 한눈에 드러난다는 것, 그리고 생라자르에서 2, 3개월이나 훈계를 받았으니 만큼 더 훌륭하게 되어 있으리라 생각했다는 것 등이었다. 나는 말귀가 밝은 재판관을 만난 것이 기쁜 나머지 더할 나위 없이 공손하고 온화한 태도로 내 생각을 밝혔다. 그는 내 말에 몹시 흡족해하는 눈치였다. 내게 쓸데없이 상심할 필요는 없으며, 내 신분과 젊음을 감안하여 선처하도록 힘쓰겠다고 약속했다. 나는 용기를 내어 마농도 선처해달라고 부탁했으며, 그녀의 정숙함과 온순한 성격을 찬미했다. 그는, 아직 그녀를 만난 적은 없으나 사람들의 이야기에 따르면 위험한 인물인 것 같더라고 웃으며 말했다. 그의 대답이 내 사랑을 자극한 탓에 가엾은 마농을 두둔할 생각으로 정열적인 말을 수없이 쏟아내며 눈물까지 흘렸다. 그는 나를 방으로 데리고 가도록 간수에게 명령했다.
"아, 사랑! 사랑이라니!"
이 근엄한 법관은 내가 나가는 뒷모습을 바라보며 큰 소리로 이렇게 말했다.

"그대는 진정 지혜와 화해할 수 없는가?"

내가 슬픔에 잠겨 경시총감과 나눈 이야기를 곱씹던 바로 그때, 방문 열리는 소리가 들렸다. 아버지였다! 며칠 뒤에는 아버지의 방문이 있으리라는 것을 알고 있었기에 어느 정도는 각오하고 있었으므로, 마음의 준비가 반은 되어 있었음에도 아버지를 보자 맹렬한 충동에 휩싸이고 말았다. 만약 발아래 대지가 입을 벌리고 있었다면, 그 순간 나는 그 구멍 속으로 뛰어들었을 것이다. 나는 크게 당황하여 어찌 할 바를 모른 채 아버지를 끌어안으려 했다. 아버지가 자리에 앉았다. 아버지는 아버지대로, 나는 나대로 아무 말도 하지 않았다.

모자도 쓰지 않고 눈을 감은 채 뻘쭘하게 서 있는 내게 아버지가 엄격한 투로 말문을 열었다.

"자, 앉거라. 앉아. 네 방종과 사기행각이 어찌나 유명했던지 그 덕분에 네 거처를 알아냈구나. 남의 눈에 띄지 않고서는 못 배기는 것이 너처럼 가치 있는 사람의 장점인 모양이다. 네가 가는 곳마다 명성을 떨치니 말이야. 그 말로가 고작 그레이브 형장이란 말인가. 온 세상의 찬사를 받으며 거기서 놀림감이 되는 영광을 네가 받게 되길 간절히 바란다."

나는 한마디도 대꾸하지 않았다.

"아비가 자식에게 부드러운 사랑을 쏟고, 훌륭하게 키우기 위해 무엇 하나 아끼지 않았거늘, 그 자식이 부모 얼굴에 먹칠을 하는 불효자가 되었다면, 그만큼 불쌍한 애비는 없을 거다! 운이 나빴다면 그것은 포기할 수 있다. 시간이 지나면 잊히기도 할 테고, 슬픔도 점차 사라질 테지. 그러나 수치도 모르고 명예도 잃은 한심한 아들이 저지르는 악행을 고칠 약이 있겠니? 어째서 잠자코 있는 거지?"

아버지가 계속해서 말을 이었다.

"얘야, 그렇게 겸허한 척, 벌레 한 마리 죽이지 못한다는 얼굴을 하고 있으니, 마치 이 세상에서 가장 정직한 사람처럼 보이는구나?"

나는 이렇게 꾸지람을 듣는 것이 마땅하다 싶었지만, 그래도 이건 너무 가혹하다는 생각이 들었다. 나는 내 생각을 있는 그대로 털어놓아도 되리라고 판단했다.

"이것만큼은 분명히 말씀드릴 수 있는데요, 지금의 제 겸허함은 결코 거짓 꾸민 것이 아닙니다. 이것은 잘 자란 아들이 자기 아버지를, 특히나 화가 잔뜩 나 있는 아버지를 한없이 존경하고 있을 때 자연스레 드러나는 모습이라고요. 제가 이 세상에서 가장 품행방정한 사람이라고 고집하지는 않겠습니다. 아버지의 질책을 받는 것이 당연하다는 것쯤은 알고 있습니다. 하지만 아버지, 조금만 더 따뜻한 마음을 보여주세요. 그리고 사람들 중에 제가 가장 파렴치한이라는 그런 말씀은 거두어주세요. 저는 그렇게 끔찍한 이름으로 불러야 할 만큼의 악행은 저지르지 않았습니다. 아시는 바와 같이 제가 잘못을 저지른 것은 사랑 때문입니다. 숙명적인 정열 때문이라고요! 아, 아버지는 사랑의 마력이 어떤 것인지 모르시는 건가요? 아버지의 피가 저의 근원이거늘, 어떻게 저와 같은 정열을 느끼지 못할 수가 있는지요? 사랑 덕분에 저는 참으로 민감하고 정열적인, 진정 충실한 인간이 되었습니다. 그리고 아름다운 연인의 사랑을 받기 위해 씀씀이가 큰 사람이 되었습니다. 저의 죄악이란 바로 이것입니다. 이런 제게 아버지 얼굴에 먹칠을 한 뭔가가 있나요? 제발, 사랑하는 아버지!"

그리고 부드러운 목소리로 이렇게 덧붙였다.

"아버지의 아들을 조금만 불쌍히 여겨주세요. 이 아들은 늘 아버지에 대한 존경과 애정이 넘칩니다. 아버지 말씀처럼 명예도 의무도 버리지 않았을 뿐더러, 생각하시는 것보다 훨씬 비참하다고요."

마지막 말을 하면서 그만 눈물을 흘리고 말았다.

이 세상 아버지들의 마음은 자연의 걸작이다. 자연은 이를테면, 자애 넘치는 모습으로 군림하며 몸소 온갖 원동력을 조정한다. 내 아버지는 여기에 재치와 정감을 갖춘 사람이었다. 아버지는 내 변명에 무척 감동한 듯, 심경의 변화를 감추지 못했다.

"이리 오너라. 가엾은 기사야."

아버지가 나를 부르셨다.

"자, 이리 오너라. 어디 한 번 안아보자. 딱한 내 아들!"

나는 아버지에게 입을 맞추었다. 아버지는 나를 꽉 안으셨다. 마치 아버지 마음속에 무슨 생각이 일고 있는지 내게 알리기라도 하듯.

"자, 어떻게 하면 될까? 너를 이곳에서 데리고 나가려면 어떤 일이 있었는지 알아야겠으니, 그동안의 사정을 있는 그대로 모두 말해보려무나."

적어도 내 행동에는 어떤 부류의 청년들에 비해 얼굴을 들지 못할 일은 없었다. 또 여자를 둘러싼 일이며, 도박에서 남의 돈을 따내는 기술을 얼마쯤 익힌 것 등이 우리 시대에는 그리 큰 흉이 아니었던 만큼, 나는 그동안의 일들을 숨김없이 아버지에게 털어놓았다. 한 가지 한 가지 과실을 이야기할 때마다 부끄러움을 조금 드러냈으며, 유명한 사례를 인용하는 것도 잊지 않았다.

"저는 정식으로 결혼은 하지 않았지만 한 여자와 동거하고 있습니다. 그런데 그 모 공작이라는 인간은 두 여인을 데리고 살고 있다는 것을 파리 사람들 모두 알고 있어요. 또 어떤 귀족은 10년 전부터 정부를 데리고 살고 있는데 본부인 이상으로 사랑하고 있다 합니다. 프랑스 신사의 3분의 2는 그런 일을 명예로 삼고 있지요. 저는 도박에서 사기를 좀 쳤습니다. 하지만 모 후작도, 또 모 백작도 도박 말고는 아무 수입도 없다 하지 않습니까. 그리고 모 대공이나 모 공작은 귀족사회 도박꾼들 사이에서는 두목이라 하고요."

GM 부자의 지갑을 노린 건에 대해서도 꾸며대기로 작정했다면 얼마든지 잘할 수 있었겠지만, 그렇게까지 해서 내 잘못을 숨길만큼 명예심을 잃지는 않았다. 그래서 아버지에게는 내 마음에 그토록 뜨거운 불길을 붙였던 두 정열, 즉 복수와 사랑에 대한 지나친 열정을 용서해달라고 애원했다. 아버지는 내게 석방될 수 있는 지름길이 없겠는지, 세상에 소문이 퍼지지 않을 방법이 없겠는지 말해보라고 하셨다. 그래서 경시총감이 내게 호의를 가지고 있다고 말씀드렸다.

"번거로운 일이 생긴다면 그건 아마도 GM 부자로 인한 것일 겁니다. 그러니 그들 부자를 만나보시는 게 가장 좋을 것 같아요."

아버지는 그렇게 하겠다고 약속하셨다. 나는 그러나, 마농을 위해서도 힘써달라는 말은 하지 않았다. 내게 그렇게 말할 용기가 없었던 까닭이 아니다. 만약 마농 이야기를 꺼낸다면 아버지의 화를 돋우게 될지도 모를 일이었으며, 한편으로는 그녀와 나에 대해 아버지가 어떤 일을 꾸밀지도 모른다는 생각이 들기도 했기 때문이다. 그래서 나는 아버지의 마음을 상하게 할 일은 삼갔다. 그러나 기회가 될 때마다 가엾은 마농에 대한 이야기를 꺼내 아버지도 그녀에게 호의를 가질 수 있도록 애썼다. 하지만 이런 나의 걱정이 오히려 내게 가장 큰 불행을 가져온 것은 아닐지 지금에서야 생각하게 된다. 나는 다시 한 번 아버지의 동정심을 자극했어야 했는지도 모른다. 늙은 GM의 말을 너무 귀담아듣지 말라고 말해두었어야 했다. 이것은 그야말로 뒷북치는 이야기에 불과하다. 이러나저러나 아무리 노력해도 내 스스로의 악운을 비껴갈 수는 없었을 것이다. 그러나 그렇게라도 했더라면 나의 불행을 악운과 원수들의 잔악함 탓으로 돌릴 수 있을 것을.

아버지는 내 방을 나가는 대로 GM을 찾아가셨다. 집에는 마침 늙은 GM과 아들 GM이 있었다. 그 근위병들이 고지식하게도 그를 풀어준 모양이었다. 그들 사이에서 오간 이야기는 내 평생 들을 수 없을 터이나 아무튼 치명적인 결과가 야기된 것을 보면 쉽게 짐작할 수 있다.

두 아버지는 경시총감에게로 갔다. 그리고 두 가지 은전을 청했다. 하나는 나를 즉시 샤틀레에서 내보내는 것이며, 또 하나는 마농을 평생 감금하든지, 아니면 미국으로 쫓아버리는 것이었다. 그때는 마침 많은 부랑인들을 배에 실어 미시시피강 쪽으로 보내려 하고 있을 무렵이었다. 경시총감은 마농을 첫 번째 배로 내보내겠다고 두 아버지에게 약속했다.

늙은 GM과 아버지는 지체 없이 내게 석방 통지를 들고 왔다. GM은 지난 일에 대해 유감을 표하고, 이렇게 훌륭한 아버지가 계시니 얼마나 행복하냐고 치하한 다음, 앞으로는 아버지를 본받아 그의 말씀을 잘 따르라고 충고했다. 아버지는 아버지대로 그들 일가에게 끼친 손해에 대해 사죄할 것과 내 석방을 함께 힘써주신 것에 감사하라고 명령했다. 우리는 다 함께 샤틀레를 나왔는데 어느 한 사람도 마농을 입에 올리지 않았다. 두 아버지 앞이었으므로 나는 간수에게 마농의 소식을 묻는 것조차 삼갔다. 아아, 이런 나의 배려까지 쓸모없게 될 줄이야! 마농을 미국에 보내라는 잔혹한 명령은 그 순간에도 효력을 발휘하고 있었다. 이 불행한 아가씨는 1시간 뒤에 감화원으로 보내졌다. 그녀와 같은 운명을 언도받은 몇몇 불행한 여자들과 함께 가기 위해서였다. 억지로 아버지의 숙소로 끌려간 내가 샤틀레로 돌아가기 위해 아버지의 눈을 속일 방법을 찾았을 때는 이미 저녁 6시가 되어가고 있었다. 나는 마농에게 먹을 것을 넣어주고 수위에게 그녀를 잘 부탁하는 일 말고는 달리 해줄 게 없었다. 그녀를 만날 수 있으리라고는 생각조차 할 수 없었으므로. 게다가 그녀를 구해낼 방법을 생각할 여유도 없었던 것이다.

수위에게 다가가 할 말이 있다고 하자 후한 씀씀이와 온화한 태도가 마음에 들었던지 나를 위해 일할 마음이 생긴 그는 마농에 대한 이야기를 들려주었다. 그런데 그 내용인즉, 그녀의 불행을 마음 아프게 생각한다느니, 얼마나 슬펐을까 라느니 나로서는 이해할 수 없는 말뿐이었다. 한동안 우리는 서로 무슨 이야기를 하고 있는지도 모른 채 이야기를 나누었다. 겨우 이 이야기에 설명이 필요하다는 것을 눈치챈 그가 내게 사정을 말했다. 그것은 아까 당신에게 말하기조차 섬뜩한 일을 지금 다시 말하기도 섬뜩하다는 것으로 마농이 감화원으로 보내졌다는 내용이었다. 아무리 격렬한 발작도 이처럼 갑작스레, 이만큼 끔찍한 결과는 낳지 않을 것이다. 나는 심장이 극심하게 두근거리는 고통을 느끼며 그 자리에 쓰러졌다. 의식을 잃는 순간, 이것으로 영영 깨어나지 못할 것이라는 생각이 들 정도였다. 의식을 되찾았을 때에도 어렴풋이 그런 생각이 들었다. 나는 방 안을 구석구석 둘러보았다. 그리고 내 몸도 이리저리 훑어보면서 아직도 목숨이 붙어 있어 인간의 불행한 자격에서 벗어나지 못했는지를 확인하려 했다. 그저 내 고통에서 도망치려는 본능적인 충동에 사로잡혀, 이런 절망과 경악의 순간, 차라리 죽는 것이 낫겠다고 생각했다. 종교가 지옥의 고통으로 그 어떤 것을 그려낸다 해도 그때의 내 가혹한 고통에는 비할 수 없었으리라. 하지만 사랑의 기적이라고나 할까, 신이 내게 의식과 이성을 돌려준 것에 대해 감사할 만큼의 힘을 되찾았다. 내가 만약 그때 죽었다면, 그것은 내게만 유익할 따름이었을 것이다. 마농을 구해내 자유롭게 해주고, 그 원수를 갚기 위해서는 내 생명이 필요했다. 그렇게 하기 위해 나는 생명을 바치기로 굳게 맹세했다.

가장 친한 친구라도 그렇게까지는 하지 못할 만큼 수위는 내게 온갖 도움을 아끼지 않았다. 나는 진심으로 감사하며 그의 호의를 받았다.

"아아, 자네는 내 괴로움을 헤아려주는군. 온 세상 사람이 다 나를 버렸다네.

내 아버지마저 의심할 여지없이 가장 잔혹한 가해자가 되었고 말이야. 나를 불쌍히 여기는 사람은 아무도 없어. 냉혹하고도 야만적인 세상의 온갖 인간들 가운데 자네, 오직 자네만이 제일 불행한 남자를 동정해 주는군그래."

그는 내 흥분이 조금 가라앉을 때까지 밖에 나가지 않는 것이 좋겠다고 충고했다.

"신경 쓰지 말게나. 그냥 내버려두라고."

그곳을 나서면서 내가 답했다.

"자네가 생각하는 것보다 더 빨리 다시 돌아올 것이네. 나를 위해 가장 음침하고 더러운 방을 준비해 두게나. 거기에 들어갈 수 있을 만큼의 일을 할 터이니."

내 첫 번째 결심은, GM 부자와 경시총감을 먼저 해치운 뒤, 내 싸움을 거들 만한 자들을 모두 무장시켜 거느리고서 감화원을 습격하는 것이었다. 내 결심은 어디까지나 정당하다고 생각했기에 아버지조차도 이 정당한 복수 앞에서는 용서할 마음이 없었다. 왜냐하면 아버지와 GM이 내 파멸의 장본인이라는 것을 수위가 가르쳐주었기 때문이다. 그러나 거리 쪽으로 몇 걸음 나서서 바깥바람을 쐬자 혈기와 흥분이 조금 가라앉았고, 분노는 이성적인 감정으로 조금씩 바뀌어갔다. 우리의 적이 죽는다 해도 그것이 마농에게 도움이 될 것도 아니요, 오히려 그녀를 구출해 낼 방법을 잃게 될 것이 뻔했기 때문이다. 무엇보다도 암살이라는 비겁한 방법을 써야만 하는 것일까? 그렇다고 해서 달리 복수할 방법도 없지 않은가? 이런저런 궁리 끝에, 가장 먼저 마농을 구출하기 위해 내가 가진 힘과 온갖 지혜를 집중하기로 하고, 나머지 일들은 모두 선결문제가 성공한 다음에 생각하기로 했다.

내 손안에는 돈이 거의 남아 있지 않았다. 자금 없이는 아무 일도 할 수 없을 터였다. 이런 때 의지할 만한 사람이 세 사람밖에 없었다. T 씨와 아버지와 티베르주였다. 이 세 사람 가운데 아버지와 티베르주에게 금전적인 도움을 요청하기는 어려웠다. 그렇다고 해서 남은 한 사람에게 구차하게 매달리는 것도 수치스러웠다. 하지만 사람이란 막다른 절망 속에서는 앞뒤를 가리지 않는 법이다. 그길로 생쉴피스로 달려갔다. 그곳 사람들이 내 얼굴을 기억하리라는 것도 신경 쓰지 않았다. 그리고 티베르주를 불러냈다. 그의 첫마디에 아직 그가 최근의 내 소식을 듣지 않았다는 것을 알 수 있었다. 그래서 그의 동정심에 불쌍하게 매달리려던 계획을 바꾸기로 했다. 나는 막연하게 아버지를 만나게 되어 무척 반가웠다는 이야기를 한 다음, 돈을 빌려달라고 부탁했다. 아버지에게는 알리고 싶지 않은 빚을 파리로 떠나기 전에 갚아야 되겠다는 핑계를 붙여서. 그는 곧 지갑을 꺼내 보여주었다. 지갑 속에 있던 6백 프랑 가운데 5백 프랑을 빌리고는 차용증을 써주었으나 관대한 그는 받으려 하지 않았다.

티베르주와 헤어진 뒤 곧바로 T 씨에게로 갔다. 그에게 모든 것을 다 들려주었다. 내 불행과 슬픔을 모두 꺼내 보인 것이다. 그는 젊은 GM과 관련된 일들을 주시하고 있었으므로 이미 세세한 사정까지 다 알고 있었다. 그는 내 말에 귀를 기울였으며 나를 동정했다. 마농을 구해 낼 방법에 대해 그의 의견을 물으니 신의 특별한 은혜가 없는 다음에는 마농을 구할 가능성이 없어 보이니 희망을 버릴 수밖에 없다고 슬픈 목소리로 답했다. 또 그의 말에 따르면 마농이 감금되고 난 뒤, 일부러 그녀를 면회하러 갔으나 그조차도 허락되지 않았다고 한다. 경시총감의 명령은 더할 나위 없이 엄중했다. 그보다 더 불행한 사실은 그녀와 함께할 불행한 일행이 모레 떠날 예정이라는 것이었다. 나는 그의 말에 크게 낙담했다. 그의 말을 가로막을 기력도 없이 1시간이나 그의 말을 멍하게 듣고만 있었다. 샤틀레로 나를 찾아오지 않은 것은, 나와 아무런 상관이 없는 사람이라고 여겨지는 것이 나를 돕는 데 더 유리할 것이었기 때문이라고 했다. 그는 몇 시간 전에 샤틀레에서 나온 내가 어디로 사라졌는지 알 수 없었던 것을 유감으로 생각하고 있었다. 그리고 마농의 운명을 뒤바꿀 수 있을지도 모를 유일한 방법을 말해주려고 애를 태우고 있었다는 것이다. 하지만 그것은 엄청난 위험이 뒤따르는 일이므로 그가 조언했다는 것에 대해서는 영원히 비밀로 해달라고 했다. 그 조언인즉, 마농의 호위대가 파리를 벗어나면 그들을 습격할 만큼의 배짱 있는 자들을 몇 명 찾으라는 것이었다. 그리고 그는 고맙게도 내가 무일푼이라는 말을 입에 올릴 때까지 기다리지 않았다.

"자, 여기 1백 피스톨이 있네."

그가 지갑을 건네주며 말했다.

"조금쯤은 보탬이 될걸세. 운명의 신이 자네 일을 잘 처리해 주고 나면 돌려받기로 하지."

만약 자기 집안을 무시한 채 내 연인을 구출하는 일에 직접 나설 수 있다면 자기의 힘과 칼로 도와줄 수도 있었을 것이라며 유감을 나타냈다.

이토록 극진한 마음에 눈물이 날 정도로 감동했다. 나는 그에게 슬픔 속에서도 아직 남아 있는 힘을 모아 감사의 마음을 전했다. 그리고 경시총감의 중재로 어떻게 할 수 있는 방법이 없을지 물어보았다. 그는 자신도 그것에 대해 생각해 보았으나 소용없을 것이라고 했다. 왜냐하면 이런 종류의 특혜를 바라기 위해서는 그만한 이유가 있어야만 하는데, 권위 있는 유력한 사람을 중재인으로 내세울 만큼의 핑계를 찾을 수 없었다는 것이다. 설령 이 방법으로 무언가를 기대할 수 있다 하더라도 그것을 이루기 위해서는 GM이나 내 아버지의 마음을 바꾸어야 한다, 그리고 그들이 직접 경시총감에게 그 판결을 취하해 달라고 부탁하지 않으면 안 될 것이라는 것이었다. 그러고는 이번 사건으로 GM에게 의심을 샀는지 그의 태도가 냉담해지긴 했지만, GM의 마음을 움직이도록 노력하겠다. 그러니 아버지의 마음을 돌이키기 위해 최선을 다해보라고 권했다.

그것은 내게 결코 쉬운 일이 아니었다. 아버지를 설득한다는 그 자체가 어려울 뿐 아니라 나에게는 아버지 곁에 가까이 다가가는 것조차 소름 끼치는 다른 이유가 있었다. 나는 아버지의 명령을 거역하고 숙소에서 도망쳐 나왔다. 게다가 마농의 슬픈 운명을 알게 된 이상 두 번 다시는 돌아가지 않겠다고 결심했던 것이다. 아버지가 나를 억지로 그곳에 묶어놓고 그대로 시골로 데려가는 게 아닐지 걱정되기도 했다. 언젠가 형도 그 방법을 썼었다. 그때보다는 나이를 더 먹기는 했지만, 나이란 폭력 앞에서는 덧없는 것에 불과하다.

그러는 사이, 나는 위험에서 벗어날 한 가지 방법을 찾았다. 바로 다른 사람의 이름을 도용하여 아버지를 밖으로 불러내는 것이었다. 나는 곧 이렇게 하기로 했다. T 씨는 GM에게로, 나는 뤽상부르 공원으로 갔다. 거기서 아버지에게 심부름꾼을 보내 아버지를 따르는 한 귀족이 기다리고 있다고 전하게 했다. 밤이 깊어가고 있었기에 혹시라도 아버지가 외출을 꺼리지는 않을지 걱정스러웠다. 그러나 잠시 뒤, 아버지가 하인을 데리고 오셨다. 단둘이 대화를 나눌 수 있도록 샛길로 가자고 부탁했다. 우리는 아무 말 없이 조금 걸었다. 이토록 신중하게 나오는 것을 보면 분명 중대한 목적이 있을 것이라고 생각하셨을 것이다. 아버지는 내가 입을 열기를 기다리고 계셨다. 나는 어떻게 말해야 할지 궁리한 끝에 겨우 입을 열었다.

"아버지는,"

떨리는 목소리로 내가 말했다.

"아버지는 참 좋은 아버지세요. 아버지는 더할 나위 없이 저를 아껴주셨지요. 헤아릴 수 없을 만큼의 잘못도 용서해 주셨습니다. 그래서 하느님도 알고 계시듯이 저는 아버지께 가장 상냥하고 가장 공손한 아들로서의 감정을 가지고 있습니다. 그렇지만 제 생각에…… 아버지는 너무나 가혹하셔서……."

"뭐라고? 내가 가혹하다고?"

아버지가 내 말을 가로막았다. 일부러 화를 돋우려고 천천히 말을 하는 것이라 생각하셨던 모양이다.

"아아, 아버지! 아버지가 불쌍한 마농에게 하신 일은 너무나도 가혹하지 않은가요? 아버지는 GM 씨를 믿고 계시는 모양이지만 그는 마농을 증오하는 마음에 그녀를 더없이 나쁘게 말했을 것입니다. 하지만 그렇게도 상냥하고 사랑할 만한 여자는 없습니다. 어째서 하느님은 아버지께 그녀를 잠깐이라도 만나볼 마음을 주지 않으시는 걸까요! 그녀가 아름답다는 것은 자신 있게 말씀드릴 수 있습니다. 하지만 아버지께서 직접 그녀를 만나보신다면 제가 말씀드리는 그 이상으로 아름답다고 느끼실 거예요. 그리고 마농 편이 되어주실 겁니다. GM의 음흉한 수작을 증오하게 되실 거고요. 그녀와 저를 불쌍하게 여기실 게 분명합니다. 그렇고말고요! 아버지는 냉혹한 분이 아니세요. 반드시 마음이 움직이실 겁니다."

아버지가 다시 내 말을 가로막았다. 내가 너무도 이야기에 빠져 있어 말을 그칠 것 같지 않았던 모양이다. 아버지는 내가 이렇듯 열심히 말하는 것의 속내를 알고 싶으셨던 것이다.

"제 목숨을 구해주셨으면 합니다. 마농이 미국으로 떠나버린다면 저는 한시도 살아갈 수가 없다는 말입니다."

"이런, 이런,"

매우 엄격한 목소리로 아버지가 말했다.

"이성도 명예도 없이 살아가는 너를 보느니 차라리 죽어버리는 게 낫겠다!"

"그러시다면 더 이상 이야기해 봤자 소용없겠군요."

나는 아버지의 팔을 붙잡으면서 소리쳤다.

"그러면 이 지긋지긋하고 견딜 수 없는 생명을 아버지 손으로 거두어주세요. 아버지께서 저를 절망의 늪으로 몰아넣으셨으니 저를 죽여주시는 것이 그 나마의 도리 아니겠어요! 이거야말로 아버지 손에 합당한 선물이 될 테지요."

"네게 합당한 만큼의 일은 해줄 생각이다."

아버지가 말했다.

"아들을 자기 손으로 죽이기 위해 이만큼 오랜 세월을 기다린 아버지는 없을 게다. 그러나 너를 망친 것은 지나친 내 사랑이었다."

나는 아버지의 무릎 앞에 몸을 내던져 무릎을 껴안으며 말했다.

"그렇게 사랑한 마음이 아직 남아 있으시다면 제발 제 눈물에 그토록 냉혹하게 대하지 말아주세요. 제가 아버지 아들이라는 것을 잊지 말아주세요. 아아, 부디 어머니를 기억해 주세요! 아버지는 어머니를 그토록 사랑하셨지요. 아버지 품에서 어머니를 빼앗아 간다면 참을 수 있으셨겠어요? 아마도 목숨을 걸고서라도 지키려고 하셨을 테지요. 사랑이 어떤 건지, 그로 인한 고통이 어떤 건지 한 번이라도 겪어본 사람이라면 그토록 모진 마음을 먹을 수는 없을 겁니다."

"네 어머니 이야기는 두 번 다시 하지 마라!"

잔뜩 화난 목소리로 아버지가 말했다.

"그런 생각을 하면 더 부아가 치밀어 올라. 만약 네 어머니가 살아 있어서 지금의 네 한심한 꼬락서니를 본다면 걱정에 못 이겨 죽어버리고 말았을 게다. 이제 이 이야기는 끝내자. 아무리 이런 이야기를 한들 시끄럽기만 할 뿐, 내 결심을 바꿀 수는 없어. 나는 숙소로 돌아가겠다. 내 뒤를 따르도록 해라."

이렇게 명령하는 그 냉혹하고도 무정한 말투로 미루어 아버지의 마음이 바꾸지 않을 것임을 알아차렸다. 나도 모르게 몇 걸음 뒤로 물러섰다. 아버지가 나를 붙잡지나 않을까 겁이 났기 때문이다.

"무리한 일을 강요하시는 것은 제 절망을 키울 뿐입니다. 아버지를 따라갈 수 없습니다. 그리고 살아갈 수도 없어요. 이렇게 혹독한 취급을 받았으니 말입니다. 여기서 영원히 작별을 고하겠습니다. 머잖아 제가 죽었다는 소식을 들으시면 아마도 내 아버지다운 감정을 갖게 되실 테지요."

이런 말을 남기고 아버지와 헤어지기 위해 몸을 돌리는 순간,

"정녕 따라오지 않겠다는 거지?"

아버지가 격분하며 소리쳤다.

"네 마음대로 해라. 이것이 마지막이라는 걸 기억해 두어라. 불효막심한 녀석!"

"네, 안녕히 가세요!"

나도 흥분한 채 대꾸했다.

"이제 마지막이에요. 냉혹한 아버지하고는."

나는 즉시 뤽상부르를 떠났다. 마치 미치광이 같은 모습을 하고는 T 씨의 집까지 걸어갔다. 길을 걸으면서도 눈을 치켜뜨고, 하늘을 향해 팔을 치켜들면서 하늘의 가호를 빌었다.

"아, 주님! 당신께서도 인간들처럼 가혹하신지요? 저는 오로지 당신의 구원을 기다리고 있습니다."

T 씨는 아직 귀가 전이었다. 그러나 그리 오래지 않아 돌아왔다. 그 또한 교섭에 성공하지는 못한 것 같았다. 그 이야기를 할 때 그의 얼굴이 핼쑥해 보였다. 젊은 GM은 그의 아버지만큼 마농과 내게 악한 마음을 품고 있지는 않았지만 그렇다고 우리를 위해 아버지에게 부탁해 보려는 마음도 없었다. 그가 우리의 부탁을 들어주지 않는 것도 복수를 즐기는 아버지가 두려웠기 때문이었다. 늙은 GM은 아들이 마농과 사이좋게 지냈다는 것을 언짢게 생각하는 듯, 무척이나 싫은 내색을 한 뒤였던 것이다. 일이 이렇게 되고 보니 T 씨의 계획대로 폭력에 의지하는 길만 남았다. 나는 그 계획에 모든 희망을 걸었다.

"기대를 걸어봤자 믿을 수 없는 것이기는 하지만, 단 한 가지, 나로서는 가장

확실하고 위로가 되는 기대라면, 이 계획을 실행하다가 차라리 죽어버리는 것이네."

내게 약속한 대로 꼭 도와달라고 부탁한 뒤 그와 헤어졌다. 머릿속은 온통 내 용기와 결심이 통할 사람을 모으는 일로 가득했다.

처음에 떠오른 인물은 GM을 납치할 때 고용한 그 근위병이었다. 그와 동시에, 오늘 오후 어딘가에 숙소를 정할 만큼 마음의 여유가 없었던 나는 그자의 방에서 하룻밤 묵으면 되겠다는 생각이 불현듯 들었다.

그는 혼자였다. 내가 샤틀레에서 나온 것을 보고는 기뻐해 주었다. 나를 위해 무엇이든 해주겠노라 자청하고 나서는 그에게 앞으로의 내 계획을 설명했다. 그것이 참으로 위험한 일이라는 정도는 그도 알았겠지만, 한 번 해보자며 친절하게도 맡아주었다. 우리는 밤이 깊도록 계획을 세웠다. 그는 얼마 전 납치 사건에 동원했던 그 세 사람 이야기를 꺼내며, 이미 시험해 본 만큼, 확실한 용사들이라고 했다. T 씨가 확실하다고 하며 가르쳐준 바에 따르면, 마농 일행을 수행할 자는 모두 합해서 6명에 불과하다. 용감무쌍한 자 5명만 있다면 이 겁쟁이들을 제압하는 것은 문제없을 터였다. 그들은 자신들의 처지가 불리해질 경우, 도망칠 틈만 보인다면 정정당당하게 싸우기보다는 도망치려 들 것이 분명했다. 돈은 충분했다. 그 근위병은 이 습격을 성공시키기 위해서는 돈을 아껴서는 안 된다고 충고했다.

"우리에겐 먼저 말이 필요합니다."

그가 말했다.

"권총하고 사람마다 기병총 한 자루씩도요. 이 준비는 내일 중으로 내가 어떻게든 해보지요. 그리고 병사들을 위해 평상복도 세 벌 필요합니다. 이런 일에 군복을 입고 갈 수는 없는 노릇이니 말이죠."

나는 T 씨에게 받은 1백 피스톨을 그의 손에 쥐여주었다. 이튿날 그 돈을 한 푼 남김없이 다 써버렸다. 3명의 병사를 검열했다. 그리고 그들과 통 큰 약속을 하며 용기를 북돋아 주면서 그들이 의심을 품지 않도록 그들 각 사람에게 10피스톨씩을 주었다.

드디어 그날이 왔다. 이른 아침, 병사 하나를 감화원으로 보내 호송병들이 그녀 일행을 데리고 출발하는 것을 눈으로 직접 확인하라고 지시했다. 마음이 불안하고 앞일이 꺼림칙하여 이토록 신중을 기했지만 이것이 반드시 필요한 일이었다는 것을 곧 알게 되었다. 나는 그들이 지나갈 길에 대한 정보는 잘못 된 것일 수도 있다고 어느 정도는 감안하고 있었다. 그리고 이 가엾은 일행이 라 로셸에서 승선할 예정이라는 것도 들어 알고 있었다. 이 정보만 믿고 오를레앙에서 그들을 기다리고 있었다면 내 노력은 물거품으로 돌아갈 뻔했다. 정탐을 보낸 병사의 보고에 의하면, 그들은 노르망디를 지나 르 아브르 드 그라스에서 미국으로 출발한다는 것이었다.

우리는 곧바로 생토노레로 가기로 했는데, 중간에 각자 다른 길로 흩어져 가기로 했다. 그리고 성 밖 한 지점에서 다시 뭉쳤다. 우리의 말들은 활기차 보였다. 얼마 지나지 않아 호송병 6명과, 2년 전에 당신이 보았던 그 보기에도 딱한 낡은 마차 두 대가 나타났다. 이 광경을 본 순간 나는 온몸에 힘이 빠져 기절할 뻔했다.

'아아, 운명의 신이여!'

나는 마음속으로 절규했다.

'잔인한 운명의 신이여! 적어도 죽음이든 승리든 내게 안겨주시기를!'

우리는 잠시 어떻게 공격할 것인지에 대해 의견을 나누었다. 호송병들은 우리와 그리 멀지 않은 거리에 있었다. 그리고 길로 둘러싸여 있는 밭을 가로지르기만 하면 그들을 차단할 수 있었다. 근위병은 이 방법으로 일거에 습격해 그들을 꼼짝 못 하게 하자고 했다. 나도 그 의견에 찬성하고 제일 먼저 말에 박차를 가했다. 그런데 운명의 신은 나의 염원을 무자비하게도 짓밟아버렸다. 호송병들은 말달리는 5명이 자기들을 향해 오는 것을 보고는 그것이 습격이라는 것을 금세 알아차렸다. 그들은 꽤나 과감하게 총검과 소총을 겨누고 방전 태세를 갖추었다. 이 모습에 근위병과 나는 사기충천했지만, 나머지 세 비겁자들은 그만 용기를 잃고 말았다. 의논이라도 한 듯 말을 멈추고는 알 수 없는 말들을 주고받더니 말머리를 돌려 파리 쪽으로 흩어져 달아나 버리고 말았다.

"이런 제기랄!"

이 비겁한 도망으로 나만큼이나 놀란 근위병이 소리쳤다.

"어쩌죠? 우리 둘뿐이니!"

분노와 경악으로 말조차 할 수 없었다. 나는 말을 멈췄다. 나를 버린 저 비겁자들을 추적하여 혼내주는 게 먼저가 아닐까 하는 생각이 들었다. 그러고는 도망쳐 달아나는 비겁자들과 호송병들을 번갈아 쳐다보았다. 내 몸을 반으로 나눌 수만 있다면 이 두 상대를 향해 동시에 달려들었을 것이다. 이 두 상대를 동시에 무찌르고 싶었던 것이다. 근위병은 내가 망설이고 있다고 느꼈는지 잠시 자기 말을 들어보라고 부탁했다.

"우리는 단둘인데 저들은 여섯이오. 게다가 우리처럼 무장한 데다 단호한 태도로 자세를 잡고 있단 말입니다. 이 상태에서 저들을 공격하는 건 미친 짓입니다. 이대로 파리로 돌아가 힘센 자들을 좀 더 찾아보지요. 무거운 마차가 두 대나 되니 하루 만에 그리 멀리 가지는 못할 거요. 그러니 내일이면 문제없이 따라잡을 수 있을 거란 말이지요."

나는 이 제안에 대해 잠시 생각해 보았다. 하지만 어느 쪽을 보아도 절망뿐이었으므로 자포자기 심정이었다. 근위병의 도움을 거절하기로 했다. 그리고 호송병들을 습격하는 대신 그들에게 굴복해서 그들 일행에 끼어달라고 간청하기로 마음먹었다. 마농을 따라 르 아브르 드 그라스까지 가서 그녀와 함께 바다를 건널 각오를 한 것이다.

"세상 모든 사람이 나를 핍박하고 배신합니다."

내가 근위병에게 말했다.

"나는 더 이상 아무도 믿지 않을 겁니다. 이제 더 이상 운명의 신에게도 인간에게도 아무런 기대를 하지 않겠단 말이오. 이제는 더없이 불행하게 되었으니 그렇게라도 매달려볼 수밖에. 아무런 희망을 갖지 않겠습니다. 모쪼록 하느님이 당신의 친절에 보답해 주시기를 바랄 뿐입니다. 잘 가시오. 나는 스스로 불운에 몸을 맡겨 나 자신의 파멸을 앞당기렵니다."

그는 어떻게 해서든 나를 파리로 데리고 가려 했으나 나는 그의 말을 듣지 않았다. 내가 결심한 대로 하도록 내버려두라고 그에게 부탁했다. 그러고는 호송병들이 우리가 습격할 것이라고 오해를 해서는 안 되니 어서 빨리 이곳을 떠나라고 말했다.

나는 천천히 그들 쪽으로 다가갔다. 내가 그들 곁에 다가가도 아무 두려움을 갖지 않도록 매우 지친 표정을 지어 보였다. 그러나 그들은 여전히 방어태세를 취하고 있었다.
"여러분, 안심하십시오."
그들에게 다가가며 말했다.
"여러분과 싸우기 위해 온 것이 아닙니다. 부탁할 것이 있어서 왔습니다."
나는 그들에게 안심하고 갈 길을 가라고 말했다. 그리고 그들과 함께 걸어가면서 부탁이라고 말한 그 은전에 대해 이야기했다. 이 요청을 어떻게 처리해야 할 것인지를 놓고 그들은 서로 상의했다. 대장이 그들을 대표해서 말했다. 그의 말에 따르면, 그들은 죄인을 엄중히 감시하라는 명령을 받았기에 나의 부탁을 들어주는 것이 그리 쉬운 일은 아니다. 하지만 가만히 보니 나쁜 사람은 아닌 것 같으니 어느 정도는 눈감아줄 수도 있다. 그러나 그러려면 돈이 필요하다는 것을 알아주어야겠다는 것이었다. 내 손안에는 15피스톨밖에 남아 있지 않았다. 나는 솔직하게 내 전 재산이 얼마라는 것을 말해주었다.
"흠, 그만 하면 나쁘지 않군요."
대장이 말했다.
"그 정도면 어떻게든 되겠습니다. 가장 마음에 드는 여자와 이야기하는 데 1시간에 1에퀴씩. 이게 파리의 시세니까요."
나는 특별히 마농을 지목해서 말하지 않았다. 그들에게 내 사랑을 알릴 이유가 없었기 때문이다. 그들도 처음에는, 젊은 남자가 심심풀이로 여자들과 시간을 보내며 즐기려는 것으로 여기는 모양이었다. 그러나 사랑 때문이라는 것을 알자 비용을 엄청나게 올려받았기 때문에 우리가 망트를 떠나 파시에 도착했을 때에는 내 지갑이 텅 비어 있었다.

가는 길에 마농과 나눈 이야기가 얼마나 슬펐는지, 그녀가 탄 마차에 다가가도 좋다는 허락을 받았을 때의 그녀 모습이 내게 얼마나 강렬한 인상을 주었는지. 아아! 그 어떤 말로도 내 마음을 다 표현할 수가 없다. 생각해 보라. 내 가엾은 여인이 허리를 쇠사슬로 묶인 채 한두 줌밖에 되지 않는 짚단위에 앉아 마차 한 귀퉁이에 힘없이 머리를 기대고 있는 모습을. 눈을 감고 있는 그 파리한 얼굴은 눈물로 젖어 있었다. 뺨 위에 눈물길이 나 있었고, 흘러내리는 눈물은 강을 이루고 있었다. 호송병들이 우리의 습격으로 소동을 일으켜도 그녀는 눈을 뜨지 않았다. 속옷은 더러워져 엉망이 되어 있었고, 그 고운 손은 찬바람 속에 그대로 드러나 있었다. 말하자면 그 아름다운 육체, 세상 사람들이 떠받들던 그 아름다운 모습이 말할 수 없이 초라하고 초췌하게 되어버린 것이다. 나는 마차와 나란히 말을 달리면서 그런 그녀를 한참 동안 그저 말없이 바라보고만 있었다. 넋을 잃은 나는 몇 번이나 말에서 떨어질 뻔했는지 모른다. 나의 한숨소리와 몇 번이나 부르는 소리에 마침내 그녀도 눈을 뜨고 내 쪽을 쳐다보았다. 나를 알아본 그녀는 순간, 마차 밖으로 뛰어내려 내게로 오려고 했다. 하지만 쇠사슬에 묶여 꼼짝도 할 수 없었다.

   나는 호송병들에게 제발 마차를 세워달라고 애원했다. 그리고 말에서 내려 그녀 옆에 앉았다. 그녀는 피로에 지쳐 있었고, 어찌나 쇠약해졌던지 말할 기력도 손을 움직일 힘도 없을 정도였다. 나는 그녀의 두 손을 내 눈물로 적셨다. 나 또한 말문이 막힌 채 아무 말도 못하고 있었으니 이보다 더 비극적인 모습이 세상 어디에 또 있겠는가. 간신히 입을 열어 우리가 나눈 이야기는 더 슬펐다.

   마농은 거의 말을 하지 않았다. 수치와 고통이 그녀의 말문을 막은 것이리라. 목소리는 가냘팠으며 떨리고 있었다. 그녀는 내가 자기를 잊지 않고 있었다는 사실에 감사했다. 그리고 한숨 섞인 말로, 설령 이것이 마지막이라 할지라도, 이렇게 다시 만나 마지막 작별을 고할 수 있게 되어 기쁘다고 했다.

   나는 무슨 일이 있더라도 그녀와 헤어지지 않을 것이며, 세상 끝까지 따라가 그녀를 돌보고 힘이 되어줄 것이라고 말했다. 앞으로도 그녀에 대한 사랑은 변함없을 것이며, 나와 그녀의 운명을 한데 묶어놓을 것이라고 그녀를 안심시켰다. 그러자 이 불쌍한 아가씨는 감동한 나머지 너무나도 처절하게 눈물을 쏟는 바람에 혹여 생명에 지장이 있지나 않을지 걱정스러울 정도였다. 그녀는 온갖 마음이 담긴 두 눈으로 나를 바라보았다. 이따금 입을 열기는 했으나 기운이 없었던 까닭에 말을 맺지는 못했다. 그나마 두세 마디는 알아들을 수 있었다. 그것은 내 사랑에 대한 감격의 말이었으며, 분에 넘치는 사랑에 대한 흐뭇한 나무람이었고 나에게 이렇게도 완벽한 사랑을 받을 만큼의 행복을 누려도 되겠느냐는 것, 그리고 자신과 함께 있는 한 내가 행복해질 수 없을 것 같으니 더 잘 어울리는 행복을 찾아 떠나라는 등의 애원이었다.

갖은 운명 가운데 가장 잔혹한 운명에 빠져 있는 나였지만 그녀의 눈동자 속에서, 그리고 그녀가 나를 사랑하고 있다는 확신 속에서 나는 행복을 느꼈다. 나는 내가 아닌 다른 사람들이 탐하는 세상적인 것들을 모두 잃었다. 그러나 내 유일한 보물이자 사랑하는 마농의 마음을 차지했다. 내 사랑하는 여인과 함께만 살 수 있다면 유럽에서 살든 미국에서 살든 그것이 무슨 문제이겠는가. 서로 사랑하는 연인에게는 우주 전체가 보금자리인 것을. 그들 자신이 서로의 마음속에서 아버지요, 어머니요, 친척이고 부귀이며 행복이지 않겠는가. 만약 내게 불안을 품게 하는 뭔가가 있다면 그것은 바로 빈곤에 처한 마농을 보는 두려움일 것이다. 나는 이미 마농과 둘이 미개인이 사는 황야에 서 있는 느낌이었다.

"내 생각에, 그곳에는 GM이나 우리 아버지 같은 잔인한 미개인은 없을 거야. 거기 살고 있는 미개인들은 적어도 우리를 평화롭게 살도록 해줄 게 분명해. 그들에 대한 사람들의 말이 맞는다면 그들은 자연법칙에 따라 생활하고 있어. 그들은 GM처럼 탐욕스럽지도 않을 것이고, 우리 아버지처럼 명예 때문에 자식을 적으로 만들지도 않을 거야. 그들이 자기들처럼 단순하게 사는 두 연인을 해칠 리가 없다고."

그러니 이런 점에서는 안심하고 있었다. 단지 생필품이라는 데에 생각이 미치자 그저 낭만적인 생각에만 빠져 있을 수는 없었다. 특히나 이 사치스러운 아가씨, 안락하고 풍요로운 생활에만 익숙한 이 아가씨에게는 없어서는 안 될 필수품이 많다는 것을 수없이 경험해 오지 않았던가. 갑자기 헛되이 돈을 낭비해 버렸다는 사실에 화가 치밀었다. 조금 남은 돈마저 협잡꾼 호송병들에게 빼앗기게 될 것을 생각하니 견딜 수가 없었다. 돈이 조금만 있으면 돈의 가치가 높은 미국에서 한동안은 비바람을 피할 수 있을 뿐만 아니라 앞으로 살아갈 기반을 잡기 위해 사업을 일으킬 수도 있을 것 같았다. 이런 생각을 하면서 늘 신속하게 우정의 손길을 내밀어주는 티베르주에게 편지를 써야겠다는 생각이 들었다. 일행이 다음 거리에 도착하자마자 그에게 편지를 썼다. 르 아브르 드 그라스에 가야 할 일이 생겨 급하게 돈이 필요하다는 것 말고는 아무 이유도 쓰지 않았는데 마농과 함께 있다는 것만은 고백했다. 그리고 1백 피스톨을 부탁했다.

'그것을 르 아브르의 우체국장에게 받을 수 있도록 해주게.'

그리고 또 이렇게 썼다.

'이렇게 자네의 우정을 남용하는 것도 이것이 마지막이네. 내 불쌍한 여인을 영원히 빼앗긴다고 생각하니 이대로 그녀를 보낼 수는 없지 않겠나. 어떻게 해서든 그녀에게 힘을 실어주고, 그녀의 불운과 죽을 만큼 괴로운 내 심정을 조금이라도 위로하려고 하네.'

호송병들이 내가 얼마나 그녀를 사랑하는지를 알게 되었을 때, 그들은 아무 것도 아닌 일에도 은전의 값을 비싸게 붙였으므로 급기야 나는 무일푼이 되고 말았다. 게다가 사랑은 내 지갑 사정을 감안해주지 않았다. 나는 아침부터 밤까지 그녀 곁에 붙어서 한심한 꼴을 보이고 있었다. 그때는 시간 단위의 면회가 아니라 하루 단위로 면회하기로 되어 있었던 것이다. 드디어 내 지갑이 다 비고 나자 여섯 천민의 학대와 제멋대로의 장난에 맞닥뜨렸으며, 거만한 그들의 기분에 휘둘려 더 이상은 참을 수가 없게 되었다. 그런 순간, 파시에서 당신을 만나게 된 것이다. 당신을 만나게 된 것은 운명의 신이 내게 준 한순간의 밝은 빛이었다. 나의 고통을 보고 동정해 주신 그 마음만으로도 당신의 관대함을 존경해 마지않았을 텐데, 게다가 아낌없이 베풀어주신 원조는 내가 르 아브르까지 가는 데 얼마나 큰 도움이 되었는지 모른다. 호송병들도 이상하리만큼 약속을 잘 지켜주었다.

르 아브르에 도착하자마자 나는 우체국부터 찾아갔다. 그러나 티베르주의 답장을 받기에는 아직 때가 일렀다. 그래서 그의 편지를 받기까지 정확히 얼마나 더 기다려야 하는지 알아보니 이틀이 더 걸린다는 것이었다. 엎친 데 덮친 격으로 미국행 배는 티베르주의 답신이 도착하는 바로 그날 아침에 출항할 예정이라고 했다.

"이 무슨 운명의 장난인가! 이 깊은 불행의 밑바닥에서도 더 큰 불행을 겪어야 한다는 말인가!"

나는 울부짖었다.

"이리도 가혹한 세상에서 더 이상 고생할 이유가 있을까요? 차라리 여기서 죽어버려요. 그러면 이 지긋지긋한 불행도 끝날 게 아니겠어요. 낯선 외국까지 이 불행을 끌고 갈 수는 없어요. 그래봤자 끔찍한 밑바닥 삶만이 우리를 기다리고 있을 뿐일 텐데요. 나는 형벌을 받으러 가는 것이니 당연히 그렇겠지요. 우리 죽어버려요."

마농이 말했다.

"아니면 나만이라도 죽여주세요. 그리고 당신은 더 행복한 연인의 품에서 새로운 운명을 찾으세요."

"아니, 아니, 그대와 함께 있으면서 겪는 불행은 내겐 오히려 행복한 운명이오."

그녀가 내뱉은 말에 나는 몸서리를 쳤다. 순간, 그녀가 자신의 불행에 짓눌려 있다는 것을 알게 되었다. 나는 짐짓 마음에 평정을 되찾은 듯, 그녀의 머릿속에서 죽음이라거나 절망이라는 말을 잊게 하려고 애썼다. 앞으로도 이런 모습을 유지하려고 스스로 다짐했다. 그리고 여자에게 용기를 북돋아 주는 데에는 사랑하는 남자의 용기만 한 것이 없다는 것을 뒷날에 가서야 깨달았다.

티베르주의 원조를 기대할 수 없게 되었으므로 나는 말을 팔았다. 당신에게 받은 돈 가운데 남은 돈과 합하니 17피스톨이 되었다. 그중 7피스톨로 마농을 위로하기 위해 생필품을 두세 가지 샀다. 그리고 남은 10피스톨은 미국에서 우리의 운명을 개척할 밑천으로 소중하게 간직했다. 내가 승선하는 것은 그리 어려운 일이 아니었다. 그 무렵, 식민지에서 일할 젊은이들을 모집하고 있었던 것이다. 배 삯도 밥값도 공짜였다. 이튿날, 파리행 우편물이 나가게 되어 있었으므로 나는 티베르주에게 편지를 썼다. 내용은 꽤나 비통했다. 그 편지는 아마도 그를 감동시켰을 것이다. 왜냐하면 그 편지를 받은 그는 어떤 결심을 하게 되었으니까. 그것은 불행한 벗에 대한 한없는 사랑과 관대함이 없으면 할 수 없는 결심이었다.

배가 출항했다. 순풍이 이어졌다. 선장은 마농과 나를 위해 별실을 마련해 주었다. 우리에게 호의를 가지고 있던 그는 우리를 다른 수상한 자들과는 다른 눈으로 봐주었다. 승선 첫날, 우리는 그를 별실로 불렀다. 조금이라도 다른 취급을 받고 싶은 마음에 나의 불운을 조금 털어놓았다. 나는 마농과 결혼했다고 하는 것이 죄가 될 만큼의 수치스러운 거짓말은 아니라고 생각했다. 그는 내 말을 믿었는지, 우리를 보호해 주었는데 항해 중 우리가 받은 특별대우를 생각해 보면 그가 우리를 얼마나 배려했는지 알 수 있다. 식사에도 신경을 써주었다. 무엇보다도 그의 배려는 가엾은 우리의 동행들로 하여금 우리에게 존경심을 갖게 만들었다. 나는 마농이 불편하지 않도록 끊임없이 신경을 썼다. 그녀도 그것을 잘 알고 있었다. 뿐만 아니라 그녀로 말미암아 겪게 된 이 기묘한 상황에 대한 미안함까지 더해져 그녀는 진심에서 우러나는 조신함으로 내 사소한 요구에도 지극한 정성으로 대했다. 덕분에 그녀와 나 사이에는 봉사와 사랑이 넘쳐났다.

나는 유럽에 아무런 미련도 없었다. 오히려 미국과 가까워질수록 우리 마음은 한결 넓고 차분해지는 느낌이었다. 그곳에서 생활에 필요한 물건에 부족함을 느끼지 않을 자신만 있었다면 나는 우리의 불행에 이토록 호의 넘치는 방향 전환을 이루어준 운명의 신에게 감사했을 것이다.

두 달에 걸친 항해 끝에 마침내 그리운 해안에 다다랐다 그 땅은 첫눈에는 무엇 하나 즐거워 보이는 것이 없었다. 거칠 대로 거친 들판에, 눈에 보이는 것이라고는 갈대 조금과 바람에 시달린 나무뿐이었다. 사람의 흔적도 없었을 뿐더러 동물의 그림자도 보이지 않았다. 그러나 선장의 명령으로 대포를 두세 발 쏘아 올리자, 삽시간에 뉴올리언스 시민들이 저마다 기쁜 표정으로 우르르 몰려들었다. 작은 산 뒤쪽에 마을이 있어 우리 눈에 띄지 않았던 것이다. 우리는 마치 천국에서라도 온 사람들처럼 환영받았다. 이 불쌍한 주민들은 고국인 프랑스의 사정이나 저마다의 고향에 대해 우리에게 질문을 쏟아댔다. 그들은 우리를 껴안고, 형제라고 부르며, 비참함과 고독을 나누려고 온 친근한 동료처럼 말했다. 우리는 그들과 함께 마을로 갔다. 마을에 가까워지면서 놀란 것은 그들이 훌륭한 마을이라고 자랑한 것이 초라한 몇몇 움막에 불과하다는 사실이었다. 이 움막에 살고 있는 사람은 모두해서 5,6백 명 정도 되었다. 촌장의 집은 그 높이나 위치가 다른 집보다 조금 나아 보이기는 했다. 그곳은 흙벽돌이 둘러쳐져 있었고, 주변에 커다란 저수지가 있었다.

우리는 먼저 촌장에게 안내되었다. 그는 선장과 작은 목소리로 이야기를 나누고는 우리 쪽으로 돌아와 배에서 내린 여자들을 한 사람 한 사람 심문했다. 여자들은 르 아브르에서 합류한 사람들까지 모두 30명에 이르렀다. 오랜 시간을 들여 심문을 마친 촌장은 배우자를 찾고 있는 마을 청년을 몇 사람 불렀다. 그는 그중에서도 아름다운 여자를 유력한 청년에게 내어주고 나머지는 제비뽑기를 하게 했다. 그는 마농에게는 한마디 말도 시키지 않았다. 다른 자들을 모두 물러가게 한 다음 그녀와 나를 남게 했다.

"선장에게 들었습니다만, 당신들은 결혼했다지요? 항해 내내 당신들이 교양 있고 훌륭한 분들이라는 것을 보아왔다고 하더군요. 당신들이 어째서 이런 처지가 되었는지 캐묻지 않겠소. 그러나 보시는 바와 같이 진정 어떻게 처신해야 할지를 알고 있다면 나도 당신들을 위해 수고를 아끼지 않을 생각이오. 당신들도 이 야만적이고 적막한 곳에 조금이라도 즐거움을 가져올 수 있도록 힘써주기 바라오."

그에 대해 나도 마땅한 답변으로 우리에 대한 그의 생각이 잘못되지 않았음을 증명하려고 애썼다. 그는 우리를 위해 마을에 집 한 채를 준비하도록 지시한 뒤, 함께 저녁 식사를 하자며 우리를 붙잡았다. 상스러운 추방자의 두목치고는 제법 예의를 알고 있는 듯 보였다. 우리 일의 속사정을 드러내놓고 질문하지도 않았다. 매우 일상적인 대화였다. 마농과 나는 우리의 슬픔을 억누르고 될 수 있는 대로 즐겁게 대화하려고 노력했다.

밤이 되자 우리는 준비된 집으로 안내되었다. 그것은 판자와 흙으로 만들어진 초라한 움막으로, 아래쪽에 방이 두세 개, 그리고 위쪽이 지붕 밑 골방이었다. 그는 거기에 의자 대여섯 개와 몇몇 가재도구를 준비시켰다. 이토록 비참한 집을 보고 마농은 몸서리를 치는 것 같았다. 그녀가 슬퍼한 것은 자기 자신 때문이 아니라 오히려 나 때문이었다. 우리 둘만 남게 되자 그녀는 자리에 앉아 너무나도 서글프게 울음을 터뜨렸다. 처음에는 그녀를 위로하려 했다. 그러나 그녀의 말이 오직 나만을 안타깝게 생각할 뿐이라는 것이었다. 그리고 우리의 불행을 내가 슬퍼하지나 않을지 그것만이 걱정이라고 했을 때, 나는 용기와 기쁨 넘치는 태도를 보이며 그녀에게 용기를 북돋우려고 애썼다.

"도대체 내가 무엇 때문에 투정을 부리겠어. 내가 갖고 싶은 것을 다 가지고 있는데 말이야. 그대는 나를 사랑하지? 내가 그것 말고 다른 뭔가를 요구한 적이 있었나? 우리의 앞날은 하늘에 맡기는 수밖에 없어. 그 앞날이라는 것도 그리 절망적이라고는 생각하지 않아. 촌장도 사리가 밝아 보이고. 게다가 우리를 인정해 주었으니 우리에게 불편을 끼치지도 않을 테고 말이지. 뭐, 움막이 조금 한심하고 가구도 보잘것없지만 그대도 알고 있는 것처럼 우리보다 좋은 집에 고급스러운 가구를 갖추고 있는 사람도 없는 것 같지 않아? 게다가 그대는 훌륭한 화학자인데 아쉬울 게 뭐가 있겠어."

그녀를 껴안으며 계속 말을 이었다.

"뭐든지 금으로 바꿔버리잖아."

"그럼 당신이 세상에서 제일 부자네요. 당신처럼 사랑이 많은 사람은 어디에도 없는 데다가 당신만큼 사랑받는 사람도 없으니까요. 그것만은 맹세해요."

그녀가 덧붙여 말했다.

"내게 당신의 그 깊은 사랑을 받을 자격이 있다고 생각하지는 않아요. 그동안 너무 많은 괴로움을 드렸어요. 당신 같은 좋은 사람이 아니었다면 도저히 용서받지 못했을 거라는 것도 잘 알고 있어요. 내가 경박하고 변덕이 심했잖아요. 당신을 그토록 열렬히 사랑하면서도 은혜를 모르는 여자가 되곤 했으니까요. 하지만 내가 얼마나 달라졌는지 당신은 모르실 거예요. 프랑스를 벗어난 뒤 내가 눈물 흘리는 것을 몇 번 보셨겠지만 단 한 번도 나를 위해 울지는 않았답니다. 당신이 나의 불행을 나누어 가지려고 한 그 순간부터 나는 불행을 느끼지 않게 되었어요. 내가 울었던 건 그저 당신이 너무 안쓰러웠기 때문이에요. 내가 당신을 단 1분이라도 슬프게 했다고 생각하면 정말 견딜 수가 없어요. 그리고 아무런 자격도 없는 불행한 내가 사랑을 위해서라면 그 무엇도 주저하지 않는 당신을 보면 정말 감동해서 그저 놀랍기만 할 뿐이에요. 내 피를 모두 쏟아낸다 해도."

눈물을 펑펑 쏟으며 이렇게 말했다.

"당신이 한 고생의 절반도 안 될 거예요."

그 말, 그 눈물, 그리고 말투는 내게 놀라운 인상을 남겼다. 내 가슴이 터져버리는 게 아닐까 싶을 정도였다.

"이제 됐어, 내 사랑하는 마농! 이제 그만. 내겐 그토록 뜨거운 사랑의 말에 견딜만한 힘이 없어. 이렇게 큰 기쁨에 익숙하지 못하거든. 아아, 주님!"

내가 큰 소리로 외쳤다.

"저는 더 이상 당신께 아무것도 구하지 않겠습니다! 이렇게만 된다면 행복해지리라 생각하고 있었으니까요. 이젠 행복이 달아날 길은 없습니다. 이제 드디어 제 행복도 자리를 잡은 것입니다."

"이젠 걱정 없어요. 당신이 그 사랑을 내게 구하기만 한다면. 그리고 나도 내 행복을 어디에서 찾아야 하는지 정도는 알고 있답니다."

나는 이 황폐한 집을 세계 제일의 왕이 살기에 걸맞은 궁전으로 바꾸어버릴 만큼의 즐거운 생각을 하며 잠자리에 들었다. 미국이 나에게는 지상 최고의 낙원으로 여겨졌다.

"사람이 진정한 사랑의 기쁨을 맛보기 위해서는 말이야,"

마농에게 내 말을 들려주었다.

"이 뉴올리언스에 올 필요가 있어. 여기에 오면 이기심도, 질투심도 생기지 않고, 영원히 사랑을 나눌 수 있을 테니까. 우리나라 사람들은 황금을 찾아 이곳으로 오지. 그들은 우리가 여기서 황금보다 훨씬 더 가치 있는 것을 찾았다는 것을 결코 모를 거야."

우리는 촌장과의 우정을 두텁게 하려고 힘썼다. 그는 친절했고, 우리가 도착한 지 2,3주일이 지나자 때마침 보루공사에 자리가 비었다고 하면서 일자리를 알선해 주었다. 그리 훌륭한 일이라고는 할 수 없었지만 그래도 하늘이 주신 일이라 생각하고 감사히 받았다. 이제부터는 누구의 도움도 없이 살아갈 수 있게 된 것이다.

　나를 위한 하인과 마농의 몸종을 한 명씩 고용했다. 이리하여 우리의 조촐한 살림이 조금 더 안정되었다. 나는 몸가짐을 바르게 했으며 마농 또한 나 못지않았다. 이웃에게 선행을 베풀었으며 기회가 생길 때마다 도움 주는 일도 게을리하지 않았다. 베풀기를 좋아하는 기질과 상냥한 태도로 우리는 온 식민지 주민들에게 사랑과 신뢰를 받게 되었다. 아주 짧은 기간이었지만 우리는 존경을 받았으며, 마을에서는 촌장 다음가는 인물로 추대받기에 이르렀다.

　일이라고 해야 아주 단순했고 생활환경 또한 매우 단조로웠으므로 우리는 자연스레 종교에 눈을 돌리게 되었다. 마농은 처음부터 믿음을 가진 사람이고, 나도 방탕한 생활에 무종교를 내세우는 터무니없는 탕자는 아니었다. 그저 사랑과 젊음이 우리에게 온갖 방종을 일으키게 했을 뿐이다. 그동안 젊음이 차지하고 있던 자리를 경험이 대신하게 되었다. 실제로 경험은 우리에게 세월과 맞먹는 효과를 미쳤다. 우리의 대화는 늘 반성의 성격을 띠었으며, 우리도 모르는 사이 순수한 사랑을 동경하게 만들었다. 이런 마음의 변화를 마농에게 고백했다. 성격이 곧고 솔직한 그녀는 미덕을 추구하는 아름다운 마음씨를 지니고 있었다. 나는 우리의 행복에 한 가지 빠져 있는 것을 그녀에게 이해시키려고 했다.

"그건 말이지, 우리의 행복이 하느님의 뜻에 합당한 것이어야 한다는 거야. 우리 둘 다 아름다운 영혼과 선한 마음을 가지고 있으면서 우리의 의무를 저버리고 아무렇지도 않게 살아갈 수는 없어. 프랑스에서는 사랑을 포기하지도 못하면서, 그렇다고 정상적인 생활에 만족하지도 못했으니 어쩔 수 없는 일이었지. 하지만 이곳 미국에서는 완전히 외딴 생활을 하고 있으니, 신분이라거나 세상 이목 따위에 신경 쓸 필요가 없다는 거야. 모두들 우리가 결혼한 줄 알고 있어. 그러니 곧 정식으로 결혼을 한다 한들 누가 뭐라고 하겠어. 종교가 허락하는 신성한 맹세로 우리 사랑을 드높이는 것을 훼방하는 사람은 없을 거야. 나는 이미 그대에게 모든 것을 바쳤으니 새삼 더 바칠 것도 없지만 제단 앞에서 새롭게 바치고 싶어."

내 말이 그녀를 아주 기쁘게 한 모양이었다.

"바로 그거예요. 나도 미국에 온 뒤 몇 번이나 그런 생각을 했는지 몰라요. 하지만 당신이 불쾌해하실까 봐 그게 두려워서 말도 못 하고 가슴속에 묻어두고 있었답니다. 정식으로 당신의 아내가 되고 싶다는 외람된 말을 차마 할 수가 없었거든요."

"아아, 마농! 내가 만약 왕관을 쓰고 태어났다면 그대는 곧 왕비가 될 거야. 더 이상 무엇을 망설이겠어. 우리에게 방해될 건 아무것도 없다고. 오늘 당장 우리 마음을 촌장에게 말하고, 그동안 속여왔던 것을 고백할게. 결혼은 결국 쇠사슬이며 두려운 것이라는 말은 세속적인 사랑을 하는 사람들에게나 들려주라고 하지. 그런 사람들이라도 우리처럼 늘 사랑의 쇠사슬로 묶여 있다면 결혼의 쇠사슬도 두려워할 이유는 없을 텐데 말이야."

나의 소신에 마농은 어쩔 줄 모르며 기뻐했다.

지난날의 나와 같은 상태, 다시 말해 스스로의 힘으로는 도저히 어찌할 수 없는 숙명적인 욕망에 사로잡힌 채, 억누를 수 없는 회한에 짓눌려 있었던 그때와 같은 상태라면, 지금의 내 생각에 찬성할 사람은 없을 것이다. 하지만 오직 하느님의 뜻을 받들겠다는 일념으로 세운 계획을 만약 하느님이 거절한다면, 그리고 내가 그 가혹함에 불평한다면 과연 내 불평에 불의의 비난을 퍼부을 자가 있겠는가. 아아, 하지만 이 무슨 일이란 말인가. 나는 신에게 거절당하고 말았다! 어디 그뿐인가. 신은 이 계획을 죄악으로 여기시고 벌을 내리셨다! 내가 맹목적으로 악의 길을 걷고 있을 때, 신은 깊이 인내하면서 내가 다시 선의 길로 돌아올 때를 대비하여 가장 잔인한 벌을 마련해두고 있었던 것이다. 지금까지 있어온 일들 가운데 가장 불행한 사건을 다 이야기할 기력이 내게 남아 있을지 모르겠다.

마농의 동의를 얻은 나는 그길로 촌장에게로 가서 우리 결혼식을 승인해 달라고 부탁할 참이었다. 그 무렵, 이 마을의 단 한 명뿐이었던 고해신부가 촌장의 입회 없이도 식을 올려줄 것이 확실했다면 촌장이나 다른 누구에게도 우리의 이야기를 하지 않았을 것이다. 하지만 고해신부가 말없이 맡아주리라고는 기대할 수 없었으므로 차라리 담백하게 행동하기로 결심했다. 촌장에게는 그가 무척 사랑하는 시늘레라는 조카가 있었다. 30살가량 되는 용감한 남자였으나 성격이 급하고 난폭한 데가 있는 독신이었다. 마농의 아름다움은 우리가 미국에 도착한 첫날부터 그의 마음을 뒤흔들어놓았다. 그 뒤 10개월 가까이 지내는 동안, 그녀를 만날 때마다 그는 정념에 휩싸여 남모르게 속을 태웠다. 하지만 큰아버지를 비롯한 마을 사람들처럼 우리가 결혼한 것으로 알고 있었으므로 자기 사랑을 억누른 채 겉으로는 아무런 내색도 하지 않았던 것이다. 그는 기회가 있을 때마다 그 뜨거운 마음을 드러냈다. 그리고 무슨 일이든 나를 위해서라면 팔을 걷어붙이고 열심을 내었다. 일터로 나가니 그와 촌장이 함께 있었다. 굳이 내 이야기를 비밀로 할 이유가 없다고 생각한 나는 그가 있는 자리에서 아무렇지도 않게 촌장에게 우리의 이야기를 털어놓았다. 촌장은 여느 때와 같이 선의를 보였다. 내 이야기를 조금 들려주자 그도 기꺼이 내 말에 귀를 기울였으므로 자연스럽게 결혼 이야기를 꺼냈다. 우리 결혼식에 입회해달라고 부탁하자 그는 결혼식 비용까지 모두 맡겠다고 관대하게 나섰다. 나는 매우 만족스럽게 그 자리를 물러났다.

1시간 뒤, 고해신부가 내게로 왔다. 나는 결혼식 일로 뭔가 지시할 것이 있는 모양이라고만 생각했다. 그런데 내 인사에 무뚝뚝하게 대답한 그는 두 가지를 선고하는 것이었다. 촌장이 내 결혼을 허락하지 않는다는 것, 마농에 대해서는 달리 생각하는 바가 있다는 것이다.

"마농에 대해서는 달리 생각하는 바가 있다고요?"

나는 엄청난 충격을 느끼며 물었다.

"달리 생각한다는 건 뭐죠, 신부님?"

그의 대답은 이랬다. 촌장이 이 식민지의 주인이라는 것은 잘 알고 있을 터이고, 마농은 프랑스에서 이곳으로 보내진 이상 그녀를 어떻게 하든 그것은 그의 권한이다. 지금까지 촌장이 정당한 조치를 취하지 않은 것은 그녀가 결혼을 했다고 믿고 있었기 때문이다. 하지만 결혼하지 않았다고 본인의 입으로 말한 이상, 그녀를 사랑하고 있는 시늘레 씨에게 마농을 넘기는 것은 지극히 당연한 일이라 판단하고 있다는 것이었다.

순간, 분노가 치민 나는 신중을 기할 여유도 무엇도 없었다. 신부에게 당장 나가라고 위압적인 태도로 소리쳤다. 촌장이든 시늘레든 온 마을 사람이든, 당신들에게는 정부에 불과할지 모르나 엄연한 내 아내이므로 그녀의 손가락 하나 건드리지 못하게 하겠다고 엄포를 놓으면서.

나는 방금 들은 저주스러운 선고를 지체 없이 마농에게 알렸다. 아마도 내가 촌장에게 다녀간 뒤 시늘레가 큰아버지의 마음을 움직인 게 분명하다. 나는 그것이 꽤 오래전부터 꾸미고 있던 계획의 결과라는 것을 알아차렸다. 그들은 이곳에서 최강자다. 그에 비해 마농과 나는 망망대해 한가운데에 있는 것이나 다름없었다. 달리 표현하자면 우리는 아득하게 넓은 공간에 의해 다른 세상과 격리되어 있었다. 어디로 도망쳐야 한다는 말인가! 인적 없는 미개척지? 아니면 맹수가 들끓는 곳? 그도 아니면 야만인들의 나라로? 생각해 보면 나는 이 마을에서 존경을 받고 있었다. 그러나 마을 주민들을 내 뜻대로 움직여, 이 재난에 필적할 만큼의 도움을 받는다는 것은 도저히 있을 수 없는 일이었다. 설령 그렇게 한다 해도 얼마쯤의 돈이 있어야 할 터인데 내게는 가진 돈이 없었다. 무엇보다도 주민들이 소란을 일으킨다고 한들 그것이 성공할지도 의심스러웠다. 게다가 만일 운이 따라주지 않는다면 우리는 돌이킬 수 없는 불행에 빠지게 될 것이다. 나는 이런 생각에 사로잡혀 있었다. 내 마음을 마농에게 조금 털어놓았다. 그리고 그녀의 말에 귀를 기울이려고도 하지 않은 채 새로운 궁리에 빠져들었다. 하나의 결심을 했다가는 곧 그것을 버리고 또 다른 궁리에 몰두했다. 나는 생각에 잠겨 혼잣말을 해댔다. 한 가지 생각이 떠오르면 거기에 혼자 답을 하면서. 그야말로 나는 그 무엇에도 비교할 수 없는, 지금까지 보인 적 없는 광란 속에 빠져 있었다. 마농은 말없이 나를 바라보고만 있었다. 내가 혼란스러워하는 것을 보면서 그녀 또한 예사롭지 않은 위험을 느꼈을 것이다. 그녀 자신을 위해서라기보다 나를 위해 떨면서, 이 가엾은 아가씨는 얼마나 두려운지 내게 말을 꺼낼 생각조차 하지 못했다. 나는 갖은 생각을 거듭한 끝에 촌장을 만나러 가기로 결심했다. 그의 명예에 호소하고, 내가 그를 얼마나 존경하는지, 그리고 그동안 그가 보였던 애정을 상기시키면서 그의 마음을 움직여보려 한 것이다. 마농은 집을 나서려는 나를 붙잡았다. 그녀는 눈물까지 글썽이며 이렇게 말했다.

"당신, 죽으러 가려는 것이나 마찬가지예요. 그 사람들, 틀림없이 당신을 죽일 거라고요. 내가 더 이상 당신을 보지 못하게 되는 거라고요. 차라리 당신보다 먼저 죽어버리고 싶어요!"

꼭 가야만 한다는 것과, 그녀는 집에 남아 있어야 한다는 것을 설득하는 데에는 상당한 노력이 필요했다. 곧 돌아오겠다는 말을 남기고 집을 나섰다. 오직 그녀에게 신의 노여움과 우리 적들의 저주가 내리려 하고 있다는 것을 그녀도 나도 모르고 있었다.

나는 보루로 갔다. 촌장은 신부와 함께 있었다. 나는 촌장의 마음을 움직이기 위해 비굴할 정도로 자세를 낮추었다. 다른 의도로 이런 모습을 해야 했다면 아마 나는 수치심으로 죽고 말았을 것이다. 어찌 되었든 최선을 다해 매달렸다. 상대가 잔인하고 비정한 인간이 아닌 다음에야 반드시 마음에 감동을 일으켜주리라 기대하면서. 하지만 야수와 다를 바 없는 이 인간은 내게 두 가지 답변을, 골백번도 넘게 들려주었다. 마농을 자기 마음대로 할 것이라는 것, 그리고 조카와 약속했다는 것을. 나는 이를 악물고 머리끝까지 치밀어 오르는 분노를 견뎌낼 각오였다. 그래서 당신을 친한 벗이라 믿고 있는 나의 죽음을 설마 기뻐하지는 않으리라 생각한다, 하지만 내 사랑을 잃게 된다면 차라리 죽음을 택하는 게 낫다고 생각하고 있다고만 말해주었다.

조카를 위해서라면 지옥에라도 떨어질 것 같은 이 완고한 노인네에게서는 아무것도 얻을 것이 없다는 사실을 그 집을 나서면서야 뼈저리게 느꼈다. 하지만 마지막까지 온건한 태도를 보이겠다는 각오는 지켰다. 만약 그자들이 무지막지하게 나온다면 일찍이 보지 못한 끔찍하고도 피비린내 나는 장면을 이곳에서 연출할 배짱이었다. 그런 생각을 하면서 집으로 돌아가려 할 때, 운명은 나의 파멸을 앞당기려는 속셈으로 시늘레와 맞닥뜨리게 만들었다. 그는 내 눈에서 각오의 빛을 읽었다. 전에도 말했다시피 그는 용감한 남자였다. 내 곁으로 다가오면서 그가 말했다.

"나를 찾고 있는 게 아닌가? 내 생각이 당신을 화나게 했다는 것은 알고 있다. 그래서 조만간 당신과의 결투를 각오하고 있었지. 어때? 어느 쪽이 행운을 거머쥐게 될지 한번 해보자고."

나는 그의 말에 동의하면서, 우리의 싸움을 해결할 수 있는 것은 내 죽음뿐이라고 말했다. 우리는 마을에서 조금 떨어진 곳으로 갔다. 둘은 칼을 뽑았다. 나는 그에게 상처를 입힘과 동시에 그의 칼을 빼앗았다. 그는 이 패배에 분함을 이기지 못한 채, 목숨을 구걸하는 일도 마농을 포기하는 일도 거절했다. 그때 그를 해치우고 마농을 포기시킬 수도 있었을 것이다. 그러나 아량 있는 내 기질은 그렇게 하지를 못했다. 나는 그에게 칼을 던져 주었다.

"다시 하지. 이번엔 봐주지 않을 테니 각오하라고!"

그는 무서운 기세로 달려들었다. 파리에서 고작 석 달밖에 훈련을 받은 적이 없었기에 나의 칼 솜씨가 뛰어나다고 할 수는 없었다. 아마도 나의 사랑이 내 칼을 다스린 모양이다. 시늘레가 내 팔 여기저기에 자상을 남기기는 했지만 나는 상대방의 허점을 엿보아 강하게 일격을 날렸다. 그는 내 발아래로 쓰러져서는 꼼짝도 하지 않았다.

목숨을 건 결투에서 승리한 기쁨에 젖어들기에는 이 죽음이 불러일으킬 여러 가지 결과가 너무도 엄청났다. 나로서는 그 어떤 은전도 유예도 바랄 수가 없었다. 조카에 대한 촌장의 사랑이 얼마나 큰지를 알고 있었던 만큼 앞으로 닥쳐올 일은 불을 보듯 뻔했다. 촌장이 조카의 죽음을 알게 된다면 내 목숨도 곧 거두어질 것이다. 그러나 아무리 두려움이 강했다 해도 그보다 더 큰 걱정은 마농이었다. 마농이, 마농의 일이, 마농이 처한 위급함이, 마농을 잃게 된다는 것이 나를 혼란에 빠뜨렸으며 눈앞을 캄캄하게 했다. 심지어 내가 어디에 있는지조차 모를 지경이었다.

나는 시늘레를 죽인 것을 후회했다. 차라리 나도 이 자리에서 죽는 것이 앞으로 닥칠 고통에서 벗어나는 유일한 방법일 것만 같았다. 그러나 한 가지 생각이 떠오르자 나는 이성을 회복했으며, 새로운 결심까지 하게 되었다.

"뭐야! 고통에서 벗어나려고 죽겠다는 거야? 그렇다면 내가 사랑하는 것을 잃어버리는 것보다 더 무서운 게 있다는 말인가? 아아, 사랑하는 여인을 구하기 위해 어떤 고통도 견뎌내자! 참는 것이 헛된 일이었다는 것을 알게 될 때까지 죽어서는 안 된다!"

그렇게 소리쳤다.

나는 마을로 돌아갔다. 집에서는 마농이 공포와 불안으로 초주검이 되어 있었다. 나를 보자 그녀는 겨우 기운을 차렸다. 나는 그사이 무슨 일이 있었는지 마농에게 말해주었다. 시늘레의 죽음과 내가 부상을 입었다는 말을 듣자 그녀는 그만 정신을 잃고 내 품 안에 쓰러졌다. 나는 15분이나 걸려 간신히 그녀의 의식을 회복시켰다. 나 또한 빈사 상태였다. 그녀와 나의 안전을 어떻게 지켜야 할지 도무지 희망의 빛이 보이지 않았다.

"마농, 우리 이제 어떡하지?"

그녀가 어지간히 제정신을 차렸을 때 내가 말했다.

"아아, 이제 어쩌면 좋단 말이야? 아무튼 나는 이제 이곳을 떠나야 해. 그대는 마을에 남아 있고 싶겠지? 그렇다면 그렇게 해. 그대는 여기서도 행복할 수 있을 테니까. 나는 떠나겠어. 그대에게서 멀리 떠나 야만인들과 맹수의 손톱에 목숨을 맡기러 말이야."

그녀는 어디서 기운이 났는지 벌떡 일어나더니 내 손을 잡고 현간 쪽으로 끌고 갔다.

"우리 함께 달아나요! 꾸물거릴 시간이 없어요. 시늘레의 시신을 발견했을지도 모르잖아요. 그리되면 도망칠 여유도 없어진다고요."

"하지만, 사랑하는 마농!"

나는 살아도 산목숨이 아니었다.

"어디로 도망친단 말이야? 도망칠 길이라도 준비해 놓은 거야? 내가 없더라도 참고 여기서 그냥 살아. 그게 더 나아. 나는 떳떳하게 촌장한테 가서 목을 내미는 게 낫겠지."

이 이야기는 달아나자는 그녀의 성화에 부채질만 할 뿐이었다. 그녀의 말에 따를 수밖에 없었다. 집을 나서면서 방에 있던 독한 술 몇 병과 주머니에 들어갈 만큼의 음료를 잊지 않고 챙겼다. 옆방에 있던 하인들에게는 산책을 나간다고 말해두었다. 우리는 매일 그 시간에 산책을 하는 습관이 있었기 때문이다. 그리고 연약한 마농에게는 벅찰 정도의 빠른 걸음으로 마을을 벗어났다.

어디에 숨어야 할지도 몰랐지만 내게는 두 가지 희망이 남아 있었다. 이 희망이 없었다면, 마농에게 무슨 일이 일어날지도 모른다는 불안으로 걱정하기보다는 진작 죽음을 택했을 것이다. 미국에 온 지 10개월이나 되고 보니 나는 이곳 사람들의 성향이나 그들을 회유하는 방법을 얼마쯤 터득하고 있었다. 그러니만큼 그들에게 붙잡힌다 해도 반드시 죽임을 당할 것이라고는 생각하지 않았다. 게다가 그들과는 여러 가지 일로 만날 기회가 많이 있었으므로, 그들의 말투나 습관에 대해서도 어느 정도 지식을 가지고 있었다. 이 서글픈 희망과 더불어 또 하나의 희망이 있었다. 그것은 우리와 함께 이 신대륙에 식민지를 가지고 있는 영국인들에 대한 것이었다. 다만 한 가지, 그들이 있는 곳까지의 거리가 너무 멀다는 점이 걱정이었다. 우리가 그들의 식민지까지 가기 위해서는 몇 날 며칠을 황량한 불모지를 걸어야 했으며, 아무리 강하고 거친 사내라도 길 떠나는 것을 망설일 만큼 높고 험한 산들을 넘어야만 했다. 그렇다 하더라도 나는 이 두 가지 희망에 의지하여 스스로를 위로했다. 우리를 안내해줄 현지인과, 그 거주지에서 우리를 맞아줄 영국인을 우리 편으로 만들 수 있을 것이라는 막연한 희망을 안고.

우리는 마농의 힘이 닿는 데까지 10리 길을 걷고 또 걸었다. 이 비할 바 없는 여인이 쉬어 가자는 말을 도무지 듣지 않았던 것이다. 드디어 피로에 지친 마농이 더 이상 한 걸음도 걸을 수 없다고 고백했다. 이미 밤이 되어 있었다. 잠시 쉴만한 나무 한 그루조차 보이지 않는 광야 한가운데에 우리는 주저앉고 말았다. 그녀는 대뜸 우리가 떠나오기 전 손수 감아준 붕대를 갈자고 했다. 내가 아무리 사양해도 소용없었다. 그녀는 내 상처에 대한 걱정 없이, 내가 편안하게 쉬는 것을 보아야만 마음이 놓이겠다고 했다. 이런 그녀의 청을 거절하고 만약 내가 그녀의 신변을 먼저 챙겼다면 오히려 그녀는 죽도록 괴로웠을 것이다. 나는 그녀의 원대로 잠시 그녀에게 몸을 맡겼다. 말없이, 그러나 부끄러운 마음으로 그녀의 정성 어린 간호를 받았다. 그녀가 자신의 애정을 다 쏟아붓고 나자 이번에는 나의 애정이 불처럼 타올랐다. 나는 입고 있던 옷을 모두 벗어서는 땅바닥이 너무 딱딱하지 않도록 깔아주었다. 싫다며 사양하는 그녀에게 조금이라도 편히 해주고 싶은 내 마음을 받아들이도록 타일렀다. 그리고 그녀의 두 손을 뜨거운 입맞춤과 입김으로 따뜻하게 해주었다. 그녀 곁에서 망을 보고, 그녀를 위해 아늑하고 편안한 잠을 잘 수 있게 해달라고 기도하며 밤을 지새웠다. 아아, 신이시여! 내 기도가 얼마나 간절하고 진지했는지! 그럼에도 그 기도를 들어주지 않으셨으니 그 얼마나 가혹한 심판이었는지요!

부디 이 애절한 이야기를 하찮은 몇 마디 말로 그친다 해도 용서하시기를 바란다. 내 일생은 그저 탄식하고 슬퍼할 운명을 지니고 있다. 늘 이 불행을 기억하고 있으면서도 막상 그것을 입 밖에 내려고 할 때마다 내 영혼은 두려움으로 흠칫 움츠러들게 된다.

우리는 그렇게 잠시 편안한 시간을 보냈다. 내 사랑하는 여인이 잠들었을 것이라고 생각한 나는, 그녀가 잠에서 깨지나 않을까 조심하면서 숨소리도 크게 내지 않았다. 날이 밝아올 무렵, 그녀의 손을 만져보니 얼음장처럼 차가운 것이 덜덜 떨고 있는 것이 아닌가! 그 손을 녹여주려고 내 품에 안으려 한 순간, 나의 몸짓을 알아챈 그녀가 내 손을 잡으려 안간힘을 쓰면서 가냘픈 목소리로 마지막 때가 온 것 같다고 속삭였다. 처음에는 그것을 역경 속에서 흔히 하는 말인 줄로만 알았다. 그래서 부드럽게 위로하는 말만 해주었을 뿐이다. 그러나 그녀의 숨소리가 거칠어지고, 내 말에 아무 대답도 하지 못 하는가 하면 내 손을 꼭 잡기도 하는 것으로 미루어 그녀의 불행에 마침표를 찍으려 하고 있다는 것을 알게 되었다. 그때의 내 마음이나 그녀의 마지막 표정을 어떻게 말로 설명할 수 있겠는가! 나는 그녀를 잃었다! 그녀가 마지막 숨을 들이쉬는 그 순간에조차 나는 그녀로부터 사랑의 증표를 받았다. 이 숙명적이고도 처참한 일에 대해 내가 할 수 있는 말은 이것이 전부다.

내 영혼은 그녀의 넋을 따라가지 않았다. 아마도 신은 이 정도 형벌로는 부족하다고 생각한 모양이다. 그 뒤로도 무기력하고, 비참하기 이를 데 없는 삶을 살기를 신은 원하고 있었던 것이다. 나 또한 더 이상의 행복은 바라지도 않았다.

나는 사랑하는 마농의 얼굴과 손에 입술을 댄 채 꼬박 하루를 보냈다. 그대로 죽을 생각이었다. 그러나 이틀째 되는 날 아침이 밝아올 무렵 문득, 내가 죽어버린다면 그녀의 시체는 짐승들의 밥이 되고 말 것이라는 생각이 들었다. 그녀를 묻은 다음, 거기서 죽음을 기다리기로 했다. 굶주림과 고뇌로 쇠약해질 대로 쇠약하진 내게도 죽음이 다가온 모양으로, 일어서기조차 힘들 정도였다. 그래서 집을 나설 때 들고 온 술의 힘을 빌려야 했다. 술기운으로 나는 이 슬픈 작업을 시작했다. 모래 바닥이었으므로 땅을 파는 일은 그다지 힘들지 않았다. 칼로 파려 했으나 그만 칼이 부러지고 말았다. 칼로 파는 것보다 손으로 파는 것이 훨씬 수월했다. 이윽고 커다란 구덩이가 만들어졌다. 모래가 그녀의 몸에 닿지 않도록 내 옷으로 그녀를 감싼 뒤 내 우상을 그곳에 뉘었다. 그러고는 그지없는 사랑의 열정을 다해 수천 번도 더 그녀에게 입맞춤을 퍼붓고는 그녀 곁에 앉아 오래도록 그녀를 바라보았다. 도저히 모래를 덮을 용기가 생기지 않았다. 하지만 기력이 떨어지기 시작했다. 이 일을 마치기 전에 기력을 잃지나 않을까 두려운 마음에, 이 세상에서 가장 완벽하고 사랑스러운 그녀를 영원히 대지의 품에 안겨주었다. 그리고 무덤 위에 몸을 누이고 모래에 얼굴을 묻었다. 두 번 다시 눈을 뜨지 않겠다고 다짐하면서, 그리고 신의 구원을 바라면서 그대로 죽음을 기다렸다.

믿기 어렵겠지만 이 뼈아픈 작업을 하면서 나는 눈물 한 방울 흘리지 않았으며 한숨 한 번 쉬지 않았다. 너무나도 깊은 낙심과 확고한 죽음의 결심이 절망이며 고통으로부터 나를 단절시킨 것이다. 그렇게 오래도록 꼼짝 않고 무덤 위에 있을 수 있었던 것은 그나마 남아 있던 의식과 감정을 잃어버렸기 때문이다.

이 이야기의 결론은 하찮은 것이요, 굳이 들을 만한 것이 아니다. 시늘레를 마을로 옮겨 살펴보니 그는 죽지 않았을 뿐 아니라 상처도 치명적이지 않다는 것이 밝혀졌다. 시늘레는 우리의 결투에 대한 이야기를 큰아버지에게 들려주었다. 그는 관대하게도 나의 아량을 마을 사람들에게 공표하게 했다. 그리고 사람들을 풀어 나를 찾게 했는데 나뿐만 아니라 마농도 없어진 것을 확인하고는 우리가 도망했다는 것을 알게 되었다. 뒤쫓게 하기에는 너무 늦었다는 생각도 했으나, 이튿날도, 그 이튿날도 나를 추적했다. 그리고 드디어 마농의 무덤 위에서 살아 있는 것 같지 않은 나를 발견한 것이다. 나를 발견한 사람들은 내가 반나체로 피투성이가 되어 있는 것을 보고는 도적 떼를 만나 살해당했다고 생각했다. 그들은 나를 마을로 데리고 갔다. 몸이 흔들리는 바람에 의식을 되찾은 나는 눈을 떴다. 그리고 아직 죽지 못하고 산 사람들과 함께 있는 자신이 한심하여 무의식적으로 쏟은 한숨에 사람들은 내가 살아 있다는 것을 알았다. 이 구조는 나로서는 고맙지만 사양하고 싶었다.

나는 또다시 좁은 감옥에 투옥되었고 심문을 받았다. 그리고 분노와 질투에 사로잡혀 그녀를 죽였다는 의심을 받았다. 나는 내 가엾기 이를 데 없는 이야기를 있는 그대로 들려주었다. 시늘레는 이 이야기를 듣고 심한 충격을 받았을 터임에도 아량을 베풀어 나의 특별사면을 요청했고, 나는 풀려났다. 쇠약할 대로 쇠약해진 나는 집까지 실려 갔으며, 중병으로 3개월을 침상에서 보냈다.

삶에 대한 나의 원한은 가시지 않았다. 나는 끊임없이 죽고자 했다. 그리고 오랫동안 약마저 거부했다. 그러나 신은 이토록 가혹한 형벌을 겪게 한 뒤, 이 형벌을 나에게 유익한 것으로 만들려고 하는 것 같았다. 신이 그 빛으로 나를 비추어 가문과 내가 받은 교육에 합당한 여러 가지 생각을 일깨워 주셨다. 다시금 평온이 되살아나자 점차 건강도 회복되었다. 그리고 명예에 대한 욕심도 생겨났다. 소소한 일을 충실히 수행하면서 해마다 한 번 미국에서 이 땅으로 오는 프랑스 선박을 기다리게 되었다. 그리고 앞으로는 절도 있고 현명한 생활을 하면서 지금까지의 방정하지 못했던 내 행실을 보상할 각오를 다졌다. 내 사랑하는 여인의 유체는 시늘레의 배려로 훌륭한 곳으로 이장했다.

병이 나은 지 6주일쯤 지난 어느 날, 해변을 거닐고 있는데 뉴올리언스에서 온 상선 한 척이 눈에 들어왔다. 나는 선원들이 상륙하는 모습을 쳐다보고 있었다. 그리고 마을 쪽으로 가고 있는 사람들 속에서 티베르주의 모습을 확인하고는 얼마나 놀랐는지 모른다.

이 충실한 친구는 그동안 겪은 아픔으로 초췌해질 대로 초췌해져 있는 내 모습을 멀리서도 한눈에 알아보았다. 그의 말에 따르면, 그가 이곳까지 오게 된 이유는 오직 한 가지, 나를 만나 함께 프랑스로 돌아가자고 권유하는 것이었다고 한다. 아브르에서 내가 보낸 편지를 받은 그는, 내가 원하는 대로 도와주기 위해 아브르로 갔다. 거기서 내가 이미 출발했다는 것을 알게 되자 너무나도 놀라고 안타까웠다. 뒤이어 출항하는 배라도 있었다면 내 뒤를 쫓았을 것이었다. 그는 여기저기 항구를 찾아다니며 여러 달 동안 배를 찾았다. 그리고 드디어 생말로에서 마르티니크를 향해 닻을 올리는 배를 발견했다. 마르티니크에서는 뉴올리언스로 가는 배를 쉽게 찾을 수 있으리라는 희망을 가지고 승선했다. 그런데 그 배가 마르티니크로 가던 중 스페인 해적에게 습격을 당하고 말았다. 그들은 어느 섬으로 끌려갔는데 티베르주는 교묘하게 도망쳤다. 그리고는 이곳저곳을 헤매다가 마침내 방금 전 도착한 작은 배를 타게 되어 다행히 나를 만나러 올 수 있었다는 것이다.

나는 변치 않는 친구의 충실함과 우정에 얼마나 감사했는지 모른다. 그를 집으로 안내하고는 진심으로 환대했다. 나는 프랑스를 떠난 뒤부터 겪은 모든 일들을 말해주었다. 그리고 그를 기쁘게 해주기 위해 그가 그토록 내게 바라던 미덕의 씨앗이 이제 만족스러운 열매를 맺기 시작했다는 이야기를 들려주었다. 이 말을 들은 그는, 이처럼 유쾌한 소식을 들으니 그동안 여행으로 쌓인 피로가 말끔히 풀어지는 것 같다며 기뻐했다.

우리는 프랑스행 배편을 기다리며 뉴올리언스에서 두 달을 함께 보냈다. 그리고 마침내 항해에 올라 보름 전에 르 아브르 드 그라스에 도착했다. 배에서 내리자마자 나는 곧 집에 편지를 보냈다. 형님의 답장으로 아버지가 돌아가셨다는 슬픈 소식을 알게 되었다. 내 방종한 생활이 아버지의 죽음을 재촉한 것이 아닐까 하는 생각에 몸 둘 바를 몰랐다. 마침 칼레로 가기에 알맞은 순풍이어서 그길로 출발했다. 거기서 몇 리쯤 떨어진 곳에 있는 귀족 친척집으로 갈 예정이다. 그곳에서 형이 기다리겠노라고 했기에.

해설

알렉상드르 뒤마 피스 생애와 춘희
아베 프레보 생애와 마농 레스코
알렉상드르 뒤마 피스 연보
아베 프레보 연보

알렉상드르 뒤마 피스 생애와 춘희

1. 지은이와 여주인공의 영광

알렉상드르 뒤마 피스

《춘희 La Dame aux Camélias》는 지금도 널리 사랑받는 19세기 프랑스 소설이며 수많은 영화와 연극으로 만들어졌다. 특히 베르디 오페라 〈라 트라비아타(La Traviata)〉 덕분에 《춘희》는 불후의 명성을 얻게 되었다. 그렇다면 이 소설을 쓴 작가 알렉상드르 뒤마 피스(Alexandre Dumas fils)는 누구일까. 그는 1824년 7월 27일 파리에서 '사생아'로 태어났다. 어머니는 평범한 벨기에인 재봉사였고 아버지는 스물두 살 난 야심 찬 문학도 알렉상드르 뒤마였다. 유명한 낭만파 극작가이자 대중작가인 아버지와 구별하기 위해서 아들 이름에는 '피스(아들)'를 덧붙이게 되었다.

뒷날 빅토르 위고와 어깨를 나란히 할 정도로 위대한 문호가 된 아버지 알렉상드르 뒤마도 그 시절에는 아직 이름 없는 청년일 뿐이었다. 그런데 젊은 혈기에 그만 한 여성을 임신시킨 것이다. 그는 출세에 방해되는 아들을 외면해 버렸다. 그러다가 1829년에 《앙리 3세와 그 궁정》을 발표해서 소원대로 유명한 작가가 되자, 1831년에 마침내 일곱 살 된 뒤마 피스를 자기 아들이라고 정식으로 인정해 주었다.

그때까지 뒤마 피스는 사생아라는 멍에를 짊어진 채 살아가야 했다. 이는 평생 잊을 수 없는 불행한 기억으로 남았다. 그렇기에 그는 1858년에 명작 《사생아(Le Fils naturel)》를 발표했던 것이리라. 그는 평생토록 정의의 투사로서 사회적 편견과 악덕에 도전하면서 사랑과 인간미를 소리 높여 주장했다. 이러한 도덕적 정열은 아마 그의 어린 시절에서 비롯된 듯싶다.

◀《삼총사》 삽화

▲아버지 뒤마 페르 보나파르트 휘하 장군의 아들로 태어났다. 극작가·소설가로 희곡 《앙리 3세와 그의 궁정》, 소설 《몬테크리스토 백작》《삼총사》 등이 있다.

  방탕한 아버지 때문에 어린 뒤마 피스의 다정다감한 마음에는 숙명적인 그림자가 드리웠다. 그래도 뒤마 피스는 운이 좋은 편이었다. 유명한 소설 《삼총사》와 《몬테크리스토 백작》 등을 비롯해 희곡, 기행문, 회상록, 요리 백과사전에 이르기까지 무려 282권이나 되는 책을 탄생시킨 다산형 작가 알렉상드르 뒤마는 또 닥치는 대로 여자를 사귀어서—그중에는 유명한 여배우도 있었다—많은 아이들을 탄생시키기도 했다. 실제로 뒤마는 이렇게 말했다. "아마 이 세상에는 내 자식이 500명도 넘게 있을 거야." 그러니까 알렉상드르 뒤마 피스는 수백 명에 이르는 아버지의 자식들 중에서 유일하게 '알렉상드르 뒤마의 아들(피스)'로 인정받은 것이다. 18세기 프랑스에는 크레비용 피스라는 작가가 있었다. 유명한 비극작가였던 아버지 프로스페르 졸리오 드 크레비용과 구별하기 위해 그도 '피스'라는 이름을 쓰게 되었는데, 그래도 아버지와는 달리 아들의 성 앞에는 '클로드'란 이름이 붙어 있었다. 그런데 뒤마 피스에게는 그렇게 구별될 만한 이름이 전혀 없었다. 본인도 아버지와 뚜렷이 구별되는 이름을 원했던 것 같지는 않다. 그만큼 그에게 아버지는 압도적인 존재였다.

그런데 위대한 문호는 얼마쯤 죄의식을 느꼈는지 아들을 나름대로 사랑해 줬다고 한다. "명예로운 뒤마 집안 사람은 당당하게 살아야 한다. 카페 드 파리에서 식사하고 쾌락을 마음껏 누려야 한다." 그는 이런 말을 하면서 아들을 데리고 파리 고급 카페와 레스토랑에 드나들었다. 그곳은 작가 발자크와 뮈세, 작곡가 프란츠 리스트, 배우 프레데리크 르메트르 등 훌륭한 문인들과 예술가들이 출입하는 장소였다. 또 아버지는 바리에테를 비롯한 여러 극장에 가서 아는 여배우들을 아들에게 소개해 주기도 했다. 때로는 훌륭한 옷도 선물하고 용돈도 듬뿍 줬다고 한다.

뒤마 피스(1824~1895)
아버지의 방탕한 삶을 보면서 자란 뒤마 피스는 뒷날 불륜과 배덕을 비난하는 근엄한 도덕가가 되었다. 그는 건전한 가정을 위협하는 고급 창녀들의 세계를 반사교계(半社交界, 드미몽드)라고 부르면서 단죄했다.

아들이 보기에 아버지는 자기 어머니를 버린 호색가였다. 게다가 아무리 돈을 많이 번다지만 언제 어디서나 돈을 펑펑 쓰는 아버지의 비현실적인 경제관념도 썩 좋아 보이지는 않았다. 그러나 아들은 결국 아버지를 따라 쾌락을 즐기는 한량이 되어 모순적인 생활을 하게 된다. 어머니를 버린 아버지의 삶을 도덕적으로는 비판하면서도 아버지에게 감화되어 연달아 애인을 사귄 것이다. 열여덟 살 때에는 유명한 조각가의 아름다운 아내를 첫 애인으로 삼더니 침실에 틀어박혀 한없이 방탕한 나날을 보냈다.

그러던 어느 날 뒤마 피스는 증권거래소 광장에 있는 어느 가게에서 하얀 옷을 입고 이탈리아 밀짚모자를 쓴 늘씬한 미녀를 보고 한눈에 반해 버린다. 그리고 2년이 지난 1844년에 바리에테 극장에서 그 미녀와 운명적으로 다시 만

▲뒤마(페르)생가

◀몬테크리스토 성

뒤마(페르)는 수십 억이나 버는 고소득자였지만 그만큼 낭비벽도 심해서 돈을 물 쓰듯이 썼다. 그는 마를리 르 루아에 호화로운 몬테크리스토 성을 세웠다. 사진은 뒤마가 서재로 썼던 별관.

났다. 그 아름다운 여인은 '드미몽드(화류계)'의 여왕으로 이름난 고급 창녀 마리 뒤플레시스였다. 그는 이 여인의 '마음의 애인'이 되었다. 동갑내기 친구였던 두 사람은 1년 정도 사귀다가 이듬해 여름에 갑자기 헤어져 버렸다. 그때 뒤마 피스는 소설 제14장에서 아르망이 쓴 편지만큼이나 신경질적이고 냉소적인 편지를 마리에게 보냈다고 한다. 전부터 무절제한 생활을 하던 뒤마 피스가 마리와 사귀느라고 빚을 5만 프랑이나 졌기 때문인지, 마리를 후원하는 남자가 뒤마 피스에게 돈을 줬기 때문인지, 지나치게 어리고 섬세한 젊은이에게 싫증이 난 마리가 성숙한 매력을 지닌 고명한 음악가 프란츠 리스트를 사랑하게 되었기 때문인지, 그도 아니면 소설에 나오듯이 그가 그녀를 독점하려다가 실패해서 원한과 질투를 느꼈기 때문인지 정확한 이유는 알 수 없지만 그들은 그렇게 헤어지고 말았다.

어쨌든 이 실연은 뒤마 피스의 운명을 크게 바꾸어 놓는 결정적 사건이었다. 그 뒤 마리는 음악가 리스트와 사귀었으며 1846년에는 런던에서 페레고 백작과 비밀리에 결혼했다. 그런데 뒤마가 실연의 아픔을 달래려고 아버지와 함께 에스파냐와 북아프리카를 여행하는 동안에 마리가 폐결핵으로 세상을 떠났다는 소식을 접한다. 1847년 2월, 향년 스물세 살이었다. 이 죽음에 충격을 받은 뒤마 피스는 크나큰 후회와 자책감을 느꼈다. 파리로 돌아온 두 달 뒤, 이듬해 1848년에 그는 시골에 틀어박혀 첫 작품인 소설《춘희》를 겨우 한 달 만에 완성했다. 이 작품은 날개 돋친 듯이 팔렸고 그때부터 뒤마 피스는 탄탄대로를 달린다.

《춘희》(1848) 초판본

그 시대에 작가가 커다란 명성을 얻으려면 소설보다는 희곡을 써야 했다. 그 뒤에도 그는 소설을 여러 편 발표했으나—학창 시절 괴로운 추억을 다룬《클레망소 사건 *L'Affaire Clemenceau*》(1866) 등—머잖아 희곡을 집필하는 데 주력하게 된다. 1851년에 뒤마 피스는 여전히 인기가 있었던《춘희》를 연극으로 만들기로 결심했다. 그런데 이때 프랑스에서는 1848년 '2월혁명'을 계기로 루이 필립의 '7월 왕정'이 끝나고 '제2공화제'가 시작된 상태였다. 내무장관은 창녀가 주인공인 이 작품을 부도덕하다는 이유로 상연하지 못하게 했다. 그런데 그해가 끝날 무렵에 루이 나폴레옹이 쿠데타를 일으켰다. 이듬해 1852년부터는 '제2제정' 시대가 시작되어 새로운 황제 나폴레옹 3세의 심복 모르니 공이 내무장관 자리에 올랐다. 다행히 이 내무장관은 새로운 시대가 왔음을 알리기 위해서인지 〈춘희〉 상연을 허락했다.

이렇게 상연된 〈춘희〉는 획기적인 연극으로서 대성공을 거두었다. 극작가 스크리브의 세련된 기교적 연극에 싫증이 난 그 시대 관객들은 〈춘희〉에 열광했다. 이제껏 무대에서 본 적이 없었던 새롭고 현실적인 연극의 매력이 관객들의

알렉상드르 뒤마 피스 생애와 춘희 415

마음을 뒤흔들었다. 과거에 위고가 쓴 〈에르나니〉가 신선한 낭만파 문학의 승리를 세상에 알렸듯이, 〈춘희〉는 새로운 근대극의 태동을 알렸다. 게다가 이때 우연히 파리에 와 있었던 이탈리아 오페라 작곡가 주세페 베르디가 이 연극을 보았다. 이듬해인 1853년에 베르디는 그 명성을 세계적으로 드높여 준 근대 오페라의 걸작 〈라 트라비아타〉를 만들어 냈다.

그 뒤 뒤마 피스는 〈드미몽드 *Le Demi-Monde*〉(1855), 〈금전 문제 *La Question d'argent*〉(1857), 〈사생아〉(1858), 아버지 뒤마를 제재로 삼은 〈방탕한 아버지 *Un Père Prodigue*〉(1859), 〈여성의 친구 *L'Ami des femmes*〉(1864), 〈오브레 부인 생각 *Les Idées de mme Aubray*〉(1867), 〈클로드의 아내 *La Femme de Claude*〉(1873), 〈프랑시용 *Francillon*〉(1887) 등 여러 연극 작품을 발표해서 언제나 호평을 받았다. 이 작품들은 실제 시민사회를 주제로 삼아 무대 위에서 사회의 기만과 위선을 폭로하는 교화적 의도를 지닌 '문제극'이었다. 이 작품들 덕분에 뒤마 피스는 에밀 오지에와 더불어 프랑스 19세기 후반을 대표하는 극작가가 되었다. 또한 '제2제정'과 그 뒤를 이은 '제3공화제' 시대의 여론 주도층으로 활약하면서 자기 경험을 토대로 사생아 구제, 간통 규탄, 이혼제도 부활 등을 주장했다. 그는 이상을 지닌 모럴리스트였다. 문학의 윤리적 역할을 순수하게 믿었기에 자기 작품을 통해 사악함을 규탄하고 미덕을 칭송하면서 사회 교화 및 선도에 앞장섰다. 예술의 자율성과 비공리성(非功利性)을 강조하는 '예술을 위한 예술(L'art pour l'art)'이란 신조에 그는 결코 동의할 수 없었다. 예술을 위한 예술은 그에게는 아무런 가치도 없었다.

뒤마 피스는 활발하게 활동하면서 커다란 명성과 재산을 모았다. 게다가 친딸의 빈축을 살 정도로 여자 복도 많았다. 그는 작가로서 내내 화려하게 살아갔다. 그에 비해 1840년대 전반에 영광의 절정에 올랐던 아버지 뒤마는 '2월혁명' 때문에 막대한 빚을 지게 되었다. 그는 엄청난 돈을 쏟아부었던 '몬테크리스토 성'을 겨우 1/10밖에 안 되는 가격으로 팔아야 할 정도로 몰락하고 말았다. 그리하여 젊은 시절에는 낭만파 거장이었던 아버지에게 신세를 지던 아들이 30대 들어서는 오히려 아버지를 돌봐주게 되었다. 아버지는 프랑스 북부에 있는 아들의 별장에서 지내다가 1870년에 세상을 떠났다. 1874년에 뒤마 피스는 아카데미 프랑세즈 회원이 되었다. 그의 아버지도 끝내 이루지 못했던 꿈이었다. 아버지의 친구이자 경쟁자였던 위고도 그를 축하해 주었다.

만년에 뒤마 피스는 거의 작품을 쓰지 않았다. 1895년 11월 27일에 일흔한 살의 나이로 숨을 거둔 그는 몽마르트르 묘지에 있는 마리 뒤플레시스의 무덤 근처에 묻혔다.

돌이켜보면 19세기 뒤마 부자의 관계는 18세기 크레비용 부자 관계와 비슷했다고 할 수 있다. 하지만 사회적으로 성공한 현실과 뒤마 피스가 오늘날 문학적으로도 높이 평가 받고 있는 것은 아니다. 그의 사상은 분명히 혁신적이고 진지하며 고결했다. 그러나 낭만파 성향이 짙었던 아버지를 반면교사로 여기면서 그가 자기 애인이나 아내를 모델 삼아 썼던 수많은 '문제소설'이나 '문제극'도, 매춘·이혼·사생아 교육·여권 신장 같은 사회문제를 다룬 평론도 지금에 와서는 겨우 '부르주아 도덕을 역설한 모럴리스트'가 쓴 작품으로만 평가되고 있다. 그의 작품 가운데 오로지 《춘희》만이 영원한 명성을 얻은 것이다.

작가가 세상을 떠난 뒤에도 《춘희》는 많은 사람들에게 사랑받았다. 마르그리트의 이름은 현재 전 세계에 알려져 있다. 그러나 얄궂게도 오늘날 뒤마 피스의 이름은 거의 《춘희》를 지은 작가로만 알려져 있다. 그러니까 적어도 후세 사람들의 평가만으로 따진다면 뒤마는 첫 작품을 뛰어넘는 작품은 쓰지 못한 셈이다.

소설 《춘희》와 모델

몽마르트르 묘지는 작가 스탕달과 비니, 배우 루이 주베, 무용수 니진스키, 음악가 오펜바흐, 화가 귀스타브 모로, 영화감독 프랑수아 트뤼포 등 수많은 저명인사들이 잠들어 있는 파리의 명소이다. 그중에서도 특히 유명한 장소는 묘지 정문을 지나 왼쪽에 보이는 제15구역에 위치한 '춘희' 무덤이다. 춘희의 모델 마리 뒤플레시스는 바로 이곳에 잠들어 있다. 조그만 '춘희' 초상이 있는 이 묘석 주위에는 언제나 관광객들이 바치는 싱싱한 꽃다발과 카드가 놓여 있다.

그곳에서 5분쯤 떨어진 제21구역에는 매우 훌륭한 조각상으로 장식된 뒤마 피스의 무덤이 있다. 작가는 러시아 귀족 출신으로서 두 아이를 남기고 겨우

마리 뒤플레시스

연약한 육체와 강인한 정신력을 지닌 이 매혹적인 여인을 둘러싼 전설과 그 진실은 이따금 혼동되곤 한다. 마리의 신비로운 아름다움은 보는 사람을 불안하게 만들 정도였지만, 문학 이야기가 나오면 이 여인의 뺨은 장밋빛으로 물들었다고 한다. 리스트와 마리는 허물없는 정신적 친구로서 서로를 소중히 여겼다. 한편 알렉상드르 뒤마 피스는 마리의 연인이었다. 그는 그 유명한 《춘희》의 여주인공 마르그리트 고티에를 창조함으로써 마리의 모습을 영원히 이 세상에 남겨 놓았다. 또 마르그리트는 베르디 오페라 〈라 트라비아타〉의 비올레타로서 다시 태어났다. 그러나 안타깝게도 마리는 이 모든 영광을 누리지 못하고 1847년에 세상을 떠났다.

반년 전에 죽은 아내가 아니라, 반세기 전에 죽은 옛 애인인 고급 창녀 곁에서 영원히 잠들기를 바랐던 것이다. 마리 뒤플레시스와 서로 사랑했던 짧고도 괴로운 추억이 뒤마 피스의 인생에 얼마나 깊은 흔적을 남겼는지 알 만하다.

그렇다면 그가 마리 뒤플레시스를 생각하면서 쓴 《춘희》는 과연 어떤 소설일까.

《춘희》는 1848년에 출판되자마자 엄청난 인기를 끌어 19세기에 손꼽히는 베스트셀러가 되었다. 사랑에 괴로워하다가 가슴에 멍이 든 채 죽음을 맞이하는 불쌍한 고급 창녀 이야기는 뭇사람의 마음을 사로잡았다. 특히 이 여인과 비슷한 처지에 놓인 여성들은 모두 자기 신세를 떠올리면서 눈물을 흘렸다고 한다.

이 작품은 누가 봐도 실존 인물을 모델로 한 소설이었다. 이것도 《춘희》가 유명해진 이유 가운데 하나였다. 그 시절에 《춘희》를 읽은 파리 사람들은 주인공 마르그리트를 비롯한 여러 등장인물들과 비슷한 실존 인물의 이름을 하나하나 열거했다. 그중에는 실제로 딱 들어맞는 인물도 적지 않았다. 이처럼 《춘희》는 흥미진진한 뉴스를 보는 듯한 즐거움을 주었다.

영화 춘희 뒤마 피스와 고급 창녀 마리 뒤플레시스와의 비극적인 사랑이 낳은 걸작. 이 작품 하나로 뒤마 피스의 이름은 문학사에 길이 남게 되었다. '몸은 더럽혀져도 마음만은 늘 깨끗한 창녀'라는 신화가 여기서 탄생했다. 조지 큐커 감독, 1937년, 미국 영화.

뒤마 피스 본인이 밝혔다시피 여주인공 마르그리트 고티에의 모델은 한때 그와 사귀었던 마리 뒤플레시스(본명 알퐁신 플레시스)였다. 1851년에 《춘희》머리말을 쓴 쥘 자냉도 소설 자체보다는 모델이 중요하다는 듯이 마리에게만 초점을 맞췄다. 그는 이렇게 말했다.

"마리는 신분이 낮은 여자였지만 공작부인 못지않게 우아한 기품을 지니고 있었다."

마리는 노르망디 행상인의 딸로 태어나 난폭한 아버지 밑에서 불행한 소녀 시절을 보냈다. 그러다가 화려한 파리 환락가로 진출하더니 기품 있는 미모와 지성으로 상류층 신사들의 마음을 사로잡아 이윽고 화류계의 정점에 다다랐다. 그녀는 책을 사랑하고 고운 말씨를 쓰는 교양인이었다. 그러나 행복한 순간은 그리 길지 않았다. 마리는 소설 속 여주인공과 마찬가지로 폐결핵에 걸려, 1847년 2월 3일 파리 마들렌 대로에 있는 고급 아파트에서 숨을 거두었다. 겨우

스물세 살이었다. 그 갑작스러운 죽음을 애도하는 추도 기사들이 신문과 잡지에 줄줄이 게재되었다. 그때 파리에 있었던 영국 소설가 찰스 디킨스는 "마리의 죽음이 파리에서는 중대한 뉴스처럼 보도되고 있다"고 빈정거리기도 했다.

참고로 현존하는 마리에 관한 문헌을 살펴보면, 어느 꽃집 주인이 마리에게 보낸 청구서에서는 '동백꽃'이 자주 등장한다. 그러니까 소설에서 마르그리트가 평소에 동백꽃을 좋아했기 때문에 '동백아가씨(춘희)'라는 유명한 별명을 얻게 되었다는 이야기도 어느 정도는 사실이었다.

한편 아르망의 모델에 대해서는 의견이 분분했다. 마리 뒤플레시스에게는 많은 애인이 있었는데 그중 몇 사람이 이 소설의 여러 삽화와 관련되어 있는 듯했다. 그러나 마르그리트를 사랑한 아르망은 결국 뒤마 피스의 분신이나 마찬가지였다. 알렉상드르 뒤마도 아르망 뒤발도 이니셜은 똑같이 A.D.이다. 뒤마 피스가 실제로 마리에게 보낸 이별 편지도 소설에서 아르망이 쓴 편지와 비슷하다. 그가 먼 외국에서 마리에게 위문편지를 보낸 것도 소설에 나온 장면과 똑같다. 마르그리트가 살았던 앙탱 거리는 옛날에 마리 뒤플레시스가 살았던 곳이며, 마르그리트와 아르망이 처음 만난 장소는 마리와 뒤마 피스가 처음 만난 바리에테 극장이었다.

그러므로 《춘희》는 작가 자신의 경험에 바탕을 둔 작품이라고 해도 될 것이다. 실제로 뒷날 그는 이렇게 말했다.

"글쓰기는 쉬운 일이다. 스무 살 때 좀 괴로운 일을 체험하기만 하면 족하다. 그다음에는 그 고통스러운 체험을 그대로 이야기하면 된다."

부지발에서 보낸 목가적인 생활과 아버지의 개입 등은 물론 허구이지만, 적어도 아르망의 절절한 심리 묘사는 틀림없이 작가 자신과 마리와의 관계에서 비롯된 것이리라.

그렇다면 마르그리트를 보호하던 부유한 외국인 공작은 누구이며 그녀를 사교계에 소개했다는 G 백작은 또 누구일까? 늙은 공작은 러시아 황제를 모시는 오스트리아 대사 슈타켈베르그 백작이고, 관대한 멋쟁이 G 백작은 명문귀족 그라몽 집안의 후계자이자 나폴레옹 3세 치하 외무장관인 귀슈 공작이라는 소문이 금세 퍼지기 시작했다. 그러면 마르그리트에게 끊임없이 냉대를 받다가도 끝내 소원을 이루게 되는 그 어리석은 부잣집 아들은 누구일까. 어쩌면 그는 부유한 은행가 페레고 백작의 아들이지 않을까. 또 착하고 오지랖 넓은 가스통, 경박하고 심술궂은 올랭프는 누구일까…… 이런 식으로 대중은 끝없는 호기심을 느꼈다. 텔레비전도 인터넷도 없던 그 시절에 이렇게 자극적인 호기심을 불러일으킨 것도 《춘희》가 인기를 얻은 비결일 것이다. 물론 이 소설은 단순히 사실만 나열해 놓은 작품이 아니었다. 그랬다면 《춘희》는 이토록 오랫동안 많은 사람들에게 사랑받지 못했을 것이다. 한낱 모델에 대한 호기심은 세월과 더불어 사라지게 마련이니까.

현실에 기반을 둔 이 소설은 주로 프뤼당스의 입을 통해 파리 '드미몽드'의 실정을 매우 대담하게 폭로했다는 점에서도 획기적이었다. 만일 스물네 살 난 작가가 처음부터 계산적으로 실제 모델을 제시하고 화류계 실정을 폭로함으로써 사람들의 흥미를 끌려고 했다면, 이 젊은이는 그야말로 타고난 언론인일 것이다. 하지만 정말로 작가가 그런 계산을 했더라도 아마 무의식중에 했을 것이다. 그때 뒤마 피스는 꽃다운 나이에 죽어 버린 애인을 생각하면서 심한 자책감과 후회에 사로잡혀 오로지 속죄하고 싶다는 마음으로 이 소설을 썼을 테니까. 도저히 그런 속된 계산을 할 여유는 없었을 것이다.

《마농 레스코》

뒤마 피스는 자기 나름대로 고인을 추모하기 위해 자신의 괴로운 경험을 어떻게든 소설 형태로 승화시키려고 했다. 그런데 이에 알맞은 본보기가 있었다. 아베 프레보가 쓴 《마농 레스코》였다.

뒤마 피스는 《춘희》를 쓰기 전에 《마농 레스코》를 몇 번이나 읽었다고 한다. 애초에 이 18세기 연애소설이 마르그리트의 유품 경매에서 팔리지 않았더라면 《춘희》 이야기는 시작되지도 못했을 것이다. 게다가 소설 속 화자는 물론이고 주인공 아르망과 마르그리트도, 또 그들을 떼어놓으려는 아르망의 아버지도 마농과 데 그리외를 알고 있으며 직접 언급하기도 한다. 한 젊은이가 자기 운명을 뒤바꿔 놓을 여인과 만나서 서로 사랑했던 이야기를 화자에게 들려주고, 그 화자가 그 이야기를 독자에게 '고스란히' 전한다는 것도 《춘희》와 《마농 레스코》

의 공통된 설정이다.

참고로 이 두 소설과 마찬가지로 뒷날 오페라가 되어 유명해진 메리메의 《카르멘》에서도 비슷한 설정이 쓰였다. 그러나 뒤마 피스가 3년 전 1845년에 발표된 《카르멘》을 참고했던 것 같지는 않다. 오히려 피아베와 베르디가 《카르멘》을 참고했는지도 모른다. 〈라 트라비아타〉 제2막 마지막에서는 갑자기 집시 여인들과 투우사가 등장한다.

《춘희》와 《마농 레스코》는 상당히 비슷하다. 아르망과 마르그리트는 파리 근교 부지발에서 더없이 행복한 여름을 보낸다. 아마 작가는 《마농 레스코》의 마농과 데 그리외가 샤요에서 잠시나마 목가적인 생활을 하는 것을 보고 이 장면을 떠올렸으리라. 왜냐하면 마리 뒤플레시스와 뒤마 피스는 그런 생활을 한 적이 없었으니까. 또한 아버지가 젊은 연인 사이에 끼어들어서 그들을 갈라놓는 것도 이 두 소설의 문학적 공통점이다. 사실 쾌락을 즐기는 낭만파 거장이었던 뒤마 피스의 아버지는 파리에서 제일가는 미녀와 아들이 사귄다는 사실에 명예와 기쁨을 느끼면 느꼈지, 지방 유지인 데 그리외나 뒤발처럼 집안 명예에 흠집이 날까 봐 두려워하지는 않았을 것이다. 하기야 스스로 한 짓을 생각한다면 아버지 뒤마는 겨우 그런 일로 '사생아'인 아들을 나무랄 수는 없었을 것이다. 오히려 이 방탕한 아버지가 싫증 난 여자들을 아들에게 소개해 준다는 소문까지 돌았을 정도이다. 한편 금전 문제가 자주 등장한다는 것과 주인공이 도박에 손을 대는 것, 또 등장인물 이름이 N 씨나 G 백작처럼 이니셜로 표기된다는 것도 두 소설의 공통점이다.

《마농 레스코》는 신기한 연애소설이다. 여주인공 마농이 아무리 매력적이고 사랑스럽고 아름답다고 거듭 강조되어도, 머리카락 색깔, 코 모양, 낯빛, 키, 몸매 등이 구체적으로 어땠느냐는 '육체 묘사'는 완전히 빠져 있다. 작가는 모든 것을 독자의 상상력에 맡기려고 한 걸까? 아니, 어쩌면 마농의 육체가 '공포와 혐오의 대상'이었기 때문일지도 모른다. 프랑스 문학 연구가 자크 프루스트가 그러한 설을 내놓았다. 소설 마지막에서 데 그리외는 사막에서 숨을 거둔 마농을 그곳에 묻어준다. 하지만 이야기는 여기서 끝나지 않는다. 소설을 보면 "내 사랑하는 연인의 시체는 다행히 좋은 곳으로 옮겨졌다"는 말이 나온다. 이는 시신을 이장할 때 마농의 '썩은 육체'를 데 그리외가 봤음을 암시한다. 《마농 레스코》 이야기는 이러한 이장 작업이 끝나고 나서 시작된다. 그렇기에 화자는 마농의 육체를 언급할 때마다 '공포와 혐오'를 느낀 나머지 말문이 막혔던 것이다.

《춘희》도 《마농 레스코》와 비슷한 이야기 구조로 되어 있다. 그러나 마르그리트의 '썩은 육체'가 주는 '공포와 혐오'는 마농 때보다 훨씬 더 노골적으로 그려져 있다. 그래서 마르그리트의 아름다움을 묘사할 때마다 아르망은 주로 '기품'과 '고상함' 같은 단어를 써서 정신적인 아름다움을 표현할 수밖에 없었던 것이리라. 그런데 이 점에서 작가가 어디까지 《마농 레스코》 이야기 구조를 파악하고 있었는지는 모르겠다. 실제로 마리 뒤플레시스의 무덤을 옮긴 사람은 뒤마 피스가 아니라 페레고 백작이었다. 그러나 어쨌든 아르망이 《춘희》에서 한 고백은 연인에게 이별을 고하는 하나의 장례식이었을 것이다. 마치 데 그리외가 《마농 레스코》에서 한 고백이 그러했듯이.

이처럼 《마농 레스코》를 바탕으로 만들어진 《춘희》는 프랑스 문학사에 길이 남을 만큼 뛰어난 소설은 아닐지 몰라도, 작가 자신에게는 젊은 날의 순정과 화려한 문학적 출발을 기념하는 특별한 작품이었다. 게다가 여기서 작가는 훌륭한 극작가로서의 자질과 사회악을 규탄하려는 투지를 일찍부터 드러냈다. 그러므로 이 연애소설은 역시 뒤마 피스의 대표작이라고 할 수 있으리라.

희곡과 오페라

그런데 《춘희》의 여주인공이 오로지 소설 덕분에 세계적으로 유명해진 것은 아니었다. 소설에서 태어난 여주인공은 활자에서 벗어나 다른 세상으로 훨훨 날아갔다.

소설 《춘희》가 발표된 이듬해에 뒤마 피스는 스스로 이 작품을 각색하여 5막짜리 희곡으로 만들었다. 뒷날 본인이 한 말에 따르면 "젊은 혈기로 일주일 만에" "영감에 사로잡혔다기보다는 돈 때문에" 이 희곡을 썼다고 한다. 이 작품은 당장 상연될 예정이었으나 제2공화제 정부의 검열을 받아 결국 '상연금지' 처분을 받았다. 소설에서는 허용되었던 화류계에 대한 묘사도 실제 배우가 연기하는 무대에서는 허용되지 못했던 것이다. 그러다가 1852년에 겨우 상연 허

오페라 〈라 트라비아타〉
뒤마의 《춘희》를 기초로 베르디가 작곡한 3막의 오페라 〈라 트라비아타〉 제1막 '축배의 노래'를 부르는 장면.

가가 떨어졌다. 초연 날짜는 2월 2일. 우연의 일치인지 마리가 죽은 지 5년째 되는 날이었다. 보드빌 극장에서 상연된 연극은 대성공을 거두었다. 아니, 그건 단순한 대성공이 아니라 '문학적 사건'이었다. 실생활 풍경이 고스란히 무대 위에 재현된 데다 주인공이 창녀였기 때문이다. 이런 이야기를 무대에서 상연한다는 것은 그 시대에는 커다란 모험이었다. 그렇기에 검열도 받았고 실제로 추문도 일으켰지만, 이 연극이 결국 대성공을 거두었다는 것은 연극 역사에도 한 획을 그을 만한 사건이었다. 《춘희》는 제2제정 시대 희곡의 모범이 되었고, 이때부터 풍속 묘사에 중점을 둔 동시대 사회극이 전성기를 맞이했다.

〈춘희〉 상연은 또 다른 의미로도 중대한 결과를 낳았다. 그 무렵 파리에 있었던 주세페 베르디가 이 연극을 보고는 오페라로 개작하기로 마음먹었던 것이다. 덕분에 《춘희》의 여주인공은 더 큰 무대에 오르게 되었다. 1853년 베네치아 페니체 극장에서 초연된 〈라 트라비아타(길을 잃은 여자)〉는 가수 목소리와 배역이 별로 어울리지도 않았고 폐병을 앓는 여주인공 가수가 너무 뚱뚱하기도 해서인지 결국 실패하고 말았다. 그러나 베르디는 이듬해인 1854년에 곡을 손질하고 가수도 바꿔서 베네치아의 산 베네데토 극장에서 다시 한 번 이 오페라를 무대에 올렸다. 이번에는 그야말로 대성공이었다. 이 성공도 연극 성공과 마찬가지로 놀라운 '사건'이었다. 현대 창녀를 중심으로 한 일상생활의 비극을 제재로 삼는다는 것은 오페라 세계에서는 매우 이례적인 일이었기 때문이다. 실제 무대에서는 시대 배경이 1700년대로 설정됐지만, 처음에 베르디는 무대장치와 의상을 현대식으로 해 달라고 요구했었다. 그러니까 〈라 트라비아타〉

는 비제의 〈카르멘〉 같은 작품보다 앞서서 오페라의 동시대적 무대 설정을 처음으로 도입했다고도 할 수 있다. 이런 오페라가 관객의 마음을 사로잡을 수 있었던 까닭은 베르디의 음악이 매우 훌륭했기 때문이었다. 〈라 트라비아타〉에는 인간적인 소박한 감정이 흘러넘쳤다. 관능적인 정열과 쓰디쓴 인내를 잘 표현한 아리아와 듀엣은 듣는 사람의 심금을 울렸다. 베르디는 오직 음악의 힘으로 일상 속에서 신화와도 같은 비극을 만들어 내는 데 성공했던 것이다.

오페라 〈라 트라비아타〉
야회에서 만난 청년 알프레드가 사랑을 고백하자, 비올레타는 이제까지 몰랐던 특별한 감정을 느낀다. 코벤트 가든 왕립 오페라 극장 무대.

그런데 음악과 무대는 제쳐놓고 순전히 글만 가지고 소설·희곡·오페라를 비교해 보면 저마다 크게 다르다는 사실을 알 수 있다.

먼저 희곡에서는 소설에 없었던 성실한 여자 재봉사(마르그리트의 친구 쥘리 뒤프라를 연상시킨다)와 젊은 변호사가 연인으로 등장한다. 이들은 사치스럽게 살다가 불행해진 마르그리트와는 대조적으로 가난한 여자라도 미덕을 잃지 않으면 행복한 결혼을 할 수 있음을 보여 준다. 아르망의 아버지는 소설과는 달리 죄 없는 마르그리트를 박해한 것을 후회하면서 스스로 모든 사실을 아르망에게 고백한다. 특히 소설과 판이한 것은 마지막 장면이다. 소설에서는 마르그리트가 외롭게 죽어 가지만 여기서는 모든 사정을 알게 된 아르망을 비롯한 주요 등장인물들이 마르그리트의 침실에 모인다. 그리하여 사람들이 마르그리트와 아르망의 사랑을 인정해 주고 서로 용서하며 화해하는 가운데 대단원의 막이 내린다. 물론 뒤마 피스가 소설을 이렇게 훈훈하게 바꾼 데에는 이유가 있었지만, 낭만파 거장이었던 뒤마 페르가 만년에 "내 아들이 쓴 글은 설교하는 성격이 너무 짙다"고 탄식한 것도 이해가 간다. 이때부터 이미 뒤마 피스는 '부르주아 도덕을 역설한 모럴리스트'다운 면모를 보였던 것이다.

그럼 〈라 트라비아타〉는 어떨까. 프란체스코 마리아 피아베는 소설이 아닌 희곡을 바탕으로 대본을 썼다. 주인공 이름은 비올레타와 알프레도로 바뀌었고, 이미 희곡에서도 나타났던 통속적 멜로드라마 같은 성격이 더욱 강해졌다. 소설에서는 빼놓을 수 없는 인물이었던 프뤼당스가 여기서는 빛을 잃는다. 그 대신 아르망 아버지의 비중이 커지면서 그는 위엄과 상냥함을 지닌 인물로 이상화되었고, 마르그리트의 창녀다운 면은 약화되었다. 오페라 결말에는 그야말로 "사랑은 죽음보다 강하다"는 말이 잘 어울린다. 사랑과 죽음은 깊이 연결되어 있으며 죽음 속에서 비로소 사랑이 승화하여 성취되기에 이른다는 서유럽 '사랑 신화'가 여기서 완성된다. 드니 드 루즈몽이 쓴 《사랑과 서유럽》에 의하면 이런 비장한 '사랑 신화'는 그리스도교 이단인 카타리파에서 처음 생겨났으며 그 전형적인 예는 '트리스탄과 이졸데'라고 한다. 그렇다면 베르디는 뒷날 바그너가 그랬듯이 사랑 신화에 심취하여 〈라 트라비아타〉라는 명작을 만들어 냈는지도 모른다.

요컨대 세 가지 글을 비교해 보면, 검열을 피하고 관객의 마음을 끌기 위해서 점점 원작의 노골적인 부분은 삭제되고 도덕적 관점이 강조되면서 등장인물들이 이상화된 것이다. 즉 이야기는 점점 통속적으로 변해 갔다.

《춘희》는 소설에서 연극과 오페라 세계로 넘어갔다. 이렇게 보다 전통을 중시하는 영역으로 진출하면서 이 작품은 '현대 창부'라는 제재 때문에 추문에 시달리면서도 마침내 '동시대 일상생활'이라는 근대성의 각인을 찍는 데 성공하여 각 분야에서 사실주의의 선구가 되기에 이르렀다. 이러한 근대 사실주의가 뒷날 플로베르·졸라·모파상 등에 의해 자연주의로 발전한 것이다. 그런데 〈춘희〉가 연극에서 오페라로 넘어가는 과정에서 사실주의의 '독성(毒性)'은 저절로 약해졌고 대중이 받아들이기 쉽게 이상화되었다. 원작 소설에서는 '현실적인 여자'였던 마르그리트는 '착한 창녀'라는 한 유형으로 점점 굳어져서 사랑에 목매는 지고지순한 여주인공으로 승화된다. 부끄러운 과거를 지니고 있으면서도 오히려 그 과거 때문에 순수한 사랑을 위해 순교하는 사랑의 화신이 된 것이다.

그 결과 《춘희》는 근대 시민사회가 낳은 가장 대중적인 사랑 신화가 되었다. 물론 이것은 시대를 뛰어넘는 영원한 신화가 아니라 부르주아 시대 고유의 신화이다.

2. 영원한 로망스 《춘희》

명성을 얻은 이유

다시 원작 소설을 살펴보자. 소설 《춘희》는 신화가 아니다. 뒤마 피스의 작품은 실제 파리를 배경으로 한 '풍속소설'이다. 이 작품에 묘사된 것은 그 시대 사회와 거기서 펼쳐지는 현대 젊은이들의 이야기이다. 《춘희》가 그 시대 사람들의 마음을 강하게 사로잡은 이유는 그것이 단순히 눈물겨운 사랑 이야기였기 때문이 아니라 현실을 반영한 작품이었기 때문이다. 더구나 그 현실은 새로운 각도에서 새로운 문체로 표현되어 있었다. 그렇다면 과연 어떤 신선함이 독자들을 사로잡았는지, 이 소설의 특징과 매력을 여러모로 분석해 보자.

《춘희》는 '사회소설'이라고도 할 수 있다. 이야기 배경인 1840년대는 프랑스 역사상 루이 필립의 7월 왕정 끝 무렵에 해당한다. 사회적으로는 부르주아 계급이 대두함과 동시에 귀족적 가치관 대신 새로운 사회규범과 생활감정이 생겨나던 시대였다. 이러한 배경은 이 소설에도 잘 드러나 있는데, 특히 주목할 만한 것은 돈의 중요성이다. 돈 문제는 이 소설 곳곳에서 언급된다. 돈이야말로 이야기를 움직이는 중대한 원인이다.

등장인물들이 돈을 대하는 태도는 크게 두 종류로 나뉜다. 하나는 아르망의 아버지 같은 부르주아적 태도이다. 그들에게 돈이란 열심히 벌어서 저축했다가 자식에게 물려주는 것이다. 요컨대 충실한 생활과 행복한 가정과 안정된 사회를 이루는 기반이다. 이 점에서 아르망 아버지 직업이 징세관이라는 사실은 매우 상징적이다. 한편 이와는 반대로 허영과 낭비를 일삼는 태도도 있다. 특히 몰락해 가는 구시대 귀족들과 그들을 흉내 내는 부르주아 청년들은 화려하게 살아가는 모습을 남들에게 보여 주려고 엄청난 돈을 낭비한다. 그들에게 돈이

뒤마 피스 기념상

란 말과 여자와 노름에 아낌없이 쏟아부어야 하는 것이다. 그들은 마음껏 사치스럽게 살다가 멋지게 파산해 버려도 괜찮지 않으냐고 한다.

이러한 두 가지 가치관이 충돌하는 가운데 이른바 19세기 파리 사교계의 그늘로서 존재하고 있었던 것이 '드미몽드(화류계)'이다. 이 특수한 작은 사회는 '낭비 가치관'을 체현하는 동시에 근대 부르주아 사회의 산물로서 몹시 타산적인 면모를 보였다. 이 그늘진 사교계에서 살고 있는 여자들은 한편으로는 돈 받고 몸을 팔면서도, 또 한편으로는 그들의 경쟁자인 떳떳한 사교계 귀부인들과 마찬가지로 연극이나 공연을 보러 가기도 하고 상류층 명사들과 어울리고, 1년에 수십만 프랑이나 낭비하는 화려한 생활을 함으로써 애인의 허영심을 만족시켜 줘야 했다. 품위와 예절을 중시하는 상류사회와 근엄하고 성실한 가치관을 표방하는 부르주아 사회 뒷면에는 이렇게 잘 길들여진 악덕의 세계가 존재했다. 빛 좋은 개살구와도 같은 이 세계는 위선적인 사회의 상징이자 필요악이었다.

징세관의 아들 아르망은 화류계 여인 마르그리트와 사귀게 된다. 그들의 사랑은 이처럼 대조적인 두 가지 금전적 가치관이 교차하는 곳에서 성립됐다. 그래서 두 사람 사이에 돈 문제가 자주 불거졌던 것이다. 그들은 서로 상대의 원칙에 따르려고 하면서 저마다 절약과 낭비를 강조한다. 상대의 원칙에 따름으로써 상대를 손에 넣고자 했던 것이다. 여기서는 낭만적인 사랑의 정열이 금전적으로 자기를 희생하려는 싸움으로 표현된다.

그야말로 발자크가 다룰 만한 주제이다. 실제로 발자크 소설 《창녀의 영광과

뒤마 피스 무덤
파리의 몽마르트르 묘지에는 《춘희》의 모델 마리 뒤플레시스가 잠들어 있다. 뒤마 피스의 유언대로 그녀의 무덤에서 얼마 떨어져 있지 않은 곳에 그의 무덤이 만들어졌다.

비극》에 등장하는 에스텔 이야기는 사랑과 돈 때문에 막다른 골목에 빠져 파멸하는 고상한 창녀의 일생이라는 점에서 마르그리트 이야기와 상당히 흡사하다. 19세기 중용 소설가로서는 금전에 바탕을 둔 사회적 현실 속에 순수한 사랑을 묘사할 수밖에 없었다. 거꾸로 말하면 부르주아 도덕과 허영에 빠진 생활이 공존하던 근대사회에서는, 참으로 현실적이고도 비극적인 연애 감정은 중도적인 화류계 같은 세계에만 남아 있었던 셈이다.

그런데 《춘희》는 '심리소설'이기도 하다. 발자크 소설만큼 넓고 깊게 사회 현실을 전망하고 통찰하지는 못했지만, 그 대신 뒤마 피스는 사회의 톱니바퀴 사이에 낀 개인의 내면에 파고들어 그 심리를 자세히 분석하려 했다. 특히 그는 화자 아르망의 연애 심리를 낱낱이 분석해서 명료하게 표현했다. 사랑이 싹튼 순간에 느낀 두근거림, 환희와 도취, 가슴을 도려내는 듯한 질투, 돌아오지 않는 연인을 기다리는 불안감, 배신당한 남자의 절망, 고통스러운 고독, 사랑에서 비롯된 박해와 잔혹한 기쁨, 지독한 후회. 그야말로 사랑에 빠진 젊은 영혼의 모든 것이 묘사되어 있다.

이러한 심리를 표현하는 문체는 더없이 간결하고 가볍다. 아르망의 심리는 일인칭으로 묘사되어 있으므로 이 가벼움은 이따금 스스로를 풍자하는 느낌을 주기도 한다. 재치 있는 경묘한 필치가 돋보이는 가운데 화자는 비통한 고백을 하면서도 야유하는 태도를 보인다. 여기서 우리는 심리소설의 전통을 잇는 냉정하고 정확한 필치와 더불어 새 시대 언론인다운 감성을 발견할 수 있다.

요컨대 《춘희》에서는 마르그리트와 아르망의 사랑 이야기가 그 시대 현실 사회 풍속을 배경으로 그려져 있다. 그래서 깊은 사랑도 가벼운 문체로 묘사되어 있다. 이것이야말로 이 소설이 인기를 모은 비결인지도 모른다. 발자크 작품같이 규모가 크지는 않지만 이 작품에는 소소한 희망과 쓰디쓴 환멸로 가득 찬 청춘의 꿈이 존재한다. 싱싱한 젊음과 친근한 분위기가 느껴진다. 《춘희》는 누가 뭐래도 '청춘소설'이다. 프뤼당스가 아무리 일반상식을 강조하고 화자인 '내'가 아무리 도덕적인 이야기를 늘어놓아도, 주인공들이 느끼는 감미롭고도 비통한 연애 감정 앞에서는 아무 의미가 없다. 사실적인 풍속소설이면서도 낭만적인 풍부한 감정을 지닌 이 소설은 스물네 살 난 젊은 작가만이 쓸 수 있는 작품이었으리라. 그렇기에 이 새로운 연애소설에서 근대 시민사회의 사랑 신화가 탄생한 것이다.

여주인공의 매력과 이야기 구조

그런데 《춘희》는 그리 단순한 소설이 아니다. 새로운 신화를 낳은 사랑 이야기 뒤편에는 그 신화를 파괴하는 독소가 숨어 있는 듯하다. 아르망이 흘린 눈물에서 눈을 돌려 이번에는 여주인공 마르그리트를 한번 살펴보자.

소설에 나오는 마르그리트는 희곡이나 오페라와는 달리 지고지순한 자기희생의 화신이 아니다. 특히 무대에서는 많이 삭제되어 버린 소설 앞부분에서는 주체적인 여성의 강한 면모가 강조되어 있다. 물론 창녀인 마르그리트는 남자의 욕망에 따르면서 남자에게 기대어 살아갈 수밖에 없다. 그러나 마르그리트는 분명히 '자존심과 독립심'을 지니고 있다. 늙은 공작 앞에서도 자신이 원하는 바를 솔직하게 말했고, N 백작이 열심히 구애해도 그가 마음에 안 든다는 이유로 거절해 버렸다. 게다가 아르망과 사귈 때도 조건부로 사귀기 시작했다. 경제력으로 봐도 남자와 대등하거나 그 이상이다. 요컨대 마르그리트는 고급 창녀로서 독립적인 직업을 가진 여성이었다. 여기서 우리는 자유롭게 해방

된 여성의 측면도 찾아볼 수 있을지 모른다.

그런데 마르그리트의 매력은 이것이 다가 아니다. 이 강한 여인 속에는 '관능'과 '순수함'이 공존하고 있다. 아주 사소한 실수로 창녀가 되어 버린 처녀와, 아주 사소한 계기로도 더없이 순수하고 정다운 처녀가 될 수 있는 창녀가 한 몸에 살고 있는 셈이다. 아르망은 이 오묘한 성질에 마음이 끌렸다. 즉 돈으로 환산하여 공유할 수 있는 부분과 무상으로만 제공될 수 있는 부분이 마르그리트 내부에서 아슬아슬하게 균형을 이루고 있었던 것이다. 육체와 영혼―또는 성과 사랑―은 분리되어 있다. 바로 그렇기에 마르그리트는 강한 여자가 될 수 있었다.

마르그리트 이야기는 이러한 균형이 깨지는 과정이라고도 할 수 있다. 이야기가 시작될 때 마르그리트는 돈으로 거래되는 육체적인 성애밖에 몰랐으므로 그 나머지 부분에서는 자유롭고 독립적인 생활을 할 수 있었다. 그러나 영혼의 사랑을 알게 되면서 이 여인은 인간적인 균형은 회복했을망정 자유를 잃고 말았다. 그리고 결국 사랑도 성애도 모두 잃어버리게 된다.

이 과정은 아르망과의 이별을 기준으로 두 부분으로 나뉜다. 앞부분에서는 사랑이 모든 것을 드높여 준다. 아르망과 연애를 함으로써 영혼이 정화된 마르그리트는 물질적 생활의 무거운 짐을 자진해서 내려놓고는 돈으로 더럽혀진 성애에서 해방된다. 마르그리트는 아르망에게 자신을 송두리째 내맡길 결심을 한다. 이처럼 자유의지로 독립성을 포기함으로써 오히려 그녀 마음은 자유로워지고 병든 육체도 점점 회복되어 간다. 사랑과 성, 영혼과 육체는 하나로 통합된다. 그 결과 그녀는 이제까지 수동적으로 꿈꿀 수밖에 없었던 행복을 능동적으로 실현할 수 있게 된다.

그러나 이때 눈앞에 갈림길이 나타난다. 아르망의 아버지로 상징되는 부르주아 도덕이 이 사랑에 개입한다. 모순된 두 갈래 길 앞에서 마르그리트는 앞길을 스스로 결정해야 한다. 망설임과 방황 속에서 강함과 약함, 용기와 절망이 한꺼번에 나타난다. 이야기가 전개되는 동안에는 마르그리트가 괴로워하는 이유가 감춰져 있어 독자의 상상력을 자극한다. 그래서 이 장면은 더더욱 안타깝게 느껴진다.

그 뒤 사랑은 자기소외의 길을 걷는다. 모든 것이 분리되고 쇠퇴하는 방향으로 쏜살같이 달려간다. 사랑하기 때문에 애인과 헤어지기로 결심한 마르그리트는 또다시 영혼과 육체가 분리된 생활을 하게 된다. 그러나 그녀는 이미 자유와 독립을 잃어버렸다. 사랑에 구속되어 버린 이 여인에게는 자기 욕망을 관철할 강한 마음도, 육체적 성애를 이용해서 뭔가를 손에 넣을 기력도 남아 있지 않다. 그런데 이 힘겨운 삶에 행복한 순간이 딱 한 번 찾아온다. 아르망과 함께 보낸 마지막 하룻밤이다. 이 인상적인 장면에서는 죽어 가는 여인의 미칠 듯한 사랑 속에서 하나가 될 수 없는 영혼과 육체와의 대립이 병적이고도 퇴폐적인 감수성으로 그려져 있다. 그러나 얄궂게도 이 하룻밤이 마르그리트에게 결정타를 가하고 만다. 그녀는 자기 사랑이 놓은 덫에 빠져서 모든 것을 잃는다. 모두에게서 버림받은 마르그리트는 육체적으로 쇠약해진 끝에 비참한 최후를 맞이한다.

그런데 아르망 부자가 속해 있는 남성 위주 부르주아 사회에서는 이 이야기가 과연 어떻게 해석될까?

처음에 묘사된 마르그리트—경제적으로나 성적으로나 자기 뜻대로 살아갈 수 있는 고급 창녀—는 부르주아 남성들에게 두려움을 안겨준다. 실제로 이 소설이 발표되었을 때 그런 측면에서 비평받기도 했다. 그들이 보기에 마르그리트가 살아가는 방식은 기존 남녀관계를 뒤집어 버리는 것이었다. 심지어 그것은 단순한 허구의 산물이 아니라 실제 사회를 반영한 듯이 보였다.

그러나 동시에 이 '무서운 여자'는 부르주아 도덕에 의해 금지되고 은폐된 감미로운 악덕이 지닌 매력을 마음껏 발산하고 있었다. 즉 금단의 성애에 대한 그들의 환상을 만족시켜 준 것이다. 이 점에서 마르그리트 이미지가 《마농 레스코》의 여주인공과 겹친다는 점은 매우 흥미롭다. 그 때문에 마르그리트는 요염한 매력으로 남자를 홀리는 숙명을 지닌 여인으로서, 또 아무런 악의 없이 남자를 파멸시키는 악마 같은 존재로서 독자에게 각인된다.

그러나 많은 사람들이 계속해서 마르그리트와 마농을 비교하는 이유는 두 여인의 공통점뿐만이 아니라 차이점을 강조하기 위해서이기도 하다. 사랑을 알게 된 마르그리트는 남자를 파멸시키는 위험한 힘을 가지고 있으면서도 마농과는 달리 그 힘을 스스로 억누른다. 아르망의 아버지는 아들에게서 마르그리트를 떼어놓기 위해 강제적인 수단을 동원할 필요도 없었다. 그는 단지 설득하고 애원했을 뿐이다. 그러자 마르그리트는 아무런 저항 없이 스스로 모든 것을 포기하고 자기희생의 화신이 된다. 이 무서운 여자는 결혼을 통해 가족과 사회에 침입하지도 않고, 소중한 가족 구성원을 그 세계에서 끌어내지도 않는다. 오히려 아버지와 사회로서는 매우 기쁘게도 이 여자는 부르주아 미덕에 순순히 따르고서 홀로 조용히 죽어 간다.

죽을 각오로 사랑을 물리치는 일이 반대로 죽을 각오로 사랑을 끝까지 지켜 내는 일이 된다. 참으로 역설적인 노릇이다. 마르그리트가 스스로 선택했다고는 하지만 이 선택이 결국 남자들에게 책임 회피와 자기변명의 길을 열어 준다. 마르그리트는 스스로 물러나서 병들어 죽었다. 이 죽음을 책임져야 할 사람은 아무도 없다. 오직 사랑을 위해 순교한 박복한 여인 한 사람이 있을 뿐이다. 따라서 독자나 관객은 연민과 공감의 눈물을 마음껏 흘릴 수 있다.

그런데 소설 《춘희》가 흔한 멜로드라마와 뚜렷이 구별되는 점이 있다. 마르그리트가 그러한 자기 모습을 똑똑히 인식했다는 점이다. 마르그리트는 희생자인 동시에 누구보다도 명석하게 사태를 파악하고 있는 인물이다. 주위 상황과 사회에 구속되어 있으면서도 결코 속지는 않는다. 그녀는 사랑을 포기하면서까지 치른 자기희생이 과연 어떤 의미를 지닐지 이해하고 있다. 마르그리트가 남긴 말과 일기에서는 은근하고도 씁쓸한 야유가 곳곳에서 발견된다.

아버지 말씀을 듣고 마르그리트가 자기희생을 하기로 결심한 것은 꼭 '사랑' 때문만은 아니었다. 그보다도 롤랑 바르트가 《신화》에서 지적했다시피 '누군가에게 인정받고 싶은 마음'이 컸을 것이다. 마르그리트는 행복한 가정이나 부르주아 사회에 대한 억누르기 힘든 동경심과 자신은 거기서 배제되었다는 한을 품고 있었다. 이런 상반된 감정이 있었기에 막상 그 사회에서 존경스러운 여성으로서 인정받을 기회가 주어지자 그녀는 어차피 부질없는 짓임을 알면서도 그 기회를 붙잡지 않을 수 없었다. 그리고 그 감정을 가리켜 '성스러운 허영심'이라고 했다.

《춘희》는 '트리스탄과 이졸데' 또는 '로미오와 줄리엣'같이 서로 사랑하는 두 사람의 이야기가 아니다. 《춘희》에서는 여주인공 혼자만 눈에 띈다. 아버지의 이기심과 아들의 (사랑으로 인한) 옹졸함과 대비되어 마르그리트의 고독함과 비극성은 한층 두드러진다. 《춘희》의 남자 주인공에게는 사랑 신화에 꼭 필요한 '죽음조차 무릅쓰는 영웅적 기질'이 없다. 아르망에게는 '사랑이냐 죽음이냐' 같은 두 가지 선택지만 존재하는 것이 아니다. 그에게는 제삼의 선택지, 즉 아버지 말씀에 순종하여 집으로 돌아가서 아내를 얻고 평범한 시민으로 살아간다는 선택지가 언제나 남아 있다.

마르그리트는 마농처럼 자기 욕망대로 자유분방하게 살아가지 않았다. 카르멘처럼 사랑과 자유를 향해 돌진하지도 않았다. 마르그리트는 19세기 시민사회 뒤편에 묶인 채 거기서 탈출할 길을 찾지 못했다. 이런 상황에서는 진심으로 사랑하는 남자조차도 완전히 믿을 수 없었다.

《춘희》는 사랑 이야기인 동시에 사회적으로 속박당한 여인의 자기발견과 자기기만 이야기이기도 하다. 사랑을 알게 된 마르그리트는 자신이 처한 상황을 더욱 분명히 인식하지 않을 수 없었다. 그리고 자신이 기만당하는 처지임을 자각하면서도 자기기만의 길을 걷기 시작하여 천천히 자살하듯이 쓸쓸하게 죽어 간다.

진실은 마르그리트가 세상을 떠나고 나서야 밝혀진다. 아니, 자기가 죽지 않으면 사랑도 진실도 인정받을 수 없다는 사실을 그녀는 처음부터 알고 있었다. 죽어버린 그녀에게 사람들이 바치는 눈물과 기도와 존경. 오직 그것만이 육체적 고통과 심적 괴로움에 시달리던 마르그리트의 유일한 희망이었다.

인정받고픈 마음

사람들에게 인정받고자 했던 여주인공 마르그리트의 마음을 좀 더 자세히 살펴보자. 롤랑 바르트는 이렇게 말했다.

"마르그리트는 먼저 아르망이 자신을 한 인간으로서 인정해 주자 기뻐서 눈물을 흘린다. 그 뒤 마르그리트가 경험한 정열=수난(passion)은 이렇게 인정받기 위한 끊임없는 노력의 산물이었다. 그러므로 아르망을 포기함으로써 아버지 뒤발에게서 인정받고자 하는 마르그리트의 희생 행위는 도덕적이라기보다는 실존적인 행위이다. 이는 인정을 요구하는 행위의 논리적 귀결, 세상 사람들에게 인정받기 위한 고차원적(사랑보다 훨씬 높은) 수단이었다."

매우 탁월한 해석이다. 롤랑 바르트는 소설을 정확히 읽고 이해했던 것이다. 마르그리트가 왜 아르망을 사랑하게 되었을까. 아르망이 자기 자신을 위해서가 아니라 마르그리트를 위해서 그녀를 사랑했기 때문이다. 그럼 마르그리트는 왜 자신의 사랑을 희생했을까. 제발 헤어져 달라고 열심히 부탁하는 아버지에 대한 '존경'과 뒷날 아르망이 받게 될 '존경'을 생각하고, 그런 존경을 얻을 수 있다면 '스스로 내 인격이 드높아질 것'이라는 느낌을 받았기 때문이다. 결국 마르그리트는 남에게 '인정'받고자 한 것이다. 게다가 마르그리트는 아르망과 헤어지기로 결심한 뒤 마농과 자기를 비교하면서 '정말로 상대를 사랑한다면 마농처럼 행동할 수는 없다'고 비판한다. 마르그리트에게는 자기 나름의 사랑 방식이 있었다. 그것은 비록 특수한 방식으로나마 결국은 사랑하는 사람에게서 '인정(존경)'받을 수 있게끔(즉 첫 번째 '인정(reconnaissance)'에 대한 변함없는 '감사(reconnaissance)'가 이루어질 수 있게끔) 행동하는 것이었다.

그런데 이 '인정' 행위는 상당히 철학적이다. 이를테면 헤겔철학은 '주인' 및 '노예' 변증법과 더불어 '인정(인식)' 개념을 다룬다. 헤겔 용어를 빌리면 이때 마르그리트가 느낀 '긍지'는 곧 '타자의 자기 속에서 자기 자신을 긍정적으로 인식하는' 보편적 자기의식에 해당할 것이다. 마르그리트가 아르망의 '인정'을 더없이 귀중하게 여겼던 까닭은 평소에 그녀가 '노예'였기 때문이다. 마르그리트는 내가 나 자신이 아니라고 말한다. 인간이 아닌 물건이라고, 남자들(주인들)이 허영을 부리는 데 꼭 필요하지만 존경받지는 못한다고 말한다. 이러한 노예 상태에 빠졌던 마르그리트는 오로지 아르망과의 관계에서 또 다른 가능성을 발견했을 것이다.

물론 아름다운 사랑 이야기에 헤겔철학을 끌어들이는 것은 옳지 못한 일일지도 모른다. 하지만 남에게 '인정받기를 바라는 것'은 모든 인간이 가지고 있는 감정이다. 더구나 마르그리트 본인도 이 소설의 결정적인 장면에서 '주인'과 '노예'라는 헤겔 개념을 결코 잊지 않았다. 마르그리트는 아르망과 사귀기 전에 조건을 걸었다. 자기를 말없이 믿고 따라야 한다고. 즉 자기가 주인이 되어 상대를 노예처럼 지배하겠다는 것이다. 이에 대해 아르망은 잠시 갈등하다가 결국은 그녀의 노예이자 개가 되겠다고 대답한다. 헤겔은 근대의 대타관계를 가리켜 '목숨을 건 주인과 노예의 싸움'이라는 극단적인 비유로 설명했다. 마르그리트와 아르망의 관계도 그렇게 투쟁적인 면이 없진 않지만 꼭 '싸움'이라고 잘라 말할 수는 없을 것 같다. 여기서는 '목숨' 대신 '사랑'이라는 말을 써 보자. 아르망은 자기 '목숨'보다 '사랑'을 더 귀하게 여겼으니까. 그러면 아르망과 마르그리트의 관계는 이렇게 풀이된다.

"한 사람은 사랑을 선택하여 개별적 자기의식으로서의 자기(사랑)를 보존하는 대신 인정받기를 단념한다. 그런데 다른 사람은 자기 자신에 대한 관계(자립성)를 과시하여 전자에게서 인정을 받는다. 이것이 주인과 노예 관계이다."

소설 《춘희》에서 마르그리트와 아르망의 관계는 처음부터 끝까지 이러했다. '타자'에게 '인정'받기를 포기하고 '개별적 자기의식'에 머무른 아르망은 마르그리트 앞에서 나약한 모습을 보인다. 그는 희로애락을 느낄 때마다 눈물을 펑펑 흘리는 몹시 감상적인 남자일 뿐이다. 그런데 아르망은 본디 다정다감한 성격인데도 때로는 마치 딴사람처럼 파렴치할 정도로 애인을 괴롭힌다. '타자'에게 '인정'받기를 단념하고 '개별적 자기의식'에 안주하는 인간은 이처럼 대개 자기중심적이고 이기적인 인간이 된다. 감상적인 사람은 '타자' 관념이 희박하므로 '타자'를 제대로 배려하지도 못한다. 반면에 '보편적 자기의식'을 지닌 마르그리트는 자신의 '자립성'을 과시하는 강한 '여주인'으로서 긍지 없는 남자 아르망을 '노예'처럼 지배한다(심지어 마르그리트는 아르망보다 훨씬 경제력도 있다). 그러나 이야기 중간에 해당하는 제14장에서부터 마르그리트는 진심으로 아르망을 사랑하게 된다. 그녀는 자기 경제력과 더불어 사랑을 잃어버릴까 봐 두려워한다. 여기서부터 조금씩 처지가 바뀌어 '주인'이 '노예'로 전락하게 된다.

그러나 《춘희》에서는 아무리 '사랑' 때문에라도 '주인'이 끝내 굴복하여 '노예의 노예'가 되는 변증법적 주객전도 현상은 결코 일어나지 않는다. 물론 두 사람이 마지막으로 만났을 때 마르그리트는 자기 몸을 바치면서 이렇게 말한다.

"나는 당신의 노예이며 당신의 애완견이에요. 그렇죠? 그러니 나를 마음대로 하세요."

마치 상황이 역전된 것 같다. 하지만 이것은 질병과 절망으로 인한 일시적 좌절이다. 아니면 첫 번째 '인정'에 대한 '감사'에서 비롯된 소극적 관대함일 것이다. 아마 보통 사람이라면 벌써 진실을 다 털어놓고 상대에게 화해를 요청하거나 적어도 자기를 이해해 달라고 했을 테지만, 마르그리트는 마침내 죽음이 코앞에 다가온 그 순간까지 그들이 헤어진 진짜 이유(고상한 자기희생)를 입에 담지 않았다. 더구나 아르망이 아무리 잔인한 복수를 해도 똑똑한 마르그리트는 그 모욕을 '달가운 수난(passion)'으로 받아들인다. 언젠가 그가 진실을 알게 된다면 그 눈에 자기가 더더욱 훌륭하게 비칠 것이라고 믿으면서.

이것이야말로 소설 《춘희》의 여주인공 마르그리트가 지닌 인간적 본질이요, 매력이다. 그러므로 이 소설에서 가장 중요한 사건인 마르그리트의 자기희생은 결코 사랑하는 사람이나 가족의 미래를 위해 순순히 물러나는 '도덕적' 행위가 아니다. 바르트가 날카롭게 지적했듯이 그것은 멜로드라마 같은 통속적 '사랑'보다도 훨씬 높은 곳에 위치하는 '실존적' 선택이었다.

이야기 방식

마르그리트는 단순한 비련의 여주인공이 아니라 매우 복잡한 인물이다. 이는 소설 '형식'과도 관련이 있다. 연극이나 오페라에서는 무대 위에 등장인물들이 나타나서 직접 연기하고 이야기하고 노래한다. 마르그리트와 아르망의 사랑도, 아버지의 개입도 무대에서 실시간으로 이루어지므로 관객들은 모든 사건을 두 눈으로 직접 볼 수 있다. 그러나 소설은 다르다. 독자들은 누군가가 '이야기해 주는 내용'만 볼 수 있다. 소설에서 '이야기' 방식은 소설 전체를 지탱하는 기초에 해당한다.

그럼 《춘희》는 어떨까. 소설 전체 화자는 마르그리트 이야기에 직접 관여하지 않은 제삼자인 '나'이다. 나는 우연히 이야기 당사자인 아르망을 만난다. 아르망은 나에게 마르그리트의 사랑 이야기를 들려준다. 소설 내용 대부분은 아르망이 해 준 이야기로 구성되어 있다.

제삼자인 내가 우연히 만난 어떤 사람에게서 고백을 듣는다는 '이야기' 방식은 《마농 레스코》나 《카르멘》에서도 나타난다. 문학사적인 의미는 제쳐두고 이 작품들이 모두 '액자식 구성'이라는 사실을 보면, 이야기 내용과 관련된 어떤 필연성이 있는 듯한 느낌도 든다.

그렇다면 이 이야기 방식은 무슨 효과가 있을까. 첫째로 '나'는 진실성을 보증하고 유보한다. 《마농 레스코》에서도 《카르멘》에서도 《춘희》에서도 대개 중립적 인물인 '나'는 객관적인 눈으로 주인공을 바라보면서 그 이야기에 귀를 기울인다. '내'가 그 여성을 한 번쯤은 봤다는 것도 중요한 요소다. '나'는 그 여성의 외모, 남자를 대하는 태도, 다른 여러 가지 정황증거가 진실임을 보증한다. 그러나 이야기 자체가 과연 진실인지는 독자의 판단에 맡길 수밖에 없다. '나'는 "그 남자가 말한 대로 적었다"고 한다. 이 말은 '내'가 그 남자 이야기를 믿었다는 뜻이며, 그렇다고 '나' 자신이 그 진실성을 책임질 수는 없다는 뜻이다.

두 번째 효과로는 '사건'이 일어난 시간과 '이야기' 시간과의 미묘한 관계를 들 수 있다. 남자가 이야기를 시작한 시점에서 사랑하는 여자는 이미 세상을 떠났다. 이야기가 비극적으로 끝나리라는 것은 처음부터 예정되어 있다. 그런데 남자의 핼쑥한 얼굴과 절망한 모습을 보면 알 수 있듯이 그 이야기는 이제 막 완결되었다. 그 끔찍한 상처는 아직 아물지 않았다. 바로 얼마 전에 경험한 비극을 회상하는 남자의 이야기는 제삼자에게 사건을 보고하기 위한 객관성과 자꾸만 북받치는 감정 사이에서 이리저리 흔들리고, 여기서 매우 비통한 감정이 생겨나 독자에게 전달된다.

세 번째 효과는 가장 중요하다. 이런 이야기 방식은 이야기와 독자 사이에 이중적인 거리를 둔다. 고로 여주인공의 진정한 모습은 간접적인 형태로밖에 떠오르지 않는다. 마농 이야기도 카르멘 이야기도 마르그리트 이야기도 결국 '내' 눈에 비친 남자 마음속에만 존재한다. 독자는 '내' 귀를 통해 그 남자가 하는 이야기를 듣고, 그 남자의 주관적 시각을 통해 여자들을 본다. 이야기 속에만 존재하는 그 여자들은 화자의 사랑과 미움과 질투로 다채롭게 채색되어 독자에게 강한 인상을 주지만 뚜렷한 객관적 이미지로 정착되지는 않는다. 그 정체는 영원한 수수께끼이다. 독자는 개인적인 환상을 거기에 투영할 수 있다. 복잡한 감정과 시선이 한데 얽힌 곳에서 이제는 신화가 된 여주인공이 모습을 드러낸다. 근대에 수많은 독자들이 품은 환상을 만족시켜 주는 사랑의 형상은 그런 수수께끼 같은 불확실한 이미지에서만 생겨날 수 있었는지 모른다.

그런데 《춘희》에는 《마농 레스코》나 《카르멘》에 없는 특별한 장치가 존재한다. 바로 '글의 위력'이다. 이 작품에는 많은 편지가 등장하지만 대부분 '거짓' 편지이다. 마르그리트는 사랑과 배려 때문에 거짓 편지를 쓰고, 아르망은 자기 마음과는 달리 상대를 모욕하고 박해하는 편지를 보낸다. 이 편지들은 분명히 이야기 진행에 크게 관여하고 있다. 하지만 소설 전체 구성에서 무엇보다도 중요한 것은 역시 25~26장에 실린 마르그리트의 일기이다. 연극이나 오페라와는 달리 소설에서는 마르그리트가 아르망을 배신한 이유, 즉 아버지와 했던 약속이 아르망의 이야기에서는 내내 숨겨져 있다가 마지막에 마르그리트 본인이 쓴 일기를 통해 비로소 밝혀진다. 이는 단순한 서스펜스 기법이 아니다. '글'은 그것을 쓴 여성이 죽고 나서도 아르망과 '내' 앞에 엄연히 존재한다. 이는 평범한 편지가 아니다. 마르그리트 본인이 말했듯이 '죽음으로써 정화되어 한낱 편지가 아닌 참회문이 된' 글이다. 이 일기는 이야기보다 더 높은 차원에서 진실을 밝히는 증언으로서 커다란 가치를 획득한다.

그 글자에서 들려오는 소리는 진실의 목소리이자 비극의 목소리이다. 그 목소리는 먼저 가면 아래 숨기고 있었던 아르망에 대한 변함없는 사랑을 고백한다. 그리고 남에게 인정받고 싶다는 욕망, 인정받을 수 없다는 절망을 호소한다. 더 나아가 그 목소리는 자신을 이런 궁지에 몰아넣은 사회를 은근히 야유하는 형태로 고발한다. 이 고발 또는 비판은 제3장에서 '내'가 하는 설교와는 차원이 다르다. 그것은 파멸해 버린 희생자가 홀로 외치는 비명 소리이기에 강한 설득력을 지닌다. 이 일기 끝에는 마르그리트의 비참한 죽음을 알리는 쥘리 뒤프라의 일기가 실려 있다. 이것은 마르그리트 이야기가 얼마나 진실한지 증명해 준다.

이 장치는 매우 중요하다. 왜냐하면 이 일기는 아르망이 한 이야기를 상대적으로 만들기 때문이다. 물론 아르망이 한 이야기와 마르그리트가 한 증언 내용은 서로 어긋나지는 않지만, 여기서 하나의 이야기는 다른 각도로 조명된다. 더구나 이 각도에서 보면 아르망이 한 이야기의 중요성도 상당히 달라진다. 독자는 심지어 이런 생각까지 하게 된다. '모두 다 이 일기를 읽기 위한 준비에 지나

지 않았구나.'

　액자식 구성이 으레 그렇듯이 일기가 끝나면 '내'가 짤막한 이야기를 하면서 소설 전체를 마무리한다. 하지만 여기서도 마르그리트의 일기는 '이야기'와 그 안에 삽입된 '글'의 비중을 바꿔 놓는다. 액자식 구성을 떠받치는 기초에 해당하는 '내' 이야기도 망자가 남긴 일기 앞에서는 아무래도 경박하게 느껴진다. 독자에게 이야기하는 말의 중요성이 근본적으로 달라지는 것이다.

　서로를 상대적으로 만드는 이런 이야기 방식 덕분에 소설 《춘희》는 평범한 멜로드라마가 되지 않을 수 있었다. '내'가 이야기한 결말을 듣고 모든 독자들이 개운함을 느끼리란 법은 없다. 마르그리트의 일기가 남아 있는 이상 아르망은 계속 죄책감에 시달릴 것이다. 아마 마르그리트가 글로 남긴 뼈아픈 한은 그녀가 죽고 나서도 풀리지 않았을 것이다. 무덤 속에서 나타난 그녀의 썩은 시체에 관한 묘사는 이 점을 상징적으로 보여 준다. 희곡이나 오페라에서와는 달리 외롭고 부조리한 죽음을 맞이한 마르그리트는 아직 세상과 '화해'하지 못한 것이다.

작가의 태도

　마르그리트가 이러한 인물이었다면 아르망의 모델이 된 작가 자신은 어땠을까. 뒤마 피스는 '고통스러운 체험을 그대로 이야기하면 된다'고 생각해서 이 소설을 썼다고 한다. 그는 울보 아르망처럼 이상하리만치 감상적이고 자기중심적인 인물이었을까. 사실 도박에 푹 빠지는 사람은 도박에서 이길 수 없듯이, 정말로 감상적인 작가는 감상적인 인물을 묘사할 수 없다. 자크 프루스트가 말했다시피 '살아가는 자아'와 '쓰는 자아'는 저마다 다른 차원에 속해 있기 때문이다. 누구나 '스무 살 때 괴로운 체험'을 할 수는 있지만 모든 사람이 그 체험을 감동적으로 표현할 수는 없다. 게다가 '고통스러운 체험'이 정확히 어떤 체험인지는 직접 써 보지 않으면 알 수 없다. 그렇기에 문학작품이 이 세상에 존재하는 것이다. 작가는 '고통스러운 체험을 그대로 이야기하면 된다'는 마음가짐으로 이 소설을 쓰는 동안에 저도 모르게 마르그리트의 '고결함'이라는 인간적 본질을 발견해서 이를 표현하는 데 주력했다. 이것이 바로 소설가 뒤마 피스의 위대함이다. 이 소설은 긴밀한 구성 속에 빈틈없이 복선이 깔려 있다. 등장인물 심리도 몹시 치밀하게 분석되어 있으며, 화법도 문체도 생생하고 매력적이다. 이 작품은 그야말로 라 파예트 부인에게서 사강으로 이어지고 아베 프레보와 라클로에게서 스탕달을 거쳐 프루스트와 라디게로 이어져 내려온 프랑스 심리소설의 전통을 충분히 계승한 걸작이다.

밀란 쿤데라는 말한다. 소설이라는 분야에는 고유한 지혜가 존재하며, 그 지혜는 소설가들보다 좀 더 총명하다고. 이 '소설의 지혜'를 무시하고 자기가 소설보다 총명하다고 믿는 소설가는 직업을 바꿔야 한다는 것이다. 이 해석에 따르면 뒤마 피스는 《춘희》를 쓸 때 '소설의 지혜'에 귀를 기울인 셈이다. 하지만 그 뒤 '문제소설'이나 '문제작'을 쓸 때에는 '설교'에 치중하게 되었다. 소설(또는 연극)의 지혜를 무시하고는 한낱 '설교' 수단에 지나지 않는 작품보다도 자기가 더 총명하다는 사실을 과시하려고 한 것이다. 어쩌면 이것이야말로 플로베르 같은 훌륭한 작가들의 예술과 뒤마 피스 예술의 근본적인 차이인지도 모른다.

3. 춘희는 어떻게 되었는가

작가는 벽에 부딪쳤을망정, 신화 속 여주인공이 된 춘희는 원작 소설을 초월하여 여러 분야로 퍼져 나갔다. 다양한 춘희의 모습을 살펴보자.

희곡 〈춘희〉는 제2제정 시대부터 세기말에 걸쳐 가장 자주 상연된 작품 가운데 하나이다. 〈춘희〉는 원작 내용이 좋기도 하지만 출연자가 워낙 훌륭해서 더욱 큰 인기를 모았다. 처음으로 마르그리트 역을 맡았던 외제니 도슈는 단숨에 인기인이 되었으며 1867년까지 약 500회에 걸쳐 '춘희'를 연기했다고 한다. 1870년 이후 제3공화제 시대에는 위대한 여배우 사라 베르나르가 마르그리트를 연기하여 '삶의 비극적 감정'을 호소하는 낭만파 연기로 관객들의 눈물을 자아냈다. 또 이탈리아 여배우 엘레오노라 두세도 사라 베르나르 못지않게 뛰어난 '춘희'로서 여러 지역에서 마르그리트를 연기해 호평을 받았다. 20세기 들어서도 〈춘희〉는 계속 상연되었다. 제1차 세계대전이 끝난 뒤에는 조르주 피트에프가 새로 연출한 〈춘희〉가 화제를 모으기도 했다. 1956년 롤랑 바르트는 말했다.

"지금 이 순간에도 세계 어딘가에서 〈춘희〉가 상연되고 있다."

한편 베르디 오페라 〈라 트라비아타〉는 인기가 식을 줄을 모른다. 1854년 재연해서 대성공을 거두고 나서부터 이 오페라는 여러 나라 말로 번역되어 전 세계를 석권하기에 이르렀다. 비올레타를 연기한 가수로는 넬리 멜바, 로자 폰셀, 엘리자베트 슈바르츠코프, 레나타 테발디, 미렐라 프레니 등이 있다. 모두 유명한 소프라노 가수들이지만 그중에서도 유명한 인물이 바로 마리아 칼라스이다. 특히 1955년 루키노 비스콘티가 연출을 맡아 밀라노 스칼라 극장에서 상연한 〈라 트라비아타〉는 전설이라 불릴 만큼 대단했다고 한다.

영화계에서도 《춘희》는 인기 있는 소재였다. 1907년 비고 라센 감독이 만든 덴마크 영화에 이어 스무 편이 넘는 영화가 제작되었다. 무성영화 시대에는 예순일곱이 된 사라 베르나르를 기용한 앙리 푸크탈 작품(1912), 폴라 네그리를 기용한 에른스트 루비치 작품(1920) 등이 상영되었다. 그 뒤에 제작된 작품으로는 1937년 조지 큐커가 감독하고 그레타 가르보가 주연한 〈춘희〉가 유명하다. 참고로 이 영화는 할리우드 영화답게 오페라·희곡과 마찬가지로 마르그리트가 아르망의 품에 안겨 완전히 화해하고 그들의 사랑을 굳게 믿으면서 행복하게 죽어 간다는 식으로 끝을 맺는다. 세계대전이 끝나고 나서 제작된 레몽 베르나르 감독, 미셸린 프레슬 주연 〈춘희〉(1952)는 배경과 의상을 역사적으로 재현하는 데 중점을 뒀고, 마우로 볼로니니 감독, 이자벨 위페르 주연 〈춘희〉(1981)는 마르그리트의 모델인 마리 뒤플레시스의 생애에 초점을 맞췄다. 또 오페라를 영화화한 프랑코 제피렐리 감독 〈라 트라비아타〉(1982)는 테레사 스트라타스와 플라시도 도밍고가 함께 출연해 화제를 모았다.

《춘희》는 발레 작품으로도 제작되었다. 1963년 프레드릭 애쉬튼이 안무한 〈마르그리트와 아르망〉이 무대에 올랐다. 로열 발레단이 이 작품을 연기했으며 주연은 마고트 폰테인과 루돌프 누레예프였다. 한때 마리 뒤플레시스와 사귀었던 프란츠 리스트의 음악이 사용되었다. 그런데 이보다 더 주목할 만한 작품은 1978년에 처음 상연된 존 노이마이어의 〈춘희〉이다. 노이마이어는 원작 소설을 바탕으로 쇼팽 음악에 맞춰 춤을 만들었다. 여기서는 경매를 준비하는 장면부터 여주인공이 죽는 장면까지 모든 이야기가 회상과 극중극을 포함한 복잡한 구조로 표현되었다. 이 작품은 인간 심리를 정확히 묘사하면서 압도적인 박력으로 관객에게 비극적인 감동을 선사한다. 상징적인 색채 사용과 '마농'을 의식한 연출도 커다란 효과를 거두었다. 이 무대에서 마르시아 하이데, 지지 하이엇, 안나 폴리카르포바 등이 마르그리트로서 춤을 추었다.

이처럼 '춘희' 이야기는 오늘날에도 여전히 다양한 분야에서 많은 예술가들에게 영감을 주고 있다. 아마 앞으로도 계속 매력적인 마르그리트가 태어날 것이다. 이렇게 끊임없이 변화하는 신화 속 여주인공을 낳은 어머니로서 지금까지 수많은 독자들의 마음을 사로잡은 작품이 바로 뒤마 피스의 소설 《춘희》이다.

아베 프레보 생애와 마농 레스코

푸치니의 오페라 〈마농 레스코〉 하면 원작자인 아베 프레보가 머릿속에 떠오른다. 마찬가지로 아베 프레보 하면 바로 푸치니의 오페라 〈마농 레스코〉가 떠오른다. 그만큼 프레보와 푸치니, 마농은 한 몸과도 같다. 하지만 아베 프레보의 모든 작품은 66권(번역본까지 더하면 113권)에 이르며, 거의 모두가 소설이라는 점에서 오페라 〈마농 레스코〉는 그야말로 사소한 존재에 지나지 않는다고 할 수 있다.

그러나 프레보의 이름이 프랑스 문학과 더불어 길이 빛나게 되며, 또한 대중성을 띠게 되는 것은 두말할 것도 없이 《마농 레스코》에 의해서이다. 그의 수많은 소설 가운데 이 《슈발리에 데 그리외와 마농 레스코의 이야기》(이것이 원명이다)는 인간 정열의 깊은 진리와 단순하고 간결한 구성으로, 뛰어난 아름다움을 지니고 있다. 흔히 비평가들이 상상하는 바와 같이 이 이야기는 아베 프레보 자신의 불행한 사랑을 소설화한 것인지도 모른다. 어쨌든 프레보의 생애는 파란 많은 생애였거니와 특히 그의 청춘 시절은 모험과 동요의 연속이었다.

독서가들의 절대적 사랑을 받는 《마농 레스코》 저자의 파란만장한 생애에 대해서는 일찍이 아나톨 프랑스가 《아베 프레보의 모험》으로 써낼 정도다. 이 훌륭하고도 짧은 전기는 르메르 출판사에서 나온 고전문학총서에 수록된 《마농 레스코》(1878년판)의 머리글로 쓰인 것이다. 그 뒤 《라틴 정신》에 수록된다. 이것은 매우 흥미로운 이야기지만 거기에 쓰인 사실이 반드시 정확하다고는 할 수 없다. 사실 아베 프레보의 생애에 대해서는 오늘날에도 여전히 불확실한 점이 많기 때문에 앞으로의 연구를 기다릴 수밖에 없다. 하지만 요즘 들어 가장 권위 있는 평전이라 할 수 있는 연구 두세 가지를 인용해 아베 프레보의 개략적인 생애를 적어두고자 한다.

앙투안 프랑수아 프레보(Antoine François Prévost)는 1697년 4월 1일, 만우절에 프랑스 북부 작은 마을 에스댕(Hesdin)에서 태어났다. 프레보 집안은 대대로 이 고장에서 살아온 부르주아였으며 아버지는 지방법원 초심재판소 검사였다. 프랑수아는 9남매 가운데 둘째였다.

프레보는 열다섯 살까지 라 플레쉬(La Flèche)와 루앙(Rouen)에 있는 예수회 기숙학교에서 공부했다. 아버지는 아들을 누구에게도 지지 않을 만큼 교육하고 싶었으나, 이 기숙학교의 규율은 매우 엄하여 자유분방한 프레보를 짜증 나게 만들었다. 열여섯 살이던 1713년 9월, 프레보는 신

프레보(1697~1763)

학 공부를 위해 수습신부로서 파리로 떠난다. 이 첫 여행에서 그는 마농과 만난다. 마치 유명한 장면처럼 그녀는 수녀가 되기 위해 홀로 아미앵 여행길에 올랐던 것이다. 미래의 신부와 수녀의 만남이라니 어쩌면 이리도 운명의 장난 같을까.

파리에서는 예수회 학교에서 신학과 고전을 배웠으나 신학에 흥미를 느끼지 못한 데다가 엄격한 종교적 규칙에 압박감을 느꼈다. 그 뒤 1715년에 라 플레쉬의 앙리 4세 학교에 들어가 철학을 공부했다. 그러나 철학에도 흥미를 느끼지 못했고, 본디 혈기왕성한 성격이었던 그는 아무리 해도 마농을 잊을 수가 없었다. 그는 파리로 가면 마농을 만날지도 모른다는 헛된 기대를 품고 다시 수도로 돌아간다. 그러나 무일푼이 되자, 결국 철학도 종교도 포기한 채 군에 입대한다. 그의 나이 열여섯 살 때 일이다.

그 무렵에는 전쟁도 없었고, 따라서 승진 희망도 거의 보이지 않았다. 게다가

〈아베 프레보의 십자가〉 아래의 비문
상티이와 상리스 거리 사이의 쿠르퇴유에 아베 프레보 거리가 있다. 이곳에 아베 프레보의 십자가가 우뚝 서 있으며, 그 아래의 비문은 다음과 같다. '1763년 11월 25일 오후 5시 무렵 앙투안 프랑수아 프레보 데그질, 뇌졸중으로 쓰러지다. 성직자이자 작가인 그는 슈발리에 데 그리외와 마농 레스코의 아름다운 이야기(1731)를 남겼다.'

매우 엄격했던 병영 생활 때문에 그는 3년 뒤 다시 라 플레쉬의 예수회 교단으로 돌아가려 했다. 그러나 예수회 교단 쪽에서는 그가 돌아오기를 원하지 않았다. 그는 친구와 함께 네덜란드로 떠났다. 네덜란드에서는 매우 방탕한 생활을 보낸 듯, 프레보는 이렇게 말했다. "여자 둘과 결혼하고 나서, 그녀들을 버리고 프랑스로 돌아왔다." 그의 말에 따르면 그는 처음으로 '운문이나 산문으로' 글을 쓰는 법을 익혔다고 한다.

네덜란드에서 돌아온 그는 다시 군대에 발을 들였다. 이번에는 순조롭게 진급도 하며 즐거운 생활을 보냈다. 그러던 중 파리의 한 술집에서 한시도 잊은 적 없었던 마농과 마주치게 된다. 이때부터 그들 관계는 1년 넘게 이어졌다.

마농이 그의 곁을 떠나자 이번에는 노르망디에 있는 베네딕트 교단의 생방드릴 수도원에 몸을 숨겼다. 이때가 1720년쯤으로 추정되며, 21년 1월에는 베네딕투스 수도회의 수사로서 서원(誓願)하고 그 뒤 신학을 연구하며 고전을 가르쳤다. 생 투앙 수도원으로 옮긴 뒤 그는 섭정 필립 드레르앙의 정사를 풍자한 《퐁포누스의 모험》을 공동 집필함으로써 문학에 대한 자신의 취향을 발견한다.

1726년에는 신부로 서임되어 교법사로 성공했다. 그때부터 프레보는 은밀히 《어느 귀인의 회상록》 저술하기 시작했다. 그런데 어째서 프레보는 즐겁고 자유로운 군대 생활을 버리고 부모님이나 친구들의 눈을 피해 '무덤과도 같은' 수도원에 몸을 숨겼던 것일까? 많은 전기 작가들은 실연 때문이라고 말한다.

아무튼 그는 그 뒤 1727년까지 거의 7년을 루앙, 벡, 페캉, 에브뢰 등 노르망디주 마을에 있는 수도원을 전전했는데, 특히 에브뢰 마을에서 그의 설교는 매우 인기를 얻었다. '일찍이 이만큼 모든 이를 열광하게 만든 사람은 없었다'는 일화가 전해진다.

프레보는 에브뢰에서 1년을 머물다가 파리로 불려 온 뒤, 생제르맹 데 프레 수도원에서 《프랑스 교회사》를 편찬하는 일에 종사했다. 글쓰기를 좋아했던 그로서는 이 일이 결코 불편하지 않았다. 그가 한 일은 교단의 커다란 편찬 사업으로 제4권까지 편찬해냈지만, 늘 그랬듯 일에 모든 열정을 쏟아부어 이 위대한 문서에 1권 분량을 더할 수 있었다. 라틴어로 쓰인 이 경건한 노동이 끝나자 이번에는 프랑스어로 매우 방대한 소설 한 편을 쓰기 시작했다. 아니, 소설 20편이라고 해야 할 것이다. 왜냐하면 이 《어느 귀인의 회상록》에는 저마다 처음과 끝이라 할 수 있는 소설 20편을 채우고도 남을 만한 사건들이 포함되어 있기 때문이다. 프레보는 이 작품을 쓰기 위해 로마 교황에게 전임 허가를 요구했으며 교황도 이를 허락했다.

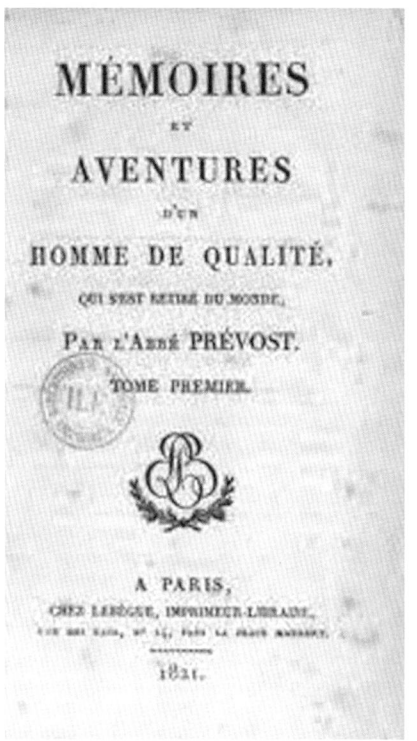

《어느 귀인의 회상록》(1728~1731)
《마농 레스코》는 장편소설 《어느 귀인의 회상록》에 덧붙여진 이야기로 1731년에 발표되었다.

그러나 속세의 바람이 또다시 신부의 마음으로 불어왔다. 어차피 언제까지나 수도원 도서관의 먼지 구덩이 속에 틀어박혀 있을 남자는 아니었다. 1727년, 전임허가서가 도착하기도 전에 그는 원고를 끌어안고 생제르맹 데 프레 수도원에서 뛰쳐나와 네덜란드로 갔다. 그 바람에 불행하게도 그에게는 종교법 위반으로 체포 명령이 내려졌다. 그는 어쩔 수 없이 영국으로 망명하게 된다. 그때부터 비교문학 연구가의 흥미를 돋우는 아베 프레보와 영국의 관계가 시작되었다.

　프레보의 첫 번째 영국 체재는 1728년 11월에서 30년 가을까지로 추정된다. 프레보의 그 시절 행적에 대해서는 한 영국 귀족 자녀의 가정교사를 맡았다는 것 말고는 정확하게 알려진 것이 없다. 이때부터 그는 이름을 프레보 데그질(Prévost d'Exiles)이라 했다. 그 유래에 대해서는 여러 가지 설이 있지만 '추방된 프레보'라는 뜻이 가장 그럴 듯하다.

　그 뒤 프레보는 무슨 이유에서인지 '그의 수많은 교양인 친구들이 아까워하는 속에서', '자기 스스로 원해서' 영국을 떠나 또다시 네덜란드로 갔다. 그

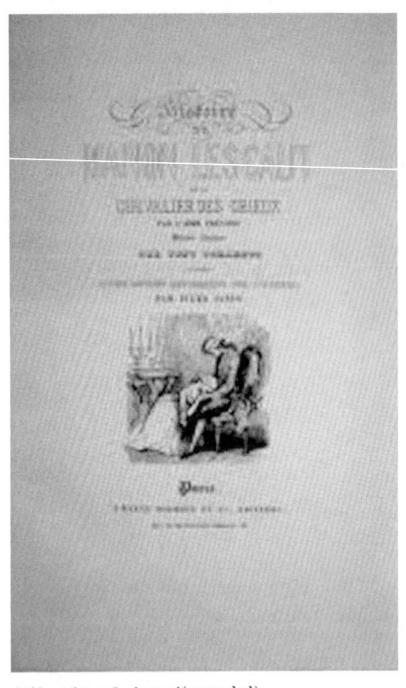

《마농 레스코》 속표지(1839년판)

는 그곳에서 2년 남짓 머물렀다. 그때 네덜란드에서는 출판업이 번성하고 있었고 프랑스 서적들도 그곳에서 수없이 출판되었기에 그는 열심히 저작 활동에 몰두했다. 곧 《클리브랜드》의 집필에 착수, 4권까지를 끝낸 뒤 일단 중지하고 16세기의 법관 드 투우가 라틴어로 저술한 《현대사》의 번역에 착수했다.

　1728년에 7권에 달하는 《어느 귀인의 회상록》을 완성했다. 호평도 받고 인세도 두둑하게 들어와 기분이 좋아진 그는 여기에 이야기 한 편을 더하기로 했다. 이것이 1731년 출간된 《슈발리에 데 그리외와 마농 레스코의 이야기》이다.

　기적은 단숨에 이루어진다고 했던가. 그가 오랜 기간에 걸쳐 써낸 야심작 《어느 귀인의 회상록》 7권째에 《슈발리에 데 그리외와 마농 레스코 이야기》를 더한 것은, 단지 이야기를 계속 이어 나가기 위한 한 방편일 뿐이었다. 그래서 이런 짧은 작품에 기대 따위는 하지 않았다. 실제로 불과 2, 3주 만에 써 버렸다고 한다. 그런데 그가 가장 공을 들여 써낸 《어느 귀인의 회상록》을 시작으로 60권이 넘는 서적은 이미 잊혔는데도, 이 작은 연애 이야기만은 여전히 전 세

계 여자들의 눈물샘을 자극하고 있다. 인간에게 연애 감정이 없어지지 않는 한, 인간이 인간으로 남아 있는 한 《마농 레스코》는 앞으로도 영원히 살아 숨 쉴 것이다.

네덜란드에 머무는 동안 그는 젊고 아름다운 신교도 여인을 알게 되었다. 그러던 중 그녀의 재주와 지혜에 사랑을 느끼고 그녀를 곤란 속에서 구해 냈다. 그녀는 이를 매우 고맙게 생각했으며 마침내 그에게 청혼하기에 이르렀다. 그러나 프레보는 종교의 맹세를 기억해 냈고, 이와 더불어 만약 그녀와 결혼한다면 영원히 고국으로 돌아갈 수 없다는 사실을

《마농 레스코》 서문(1734년판)

곰곰이 생각하고는 그녀의 청혼을 거절했다. 하지만 여자는 포기하지 않았으며, 그가 1733년 1월에 많은 빚을 남긴 채 다시 영국으로 갔을 때에도 그 뒤를 쫓았다.

프레보가 두 번째로 영국에 머물렀을 때는 채권자들에게 추궁당하거나, 많은 은인의 믿음을 저버리거나, 위조 어음을 발행하여 감옥에 갇히는 등 안 좋은 일만 벌였다고 한다. 하지만 그것도 어디까지가 진실인지 아직 분명하게 밝혀진 것은 없다. 다만 특별히 다뤄야 할 점은 그가 생활비를 벌기 위해 정기간행물 〈갑론을박(Le Pour et le Contre)〉을 출판했다는 것이다. 그는 이 개인 잡지에 과학이나 문학 그리고 예술 해설과 엄정한 비평을 써넣었으며, 1733년에서 40년에 걸쳐 20권, 296호를 출판해 냈다. 그 속에서 그가 메도르라는 이름으로 자신의 초상을 묘사한 부분을 인용하면 다음과 같다.

"이 메도르라는 여자에게 매우 인기 있는 남자는 서른일고여덟 살쯤 되었으며, 그의 생김새와 기질 속에 예전에 느꼈던 슬픔의 상처가 남아 있다. 그는 때

"이 사람이 내 연인이에요!"
"온 이탈리아의 공작을 다 합쳐도, 내가 붙잡고 있는 이 머리카락 한 올 만큼의 가치도 없을 거예요." 이렇게 단언하면서 마농은 이탈리아 귀족에게 거울을 들이민다. 이 귀족의 용모와 데 그리외의 용모를 비교함으로써, 귀족에게는 감히 구혼할 자격이 없음을 알려준 것이다. 작품을 좀처럼 수정하지 않는 프레보가 1753년판을 내놓으면서 특별히 추가한 이야기. 1783년판 삽화. 마리에 그림.

때로 몇 시간이나 계속 서재에 틀어박혀 있거나, 날마다 7, 8시간을 연구로 보낸다. 따라서 오락거리를 찾는 일은 거의 없으며, 사람들이 오락거리를 가져와도 속세 사람들의 심심풀이라 하며 그보다는 양식을 갖춘 친구들과 1시간이라도 대화를 나누는 편이 낫다고 말한다. 그는 매우 교양이 넘치고, 예절에 대해 잘 알고 있지만 결코 여자를 정중하게 대하지는 않는다. 성격은 온화하지만 침울하기도 하다. 마지막으로 그는 몸가짐을 엄격하게 한다. 등등."

드디어 프레보는 추방 생활에 염증을 느꼈다. 그는 다시 조국으로 돌아가고 싶다는 열망을 품었다. 하지만 자신을 박해하는 사람들이 맹위를 떨치고 있다는 사실에 두려움을 느꼈다. 그래도 고국에 있는 친구들이 갖은 힘을 써 주었다. 1734년, 다시 베네딕트 교단으로 돌아간 그는 드 콩티 공작의 교법사가 되어 파리에 정착하게 된다. 물론 작가로서의 활동은 그치지 않아 그의 창작열은 왕성해졌으며, 《클리브랜드》 8권, 《키르리느의 수도원장》 6권, 《어느 그리스 근대여성의 이야기》 2권 등 수많은 소설, 추억기, 기행문을 써냈다. 우수한 문학 장인이 되기를 바란 그가 평생 동안 써낸 서적은 2백 권이 넘는다. 그는 번역에도 힘을 기울여, 영국 작가 리처드슨의 《파멜라》가 성공을 거두자 본격적으로 영국 문학을 유럽에 소개했다. 영문학 번역, 특히 새뮤얼 리처드슨(Samuel Richardson)의 《클라리스 할로 Clarisse Harlowe》나 《찰스 그랜디스 경 Sir Charles Grandison》 번역은 루소에게 《새로운 엘로이즈》를 만들어 내게 했으며, 디드로를 울리기까지 했다. 1745

년에는 《여행 통사(通史)》를 번역하여 유럽에 세계 각지의 풍물과 지식을 보급하는 데 크게 공헌했다.

프레보는 프랑스에 돌아와서도 신문기자인 친구의 필화 사건에 연루되어 잠시 브뤼셀로 도망가기도 했지만, 1754년부터 어느 수도원에서 원장직을 얻어 생활에 안정을 되찾았다. 그는 먼저 파리 교외에 있던 샤요, 그다음에는 파리 북부에 있는 맑고 아름다운 마을 상티이 부근에 작은 집을 마련하고는 종교 서적 저술에 몰두하며 만년을 조용하게 보냈다.

아베 프레보 같은 인물은 아무래도 기괴한 최후를 맞이하도록 태어난 것 같다. 1763년 11월 25일 금요일에 생니콜라 다시 수도원을 방문했

마농의 죽음 사막으로 도망친 마농과 데 그리외의 도피행은 마농의 갑작스러운 죽음으로 끝을 맺는다. 마농은 "더는 갈 수 없다"고 하는데, 실제로 걸어간 거리는 겨우 8km 정도였다. 《어느 귀인의 회상록》에 나오는 성주(城主)의 딸도 마농처럼 지쳐서 죽어 버렸다. 그 시대 사람들은 대체로 여자가 몹시 허약하다고 생각했던 것 같다. 1753년판 삽화.

다 돌아가는 길에 뇌졸중으로 쓰러진 그를 사람들이 발견했다. 쿠르퇴유로 데리고 가서 주임사제 집에 들른 뒤, 치료를 했으나 결국 살아나지 못했다. 그의 나이 예순일곱이었다.

유해는 성당 안에 놓였지만 다음 날 마을 민가로 옮겨 외과의사들이 해부한 결과는 다음과 같았다.

"대동맥을 시작으로 다른 혈관들이 파열해 흉부에서 엄청난 출혈이 발견되었다."

아베 프레보가 소속된 베네딕트 교단에서는 생니콜라 다시 수도원 묘지를 우리의 방탕아 앙투안 프랑수아 프레보에게 제공했다.

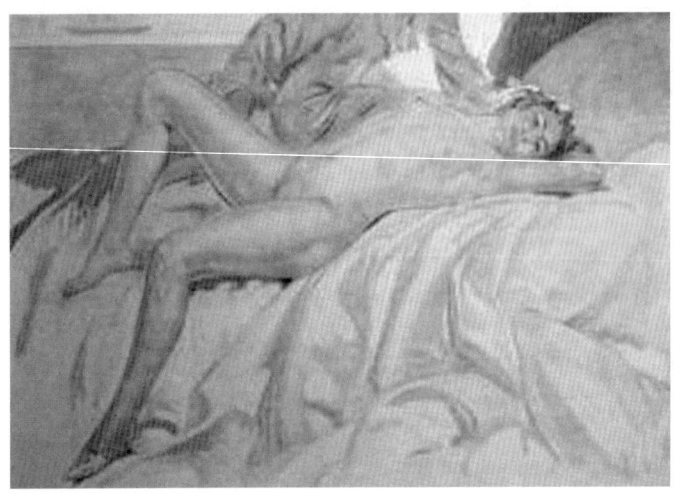

《마농 레스코》
1927년판 삽화.
르네 를롱 작.

《마농 레스코》에 대하여

《마농 레스코》는 1731년 암스테르담에서 출간되었다. 이 소설은 앞서 말한 《어느 귀인의 회상록》의 마지막 7권으로 구성된 것이지만 그 자체는 독립적인 것으로 볼 수 있다. 저자는 '머리말' 가운데 이 두 작품 사이에는 아무런 필연적인 관련이 없다는 사실을 밝히고 있다. 그의 방대한 저작 중에서 오늘날까지 그 명성을 잃지 않고 걸작으로서 애독되고 있는 것은 오직 《마농 레스코》뿐이다. 이 소설은 출간되자마자 네덜란드와 프랑스는 물론 유럽 전역에서 독자들을 열광시켰다. 그것은 이 소설이 비교적 짧고, 묘사되어 있는 심리도 이해하기 쉬우며, 특히 여주인공 마농이 창부형의 여인이라는 데에 있다. 그러면서도 전혀 천박하지 않고 사랑스러운 창부로 부각되어 있는 것은 프레보가 인간 내면 묘사에 탁월했기 때문이다.

굳이 이 작품의 줄거리를 요약할 필요는 없을 것이다. 지극히 단순한 내용의 이야기요, 또한 단순한 구성과 필치로 그려진 이야기이다. 나이 어린 두 젊은이—데 그리외는 열일곱, 마농은 열다섯—가 어느 날 우연한 기회에 만난다. 아름답고 다정다감한 두 사람은 숙명과 같은 사랑의 열정에 사로잡힌다. 그러나 그들의 감정은 서로가 다른 것으로서 비극의 씨는 이 순간부터 싹트기 시작했다. 데 그리외를 인도하는 것은 사랑이고, 마농을 인도하는 것은 사치와 향락의 취미이다. 전 작품을 통해 우리는 오직 사랑에 이끌리는 데 그리외와, 향락에 이끌리는 마농과의 비극적인 대조를 보게 된다. 데 그리외에게 이와 같은 마농의 허영을 만족시킬 만한 재물이 있는 동안 마농은 그와 더불어 즐거이 쾌락을 나누지만, 일단 데 그리외의 돈이 고갈되면 마농은 미련 없이 다른 곳으로 날아간다. 마농은 여러 차례 그를 버리며 속인다. 악의도 후회도 없이 스스로의 본능에 따라, 마치 본래의 직능

《마농 레스코》 1927년판 삽화   르네 를롱 작.

을 수행하기나 하는 것처럼…… 데 그리외는 한결같이 마농의 뒤를 따르며 물불 가리지 않는다. 집을 버리고, 신학교에서 빠져나오고, 생라자르 감옥을 탈출하고 살인까지 저지른다. 마농 없이 살 수 없는 그요, 오직 하나의 욕망에 사로잡힌 그다. 즉 마농을 소유하려는 욕망에…… 그리하여 그 목적을 위하여 수단 방법을 가리지 않는다. 도박, 협작, 기만…… 이렇듯 그는 타락에서 타락의 나락으로 떨어지고, 마농은 불행에서 불행의 나락으로 떨어져, 마침내는 창녀들과 더불어 미국의 루이지애나로 이송되어 가는 몸이 된다.

마침내 그들은 머나먼 하늘 아래 자그마한 오막살이에서 행복과 평화를 찾을 수 있을 것으로 기대한다. 그러나 운명은 그들을 가만두지 않았다. 마농을 탐내는 촌장의 조카와 결투를 벌이지 않을 수 없는 상황에 내몰린다. 결국 데 그리외는 마농과 함께 사막으로 쫓기는 시세가 된다. 사막 한가운데서 기진한 마농은 그만 숨을 거두고 만다. 오열하는 데 그리외, 그들의 오랜, 그리고 파란만장한 사랑의 역정도 이로써 막을 내린다.

《마농 레스코》는 '청춘의 서(書)'로서 많은 젊은이들의 눈물을 자아내게 했으며 오페라로 만들어지고 영화로 상영되어 격찬을 받았다. 독자들은 이 소설에서 사기사와 창부의 연애라는 멜로드라마를 연상해서는 안 된다. 이 소설의 진

정한 주인공은 데 그리외라 하겠고, 한 창부와의 사랑을 위해 가족과 종교, 사회질서와 자신의 숙명을 걸고 싸우는 주인공의 반항과 절망의 비장한 절규에 귀를 기울여야 한다.

데 그리외의 비참한 운명은 영웅적 행위, 아니 거의 성성(聖性)과 흡사하다. 《마농 레스코》는 신의 불가해한 의지가 인간의 사랑 속에 발로된, 가장 비극적인 고뇌의 절규라고 비평가들은 지적하고 있다.

독자는 이 소설의 끝부분, 즉 아메리카 광야에서의 마농의 죽음, 이미 개심하여 회오하고 있는 마농의 죽음 속에 인간은 결국 행복에 도달할 수 없다는 사실을 읽어야 할 것이다.

18세기 사회적 풍토를 배경으로 한 비극적 사랑이야기는 오늘날까지도 독자들을 매료하며, 프랑스 문학 고전으로 군림하고 있다.

소유의 욕망

이 소설은 《마농 레스코와 슈발리에 데 그리외의 이야기》라는 제목으로 불리기도 했는데, 결국 가장 정확한 것으로 확정된 것은 《슈발리에 데 그리외와 마농 레스코의 이야기》이다. 실상 두 주인공의 이름 순서는 무시할 수 없는 뜻을 가지고 있다. 그곳에는 저자의 의도가 암시되어 있으며, 마농보다는 데 그리외의 이야기에 중점을 둔 것이라 할 수 있다.

그러나 마농이라는 인물은 수많은 해설자들의 관심의 초점이 되어 왔다. 오늘날에 있어서도 앙드레 데리브와 같은 비평가는 '헤아릴 수 없는 여인'이라 말하고, 이는 프레보에 의해서 문학 안에 형상화된 이른바 '베이비 우먼(petite femme)'의 전형일 것이라고 주장하고 있다.

흔히 말하는 방탕과는 성격이 다른 어린 마음의 경박함, 논리와 도덕의 일반적인 법칙에서 벗어나는 아기자기한 들뜬 행동, 그러기에 그의 아름다움을 찬양하고 깊은 관심을 기울이는 사람들은 그의 불행에 동정을 아끼지 않을 뿐만 아니라 이따금 그의 순결을 변호하기까지도 한다.

그러나 데 그리외의 애인으로서 그녀는 진정 그를 사랑했던 것일까? 최초의 흐뭇한 사랑이 파경에 이른 뒤, 시련과 역경의 고달픔 속에서 진정 사랑했다고 단정할 수 있을까? 이것은 독자들이 판단할 문제이다. 그러나 그가 영원한 사랑을 받아 왔다는 것, 이 사실만은 누구도 부정할 수 없을 것이다. 그러기에 마농이란 인물이 문학에 있어 아무리 새로운 전형이라 할지라도 그를 오직 데 그리외의 정열의 대상으로만 보는 것은 정당한 일이며, 이 작품의 참다운 드라마와 가치는 데 그리외의 정열의 비극에 있다고 할 것이다.

그는 사랑의 화신이다. 처음으로 마농을 본 순간부터 루이지애나의 모래 속에 그녀를 묻는 최후의 순간까지 그의 사랑에는 변함이 없다. 이따금 스스로의 사랑에 수치를 느끼기는 하지만 끝내 부인하지는 않는다.

아베 프레보는 한 여자를 만들어 냈다. 지금까지는 없었던 여자, 단테나 셰익스피어나 괴테가 창조해 낸 여성들과는 전혀 다른 여자. 마치 파리의 밤거리 한 귀퉁이에서 분과 립스틱으로 자신을 장식하며 살아갈 것 같은 여자이면서도, 지금은 걸작이라는 영원히 빛나는 조명을 받으며 예술의 전당 안에 살아 숨 쉬는 여자. 베아트리체나 줄리엣이나

푸치니 오페라 마농 레스코 포스터
19세기에 이미 전설적인 인물이 된 마농은 다양한 예술가들에게 영감을 주었다. 작곡가 오베르(1856), 마스네(1884), 푸치니(1893)는 저마다 오페라를 통해 마농을 되살려 놓았다. 그 전에 마농을 모티프로 삼은 뒤마 피스의 소설 《춘희》(1848)가 희곡으로 각색되고(1852) 나아가 베르디에 의해 오페라로 바뀌어(1853) 성공을 거두었는데, 이 사건이 《마농 레스쿠》의 변신에도 영향을 미친 듯하다. 밀라노 시립 베르타렐리 인쇄물 수집관 소장.

마르가레테와 사이좋게 손을 잡고, 이 세상의 위대한 연인들을 대표하고 있는 것이다. 이 창부는 어쩌면 이리도 많은 복을 받은 것일까!

'프레보 데그질(추방된 프레보)'이라는 별명으로 불리는 것만 봐도 아베 프레보

의 모든 생애는 파란만장한 여정이었다. 《마농 레스코》는 런던 유랑 때 쓰인 것이지만 그는 이미 자신의 반생을 추억할 만한 나이가 되어 있었다. 그는 자신의 과거와 생활을 이 책에 맡기고 단숨에 써 내려갔다. 그러니 이 이야기는 그의 추억을 적은 책이기도 하며, 청춘에 대해 적은 책이기도 하다. 더욱더 정확하게는 고향을 그리며 써낸 책이라고 할 수도 있을 것이다. 어느 페이지에서도 그의 생활과 열정이 배어 나오고 있으니 말이다. 이는 단순한 몽상가가 해낼 만한 일이 아니다. 그는 자신의 모든 청춘을 《마농 레스코》에 털어냈다. 뛰어난 작품은 언제나 이러한 상황에서 태어나는 것일까.

"이 이야기만큼 정확하고 충실한 것은 없다. 생각이나 느낌에 이르기까지 충실하게 써낼 생각이다."

프레보는 일기나 편지 속에서 끊임없이 이런 말을 했는데, 아마 이 말은 그의 의식보다도 더한 진실일 것이다.

실제로도 아베 프레보는 평생 동안 데 그리외였으며 티베르주였다. 그들은 작용이며 반작용이다. 밀물이며 썰물이다. 몰고 있는 말처럼 날뛰는 광기이며 갈기를 쓰다듬고 달래려 하는 이성이다. 작가 아베 프레보는 이러한 대조적인 모습으로 자신을 그려내며 마음속 모순을 표현해 내는 데 성공했다. 마농이라는 한 여자를 쫓아 티베르주에서 데 그리외로, 데 그리외에서 티베르주로 거듭 오가야만 했던 작가의 마음과 그 역사는 그대로 아베 프레보의 실제 생활이기도 했던 것이다. 그런 점에서 《마농 레스코》는 그의 꿈을 그려낸 책이며, 삶을 그려낸 책이다.

사랑은 얼마나 영원할까

《마농 레스코》가 동서고금을 통해 연애소설의 왕좌를 차지하고 있다는 사실은 새삼 말할 필요도 없다. 창녀와 같은 부류의 여성이 문학에 그려진 것은 이 소설이 처음이라고 한다. 여성의 마력에 가장 예민하며, 여성의 육체와 심리에 가장 정통했던 모파상은 일찍이 마농에 대해서 이렇게 말했다.

"어떤 여자도 마농처럼 자세하고 완전하게 그려진 적은 없었다. 어떤 여자도 마농보다 더 여자답지는 않았다. 감미로우면서도 성실하지 않은 두려운 여성성

여배우의 집에서 《마농 레스코》를 낭독하는 프레보 1734년 프랑스로 돌아온 프레보는 콩티 공의 비호를 받으며 사교계에 드나들게 된다. 푸치니 오페라 〈마농 레스코〉 제2막 정경을 연상시키는 이 그림에서 구체제 시대를 그리워하는 19세기 사람들의 시각을 엿볼 수 있다. 1856년 칼로 그림.

의 진수를 마농보다 많이 갖춘 여자는 일찍이 존재하지 않았다."

만약 이 이야기를 읽고 너무나도 한심한 기사 데 그리외 때문에 눈살을 찌푸리는 사람이 있다면, 그 사람은 진정한 연애와 여자에게 빠진다는 것이 도대체 어떤 것인지 모르는 사람이다. 아마 남자라면 이 책을 덮을 때 아나톨 프랑스처럼 마농을 그리며 이렇게 외치지 않을 수 없을 것이다.

"한평생 사랑을 하면서도 일주일밖에 정조를 지키지 못했다." "감화원으로 끌려가는 마차 안까지 아름다웠다." "아아, 마농이여, 만약 당신이 살아 있다면 나는 당신을 얼마나 사랑할까!"

많은 남자들이 마농과 같은 여자를 위해 목숨 따위 아끼지 않을 것이다. 과연 마농은 창녀 같은 여자이자 독한 여자였을까? 아니, 그녀는 수많은 잘못을 저지르면서도 데 그리외를 진심으로 사랑했다. 그녀의 성격은 기사 데 그리외의 비통한 고백 속에서 남김없이 드러난다.

"마농은 평범한 여자가 아니었다. 돈에 대해 그녀만큼 담백한 여자는 없을 것이다. 그것은 쾌락이며, 즐기는 일이었다. 만약 돈을 지불하지 않고 즐길 수만 있다면 그녀는 돈 따위 갖고 싶어 하지도 않았을 것이다. 그녀는 하루하루를 즐겁게 보낼 수만 있다면 우리의 재산이야 어떻게 되든 신경도 쓰지 않았다. 극단적으로 노는 일에 정신이 팔리거나 호화로움을 추구하는 것도 아니어서 매일 그녀의 취향에 맞는 놀이만 제공하면 그녀는 그것으로 만족했다. 그렇게 쾌락에 몰두하는 것이 그녀에게는 필요했으므로 그렇지 못할 경우, 그녀의 기분이나 애정은 믿을 수 없는 것이 되고 말았다. 다행히 그녀는 나를 사랑하고 있었으며, 그녀 자신도 곧잘 말하는 것처럼 이 세상에서 사랑의 즐거움을 주는 것은 나 하나일지 모르지만, 어떤 불안이 생기면 이 사랑도 뿌리째 흔들릴 것이 분명했다. 내가 어느 정도의 재산만 가지고 있었다면 그녀는 이 세상의 다른 누구도 아닌 나를 선택할 것이다. 그러나 그녀에게 바칠 것이 믿음과 충성밖에 없다면 그녀는 B를 위해 나를 버릴 것은 의심할 여지가 없다."

또한 마농은 GM 씨의 아들을 미인계로 감쪽같이 속여 그에게서 돈을 뜯어낸다. 그것도 모자라 밖에서 기다리고 있는 데 그리외에게 돌아가겠다고 한 약속은 지키지 않고, 그 대신 그녀를 애타게 기다리고 있는 '데 그리외'를 위로하기 위해 자신이 아닌 다른 아름다운 여인을 보내는 장면이 있다. 이 때문에 불같이 화를 내는 데 그리외에게 마농은 나중에 사과를 하지만, 뒤에 기록할 이 말은 그녀의 본성을 뚜렷하게 밝혀준다.

"잠시만이라도 그녀가 당신의 지루함을 덜어주기만을 마음속 깊이 바랐습니다. 왜냐하면 내가 당신에게 바라는 것은 마음의 정조니까요."

또다시 아나톨 프랑스의 말을 빌려보자.

"이 작은 책 안에서는 모든 것이 자연스럽고, 진실되며, 정확하다. 우리는 단 한마디도 다른 말로 바꿔 쓸 수 없을 것이다."

알렉상드르 뒤마 피스 연보

(∗는 '춘희'의 모델 마리 뒤플레시스 연보)

1802년 아버지 알렉상드르 뒤마 페르가 태어났다. 할아버지는 나폴레옹 휘하 장군이었지만 황제에게 미움을 받아 불우한 만년을 보냈다. 할아버지는 증조할아버지 다비 드 라 파예트리 후작과 생도밍그 섬의 흑인 노예 마리 뒤마 사이에서 태어난 아이였다. '뒤마'라는 성은 흑인 증조할머니에게서 유래한 것이다.

1824년 7월 27일, 작가 알렉상드르 뒤마(1802~1870)와 재봉사 카트린 로르라베(1793~1868)의 아들 뒤마 피스가 파리에서 사생아로 태어났다.
∗ 1월 16일 알퐁신 플레시스(통칭 마리 뒤플레시스, 춘희의 모델)가 노르망디에서 태어났다.

1830년(6세) 아버지 뒤마(페르)가 아들(피스)과 어머니를 파시에서 살게 해줬다.

1831년(7세) 아버지가 뒤마 피스를 아들로 인정했다. 그는 보티에 사립학교 기숙사에 들어갔으나 '사생아'라는 이유로 괴롭힘당했다.

1833년(9세) 생빅토르 학교(아버지 친구가 이곳 교장이었다)로 전학 가서 에드몽 드 공쿠르 등을 만나게 되었다. 39년에는 콜레주 부르봉(지금의 리세 콩도르세)에 다니면서 계속 학업에 힘썼다.

1840년(16세) 아버지 뒤마와 여배우 이다 페리에가 결혼하자 큰 충격을 받았다.
∗ 2년 전 파리로 와서 채소 가게나 모자 가게에서 일하던 알퐁신 플레시스는 음식점 주인 놀레의 눈에 들어 후원을 받게 되었으며, 이윽고 귀슈 공작(뒷날 그라몽 후작 집안의 후계자로서 나폴레옹 3

세 치하에서 외무장관이 된 인물)의 애인이 되었다. 귀족 신사들이 모인 클럽에서 마리 뒤플레시스라는 이름으로 소개되어 사교계에 드나들기 시작했다.

1841년(17세) 아버지 밑에서 한량으로 살아가는 법을 배운다. 처음으로 시를 지었지만 바칼로레아 시험(대입자격시험)에 떨어졌다.

1842년(18세) 아버지와 함께 피렌체를 여행했다. 파리로 돌아오자 밤낮으로 사람들과 어울려 놀면서 돈을 마구 낭비했다. 조각가 프라디에의 아내를 첫 애인으로 삼았다.

* 귀슈 공작에게 교육을 받은 마리 뒤플레시스는 파리 사교계의 꽃이 되어 앙탱 거리 22번지로 이사했다. 에두아르 드 페레고 백작(나폴레옹 1세의 은행가 후계자)이 마리에게 한눈에 반했다.

1844년(20세) 아버지 저택에 자주 방문하여 공동작품을 쓰자는 계획을 세운다. 바리에테 극장에서 마리 뒤플레시스를 만나 사랑에 빠진다.

* 마리 뒤플레시스는 여든이 넘은 러시아 귀족 슈타켈베르그 백작을 만나 '보호'를 받게 된다. 마들렌 대로 11번지에 있는 아파트로 이사. 뒤마 피스를 만나 사귀게 된다.

1845년(21세) 5만 프랑이나 되는 빚을 갚으려고 소설을 썼지만 결국 실패했다. 8월에 마리 뒤플레시스와 헤어졌다.

* 뒤마 피스와 헤어진 마리 뒤플레시스는 이런 편지를 보냈다. "사랑하는 아데, 당신은 왜 솔직하게 말씀해 주지 않는 거죠? 나는 당신이 나를 여자 친구로 여겼으면 좋겠어요. 그러니까 당신이 당연히 한마디 해야죠. 나는 당신에게 부드러운 입맞춤을 보냅니다. 연인으로서 또는 평범한 여자 친구로서. 어느 쪽인지는 당신이 골라 주세요. 하지만 나는 언제까지나 당신의 충실한 벗일 거예요. 마리."

그러자 뒤마 피스는 다음과 같이 답장했다. "친애하는 마리, 나는 내가 원하는 대로 당신을 사랑할 수 있을 만큼 부유하지도 않고, 당신이 원하는 대로 사랑받을 만큼 가난하지도 않습니다. 그러니까 우리 서로 잊읍시다. 당신은 아마 거의 관심도 없었을 남자의 이름을, 나는 이제는 누릴 수 없게 된 행복을."

11월이 되자 마리는 작곡가 프란츠 리스트에게 반하여 그와 잠시 관계를 맺었다.

1846년(22세) 마리를 잊으려고 보드빌 극장 여배우 아나이스 레벤과 사귀기 시작. 소설로 돈을 벌려고 《네 여인과 앵무새》를 집필했다. 11월에 아버지와 함께 에스파냐, 알제리, 튀니지로 여행을 떠났다.

＊2월 11일 마리 뒤플레시스는 런던에서 에두아르 드 페레고 백작과 비밀리에 결혼했지만 파리로 돌아오자마자 별거했다. 결핵이 악화되어 바덴으로 요양을 갔으나 별 차도가 없었다. 그 뒤 마들렌 대로에 있는 자택에 틀어박혀 지내게 된다. 10월 18일, 마드리드에서 마리가 아프다는 소식을 들은 뒤마 피스는 위문편지를 보냈다. "마리, 괴로워하는 당신을 보고 슬퍼하는 사람이 이곳에도 있음을 알아주시오. 당신은 아마 일주일 뒤에 이 편지를 받으실 테지요. 그때 나는 알제에 가 있을 겁니다. 혹시 작년에 내가 저질렀던 잘못을 용서해 주는 한마디를 편지에 써 보내 주실 수는 없을까요. 그러면 용서를 받은 나는 지금보다 훨씬 가벼운 마음으로 파리에 돌아갈 수 있을 것입니다. 당신이 자리를 훌훌 털고 일어난다면 얼마나 기쁠까요."

1847년(23세) 1월 4일 툴롱으로 돌아와 2월 10일 마르세유에서 마리가 죽었다는 소식을 아버지 친구에게서 듣는다. 그 죽음을 애도하는 시가 포함된 시집 《청춘의 죄》를 아버지의 도움으로 출판했지만 열네 권밖에 팔지 못했다.

＊2월 3일 파리에서 마리 뒤플레시스 죽음. 장례식은 마들렌 사원에서 치러졌다. 동백꽃으로 장식된 관은 몽마르트르 묘지에 임시로 묻혔다. 장례식에 참석한 사람은 적었지만 그중에는 슈타켈베르그 백작과 에두아르 드 페레고 백작이 있었다. 2월 16일, 마리의 관은 영구 임대 묘지로 이장되었다. 페레고 백작이 이장 절차

를 밟았다. 2월 24일부터 27일에 걸쳐 마리의 유품을 파는 경매가 열렸다. 총 판매액은 8만 9천 17프랑이었다. 이때 파리에 있었던 영국 작가 디킨스도 이 경매를 흥미롭게 지켜봤다고 한다.

1848년(24세) 파리 근교 생제르맹에 틀어박혀 《마농 레스코》를 몇 번이나 읽더니 한 달 만에 《춘희》를 써서 세상에 발표했다. 이 소설은 대성공을 거두었다. '2월혁명'이 일어나 루이 필립이 왕위에서 물러나고 '제2공화제'가 수립됐지만, 뒤마 피스는 이러한 시대 변화에 동조하지 못하고 회의적인 태도를 보였다. 1852년까지 '문제소설' 열두 편을 집필. 아버지와 같이 네덜란드를 여행했다.

1851년(27세) 여전히 호평받던 《춘희》를 희곡으로 각색. 그러나 내무장관 레옹 포셰는 이 작품이 너무 '부도덕'하다면서 상연을 허가해 주지 않았다. 뒤마 피스는 러시아 귀족 네셀로데 후작부인에게 반해서 벨기에, 네덜란드, 폴란드까지 그녀를 쫓아갔지만 러시아에서 입국을 거부당했다. 폴란드에서 조르주 상드가 쇼팽에게 보낸 편지를 손에 넣어 상드에게 가져다주자 상드는 그 편지를 태워 버렸다. 그 다음부터 그는 상드를 '엄마'라고 부르면서 서로 친하게 지냈다(그런데 상드는 이러한 모자 관계와는 다른 관계를 원했다고 한다). 인기 작가 쥘 자냉이 머리말을 써 준 《춘희》 제2판이 간행됐다(참고로 전면 개정판은 이듬해에 나왔다). 12월 루이 나폴레옹이 쿠데타를 일으켰다. 다음 해부터 프랑스는 '제2제정' 시대를 맞이하게 된다. 모르니 공작이 내무장관으로 취임.

1852년(28세) 2월 2일 연극 〈춘희〉(5막)가 모르니 내무장관의 허락을 받아 보드빌 극장에서 상연되었다. 이 작품은 '세기의 대성공'을 거두었다. 아버지 뒤마도 이 성공을 진심으로 축하했다고 한다. "내 아들아, 너야말로 나의 최고 걸작이다." 이때부터 뒤마 피스는 제2제정 시대를 대표하는 작가로서 자리를 굳혀 나간다. 그 명성은 점점 아버지를 능가하게 되었다. 그는 여권신장을 주장하고 배금주의나 타락을 고발하는 보수적인 여론 주도층이 된다. 한편 파리에 머물던 주세페 베르디가 우연히 〈춘희〉 연극을 보았다. 또한 '푸른 눈의 세이렌(요정)'이라고 칭송받는 러시아 귀부인 나디아 나리슈킨이 뒤마 피스와 사귀기 시작했다. 나디아의 남편은 이혼을 거부한다.

1853년(29세) 3월 6일 연극 〈춘희〉를 바탕으로 피아베가 대본·연출을 담당하고 베르디가 작곡한 오페라 〈라 트라비아타〉(3막)가 베네치아 페니체 극장에서 처음으로 상연되었다. 이 공연은 실패했다.

1854년(30세) 5월 6일 베르디 오페라 〈라 트라비아타〉가 베네치아 산 베네데토 극장에서 다시 상연되어 압도적인 성공을 거두었다.

1855년(31세) 〈드미몽드〉(5막)를 짐나스 극장에서 초연해 성공했다. 그는 낭만파와 결별하고 사실적 풍속 연극에 전념하기 시작했다.

1857년(33세) 〈금전 문제〉(5막)를 짐나스 극장에서 초연. 아버지와 함께 런던 여행.

1858년(34세) 자신의 처지를 소재로 삼은 희곡 〈사생아〉(5막)를 짐나스 극장에서 초연. 이듬해 같은 극장에서 상연된 〈방탕한 아버지〉도 같은 소재를 다룬 작품이었다.

1860년(36세) 뒤마 피스와 나디아 나리슈킨 사이에서 딸 콜레트가 태어났다.

1864년(40세) 3월 5일 희곡 〈여성의 친구〉(5막) 초연. 10월 27일 리릭 극장에서 베르디 오페라 〈라 트라비아타〉가 〈비올레타〉라는 제목으로 처음 상연되었다. 연말에 남편을 잃고 미망인이 된 나디아 나리슈킨과 결혼.

1866년(42세) 프랑스 북부 디에프 근처에 있는 퓌에서 별장 두 채를 구입. 주로 그곳에서 집필을 하게 되었다. 마지막 소설 《클레망소 사건》 발표.

1867년(43세) 둘째 딸 자닌이 태어났다.

1868년(44세) 미셸 레비 출판사를 통해 《뒤마 피스 희곡 전집》(제1기)을 내놓았다. 어머니가 세상을 떠났다.

1869년(45세) 콘스탄티노플, 아테네, 베네치아 여행. 《뒤마 피스 희곡 전집》(제2기) 간행.

1870년(46세)   노르망디에 있는 뒤마 피스 별장에서 아버지 알렉상드르 뒤마 페르가 숨을 거두었다. 프로이센—프랑스 전쟁에서 프랑스군이 패배. 제2제정 붕괴.
1871년(47세)   '파리 코뮌' 발발. 이에 관해 수많은 시사 논문을 썼다.
1872년(48세)   소설 《춘희》 전면 개정판을 다시 간행.
1874년(50세)   아카데미 프랑세즈 회원으로 선출되다.
1877년(53세)   이때부터 시사 논문·잡문을 모은 《막간》(전3권)을 간행하기 시작.
1879년(55세)   평론 《이혼문제》 간행.
1882년(58세)   《이혼 법률에 관하여 나케 씨에게 보내는 공개편지》 간행.
1885년(61세)   희곡 〈드니스〉(3막)를 코메디 프랑세즈 극장에서 초연.
1887년(63세)   희곡 〈프랑시용〉(3막)을 코메디 프랑세즈 극장에서 초연. 자기보다 40년 아래인 유부녀 앙리에트 레니에를 애인으로 삼았다.
1891년(67세)   몇 년이나 병을 앓으면서 질투심으로 괴로워했던 아내 나디아가 마침내 뒤마 피스의 집을 나와 딸 콜레트네 집에서 살게 된다.
1895년(71세)   4월에 아내 나디아가 세상을 떠났다. 6월에 뒤마 피스가 앙리에트와 재혼하여 딸들의 빈축을 샀다. 7월 유서 작성. 11월 27일 마를리 르 루아에서 숨을 거두었다. 유언에 따라 뒤마의 시신은 몽마르트르 묘지에 있는 마리 뒤플레시스의 무덤 근처에 묻혔다.

아베 프레보 연보

1697년　　4월 1일, 북프랑스의 작은 마을 에스댕에서 태어남.

1713년(16세)　9월, 파리의 예수회 교단에 신학을 배우러 집을 떠남.

1715년(18세)　라 플레쉬의 앙리 4세 학교로 가서, 철학 강의를 듣다가 철학도 종교도 버리고 군에 입대.

1728년(31세)　생제르맹 데 프레 수도원에서 《프랑스 교회사》 편찬에 종사. 소설 《어느 귀인의 회상록》 집필 시작. 영국으로 건너가 2년간 체류, 비교문학 연구의 흥미를 북돋워 줌.

1730년(33세)　네덜란드행. 2년간 머무르며 집필에 열중 《어느 귀인의 회상록》 7권을 완성.

1731년(34세)　그 7권째인 《슈발리에 데 그리외와 마농 레스코의 이야기(원명)》가 암스테르담에서 출판됨.

1733년(36세)　1월, 많은 부채를 남기고 영국으로 건너감. 생활 수단으로 〈갑론을박〉이라는 정기간행물 출판. 1740년까지 7년 동안 이 개인잡지를 20권, 296호까지 내어 과학·문학·예술의 해설과 비평을 실었다.

1743년(46세)　봄에 파리에 돌아옴. 창작 의욕이 더욱더 왕성하여 수많은 소설, 추억기, 기행문을 씀. 리처드슨의 《클라리스 할로》와 《찰스 그랜디스 경》 번역.

1754년(57세)　수도원장의 직위를 얻어 생활이 안정됨. 파리 교외의 샤요와 풍치 좋은 상티이 부근에 은거하여 종교적 저술에 몰두하면서 조용한 만년을 보냄.

1763년(66세)　11월 25일, 생니콜라 수도원 수도사들과 점심을 같이하고 돌아오는 길에 동맥혈관 파열로 죽다.

민희식

서울대 졸업 프랑스 스트라스부르대 문학박사. 성균관대 교수 이화여대 교수 계명대·외국어대 프랑스과 교수 한양대 불문과 교수 역임. 지은책 《프랑스문학사》《법화경과 신약성서》《불교와 서구사상》《토마스복음서와 불교》《어린 왕자의 심층분석》 옮긴책 《현대불문학사》 플로베르 《보바리 부인》 지드 《좁은 문》 프루스트 《잃어버린 시간을 찾아서》 바실라르 《촛불의 철학》 뒤 가르 《티보네 사람들》 《한국시집(불역)》 박경리 《토지(불역)》 한말숙 《아름다운 연가(불역)》 《김춘수시집(불역)》 허근욱 《내가 설 땅은 어디냐(불역)》 《불문학사예술론》 《행복에 이르는 길》 프랑스문화공로훈장·펜번역문학상 수상

세계문학전집103
Alexandre Dumas fils/Antoine-François Prévost
LA DAME AUX CAMÉLIAS
HISTOIRE DU CHEVALIER DES GRIEUX ET DE MANON LESCAUT
춘희/마농 레스코
알렉상드르 뒤마 피스/아베 프레보/민희식 옮김

1판 1쇄 발행/1987. 7. 1
2판 1쇄 발행/2012. 12. 20
3판 1쇄 발행/2025. 4. 1
발행인 고윤주
발행처 동서문화사
창업 1956. 12. 12. 등록 16-3799
서울 중구 마른내로 144 동서빌딩 3층
☎ 546-0331~2 Fax. 545-0331
www.dongsuhbook.com
잘못된 책은 구입하신 곳에서 바꾸어드립니다.
＊
이 책의 출판권은 동서문화사가 소유합니다.
의장권 제호권 편집권은 저작권법에 의해 보호를 받는 출판물이므로
무단전재와 무단복제를 금합니다.
사업자등록번호 211-87-75330
ISBN 978-89-497-1967-2 04800
ISBN 978-89-497-1841-5 (세트)